U0601503

李劍國 輯校

唐五代傳奇集

第三册

中華書局

唐五代傳奇集第三編卷四

張左

牛僧孺　撰

前進士張左〔一〕，嘗爲叔父言：少年南次鄠杜，郊行，見有老父乘青驢，四足白，腰背鹿革囊，顏甚悦懌，旨趣非凡。叟〔二〕自斜徑合路，左甚異之，試問所從來，叟但笑而不答。至於再三，叟忽怒叱曰：「年少子，乃敢相逼！吾豈盜賊椎埋者耶，何必問所從來！」左遜謝曰：「向慕先生高躅，願從事左右耳，何賜深責？」叟曰：「吾無術教子，但壽永者。子當嗤我潦倒，欲噱吾釋志耳。」遂鞭乘促走。左亦撲馬趨，俱至逆旅。叟枕鹿囊，寢未熟，左方疲倦，貰取〔三〕酒將飲，試就請曰：「單醪〔四〕期先生共之。」叟跳起，曰：「此正吾所好，何子解吾意！」

飲訖，左覘其色悦，徐請曰：「小生寡昧，願先生賜言，以廣聞見，然〔五〕非所敢望。」叟曰：「吾所見，梁陳隋唐耳。賢愚治亂，國史已具，然請以身所異者語子。吾宇文周時居岐，扶風人也，姓申名宗，慕齊神武，因改爲歡〔六〕。十八，從燕公于謹征梁元帝於荆州，州陷，大軍將旋〔七〕，夢青衣二人謂余曰：『吕走天年〔八〕，人向主壽。』既覺〔九〕，吾乃詣占夢者於江陵市，占夢者謂余曰：『吕走，迴字也；人向主，住字也。豈子住乃壽也？』時留兵於江陵，吾遂陳情於校尉托跋〔一〇〕烈，許之。因却詣占夢者曰：『住即合〔一一〕矣，壽有術乎？』占者曰：『汝生前梓潼薛君冑也〔一二〕。好服朮蕊散〔一三〕，多尋異書，日誦黄老一百紙。徙居鶴鳴山下，草堂三間，户外駢植花竹，泉石縈繞。八月十五日，長嘯獨飲，因酒酣暢，大言曰：「薛君冑疏澹若此，何無異人降止？」忽覺兩耳中有車馬聲，因頹然思寢，纔至席〔一四〕，遂有小車，朱輪青蓋，駕赤犢，出耳中，各高二三寸，亦不覺出耳之難。車有二童，緑幘青帔，亦長二三寸，憑軾呼御者，踏輪扶下，而謂君冑曰：「吾自兜玄國來，向聞長嘯月下，韻甚清激，私心奉慕，願接清論。」君冑大駭曰：「君適出吾耳，何謂兜玄國來？」二童子曰：「兜玄國在吾耳中，君耳安能處我？」君冑曰：「君長二三寸，豈復耳有國土？倘若有之，國人當盡焦螟耳。」二童曰：「胡爲其然！吾國與汝國無異，不信，盍〔一五〕從吾遊？或能便留，則君亡〔一六〕生死苦矣。」

『一童因傾耳示君冑，君冑睨之，乃别有天地，花卉繁茂，甍棟連接，清泉翠竹，縈繞香甸〔一七〕。因捫耳投之，已至一都會，城池樓堞，窮極瑰麗。君冑彷徨，未知所之，顧見向之二童已在側，謂君冑曰：「此國大小於君國〔一八〕。既至此，盍從吾謁蒙玄真伯？」蒙玄真伯居大殿，牆垣階陛，盡飾以金碧，垂翡翠簾帷帳，中間獨褰〔一九〕。真伯身衣雲霞日月衣，冠通天冠，垂旒皆與身等。玉童四人，立侍左右，一執白拂，一執犀如意。二人〔二〇〕皆拱手拜伏，不敢仰視。有高冠長鬣絳紗衣〔二一〕人，宣青紙制曰：「肇分大素〔二二〕，國既百〔二三〕億，爾倫〔二四〕下土，賤卑萬品，聿臻於此，實由冥合。況爾清乃躬誠〔二五〕，叶於真宰，大官厚爵，俾宜享之。右可主籙大夫。」君胄拜舞出門，即有黄帔三四人，引至一曹署。其中文簿，多所不識。每月亦無請受，但意有所念，左右必先知，當便供給。

『因暇登樓遠望，忽有歸思，賦詩曰：「風軟景和麗〔二六〕，異香馥林塘。登高一悵〔二七〕望，信美非吾鄉。」因以詩示二童子，童子怒曰：「吾以君質性沖寂，引至吾國。鄙俗餘態，果乃未去，卿〔二八〕有何憶耶？」遂疾逐君胄，如陷落地，仰視，乃自童子耳中落，已在舊居〔二九〕處。隨視童子，亦不見。因問諸鄰人，鄰人云：「失君〔三〇〕已七八年矣。」君胄在彼如數月，未幾而君胄卒，遂生於申〔三一〕家，即今身也。』」

「占者又云：『吾前生乃出耳中童子，以汝前生好道，已〔三二〕得至兜玄國。然俗態未盡，不可長生，然汝由此壽千歲矣。吾授汝符，即歸。』因吐〔三三〕朱絹尺餘，令吞之。占者遂復童子形而滅。自是不復有疾，周行天下名山，迨兹向二〔三四〕百餘歲。然吾所見異事甚多，並記鹿革中。」因啓囊，出二軸書，甚大，字頗細。左不能讀，請叟自宣，略述十餘事，其半昭然可紀。此卷八事，無非叟之所説。其夕將明，左略寢。及覺，已失叟。後數日〔三五〕，有人於炭谷湫〔三六〕見之，叟曰：「爲我致意於張君。」左遽尋之，已復不見。時貞元中〔三七〕。（據中華書局版程毅中點校十一卷本《玄怪録》卷七校録，又《太平廣記》卷八三引《玄怪録》）

〔一〕左　《廣記》、《廣豔異編》卷一六《兜玄國記》、《五朝小説·唐人百家小説》瑣記家及《唐人説薈》第十集《申宗傳》作「佐」，下同。

〔二〕叟　《廣記》、《廣豔異編》、《唐人百家小説》、《唐人説薈》作「始」。明鈔本、孫校本、《太平廣記詳節》卷八、《太平通載》卷九引《太平廣記》作「叟」。

〔三〕取　《廣記》、《廣豔異編》、《唐人百家小説》、《唐人説薈》作「白」。

〔四〕單醪　陳本、《廣記》孫校本作「簞醪」，《會校》據改。《廣記》、《廣豔異編》作「單瓢」，《太平通載》乃作「單醪」，《廣記詳節》作「單□」。《唐人百家小説》、《唐人説薈》作「簞瓢」。按：單，通「簞」，樽也。《文選》卷三五張協《七命》：「單醪投川，可使三軍告捷。」李善注：「《黄石公記》曰：昔良將之用兵也，人有饋一簞之醪，投河令衆迎流而飲之。」

〔五〕然　《廣記》、《廣豔異編》、《唐人百家小説》、《唐人説薈》作「他」，《廣記詳節》、《太平通載》作「然」。

〔六〕因改爲歡　《廣記》、《廣豔異編》、《唐人百家小説》、《唐人説薈》作「因改宗爲觀」。按：作「觀」

誤。《北齊書》卷一《神武紀上》：「齊高祖神武皇帝，姓高名歡，字賀六渾。」

〔七〕大軍將旋　陳本、《廣記》作「大將軍旋」，誤。按：《北史》卷九《周本紀上》載：西魏恭帝元年十月，「遣柱國于謹、中山公護與大將軍楊忠、韋孝寬等，步騎五萬討之（按：指梁）。十一月癸未，師濟漢，中山公護與楊忠率鋭騎先屯其城下。丙申，于謹至江陵，列營圍守。辛亥，尅其城，戕梁元帝，虜其百官士庶以歸」。討梁雖有大將軍楊忠，然非主帥，不得單言大將軍旋也。

〔八〕夭年　陳本、《廣記》、《廣豔異編》、《唐人百家小説》、《唐人説薈》作「天年」。《廣記詳節》、《太平通載》作「夭年」。按：作「天年」誤，觀下文可知。

〔九〕既覺　《廣記》、《廣豔異編》作「不千」，《廣記詳節》、《太平通載》作「至千」，《唐人百家小説》、《唐人説薈》作「百千」，均譌。

〔一〇〕托跋　《廣記》、《廣豔異編》、《唐人百家小説》、《唐人説薈》作「拓跋」。按：拓跋，北魏皇族複姓，又作「托跋」。《魏書》卷一《序紀》：「黄帝以土德王，北俗謂土爲托，謂后爲跋，故以爲氏。」《宋書》卷五《文帝紀》：元嘉二十九年「二月庚申，虜帥拓跋燾死」。

〔一一〕合　《廣記》、《廣豔異編》、《唐人百家小説》、《唐人説薈》作「可」，《廣記詳節》、《太平通載》作「合」。

〔一二〕汝生前梓潼薛君胄也　《廣記》、《廣豔異編》、《唐人百家小説》、《唐人説薈》「生前」作「前生」，意同。陳本、《類説》卷一一《幽怪録·兜玄國》、《孔帖》卷三〇引《幽怪録》、《天中記》卷二二引《幽怪録》「胄」作「曹」。

〔一三〕朮蕊散　「朮」原作「木」，據《廣記》、《廣豔異編》改。《廣豔異編》作「朮藥散」。按：白朮乃養生之藥，古人用朮製成丸或散，用以服食。梁陶弘景《真誥》卷二《運象篇》：「朮散除疾，是爾所宜。」

〔一四〕纔至席　《廣記》、《廣豔異編》、《唐人百家小説》、《唐人説薈》前有「頭」字。

〔一五〕盍　《廣記》原作「盡」，汪校本及《會校》據明鈔本改作「請」，《唐人百家小説》、《唐人説薈》同。按：「盡」乃「盍」之形譌，《廣記詳節》、《太平通載》、《廣豔異編》作「盍」。

〔一六〕亡　《廣記》、《廣豔異編》、《唐人百家小説》、《唐人説薈》作「離」，《廣記詳節》、《太平通載》作「無」。按：亡，同「無」。

〔一七〕清泉翠竹縈繞香甸　《廣記》、《廣豔異編》、《唐人百家小説》、《唐人説薈》作「清泉縈遶，巖岫杳冥」，《廣記》孫校本作「清泉翠竹，縈遶杳冥」，《廣記詳節》、《太平通載》則同此。

〔一八〕此國大小於君國　此句當有脱文。陳本「於」作「與」。

〔一九〕褰　《廣記》、《廣豔異編》作「坐」，《廣記詳節》、《太平通載》作「褰」。

〔二〇〕二人　此下《廣記》、《廣豔異編》、《唐人百家小説》、《唐人説薈》有「既入」二字。按：前叙真伯、玉童，皆殿中所見，則已入矣。

〔二一〕長鬣絳紗衣　《廣記詳節》、《太平通載》「鬣」作「鬚」。《廣記》作「長裾緣緑衣」，《廣豔異編》、《唐人百家小説》、《唐人説薈》作「長裾緑衣」。

〔二二〕大素　《廣記》、《廣豔異編》、《唐人百家小説》、《唐人説薈》「大」作「太」，《廣記詳節》、《太平通載》

作「大」。按：大，通「太」。漢班固《白虎通德論》卷八《天地》：「始起先有太初，後有太始，形兆既成，名曰太素。」

〔二三〕百　《廣記》、《廣豔異編》、《唐人百家小説》、《唐人説薈》作「有」，《廣記》孫校本、《廣記詳節》、《太平通載》作「百」。

〔二四〕爾倫　原作「爾淪」，據《廣記詳節》、《太平通載》改。按：爾倫，爾輩也。南宋姜特立《梅山續藁》卷九《香菌出括蒼山谷中其味香滑絶妙昔嘗欲獻之壽康終不敢也》：「薰蒸應地德，香滑異園蔬。天花非爾倫，金芝恐其餘。」

〔二五〕誠　陳本、《廣記》孫校本作「試」，《廣記》《四庫》改本作「誡」。

〔二六〕麗　《廣記》、《廣豔異編》、《唐人百家小説》、《唐人説薈》作「煦」，《廣記》孫校本、《廣記詳節》、《太平通載》作「麗」。

〔二七〕悵　《廣記》、《廣豔異編》、《唐人百家小説》、《唐人説薈》作「長」。

〔二八〕卿　《廣記》、《廣豔異編》作「鄉」。

〔二九〕居　《廣記》、《廣豔異編》、《唐人百家小説》、《唐人説薈》作「去」，《廣記詳節》、《太平通載》作「居」。

〔三〇〕君　《廣記》、《廣豔異編》、《唐人百家小説》、《唐人説薈》作「君胄」。

〔三一〕申　《廣記》、《廣豔異編》、《唐人百家小説》、《唐人説薈》作「君」，《太平通載》譌作「由」。

〔三二〕已　《廣記》作「以」。

〔三三〕吐　《廣記詳節》、《太平通載》作「出」。

〔三四〕二　《太平通載》譌作「一」。

〔三五〕日　《廣記詳節》、《太平通載》作「月」。

〔三六〕炭谷湫　《廣記》、《廣豔異編》「炭」作「灰」，誤，《廣記詳節》、《太平通載》作「巖」。按：《廣記》卷六九引《逸史·馬士良》：「士良乃亡命入南山，至炭谷湫岸，潛於大柳樹下。」南山即終南山。《五百家注昌黎文集》卷五有《題炭谷湫祠堂》。北宋宋敏求《長安志》卷一一《萬年縣》：「炭谷在縣南六十里。」又：「澄源夫人湫廟，按今縣有顯應夫人廟，所在與此正同。當時澄源改封在終南山炭谷，去縣八十里。唐封澄源夫人，湫池尚在。」終南山又有巖谷湫。宋敏求編《唐大詔令集》卷七四《立終南山祠敕》：「每聞京師舊説，以爲終南山興雲即必有雨……况兹山北面闕庭，日當恩顧，修其望祀，寵數宜及。今聞都無祠宇，巖谷湫□在命祀終南山，未備禮秩。」《唐會要》卷四七亦載，闕字爲「却」。然《四庫全書》本《唐大詔令集》及《唐會要》，均作「炭谷湫」。不知「巖」、「炭」之别是否爲異名。

〔三七〕時貞元中　《廣記》、《廣豔異編》、《唐人百家小説》、《唐人説薈》開篇云「開元中」，誤，《廣記詳節》、《太平通載》作「貞元中」。

按：《太平廣記詳節》卷八引作《續玄怪録》，誤。本篇開首云「前進士張左，嘗爲叔父言」，而卷八《劉法師》末云：「兹昭應縣尉薛公幹爲僧孺叔父言也。」則出牛書也。本篇云：「此卷八事，無非叟之所説。」而叟稱「吾所見梁陳隋唐耳」。卷一《杜子春》、《裴諶》，卷四《柳歸舜》、《來君綽》，卷五《顧總》、《周静帝》，卷六《董慎》、《袁洪兒誇郎》，事皆託之梁陳隋，蓋即所言八事也。八事與《張左》原在一卷，今本非原書，次第已亂矣。

《廣豔異編》卷一六據《廣記》取入本篇，題《兜玄國記》。《五朝小説·唐人百家小説》瑣記家及《唐人説薈》第十集（同治八年刊本卷一二）《申宗傳》，亦據《廣記》，微有删略，妄題唐孫頠（《唐人説薈》有撰字）。

蕭至忠

牛僧孺 撰

中書令蕭至忠〔一〕，景雲元年，爲晉州〔二〕刺史。將以臘日畋遊，大事罝羅。先一日，有薪者樵於霍山，暴瘧不能歸，因止巖穴之中，呻吟不寐。夜將艾，似聞谷崒〔三〕有人聲。初以爲盜賊將至，則匍匐於枯〔四〕木中。時山月甚明，有一人身長丈餘，鼻有三角，體被豹〔五〕鞟，目閃閃如電，向谷長嘯。俄有虎、兕、鹿、豕、狐、兔、雉、雁，駢迊百許步，長人即唱言曰：「余玄〔六〕冥使者，奉北帝之命。明日臘日，蕭使君當順時畋獵。汝等若干合箭死，若干合鎗死，若干合網死，若干合棒死，若干合狗死，若干合鷹死〔七〕。」言訖，群獸皆俯伏戰懼，若請命者。有老虎洎老麋，皆屈膝向〔八〕長人言曰：「以某等〔九〕之命，死亦〔一〇〕以分。然蕭公仁者，非意欲害物，以行時令耳，若有少故則止，使者豈無術救余等〔一一〕？」使者曰：「非余欲殺汝輩，但〔一二〕以帝命宣示汝等刑名，即余使乎之事畢矣，自此任爾自爲計。然余聞東谷嚴四善謀，爾等可就彼祈求〔一三〕。」群獸皆輪轉歡叫。使者即東行，群獸畢〔一四〕從。時薪者疾亦少間，隨往覘之。

既至東谷〔一五〕，有茅堂〔一六〕數間。黄冠一人，架懸虎皮，身熟寢，驚起，見使者曰：「闊別既久，每多思望。今日至此，得無配群生臘日刑名乎？」使者曰：「正如高明所問。然彼皆求生〔一七〕於四兄，四兄當爲謀之。」老虎、老麋即屈膝哀請。黄冠曰：「蕭使君役人，必恤其饑寒〔一八〕。若祈滕六降雪〔一九〕，巽二起風，即不復遊獵矣。余昨得滕六書，知已喪偶，又聞索泉家第五娘子爲歌姬，以妬忌黜。若汝求得美女納之，雪立降矣。又巽二好飲，汝若求得醇醪以賂之，則風立生。」有二狐自稱：「多媚，能取之。河東縣尉崔知之第三妹，美淑嬌豔。絳州盧思由〔二〇〕善釀醪，妻産，必有美酒。」言訖而去，諸獸皆有歡聲。

黄冠乃謂使者曰：「憶含質在仙都，豈意千年爲獸身，悒悒不得志。聊爲《述懷》一章。」乃吟曰：「昔爲仙子今爲虎，流落陰涯足風雨。更將斑毳被余身，千載空〔二一〕山萬般苦。」「然含質譴謫已滿，惟有十一日即歸紫府矣。久居於此，將別不無悵悵〔二二〕。因題數行於壁，使後人知僕曾居於此矣。」乃書北壁曰：「下玄八千億甲子，丹飛先生嚴含質，謫下中天被斑革。六千〔二三〕甲子，血食澗飲，厠猿狖，下濁界，景雲元祀〔二四〕升太一。」時薪者素曉書誦，因密記得之。少頃，老狐負美人至，纔及笄歲，紅袂拭目，殘妝妖媚〔二五〕。又有一狐，負美酒二瓶〔二六〕，香氣芳烈。嚴四兄即以美女及美酒瓶，各内一囊中，以朱書二〔二七〕符，取水噀之，二囊即飛去。薪者懼其〔二八〕爲所見，即尋路却迴。未明〔二九〕，風雪暴至，竟日乃罷，而蕭使君不復獵矣。（據中華書局版程毅中點校十一卷本《玄怪録》卷七校録，又《太平廣記》卷四四一引《玄怪録》）

〔一〕蕭至忠　「至」原作「志」，據《太平廣記詳節》卷三九、《紺珠集》卷五《幽怪録·滕六降雪巽二起風》、《孔帖》卷二《滕六降雪》（無出處）、《海録碎事》卷一三下引《幽怪録》、《錦繡萬花谷》前集卷二引《幽怪録》、《古今事文類聚》前集卷三又卷四引《幽怪録》、《三洞群仙録》卷一八引《幽怪録》、《古今合璧事類備要》前集卷二又卷五二引《幽怪録》、陳元靚《事林廣記》甲集卷上引《幽怪録》、王明清《揮麈餘話》卷二引《玄怪録》、《群書類編故事》卷一引《幽怪録》、憑虚子《狐媚叢談》卷三《狐負美姬》改。《廣記》《四庫全書》本改作「至」。按：兩《唐書》有《蕭至忠傳》。

〔二〕晉州　明陳繼儒《虎薈》卷三作「衡州」，誤。按：《舊唐書·睿宗紀》：景雲元年七月，「以蕭至忠爲晉州刺史」。晉州，治臨汾縣，即今山西臨汾市。下文云「薪者樵於霍山」，霍山又名霍太山、太岳山，在晉州霍邑縣（今山西霍州市）東南。

〔三〕谷崒　《狐媚叢談》、《廣豔異編》卷二八《丹飛先生傳》、《稗家粹編》卷四《蕭志忠》作「谷窣」，「窣」字譌。按：谷崒，山谷中林木聚集處。崒，通「萃」。《廣記》、《逸史搜奇》庚集六《蕭志忠》作「悉窣」。

〔四〕枯　《廣記》、《狐媚叢談》作「林」。

〔五〕豹　《廣記詳節》作「虎」。

〔六〕玄　《事文類聚》前集卷三、《事類備要》前集卷二、《類編故事》作「九」，《群仙録》作「元」。

〔七〕汝等若干合箭死若干合鎗死若干合網死若干合棒死若干合狗死若干合鷹死　原作「汝等若干合鷹死，若干合箭死」，據《廣記》補改。《廣記詳節》亦同，「汝」作「爾」。

〔八〕向　原作「白」，據陳本、《廣記》、《狐媚叢談》、《廣豔異編》、《稗家粹編》、《逸史搜奇》改。

〔九〕等　此字原無，據《廣記》、《狐媚叢談》補。

〔一〇〕死亦　《廣記》、《逸史搜奇》作「即實」，《廣豔異編》作「即死」。按：「實」蓋「死」之譌字。

〔一一〕余等　原脱「等」字，據《廣記詳節》補。《廣記》作「某等」。

〔一二〕但　《廣記》下有「今自」二字，《廣記詳節》「今」誤作「令」。

〔一三〕東谷嚴四善謀爾等可就彼祈求　《廣記》「嚴四」下有「兄」字。《事文類聚》前集卷三、《事類備要》前集卷二、《類編故事》作「東谷嚴四善課，試爲求計」。

〔一四〕畢　陳本作「翼」，《稗家粹編》作「異」，《逸史搜奇》作「冀」，均譌。
〔一五〕既至東谷　《事文類聚》前集卷三作「行至深岩」，《事類備要》前集卷二、《類編故事》作「至深巖」。
〔一六〕茅堂　《廣記詳節》「茅」作「第」，當譌。
〔一七〕生　《廣記》作「救」，孫校本、《廣記詳節》作「術」。
〔一八〕蕭使君役人必恤其饑寒　陳本、《稗家粹編》、《狐媚叢談》作「蕭使君從仁心，恤其饑寒」，《逸史搜奇》同，「仁」作「人」，《廣豔異編》作「蕭使君懷仁心，恤人飢寒」。
〔一九〕降雪　《揮麈餘話》作「致雨」，誤。
〔二〇〕思由　《廣記》作「司户」，《廣記詳節》作「司田」。按：司户參軍事、司田參軍事，均爲州之僚佐。
〔二一〕空　《虎薈》作「青」。
〔二二〕不無恨恨　陳本、《稗家粹編》作「無限恨」。
〔二三〕千　《廣記》作「十」，《廣記詳節》同，明許自昌刻本作「千」，陳本、《稗家粹編》、《狐媚叢談》、《廣豔異編》、《逸史搜奇》作「十萬」。
〔二四〕元祀　《廣記》、《全唐詩》卷八六七嚴含質詩作「元紀」。《廣記》孫校本作「元祀」。按：元祀，元年。《尚書・伊訓》：「惟元祀，十有二月，乙丑。」陸德明《釋文》：「祀，年也。夏曰歲，商曰祀，周曰年。」作「紀」譌。
〔二五〕殘妝妖媚　《廣記詳節》「妝」作「粉」，陳本「妖」作「嬌」。

〔三六〕瓶　《廣記》孫校本作「鏺」。按：《説文》金部：「鏺，兩刃，有木柄，可㠯乂艸。」當誤。
〔三七〕二　《廣記》誤作「一」，孫校本、《廣記詳節》作「二」。
〔三八〕其　《廣記》、《狐媚叢談》作「且」。
〔三九〕末明　《事文類聚》前集卷三、《事類備要》前集卷二、《類編故事》、《天中記》卷二引《齒（幽）怪録》前有「翌日」二字。

按：《稗家粹編》卷四、《狐媚叢談》卷三、《廣豔異編》卷二八據傳本《玄怪録》採入，分别題作《蕭志忠》、《狐負美姬》、《丹飛先生傳》。《逸史搜奇》庚集六亦載，題《蕭志忠》。

李汭

牛僧孺　撰

漢中從事李汭言：天寶中，有士人崔姓者〔一〕，尉於巴蜀，纔至成都而卒。時連帥章仇兼瓊，哀其妻少而無投止，因於青城〔二〕下置一别墅。又以其色美，欲聘納之，計無所出。謂其夫人曰：「貴爲諸侯妻，何不盛爲盤筵，邀召女客？五百里内，盡可迎致。」夫人甚悦。兼瓊因命衙官，遍報五百里内女郎，即日會成都，意欲因會便留亡尉妻。時已爲舅納之〔三〕，盧舅密知兼瓊意，令尉妻辭疾不行。兼瓊大怒，促左右百騎往收捕。盧舅時方食，兵騎繞宅四合，盧談笑自若，殊不苦〔四〕懷。食訖，謂尉妻曰：「兼瓊之意可知矣，夫人不可不行。少頃即當送素色衣來，便可服之而往。」言訖，乘驢〔五〕出門，兵騎前攬不得，徐徐而去，追不能及。俄使一小童捧箱，内有故青裙、白衫子、緑帔子、緋羅縠絹素，皆非世人之所有。尉妻服之至成都，諸女郎皆先期而至。兼瓊覘於帷下。及尉妻入，光彩繞身，美色旁射〔六〕，不可正視，坐皆懾〔七〕氣，不覺起拜。會訖歸，三日而卒，紅壞立盡。

兼瓊大駭，具狀録奏聞。帝〔八〕問張果，果云：「知之，不敢言，請問青城王老。」帝即詔兼瓊求訪王老進之。兼瓊搜索青城山前後，並無此人。惟草市藥肆云：「常有二人日來賣〔九〕山藥，稱王老所使。」二人至，兼瓊即令衙官隨訪。入山數里，至一草堂，王老皤然鬢髮，隱几危坐。衙官隨入，遂宣詔，兼致兼瓊意。王老曰：「此必多言小子〔一〇〕張果也。」因與兼瓊尅期至京師，令先發表，不肯乘傳，兼瓊從之。使纔至銀臺，王老亦到。帝召問，張果猶在席〔一一〕側，見王老，惶恐再拜。王老叱果曰：「小子何不言之！又遣遠取吾來。」果言：「小仙不敢，專俟仙伯言耳。」王老〔一二〕因奏曰：「盧二舅即太元夫人庫子，因假下遊，以亡尉妻微有仙骨，故納爲媵。無何，盜太元夫人衣服與着，已受謫至重，爲鬱單天子矣。亡尉妻以衣太元夫人衣服，墮無間獄矣。」奏訖，苦不願留，帝命放還。出後不知所在也。（據中華書局版程毅中點校十一卷本《玄怪録》卷七校録，又《太平廣記》卷三一引《玄怪録》）

〔一〕崔姓者　此三字原無，據《廣記》、元趙道一《歷世真仙體道通鑑》卷四三《王老》補。
〔二〕青城　《廣記》、《真仙通鑑》下有「山」字。按：青城即青城山。
〔三〕時已爲盧舅納之　《廣記》作「不謂已爲族舅生納之矣」，《真仙通鑑》作「不謂已爲盧舅納之訖」。
〔四〕苦　《廣記》、《真仙通鑑》作「介」。
〔五〕驢　《廣記》、《真仙通鑑》作「騾」。
〔六〕射　陳本作「睹」。
〔七〕慴　《廣記》作「攝」，孫校本、《真仙通鑑》作「慴」。
〔八〕帝　《廣記》作「玄宗」，乃編纂者所改，下同。《真仙通鑑》亦作「玄宗」，乃據《廣記》。
〔九〕賣　原作「買」，據《廣記》、《真仙通鑑》改。
〔一〇〕子　《廣記》作「兒」。《真仙通鑑》改作「仙」。
〔一一〕席　《廣記》作「玄宗」，則所據之本原作「帝」。《真仙通鑑》同《廣記》。
〔一二〕王老　此二字原無，據《廣記》、《真仙通鑑》補。

按：本篇陳本題作《李汭言》，誤。

劉法師

牛僧孺　撰

貞元〔一〕中，華州〔二〕雲台觀有劉法師者，鍊氣絶粒，迨二十年。每三元設齋，則見一人，衣縫掖，面黧瘦，來居末座，齋畢而去。如此者十餘年，而衣服顔色不改。法師異而問之，對曰：「余姓張，名公弼，住蓮花峰東隅。」法師意此處無人之境，請同往。公弼怡然許之，曰：「此中甚樂，師能便往，亦當無悶。」

法師遂隨公弼行，三二十里，援蘿攀葛，纔有鳥道。經過崖谷險絶，雖猿狖不能過也，而公弼履之若夷途，法師從行亦無難。遂至一石壁削成，高直千〔三〕餘仞，下臨無底之谷。一逕闊數寸，法師與公弼側足而立。公弼乃以指扣石壁，中有人問曰：「爲誰？」對曰：「某。」遂劃然開一門，門中有天地日月。公弼將入，法師隨公弼亦入。其人乃怒，謂公弼曰：「何故引外人來？」其人因闔門，則又成石壁矣。公弼曰：「此非他人，乃雲臺劉法師也。余久交，故請來此，何見拒之深也！」又開門，内公弼及法師。公弼曰：「法師此來甚飢，君可豐食遺之。」其人遂問法師：「便能住否？」法師請以後期。其人遂取一盂水，以肘後青囊中刀圭粉和〔四〕之，以飲法師。其味甚甘香，飲畢而饑渴之想頓除矣。公弼曰：

「余昨云山中甚樂，君盍爲戲，令法師觀之？」其人乃以水噀東谷中。俄有蒼龍、白象各一對舞，舞甚妙；威鳳、綵鸞各一對歌，歌甚清。頃之，公弼送法師迴，師却顧，惟見青崖丹壑，向之歌舞，一無所覩矣。

及去觀將近，公弼乃辭。法師至觀，處置事畢，却尋公弼，則步步險阻，杳不可階。法師〔五〕痛恨前者不住，號天叫地，遂成腰疾。公弼更不復至矣。兹昭應縣尉薛公幹爲僧孺叔父言也。（據中華書局版程毅中點校十一卷本《玄怪録》卷八校録，又《太平廣記》卷一八引《續玄怪録》）

〔一〕貞元　《廣記》、《新編古今奇聞類紀》卷九引《續玄怪録》作「貞觀」。

〔二〕華州　《廣記》、《奇聞類紀》作「華陰」。按：華陰縣屬華州。《太平寰宇記》卷二九《華州・華陰縣》：「雲臺觀，在縣南山下六里。」

〔三〕千　陳本作「十」。

〔四〕粉和　陳本作「糝」。

〔五〕法師　此二字原無，據《廣記》、《奇聞類紀》補。

按：《廣記》注出《續玄怪録》，誤。末云：「兹昭應縣尉薛公幹爲僧孺叔父言也。」明爲僧孺所作。

古元之

牛僧孺　撰

古元之，不知何許人也。嘗暴疾，屍卧數日，家以爲死，已而醒，却生矣〔一〕。元之云：當昏醉時，忽如〔二〕有人沃冷水於體中。仰見一衣冠〔三〕，絳裳霓帔，儀容甚偉〔四〕，顧元之曰：「吾乃古弼〔五〕也，是汝遠祖。適欲至和神國中，無人擔囊侍從，故來取汝。」即令負一大囊，可重一鈞。又與一竹杖，長丈二餘。令元之乘騎隨後，飛舉甚速，常在半天。西南行，不知里數，山河愈遠，欻然下地，已至和神國。

其國無大山，高者不過數十丈〔六〕，山皆積碧珉〔七〕，石際生青彩簵篠。異花珍果，軟草香媚，好禽嘲哳。山頂皆正平如砥，清泉迸下者二三百道。原野無凡樹，悉生百果及相思、柟榴之輩〔八〕。每果樹花卉俱發，實色鮮紅，映翠葉於香叢之下，紛錯滿樹，四時不改〔九〕。唯一歲一度，暗換花實葉等，更生新嫩，人不知覺。田疇盡長大瓠，瓠中實皆〔一〇〕五穀，甘香珍美，非中國稻粱〔一一〕所擬。人得足食，不假耕種。原隰滋茂，蕕穢不生。一年一度，出綵絲樹，枝幹悉纏繞五色絲纊，人得隨色收取，任意織紝，異錦纖羅〔一二〕，不假蠶杼。

四時之氣，常熙熙和淑，如中國二三月。無蚊、虻〔一三〕、蟆〔一四〕、蟣〔一五〕、虱、蜂、蠍、蛇虺、守宮、蜈蚣、蛛、蟻〔一六〕之蟲，又無鴟梟、鴉、鷂〔一七〕、鵂鶹、蝙蝠之禽，又無虎、狼、豺、豹、狐狸、驀駮之獸，又無貓、鼠、豬、犬擾害之類。其人長短妍媸皆等，無有嗜慾愛憎之志。人生二男二女，爲鄰則世世爲婚姻。笄年而嫁，二十而娶。人壽百二十，中無夭折、疾病、瘖聾、跛躄之患。百歲以下，皆自記憶，百歲已外，皆不知其壽幾何。至壽盡，則欻然失其所在，雖親戚子孫，皆忘其人，故常無憂慼。每日午時一食，中間惟食酒漿果實耳。餐亦不知所化，不置溷所。人無私積囷倉，餘糧棲畝，要者取之。無灌園鬻蔬，野菜皆足人食。十畝有一酒泉，味甘而香。國人日相攜遊覽歌詠，陶陶然，暮夜而散，未嘗昏醉。人人有婢僕，皆自然謹慎，知人所要，不煩役〔一八〕使。隨意屋室，靡不壯麗。其國六畜唯有馬，馴擾〔一九〕而駿，不用芻秣，自食野草，不近積聚。人要乘則乘，乘訖而却放，亦無主守。其國千官皆足，而仕宦不自知其身之在仕，雜於下人〔二〇〕，以無〔二一〕職事操斷也。雖有君主，而君不自知爲君，雜於千官，以無職〔二二〕事昇貶也。又〔二三〕無迅雷風雨，其風常微輕如〔二四〕煦，襲萬物不至木有鳴條〔二五〕。其雨十日一降，降必以夜，津潤調〔二六〕暢，不至地有淹流。一國之人，皆自相親，有如戚屬，人各相惠多與〔二七〕，無市易商販之輩，以不求利故也。

古弼既到其國，顧謂〔二八〕元之曰：「此和神國也，雖非神仙，風俗不惡。汝回，當爲世人言之。吾既至此，迴即別求人負囊，不用汝矣。」因以酒飲元之。元之引〔二九〕滿數巡，不覺沈醉冥然。既而復醒，身已活矣。自是元之疏逸人事〔三〇〕，無宦情之意，遊行山水，自號知和子。竟不知其終也。（據中華書局版程毅中點校十一卷本《玄怪録》卷八校録，又《太平廣記》卷三八三引《玄怪録》）

〔一〕「古元之」至「却生矣」 《廣記》作：「後魏尚書令古弼族子元之，少養於弼，因飲酒而卒。弼憐之特甚，三日殮畢，追思，欲與再別，因命斵棺，開已却生矣。」陳本、《紺珠集》卷五及《類説》卷一一《幽怪録·和神國》作「李元之」，《海録碎事》卷一三下引《幽怪録》作「李元」，脱「之」字，並誤。按：古弼，亦稱吐奚愛弼。北魏代郡（治今山西大同市東北）人。鮮卑族。少忠謹好讀書，又善騎射。初爲獵郎，以敏正著稱。北魏明元帝拓跋嗣嘉之，賜名曰「筆」，取其直而有用之意。後改名弼，言其爲輔佐之材。魏太武帝拓跋燾時，官至尚書令。魏文成帝拓跋濬即位，坐議不合旨，黜爲外都大官，有怨謗之言，其家人告巫蠱，被殺。見《魏書》卷二八本傳。

〔二〕忽如 《廣記》作「忽然如夢」。

〔三〕仰見一衣冠 《廣記》作「仰視，乃見一神人，衣冠」。

〔四〕儀容甚偉 《廣記》作「儀貌甚俊」。

〔五〕古弼 《廣記》作「古説」，下同，《類説》、《海録碎事》作「古弼」。按：《廣記》云古元之乃古弼族子，古説乃其遠祖，古説者虚構人物。《玄怪録》今本則云古弼乃其遠祖，無族子之説，故二説皆可通。

〔六〕高者不過數十丈　此句原無，據《廣記》補。

〔七〕珉　原譌作「岷」，據《廣記》改。

〔八〕楠榴之輩　《廣記》「楠榴」作「石榴」，明鈔本、孫校本作「南榴」，《會校》據改。按：左思《吴都賦》：「楠榴之木，相思之樹。」劉逵注：「南榴，木之盤結者，其盤節文尤好，可以作器。」「輩」《廣記》明鈔本作「類」，《會校》據改。按：物亦可稱輩。《史記》卷六五《孫子吴起列傳》：「馬有上、中、下輩。」清曹溶《倦圃蒔植記》卷上：「杏、李、櫻桃、來禽及單葉桃、石榴之輩，則當别爲果子花一門。」

〔九〕改　陳本作「斷」。

〔一〇〕皆　原作「以」，據《三洞群仙録》卷一八引《神仙傳》改。

〔一一〕稻粱　陳本下有「肥脂」二字。

〔一二〕人得隨色收取任意織紝異錦纖羅　原作「人得隨色織紝」，據《廣記》補。

〔一三〕蚊虻　陳本作「蛟螭」，《類説》「虻」作「蚋」。

〔一四〕螟　《廣記》明鈔本作「螻」，《會校》據改。

〔一五〕蟣　《廣記》作「蟻」。

〔一六〕蟻 《廣記》作「蠓」。

〔一七〕鵠 《類説》作「鵲」。

〔一八〕役 《廣記》作「促」。

〔一九〕擾 《廣記》作「極」。

〔二〇〕下人 陳本無「人」字。

〔二一〕以無 陳本作「無以」，下同。

〔二二〕職 陳本、《廣記》明鈔本作「機」。

〔二三〕又 《廣記》孫校本作「天」，《會校》據改。

〔二四〕如 《廣記》明鈔本作「和」，《會校》據改。

〔二五〕木有鳴條 《廣記》作「於搖落」。

〔二六〕調 《廣記》作「條」。

〔二七〕人各相惠多與 《廣記》作「各各明惠」。

〔二八〕謂 孫校本作「視」。

〔二九〕引 《廣記》作「飲」。按：引，舉杯。

〔三〇〕人事 此二字原無，據《廣記》補。

葉天師

牛僧孺　撰

開元中，道士葉静能，講於明州奉化縣興唐觀。自陞座也，有老父白衣而髯者，每先來而後去，必遲遲然，若有意欲言而未能者。講將罷去，愈更淹留。聽徒畢去，師乃召問。泣拜而言，自稱鱗位，曰：「有意求哀，不敢自陳。既蒙下問，敢不盡其誠懇。位實非人，乃寶藏之守龍也。職〔一〕在觀南小海中，千秋無失，乃獲稍遷，苟或失之，即受炎沙之罰。今九百餘年矣。胡僧所禁，且三十春。其僧虔心，有大咒力。今憂午日午時，其術即成，來喝水乾，寶〔二〕無所隱。弟子當死，不敢望榮遷。然千載之炎海，誠不可忍。惟仙師哀之，必免斯難，不敢忘德。」師許之，乃泣謝而去。

師恐遺忘，乃大書其柱曰：「午日午時救龍。」其日赴食於邑人，既迴，方憩，門人忽讀其柱曰：「午日午時救龍。今方欲午，吾師正憩，豈忘之乎？」將入白〔三〕，師已聞，遽問曰：「今何時？」對曰：「頃刻正午耳。」仙師遽使青衣門人執墨書符，急〔四〕往海。一里餘，見黑雲慘空，毒風四起，有婆羅門仗劍〔五〕乘黑雲，持咒於海上連喝，海水尋減半矣，青衣使亦隨聲墮焉。又使黄衣門人執朱符奔馬以往，去海一百餘步，又喝，尋墮，海水十涸七八矣。有白龍跳躍淺波中，喘喘焉。又使朱衣使執黄符以往，僧又喝之，連喝不墮，及岸，則海水纔一二尺，白龍者奮鬣張口於沙中。朱衣使投符於海，隨手水復。婆羅門撫劍而歎曰：「三十年精勤，一旦術盡，何道士之多能哉！」拗怒而去。

既空〔六〕海恬然，波停風息。前墮二使，亦漸能起，相與偕歸，具白於師。未畢，老父者已到，泣拜曰：「向者幾死於胡術，非仙師之力，不能免矣。位獸也，懼不克報，然終天依〔七〕附，願同門人，可指使也。若承師命，雖秦越地阻，江山路殊，一念召之，即立左右矣。」自是朝夕定省，若門人焉。

師以其觀在原上，不可穿井，童稚汲水，必於十里之外，闔觀患之。他日，師謂髯父曰：「吾居此多日，憐其汲遠，思繞觀有泉以濟之，子可致乎？」曰：「泉水之流，大界所有，非力可致。然師能見活，又脱千年之苦，豈可辭乎？夫非可致而致之，界神將拒，俟戰勝然後可。令諸人皆他徙。其日晦明三復，然後歸，庶幾有從命之功。」合觀從之。過期而還，則石甃繞觀，清流潺潺，既周而南，入於海。黄冠賴焉，乃題渠曰「仙師渠」。師所以妙術廣大天下〔八〕，蓋龍之所助焉。（據中華書局版程毅中點校十一卷本《玄怪録》卷一〇校録）

〔一〕職　《逸史搜奇》壬集三《葉天師》作「只」。
〔二〕寶　原作「實」，據《類説》卷一一《幽怪録·胡僧呪海水》改。
〔三〕白　此字原無，據《逸史搜奇》補。
〔四〕急　陳本、《逸史搜奇》作「奔」。
〔五〕仗劍　原作「伏劍」，據《類説》、《逸史搜奇》改。按：伏劍，自刎。《左傳》襄公三年：「魏絳至，授僕人書，將伏劍。」
〔六〕既空　《逸史搜奇》作「少間」。
〔七〕依　《類説》作「皈」。
〔八〕天下　《逸史搜奇》作「者」。

按：《廣記》未引。《逸史搜奇》壬集三輯入，題同。

唐五代傳奇集第三編卷五

張寵奴

牛僧孺　撰

長慶元年，田令公弘正之失律鎮陽也，進士王泰客焉。聞兵起，乃出城南走。時兵交於野，乃晝伏宵行。入信都五六里，忽有一犬黄色隨來。俄而犬顧泰曰：「此路絶險，何故夜行？」泰默然久之，以誠告之曰：「鎮陽之難耳〔一〕。」犬曰：「然得逢捷飛，亦郎之福也。」許捷飛爲僕，乃可無患。」泰私謂：「夫人行爽於顯明之中者，有人責；行爽於幽冥之中者，有鬼誅。今吾行無爽，於吾何誅？神祇尚不懼，況妖犬乎？固〔二〕可以正制之耳。」乃許焉。犬忽化爲人，拜曰：「幸得奉事〔三〕。然捷飛鈍於行，請元從暫爲驢，借捷飛乘之，乃可從行。」泰驚不對，乃驅其僕下路，未數步，不覺已爲驢矣，犬乃乘之。泰甚懼，然無計禦之，但仗正心而已。

偕行十里，道左有物，身長數尺，頭面倍之，赤目而髯者，揚眉而笑曰：「捷飛，安得事人？」犬曰：「吾乃委質於人。」乃曰：「郎幸無怖。」大頭者低〔四〕面而走。又數里，逢大面多眼者，赤光閃閃，呼曰：「捷飛，安得事人？」又對如前，多眼者亦遁去。捷飛喜曰：「此二物者，以人爲上味，得人則戲投而争食之，困然後食。今既去矣，餘不足畏。更三五里，有居人劉老者，其家不貧，可以小憩。」俄而到焉，乃華居大第也。犬扣其門，有應而出者，則七十餘老人，行步甚健，啓門，喜曰：「捷飛，安得與上客來？」犬曰：「吾遊冀州不遇，迴次山口，偶事王郎。郎以違鎮陽之難，不敢晝行，故夜至。今極困，願得稍休。」老人曰：「何事不可！」因揖以入，館泰於廳中。盤饌品味，果栗之屬，有頃而至。又有草粟筐貯飼馬，化驢亦飽焉。當食而捷飛預坐，曰：「倦行之人，夜蒙嘉饌，若更有酒，主人之分盡矣。」老人曰：「不待啓言，已令滌器。」俄有小童陳酒器，亦甚精潔。老人令捷飛酌焉，遂與同飲。數巡，捷飛曰：「酒非默飲之物，大凡人之家樂，有上客而不見，復誰見乎？」老人曰：「但以山中妓女不足侍爲懼〔五〕，安敢惜焉？」

遽召寵奴。有頃，聞寵奴至，乃美妓也，貌稱三十餘，拜泰而坐其南，辭色頗不平。泰請歌，即唱。老人請，即必辭拒。犬曰：「寵奴之不肯歌者，當以無侣爲恨耳。側近有花眼者，亦善歌，盍召乎？」主人遽令邀之。少頃呼入，乃十七八女子也。其服半故，不甚鮮華，坐寵奴之下。巡及老人，請花眼即唱，請寵奴即不唱。其意愈不平，似有所訴。巡又至老人，執杯固請不得，老人頗愧，乃笑曰：「常日請歌，寵奴未省相拒，今有少客，遂棄老夫耶？然以舊情當未全替，終請一曲。」寵奴拂衣起，曰：「劉琨被段疋磾殺却，張寵奴乃與老野狐唱歌來！」燈火俱滅，滿廳暗然。

徐窺户外似明，遂匍匐而出。顧其廳，即大墓也。馬繫長松下，舊僕立於門前，月輪正午。泰問其僕曰：「汝向者何爲？」曰：「夢化爲驢，爲人所乘，而與馬偕食草焉。」泰乃尋前路而去。行十餘里，天曙，逢耕人，問之曰：「近有何墓？」對曰：「此十里内，有晉朝并州刺史劉琨歌姬張寵奴墓。」乃知是昨夜所止也。又三數里，路偶有朽骷髏，傍有穿穴，草生其中，泛[六]視之，若四眼，蓋所召花眼也。而思大頭多眼者，杳不可知也。

吾嘗以儒視世界，人死固有鬼，以釋觀之，輪迴之義，理亦昭然。奈何此妓華[七]落千載，猶歌於冥冥[八]之中？則信乎視聽之表，聖賢有不言者也。（據中華書局版程毅中點校十一卷本《玄怪録》卷一〇校録）

〔一〕耳　原作「矣」，據元佚名《異聞總録》卷三改。

〔二〕固　陳本、《逸史搜奇》庚集三《張寵奴》作「故」。按：故、固，同義。

〔三〕事　陳本作「侍」。

〔四〕低　《異聞總録》作「抵」。

〔五〕但以山中妓女不足侍爲懽　《逸史搜奇》無「爲懽」二字。《異聞總録》作「但以山中妓女，不足侍歡」。

〔六〕泛　原作「近」，據陳本、《異聞總録》、《逸史搜奇》改。

〔七〕華　《異聞總録》作「牢」。

〔八〕冥冥　《逸史搜奇》作「冥寞」。

按：《廣記》未引。《姬侍類偶》卷上《寵奴侍座》引作《續玄怪録》。觀其叙事風格，幻誕奇詭，趣味具足，當爲牛書。《異聞總録》卷三、《逸史搜奇》庚集三採入，後書題《張寵奴》。

華山客

牛僧孺　撰

党超元者，同州郃陽縣人。元和二年，隱居華山羅敷水南。明年冬十二月十六日，夜近二更，天清〔一〕月朗，風景甚好。忽聞扣門之聲，令童候之，云：「一女子，年可十七八，容色絶代，異香滿路。」超元邀之而入，與坐，言詞清辯，風韵甚高，固非人世之材。良久，曰：「君識妾何人也？」超元曰：「夫人非神仙耶〔二〕？必非尋常人也。」女曰：「非也。」又曰：「君知妾此來何欲？」超元曰：「不以陋愚，特垂枕席之歡耳。」女笑曰：「殊不然也。妾非神仙，乃南冢之妖狐也。學道多年，遂成仙業。今者業滿〔三〕願足，須從凡例，祈君活之耳。枕席之娛，笑言之會，不置心中有年矣，乞不以此懷疑，若徇微情，願以命託。」超元唯唯。又曰：「妾命後日當死於五坊箭下。來晚獵徒有過者，宜備酒食以待之。彼必問其所須，即曰：『親愛有疾，要一臘〔四〕狐，能遂私誠，必有殊贈。』以此懇請，其人必從。贈禮所須，今便留獻。」因出束素與党，曰：「得妾之屍，請夜送舊穴。道成之後，奉報不輕。」乃拜泣而去。

至明，乃鬻束素，以市酒肉，爲待賓之具。其夕，果有五坊獵騎十人來求宿，遂厚遇之。十人相謂曰：「我獵徒也，宜爲衣冠所惡。今党郎傾蓋如此，何以報之？」因問所須，超元曰：「親戚有疾，醫藉臘狐，其疾見困，非此不愈。」乃祈於諸人：「幸得而見惠，願奉五素，爲酒樓費。」十人許諾而去。南行百餘步，有狐突走繞大冢者，作圍圍之，一箭而斃。其徒喜曰：「昨夜党郎固求，今日果獲。」乃持來與超元，奉之五素。既去，超元洗其血，卧於寢床，覆以衣衾。至夜分人寂，潛送穴中，以土封之。

後七日夜半，復有扣門者。超元出視，乃前女子也，又延入。泣謝曰：「道業雖成，准例當死，爲人所食，無計復生。今蒙深恩，特全斃質，修理得活，以證此身。磨頂至踵，無以奉報。人塵已去，雲駕有期，仙路遥遥，難期會面，請從此辭。藥金五十斤，聊〔五〕充贈謝。此金每兩值四十緡，非胡客勿示。」乃出其金，再拜而去，且曰：「金烏乍〔六〕分，有青雲出於冢上者，妾去之候也。火宅之中，愁焰方熾，能思静理，少滌〔七〕俗心，亦可一念之間，暫臻涼地。勉之！勉之！」言訖而去。

明晨往〔八〕視，果有青雲出於冢上，良久方散。及〔九〕驗其金，真奇寶也。即日攜入市，市人只酬常價。後數年，忽有胡客來詣〔一〇〕，曰：「知君有異金，願一觀之。」超元出示，胡笑曰：「此乃九天液〔一一〕金，君何以致之？」於是每兩酬四十緡，收之而去。後不知其所在耳。（據中華書局版程毅中點校十一卷本《玄怪録》卷一一校録）

〔一〕清　陳本、《狐媚叢談》卷三《狐仙》、《逸史搜奇》壬集七《華山客》、《稗家粹編》卷八《華山客》作「晴」。

〔二〕耶　陳本、《狐媚叢談》、《逸史搜奇》、《稗家粹編》、《廣豔異編》卷二九《狐僊》作「即」，連下讀。

〔三〕滿　《類説》卷一一《幽怪録·塚狐學道成仙》作「圓」。

〔四〕臘　陳本、《類説》作「獵」。

〔五〕聊　陳本、《狐媚叢談》、《逸史搜奇》、《稗家粹編》、《廣豔異編》作「收」。

〔六〕乍　陳本、《狐媚叢談》、《逸史搜奇》、《稗家粹編》作「未」。

〔七〕滌　《類説》、《廣豔異編》作「息」。陳本作「慰」，《狐媚叢談》、《稗家粹編》作「思」，《逸史搜奇》作

「沃」。

〔八〕往　陳本、《狐媚叢談》、《逸史搜奇》、《稗家粹編》作「專」。

〔九〕及　陳本、《狐媚叢談》、《逸史搜奇》、《稗家粹編》、《廣豔異編》作「人」。

〔一〇〕詣　原作「請」，據陳本、《狐媚叢談》、《逸史搜奇》、《稗家粹編》、《廣豔異編》改。

〔一一〕液　陳本、《狐媚叢談》、《逸史搜奇》、《稗家粹編》、《廣豔異編》作「掖」。

按：《廣記》未引。本篇後收入《狐媚叢談》卷三、《逸史搜奇》壬集七、《稗家粹編》卷八、《廣豔異編》卷二九，《狐媚叢談》、《廣豔異編》易題《狐仙》。

尹縱之

牛僧孺　撰

尹縱之，元和四年八月，肄業中條山西峰。月朗風清，必吟嘯鼓琴以怡衷。一夕，聞檐外履步之聲，若女子行者。縱之遥謂曰：「行者何人？」曰：「妾山下王氏女，所居不遠，每聞郎君吟咏鼓琴之聲，未嘗不傾耳向風，凝思於蓬户。以父母訓嚴，不敢來聽。今夕因親有適人者，父母俱往，妾乃獨止。復聞久慕之聲，故來潛聽，不期郎之聞也。」縱之曰：「居止接近，相見是常。既來聽琴，何不入坐？」縱之出迎，女子乃拜。縱之略復之，引以入户，設榻命坐。儀貌風態，綽約異常，但耳稍黑。縱之以爲真村女之尤者也。山居閒寂，頗積愁思，得此甚愜心也。命僕夫具果煮茗，彈琴以怡之。山深景静，琴思清遠，女意歡極。因留宿，女辭曰：「父母如何？」縱之曰：「喜會是赴，固不夜歸。五更潛復閉户爲獨宿者，父母曙到，亦何覺之？」女笑而止。相得之歡，誓將白首，綢繆之意，無不備盡。

天欲曙，衣服將歸。縱之深念，慮其得歸而難召也，思留質以繫之。顧床前有青花氈履，遽起取一隻鎖於櫃中。女泣曰：「妾貧，無他履，所以承足止此耳。郎若留之，當跣足而去，父母召問，以何説告焉？杖固不辭，絶將來之望也。」縱之不聽。女泣曰：「妾父母嚴，聞此惡聲，不復存命。豈以承歡一宵，遂令死謝？繾綣之言，聲未絶耳，不忘陋拙，許再侍枕席。每夕尊長寢後，由可潛來。若終留之，終將殺妾，非深念之道也。綢繆之歡，棄不旋踵耳，且信誓安在？」又拜乞曰：「但請與之。一夕不至，任言於鄰里。」自五更至曉，泣拜床前，言辭萬端。縱之以其辭懇，益疑，堅留之。將明，又不敢住，又泣曰：「是妾前生負郎君，送命於此。然郎之用心，神理所殛，修文求名，終無成矣！」收淚而去。

縱之以通宵之倦，忽寢熟，日及窗方覺。聞床前腥氣，起而視之，則一方凝血在地，點點而去。開櫃驗氈履，乃猪蹄殼也。遽策杖尋血而行，至山下王朝猪圈，血踪入焉。乃視之，一大母猪，無後右蹄殼，血卧〔一〕牆下。見縱之，怒目而走。縱之告王朝，朝執弓矢逐之，一矢而斃。其年，縱之下山求貢，雖聲華籍甚〔二〕，然〔三〕終無成，豈負豕之罪歟？（據中華書局版程毅中點校十一卷本《玄怪録》卷一一校録）

〔一〕卧　陳本、《逸史搜奇》庚集四《尹縱之》、《廣豔異編》卷二六《尹縱之》、《稗家粹編》卷七《尹縱之》作「引」。

〔二〕甚　陳本作「盛」。

〔三〕然　陳本作「終」。

按：《廣記》未引。本篇後採入《逸史搜奇》庚集四、《廣豔異編》卷二六、《稗家粹編》卷七。

王煌

牛僧孺　撰

太原王煌，元和三年五月初申時，自洛之緱氏莊。乃出建春門二十〔一〕里，道左有新冢，前有白衣姬，設祭而哭，甚哀。煌微覘之，年適十八九，容色絶代。傍有二婢，無丈夫。侍婢曰：「小娘子秦人，既笄適河東裴直，未二年，裴郎乃遊洛不復。小娘子訝焉，與某輩二人，偕來到洛，則裴已卒矣。其夫葬於此，故來祭哭耳。」煌曰：「然則何歸？」曰：「小娘子少孤無家，何歸？　頃婚禮者外族，其舅已亡。今且駐洛，必謀從人耳。」煌喜曰：「煌有正官，少而無婦。　莊居緱氏，亦不甚貧。　今願傾微誠，試爲咨達。」婢笑，徐詣姬言之。姬聞而哭愈哀，婢牽衣止之，曰：「今日將夕矣，野外無所止，歸秦無生業。今此郎幸有正官而少年，行李且贍，固不急於衣食。必欲他行，捨此何適？　若未能抑情從變，亦得歸休，奈何不聽其言耶？」姬曰：「吾結髮事裴，今客死洛下。綢繆之情，已隔明晦。碎身粉骨，無謝裴恩。未展哀誠，豈忍他適？　汝勿言，吾且當還洛。」其婢以告煌，煌又曰：「歸洛非有第宅，決爲客，客〔二〕於緱，何傷？」婢復以告。姬顧日將夕，回無所抵，乃斂哀拜煌，言禮欲申，哀咽良久。

煌召左右飾騎，與煌同行，十餘里，偕〔三〕宿彭婆店。禮設别榻。每聞煌言，必嗚咽而泣，不敢不以禮待之。先曙而到芝田别業，於中堂泣而言曰：「妾誠陋拙，不足辱君子之顧。身今無歸，已沐深念。請備禮席，展相見之儀。」煌遽令陳設。對食畢，入成結褵之禮。自是相歡之意，日愈殷勤。觀其容止婉娩，言詞閒雅，工容之妙，卓絶當時。信誓之誠，惟死〔四〕而已。

後數月，煌有故入洛。洛中有道士任玄言者，奇術之士也，素與煌善。見煌顔色，大異之，曰：「郎何所偶，致形神如此耶？」煌笑曰：「納一夫人耳。」玄言曰：「所偶非夫人，乃威神之鬼也。今能速〔五〕絶，尚可生全。更一二十日，生路即斷矣，玄言亦無能奉救也。」煌心不悦。以所謀之事未果，白衣遣人請歸，其意尤切。纏綿之思，不可形狀。更十餘日，煌復入洛，遇玄言於南市，執其手而告曰：「郎之容色，決死矣。不信吾言，乃至如是。明日午時，其人當來，來即死矣。惜哉！惜哉！」因泣與煌別，煌愈惑之。玄言曰：「郎不相信，請置符於懷中。明日午時，賢寵入門，請以符投之，當見本形矣。」煌乃取其符而懷之。既背去，玄言謂其僕曰：「明日午時，芝田妖當來，汝郎必以符投之。汝可視其形狀，非青面耐重鬼，即赤面者也。入反坐汝郎，郎必死。死時視之，坐死耶？卧死耶？」其僕潛記之。

及時，煌坐堂中，芝田妖果來。及門，煌以懷中符投之，立變面爲耐重鬼。鬼執煌，曰〔六〕：「與汝情意如此〔七〕，奈何取妖道士言，令吾形見！」反捽煌，卧於床上，一踏而斃。日暮，玄言來候之，煌已死矣。問其僕曰：「何形？」僕乃告之。玄言曰：「此乃北天王右脚下耐重也，例三千年一替，其鬼年滿，自合擇替，故化形成人而取之。煌得坐死，滿三千年亦當求替。今既卧亡，終天不復得替矣。」前睹煌屍，脊骨已折，玄言泣之而去。此傳之僕人，故備書焉。（據中華書局版程毅中點校十一卷本《玄怪録》卷一一校録）

〔一〕二十　陳本作「二十五」。
〔二〕客　《廣豔異編》卷三三《王煌》作「居」，陳本、《稗家粹編》卷六《王煌》作「之」。
〔三〕偕　《稗家粹編》、《廣豔異編》作「借」。
〔四〕死　《稗家粹編》、《廣豔異編》作「篤」。
〔五〕速　《稗家粹編》、《廣豔異編》作「逋」。逋，逃也。
〔六〕鬼執煌曰　陳本、《稗家粹編》作「鬼執煌，已死矣，問其僕曰」，《廣豔異編》亦同，「死」作「昏」。
按：若依陳本，作「昏」是也。
〔七〕與汝情意如此　「與汝情意」此四字原無，據《類説》卷一一《幽怪録·娶耐重鬼》補。《廣豔異編》「如此」作「汝主」。

按：《廣記》未引。《稗家粹編》卷六、《廣豔異編》卷三三採入。

岑曦

牛僧孺　撰

進士鄭知古，睿宗朝，客於相國岑公門下有日矣。一夕，因寢於内廳〔一〕。夜分，遠聞衆鬧祈哀之聲。傾耳聽之，聲聲漸近。既而分明，聞其祈救人曰：「岑氏寒微，未達於天下，幸而生之。曦〔二〕謬掌朝政，其心畏慎，未嘗敢危人。設使婦人而持權者，其心亦猛於曦也。即曦持衡御物，生無怨人，死無怨鬼，何所觸犯，而當此戮？唯使者恕之。某等當使曦以陰緡百萬奉謝。」泣告之聲盈路。俄見大鬼丈餘，蓬頭朱衣，執長劍，逾牆而入。有丈夫、婦女、老者、少者亦隨之入，或自投於牆下遮拜，其辭懇切。大鬼不顧，又逾中門，衆亦紛紜而入。食頃，聞闔門大哭之聲，驚起聽之，大鬼者執曦頭而出，門内哭聲極哀，若有大禍。衙鼓將動，稍稍似息。

知古彷徨不知所爲，行於廊下，以及鳴鼓。鼓發，中門大開，廐吏乃飾馬，導從之士，儼立於門下矣。知古微覘之，聞曦起而□〔三〕冠矣。有頃，朝天時至，執炬者告之。曦簪笏而出，撫馬欲上，忽捫其頸曰：「吾夜半項痛，及此愈甚，如何？」急命書吏爲簡，請展前假小憩之。遂復入，行數步，回曰：「今晨有事，須自對敭。」强投簡而登馬。知古所見中夜之事小驗，益憂。有頃，一騎奔歸，泣〔四〕曰：「相國伏法矣！家當籍没。」知古逾垣而出，免爲法司所詰。前拜泣而求恕者，蓋岑氏之先也。

僕常聞人之榮辱，皆禀自陰靈。惟此鬼吏，其何神速矣！乃知幽晦之内，其可忽之乎！（據中華書局版程毅中點校十一卷本《玄怪録》卷一一校録）

〔一〕廳　《逸史搜奇》癸集七《岑曦》作「所」。

〔二〕曦　《舊唐書》卷七〇、《新唐書》卷一〇二《岑羲傳》作「羲」。按：岑羲，岑文本孫。少帝、睿宗時爲相，玄宗先天元年（七一二）坐預太平公主謀逆伏誅，籍没其家。

〔三〕□　此字原爲墨釘，陳本作「靦」，疑誤。《逸史搜奇》無此闕字。

〔四〕泣　此字原無，據《逸史搜奇》補。

按：《廣記》未引。《逸史搜奇》癸集七採入。

岑順

牛僧孺　撰

汝南岑順，字孝伯。少好學有文，老大尤精武略。旅於陝州，貧無第宅。其外族吕氏，有凶〔一〕宅，將廢之，順請居焉。人有勸者，順曰：「天命有常，何所懼耳！」卒居之。後歲餘，順常獨坐書閣下，雖家人莫得入。夜中，聞鼓鼙〔二〕之聲，不知所來。及出户，則無聞。而獨喜，自負之，以爲石勒之祥也。祝之曰：「此必陰兵助〔三〕我，若然，當示我以富貴期。」

數夕後，夢一人被甲冑，前報曰：「金象將軍使我語岑君，軍城夜警，有喧諍者，蒙君見嘉，敢不敬命。君甚有厚禄，幸自愛也。既負壯志，能猥顧小國乎？今敵國犯壘，側席委賢，欽味芳聲，願執旌鉞。」順謝曰：「將軍天質英明，師貞〔四〕以律，猥煩德音，屈顧疵賤〔五〕。然犬馬之志，惟欲〔六〕用之。」使者復命。順忽然而寤，恍若自失。坐而思夢之徵〔七〕，俄然鼓角四起，聲愈振厲。順整巾下牀，再拜祝之。須臾，户牖風生，帷簾飛揚，燈下忽有數百鐵騎，飛馳左右，悉高數寸，而被堅執鋭，星散遍地，倏閃之間，雲陣四合。順驚駭，定神氣以觀之。須臾，有卒賫書云：「將軍傳檄。」順受之，云：「地連獯虜，戎馬不息。向數十年，將老兵窮，委霜〔八〕卧甲。天設勍敵，勢不可止。明公養素畜德，進業及時，屢承嘉音，願託神契。然明公陽官，固當享大禄於聖世，今小國安敢望〔九〕之！緣天那國北〔一〇〕山賊合從，尅日會戰，事圖子夜。否臧〔一一〕未期，良用惶駭。」順謝之。

室中益燭，坐觀其變。夜半後，鼓角四發。先是東面壁〔一二〕下有鼠穴，化爲城門，壘敵〔一三〕崔嵬，三奏金革，四〔一四〕門出兵，連旗萬計〔一五〕，風馳雲走。兩皆〔一六〕列陣，其東壁下是天那軍，西壁下金象軍，部伍〔一七〕各定。軍師進曰：「天馬斜飛度三强〔一八〕，上將横行係〔一九〕四方，輜車直入無迴翔，六甲次第不乖行。」王曰：「善。」於是鼓之，兩軍俱有一馬，斜去三尺止。又鼓之，各有一步卒，横行一尺。又鼓之，車進。如是鼓漸急，而各出物色〔二〇〕，矢石亂交。須臾之間，天那軍大敗奔潰〔二一〕，殺傷塗地。王單馬南馳，數百人投西南隅，僅而免焉。先是西南有藥臼〔二二〕，王栖臼中，化爲城堡。金象軍大振，收其甲卒，輿尸横〔二三〕地。順俯伏觀之。于時一騎至，勞順〔二四〕曰：「陰陽有曆〔二五〕，得之者昌。亭亭天威，風驅霆〔二六〕激，一陣〔二七〕而勝。明公以爲何如？」順曰：「將軍英貫白日，乘天用時，竊窺神化，靈文增興〔二八〕，不勝慶快。」如是數日會戰，勝敗不常。久而王與順始見〔二九〕，神貌偉然〔三〇〕，雄姿罕儔。宴饌珍筵，與〔三一〕順致寶貝明珠珠璣無限。順遂榮於其中，所欲皆備焉。

後遂與親朋稍絶，閑間〔三二〕不出，家人異之，莫究其由。而順顔色憔悴，爲鬼氣所中。親戚共意有異，詰之不言。因飲以醇醪，醉而究〔三三〕泄之。其親人潛〔三四〕備鍬鍤，因順如廁而隔之，荷鍤亂作，以掘室内。八九尺忽坎陷〔三五〕，是古墓也。墓有塼堂，其盟器悉多，甲冑數百。前有金象〔三六〕戲局，列馬滿枰〔三七〕，皆金銅成形，其干戈之事備矣。乃悟軍師之詞，乃象戲行馬之勢也。既而焚之，遂平其地。多得寶貝，皆墓内所畜者。順聞〔三八〕之，恍然而醒，乃大吐。自此充悦，宅亦不復凶矣。時寶應元年也。（據中華書局版汪紹楹點校本《太平廣記》卷三六九引《玄怪録》校録，又《永樂大典》卷八五二七引《玄怪録》）

〔一〕凶　原作「山」，據孫校本、宋佚名《五色線集》卷下引《玄怪録》、《大典》、《廣豔異編》卷二一《金象將軍》改。

〔二〕鼓鼙　明鈔本、孫校本、《大典》作「鼙鼓」，《會校》據改。按：鼙鼓、鼓鼙義同。《左傳》定公四年：「於是殺牲，以血塗鼓鼙，爲釁鼓。」

〔三〕助　孫校本作「屬」，《大典》作「護」。

〔四〕貞　原作「真」，據明鈔本、《四庫》本、《大典》改。按：《周易·師》：「師貞，丈人，吉，無咎。」彖曰：「師，衆也。貞，正也。能以衆正，可以王矣。」

〔五〕疵賤　明鈔本「疵」作「鄙」，《會校》據改。按：疵賤，卑賤。《駱賓王文集》卷六《上吏部侍郎帝京篇啓》：「猥以疵賤之姿，繆辱請通之盼。」《玄怪録·魏朋》（《廣記》卷三四一）：「願言敦疇昔，勿以棄疵賤。」

〔六〕欲　《廣豔異編》作「所」。

〔七〕思夢之徵　《大典》作「徵夢之始」。

〔八〕委霜　「委」原作「姿」，據《大典》改。《四庫》本作「邊牆」。

〔九〕望　明鈔本作「留」，《會校》據改，誤。

〔一〇〕北　《大典》作「與」。

〔一一〕否臧　「臧」原作「滅」，據《大典》改。《廣豔異編》作「殄滅」，亦譌。按：《周易·師》：「初六，師出以律，否臧，凶。」孔穎達疏：「否謂破敗，臧謂有功。」

〔一二〕東面壁　《廣豔異編》作「西壁」。

〔一三〕壘敵　程毅中點校本作「壘堞」，不知何據。按：《大典》、《廣豔異編》均亦作「壘敵」。壘敵，用於禦敵之壁壘。
〔一四〕四　《大典》作「西」。
〔一五〕計　《廣豔異編》作「騎」。
〔一六〕皆　《廣豔異編》作「階」。
〔一七〕伍　原作「後」，據《五色線》、《大典》、《廣豔異編》改。
〔一八〕强　原作「止」，《大典》作「年」，《五色線》作「强」。按：「强」字入韻，據《五色線》改。
〔一九〕係　《大典》作「擊」，《五色線》、《廣豔異編》作「繫」。
〔二〇〕色　原作「包」，據《大典》改。明鈔本、孫校本作「炮」，《會校》據改。按：物炮不辭，誤。
〔二一〕潰　孫校本作「走」，《大典》作「北」。
〔二二〕臼　此字原脱，據《大典》補。明鈔本作「曰」，顯爲「臼」字形譌。
〔二三〕横　《大典》作「拓」。
〔二四〕勞順　原作「禁頒」，「禁」連上讀，據《大典》改。按：勞，慰勞。
〔二五〕曆　原作「厝」，據孫校本、《大典》改。
〔二六〕霆　原作「連」，據《大典》改。《廣豔異編》作「電」。
〔二七〕陣　明鈔本、《大典》作「戰」，《會校》據改。

〔二八〕靈文增興　「增興」二字原脱，據明鈔本、孫校本、《大典》補。孫校本「興」譌作「與」。《大典》「靈」作「櫺」。

〔二九〕久而王與順始見　此句原無，據《大典》補。

〔三〇〕神貌偉然　前原有「王」字，據《大典》删。

〔三一〕與　《大典》作「爲」。

〔三二〕閑間　孫校本、《廣豔異編》作「閉門」，《會校》據孫本改。《大典》作「關閤」。按：閑，閉也。間，隔也。

〔三三〕究　《大典》作「後」。

〔三四〕潛　原作「僭」，據明鈔本、《四庫》本、《大典》、《廣豔異編》改。

〔三五〕坎陷　「坎」明鈔本作「傾」，《會校》據改。《大典》作「然」。按：坎陷，塌陷。《法苑珠林》卷一一（百卷本）：「其目坎陷，如井底星。」

〔三六〕象　原作「牀」，據《大典》改。

〔三七〕滿枰　《大典》「滿」作「蒲」。按：枰，棋盤。未見有蒲枰一詞。

〔三八〕聞　原作「閱」，據《大典》改。

按：《廣豔異編》卷二一據《廣記》採入，題《金象將軍》。

唐五代傳奇集第三編卷六

崔環

牛僧孺（？）撰

安平崔環者，司戎郎宣之子。元和五年夏五月，遇疾於滎陽别業。忽見黄衫吏二人，執帖來追，遂行數百步，入城。城中街兩畔，官林相對，絶無人家。直北數里到門，題曰「判官院」。見二吏迤邐向北，亦有林木，袴靴秣頭，佩刀頭〔一〕、執弓矢者，散立者，各數百人。同到之人數千，或杻，或繫，或縛，或囊盛其〔二〕頭，或連其項，或衣服儼然，或簪裙濟濟，各有懼色，或泣或歎。其黄衫人，一留伴環，一入告。俄聞决人四下聲，既而告者出曰：「判官傳語，何故不撫幼小，不務成家，廣破莊園，但恣酒色？又慮爾小累無掌，且爲寬恕，輕杖放歸，宜即洗心，勿復貳過。若踵前非，固無容捨。」乃敕伴者送同歸。

環曰：「判官謂誰？」曰：「司戎郎也。」環泣曰：「棄背多年，號天莫及。幸蒙追到，慈顔不遥，乞一拜見，死且無恨。」二吏曰：「明晦各〔三〕殊，去留有隔，不合見也。」環曰：「向者傳語云已見責，此身不入，何以受刑？」吏曰：「入則不得歸矣。凡人有三魂，一魂在家，一〔四〕魂受杖耳。不信，看郎脛合有杖痕。」遂褰衣自視，其兩脛各有杖痕四，痛苦不濟，匍匐而行，舉足甚艱。同到之人，歎羡之聲，喧於歧路。南行百餘步，街東有大林。二吏前曰：「某等日夜事判官，爲日雖久，幽冥小吏，例不免貧。各有許惠資財，竟無暇取，不因送郎陰路，無因得往求之。請郎暫止林下，某等偕去，俄頃即來。諸處皆是惡鬼曹司，不合往，乞郎不移足相待。」言訖各去。

久而不來，環悶，試詣街西行。一署門題曰「人礦院」，門亦甚静〔五〕。環素有膽，且恃其父爲判官，身又蒙放，遂入其中。過屏障，見一大石，周迴數里。有一軍將，坐於石北廳上，據案而坐，鋪人各遶石及石上，有數千〔六〕大鬼，形貌不同，以大鐵椎椎人爲礦石。東有杻械枷鎖者數千人，悲啼恐懼，不可名狀。點名拽來，投於〔七〕石上，遂椎之。既碎，唱其名。軍將判之，一吏於案後讀之云：「付某獄訖。」鬼卒〔八〕捧去。其中有付磑獄者，付火獄者，付湯獄者。環直逼石前看之，軍將指之云：「曹司法嚴，不合妄入，彼是何人，敢來閒看？」人吏競來傳問，環恃不對。軍將怒曰：「看既無端，問又不對，傍觀豈如身試之審乎？」敕一吏拽來鍛之。環一魂尚立，見其石上別有一身，被拽撲臥石上，大椎椎之，痛苦之極，實不可忍。須臾，骨肉皆碎，僅欲成泥。

二吏者走來，槌胸曰：「郎君，再三乞不閒行，何故來此？」遽告軍將曰：「此是判官郎君，陽禄未終，追來却放。暫來入者，遂道如斯。何計得令復舊？無間地獄，入不須臾。」軍將者亦懼，曰：「初問不言，忿而處置，如何？」因問諸鬼曰：「何計得令復舊？」皆曰：「唯濮陽霞一人耳。」曰：「遠近？」曰：「去此萬里。昨者北海王子化形出遊，爲海人所損〔九〕。其王請出，今亦未迴。」乃令一鬼召之。有頃而到，乃一髯眇目翁也，應急而來，喘猶未定。軍將指環曰：「何計？」霞曰：「易耳。」遂解衣纏腰，取懷中藥末，糝於礦上團撲，一翻一糝，糝遍槎〔一〇〕其礦，爲頭項及身手足，剜刻五臟，通爲腸胃，彫爲九竅。逡巡成形，以手承其項曰：「起！」遂起來，與立合爲一，遂能行。大爲二吏所責。相與復南行。將去，濮陽霞撫肩曰：「措大，人礦中搜得活，然而去不許一錢。」環許錢三十萬，霞笑曰：「老吏身忙，當使小鬼梟兒往取，見即分付。」遂行，欲及城門，見一吏從北走向南者，曰：「黄河欲分一枝，前者天令二丁取一，計功不集，今請二丁取一〔一一〕。」二吏以私行有礦環之過，恐宣之怒環而召也，謂環曰：「彼見若問，但言欲觀地獄之法，以爲儆戒，故在此耳。」吏見果問，環答之如言，遂别去復行。

須臾，至滎陽，二吏曰：「還生必矣。某將有所取，能一觀乎？」環曰：「固所願也。」共入縣郭，到一人家中堂。一吏以懷中繩繫牀上女人頭，盡力拽之，一吏以豹皮囊徐收其氣，氣盡乃拽下，皆縛之，同送環家。入門，二吏大呼曰：「崔環。」誤築門扇〔一二〕，遂寤。其家泣候之，已七日矣。後數日，有梟鳴於庭，環曰：「濮陽翁之子來矣。」遂令家人刻紙錢焚之，乃去。疾平，潛尋所見婦人家，乃縣糾郭霈妻也。其時尚未有分河之議，後數日〔一三〕，河中節度使司徒薛公平，議奏分河一枝，冀減衝城之勢。初奏三丁取一，既慮不足，復奏二丁役一，竟如環陰司所見也。（據中華書局版程毅中點校十一卷本《玄怪録》卷三校録）

〔一〕頭　《逸史搜奇》丙集九《崔環》作「劍」。

〔二〕其　原作「耳」，當譌，據《逸史搜奇》改。

〔三〕各　《逸史搜奇》作「路」。按：「各」與下句「有」相對，作「各」是也。

〔四〕一　陳本作「二」。按：《類説》卷一一《幽怪録·人礦院》亦作「一」。據下文「環一魂尚立，見其石上别有一身」，則三魂者一魂在家，身有二魂，受刑者只一魂耳。

〔五〕静　陳本作「浄」。按：浄，通「静」。

〔六〕千　陳本作「十」。

〔七〕於　原作「來」，據《逸史搜奇》改。

〔八〕鬼卒捧去　陳本作「鬼亦捧云」。《逸史搜奇》「卒」亦作「亦」。

〔九〕損　原作「愪」，據《逸史搜奇》改。按：愪，《説文》云「憂皃」，《集韻》云「動也」，與文意不合，作「損」是也。

〔一〇〕槎　疑爲「搓」字之譌。《逸史搜奇》作「磋」，亦譌。

〔一一〕「曰」至「今請二丁取一」　此數句原脱，據《類説》補。南宋委心子《分門古今類事》卷一八引《幽怪録》「黄河」云云作「欲分黄支，前者要令三丁取一，計工不集，令請二丁取一矣」，有脱譌。

〔一二〕誤築門扇　此前當有脱文。

〔一三〕後數日　《類説》、《古今類事》、《逸史搜奇》「日」作「月」。按：據《舊唐書·憲宗紀下》，元和七年（八一二）八月薛平爲滑州刺史、義成軍節度使。八年，以河溢浸滑州羊馬城之半，薛平與魏博田弘正徵役萬人，於黎陽界開古黄河道，決舊河水勢，滑人遂無水患。沈亞之元和九年冬作《魏滑分河録》（《沈下賢文集》卷三），云：「元和八年秋，水大至滑，河南瓠子堤溢。將及城，居民震駭。帥恐，出視水，迎流西南行，思欲以救其患，亦頗聞故有分河之事……奏天子，天子嘉其意而可。明年春，滑鑿河北黎陽西南，役卒萬人，間流二十里，復會于河。」本文前云元和五年夏五月，則無論後數月或後數日，均在元和五年，與史實不合。又，薛平時爲義成軍節度使，其爲河中節度使，始於寶曆元年（八二五）六月，見《舊唐書·敬宗紀》，亦不合史實。

按：本篇行文，句式連用「者」字、「或」字，與卷一〇《葉氏婦》之「居者、行者、耕者、桑者、交貨者、歌舞者」如出一轍。而《葉氏婦》末云「楊曙方宰中牟」，又與《續玄怪録》卷四《木工蔡榮》之「有李復言者，從母夫楊曙爲中牟團户於三異鄉」相涉，則《葉氏婦》必爲復言作。然則本篇似屬李書，風格亦類也。

《廣記》未引。《逸史搜奇》丙集九輯入。

吴全素

牛僧孺(?)撰

吴全素,蘇州人。舉孝廉,五上不第。元和十二年,寓居長安永興里。十二月十三日夜既卧,見二人白衣執簡,若貢院引牓來召者。全素曰:「禮闈引試,分甲有期,何煩夜引?」使者固邀,不得已而下牀隨行。不覺過子城,出開遠門二百步,正北行。有路闊二尺已來,此外盡是[一]深泥。見丈夫婦人,捽之者,拽倒者,枷杻者,鎖身者,連裾者,僧者,道者,囊盛其頭者,面縛者,散驅行者,數百輩,皆行泥中,獨全素行平路。約數里,入城郭,見官府。同列者千餘人,軍吏佩刀者分部其人,率五十人爲一引,引過,全素在第三引中。其正衙有大殿,當中設牀几,一人衣緋而坐,左右立吏數十人。衙吏點名,便判付司獄者,付磑獄者,付鑊[二]獄者,付湯獄者,付火獄者,付案者。聞其付獄者,方悟身死。見四十九人皆點付訖,獨全素在,因問其人曰:「當衙者何官?」曰:「判官也。」遂訴曰:「全素忝履儒道,年禄未終,不合死。」判官曰:「冥司案牘,一一分明。據籍帖追,豈合妄訴?」全素曰:「審知年命未盡,今請對驗命籍。」乃命取吴郡户籍到,檢得吴全素,元和十三年明經出身，其後三年卒〔三〕，亦無官禄。判官曰：「人世三年，纔同瞬息，且無榮禄，何必却迴！既去即來，徒煩案牘。」全素曰：「辭親五載，得歸即榮。何況成名尚餘三載，伏乞哀察。」判官曰：「任歸。」仍誡引者曰：「此人命薄，宜令速去。稍以延遲，即天〔四〕明矣。」引者受命，即與同行。出門外，羨而泣者，不可勝紀。既出其城，不復見泥矣。

復至開遠門，二吏謂全素曰：「君命甚薄，天明即歸不得，不見判官之命乎？我皆貧，各惠錢五十萬，即無慮矣。」全素曰：「遠客又貧，如何可致？」吏曰：「從母之夫，居宣陽，爲户部吏者，甚富，一言可致也。」既同詣其家，二吏不肯上階，令全素入告。其家方食煎餅，全素至燈前，拱曰：「阿姨萬福。」不應。又曰：「姨夫安和。」又不應。乃以手籠燈，滿堂皆暗。姨夫曰：「何不抛少物？夜食香物，鬼神便合惱人。」全素既憾其不應，又目爲鬼神，意頗忿之。青衣有執食者，其面正當，因以手掌之，應手而倒。家人競來拔髮噴水呼唤，良久方寤。全素既言情不得，下階問二吏，吏曰：「固然，君未還生，非鬼而何？鬼語而人不聞，籠燈行掌，誠足以駭之。」曰：「然則何以言事？」曰：「以吾唾塗人大門，一家睡；塗人中門，門内人睡；塗堂門，滿堂人睡。可以手承吾唾而塗之。」全素掬手，二吏交唾。逡巡掬手以塗堂門，纔畢，滿堂欠伸，促去食器，遂入寢。二吏曰：「君入，去牀三尺立言之，慎勿近牀。以手摇動，則魘不寤矣。」全素依其言言之。其姨驚起，泣謂夫曰：「全素晚來歸宿，何忽致死？今者見夢求錢，言有所遺，如何？」其夫曰：「憂念外甥，偶爲熱夢，何足遽信！」又寢，又夢，驚起而泣，求紙於櫃，適有二百幅，乃令遽剪焚之。火絶，則千緡宛然在地矣。二吏曰：「錢數多，某固不能勝，而君之力，生人之力也，可以盡舉，請負以致寄之。」全素初以爲難，試以兩手上承，自肩挑之，巍巍然極高，其實甚輕。乃引行寄介公廟，主人者紫衣腰金，敕吏受之。

寄畢，二吏曰：「君之還生必矣，且思便歸，爲亦有所見耶？今欲取一人送之受生，能略觀否？」全素曰：「固所願也。」乃相引入西市絹行南人家，燈火熒煌，嗚嗚而泣，數僧當門誦經，香煙滿户。二吏不敢近，乃從堂後簷上，計當寢牀，有抽瓦折椽，開一大穴。穴中下視，一老人氣息奄然，相向而泣者周其牀。一吏出懷中繩，大如指，長二丈餘，令全素安坐執之，一頭垂於穴中，誡全素曰：「吾尋取彼人，人來，當掣繩。」遂出繩下之〔五〕，而以右手捽老人，左手掣繩。全素遽掣出之，拽於堂前，以繩囚縛。二吏更荷而出，相顧曰：「何處有屠案最大？」其一曰：「布政坊十字街南王家案最大。」乃相與往焉。既到，投老人於案上，脱衣纏身，更上推撲。老人曰：「苦！」其聲感人。全素曰：「有罪當刑，此亦非法，若無罪責，何以苦之？」二吏曰：「訝君之問何遲也！凡人有善功清德，合生天堂者，仙樂綵雲霓旌鶴駕來迎也，某何以見之？若有重罪及穢惡，合墮地獄者，牛頭奇鬼鐵叉枷杻來取，某又何以見之？此老人無生天堂之福，又無入地獄之罪，雖能修身，未離塵俗，但潔其身，浄無瑕穢，既捨此身，只合更受男子之身。當其上計之時，其母已孕，此命既盡，彼命合生，今若不團撲，令彼婦人，何以能産？」又盡力挼撲，實覺漸小，須臾，其形才如拳大，百骸九竅，莫不依然。於是依依提行，踰子城大勝業坊西南下東迴第二曲北壁，入第一家。其家復有燈火熒煌，言語切切，沙門二〔六〕人，當窗誦《八陽經》。此因吉來〔七〕，不敢逼僧。直上階，見堂門斜掩，一吏執老人投於堂中。纔似到牀，新子已啼矣。

二〔八〕吏曰：「事畢矣，送君去。」又偕入永興里旅舍。到寢房，房内尚黑，略無所見。二吏隨自後，乃推全素，大呼曰：「吴全素！」若失足而墜。既甦，頭眩者〔九〕良久方定。而街鼓方動，姨夫者自宣陽走馬來，則已蘇矣，其僕不知覺也。乘肩輿憩於宣陽，數日復故。再由子城入勝業生男之家，歷歷在眼。自以明經中第，不足爲榮，思速侍親。卜得行日，或頭眩不果去，或驢來脚損，或雨雪連日，或親故往來，因循之間，遂逼試日。入場而過，不復似舊日之用意〔一〇〕。俄而成名，笑別長安而去。乃知命當有成，棄之不可；時苟未會，躁亦何爲。舉此一端，可以〔一一〕誡其知進而不知退者。（據中華書局版程毅中點校十一卷本《玄怪録》卷九校録）

〔一〕是　陳本、《古今説海》説淵部別傳五十九《知命録》、《逸史搜奇》己集六《吴全素》、《稗家粹編》卷三《吴全素》作「目」。

〔二〕鑛　《説海》《四庫》本作「鑊」。按：鑛，同「礦」。《崔環》之「人礦院」，「以大鐵椎椎人爲礦石」，即此也。

〔三〕卒　陳本、《説海》、《逸史搜奇》、《稗家粹編》作「衣食」。

〔四〕天　陳本、《説海》、《逸史搜奇》、《稗家粹編》作「突」。下同。

〔五〕遂出繩下之　前原有「全素」二字，《説海》、《逸史搜奇》無。按：此言冥吏緣繩而下，據《説海》等删。陳本、《稗家粹編》「全素」下又有「尋出」二字，含義不明。

〔六〕二　《説海》、《逸史搜奇》、《稗家粹編》作「三」。

〔七〕此因吉來　《説海》、《逸史搜奇》作「因此」。

〔八〕二　陳本作「一」。

〔九〕者　陳本、《説海》、《逸史搜奇》、《稗家粹編》作「苦」。

〔一〇〕不復似舊日之用意　《稗家粹編》「似」作「以」，《説海》、《逸史搜奇》作「不復以舊日之望爲意」。

〔一一〕可以　陳本、《説海》、《逸史搜奇》、《稗家粹編》前有「足」字。

按：本篇《廣記》未引。《古今説海》説淵部別傳五十九、《逸史搜奇》己集六、《稗家粹編》

卷三據傳本《玄怪録》採入，《説海》題《知命録》，餘作《吴全素》。

本篇以爲命當有成，與李復言《續録》之多言命定，命意全同。而其叙地獄，與《崔環》頗似。所云「見丈夫婦人，捽之者，拽倒者，枷杻者，鎖身者，連裾者，僧者，道者，囊盛其頭者，面縛者，散驅行者」，「便判付司獄者，付磑獄者，付鑊獄者，付湯獄者，付火獄者，付案者」，與《崔環》之「同到之人數千，或杻，或繫，或縛，或囊盛其頭，或連其項，或衣服儼然，或簪裾濟濟，各有懼色，或泣或歎」，「中有付磑獄者，付火獄者，付湯獄者」，如出一轍；又「或頭眩不果去，或驢來脚損，或雨雪連日，或親故往來」，亦爲連用「或」字句式。《吴全素》、《崔環》，二者必出一手。《玄怪録》之《葉氏婦》，亦有「天下之居者、行者、耕者、桑者、交貨者、歌舞者」，連用「者」字。《葉氏婦》實出《續玄怪録》，頗疑《吴全素》、《崔環》亦爲復言作也。

掠剩使

牛僧孺（？）撰

杜陵韋元方外兄裴璞，任邠州新平縣尉，元和五年卒於官。長慶初，元方下第，將客於隴右，出開遠門數十里，抵〔一〕偏店。將憩，逢武吏躍馬而來，騎從數十，而貌似璞。見元方若識，而急下馬避之，入茶坊〔二〕，垂簾於小室中，其徒御散坐簾外。元方疑之，亦造其邸。及褰簾入見，實〔三〕裴璞也。驚喜拜之，曰：「兄去人間，復效武職，何從吏之赳赳焉？」裴曰：「吾爲陰官，職轄〔四〕武士，故武飾耳。」元方曰：「何官？」曰〔五〕：「隴右三川掠剩使〔六〕耳。」曰：「何爲典〔七〕耶？」曰：「吾職司人剩財而掠之。」韋曰：「何謂剩財？」裴曰：「人之轉貨求丐也，命當即叶，忽遇物之簡〔八〕稀，或主人深顧所得，乃踰數外之財，即謂之剩，故掠之焉。」曰：「安知其剩而掠之？」裴曰：「人生一飲一啄〔九〕，無非前定，況財寶乎！陰司所籍，其獲有限，獲而踰籍，陰吏狀來，乃掠之也〔一〇〕。」元方曰：「所謂掠者，奪之於囊耶？竊之於懷耶？」裴曰：「非也。當數而得，一一有成。數外之財，爲吾所運，或令虚耗，或累〔一一〕横事，或買賣不及常價，殊不關身爾。始吾之生也，常謂商勤得財，農勤得穀，士勤得禄，只歎其不勤而不得也。夫覆舟之商，旱歲之農，屢空之士，豈不勤乎？而今乃知勤者德之基，學者善之本。德之爲〔一二〕善，乃理〔一三〕身之道耳，亦未足以邀財而求禄也。子之逢吾，亦是前定，合得白金二斤，過此遺子，又當復掠，故不厚矣。子之是行也，岐甚厚而邠甚薄，於涇殊無所得，諸鎮平平耳。人生有命，時〔一四〕不參差，以道静觀，無復躁競〔一五〕，勉之哉！璞以公事，須入城中，陰冥限數，不可違越。」遂以白金二斤授之，揖而上馬。元方固請曰：「闊〔一六〕别多年，忽此集會，款言未幾，又隔晦明，何遽如此？」璞曰：「本司廨署，置在汧隴間。吐蕃將來，慮其侵軼，當與陰道京尹，共議會盟。雖非遠圖，聊亦紓患，亦粗〔一七〕安邊之計也。戎馬已駕，來期不遥，事非早謀，不可爲備。且去！且去！」上馬數里〔一八〕，遂不復見。顧其所遺，乃真白金也。

悵然而西，所歷之獲，無差其説。彼樂天知命者，蓋知事皆前定矣。俄而蕃、渾騷動，朝廷知之，又慮其叛，思援臣以爲謀，宰相蒞盟，相國崔公不欲臨境，遂爲城下之盟，卒如其説也。（據中華書局版程毅中點校十一卷本《玄怪録》卷九校録）

〔一〕抵　原作「低」，據元《繪圖三教源流搜神大全》卷三及《新編連相搜神廣記》後集引《幽怪録》改。《搜神大全》、《搜神廣記》題《掠刷使》，「刷」乃「剩」字形譌。

〔二〕坊　《搜神大全》、《搜神廣記》作「邸」。

〔三〕實　《搜神大全》、《搜神廣記》作「真」。

〔四〕轄　《搜神大全》作「受」。

〔五〕曰　此字原無，據《搜神大全》、《搜神廣記》、《稗家粹編》卷四《掠剩使》、《逸史搜奇》癸集五《掠剩使》補。

〔六〕隴右三川掠剩使　《類説》卷一一《幽怪録·隴右山川掠剩使》「三川」作「山川」，誤，明嘉靖伯玉翁舊鈔本作「三川」。《搜神大全》、《搜神廣記》「剩」作「刷」，誤。按：下文云：「吾職司人剩財而掠之。」《搜神大全》、《搜神廣記》亦作「剩」。

〔七〕爲典　《搜神大全》、《搜神廣記》作「所司」。

〔八〕簡　《搜神大全》、《搜神廣記》作「稍」。陳本、《稗家粹編》、《逸史搜奇》譌作「箱」。

〔九〕啄　陳本、《類説》伯玉翁舊鈔本、《稗家粹編》、《逸史搜奇》、《搜神大全》作「酌」。《搜神廣記》譌作「的」。

〔一〇〕陰吏狀來乃掠之也　《搜神大全》、《搜神廣記》作「陰吏乃刷而掠之也」。

〔一一〕累　《搜神大全》作「索」，《搜神廣記》作「縈」。陳本、《稗家粹編》、《逸史搜奇》譌作「潔」。

〔一二〕爲　《搜神大全》、《搜神廣記》作「與」。

〔一三〕理　《搜神大全》作「立」。

〔一四〕時　《類説》作「定」，伯玉翁舊鈔本作「分毫」。

〔一五〕競　陳本、《類説》、《搜神大全》、《搜神廣記》、《稗家粹編》、《逸史搜奇》作「撓」。

〔一六〕闊　《搜神大全》作「間」。

〔一七〕粗　《搜神大全》作「且」。

〔一八〕里　《搜神大全》、《搜神廣記》作「步」。

按：本篇《廣記》未引。侈言命定，告誡不可躁競，乃李書主題之一，此作亦然。末云崔相國與吐蕃爲城下之盟，崔相國乃宰相崔植。《新唐書》卷二一六下《吐蕃傳下》載：「長慶元年，(吐蕃)聞回鶻和親，犯清塞堡，爲李文悦所逐。乃遣使者尚綺力陀思來朝，且乞盟，詔許之。崔植、杜元穎、王播輔政，議欲告廟。禮官謂：『肅宗、代宗皆嘗與吐蕃盟，不告廟。德宗建中之盟，將重其約，始詔告廟。至會平涼，不復告，殺之也。』乃止。以大理卿劉元鼎爲盟會使，右司郎中劉師老副之，詔宰相與尚書右僕射韓臯、御史中丞牛僧孺、吏部尚書李絳、兵部尚書蕭俛、户部尚書楊於陵、禮部尚書韋綬、太常卿趙宗儒、司農卿裴武、京兆尹柳公綽、右金吾將軍郭鏦及吐蕃使者論訥羅盟京師西郊。贊普以盟言約：『二國無相寇讎，有禽生問事，給服糧歸之。』詔可。大臣豫盟者悉載名於策。」牛僧孺亦與會盟，固詳其事，然時爲大臣，事涉朝廷大計，似不得輕率作此怪誕之言。

《稗家粹編》卷四、《逸史搜奇》癸集五輯入本篇，題同。

馬僕射總

牛僧孺（？）撰

檢校右僕射馬總，元和末，節制東平。長慶二年六月十日午時，寢熟，夢二軍吏乘馬入中門，及階而下。一人握刀拱手而前曰：「都統屈公。」公驚曰：「都統誰耶？」曰：「見則知矣。」公欲不去，使者曰：「都統之命，僕射不合辭。」不覺衣服上馬。一吏引，一吏從，遂出鄆州北郭門數百里。入城，又數十里，見城門題曰「六押人都統府」。門吏武飾，威容甚嚴。入一二百步，有大衙門，正北百餘步，有殿九間，垂簾下有大聲曰：「屈上階。」陰知其聲，乃杜司徒佑也。遂趨而陞，二閹豎出卷簾。既而見之，果杜司徒也。公素承知友，交契甚深，相見極喜，慰勞如平生。遂揖坐，都統曰：「莫怪奉邀否？佑任此官，年勞將轉，上司許自擇替。中朝之堪付重權者，今揣量無踰於閣下者，將欲奉託耳。此官名六押大都統，陰官不是過也，且以大庇親族知友耳。人之生世，白駒過隙，誰能不死。而又福不再遇，良時易失，苟非深分，豈薦自代？權位既到，幸勿因循。」公曰：「生爲節制，死豈爲民？陽禄方崇，陰位誰顧？直使爲王且不願，況都統哉！」杜曰：「上請授公，天命難拒。文符即下，何能違天？」公曰：「天聽甚卑，亦從人欲。奈何自取求替，誣其天命乎？」杜曰：「終與公，公豈能免？」公曰：「終不受，都統安能與？必若以鬼相逼，豈無天乎？」杜乃顧謂群吏曰：「公既拒，事不諧矣。」公曰：「渴，請一〔二〕兩盂茶。」杜乃促煎茶，從吏曰：「僕射既不住，不合飲此茶。況時熱，不可久住，宜速命駕。」俄而牽馬立於故處，公辭將去，都統步步送之。既下階，執手曰：「勉修令圖，此位終奉。」

遂乘馬南行，舊吏引從如初，乃却從故道而歸。入北郭，從吏忽大叫。公驚，迴視，應聲墜馬，忽寤，乃申候也。姬僕之輩，但見熟寐，不知其他。明年，罷鎮還京，及夏而薨，斯乃果從所請乎？公之將薨也，有兗人逢甲兵萬騎擁公東去者，得非赴是職歟？（據中華

書局版程毅中點校十一卷本《玄怪録》卷一〇校録）

〔一〕一　陳本無此字。

按：本篇《廣記》未引。馬總長慶三年（八二三）八月卒（《舊唐書·穆宗紀》），時牛僧孺爲宰相。杜佑、馬總皆爲名臣，史稱馬總爲「貞臣」（《舊唐書》卷一五七）、「有大臣風才」（《新唐書》卷一六三），僧孺何能撰此荒唐之事，言杜、馬爲陰官耶？此篇疑出李復言，命定之説，固李書反復申言者也。

《逸史搜奇》癸集卷六採入本篇。

李沈

牛僧孺（？）撰

隴西李沈者，其父嘗受朱泚恩，賊平伏法，沈乃逃而得免。既而逢赦，以家産童僕悉施洛北惠林寺而寓生焉。讀書彈琴，聊以度日。今荆南相公清河崔公群，群弟進士于〔一〕，皆執門人禮，即其所與遊者，不待言矣。常以〔二〕處士李擢爲刎頸交。元和十三年秋，擢因謂沈曰：「吾有故將適宋，回期未卜，兄能泛舟相送乎？」沈聞其去，離思浩然，遂登舟。

初約一程，程盡，則曰：「兄之情，豈盡於此？」及又行，言似有感，竟不能別，直抵睢陽〔三〕。

其暮，擢謝舟人而去，與沈乃下〔四〕汴堤，月中徐曰：「承念誠久，兄識擢何人也？」沈曰：「辯博之士也。」擢曰：「非也。擢乃冥官，頃爲洛州都督，故在洛多時。陰道公事，故不任書，乃得與兄同遊。今去陰遷陽，托孕於親已五載矣。所以步步邀兄者，意有所託。」沈曰：「何事？」曰：「擢之此身，藝難爲匹，唯慮一舍此身，都醉前業，祈兄與醒之耳。然擢孕五載，寓親腹中，其家以爲不祥，祈神祝佛之法，竭貨而爲。擢尚未往，神固何爲。兄可往其家，朱書『産』字，令吞之，擢即生矣。必奉兄絹素。兄得且去，候擢三歲，宜復來視之，且曰：『主人孫久不産者，某以朱字吞之，生兒奇慧，今三載矣，思宿以驗〔五〕之，故復來也。』可取兒抱卧，夜久伺掌人閉户，即抱於静處，呼曰：『李擢，記我否？』兒當啼，啼即掌之。再三問之，擢必微悟。兄宜與擢言洛中居處及遊宴之地，擢當大悟。悟後，此生之業，無孑遺矣。此事〔六〕必醒素以歸，擢乃後榮盛，兄必〔七〕可復得從容矣。兄聲名籍甚，不久當有大諫之拜，慎勿赴也，赴當非壽。此郡北三十里有胡村，村前有車門，即擢新身之居也。」言訖，泣拜而去。

遲明，沈策杖訪之，果有胡村〔八〕。叩門求憩，掌人翁年八十餘，倚杖延入。既命坐，似有憂色。沈問之，翁曰：「新婦孕五載矣，計窮術盡，略無少徵。」沈因曰：「沈道門留心，頗善咒術。不産之由，見之即辨〔九〕。」遽令左右召新婦來，沈診其臂曰：「男也，甚明慧，有非常之才，故不拘常月耳。」於是令速具産所帷帳床榻畢，沈執筆若祝者，朱書「産」字令吞之，入口而男生焉。翁極喜，奉絹三十疋，沈乃受焉。曰：「此兒不常也，三歲當復來，爲君相之。」言訖而去。

及期再往，乃曰：「前所生子，今三歲矣，願得之一宿，占相之。」掌人喜而許之。沈伺夜〔一〇〕人静，抱之遠處，呼曰：「李擢，今識我否？」兒驚啼，沈掌之，曰：「李擢，何見我不記耶？」又掌之，兒愈啼。掌而〔一一〕問之者三四，兒忽曰：「十六兄果能來此耶？」沈因語洛中事，遂大笑，言若平生，曰：「擢一一悟矣。」乃抱之歸宿。及明朝，告其掌人曰：「此兒有重禄，乃成家之貴人也，宜保持之。」胡氏喜，又贈絹五十疋，因取别。乃憶醒素之言，蓋以三才五星隱其成數耳。以沈食禄而誅，不食而免，其命乎？足以警貪禄位而不知其命者也。（據中華書局版程毅中點校十一卷本《玄怪録》卷一一校録）

〔一〕群弟進士于　《異聞總録》卷二作「既第進士」，《逸史搜奇》辛集二《李沈》作「弟第進士者」。按：據《舊唐書》卷一七《文宗紀》、卷一五九《崔群傳》及《新唐書・宰相表下》，崔群字敦詩，清河武城人。十九登進士第，又制策登科，授秘書省校書郎。元和十二年（八一七）拜中書侍郎、同中書門下平章事，十四年出爲湖南觀察使。大和三年（八二九）二月爲荆南節度使，四年三月改檢校右僕射、兼太常卿。六年八月卒，年六十一。群弟于，登進士，官至郎署。按興元元年（七八四）平朱泚亂，次年貞元元年正月大赦天下。時崔群十四歲，尚未及第，與其弟于爲李沈門人，時間不忤。《異聞總録》、《逸史搜奇》並有誤。

〔二〕以　《異聞總録》作「與」。

〔三〕睢陽　原作「濉陽」，據《異聞總録》改。按：睢陽，原爲宋國國都，秦置縣，隋改宋城縣，今河南商丘市南。

〔四〕乃下　《異聞總録》作「坐」。

〔五〕驗　陳本、《逸史搜奇》作「告」，《異聞總録》作「占」。

〔六〕事　《異聞總録》作「時」。

〔七〕必　陳本、《異聞總録》、《逸史搜奇》作「不」，誤。

〔八〕村　《異聞總録》作「氏」。

〔九〕辨　陳本、《逸史搜奇》作「辦」。

〔一〇〕伺夜　《異聞總録》作「夜伺」。

〔一一〕掌而　「掌」字原無，據《異聞總録》補。「而」《異聞總録》作「兒」。

按：本篇《廣記》未引。中云「今荆南相公清河崔公群」，崔群太和三年（八二九）二月爲荆南節度使，四年三月罷鎮，改檢校右僕射、兼太常卿，是則此篇作於太和三四年間。考牛僧孺太和四年正月自武昌軍節度使入朝拜相，而李復言太和中正撰《續玄怪録》（初名《纂異》），且本篇旨在「警貪禄位而不知其命者」，頗合復言思想，故疑本篇實出李書。

《異聞總録》卷二、《逸史搜奇》辛集二取入本篇。

齊推女

闕　名　撰

元和中〔一〕，饒州刺史齊推女，適隴西李某。李舉進士，妻方娠，留止〔二〕州宅。至臨月，遷至後東閣〔三〕中。其夕，女夢一〔四〕丈夫，衣冠甚偉，瞋目按劍，叱之曰：「此屋豈是汝腥穢之所乎？亟移去。不然，且及禍。」明日告推。推素剛烈，曰：「吾忝土地主，是何妖孽，能侵耶？」數日，女誕育，忽見所夢者，即其牀帳亂毆之。有頃，耳目鼻〔五〕皆流血而卒。父母傷痛女冤横，追悔不及。遣遽告其夫，俟至而歸葬于李族。遂於郡之西北十數里官道權瘞之。

李生在京師，下第將歸，聞喪而往。比至饒州，妻卒已半年矣。李亦粗知妻〔六〕死不得其終，悼恨既深，思爲冥雪。至近郭，日晚，忽於曠野見一女，形狀服餙，似非村婦。李即心動，駐馬諦視之，乃映草樹而没。李下馬就之，至則真其妻也。相見悲泣，妻曰：「且無涕泣，幸可復生。俟君之來，亦已久矣。大人剛正，不信鬼神。身是婦人，不能自訴。今日相見，事機校遲。」李曰：「爲之奈何？」女曰：「從此直西五里鄱亭村，有一老人姓田，方教授村兒。此九華洞中仙官也，人莫之知。君能至心往求〔七〕，或冀〔八〕諧遂。」

李乃徑訪田先生，見之，乃膝行而前，再拜稱曰：「下界凡賤，敢謁大仙。」時老人方與村童授經，見李驚避，曰：「衰朽窮骨，旦暮溘然，郎君安有此説？」李再拜，扣頭不已，老人益難〔九〕之。自日宴至于夜分，終不敢就坐，拱立於前。老人俛首良久，曰：「足下誠懇如是，吾亦何所隱焉。」李生即頓首流涕，具云妻枉狀。老人曰：「吾知之久矣。但不蚤申〔一〇〕訴，今屋宅已敗，理之不及。吾向拒公，蓋未有計耳。然試爲足下作一處置。」乃起，從北出。可行百步餘，止於桑林長嘯。倏忽見一大府署，殿宇環合，儀衛森然，擬於王者。田先生衣紫帔，據案而坐，左右群〔一一〕官等列侍。俄傳教噚地界，須臾，十數部〔一二〕各擁百餘騎，前後奔馳而至。其帥皆長丈餘，眉目魁岸，羅列於門屏之外，整衣冠，意緒蒼惶，相問：「今有何事？」須臾，謁者〔一三〕通地界廬山神、江瀆神、彭蠡神等，皆趣〔一四〕入。田先生問曰：「比者此州刺史女，因産爲暴鬼所殺，事甚冤濫，爾等知否？」皆俯伏應曰：「然。」

又問：「何故不爲申理？」又皆對曰：「獄訟須有其〔一五〕主，此〔一六〕不見人訴，無以發摘〔一七〕。」又〔一八〕問：「知賊姓名否？」有一人對曰：「是西漢鄱縣王〔一九〕吴芮。今刺史宅，是芮昔時所居，至今猶恃雄豪，侵占土地，往往肆其暴虐，人無奈何。」田先生曰：「即追來。」

俄頃，縛吴芮至。先生詰之，不伏。乃命追阿齊。良久，見李妻與吴芮庭辯。食頃，吴芮理屈，乃曰：「當是産後虛弱，見其驚怖自絶，非故殺。」田先生曰：「殺人以挺與刃，有以異乎？」遂令執送天曹。因謂吏〔二〇〕：「速檢李氏妻〔二一〕壽命幾何。」頃之，吏云：「本算更合壽三十二年，生四男三女。」先生謂群官曰：「李氏妻壽算〔二二〕長，若不再生，議無厭伏。公等所見何如？」有一老吏前啓曰：「東晉鄴下有一人横死，正與此事相當。前使葛真君，斷以具魂作本身，却歸生路。飲食言語，嗜欲追遊，一切無異，但至壽終，不見形質耳。」田先生曰：「何謂具魂？」吏曰：「生人三魂七魄，死則散離〔二三〕，本無所依〔二四〕。今收合爲一體，以續絃膠塗之。大王當衙〔二五〕發遣放回，則與本身同矣。」田先生曰〔二六〕：「善。」即顧謂李妻曰：「作此處置，可乎？」李妻曰：「幸甚。」俄見一吏，别領七八女人來，皆〔二七〕與李妻一類，即推而合之。又〔二八〕有一人，持一器藥，狀似稀餳，即於李妻身塗之。

李氏妻如空中墜地，初甚迷悶，天明，盡失夜來所見，唯田先生及李氏夫妻三人，共在桑林中。田先生顧謂李生〔二九〕曰：「相爲極力，且喜事成。便可領歸。見其親族，但言再生，慎無他説。吾亦從此逝矣。」李遂同歸至州，一家驚疑，不爲之信。久之，乃知實生人也。自爾生子數人。其親表之中，頗有知者，云他無所異，但舉止輕便，異於常人耳。（據中華書居版汪紹楹點校本《太平廣記》卷三五八引《玄怪録》校録）

〔一〕元和中　《唐人説薈》第十五集、《龍威秘書》四集、《晉唐小説六十種》之《離魂記》附《齊推女》作「太和中」。按：《廣記》卷四四引杜光庭《仙傳拾遺·田先生》，據本篇改寫，作「元和中」。又《玄怪録》卷九《齊饒州》（按：實屬《續玄怪録》），事在長慶三年，均非太和中。

〔二〕止　原作「至」，據明鈔本改。

〔三〕閤　孫校本作「閣」。

〔四〕一　此字原無，據明鈔本補。

〔五〕鼻　《唐人説薈》、《龍威秘書》、《晉唐小説六十種》上有「口」字。

〔六〕妻　原作「其」，據明鈔本、孫校本、陳校本改。

〔七〕求　原作「來」，據明鈔本、黄刊本、《四庫》本、《筆記小説大觀》本、《唐人説薈》、《龍威秘書》、《晉唐小説六十種》改。

〔八〕冀　原譌作「異」，據以上諸本改。

〔九〕難　明鈔本作「拒」，孫校本作「裉」，不識何字，陳校本作「非」。
〔一〇〕申　明鈔本作「見」。
〔一一〕群　原譌作「解」，據明鈔本、孫校本、陳校本改。
〔一二〕部　明鈔本作「處」。
〔一三〕謁者　明鈔本作「諸帥」，誤。按：謁者，司傳達之吏。
〔一四〕趣　《唐人説薈》、《龍威秘書》、《晉唐小説六十種》作「趨」。
〔一五〕其　明鈔本作「告」，《會校》據改。孫校本作「言」。
〔一六〕此　明鈔本、陳校本作「比」。比，近也。
〔一七〕摘　《唐人説薈》、《龍威秘書》、《晉唐小説六十種》作「謫」。
〔一八〕又　原作「有」，據明鈔本、孫校本、陳校本、《唐人説薈》、《龍威秘書》、《晉唐小説六十種》改。
〔一九〕鄱縣王　陳校本「縣」作「陽」，《會校》據改。《仙傳拾遺》、南宋洪邁《容齋隨筆》卷一六《吴王殿》引牛僧孺《玄怪録》亦作「鄱陽王」。《四庫》本作「長沙王」，《考證》卷七二：「《齊推女》條『西漢長沙王吴芮』，刊本『長沙』訛『鄱縣』，據《漢書》改。」按：《漢書》卷三四《吴芮傳》：「吴芮，秦時番陽令也。甚得江湖閒民心，號曰番君。……及項羽相王，以芮率百越佐諸侯，從入關，故立芮爲衡山王，都邾。……項籍死，上……徙爲長沙王，都臨湘，一年薨，謚曰文王。」《太平寰宇記》卷一〇七《饒州》：「饒州，理鄱陽縣。……春秋時爲楚境，後迭屬吴、楚。……秦併天下，爲鄱陽縣地，屬九江郡。漢爲鄱陽縣，屬豫章郡。郡即吴芮爲番君時所築。……吴芮故城，即今州也。」鄱陽縣晉時曾名鄱縣，《通典》卷一八二《州郡十二·饒州》：「鄱陽，晉鄱縣，有番江。又有漢鄱陽縣，故城在東。」鄱縣王，言吴芮乃起於鄱陽之王也。四庫館臣多妄改古書，此爲一例。《唐人説薈》、《龍威秘書》、《晉唐小説六十種》作「鄱縣主」。

〔二〇〕因謂吏　「因」原作「回」，據明鈔本改。「吏」字原無，據明鈔本、孫校本補。

〔二一〕妻　此字原脱，據《仙傳拾遺》補，下同。

〔二二〕壽算　明鈔本、陳校本「算」作「頗」，《會校》據改。按：壽算，壽命。《焦氏易林》卷一《泰》之《大有》：「賜我福祉，壽算無極。」

〔二三〕離　明鈔本作「亂」，孫校本、陳校本作「離草木」。

〔二四〕本無所依　孫校本、陳校本前有「故」字。

〔二五〕衙　原作「街」，據明鈔本、孫校本、陳校本、《唐人説薈》、《龍威秘書》、《晉唐小説六十種》改。

〔二六〕曰　此字原脱，據明鈔本、孫校本、《四庫》本、《唐人説薈》、《龍威秘書》、《晉唐小説六十種》補。

〔二七〕皆　此字原無，據明鈔本補。

〔二八〕又　此字原無，據明鈔本、孫校本補。

〔二九〕顧謂李生　《四庫》本、《唐人説薈》、《龍威秘書》、《晉唐小説六十種》作「謂齊女、李生」。

按：《廣記》注出《玄怪録》，然與《玄怪録》（實出《續玄怪録》）之《齊饒州》文字全然不同，情事亦有差異，顯然非版本之别，乃别一文本，《廣記》所注必誤。前蜀杜光庭《仙傳拾遺》曾採入，加以改寫。原出何書，作者何人，失考。《唐人説薈》第十五集（或卷一八）、《龍威秘書》四集、《晉唐小説六十種》之《離魂記》附《齊推女》，所據即《廣記》。

唐五代傳奇集第三編卷七

楊娼傳

房千里　撰

房千里，字鵠舉，河南（治今河南洛陽市）人。文宗太和初（八二七）擢進士第，遊嶺南。後官國子監博士。開成三年（八三八）春自海上北徙，是年或會昌三年（八四三）夏貶官廬陵。約宣宗大中初（八四七）貶端州别駕，官終高州刺史。撰《投荒雜録》、《南方異物志》各一卷。《投荒雜録》作於高州。（據《新唐書·宰相世系表一下》、《新唐書·藝文志》、房千里《骰子選格序》及《廬陵所居竹室記》、《雲溪友議》卷上、《唐詩紀事》卷五一、《萬姓統譜》卷五〇）

楊娼者，長安里中之殊色也，態度甚都，復以冶容自喜。王公巨人豪客〔一〕，競邀致席上。雖不飲者，必爲之引滿盡歡。長安諸兒，一造其室，殆至亡生破産而不悔。由是娼之名，冠諸籍中，大售於時矣。

嶺南帥甲〔二〕，貴遊子也。妻本戚里女，遇帥甚悍。先約：「設有異志者，當取死白刃下。」帥幼貴，喜媱〔三〕，内苦其妻，莫之措意。乃陰出重賂，削去娼之籍，而挈之南海。館之他舍，公餘而同，夕隱而歸。娼雅有慧性〔四〕，事帥尤謹。平居以女職自守，非其理不妄發。復厚帥之左右，咸能得其歡心。故帥益嬖之而無歇〔五〕。

會〔六〕間歲，帥得病，且不起。思一見娼，而憚其妻。帥素與監軍使厚，密遣導意，使爲方略。監軍乃紿其妻，曰：「將軍病甚，思得善奉侍〔七〕煎調者視之，瘳當速矣。某有善婢，久給事貴室，動得人意。請夫人聽以婢安將軍四體，如何？」妻曰：「中貴人信人也〔八〕。果然，於吾無苦耳。可促召婢來。」監軍即命娼冒爲婢以見帥。計未行而事洩。帥之妻乃擁健婢數十，列白挺〔九〕，熾膏鑊於廷而伺之矣。須其至，當投〔一〇〕之沸鬲。帥聞而大恐，促命止娼之至。且曰〔一一〕：「此自我意，幾累於渠。今幸吾之未死也，必使脱其虎喙，不然，且無及矣。」乃大遺其奇寶，命家僮榜〔一二〕輕舠，衛娼北歸。

自是，帥之憤益深〔一三〕，不踰旬而物故。娼之行適及洪〔一四〕矣，問至，娼乃盡返帥之賂，設位而哭，曰：「將軍由妾而死。將軍且死，妾安用生爲？妾豈孤將軍者耶？」即撤奠而死之。

夫娼，以色事人者也，非其利則不合矣。而楊能報帥以死，義也；却帥以賂，廉也。雖爲娼，差足多乎！（據中華書局版汪紹楹點校本《太平廣記》卷四九一校録）

〔一〕巨人豪客　「巨人」，清陳鱣校本、《四庫全書》本、明陸采《虞初志》卷五《楊娼傳》、《豔異編》卷二九《楊娼傳》、胡文焕《稗家粹編》卷三《楊倡傳》、梅鼎祚《青泥蓮花記》卷四《楊倡傳》、清蓮塘居士《唐人説薈》第十一集《楊娼傳》、馬俊良《龍威秘書》四集及俞建卿《晉唐小説六十種》之《楊娼傳》作「鉅人」，義同。清黄晟校刊本、秦淮寓客《緑窗女史》卷一二《楊娼傳》譌作「詎人」。「豪客」原作「享客」，據陳校本、《豔異編》改。詹詹外史《情史類略》卷一《楊娼》此四字縮作「鉅客」。

〔二〕嶺南帥甲　陳校本「甲」作「田」。按：嶺南帥即嶺南節度使。查郁賢皓《唐刺史考全編》，嶺南節度使無田姓者。甲，某甲。

〔三〕喜婬　《虞初志》作「淫嬉」。

〔四〕娼雅有慧性　「雅」字原無，據陳校本補。《虞初志》、《豔異編》、《稗家粹編》、《青泥蓮花記》、《情史》「娼」字作「雅」。雅，頗，甚。

〔五〕而無歇　此三字原無，據《虞初志》、《豔異編》、《稗家粹編》補。明鈔本作「而無間」，陳校本作「而無厭」。

〔六〕會　《虞初志》、《豔異編》、《稗家粹編》無此字。

〔七〕奉侍　《虞初志》、《豔異編》作「捧侍」，《青泥蓮花記》作「捧持」。

〔八〕中貴人信人也　《虞初志》、《豔異編》、《稗家粹編》作「中貴人言，仁也」。

〔九〕挺　《四庫》本、《豔異編》、《青泥蓮花記》、《情史》作「梃」。挺，通「梃」。

〔一〇〕投　《虞初志》、《豔異編》、《稗家粹編》作「殁」。

〔一一〕促命止娼之至且曰　《豔異編》、《青泥蓮花記》、《情史》作「促命止之，娼且至，帥曰」。

〔一二〕榜　原作「傍」，據《四庫》本、《虞初志》、《豔異編》、《稗家粹編》、《青泥蓮花記》、《緑窗女史》、《情史》、《唐人説薈》、《龍威秘書》、《晉唐小説六十種》改。

〔一三〕深　《虞初志》、《豔異編》、《稗家粹編》、《青泥蓮花記》、《情史》作「振」。

〔一四〕洪　陳校本作「家」，誤。洪，洪州，今江西南昌市。

按：《楊娼傳》初載於《廣記》卷四九一《雜傳記八》，題房千里譔。後收入《虞初志》卷五、《豔異編》卷二九、《青泥蓮花記》卷四、《稗家粹編》卷三、《緑窗女史》卷一二、《唐人説薈》第十一集（同治八年刊本卷一四）、《龍威秘書》四集、《晉唐小説六十種》等。《虞初志》、《豔異編》、《稗家粹編》不著撰人。《緑窗女史》譌作房千星，《虞初志》凌性德刊七卷本（卷四）撰名妄署唐李群玉。《情史類略》卷一亦採入，題《楊娼》。

此傳之作或與千里妾趙氏之背離有關。《雲溪友議》卷上《南海非》云：「房千里博士《初上第遊嶺徼詩序》云：『有進士韋滂者，自南海邀趙氏而來，十九歲，爲余妾。余以鬢髮蒼黄，倦於游從。將爲天水之别，止素秋之期，縱京洛風塵，亦其志也。趙屢對余潸然恨恨者，未得偕行。即泛輕舟，暫爲南北之夢。歌陳所契，詩以寄情。』曰……房君至襄州，逢許渾侍御赴弘農公番禺之命，千里以情意相託，許具諸焉。才到府邸，遣人訪之，擬持薪粟給之。曰：『趙氏却從韋秀才矣。』許與房、韋俱有布衣之分，欲陳之，慮傷韋義；不述之，似負房言。素款難名，爲詩代報。房君既聞，幾有歐陽四門詹太原之喪。」《唐詩紀事》卷五一《房千里》亦略引此序云：「有進士韋滂者，自南海邀趙氏而來，爲余妾。西上京都，調于天官，余乃與趙别，約中秋爲會期。趙極悵戀，余乃抒詩寄情。」魯迅謂：「此傳或即作於得報之後，聊以寄慨者歟？」（《唐宋傳奇集·稗邊小綴》）千里久寓嶺南，楊娼事即聞於此。有感趙妾之琵琶别抱而作此傳寄慨，自有可能。房千里太和初上第，遊嶺南。後赴京調選，於襄州遇許渾，許時應聘於弘農公，將參嶺南節度使幕（按：嶺南節度使治廣州，番禺與南海縣同爲廣州治所。《唐詩紀事》譌作「番陽」）。許渾入嶺南幕之時間，學者考證不一，有開成元年（八三六）、會昌四年（八四四）、會昌五年等説（參見余才林《唐本事研究》，上海古籍出版社，二〇一〇年；傅璇琮主編《唐才子傳校箋》第五册《補正》，中華書局，一九九五年）。然自太和初（八二七）至開成元年已十年，而至會昌五年乃近二十年，千里似不應在嶺南盤桓如此之久。《雲溪友議》所云弘農公蓋爲楊姓，何人不詳。查《唐方鎮年表》、《唐刺史考全編》，太和至會昌間嶺南節度使、廣州刺史均無楊姓者。又據余才林考，許渾赴南海乃自潤州出發，取道洪州、吉州、韶州，並不經過襄州。而許詩不見《丁卯集》，《才調集》卷一〇列爲無名氏之作。要之《雲溪友議》所記許渾赴弘農公番禺之命云云頗有疑問，殆傳聞不實之辭，不得據而判斷千里自廣州還京時間。太和凡九年，千里太和初遊嶺南，至太和末亦已九年。其返京當在太和中，若此，此傳似作於太和中回京之後。然千里後謫官端州、高州，皆在嶺南，作《投荒雜録》、《南方異物志》二書。此傳自亦可能作於此時。《唐詩紀事》云「馬使君與千里俱貶端州，李群玉留别詩云」。馬氏何人不詳，爲端州刺史，據《萬姓統譜》卷五〇，千里爲端州别駕。《唐才子傳校箋·補正》考證李群玉會昌六年冬已赴嶺南，在嶺南三年，則千里貶端州殆在大中初，此後爲高州刺史。是則此傳亦可能作於大中中。今姑定爲太和中。

周秦行紀

韋瓘撰

韋瓘（七八九—？），字茂弘，京兆萬年（今陝西西安市）人。父正卿，伯父夏卿。憲宗元和四年（八〇九）狀元及第。約在元和八年至十年間佐宣歙觀察使盧坦、浙東觀察使孟簡幕。十五年爲左拾遺，尋守右補闕，充史館修撰。歷倉部員外郎、刑部員外郎、司勳郎中、中書舍人。文宗大和七年二月李德裕拜相，與德裕頗善。是年不知何故自中書舍人貶康州長史。武宗會昌末（八四六）遷楚州刺史，兼御史中丞，宣宗大中元年（八四七）罷，在楚期間詩人趙嘏、張祜、許渾等贈其詩。大中二年拜桂管觀察使，領郡半歲即受宰相馬植排斥，罷爲太僕卿分司東都。此後經歷失考，僅知懿宗咸通二年（八六一）或三年曾撰《唐贈太尉會稽郡公康志睦碑》。（據《新唐書》卷一六二《韋夏卿傳》附、卷七四上《宰相世系表四上》，《舊唐書》卷一七三及《新唐書》卷一八二《李珏傳》，

《全唐文》卷六九五韋瓘《宣州南陵縣大農陂記》、《修漢太守馬君廟記》,《全唐文補遺》第三輯獨孤頊《幼妹娥娘墓誌》,《湖南通志》卷二六五《藝文志二十一·金石》韋瓘《浯溪題名》,林寶《元和姓纂》卷二,《錦繡萬花谷》後集卷三四及朝鮮成任《太平廣記詳節》卷一〇引《續定命録》,元稹《元氏長慶集》卷四七《獨孤朗授尚書都官員外郎制》,莫休符《桂林風土記》,《唐尚書省郎官石柱題名考》卷七及卷一八,《唐會要》卷五五,宋陳思《寶刻叢編》卷七,闕名《寶刻類編》卷五及卷六)

余貞元中舉進士落第〔一〕,歸宛、葉間。至伊闕南道鳴皋山下,將宿大安邸舍〔二〕。會暮,失道不至〔三〕。更十餘里,一道〔四〕甚易。夜月始出,忽聞有異香氣〔五〕,因趁進行,不知厭〔六〕遠。見火明,意謂莊家。更前驅,至一大宅,門庭若富豪家。有〔七〕黄衣閽人,曰:「郎君何至〔八〕?」余荅曰:「僧孺,姓牛,應進士落第往家。本往大安邸舍,誤道來此。直乞宿,無他。」中有小髻青衣出,責黄衣曰:「門外誰何?」黄衣曰:「有客〔九〕。」黄衣入告,少時出曰:「請郎君入。」余問誰氏宅,黄衣曰:「第進,無須問。」

入十餘門,至大殿。殿蔽以珠簾,有朱衣紫衣人百數〔一〇〕,立階陛〔一一〕間。左右曰:「拜。」遂拜于殿下〔一二〕。簾中語曰:「妾漢文帝母薄太后。此是妾〔一三〕廟,郎不當來,何辱至〔一四〕?」余曰:「臣家宛下〔一五〕,將歸失道,恐死豺虎,敢託命乞宿〔一六〕,太后幸聽受。」太后遺軸簾，起席曰〔一七〕：「妾故漢文君母〔一八〕，君子唐朝名士，不相君臣，幸希簡敬〔一九〕，便上殿來見。」太后着練衣，狀貌瑰偉，不甚粧飾。慰余曰〔二〇〕：「行役無苦乎？」召坐。

食頃，聞殿内有笑聲〔二一〕。太后曰：「今夜風月甚善，偶有二女伴〔二二〕相尋，況又遇佳賓，不可不成一會。」呼左右：「屈兩箇娘子出見牛秀才。」良久，有二女子從中至，從者數百。前立者一人，狹腰長面，多髮不粧，衣青衣，僅可二十餘。太后顧指曰：「此高祖戚夫人。」余下拜，夫人亦拜。更有一人，圓題柔臉穩身〔二三〕，貌舒態逸〔二四〕，光彩射遠近，時時好矉，多服花繡，年低薄后。后指顧曰：「此元帝王嬙。」余拜如戚夫人，王嬙复拜。各就坐。坐定，太后使紫衣中貴人曰：「迎楊家、潘家來。」久之，空中有五色雲下，聞笑語聲寖近。太后〔二五〕曰：「楊、潘至矣。」忽車音馬跡相雜〔二六〕，羅錦旁午，視不能給〔二七〕。有二女子從雲中下，余起侍〔二八〕。前立者一人，纖身修眸〔二九〕，睟容，甚閒暇〔三〇〕，衣黄衣，戴黄冠，年三十來〔三一〕。太后顧指曰：「此是秀才〔三二〕唐朝太真妃。」余即伏謁，肅拜如臣禮。太真曰：「妾得罪先帝，先帝謂肅宗〔三三〕。皇朝不置〔三四〕妾在后妃數中，此禮豈不虛乎〔三五〕？不敢受。」却答拜。更一人厚肌敏視，身小，材質潔白〔三六〕，齒極卑，被寬博衣。太后顧而指曰：「此齊廢帝潘淑妃〔三七〕。」余拜如王昭君，妃復拜〔三八〕。

既〔三九〕，太后命進饌。少焉食至，芳潔萬品〔四〇〕，皆不得名字。但欲之，復不能足〔四一〕。

食已，更置酒，其器盡寶玉〔四二〕。太后語太真曰：「何久不相看？」太真謹容對曰：「三郎天寶中宮人多呼玄宗三郎〔四三〕。數幸華清宮〔四四〕，扈從不得〔四五〕至。」太后又謂潘妃曰：「子亦不來，何也？」潘妃匿笑不禁，不成對。太真視潘妃，對太后曰：「潘妃向玉奴太真名也〔四六〕。說，懊惱東昏侯疏〔四七〕狂，終日出獵，故不得時謁太后。」太后問余曰：「今天子誰？」余對曰：「今皇帝名适，代宗皇帝長子〔四八〕。」太真笑曰：「沈婆兒作天子也，太奇〔四九〕！」太后曰：「何如主？」余對曰：「小臣不足以知君德。」太后曰：「然無嫌，第言之。」余曰：「民間傳英明〔五〇〕聖武。」太后首肯三四。

太后命進酒加樂，樂者〔五一〕皆少年女子。酒環行數周，樂亦隨輟。太后請戚夫人鼓瑟〔五二〕，夫人約指以玉環，光照手骨〔五三〕，《西京雜記》云：「高祖與夫人百鍊金環〔五四〕，照見指骨。」引瑟而鼓〔五五〕，聲聲〔五六〕甚怨。太后曰：「牛秀才邂逅逆旅到此，又諸娘子偶〔五七〕相訪，今無以盡平生歡。牛秀才固才士〔五八〕，盍各賦詩言志，不亦善乎？」遂各授與牋筆，逡巡詩成。薄后詩曰：「月寢花宮得奉君，至今猶愧管夫人。漢家舊是笙歌處〔五九〕，煙草幾經秋又〔六〇〕春。」王嬙詩曰：「雪裏穹廬不記〔六一〕春，漢衣雖舊淚長〔六二〕新。如今最〔六三〕恨毛延壽，愛把丹青錯畫人。」戚夫人詩曰：「自別漢宮休楚舞，不能粧粉恨君王〔六四〕。無金豈得迎商叟，吕氏何曾畏木强。」太真詩曰：「金釵墜〔六五〕地別君王，紅淚流珠滿御〔六六〕床。雲雨馬嵬分散後，驪宮不復舞霓裳〔六七〕。」潘妃詩曰：「秋月春風幾度歸，江山猶是鄴宮非。東昏舊作蓮花地，空想曾拖〔六八〕金縷衣。」再三趣〔六九〕余作詩，余不得辭，遂應教作詩。詩曰：「香風引到〔七〇〕大羅天，月地雲階〔七一〕拜洞仙。共〔七二〕道人間惆悵事，不知今夕是何年。」

別有善吹笛女子，短鬟，衫且帶，貌甚都，善笑多媚〔七三〕，與潘妃偕來。太后以特坐〔七四〕居之，時令吹笛，往往亦及酒。太后顧而謂余曰：「識此否？石家緑珠也。潘妃養作妹，故潘妃與俱來。」太后因曰：「緑珠豈能無詩乎？」緑珠拜謝作詩，詩曰：「此日人非昔日人〔七五〕，笛聲空怨〔七六〕趙王倫。紅殘鈿碎花樓下〔七七〕，金谷千年更不春。」

辭畢，酒既撤〔七八〕，太后曰：「牛秀才遠來，今夕誰人與伴？」戚夫人先起，辭曰：「如意成長，固不可，且不宜使知，此況實爲非〔七九〕。」潘妃辭曰：「東昏侯以玉兒妃名〔八〇〕身死國除，玉兒終不擬負他。」緑珠辭曰：「石衛尉性嚴忌〔八一〕，命令〔八二〕有死不可及亂。」太后曰：「太真今朝先帝貴妃，重言其他〔八三〕。」太后自〔八四〕謂王嬙曰：「昭君始嫁呼韓單于，復爲復株絫若鞮〔八五〕單于婦，固自用宜〔八六〕。且〔八七〕苦寒地胡鬼何能爲？昭君幸無辭。」昭君不對，低眉〔八八〕羞恨。俄各歸休，余爲左右送入昭君院。會將旦，侍人告：「起得也。」昭君泣以〔八九〕持別。忽聞外有太后命却還〔九〇〕，余遂見太后。太后曰：「此非郎久留地，宜却〔九一〕還，便別矣，幸無忘向來歡。」更索酒。酒三再〔九二〕行，已。戚夫人、潘妃、緑珠皆泣下，竟辭去。太后使朱衣人送至大安邸西道〔九三〕，旋失使人所在〔九四〕，時始明矣〔九五〕。

余就大安里，問其里人。里人曰：「去此十餘里，有薄太后廟。」余却至，廟荒毁不可入〔九六〕，非向見者〔九七〕。余衣上香，經十餘年〔九八〕不歇，竟不知其何〔九九〕。（據《四部叢刊初編》影印明刊本《李文饒外集》卷四及伯三七四一號敦煌寫本殘卷校録，又《太平廣記》卷四八九、《虞初志》卷三、《顧氏文房小説》校刻宋本）

〔一〕余貞元中舉進士落第　「余」南宋曾慥《類説》卷二八節録《異聞集》作「牛僧孺」，當爲曾慥所改。「貞元」原作「真元」，《廣記》、宋計有功《唐詩紀事》卷三九《牛僧孺》引《周秦行紀》、明陸采《虞初志》（八卷本）卷三、顧元慶《顧氏文房小説》、汪雲程《逸史搜奇》乙集九《牛僧孺》、《五朝小説·唐人百家小説》紀載家、冰華居士《合刻三志》志鬼類、《重編説郛》卷一一四、詹詹外史《情史類略》卷二〇《昭君》、清蓮塘居士《唐人説薈》第十一集同。按：此乃宋人傳鈔避仁宗趙禎諱改，據《類説》、舊題明王世貞《豔異編》卷一、梅鼎祚《才鬼記》卷四、凌性德刊《虞初志》七卷本卷三、《四庫全書》本《廣記》改。「中」，《唐人百家小説》、《合刻三志》、《重編説郛》、《唐人説薈》作「年」，《虞初志》七卷本作「元年」，「元」字妄增。

〔二〕邸舍　原作「民舍」，《廣記》及明清各本皆同。王夢鷗《唐人小説校釋》下集謂「民字疑是『邸』之壞字，舉下文『送往大安邸西道』爲證，説是，今改。下文「本往大安民舍」亦改。

〔三〕失道不至　原無「失道」二字，據《廣記》、《豔異編》補。南宋祝穆《古今事文類聚》前集卷四八、明王罃《群書類編故事》卷一一引僧孺《周秦行記》亦有「失道」二字，然無「不至」。「不」《情史》作「不能」。

〔四〕一道　《廣記》、《豔異編》前有「行」字。

〔五〕異香氣　《廣記》作「異氣如貴香」，《豔異編》作「異氣如爇香」。

〔六〕厭　原譌作「狀」，據《廣記》、《唐詩紀事》、《豔異編》改。文學古籍刊行社《唐宋傳奇集校記》謂影明鈔本《李衛公文集》作「厭」。其餘明清諸本作「近」。

〔七〕有　此字原無，據《廣記》、《唐詩紀事》、《豔異編》補。

〔八〕何至　《唐詩紀事》前多「何氏」二字。

〔九〕有客　《廣記》、影明鈔本《李衛公文集》、《事文類聚》、《類編故事》作「有客有客」。

〔一〇〕有朱衣紫衣人百數　《廣記》、《豔異編》作「有朱衣黄衣閽人數百」。

〔一一〕陛　原作「下」，據《虞初志》、顧本、《才鬼記》、《逸史搜奇》、《唐人百家小説》、《合刻三志》、《重編説郛》、《情史》、《唐人説薈》改。

〔一二〕遂拜于殿下　原作「拜殿下」，《虞初志》、顧本等明清各本同。明刊本《李文饒外集》「拜」下有校語云：「一有『遂拜于』字」，據補。《事文類聚》、《類編故事》作「拜于殿下」。

〔一三〕妾　此字諸本無，據《唐詩紀事》補。《廣記》明沈與文野竹齋鈔本作「薄后」，《豔異編》作「薄太后」，誤。張國風《太平廣記會校》據明鈔本補。

〔一四〕郎不當來何辱至　《豔異編》作「郎君不審，何忽至此」。

〔一五〕臣家宛下　原作「巨葉宛下」，據《類説》、《虞初志》、顧本、《才鬼記》、《逸史搜奇》、《唐人百家小説》、《合刻三志》、《重編説郛》、《情史》改。《廣記》、《豔異編》、《唐人説薈》作「臣家宛葉」。

〔一六〕敢託命乞宿　《虞初志》、顧本、《才鬼記》、《逸史搜奇》、《唐人百家小説》、《合刻三志》、《重編説郛》、《情史》、《唐人説薈》作「敢乞託命」。《廣記》作「敢託命，語訖」，《豔異編》作「敢託命」。

〔一七〕太后遣軸簾起席曰　《虞初志》、顧本、《才鬼記》、《逸史搜奇》、《唐人百家小説》、《合刻三志》、《重編説郛》、《情史》、《唐人説薈》「起」作「避」。按：起席、避席意同，離坐席起立表敬也。《豔異編》「軸」譌作「西」。按：軸，捲也。《廣記》作「太后命使軸簾，避席曰」。

〔一八〕漢文君母　《廣記》及明清各本皆作「漢室老母」。

〔一九〕幸希簡敬　「希」原作「無」，據《廣記》及明清各本改。按：幸希，希望。簡敬，省去表示恭敬之禮節，即不要多禮之意。

〔二〇〕不甚粧飾慰余曰　《廣記》及明清各本皆作「不甚年高。勞余曰」。影明鈔本《李衛公文集》「年高」作「年多」。

〔二一〕聞殿内有笑聲　「有笑聲」原作「庖廚聲」，據《廣記》及明清各本改。影明鈔本《李衛公文集》亦作「有笑聲」。顧本、《豔異編》、《逸史搜奇》、《情史》「聞」作「間」。

〔二二〕伴　原作「侍」，《外集》校：「一作『伴』。」《廣記》及明清各本亦作「伴」，據改。

〔二三〕圓題柔臉穩身　《廣記》、顧本、《豔異編》、《才鬼記》、《虞初志》、《逸史搜奇》、《情史》作「柔肌穩身」。《虞初志》、《唐人百家小説》、《合刻三志》、《重編説郛》、《唐人説薈》亦同，然「穩」作「隱」。隱，通「穩」。按：穩身，身材匀稱。

〔二四〕態逸　此二字原無，據《廣記》及明清各本補。

〔二五〕太后　原作「后」，《外集》校：「一有『太』字。」《廣記》及明清各本皆有此字，據補。

〔二六〕忽車音馬跡相雜　敦煌伯三七四一號殘卷作「□（此字辨認不清）馬音相離」，有闕譌。

〔二七〕羅錦旁午視不能給　此據敦煌本，《外集》作「羅錦綺繡列，旁視不給」，《廣記》及明清各本作「羅綺煥燿，旁視不給」，《豔異編》「煥燿」二字倒。

〔二八〕余起侍　《外集》「侍」譌作「超」。《廣記》及明清各本作「余起立於側」。

〔二九〕纖身修眸　《外集》作「纖腰身修」，此據敦煌本。《廣記》及明清各本作「纖腰修眸」。

〔三〇〕睟容甚閒暇　敦煌本作「容暇」。《廣記》作「儀容甚麗」，《豔異編》作「容貌甚麗」，《虞初志》、顧本、《才鬼記》、《逸史搜奇》、《唐人百家小説》、《合刻三志》、《重編説郛》、《情史》、《唐人説薈》作「容甚麗」。按：睟容，謂容貌温潤。

〔三一〕年三十來　《外集》作「年二十以來」，「二」字誤。按：《舊唐書》卷五一《玄宗楊貴妃傳》：「遂縊死於佛室，時年三十八。」敦煌本「三十」作「卅」。《廣記》、《情史》作「年三十許」，《豔異編》作「年三十餘」。

〔三二〕秀才　此二字據敦煌本。

〔三三〕先帝謂肅宗　《外集》無此注，此據敦煌本。《廣記》、《虞初志》、顧本、《唐人百家小説》、《合刻三志》、《重編説郛》、《唐人説薈》皆有此注，末多「也」字。

〔三四〕置　《外集》譌作「然」。

〔三五〕此禮豈不虚乎　《廣記》及明清各本前有「設」字。

〔三六〕身小材質潔白　《廣記》及明清各本作「小質潔白」。

〔三七〕齊廢帝潘淑妃　「廢」字《外集》無，此據敦煌本。按：齊廢帝即蕭寶卷，被廢爲東昏侯。《南史》卷五《齊本紀下》有《廢帝東昏侯》。潘淑妃應爲潘貴妃。南齊后妃制度，皇后之下爲貴妃，次爲淑妃。潘氏爲貴妃，非淑妃。《南齊書》卷七《東昏侯紀》：「拜愛姬潘氏爲貴妃。」宋文帝有潘淑妃，或緣此而誤記。

〔三八〕余拜如王昭君妃復拜　《廣記》及明清各本除《豔異編》皆作「余拜之如妃子」，《豔異編》「子」作「禮」。

〔三九〕既　此字《外集》無，此據敦煌本。《廣記》及明清各本作「既而」。

〔四〇〕品　敦煌本作「級」，《廣記》及明清各本作「端」。

〔四一〕但欲之復不能足　《外集》作「粗欲之，腹不能足」，有誤，此據敦煌本。影明鈔本《李衛公文集》作

「余但欲之，腹不能足」。《廣記》、《才鬼記》、《虞初志》七卷本、《唐人百家小説》、《合刻三志》、《重編説郛》、《唐人説薈》作「余但欲充腹，不能足」，《虞初志》、顧本、《豔異編》、《逸史搜奇》、《情史》無「余」字。按：「但欲之，復不能足」，言一心只欲啖食而又吃不够也。

〔四二〕其器盡寶玉　《類説》無「盡」字。《廣記》及明清各本作「其器用盡如王者」。

〔四三〕天寶中宮人多呼玄宗三郎　《外集》無此注，此據敦煌本。《廣記》、《虞初志》、顧本、《唐人百家小説》、《合刻三志》、《重編説郛》、《唐人説薈》作「天寶中宮人呼玄宗多曰三郎」。

〔四四〕華清宮　敦煌本譌作「藥諸宮」。

〔四五〕得　《外集》作「暇」。《類説》亦作「暇」，無下「至」字。

〔四六〕太真名也　《外集》無此注，此據敦煌本。《廣記》、《虞初志》、顧本、《唐人百家小説》、《合刻三志》、《重編説郛》、《情史》、《唐人説薈》亦有此注，《情史》無「也」字。

〔四七〕疏　此字敦煌本、《外集》并無，《外集》校：「一有『疏』字。」《廣記》及明清各本皆有此字，據補。

〔四八〕今皇帝名适代宗皇帝長子　《廣記》及明清各本作「今皇帝先帝長子」。《類説》作「代宗長子」，《唐詩紀事》作「今皇帝名适，代宗長子」。

〔四九〕太奇太奇　《外集》、《豔異編》作「太奇」，《廣記》、《類説》、《唐詩紀事》及其餘明清各本作「大奇」。
按：大，通「太」。

〔五〇〕英明　敦煌本、《廣記》及明清各本無此二字。

〔五一〕者　《外集》無此字，此據敦煌本。《廣記》及明清各本作「妓」。

〔五二〕瑟　《外集》、《廣記》及明清各本皆作「琴」，敦煌本作「瑟」。按：《西京雜記》卷一：「高帝戚夫人善鼓瑟擊筑，帝常擁夫人，倚瑟而絃歌。」作「瑟」是。下句「引瑟而鼓」同。

〔五三〕手骨　《外集》脱「骨」字，此據敦煌本。《廣記》及明清各本皆作「于座」，誤。

〔五四〕高祖與夫人百鍊金環　「百」字《外集》譌作「石」，《西京雜記》卷一：「戚姬以百煉金爲彄環，照見指骨。」據改。敦煌本作「高祖與夫人玉環」。《廣記》、《虞初志》、顧本、《唐人百家小説》、《合刻三志》、《重編説郛》、《唐人説薈》作「高祖與夫人環」。

〔五五〕鼓　此字敦煌本、《外集》并無，《外集》校：「一有『鼓』字。」據補。《廣記》及明清各本有此字。

〔五六〕聲聲　《外集》及明清各本只一「聲」字，此據敦煌本。《廣記》、《唐人説薈》作「其聲」。

〔五七〕偶　敦煌本作「遇」，當譌。

〔五八〕固才士　此三字《外集》無，敦煌本、《廣記》及明清各本并有。

〔五九〕漢家舊是笙歌處　此據敦煌本，《廣記》及明清各本俱同。《外集》作「漢家舊日笙歌地」，《類説》嘉靖伯玉翁舊鈔本同，天啓刊本「日」作「是」。

〔六〇〕又　《廣記》及明清各本作「復」，《類説》亦作「又」。

〔六一〕記　《外集》、《廣記》、《類説》及明清各本并作「見」。

〔六二〕長　《廣記》、《虞初志》七卷本、《才鬼記》、《唐人百家小説》、《合刻三志》、《重編説郛》、《情史》、

《唐人説薈》作「痕」，《虞初志》八卷本、顧本、《豔異編》、《逸史搜奇》作「垂」。

〔六三〕最　《外集》、《類説》作「猶」。

〔六四〕不能粧粉恨君王　此句諸本皆同，唯敦煌本作「不將紅□□君王」，二字辨認不清。

〔六五〕墜　《外集》、《廣記》、《類説》及明清各本皆作「墮」，此據敦煌本。

〔六六〕御　《類説》天啓刊本作「玉」，伯玉翁舊鈔本乃作「御」。

〔六七〕驪宮不復舞霓裳　《外集》作「驪宮無復聽霓裳」，《類説》天啓本作「驪宮無復試霓裳」，伯玉翁舊鈔本「試」作「賦」。

〔六八〕拖　《廣記》及明清各本作「披」。

〔六九〕趣　《廣記》及明清各本作「邀」。

〔七〇〕到　《唐詩紀事》、孔傳《後六帖》卷一引《周秦行紀》作「上」。

〔七一〕雲階　敦煌本脱「雲」字。天順刊本《紺珠集》卷一〇《異聞集·月地雲間》「階」作「間」，《四庫全書》本則作「階」。《唐詩紀事》、《孔帖》作「花宫」。

〔七二〕共　《唐詩紀事》作「具」。

〔七三〕短鬟衫且帶貌甚都善笑多媚　此據敦煌本，《外集》「且」譌作「旲」，「都」作「美」，無「善笑」二字。按：都，美好閑雅。《廣記》及明清各本作「短髪麗服，貌甚美，而且多媚」，《豔異編》「服」作「衣」。北宋樂史《緑珠傳》引牛僧孺《周秦行記》作「短鬟，窄衫具帶，貌甚美」。

〔七四〕特坐　此據敦煌本，《外集》、《緑珠傳》、《廣記》及明清各本作「接坐」。接坐，坐席相接也。

〔七五〕此日人非昔日人　《外集》作「此地元非昔日人」，此據敦煌本，《緑珠傳》、《廣記》及明清各本亦同。

〔七六〕怨　《外集》作「起」，校：「一作『怨』。」

〔七七〕紅殘鈿碎花樓下　《外集》作「紅牋鈿碎花枝下」，「紅牋鈿碎」校：「一作『紅殘緑碎』。」此據敦煌本及《緑珠傳》。《廣記》及明清各本「鈿」作「翠」。

〔七八〕辭畢酒既撤　「辭畢」二字原無，據《虞初志》、顧本、《逸史搜奇》、《才鬼記》、《唐人百家小説》、《合刻三志》、《重編説郛》、《情史》補。《廣記》、《豔異編》、《唐人説薈》作「詩畢」。「撤」《廣記》等各本作「至」，誤。《情史》改作「止」。

〔七九〕且不宜使知此況實爲非　《外集》作「且不宜如此，況實爲非乎」，《廣記》作「且不可如此」，明清各本作「且不宜如此」。

〔八〇〕妃名　南宋吴曾《能改齋漫録》卷三《以玉兒爲玉奴》引牛僧孺《周秦行記》作「妃小字」。

〔八一〕忌　《廣記》、《豔異編》作「急」。

〔八二〕命令　《外集》、《緑珠傳》、《廣記》及明清各本作「今」。

〔八三〕重言其他　《外集》作「固勿言他」，此據敦煌本，《唐詩紀事》同敦煌本。按：「重言其他」謂再提其他人。《列子・説符》：「吾知之矣，子勿重言。」《事文類聚》、《類編故事》作「固勿言也」。《廣記》及明清各本作「不可，言其他」。

〔八四〕自　《外集》作「乃」，此據敦煌本。

〔八五〕復株絫若鞮　敦煌本作「珠絫絫殖」，《外集》作「姝參效追」，校：一本作「株絫若鞮」。《廣記》作「株纍弟」。《類説》天啓本作「姝參」，伯玉翁舊鈔本作「株絫」。《虞初志》八卷本作「株絫若」，七卷本、《唐人百家小説》、《合刻三志》、《重編説郛》、《唐人説薈》作「株絫」（《唐人説薈》民國二年石印本譌作「株索」）。顧本作「殊絫若」，「若」字爲小字，《逸史搜奇》作「殊絫」，「若」字爲墨釘。《豔異編》、《才鬼記》作「株索」，《情史》作「殊索若」。按：諸本皆有脱譌，《漢書》卷九四下《匈奴傳下》作「復株絫若鞮」，今據改。

〔八六〕固自用宜　敦煌本無「宜」字，此據《外集》。《類説》作「固宜」，有脱文。《廣記》及明清諸本亦無「宜」字，然下文爲「且」字，疑爲「宜」字之譌。王夢鷗謂「固自用宜」當是，謂昭君復嫁，既已用宜於彼，亦可用宜於此也。《廣記》「用」譌作「困」，汪紹楹點校本據明鈔本改作「用」。《豔異編》、《才鬼記》、《唐人百家小説》、《合刻三志》、《重編説郛》、《情史》、《唐人説薈》均從而譌之。

〔八七〕且　敦煌本、《外集》無此字，《廣記》及明清各本有「且」字，然殆爲「宜」字之譌。《類説》云：「固宜，且苦寒地胡鬼何能爲？」有「且」字，據補。

〔八八〕眉　敦煌本、《虞初志》八卷本、顧本、《逸史搜奇》作「然」，此據《外集》。《廣記》、《唐詩紀事》、《事文類聚》、《類編故事》、《豔異編》、《才鬼記》、《虞初志》七卷本、《情史》、《唐人百家小説》、《合刻三志》、《重編説郛》、《唐人説薈》亦作「眉」。

〔八九〕泣以　敦煌本無「以」字，此據《外集》。《廣記》及明清各本作「垂泣」。

〔九〇〕却還　此二字《外集》及各本并無，此據敦煌本。

〔九一〕却　此據敦煌本，《外集》及各本作「亟」。

〔九二〕三再　《外集》及各本皆無「三」字，此據敦煌本。按：三再，即再三。《雲笈七籤》卷六五《祭受法》：「在子時潔衣服，三再拜。」

〔九三〕大安邸西道　此據《外集》，敦煌本「邸」譌作「邪」，《廣記》及明清各本作「抵」，亦誤。

〔九四〕旋失使人所在　敦煌本作「旋使朱失其在明（？）」，有譌誤，此據《廣記》及明清各本改。《外集》「所在」作「行往」，校：「一本作『所在』字。」

〔九五〕時始明矣　敦煌本作「夜月始明矣」，有誤。據《廣記》及明清各本改。《外集》作「時始明」，無「矣」字。《類説》作「天始明矣」。

〔九六〕余却至廟荒毁不可入　敦煌本原作「余却至，廟荒廢毁入不可」，有誤。據《外集》、《廣記》及明清各本改。《外集》「至」作「望」，《廣記》及明清各本作「回」。

〔九七〕非向見者　敦煌本作「非向者見」，此據《外集》。《廣記》及明清各本作「非向者所見矣」。

〔九八〕經十餘年　《外集》作「經年」，此據敦煌本。按：《唐詩紀事》亦作「經十餘年」，所據亦古本。《廣記》及明清各本作「經十餘日」。

〔九九〕其何　此據敦煌本及《外集》，《外集》「其」字校：「一作『如』。」《豔異編》亦作「其何」。《廣記》作「其何如」，《事文類聚》、《類編故事》、《虞初志》、顧本、《才鬼記》、《逸史搜奇》、《唐人百家小説》、

《合刻三志》、《重編説郛》、《唐人説薈》作「其如何」。

按：《四部叢刊初編》影印常熟瞿氏鐵琴銅劍樓藏明刊本李德裕《李文饒外集》卷四《窮愁志》有《周秦行紀論》，後附《周秦行紀》，署牛僧孺撰。論中有云：「余得太牢（按：李黨對牛僧孺之蔑稱）《周秦行紀》，反覆覩其太牢以身與帝王后妃冥遇，欲證其身非人臣相也，將有意於狂顛。及至戲德宗爲沈婆兒，以代宗皇后爲沈婆，令人骨戰，可謂無禮於其君甚矣，懷異志於圖讖明矣。」此《論》恐係僞託，故清人王用臣光緒十三年刻《李衛公會昌一品集》，以《論》、《紀》荒謬無稽，朋黨之論而删去。五代孫光憲《北夢瑣言》卷一云：「先是，撰《周秦行記》，李德裕切言短之（按：指牛僧孺）。……且《周秦行記》，非所宜言，德裕著論而罪之，正人覽《記》而駭之。」卷一六亦云：「李衛公斥《周秦行記》，乃斯事也。」所言均指《周秦行紀論》，然則即使《論》非衛公作，亦其後李黨所爲。皇甫松《續牛羊日曆》乃續劉軻《牛羊日曆》，皆爲攻訐牛黨之作，《資治通鑑考異》卷二〇引云：「太牢……作《周秦行紀》，呼德宗爲沈婆兒，謂睿真太后爲沈婆，此乃無君甚矣。」《續談助》卷三《牛羊日曆跋》亦引此語。《行紀》以第一人稱叙事，而署名牛僧孺，分明是李黨有意構陷，其僞一望可知。宋初賈黄中指言乃李德裕門人韋瓘所作。張洎《賈氏談録》云：「牛奇章初與李衛公相善，嘗因飲會，僧孺戲曰：『綺紈子何預斯坐？』衛公銜之。後衛公再居相位，僧孺卒遭譴逐。世傳《周秦行紀》，非僧孺所作，是德裕門人韋瓘所撰。開成中曾爲憲司所覆，文宗覽之，笑曰：『此必假名，僧孺是貞元中進士，豈敢呼德宗爲沈婆兒也。』事遂寢。」此後論者多用其説。《昭德先生讀書後志》卷二小説類著録《周秦行紀》一卷，云：「右唐牛僧孺自叙所遇異事，賈黄中以爲韋瓘所撰，瓘李德裕門人，以此誣僧孺。」《通志·藝文略》地理行役類、《祕書省續編到四庫闕書目》小説類乃徑題韋瓘撰。明人胡應麟《少室山房筆叢》卷三二《四部正譌下》云：「《周秦行紀》，李德裕門人僞撰，以構牛奇章者也。」末注：「《周秦行紀》，韋瓘撰。」凌性德刊七卷本《虞初志》卷三《周秦行紀》末附子遠志云：「是書本李贊皇門人韋瓘所撰，而嫁其名於牛相思黯。贊皇遂著論一篇，極詞醜詆，必欲寘之族滅。」今按賈黄中去唐未遠，所言當有據，今從其説，定爲韋瓘作。南宋劉克莊《後村詩話》前集卷一云：「《周秦行紀》，世以爲德裕客韋絢所作。」乃誤韋瓘爲韋絢。韋絢曾撰《戎幕閑談》，時爲李德裕從事。明佚名《古今彙説》之十六卷著録《周秦行紀》，題爲吴均（見《千頃堂書目》類書類），頗謬。

此作産生於牛李黨争。大和八年（八三四）李德裕罷相，出爲興元節度使，牛黨李宗閔執政。明年秋劉軻作《牛羊日曆》（見《續談助》卷三《牛羊日曆跋》），記大和九年七月一日至十四日事，皇甫松續之，毁謗牛黨。松書言及《周秦行紀》，意者《周秦行紀》作於大和八九年間，特互爲聲勢也。

《行紀》版本主要有五，以敦煌寫本伯三七四一號殘卷爲最早，鈔寫於後唐末帝清泰二年（九三五）。前闕，起於「□（？）馬音相離」。王重民《敦煌古籍叙録》卷三云：「《周秦行紀》殘卷，卷端殘缺，無書題。存者整六十行，約得全書三之二，末署清泰二年。書法不佳，且多差別。按今本《行紀》，傳刻雖多，盡均本自《太平廣記》卷四百八十九（按：此説不確）。持以相校，足以是正《廣記》之誤者亦不少。」敦煌本雖多闕譌，當爲最接近原本者。《周秦行紀論》所附《行紀》與敦煌本頗近，唯明刊本錯字亦多。《太平廣記》卷四八九所載，題《周秦行記》，牛僧孺譔。明顧元慶刊《顧氏文房小説》收《周秦行紀》，乃據宋本校行，未署作者。顧本文字與《廣記》幾同。此前約正德嘉靖間陸采編《虞初志》（八卷本）卷三亦收，未署作者，前有《周秦行紀論》。明清稗叢若《豔異編》卷一（題《周秦行記》），《合刻三志》志鬼類（目録題《冥遇傳》，注「即《周秦行紀》」），《才鬼記》卷四，七卷本《虞初志》卷三，《逸史搜奇》乙集九（題《牛僧孺》），《情史類略》卷二〇（引《周秦行記》，題《昭君》），《五朝小説·唐人百家小説》紀載家，《重編説郛》卷一一四，《唐人説薈》第十一集（同治八年刊本卷一三）等，大都出顧本，末附《周秦行紀論》及子遠跋。除《豔異》、《逸史》不著撰人外，各本俱題唐牛僧孺。明何大掄增補《燕居筆記》卷六亦有《周秦行記》，無撰人，删去注文及《論》、跋。晚唐陳翰《異聞集》曾收此篇，《類説》卷二八所摘《異聞集》，題作《周秦行記》，節文約存三之一。魯迅《唐宋傳奇集》據顧本及《李衛公外集》本互校輯録，題牛僧孺，汪辟疆《唐人小説》據顧本校録，題韋瓘。

篇題《周秦行紀》，乃標明牛僧孺行程，以紀其行。牛僧孺應舉在長安，此古秦之地。落第歸宛、葉，行至伊闕南道鳴皋山下，將宿大安邸舍，而入薄后廟。按伊闕在洛陽西南，此屬東周都城之地。由秦至周，故曰「周秦」也。

崔朴

呂道生 撰

呂道生，生平失考，文宗大和中人。

渭北節判崔朴〔一〕，故滎陽太守祝之兄也。常會客夜宿，有言及宦途通塞，則曰：「崔瑄及第後，五任不離釋褐。令狐相七考河東廷評，六年太常博士。嘗自賦詩，嗟其蹇滯，曰：『何日肩〔二〕三署，終年尾百寮。』其後出入清要。張宿遭遇，除諫議大夫，宣慰山東，憲宗面許迴日與相，至東洛都亭驛暴卒。崔元章在舉場無成，爲執權者所嘆，主司要約，必與及第。入試日中風，不得一名如此。」

朴因話家世曾經之事。朴父清，故平陽太守。建中初，任藍田尉。時德宗初即位，用法嚴峻，是月三日之内，大臣出貶者七，中途賜死者三，劉晏、黎幹，皆是其數。户部侍郎楊炎，貶道州司户參軍，自朝受責，馳驛出城，不得歸第。炎妻先病，至是炎慮耗達，妻聞驚，必至不起。其日，炎夕次藍田，清方主郵務。炎纔下馬，屈崔少府相見，便曰：「某出城時，妻病綿惙，聞某得罪，事情可知。欲奉煩爲申辭疾，請假一日，發一急脚附書，寬兩處相憂，以候其來耗，便當首路，可乎？」清許之。鄆知事吕華進而言曰：「此故不可，敕命嚴迅。」清謂吕華：「楊侍郎迫切，不然，申府以闕馬，可乎？」華久而對曰：「此即可矣。」清於是以此聞於京府，又自出俸錢二十千，買細氈，令造氈舁，顧夫直詣炎宅，取炎夫人。夫人扶病登舁，仍戒其丁勤夜行，旦日達藍田。時炎行李簡約，妻亦病稍愈，便與炎偕往。炎執清之手，問第〔三〕行，清對曰：「某第十八。」清又率俸錢數千，具商於已來山程之費。至韓公驛，執清之袂，令妻出見，曰：「此崔十八，死生不相忘，無復多言矣。」炎至商於洛源驛，馬乏，驛僕王新送騾一頭。又逢道州司倉參軍李全方，輓運入奏，全方輒傾囊以濟炎行李。

後二年秋，炎自江華除中書侍郎，入相。還至京兆界，問驛使：「崔十八郎在否？」驛吏答曰：「在。」炎喜甚。頃之，清迎謁於前，炎便止之曰：「崔十八郎，不合如此相待。今日生還，乃是子之恩也。」仍連鑣而行，話湘楚氣候。因曰：「足下之才，何適不可？老夫今日可以力致，柏臺諫署，唯所選擇。」清因遜讓，無敢希僥倖意。炎又曰：「勿疑，但言之。」清曰：「小諫閑且貴，敢懷是望？」炎曰：「吾聞命矣，無慮參差。」及炎之發藍田，謂清曰：「前言當一月有期。」炎居相位十日，追洛源驛王新爲中書主事，仍奏授鄂州唐年縣尉李全方監察御史，仍知商州洛源監，清之所約沉然。清罷職，特就炎第謁之。初見則甚喜，留坐久之，但飲數盃而已，並不及前事。逾旬，清又往焉，炎則已有怠色。清從此退居，不復措意。

後二年，再貶崖州。至藍田，喟然太息若負者。使人召清，清辭疾不往。乃自咎曰：「楊炎可以死矣，竟不還他崔清官。」（據中華書居版汪紹楹點校本《太平廣記》卷一五三引《續定命録》校録，按：《紺珠集》卷七作《定命録》）

〔一〕渭北節判崔朴　前原有「唐」字，乃《廣記》所加，今删。

〔二〕肩　《唐詩紀事》卷四二《令狐楚》引《久爲太常博士》詩作「居」，《全唐詩》卷三三四同。按：《紺珠集》卷七吕道生《定命録·肩尾之歎》作「肩」。

〔三〕第　談愷刊本原作「弟」，汪校本及張國風《太平廣記會校》徑改作「第」，下同。按：「弟」即「第」，次第。

按：《崇文總目》小説類、《新唐書·藝文志》小説家類、《通志·藝文略》傳記類冥異著録吕道生《定命録》二卷，《新唐志》注云：「大和中道生增趙自勤之説。」知是書乃趙自勤《定命論》續書，作於文宗大和中。考《段文昌》（《廣記》卷一五五引）稱「故西川節帥段文昌」，而文昌卒於大和九年三月（兩《唐書·段文昌傳》）。《賈直言妻》（《太平御覽》卷四二二引）云「直言後歷諫議大夫，出刺兩郡」，而據《續定命録》（《御覽》卷四一四引），直言「大和初授絳郡太守……自絳除壽春，竟終天年，七十有六」。直言亦卒于大和九年三月（《舊唐書》卷一八七下《忠義傳下》）。然則本書當作於大和九年（八三五）三月至十二月間。

原書久佚，《廣記》所引頗夥。又《紺珠集》卷七摘録《定命録》三條，天順刊本無撰人，《四庫全書》本署吕道生。《類説》天啓刊本卷一二摘一條，亦無撰人，嘉靖伯玉翁舊鈔本則摘二條，題吕道生撰。他書亦有引。逸文考得六十八條，兩卷之書，當所遺尟矣。

本篇《廣記》注出《續定命録》，然《紺珠集》所摘《肩尾之歎》即此事。《紺珠集》以書摘事，似不當誤，誤者蓋《廣記》耳。

段文昌

吕道生　撰

故西川節帥段文昌，字景初。父諤〔一〕，爲支江宰，後任江陵糺〔二〕。文昌少好屬〔三〕文，長自渚宫，困於塵土，客遊成都，謁韋南康皋。皋與奏釋褐，道不甚行，每以事業自負，與遊皆高名之士〔四〕，遂去南康之府。金吾將軍裴玢鎮梁川〔五〕，辟爲從事，轉假廷評。裴公府罷，因抵興元之西四十里，有驛曰鵠鳴，濱漢江，前倚巴山。有清僧依其隈，不知何許人也。常嘿其詞，忽復一言，未嘗不中。公自府遊，聞清僧之異，徑詣清公求宿，願知前去之事。自夕達旦，曾無詞。忽問：「蜀中閫極盛旌旆而至者誰？」公曰：「豈非高崇文乎？」對曰：「非也，更言之。」公曰：「代崇文者，武黄門也。」清曰：「十九郎不日即爲此人，更盛更盛。」公尋徵之，便曰：「害風妄語，阿師不知。」因大笑而已。由是頗亦自負。

户部員外韋處厚，出開州刺史。段公時任都官員外，判鹽鐵案，公送出都門。處厚素深於釋氏，洎到鵲鳴，先訪之，清喜而迎處厚。處厚因問還期，曰：「一年半歲，一年半歲。」又問終止何官，對曰：「宰相，須江邊得。」又問終止何處，僧遂不答。又問：「段十九郎何如？」答曰：「已説矣，近也，近也。」及處厚之歸朝，正三歲，重言「一年半歲」之驗。

長慶初，段公自相位節制西川，果符清師之言。處厚唯不喻江邊得宰相，廣求智者解焉。或有旁徵義者，謂處厚必除浙西、夏口，從是而入拜相。及文宗皇帝〔六〕踐阼自江邸，首命處厚爲相，至是方驗。與鄒平公同發師修清公塔，因刻石記其事焉。

又趙宗儒節制興元日，問其移動〔七〕，遂命紙，作兩句詩云：「梨花初發杏花初，甸邑南來慶有餘。」宗儒遂考之，清公但云：「害風阿師取次語。」明年二月，除檢校右僕射〔七〕，鄭餘慶代其位。（據中華書居版汪紹楹點校本《太平廣記》卷一五五引《定命録》校録）

〔一〕諤　原作「鍔」，誤。按：《舊唐書》卷一六七《段文昌傳》：「父諤，循州刺史，贈左僕射。」《新唐書・宰相世系表五下》：「（段）諤，滎州刺史。」據改。

〔二〕糺　談本原空闕，明鈔本、清孫潛校本作「糺」，據補。糺，即州府録事參軍事。汪校本作「令」，未出校，不知何據。

〔三〕屬　原譌作「蜀」，據《四庫全書》本及明曹學佺《蜀中廣記》卷八七改。

〔四〕高名之士　談本原作「高名士之」，汪校本據明鈔本改作「高士之名」，云「疑當作『高名之士』」。按：孫校本、《四庫》本皆作「高名之士」，據改。《蜀中廣記》作「高明之士」。

〔五〕裴玢鎮梁川　「玢」原作「邠之」，誤。按：《舊唐書》卷一四六《裴玢傳》：「（元和）三年，改授山南西道節度觀察等使。」又《憲宗紀上》：元和三年二月，「以鄜坊節度使裴玢爲興元尹、山南西道節度使。」據改。「梁川」《蜀中廣記》作「梁州」。按：梁川即指梁州，興元元年（七八四）升興元府，治南鄭縣（今陝西漢中市東）。

〔六〕文宗皇帝　此乃廟號，必是《廣記》所改，疑原文作「今皇帝」。

〔七〕移動　「動」原譌作「勤」，清黄晟校刊本作「勒」，亦譌，據《四庫》本、《蜀中廣記》改。《蜀中廣記》作「私動」。

〔八〕檢校右僕射　「右」談本原作「太后」，黄本同，《筆記小説大觀》本改作「大使」，並譌。據《蜀中廣記》改。汪校云：「按《唐書》一百五十八鄭餘慶傳：元和九年，拜檢校右僕射兼興元尹。」汪校據改爲「右」。按：此謂趙宗儒，非指鄭餘慶。《舊唐書》卷一六七《趙宗儒傳》：「（元和）八年，轉檢校吏部尚書、興元尹、兼御史大夫，充山南西道節度觀察等使。九年，召拜御史大夫，俄遷檢校右僕射、河中尹、兼御史大夫、晉絳磁隰節度觀察等使。」又《舊唐書·憲宗紀下》：「元和九年……三月……以太子少傅鄭餘慶檢校右僕射、興元尹、山南西道節度使，代趙宗儒，爲御史大夫。……秋七月丙午朔乙未，以御史大夫趙宗儒檢校尚書右僕射、兼河中尹、河中晉絳等州節度使。」《四庫》本改作「太尉」，讀作「除檢校太尉，僕射鄭餘慶代其位」，頗謬。趙宗儒未曾爲檢校太尉。

袁天綱

呂道生　撰

袁天綱，蜀郡成都人。父璣，梁州司倉。祖嵩，周朝歷犍爲、蒲陽二郡守〔一〕，車騎將軍。曾祖達，梁朝江、黄二州刺史，周朝歷天水、懷仁二郡守。天綱少孤貧，好道藝，精於相術。武德〔二〕年中，爲火井令。貞觀六年，秩滿入京。太宗召見，謂天綱曰：「巴蜀古有嚴君平，朕今有爾，自顧何如？」對曰：「彼不逢時，臣遇聖主，臣當勝也。」

隋大業末，竇軌客遊劍南德陽縣，與天綱同宿，以貧苦問命，天綱曰：「公額上伏犀貫玉枕，輔角又〔三〕成就。從今十年，後必富貴，爲聖朝良佐。右輔角起，兼復明浄，當於梁、益二州分野，大振功名。」軌曰：「誠如此言，不敢忘德。」初爲益州行臺僕射，既至，召天綱謂曰：「前於德陽縣相見，豈忘也？」深禮之，更請爲審。天綱瞻之良久，曰：「骨法成就，不異往時。然目色赤，脉貫童子〔四〕，語浮面赤，爲將多殺人，願深自誡。」後果多行殺戮。武德九年，軌被徵詣京，謂天綱曰：「更得何官？」對曰：「面上家人〔五〕，坐位不動，輔角右畔光澤，更有喜色。至京必蒙聖恩，還來此任〔六〕。」其年果重授益州都督。

天綱初至洛陽，在清化坊安置。朝野歸湊〔七〕，人物常滿。是時杜淹、王珪、韋挺三人來見，天綱謂淹曰：「蘭臺成就，學堂寬廣〔八〕。」謂珪曰：「公法令〔九〕成就，天地相臨。從今十年，當得五品要職。」謂挺曰：「公面似大獸之面〔一〇〕，文角成就〔一一〕，必得貴人攜接，初爲武官。」復語杜淹曰：「二十年外，終〔一二〕恐三賢同被責黜，暫去即還。」淹尋遷侍御史，武德中爲天策府兵曹、文學館學士。王珪爲隱太子中允。韋挺自隋末隱太子引之，爲率。至武德六年〔一三〕，俱配流嶲州〔一四〕。淹等至益州，見天綱泣曰：「袁公前於洛陽之言，皆如高旨。今日形勢如此，更爲一看。」天綱曰：「公等骨法，大勝往時，不久即迴，終當俱享榮貴。」至九年六月，俱追入。又過益州，造天綱，天綱曰：「杜公至京，即得三品要職，年壽非天綱所知。王、韋二公，在後當得三品，兼有壽，然晚途皆不深〔一五〕遂，韋公尤甚。」及淹至京，拜御史大夫、檢校吏部尚書。贈天綱詩曰：「伊吕深可慕，松喬定是虚。繫風終不得，脱屣欲安如。且珍紈素美，當與薜蘿疏。既逢楊得意，非復久閒居。」王珪尋爲侍中，出爲同州刺史。韋挺歷象州〔一六〕刺史。並卒于官，皆如天綱之言。

貞觀中，敕追詣九成宫。于時中書舍人岑文本，令視之，天綱曰：「舍人學堂成就，眉復〔一七〕過目，文才振於海内，頭有生骨〔一八〕，猶未大成。後視之全無三品，前視三品可得。然四體虚弱，骨肉不相稱，得三品，恐是損壽之徵。」後文本官至中書令，尋卒。

房玄齡與李審素同見天綱，房曰：「李恃才傲物，君先相得何官。」天綱云：「五品未見，若六品已下清要官有之。」李不復問，云：「視房公得何官。」天綱云：「此人大富貴，公若欲得五品，即求此人。」李不之信。後房公爲宰相，李爲起居舍人卒。高宗聞往言，令房贈五品官，房奏贈諫議大夫。申公高士廉謂天綱曰：「君後更得何官？」天綱曰：「自知相禄已絶，不合更有〔一九〕，恐今年四月大厄。」果〔二〇〕不過四月而卒也。

蒲州刺史蔣儼，幼時，天綱爲占曰：「此子當累年幽禁，後大富貴，從某官位至刺史。年八十三，其年八月五日午時禄終。」儼後征遼東，没賊，因於地穽七年。高麗平定歸，得官一如天綱所言，至蒲州刺史。八十三，謂家人曰：「袁公言我八月五日禄絶，其死矣。」設酒饌，與親故爲别。果有敕至，放致任〔二一〕，遂停禄。後數年卒。

李義府〔二二〕僑居于蜀，天綱見而奇之，曰：「此郎貴極人臣，但壽不長耳。」因請舍之，託其子謂李曰：「此子七品相，願公提挈之。」義府許諾。因問天綱壽幾何，對曰：「五十二外，非所知也。」義府後爲安撫使李大亮、侍中劉洎等連薦之。召見，試令詠烏，立成，其詩曰：「日裏颺朝綵〔二三〕，琴中伴夜啼。上林多少〔二四〕樹，不借一枝棲。」太宗深賞之，曰：「我將全樹借汝，豈但一枝。」自門下典儀，超拜監察御史。其後壽位，皆如天綱之言。

贊皇公李嶠，幼有清才，昆弟五人，皆年不過三十而卒，唯嶠已長成矣。母憂之益切，詣天綱，天綱曰：「郎君神氣清秀，而壽苦〔二五〕不永，恐不出三十。」其母大以爲感。嶠時名振，咸望貴達，聞此言不信。其母又請袁生，致饌診視，云：「定矣。」又請同於書齋連榻而坐寢，袁登牀穩睡，李獨不寢。至五更忽睡，袁適覺，視李嶠無喘息，以手候之，鼻下氣絶。初大驚怪，良久偵候，其出入息乃在耳中。撫而告之曰：「得矣。」遂起，賀其母曰：「數候之皆不得，今方見之矣。郎君必大貴壽，是龜息也，貴壽而不富耳。」後果如其言。則天朝拜相，而家常貧。是時帝數幸宰相宅，見嶠卧青絁帳，帝歎曰：「國相如是，乖大國之體。」賜御用繡羅帳焉。嶠寢其中，達曉不安，覺體生疾，遂自奏曰：「臣少被相人云不當華〔二六〕，故寢不安焉〔二七〕。」帝歎息久之，任意用舊者。

嶠身材短小，鼻口都無厚相，時意不以重禄待之。其在潤州也，充使宣州山採銀，時安傳其暴亡，舉朝傷歎。冬官侍郎張詢古，嶠之從舅也，聞之甚憂，使諸親訪候其實。適會南使云：「亡實矣。」詢古潸然涕泗，朝士多相慰者。時有一人，稱善骨法，頗得袁天綱之術，朝貴多竊問之。其人曰：「久知李舍人禄位稍薄。」諸人竦聽〔二八〕。其人又曰：「李舍人雖有才華，而儀冠耳目鼻口，略無成就者。頃見其加朝散，已憂之矣。」衆皆然之。嶠竟三秉衡軸，極人臣之貴，然則嶠之相難知，而天綱得之。

又陝州刺史王當有女，集州縣文武官，令天綱揀壻。天綱曰：「此無貴壻，唯識果毅姚某者，有貴子，可嫁之，中必得力。」當從其言嫁之，時人咸笑焉。乃元崇也，時年二十三，好獵，都未知書。常詣一親表飲，遇相者，謂之曰：「公後富貴。」言訖而去。姚追而問之，相者曰：「公甚貴，爲宰相。」歸以告其母，母勸令讀書。崇遂割放鷹鷂，折節勤學，以挽郎〔二九〕入仕，竟位至宰相。

天綱有子客師，傳其父業，所言亦驗。客師官爲廩犧令，顯慶中，與賈文通同供奉。高宗以銀合合一鼠，令諸術數人射之。皆言有一鼠，客師亦曰：「鼠也，然入一出四。」啓合中〔三〇〕，已生三子，果有四矣。客師嘗與一書生同過江，登舟，遍視舟中人顔色，謂同侣曰：「不可速也。」遂相引登岸，私語曰：「吾見舟中數十人，皆鼻下黑氣，大厄不久，豈可知而從之〔三一〕？但少留。」舟未發間，忽見一丈夫，神色高朗，跛一足，負擔〔三二〕驢驢登舟。客師見此人，乃謂侣曰：「可以行矣，貴人在内，吾儕無憂矣。」登舟而發。至中流〔三三〕，風濤忽起，危懼雖甚，終濟焉。詢驅驢丈夫，乃是婁師德也，後位至納言焉。（據中華書居版汪紹楹點校本《太平廣記》卷二二一引《定命録》校録）

〔一〕歷犍爲蒲陽二郡守　「蒲陽」下原有「蒲江」二字。按：犍爲郡，西漢始置。蒲陽郡，西魏置，北宋樂史《太平寰宇記》卷七五《劍南西道四·邛州》：「魏廢帝二年（五五三）定蜀，又置臨卭、蒲源、蒲陽、濛山四郡以屬之。蒲陽郡領依政一縣。」蒲江郡，古無此郡，而有蒲江縣，隋置。《元和郡縣圖志》卷三二《劍南道·邛州·蒲江縣》：「本秦臨邛縣地，後魏恭帝置廣定縣，隋仁壽元年（六〇一），改廣定爲蒲江縣。」是則「蒲江」二字乃衍文，今刪。《蜀中廣記》卷七八引《感定録》（出處誤）刪「蒲陽」，以與「二郡」相應，《四庫全書》本《古今説海》説淵部别傳三十七《袁天綱外傳》則改「二」爲「三」，皆爲妄改。《會校》云《説海》作「三」（所據實爲《四庫》本，嘉靖本作「二」）似是，非也。

〔二〕武德　前原有「唐」字，今刪。

〔三〕又　孫校本作「文」。

〔四〕脉貫童子　「脉」字原脱，據明鈔本、《説海》、《蜀中廣記》、《逸史搜奇》乙集五《袁天綱》、《舊唐書》卷一九一《方伎·袁天綱傳》、《新唐書》卷二〇四《方技·袁天綱傳》補。孫校本作「脉」，乃「脉」字之譌。「童子」兩《唐書》作「瞳子」，《四庫》本《廣記》及《説海》皆改作「瞳子」。按：「童」通「瞳」。《漢書》卷三一《項籍傳贊》：「舜蓋重童子，項羽又重童子。」顔師古注：「童子，目之眸子。」

〔五〕家人　原作「佳人」，據明鈔本、《永樂大典》卷一三〇八二引《太平廣記》、《説海》、《逸史搜奇》、《舊唐書》改。按：家人，相術用語。《玉管照神局》卷上《胡僧論玉管相書總要訣》：「面部分百二十相，眉邊按一十三家人。不在短長，要取身方端正耳。不拘大小，只要輪廓分明，頭上無惡骨。」「家人」本《周易・家人》卦：「家人，利女貞。」孔穎達疏：「家人者，卦名也，明家内之道，正一家之人，故謂之家人。」

〔六〕任　《大典》作「住」。

〔七〕湊　《説海》作「輳」。湊、輳同義，聚集。

〔八〕蘭臺成就學堂寬廣　《舊唐書》作「公蘭臺成就，學堂寬博」，下多「必得親糾察之官，以文藻見知」二句。《蜀中廣記》亦有「必得親糾察官，以文藻見知」二句。《新唐書》改作「公蘭臺、學堂全且博，將以文章顯」。南宋委心子《分門古今類事》卷九引《摭遺集》（北宋劉斧撰）作「蘭臺學堂全，將以文章顯」（按：此據《四庫》本，《十萬卷樓叢書》本闕出處），乃本《新唐書》。按：《唐詩紀事》卷五《杜淹》亦作「蘭臺成就，學堂寬廣」八字，疑《舊唐書》雖據本書而記，然有增飾之語。

〔九〕法令　《舊唐書》作「三亭」。按：三亭，又作「三停」，相術用語。將人體及面部各分三部，稱上中下三停。三停齊等乃爲福相。《太清神鑑》卷五《論面部》：「面之三停，自髮際下至眉間爲上停，自眉間至鼻準爲中停，自準人中至頦爲下停。夫三停者以像三才也，上像天，中像人，下像地。……三停皆稱，乃上相之人矣。」《玉管照神局》卷上《西嶽先生截相法》：「好頭不如好面，好面不如好身，且要三停相稱，五嶽四瀆豐成。」卷中《腹者身之爐冶》：「三停俱等，富貴榮顯；三停不均，孤夭貧賤。」《新唐書》則作「法令」。法令，亦相面用語，指從鼻翼經口角之兩條縱理紋。《玉管照神局》卷上《雜論》：「法令欲長（一作『深』），人中欲長。」。《太清神鑑》卷一《又歌》：「法令入頤，一生富貴。紋入承漿，壽限高强。」

〔一〇〕面似大獸之面　《新唐書》作「面如虎」，《古今類事》同。按：唐初避「虎」字，故以「大獸」代之，《新唐書》改。

〔一一〕文角成就　《舊唐書》作「交友極誠」。

〔一二〕終　明鈔本作「愚」，《會校》據改。

〔一三〕爲率至武德六年　「至」原作「更」，據《舊唐書》改。《蜀中廣記》無「更」字，亦無「至」字，亦是。按：率更，指太子率更令，太子率更寺之長官。率，則指太子東宫武官，唐設太子左右率府、左右司御率府等。《新唐書》作「左衛率」，即指太子左率府長官。《舊唐書》卷七七《韋挺傳》：「武德中，累遷太子左衛驃騎、檢校左率。」可見韋挺官太子左率，非太子率更。前文云韋「初爲武官」，左率正爲武官，而率更令乃文職。《廣記》之誤，蓋譌下文「至」爲「更」也。《古今類事》作「右武率」，誤。

〔一四〕巂州　「巂」原譌作「雋」，據《説海》、兩《唐書》、《唐詩紀事》、《古今類事》、《蜀中廣記》改。按：巂州，梁置，治越巂縣，今四川西昌市。

〔一五〕深　《説海》、《古今逸史》作「稱」。

〔一六〕象州　原作「蒙州」，誤。按：《舊唐書·袁天綱傳》：「貶象州刺史。」《韋挺傳》：「謫爲象州刺史。」蓋「象」、「蒙」形似而譌，今改。

〔一七〕復　《舊唐書》作「覆」。

〔一八〕骨　《説海》、《逸史搜奇》作「角」。

〔一九〕自知相禄已絶不合更有　《舊唐書》作「自知相命」。

〔二〇〕果　此字原無，據《説海》、《逸史搜奇》、《蜀中廣記》、《舊唐書》補。

〔二一〕致任　黄本、《四庫》本、《筆記小説大觀》本、《説海》、《逸史搜奇》、《蜀中廣記》「任」作「仕」。按：致任即致仕。《文苑英華》卷四二八《太和三年十一月十八日赦文》：「内外文武見任及致任官三品已上賜爵一級。」《全唐文》卷七五文宗《南郊赦文》作「致仕」。

〔二二〕李義府　《説海》、《逸史搜奇》「府」譌作「甫」。

〔二三〕日裏飂朝綵　明鈔本作「日飂散朝綵」。

〔二四〕多少　孫校本、《説海》、《逸史搜奇》作「許多」，按：「許多」平仄失調，誤，《四庫》本《説海》改作「多少」。《唐詩紀事》卷四《李義府》、《全唐詩》卷三五作「如許」。

〔二五〕苦　《説海》、《逸史搜奇》作「若」。

〔二六〕華　《説海》、《逸史搜奇》作「華腴」。

〔二七〕焉　《五色線集》卷下引《定命録》作「席」。

〔二八〕聽　《説海》、《逸史搜奇》作「戚」。

〔二九〕挽郎　宋孔傳《後六帖》卷一八引《太平廣記》作「晚節」。按：《新唐書》卷一二四《姚崇傳》：「姚崇，字元之。陜州硤石人。父懿，字善懿，貞觀中爲嶲州都督，贈幽州大都督，謚文獻。崇少倜儻，尚氣節，長乃好學，仕爲孝敬挽郎。舉下筆成章，授濮州司倉參軍，五遷夏官郎中。」《孔帖》誤。

〔三〇〕啓合中　「啓」原作「其鼠入」，據《説海》、《逸史搜奇》改。《蜀中廣記》卷七八引《定命録》作「及開合」。

〔三一〕知而從之　《説海》、《逸史搜奇》無「知而」二字。

〔三二〕擔　明鈔本、孫校本、《蜀中廣記》作「杖」，《會校》據明鈔本、孫校本改。

〔三三〕流　《説海》、《逸史搜奇》、明陳耀文《天中記》卷四一引《定命録》作「澪」。按：澪，同「泠」，水清貌，引申爲清水。

按：《説海》説淵部別傳三十七《袁天綱外傳》，不著撰名，即本篇。《逸史搜奇》乙集五《袁天綱》，全取《説海》。

張冏藏

呂道生　撰

張冏藏善相〔一〕，與袁天綱齊名。有河東裴某，年五十三，爲三衛。當夏季番，入京，至滻水西店買飯。同坐有一老人，謂裴曰：「貴人。」裴因對曰：「某今年五十三，尚爲三衛，豈望官爵，老父奈何謂僕爲貴人？」老父笑曰：「君自不知耳。從今二十五〔二〕日，得三品官。」言畢便別，乃張冏藏也。裴至京，當番已二十一日。屬太宗氣疾發動，良醫名藥，進服皆不效，坐卧寢食不安。有詔三衛已上、朝士已下，皆令進方。裴隨例進一方，乳煎蓽茇而服〔三〕，其疾便愈。敕付中書，使與一五品官，宰相逡巡，未敢進擬。數日，太宗氣疾又發，又服蓽茇差。因問前三〔四〕衛得何官，中書云：「未審與五品文官武官。」太宗怒曰：「治一撥亂天子得活，何不與官？向若治宰相病可，必當日得官。」其日，特恩與三品正員京官，拜鴻臚卿，累遷至本州刺史。

劉仁軌，尉氏人。年七八歲時，冏藏過其門見焉。謂其父母曰：「此童子骨法甚奇，當有貴禄，宜保養教誨之。」後仁軌爲陳倉尉，冏藏時被流劍南，經岐州過〔五〕。馮長命爲岐州刺史，令看判司已下，無人至五品者。出逢仁軌，凜然變色，却謂馮使君曰：「得貴人也。」遂細看之，後至僕射，謂之曰：「僕二十年前，於尉氏見一小兒，其骨法與公相類。當時不問姓名，不知誰耳。」仁〔六〕軌笑曰：「尉氏小兒，仁軌是也。」冏藏曰：「公不離四品，若犯大罪，即三品已上。」後從給事中出爲青州刺史，知海運，遭風失船，被河間公李義府譖之。差御史袁異式〔七〕推之，大理斷死，特敕免死除名，於遼東效力。入爲大司憲，竟位至左僕射。

盧嘉瑒有莊田在許州，與表丈人清河〔八〕張某鄰近。張任監察御史，丁憂。及終制，攜嘉瑒同詣張冏藏。其時嘉瑒年尚齠齓，張入見冏藏，立嘉瑒於中門外。張謂冏藏曰：「服終欲見宰執，不知何如。」冏藏曰：「侍御且得本官，縱遷，不過省郎。」言畢，冏藏相送出門。忽見嘉瑒，謂張曰：「侍御官爵不及此兒，此兒甚貴而壽，典十郡已上。」後嘉瑒歷十郡守，壽至八十。

魏齊公元忠，少時曾謁冏藏，冏藏待之甚薄，就質通塞，亦不答也。公大怒曰：「僕不遠千里裹糧，非徒行耳，必謂明公有以見教，而含木舌，不盡勤勤之意耶？且窮通貧賤，自屬蒼蒼，何預公焉？」因拂衣而去。冏藏遽起言曰：「君之相禄，正在怒中，後當位極人臣。」

高敬言爲雍州法曹，冏藏書之云：「從此得刑部員外、郎中，給事中，果州刺史。經十年，即任刑部侍郎、吏部侍郎。二年患風，改虢州刺史，爲某乙本部，年七十三。」及爲給事中，當直，則天顧問高士廉云：「高敬言卿何親？」士廉云：「是臣姪。」後則天問敬言，敬言云：「臣貫山東，士廉勳貴，與臣同宗，非臣近屬。」則天向士廉説之，士廉云：「敬言甚無景行，臣曾嗔責伊，乃不認臣。」則天怪怒，乃出爲果州刺史。士廉公主猶在，敬言辭去，公主怒而不見，遂更不得改。經九年，公主、士廉皆亡。後朝廷知屈，追入爲刑部侍郎，至吏部侍郎。忽患風，則天命與一近小州養疾，遂除虢州刺史。卒年七十三。皆如冏藏之言。

姚元崇、李迥秀、杜景儉〔九〕三人，因選同詣冏藏。冏藏云：「公三人並得宰相，然姚最富貴，出入數度爲相。」後皆如言。（據中華書局版汪紹楹點校本《太平廣記》卷二二一引《定命録》校録）

〔一〕張冏藏善相　《舊唐書》卷一九一《方伎・張璟藏傳》、《新唐書》卷二〇四《方技・張璟藏傳》「冏」作「璟」。按：張鷟《朝野僉載》卷一「周郎中裴珪」條作「璟」，而卷六「婁師德」條作「冏」，南宋戴埴《鼠璞》卷下《袁張相術》引《廣異記》亦作「冏」。清孫潛校本無「善相」二字。

〔二〕五　孫校本作「七」，明沈與文野竹齋鈔本無此字。

〔三〕乳煎蓽蕟而服　明鈔本、孫校本無「乳」字。「蕟」原譌作「撥」，據明鈔本改。下同。按：蓽蕟，草名，可入藥。南宋楊士瀛《仁齋直指》卷一五《痼冷》中有蓽蕟。明周是修《芻蕘集》卷三《田家雜興五首》其五：「蓽蕟連畦緑，枇杷滿樹黄。」

〔四〕前三　明鈔本作「茲」。

〔五〕過　《四庫》本改作「遇」，連下讀，誤也。

〔六〕仁　此字原脱，據孫校本補。

〔七〕袁異式　孫校本「異」作「宣」，誤。按：《新唐書》卷一〇八《劉仁軌傳》：「時嘗爲御史袁異式所劾，慢辱之，脅使引決。」

〔八〕清河　原譌作「河清」，據《四庫》本改。清河乃張姓郡望。

〔九〕杜景儉　「儉」原譌作「佺」，據明鈔本、孫校本改。按：《舊唐書》卷九〇、《新唐書》卷八一有《杜景儉傳》，武周時兩度拜鳳閣侍郎、同鳳閣鸞臺平章事（宰相）。

許至雍

裴約言　撰

裴約言，事迹不詳。約爲太和前後人。

許至雍妻某氏，儀容淡雅。早歲亡没，至雍頗感歎〔一〕。每風景閑夜，笙歌盡席，未嘗不歎泣悲嗟。至雍八月十五日〔二〕夜，於庭前撫琴翫月。已〔三〕久，忽覺簾屏間有人行，吁嗟數聲。至雍問曰：「誰人至此？必有異也。」良久，聞有人語音〔四〕，乃是亡妻，云：「若欲得相見，遇趙十四，莫惜三貫六百〔五〕錢。」至雍驚起問之，乃無所見。自此常記其言，則不知趙十四是何人也。

後數年，至雍閑遊蘇州。時方春，見少年十餘輩，皆婦人裝，乘畫舡，將謁吴太伯〔六〕廟。許君因問曰：「彼何人也，而衣裙〔七〕若是？」人曰：「此州有男巫趙十四者，言事多中，爲士人所敬伏，此皆趙生之下輩〔八〕也。」許生問曰：「趙生之術，所長者何也？」曰：

「能善致人之魂耳。」許生乃知符其妻之説也。

明日早，詣趙十四，具陳懇切之意。趙生曰：「某之所致者生魂耳，今召死魂〔九〕，又令生人見之，某久不爲，不知召得否。知郎君有重念之意，又神理已有所白〔一〇〕，某安得不爲召之！」乃計其所費之直，果三貫六百耳。遂擇良日，於其堂〔一一〕内，洒掃焚香，施牀几於西壁下，於簷外結壇場，致酒脯，呼嘯舞拜，彈胡琴。至夕，令許君處於堂内東隅。趙生乃於簷外〔一二〕垂簾卧，不語。

至三更，忽聞庭際有人行聲。趙生乃問曰：「莫是許秀才夫人否？」聞吁嗟數四，應云：「是。」趙生曰：「以秀才誠意懇切，故敢相迎，夫人無怪也。請夫人入堂中。」逡巡，似有人揭簾，見許生之妻，淡服薄粧，拜趙生。徐入堂内，東〔一三〕向而坐。許生涕泗嗚咽曰〔一四〕：「君行若此，無枉横否？」妻曰：「此皆命也，安有枉横？」因問兒女家人及親舊閭里等事，往復數十句〔一五〕。許生又問：「人間尚佛經，呼爲功德，此誠有否？」妻曰：「皆有也。」又問：「冥間所重何物？」曰〔一六〕：「春秋奠享無不得，然最重者，漿水粥也。」趙生致之。須臾粥至，向口如食，收之，復如故。許生又曰：「要功德否？」妻云：「某平生無惡，豈有罪乎？足下前與爲者，亦已盡得。」

良久，趙生曰：「夫人可去矣，恐多時即有譴謫。」妻乃出，許生相隨，泣涕曰：「願惠一物，可以爲記。」妻泣曰：「幽冥唯有淚，可以傳於人代。君有衣服，可投〔一七〕一事於地。」許生脱一汗衫，置之於地。其妻取之，於庭樹前懸一樹枝，以汗衫蔽其面，大哭。良久，揮手却許生，掛汗衫樹枝間，若乘空而去。許生取汗衫視之，淚痕皆血也。許生痛悼，數日不食。盧求著幽居蘇州，識趙生。趙生名何，蘇州人皆傳其事。（據中華書局版汪紹楹點校本《太平廣記》卷二八三引《靈異記》校録）

〔一〕頗感歎　明詹詹外史《情史類略》卷九《許至雍妻》作「懷思頗切」。按：《情史》多删改原文。

〔二〕日　清孫潛校本、朝鮮成任編《太平廣記詳節》卷二五、明吴大震《廣豔異編》卷一四《趙十四》無此字。

〔三〕已　明沈與文野竹齋鈔本、孫校本、《廣記詳節》作「既」。張國風《太平廣記會校》據明鈔本、孫校本改。

〔四〕音　原作「云」，據明鈔本、孫校本、《廣記詳節》、南宋范成大《吴郡志》卷四三引《靈異記》改。《廣記》《四庫全書》本及《情史》無「云」字。

〔五〕百　明鈔本、《廣記詳節》脱此字，下文作「百」。

〔六〕吴太伯　《廣記詳節》「太」作「泰」。按：《史記》卷三一作「吴太伯」，《國語·晉語一》作「吴泰伯」，「泰」、「太」字同。

〔七〕裙　原作「裾」，據明鈔本改。

〔八〕此皆趙生之下輩　「此」字原無，據明鈔本、孫校本、《廣記詳節》、《吴郡志》、《廣豔異編》、《情史》補。《吴郡志》「下輩」作「後輩」。按：下輩、後輩，指徒弟也。

〔九〕魂　《廣記詳節》作「鬼」。

〔一〇〕白　明鈔本作「合」，《廣記會校》據改。

〔一一〕堂　此字原脱，據孫校本、《廣記詳節》、《吴郡志》補。

〔一二〕外　原作「下」，據明鈔本、孫校本、《廣記詳節》、《吴郡志》改。按：前文作「外」。

〔一三〕東　原作「西」，誤，據明鈔本、孫校本、《廣記詳節》、《吴郡志》改。

〔一四〕曰　此字原無，據明鈔本補。

〔一五〕句　《吴郡志》作「語」。

〔一六〕曰　此字原無，據《吴郡志》、《廣豔異編》補。《四庫》本作「妻曰」，蓋以意補之。

〔一七〕投　《吴郡志》作「授」。

按：《廣記·》引《靈異記》、《靈異録》、《靈異集》六條。《輿地紀勝》卷九九《惠州·仙釋》亦引《靈異記》一條。《宋史·藝文志》小説類著録裴約言《靈異志》五卷，疑即同一書。古稗書名，曰記曰録曰志曰集，固無一定也。然《廣記》所引只三條可確定出裴書。清修《山西通志》卷一七五《經籍志》説部類著録裴約言《靈異志》五卷，置於唐代，且以爲山西人，蓋緣裴姓望出河東聞喜。裴約言失考。是書佚文所記事，最晚者乃《廣記》卷二八三引《白行簡》，云白太和初卒（按：實卒於寶曆二年冬），則此書殆作於文宗朝，太和、開成中也。

此篇《廣豔異編》卷一四取入，題《趙十四》，結末微有删削。《情史類略》卷九亦載，題《許至雍妻》，删改頗多。

唐五代傳奇集第三編卷八

神異記

闕　名　撰

進士包敬伯，夜夢二黄衣人，以符來召。同行道旁，入蕪穢破垣中，見一老婦，語曰：「吾姓于氏，君之表姑也。生子崔宣，今爲郎中，不幸戾逆，使我三十年在殯棺〔一〕，骸櫬暴露。今君的合放回，當使改卜。若以吾〔二〕言爲誣，則當上愬天帝，加厚誅滅。復祈君爲我寫《金光明經》一部，使我承其福力。」

又行至一官府，判官云：「敬伯禄命未盡，本案誤追。」敬伯因問夭壽貴賤，答曰：「冥司事秘，法不當洩。」持簿以手掩紙，出兩行，云：「包淑年三十五釋褐明州奉化縣尉。」敬伯云：「未嘗名淑。」判官曰：「非誤也。」

既蘇，見于氏子，具陳前事，終不之信。明年，其人受朱泚僞署，賊平，全家坐極刑。後敬伯上封事，令金吾書吏夏淑繕寫。其後日月姓名之際，淑誤自書其名。上佳其文，宣付宰相，曰：「上書人包淑，宜予一官。」遂授明州奉化縣尉。乃寫《金光明經》，飯僧，以薦

于氏。（據文學古籍刊行社影印明天啓六年刻本《類説》卷二八《異聞集·神異記》校録）

〔一〕棺　原爲闕字，據明嘉靖伯玉翁舊鈔本補。

〔二〕吾　原作「君」，據伯玉翁舊鈔本改。

按：此篇收載於陳翰《異聞集》，元陰勁弦、陰復春編《韻府群玉》卷一七引作《異聞録》。《類説》所摘非全文，《韻府群玉》尤簡。觀其題，當爲單篇傳奇。原作者失考。事在平朱泚前後，朱泚之平，德宗興元元年（七八四），然則本篇出中晚唐也。

王生

闕名撰

韓晉公滉〔一〕鎮潤州，以京師米貴，進一百萬石，且請敕陸路觀察節度使發遣。時宰相以爲鹽鐵使進奉，不合更煩累沿路州縣，帝又難違滉請，遂下兩省議。左補闕穆質曰：「鹽鐵使自有官使勾當進奉，不合更煩累沿路州縣。爲節度使，亂打殺二十萬人猶得，何惜差一進奉官？」坐中人密聞，滉遂令軍吏李栖華，就諫院詰穆公：「滉〔二〕不曾相負，何得如此？即到京，與公廷辯。」遂離鎮。過汴州，挾〔三〕劉玄佐俱行，勢傾中外。

穆懼不自得，潛衣白衫，詣興趙〔四〕王生卜，與之束素。王謝曰：「勞致重幣，爲公夜蓍占之。」穆乃留韓年命，並自留年命。明日，令妹夫裴往請卦，王謂裴曰：「此中一人，年命大盛，其間威勢，盛於王者，是誰？其次一命，與前相刻〔五〕太甚，頗有相危害意。然前人必不見明年三月，卦今已是十一月，縱相害，事亦不成。」

韓十一月入京，穆曰：「韓爪距如此，犯著即碎，如何過得數月？」又質王生，終云不畏。韓至京，威勢愈盛，日以橘木棒殺人。判桉郎官每候見皆奔走，公卿欲謁，逡巡莫敢進。穆愈懼，乃歷謁韓諸子皋、群等求解，皆莫敢爲出言者。時滉命三省官集中書視事，人皆謂與廷辯，或勸穆稱疾，穆懷懼不決〔六〕。及衆官畢至，乃曰：「前日除張嚴常州刺史，昨日又除常州刺史，緣張嚴曾犯贓，所以除替。恐公等不諭，告公等知。」諸人皆賀穆，非是廷辯。無何，穆有事見滉，未及通，閩閤中有大聲曰：「穆質爭敢如此！」贊者不覺走出，以告質，質懼。

明日，度支員外齊抗，五更走馬謂質曰：「公以左降邵州邵陽尉，公好去。」無言握手留贈，促騎而去。質又令裴問王生，生曰：「韓命祿已絶，不過後日。明日且有國故，可萬全無失矣。」至日晚，内宣出，王薨輟朝〔七〕。明日制書不下。後日，韓入班倒，牀舁出，遂卒。時朝廷中有惡韓而好穆者，遂不放穆敕下，並以邵陽書與穆。（據中華書局版汪紹楹點

校本《太平廣記》卷七九引《異聞集》校録）

〔一〕韓晉公滉　前原有「唐」字，乃《廣記》編纂者所加，今删。

〔二〕滉　此字下原有「云」字，據孫校本删。

〔三〕挾　明鈔本、孫校本作「仍」。

〔四〕興趙　唐無興趙地名，疑有誤。

〔五〕刻　《四庫》本改作「剋」。刻，通「剋」。

〔六〕決　明鈔本、孫校本作「敢」，《會校》據改。

〔七〕王虪輟朝　按：《舊唐書·德宗紀上》載，貞元二年十一月兩浙節度使韓滉入朝，三年二月卒。此前未有王虪，疑指德宗后王氏。王夢鷗疑「王」下或脱「后」字（《唐人小説研究》二集《陳翰異聞集校補考釋》），近是。然王后崩於貞元二年十一月，在韓滉入朝前，時間不合，蓋小説家言得於傳聞，未必盡合史實也。

按：《異聞集》所取前人傳奇，或爲單篇，或採自叢集。是篇所出及作者不詳，觀事在貞元二三年，當爲中晚唐之作。

賈籠

闕　名　撰

穆質初應舉，試畢，與楊憑數人會。穆策云：「防賢甚於防姦。」楊曰：「公不得矣，今天子方禮賢，豈有言〔一〕防賢甚於防姦？」穆曰：「果如此是矣。」遂出謁鮮于弁，弁待穆甚厚。食未竟，僕報云：「尊師來。」弁奔走具靴笏，遂命徹食。及至，一眇道士爾。質怒弁相待之薄，且來者是眇道士，不爲禮，安坐如故。良久，道士謂質曰：「豈非供奉官耶？」曰：「非也。」又問：「莫曾上封事進書策求名否？」質曰：「見應制，已過試。」道士賀〔二〕曰：「面色大喜，兼合官在清近。是月十五日午後，當知之矣。策是第三等，官是左補闕，故先奉白。」質辭去。

至十五日，方過午，聞扣門聲〔三〕甚厲，遣人應問，曰：「五郎拜左補闕，當時不先唱第三等，便兼官，一時拜耳，故有此報。」後鮮于弁詣質，質怒前不爲畢饌，不與見。弁復來，質見之，乃曰：「前者賈籠也，言事如神，不得不往謁之。」質遂與弁俱往。籠謂質曰：「後三月至九月，勿食羊肉，當得兵部員外郎、知制誥。」德宗嘗賞質曰：「每愛卿對敭言事，多有行者。」質已貯不次之望，意甚薄知制誥，仍私謂人曰：「人生自有分〔四〕，豈有不喫羊肉便得知制誥？此誠道士妖言也。」遂依前食羊。

至四月，給事趙憬忽召質云：「同尋一異人。」及到，即前眇道士也。趙致敬如弟子禮，致謝而坐。道士謂質曰：「前者勿令食羊肉，至九月得制誥，何不相取信〔五〕？今否矣。」「莫更有災否〔六〕？」曰：「有厄。」質曰：「莫至不全乎？」曰：「初意過〔七〕於不全，緣識聖上，得免死矣。」質曰：「何計可免？」曰：「今無計矣。」質又問：「若遷貶，幾時得歸？」曰：「少是十五年。」補闕却迴，貧道不復〔八〕見。」執手而別，遂不復言。

無何，宰相李泌奏：「穆質、盧景亮於大會中，皆自言頻有章奏諫，國有善〔九〕，即言自己出，有惡事，即言苦諫，上不納。此足以惑衆，合以大不敬論，請付京兆府決殺。」德宗曰：「景亮不知，穆質曾識，不用如此。」又進決六十，流崖州。上御筆書令與一官，遂遠貶。後至十五年，憲宗方徵入。賈籠即賈直言之父也。（據中華書局版汪紹楹點校本《太平廣記》卷七九引《異聞集》校録）

〔一〕言　此字原無，據孫校本補。

〔二〕賀　此字原無，據明鈔本、孫校本補。

〔三〕扣門聲　原下有「即」字，據明鈔本、孫校本删。

〔四〕分　此字原脱，《四庫》本補作「分」，姑從。
〔五〕信　明鈔本、孫校本作「語」。
〔六〕莫更有災否　《四庫》本前補「質曰」二字。
〔七〕過　明鈔本、孫校本作「遇」。
〔八〕復　此字原無，據明鈔本、孫校本補。
〔九〕國有善　前原有「曰」，明鈔本、孫校本無，是也，據删。《四庫》本改作「白」，誤。孫校本「國」下有「因」字，《會校》據補。

按：此亦叙術士預言，且亦爲穆質事，疑與前事原出一書。

僕僕先生

闕　名　撰

僕僕先生，不知何許人也，自云姓僕名僕，莫知其所由來。家於光州樂安縣黄土山，凡三十餘年。精思餌杏丹，衣服飲食如常人，賣藥爲業，人皆不識之〔一〕。開元三年，前無棣縣令王滔，寓居黄土山下，先生過之，滔命男弁爲主，善待之，先生因授以杏丹術〔二〕。時弁舅吴明珪爲光州别駕，弁在珪舍。頃之，先生乘雲而度，人吏數萬皆覩之。弁乃仰告曰：「先生教弁丹術未成，奈何捨我而去？」時先生乘雲而度，已十五〔三〕過矣，人莫測。及弁與言，觀者皆愕。或以告刺史李休光，休光召明珪而詰之曰：「子之甥乃與妖者友，子當執。」其舅〔四〕因令弁往召之。弁至舍而先生至，具以狀白。先生曰：「余道者，不欲與官人相遇。」弁曰：「彼致禮，便當化之，如妄動失節，當威之，使心伏於道，不亦可乎？」先生曰：「善。」乃詣休光府。休光踞見，且詬曰：「若仙，當遂往矣，今去而復來，妖也。」先生曰：「麻姑、蔡經、王方平、孔申、二茅之屬，問道於余，余說之未畢，故止，非他也。子以爲妖，何也〔五〕？」休光愈怒，叱左右執之。龍虎見於側，先生乘之而去。去地丈餘，玄雲四合，斯須雷電大至，碎庭槐十餘株，府舍皆震壞，觀者無不奔潰。休光懼而走，失頭巾，直吏收頭巾，引妻子跣出府，因徙宅焉。

休光以狀聞，玄宗乃詔改樂安縣爲仙居縣，就先生所居舍置仙堂觀，以黄土村爲仙堂村。縣尉嚴正誨，護營築焉，度王弁爲觀主，兼諫議大夫，號通真先生。弁因餌杏丹却老。至大曆十四年，凡六十六歲，而狀可四十餘，筋力稱是。

其後果州女子謝自然，白日上昇。當自然學道時，神仙頻降。有姓崔者，亦云名崔，有姓杜者，亦云名杜，其諸姓亦爾，則與僕僕先生姓名相類矣。無乃神仙降於人間，不欲以姓名行於時俗乎？（據中華書局版汪紹楹點校本《太平廣記》卷二二引《異聞集》校録）

〔一〕人皆不識之　此句原無，據南宋陳葆光《三洞群仙録》卷四引《廣記》補。

〔二〕術　《群仙録》作「之訣」。

〔三〕十五　孫校本作「五十」，《會校》據改。

〔四〕舅　《四庫》本作「咎」，連上讀。按：此當爲館臣妄改。

〔五〕子以爲妖何也　此六字原無，據《群仙録》補。

按：《廣記》所引，注出《異聞集》及《廣異記》。考謝自然白日上昇，據《廣記》卷六六引《集仙録》（按：即杜光庭《墉城集仙録》），時在貞元十年（七九四）十一月二十日，《五百家注昌黎文集》卷一《謝自然詩》，集注則云貞元十一年十一月十二日。貞元十年或十一年《廣異記》作者戴孚已卒，故知必不出《廣異記》，而爲《異聞集》也。《類説》卷二八《異聞集·僕僕先生》云：「自云姓僕名僕，於先（按：嘉靖伯玉翁舊鈔本作『光』）州樂安縣黄土山，凡三十餘年，精思餌杏丹。開元中，乘雲而去，明皇改樂安名仙居縣。」正可爲證。《異聞集》所取何書不詳。

此下接叙「後有人於義陽郊行者」云云，謂有人於義陽草舍見老人（僕僕），至安陸爲人説之，縣官以爲惑衆而繫之，僕僕乘五色雲來救。與前文不相連貫，而事有類似光州刺史李休光執僕僕者。且云：「縣官再拜，問其姓氏。老人曰：『僕僕野人也，有何名姓？』」與前文之「自云姓僕名僕」不合。方詩銘輯校《廣異記》以爲此段内容風格與《廣異記》很近似，予謂此事必出

《廣異記》、《廣記》實綴合二書而成耳。

獨孤穆

闕名　撰

貞元中〔一〕，河南獨孤穆者，客淮南。夜投大儀縣宿，未至十里餘，見一青衣乘馬，顔色頗麗。穆微以詞調之，青衣對答，甚有風格。俄有車輅北下，導者引之而去〔二〕。穆遽謂曰：「向者粗承顔色，謂可以終接周旋〔三〕，何乃頓相捨乎？」青衣笑曰：「媿恥之意，誠亦不足。但娘子少年獨居，性甚嚴整，難以相許耳。」穆因問娘子姓氏及中外親族，青衣曰：「姓楊，第六。」不答其他。

既而不覺行數里，俄至一處，門館甚肅。青衣下馬入，久之乃出，延客就館，曰：「自絶賓客，已數年矣。娘子以上客至，無所爲辭，勿嫌疏漏也。」於是秉燭陳榻，衾褥備具。有頃，青衣出，謂穆曰：「君非隋將獨孤盛之後乎？」穆乃自陳，是盛八代孫。青衣曰：「果如是，娘子與郎君乃有舊。」穆詢其故，青衣曰：「某賤人也，不知其由，娘子即當自出申達。」須臾設食，水陸畢備。食訖，青衣數十人前導，曰：「縣主至。」見一女，年可十三四，姿色絶代。拜跪訖，就坐，謂穆曰：「莊居寂寞，久絶賓客，不意君子惠顧。然而與君有舊，不敢使婢僕言之，幸勿爲笑〔四〕。」穆曰：「羈旅之人，館穀是惠〔五〕，豈意特賜相見，兼許叙故。且穆平生未離京洛，是以江淮親故，多不識之，幸盡言也。」縣主曰：「欲自陳叙，竊恐驚動長者。妾離人間，已二百年矣，君亦何從而識？」初穆聞其姓楊，自稱縣主，意已疑之，及聞此言，乃知是鬼，亦無所懼。縣主曰：「以君獨孤將軍之貴裔，世禀〔六〕忠烈，故欲奉託，勿以幽冥見疑。」穆曰：「穆之先祖，爲隋室將軍〔七〕。縣主必以穆忝有祖風，欲相顧託，乃平生之樂聞也，有何疑焉？」縣主曰：「欲自宣洩，實增悲感。妾父齊王，隋帝〔八〕第二子。隋室傾覆，妾之君父，同時遇害。大臣宿將，無不從逆。唯君先將軍，力拒逆黨。妾時年幼，常在左右，具見始末。及亂兵入宫，賊黨有欲相逼者，妾因辱駡之，遂爲所害。」因悲不自勝。穆因問其當時人物及大業末事，大約多同《隋史》。

久之，命酒對飲，言多悲咽。爲詩以贈穆曰：「江都昔喪亂，闕下多構兵。豺虎恣〔九〕吞噬，干戈〔一〇〕日縱横。逆徒自外至，半夜開重城。膏血浸宫殿，刀〔一一〕鎗倚簷楹。今知從逆者，乃是公與卿。白刃污黄屋，邦家遂因傾。疾風知〔一二〕勁草，世亂識忠誠〔一三〕。哀哀獨孤公，臨死乃結纓。天地既板蕩，雲雷時未亨。今者二百載，幽懷猶未平。山河風月古，陵寢露煙青。君子乘祖德〔一四〕，方垂忠烈名。華軒一會〔一五〕顧，土室以爲榮。丈夫立志操，存没感其情。求義若可託〔一六〕，誰能抱幽貞？」穆深嗟歎，以爲班婕妤所不及也。因問其平生製作，對曰：「妾本無才，但好讀古〔一七〕集。常見謝家姊妹及鮑氏諸女皆善屬文，私懷景慕。帝亦雅好文學，時時被命。當時薛道衡名高海内，妾每見其文，心頗鄙之。向者情發於中，但直叙事耳，何足稱賛？」穆曰：「縣主才自天授，乃鄴中七子之流，道衡安足比擬！」穆遂賦詩以答之，曰：「皇天昔降禍，隋室若綴旒。患難在雙闕，干戈連九州。出門皆凶竪，所向多逆謀。白日忽然暮，頹波不可收。望夷既結釁，宗社亦貽羞。温室兵始合，宫闈〔一八〕血已流。憫哉吹簫〔一九〕子，悲啼下鳳樓。霜刃徒見逼，玉笄不可求。羅襦遺侍者，粉黛成仇讐。邦國已淪覆，餘生誓不留。英英將軍祖，獨以社稷憂。丹血濺黼扆，豐肌染戈矛。今來見禾黍，盡日悲宗周。玉樹深〔二〇〕寂寞，泉臺千萬秋。感兹一顧重，願以死節酬。幽顯〔二一〕儻不昧，中〔二二〕焉契綢繆。」縣主吟諷數四，悲不自堪者久之。

逡巡，青衣數人皆持樂器出〔二三〕，有一人前白縣主曰：「言及舊事，但恐使人悲感，且獨孤〔二四〕郎新至，豈可終夜啼淚〔二五〕相對乎？某請充使，召來家娘子相伴。」縣主許之。既而謂穆曰：「此大將軍來護兒歌人，亦當時遇害，近在於此。」俄頃即至，甚有姿色，善〔二六〕言笑。因作樂，縱飲甚懽。來氏歌數曲，穆唯記其一，曰：「平陽縣中樹，久作廣陵塵。不意阿郎〔二七〕至，黄泉重見春。」良久曰：「妾與縣主居此一百餘年，豈期今日忽有佳禮。」縣主曰：「本以獨孤公忠烈之家〔二八〕，願一相見，欲豁幽憤耳。豈可以塵土之質，厚誣君子！」穆因吟縣主詩落句云：「求義若可託，誰能抱幽貞？」縣主微笑曰：「亦大强記。」穆因以歌諷之曰：「金閨久無主，羅袂坐生塵。願作吹簫伴，同爲騎鳳人。」縣主亦以歌答曰：「朱軒下長路，青草啓孤墳。猶勝陽臺上，空看朝暮雲。」來氏曰：「曩日蕭皇后欲以縣主配后兄子，正見江都之亂，其事遂寢。獨孤冠冕盛族，忠烈之家，今日相對，正爲佳耦〔二九〕。」穆問縣主所封何邑，縣主云：「兒以仁壽四年生於京師，時駕幸仁壽宫，因名壽兒。明年，太子即位，封清河縣主。上幸江都宫，徙封臨淄縣主。特爲皇后所愛，常在宫内。」來曰：「夜已深矣，獨孤郎宜且成禮，某當奉候於東閣，伺〔三〇〕曉拜賀。」於是群婢戲謔，皆若人間之儀。

既入卧内，但覺其氣奄然，其身頗冷。頃之，泣謂穆曰：「殂謝之人，久爲塵灰，幸將奉事巾櫛，死且不朽。」於是復召來氏，飲讌如初。因問穆曰：「承〔三一〕君今適江都，何日當回？有以奉託可乎？」穆曰：「死且不顧，其他有何不可乎？」縣主曰：「帝既改葬，妾獨居此。今爲惡王墓〔三二〕所擾，欲聘妾爲姬。妾以帝王之家，義不爲凶鬼所辱。本願相見，正爲此耳。君將適江南，路出其墓下，以妾之故，必爲其所困。道士王善交書符於淮南市，能制鬼神，君若求之，即免〔三三〕矣。」又曰：「妾居此亦終不安，君江南回日，能挈我俱去，葬〔三四〕我洛陽北坂上，得與君相近，永有依託，生成之惠也。」穆皆許諾，曰：「遷葬之禮，乃穆家事矣。」酒酣，倚穆而歌曰：「露草芊芊，頽塋未遷。自我居此，於今幾年。與君先祖，疇昔恩波。死生契闊，忽此相過。誰謂佳期，尋當別離。俟君之北，攜手同歸。」因下淚沾巾〔三五〕。來氏亦泣，語穆曰：「獨孤郎勿負縣主厚意。」穆因以歌答曰：「伊彼維陽〔三六〕，在天一方。驅馬悠悠，忽來異鄉。情通幽顯，獲此相見。義感疇昔，言存繾綣。清江桂舟〔三七〕，可以遨遊。惟子之故，不遑淹留。」縣主泣謝穆曰：「一辰佳貺，永以爲好。」

須臾，天將明，縣主涕泣，穆亦相對而泣。凡在坐者，穆皆與辭訣。既出門，迴顧無所見，地平坦，亦無墳墓之象〔三八〕。穆意恍惚，良久乃定，因徙柳樹一株以誌之。家人索穆頗甚急〔三九〕。復數日，穆乃入淮南市，果遇王善交於市，遂獲〔四〇〕一符。既至惡王墓下，爲旋風所撲三四，穆因出符示之，乃止。

先是穆頗不信鬼神之事，及縣主言，無不明曉。穆乃深嘆訝，亦私爲所親者言之。次年〔四一〕正月，自江南回，發其地數尺，得骸骨一具，以衣衾斂之。穆以其死時草草，葬必有闕，既至洛陽，大具威儀，親爲祝文以祭之，葬於安喜門〔四二〕外。其夜，獨宿於村墅，縣主復至，謂穆曰：「遷神之德，萬古不忘。幽滯之人，分不及此者久矣。幸君惠存舊好，使我永得安宅。道途之間，所不奉見者，以君見我腐穢，恐致嫌惡耳。」穆覩其車輿導從，悉光赫於當時。縣主亦指之曰：「皆君之賜也。歲至己卯，當遂相見。」其夕因〔四三〕宿穆所，至明乃去。穆既爲數千里遷葬，復倡〔四四〕言其事，凡穆之故舊親戚無不畢知。

貞元十五年，歲在己卯，穆晨起將出，忽見數卒〔四五〕至其家，謂穆曰：「縣主有命。」穆曰：「相見之期至乎〔四六〕？」其夕暴亡，遂合葬於楊氏。（據中華書局版汪紹楹點校本《太平廣記》卷三四二引《異聞録》校録）

〔一〕貞元中　前原有「唐」字，今删。

〔二〕俄有車輅北下導者引之而去　原作「俄有車路北有導者引之而去」，明鈔本「有導」作「下道」，孫校本、朝鮮成任編《太平通載》卷六五引《太平廣記》作「下導」，汪校本據明鈔本改，《會校》據孫校本改。明陸楫《古今説海》説淵部别傳二十七《獨孤穆傳》、汪雲程《逸史搜奇》乙集四《獨孤穆》、《豔異編》卷三七《獨孤穆傳》、梅鼎祚《才鬼記》卷四《楊縣主》、詹詹外史《情史類略》卷二〇《隋縣主》、冰華居士《合刻三志》志鬼類、舊題楊循吉《雪窗談異》卷八《才鬼記·獨孤穆》均作「俄有車輅北下，導者引之而去」。意謂縣主遣車北下以迎獨孤穆，據改。清蓮塘居士《唐人説薈》第十五集、馬俊良《龍威秘書》四集、民國俞建卿《晉唐小説六十種》之《才鬼記·獨孤穆》作「俄有車路北，導者引之而去」。

〔三〕終接周旋　明鈔本、孫校本「終」作「中」，《會校》據改。《説海》、《逸史搜奇》、《豔異編》、《情史》、《合刻三志》、《雪窗談異》、《唐人説薈》、《龍威秘書》、《晉唐小説六十種》作「周旋終接」。

〔四〕笑　明鈔本、孫校本作「訝」。

〔五〕惠　明鈔本、孫校本作「患」。

〔六〕稟　明鈔本、孫校本作「家」。

〔七〕將軍　明鈔本、《太平通載》、《説海》、《逸史搜奇》、《豔異編》、《才鬼記》、《情史》、《合刻三志》、《雪窗談異》、《唐人説薈》、《龍威秘書》、《晉唐小説六十種》作「忠臣」。

〔八〕隋帝　明鈔本、孫校本作「隋煬帝」，《會校》據補「煬」字。

〔九〕恣　《説海》、《逸史搜奇》、《豔異編》、《情史》、《合刻三志》、《雪窗談異》作「恐」。《才鬼記》作「咨」，誤。

〔一〇〕干戈　原作「戈干」，據《四庫》本、《太平通載》、《説海》、《逸史搜奇》、《豔異編》、《才鬼記》、《情史》、《太平廣記鈔》卷五九、《合刻三志》、《雪窗談異》、《唐人説薈》、《龍威秘書》、《晉唐小説六十種》、《全唐詩》卷八六六改。

〔一一〕刀　孫校本作「殳」。

〔一二〕知　《豔異編》、《情史》、《合刻三志》、《雪窗談異》、《唐人説薈》、《龍威秘書》、《晉唐小説六十種》作「表」。

〔一三〕誠　原作「臣」，據《太平通載》、《説海》、《逸史搜奇》改。按：依《廣韻》，此詩「庚」、「清」、「青」三部通押，「誠」屬「清」韻，而「臣」字屬「真」韻，出韻。《才鬼記》作「貞」，與末句重。

〔一四〕乘祖德　明鈔本、孫校本、《太平通載》、《才鬼記》、《全唐詩》「乘」作「禀」或「秉」，《會校》據明鈔本、孫校本改。按：乘，奉也。《説海》、《逸史搜奇》、《豔異編》、《情史》、《合刻三志》、《雪窗談異》、《唐人説薈》、《龍威秘書》作「秉恒德」。

〔一五〕會　《太平通載》、《説海》、《逸史搜奇》、《豔異編》、《情史》、《合刻三志》、《雪窗談異》、《唐人説薈》、《龍威秘書》、《晉唐小説六十種》、《全唐詩》作「惠」。

〔一六〕求義若可託　明鈔本、孫校本作「義心求可託」，《會校》據改。下同。

〔一七〕古　孫校本作「書」，《會校》據改。

〔一八〕闈　明鈔本作「門」。

〔一九〕簫　原作「蕭」，據清黄晟本、《四庫》本、《筆記小説大觀》本、《太平通載》、《説海》、《逸史搜奇》、《豔異編》、《才鬼記》、《情史》、《廣記鈔》、《合刻三志》、《雪窗談異》、《唐人説薈》、《龍威秘書》、《晉唐小説六十種》、《全唐詩》改。下同(《逸史搜奇》作「蕭」)。

〔二〇〕深　原作「已」，據明鈔本、孫校本、《太平通載》、《説海》、《逸史搜奇》、《豔異編》、《才鬼記》、《情史》、《合刻三志》、《雪窗談異》改。

〔二一〕幽顯　明鈔本「顯」作「靈」，《會校》據改。按：幽顯，幽明，猶言人鬼。改作「靈」誤。《四庫》本作「願」，亦通。

〔二二〕中　《太平通載》、《説海》、《逸史搜奇》、《豔異編》、《情史》、《合刻三志》、《雪窗談異》、《唐人説薈》、《龍威秘書》、《晉唐小説六十種》、《全唐詩》作「終」。

〔二三〕出　原作「而」，連下讀，據明鈔本、孫校本改。

〔二四〕獨孤　原脱「孤」字，據明鈔本、孫校本、《四庫》本、《太平通載》、《説海》、《逸史搜奇》、《豔異編》、《才鬼記》、《情史》、《廣記鈔》、《合刻三志》、《雪窗談異》、《唐人説薈》、《龍威秘書》、《晉唐小説六十種》補。

〔二五〕啼淚　明鈔本、孫校本「淚」作「泣」，《會校》據改。按：「啼淚」不誤。《法苑珠林》卷四七（百卷本）：「彼劫人王聞婆羅門子所説，即復躃地啼淚而言。」

〔二六〕善　《説海》、《逸史搜奇》、《豔異編》、《合刻三志》、《雪窗談異》作「陪」。

〔二七〕阿郎　談愷刻本原作「何郎」，蓋用曹魏駙馬何晏人稱「傅粉何郎」典，見《世説新語·容止》。汪校本據明鈔本改作「阿郎」，《筆記小説大觀》本亦改。

〔二八〕家　明鈔本、孫校本作「裔」，《會校》據改。下同。

〔二九〕耦　明鈔本作「偶」，《會校》據改。按：耦，配偶。《左傳》桓公六年：「人各有耦，齊大，非吾耦也。」

〔三〇〕伺　明鈔本作「俟」，孫校本作「候」，《會校》據孫校本改。按：伺、俟、候，其義一也。

〔三一〕承　明鈔本、孫校本作「聞」，《會校》據改。

〔三二〕墓　《太平通載》作「神」。

〔三三〕免　明鈔本、孫校本作「得」。

〔三四〕葬　明鈔本、孫校本、《太平通載》、《説海》、《逸史搜奇》、《豔異編》、《情史》、《合刻三志》、《雪窗談異》、《唐人説薈》、《龍威秘書》、《晉唐小説六十種》作「置」。

〔三五〕沾巾　明鈔本、孫校本、《太平通載》、《説海》、《逸史搜奇》、《豔異編》、《情史》、《合刻三志》、《雪窗談異》、《唐人説薈》、《龍威秘書》、《晉唐小説六十種》「巾」作「襟」，《會校》據明鈔本、孫校本改。按：巾，佩巾，供擦拭之用，類似手帕。《太平通載》「沾」作「添」。

〔三六〕維陽　《四庫》本及《説海》《四庫》本、《才鬼記》、《合刻三志》、《雪窗談異》、《唐人説薈》、《龍威秘書》、《晉唐小説六十種》、《全唐詩》「陽」作「揚」。按：維陽即維揚，揚州也。《岑嘉州詩》卷一《萬里橋》：「成都與維陽，相去萬里地。」《白居易集》卷三三《偶於維陽牛相公處覓得筝，筝未到，先寄詩來，走筆戲答》。牛相公即牛僧孺，爲淮南節度使。淮南節度使治揚州。

〔三七〕舟　原作「州」，據明鈔本、孫校本、《説海》、《逸史搜奇》、《豔異編》、《才鬼記》、《情史》、《合刻三志》、《雪窗談異》、《唐人説薈》、《龍威秘書》、《晉唐小説六十種》改。《全唐詩》作「洲」。

〔三八〕象　明鈔本、孫校本作「形」，《説海》、《逸史搜奇》、《豔異編》、《情史》、《合刻三志》、《雪窗談異》、《唐人説薈》、《龍威秘書》作「迹」。

〔三九〕急　原作「忽」，連下讀。據明鈔本、孫校本、《説海》、《逸史搜奇》、《豔異編》、《才鬼記》、《情史》、《合刻三志》、《雪窗談異》、《唐人説薈》、《龍威秘書》、《晉唐小説六十種》改。

〔四〇〕獲　明鈔本、孫校本、《説海》、《逸史搜奇》、《豔異編》、《情史》、《合刻三志》、《雪窗談異》、《唐人説薈》、《龍威秘書》、《晉唐小説六十種》作「求」。

〔四一〕次年　原作「時年」，明鈔本、孫校本作「是年」，並誤，據《説海》、《逸史搜奇》、《豔異編》、《才鬼記》、《情史》、《合刻三志》、《雪窗談異》、《唐人説薈》、《龍威秘書》、《晉唐小説六十種》改。

〔四二〕安喜門　原作「安善門」，據明鈔本、《太平通載》、《説海》、《逸史搜奇》、《豔異編》、《情史》、《合刻三志》、《雪窗談異》、《唐人説薈》、《龍威秘書》、《晉唐小説六十種》改。按：洛陽城北門有二門，偏東爲安喜門。

〔四三〕因　明鈔本、孫校本作「同」，《會校》據改。

〔四四〕倡　《太平通載》、《説海》、《逸史搜奇》、《豔異編》、《情史》、《合刻三志》、《雪窗談異》、《唐人説薈》、《龍威秘書》、《晉唐小説六十種》作「昌」，意同。

〔四五〕卒　原作「車」，據明鈔本、孫校本改。《太平通載》、《説海》、《逸史搜奇》、《豔異編》、《才鬼記》、《情史》、《合刻三志》、《雪窗談異》、《唐人説薈》、《龍威秘書》、《晉唐小説六十種》作「人」。

〔四六〕相見之期至乎　《太平通載》、《説海》、《逸史搜奇》、《豔異編》、《才鬼記》、《情史》、《合刻三志》、《雪窗談異》、《唐人説薈》、《龍威秘書》、《晉唐小説六十種》前有「豈」字。

按：本篇原出何書，抑或爲單篇，作者何人，均不詳。事及貞元十五年（七九九），蓋中晚唐人所作。《古今説海》説淵部别傳二十七《獨孤穆傳》，據《廣記》採録，《逸史搜奇》乙集四《獨孤穆》，《豔異編》卷三七《獨孤穆傳》，《才鬼記》卷四《楊縣主》（題注《獨孤穆傳》，末注《異聞録》)，《情史類略》卷二〇《隋縣主》，均本《説海》，《才鬼記》略有校改。又《重編説郛》卷一一六題唐荀氏之《靈鬼志》亦即本篇。《合刻三志》志鬼類、《雪窗談異》卷八、《唐人説薈》第十五集(同治八年刊本卷一九)、《龍威秘書》四集《晉唐小説暢觀》、《晉唐小説六十種》收有《才鬼記》一卷，託名唐鄭蕡纂，中亦有《獨孤穆》。

華嶽靈姻傳

闕名 撰

韋子卿舉孝廉，至華陰廟，飲酣，遊諸院。至三〔一〕女院，見其姝麗，曰：「我擢第回，當娶三娘子爲妻。」其春登第歸，次渭北，見二〔二〕黄衣人，曰：「大王遣命〔三〕韋郎。」子卿愕然。又曰：「華嶽金天大王也。」俄見車馬憧憧，廊宇嚴麗。見一丈夫，金章紫綬。酬對既畢，擇日就禮。女子絶豔，雲髮垂耳〔四〕，真神仙也。後七日，神曰：「可歸矣。」妻曰：「我乃神女，固非君匹。使君終身無嗣，不可也。君到宋州，刺史必嫁女與君，但娶之，我亦與君絶。勿洩吾事，事露即兩不相益。」

子卿至宋州，刺史果與論親，遂娶之。神女嘗訪子卿，曰：「君新獲佳麗，相應稱心〔五〕。」子卿躕躇〔六〕不自安。女曰：「戲耳。已約任君婚娶，豈敢反相恨耶？然不可得新忘故。」後刺史女抱疾二年，治療罔效。有道士妙解符禁，曰：「使君韋郎身有妖氣，愛女所患，自韋而得。」以符攝子卿鞫之，具述本末。道士飛黑符追神女，女曰：「某女子之身，深處深閨。婚嫁之事，父母屬配。」道士又飛赤符召嶽神，責曰：「君以嶽鎮之尊，何事將女嫁與生人，仍遣使君女病？」神曰：「子卿願娶吾女，自知非人之匹，令其別娶。尊師詳此一節，豈有圖害之意耶？」拂衣而去。道士告神女曰：「罪雖非汝，然爲神鬼，敢通生人，略無〔七〕懲責？」乃杖三下而斥去之。後踰月，刺史女病卒。

子卿忽見神女曰：「囑君勿洩，懼禍相及，今未〔八〕如言。」袒而示曰：「何負汝，使至是乎？」子卿視之，三痕隱然。神女叱左右曰：「不與死乎〔九〕？更待何時！」從者拽子卿捶朴之，其夜遂卒。（據文學古籍刊行社影印明天啓六年刻本《類説》卷二八《異聞集》校録，又南宋皇都風月主人《緑窗新話》卷上引《異聞集》，題《韋卿娶華陰神女》）

〔一〕三　《緑窗新話》作「二」，下同。元佚名《異聞總録》卷二亦作「三」，「二」字譌也。

〔二〕二　《緑窗新話》、《異聞總録》作「一」。

〔三〕命　《類説》《四庫》本作「迎」。按：命，呼也，召也。《四庫》本作「迎」，疑爲館臣妄改。

〔四〕雲髮垂耳　此句原無，《東坡先生詩集注》卷二七《章質夫寄惠崔徽真》趙次公注引《華嶽雲烟（靈姻)傳》此句,姑補於此。

〔五〕相應稱心　《緑窗新話》作「不可得新忘舊」,《異聞總録》亦同,「舊」作「故」。

〔六〕躕躇　《四庫》本作「躊躕」。按:《後漢書》卷四九《仲長統傳》:「躕躇畦苑,遊戲平林。」李賢注:「躕躇,猶踟躕也。」

〔七〕無　《四庫》本作「示」。

〔八〕未　《四庫》本、《緑窗新話》、《異聞總録》作「果」。

〔九〕乎　《四庫》本作「手」。

按:《類説》題《華嶽靈姻》,删略而成,原文已佚。《緑窗新話》卷上亦引《異聞集》,題《韋卿娶華陰神女》,殆删節《類説》。《異聞總録》卷二亦載,文字與《緑窗新話》大同,蓋取《新話》而成。《東坡先生詩集注》卷二七《章質夫寄惠崔徽真》趙次公注:「《華嶽雲烟傳》:『雲髪垂耳。』」「雲烟」乃「靈姻」之謁,知傳名作《華嶽靈姻傳》。五代何光遠《鑑誡録》卷一〇《求冥婚》有云「議者以華嶽靈姻咸疑謬説」,亦舉稱其題也。此作時代不明,殆中晚唐之作。

薛放曾祖

闕　名　撰

薛放尚書曾祖,爲湖南刺史〔一〕。罷郡,京中閒居。善治家,旦暮必策杖檢校其宅。常晨起，因至厨中，見竈内有燈熒熒然〔二〕。薛怒其爨者曰：「燈不滅，又置竈中，何也？」及至竈前視之，忽見一獮猴子，長六七寸，前有一小臺盤子，方圓尺餘，内食品物〔三〕，皆極小而甚備。又前置一盞燈，猴對之而食。薛大駭異，乃以拄杖刺之。竈雖淺，而盡其杖終不能及。乃命妻子僮僕觀之，皆莫測，不知所爲。其猴忽置燈于盤子上，以頭戴盤而出竈。人〔四〕行至堂前階上，復設燈置盤而食，傍若無人。

薛氏驚懼，乃令子弟出外，訪求術士以禳之。及出門，忽逢一道士乘驢〔五〕，謂薛氏子曰：「郎君神精，極甚倉卒，必有事故〔六〕。適過此宅，見妖氣甚盛。某平生所學道術，以濟急難，如有事，請爲郎君除之。」薛子大喜，下馬拜請至宅。使君具簪簡出迎，妻女等悉拜迎，坐于中堂。猴見道士，亦無懼色。道士曰：「此乃使君積世深冤，今之此來，爲禍不淺。」使君及妻子悲涕求請。良久，道士曰：「有幸相遇〔七〕，當爲袪除。然此物終當屈辱使君，方肯解釋。」薛曰：「苟得無他，敢辭屈辱。」道士曰：「此猴今欲將臺盤及燈，上使君頭上食，必〔八〕當去，可乎？」薛不敢辭。妻子皆泣曰：「此是精魅物，安可置頭上？乞尊師别爲一計。」道士曰：「不然，先將臺盤子于頭上，後令于盤中食之，可乎？」妻子又曰：「不可。」道士曰：「不然，無計矣。」薛又哀祈之。良久，道士曰：「家有厨櫃之類乎？令使君入其中，令猴于其上食，可乎？」皆曰：「可。」

乃取木櫃，中施裀褥，薛入櫃中，閉之。猴即戴臺盤提燈而上，乃置之而食。妻子環繞其旁，共憂涕泣。忽失道士所在，驚駭求覓之次，猴及臺盤燈亦皆不見。遂〔九〕開櫃視之，使君亦不見。舉家號哭求覓，無復踪跡。遂具喪服，以櫃招魂而葬焉。（據中華書局版汪紹楹點校本《太平廣記》卷四四六引《靈保集》校録）

〔一〕薛放尚書曾祖爲湖南刺史　北宋劉斧《青瑣高議》别集卷五《薛尚書記》作「薛放尚書爲河南刺史」。按：據《舊唐書》卷一五五《薛放傳》，薛放於敬宗寶曆元年（八二五）卒於江西觀察使，江西觀察使兼任洪州刺史。放未嘗爲河南刺史，《青瑣高議》誤薛放尚書曾祖爲薛放本人。

〔二〕燈熒熒然　《青瑣高議》作「妖氣驚然」，非原文。

〔三〕内食品物　孫校本、《青瑣高議》「内」作「盤」。《廣豔異編》卷二七《薛刺史》作「内盛品食」。

〔四〕人　《廣豔異編》作「又」。

〔五〕驢　《青瑣高議》作「馬」。

〔六〕故　孫校本、《青瑣高議》作「某」，連下讀。

〔七〕遇　《青瑣高議》作「邀」。

〔八〕必　《廣豔異編》作「畢」。

〔九〕遂　孫校本作「遽」。

按：《廣記》注出《靈保集》，蓋《靈怪集》之譌。《廣記》引用書目中列有《靈怪集》、《靈保集》，誤爲二書。《靈怪集》張薦作於貞元中，然此篇稱「薛放尚書」。據《舊唐書》卷一五五《薛放傳》，放穆宗長慶中官禮部尚書，張薦必不能作此稱也。後人曾增益《靈怪集》，此篇當屬增益者，當爲中晚唐作品。

《廣豔異編》曾據《廣記》輯録此篇，編在卷二七，題《薛刺史》。《青瑣高議》別集卷五《薛尚書記》亦即此篇，然文字有所改易。

白皎

闕名撰

河陽從事樊宗仁，長慶中，客遊鄂渚，因抵江陵，途中頗爲舟子〔一〕王升所侮。宗仁方舉進士，力不能制，每優容之。至江陵，具以事訴於在任，因得重笞之。宗仁以他舟上峽，發荆不旬日，而所乘之舟，汎然失纜，篙櫓皆不能制。舟人曰：「此舟已爲仇人之所禁矣，昨水行，豈常有所忤哉？今無術以進。不五百里，當歷石灘，險阻艱難，一江之最。計其奸心，度我船適至，則必觸碎沉溺，不如先備焉。」宗仁方與僕登岸，以巨索縶舟，循岸隨之而行〔二〕。翌日至灘所，船果奔駭狂觸，恣縱升沉，須臾瓦解，賴其有索，人雖無傷，物則蕩盡。峽路深僻，上下數百里，皆無居人。宗仁即與僕輩蔭于林下，糧饘什具，絶無所有，羈危辛苦，憂悶備至。雖發人告于土官〔三〕，去二日不見返，飢餒逮絶。

其夜〔四〕，因積薪起火，宗仁洎僮僕皆環火假〔五〕寢。夜深忽寤，見山獠五人列坐，態貌殊異，皆挾利兵，瞻顧睢盱，言語兇謾，假令揮刃，則宗仁輩束手延頸矣。覘其勢逼，因大語曰：「爾輩家業，應此山中，吾不幸舟船破碎，萬物俱没，涸然古岸，俟爲豺狼之餌。爾輩圓首横目，曾不傷急，而乃瞷然〔六〕笑侮，幸人危禍，一至此哉！吾今絶糧已逾日矣，爾家近者，可遽歸營飲食，以濟吾之將死也。」山獠相視，遂令二人起去〔七〕。未曉，負米肉鹽酪而至，宗仁賴之以候迴信。因示舟破之由，山獠曰：「峽中行此術者甚衆，而遇此難者亦多。然他人或有以解，唯王升者犯之，非没溺不已，則不知果是此子否。南山白蛟者，法術通神〔八〕，可以延之，遣召行禁者〔九〕。我知蛟處，試爲一請。」宗仁因懇祈之，山獠一人遂行。

明日，蛟果至，黄冠草〔一〇〕服，杖策躡屩，姿狀山野，禽鳥儕伍〔一一〕。宗仁則又示以窮寓之端，蛟笑曰：「瑣事耳，爲君召而斬之。」因薙草剪木，規地爲壇，仍列刀水，而蛟立中央。夜闌月曉，水碧山青，杉桂朦朧，溪聲悄然，時聞蛟引氣呼叫召王升，發聲清長，激響遼絶。達曙無至者，宗仁私語僕使曰：「豈七百里王升而可一息致哉？」蛟又詢宗仁曰：「物沉舟碎，果如所言，莫不自爲風水所〔二〕害耶？」宗仁暨舟子又實告。皎曰：「果如是，王升安所逃形哉？」又謂宗仁所使曰：「然請郎君三代名諱，方審其術耳。」僕人告之。皎遂入深遠，别建壇墠，暮夜而再召之，長呼之聲，又若昨夕。良久，山中忽有應皎者，咽絶，因風始聞。久乃至皎處，則王升之魄也〔三〕。皎於是責其奸蠹，數以罪狀。升求哀俯伏，稽顙流血。皎謂宗仁曰：「已得甘伏，可以行戮矣。」宗仁曰：「原其奸兇尤甚，實爲難恕，便行誅斬，則又不可，宜加以他苦焉。」皎乃叱王升曰：「全爾腰領，當百日血痢而死。」升號泣而去。皎告辭，宗仁解衣以贈皎，皎笑而不受。有頃舟船至，宗仁得進發江陵。詢訪王升，是其日皎召致之夕，在家染血痢，十旬而死。（據中華書局版汪紹楹點校本《太平廣記》卷七八引《異聞集》校録，又朝鮮成任編《太平通載》卷八引《太平廣記》）

〔一〕舟子　前原有「駕」字，據孫校本、《太平通載》删。下文作「舟子」。舟子，船夫。

〔二〕宗仁方與僕登岸以巨索縶舟循岸隨之而行　《太平通載》作「宗仁乃召僕，循岸以巨索縻而隨之」。

〔三〕土官　《太平通載》作「有□」，下一字辨認不清，疑爲「司」字。

〔四〕去二日不見返飢餒逮絶其夜　孫校本、《太平通載》作「俟其來，復旬日方至。及暝」。

〔五〕假　孫校本、《太平通載》作「而」。

〔六〕瞷然　「瞷」原譌作「瞯」，據黄本、《四庫》本、《筆記小説大觀》本、《太平通載》改。瞷然，偷偷。

〔七〕去　此字原無，據《太平通載》補。

〔八〕通神　孫校本無「通」字。《太平通載》作「神異」。

〔九〕者　此字原無，據孫校本、《太平通載》補。

〔一〇〕草　原作「野」，據孫校本、《太平通載》改。按：下文云「宗仁解衣以贈皎」，乃以皎草服也。

〔一一〕禽鳥儕伍　原作「禽獸爲祖」，據孫校本、《太平通載》改。《四庫》本改「祖」爲「匿」，妄也。

〔一二〕所　孫校本作「作」。

〔一三〕之魄也　孫校本作「形焉」，《太平通載》作「形魄焉」。

按：此篇出何書不詳。事在長慶中，當爲中晚唐人作。

李令緒

闕　名　撰

李令緒，即兵部侍郎李紓堂兄。其叔選授江夏縣丞，令緒因往覲叔。及至坐久，門人報云：「某小娘子使家人傳語。」喚入，見一婢甚有姿態，云：「娘子參拜兄嫂，且得令緒遠到。」丞妻亦傳語云：「娘子能來此看兒姪〔一〕否？」又云：「妹有何飲食，可致之。」婢去後，其叔謂令緒曰：「汝知乎？吾與一狐知聞逾年矣。」須臾，使人齎大食器至。黄衫奴舁，并向來傳語婢同到，云：「娘子續來。」俄頃間，乘四鐶金飾轝，僕從二十餘人至門，丞妻出迎。見一婦人，年可三十餘，雙梳雲髻，光彩可鑒，婢等皆以羅綺〔二〕，異香滿宅。令緒避入。其婦升堂坐訖，謂丞妻曰：「令緒既是子姪，何不出來？」令緒聞之，遂出拜。謂曰：「我姪真士〔三〕人君子之風。」坐良久，謂令緒曰：「觀君甚長厚，心懷中應肯〔四〕急難於衆人。」令緒亦知其故。談話盡日，辭去。後數來，每至皆有珍饌。

經半年，令緒擬歸東洛。其姑遂言：「此度阿姑得令緒心〔五〕矣。阿姑緣有厄，擬隨令緒到東洛，可否？」令緒驚云：「行李貧迫，要致車乘，計無所出。」又云：「但許，阿姑家自假車乘，只將女子兩人，并向來所使婢金花去。阿姑事〔六〕，令緒應知，不必言也。但空一衣籠，令逐馳家人〔七〕，每至關津店家，即略開籠，阿姑暫過歇了，開籠自然出行，豈不易乎？」令緒許諾。及發，開籠，見三四黑影入籠中。出入不失前約。至東都，將到宅，令緒云：「何處可安置？」金花云：「娘子要於倉中甚便。」令緒即埽灑倉，密爲都置〔八〕，唯逐馳奴知之，餘家人莫有知者。每有所要，金花即自來取之。阿姑時時一見。後數月，云：「厄已過矣，擬去。」令緒問云：「欲往何處？」阿姑云：「胡璿除豫州刺史，緣二女成長，須有匹配，今與渠處置。」

令緒明年合格，臨欲選，家貧無計，乃往豫州。及入境，見牓云：「我單門孤立，亦無親表，恐有擅託親故，妄索供擬，即獲時申報，必當科斷。」往來商旅，皆傳胡使君清白，干謁者絶矣。令緒以此懼，進退久之，不獲已，乃潛入豫州。見有人參謁，亦無所得。令緒便投刺，使君〔九〕即時引入，一見極喜，如故人。云：「雖未奉見，知公有急難。久佇光儀，來何晚也？」即授館，供給頗厚。一州云，自使君到，未曾有如此。每日入宅歡讌，但論時事，亦不言他。

經月餘，令緒告別，璿云：「即與處置路糧，充選時之費。」便集縣令曰：「璿自到州，不曾有親故擾。李令緒天下俊秀，某平生永展奉〔一〇〕。昨一見，知是丈夫，以此重之，諸公合見耳。今請赴選，各須與致糧食，無令輕尠。」官吏素畏其威，自縣令已下，贈絹無敢〔一一〕十匹已下者。令緒獲絹千疋，仍備行裝。又留宴別。令緒因出戟門，見別有一門，金花自內出，云：「娘子在山亭院，要相見。」及入，阿姑已出，喜盈顔色，曰：「豈不能待嫁二女？」又云：「令緒買得甘〔一二〕子，不與阿〔一三〕姑，太慳也。」令緒驚云：「實買得，不敢持〔一四〕送。」笑云：「此戲言耳。君所買者不堪，阿姑自有上者，與令緒將去。」命取之，一一皆大如拳。既別，又喚令緒迴，云：「時方艱難，汝〔一五〕所將絹帛行李，恐遇盜賊，爲之奈何？」乃曰：「借與金花將去，但有事急，一念金花，即當無事。」

令緒行數日，果遇盜五十餘人。令緒恐懼墜馬，忽念〔一六〕金花，便見精騎三百餘人，自山而來，軍容甚盛，所持器械，光可以鑒。殺賊略盡，金花命騎士却〔一七〕掣馳，仍處分兵馬好去。欲至京，路店宿。其主人女病，云是妖〔一八〕魅。令緒問主人曰：「是何疾？」答云：「似有妖魅，歷諸醫術，無能暫愈。」令緒云：「治却何如？」主人珍重辭謝，乞相救，但得校損，報效不輕。遂念金花，須臾便至，具陳其事。略見女之病，乃云：「易也。」遂結一壇，焚香爲呪。俄頃，有一狐甚疥癘，縛至壇中。金花決〔一九〕之一百，流血遍地，遂逐之，其女便愈。

及到京，金花辭令緒。令緒云：「遠勞相送，無可贈别。」乃致酒饌。飲酣，謂曰：「既無形跡，亦有一言，得無難乎？」金花曰：「有事但言。」令緒云：「願聞阿姑家事來由也。」對曰：「娘子本某太守女，其叔父昆弟，與令緒不遠，嫁爲蘇氏妻，遇疾終。金花是從嫁，後數月亦卒，故得在娘子左右。天帝配娘子爲天狼將軍夫人，故有神通。金花亦承阿郎餘蔭。胡使君即阿郎親子姪。昨所治店家女，其狐是阿郎門側役使。此輩甚多，金花能制之。」云〔二〇〕：「鋭騎救難者是天兵，金花要唤〔二一〕，不復〔二二〕多少。」令緒謝之，云：「此何時當再會？」金花云：「本以姻緣運〔二三〕合，只到今日，自此姻緣斷絶，便當永辭。」令緒惆悵良久，傳謝阿姑，千萬珍重。厚與金花贈遺，悉不肯受而去。胡璿後歷數州刺史而卒。（據中華書局版汪紹楹點校本《太平廣記》卷四五

三引《騰聽異志録》校録)

〔一〕兒姪　明吳大震《廣豔異編》卷二九《李令緒》、憑虚子《狐媚叢談》卷三《狐爲李令緒阿姑》作「姪兒」。

〔二〕綺　《廣豔異編》作「綵」。

〔三〕士　《四庫全書》本作「大」。

〔四〕肯　原作「有」,據《廣豔異編》改。

〔五〕心　明鈔本作「同」。

〔六〕事　孫校本作「家事」。

〔七〕逐驅家人　諸本及《廣豔異編》「驅」皆作「馳」,「驅」通「馳」。逐驅家人,即趕牲口之家僕。

〔八〕都置　明鈔本「都」作「安」,張國風《太平廣記會校》據改。按:都置,安排,布置。杜牧《樊川文集》卷一三《與汴州從事書》:「某當縣萬户已來,都置一板簿,每年輪檢自差。」

〔九〕使君　「使」原作「史」,明鈔本作「使」,《會校》據改。《四庫》本、《廣豔異編》、《狐媚叢談》亦作「使」。按:史君即使君,對州郡長官之尊稱。「史」通「使」。《分類補注李太白詩》卷五《東海有勇婦》:「北海李史君,飛章奏天庭。」皇甫枚《三水小牘》卷下《洛中豪士》:「有李史君,出牧罷歸,居止亦在東洛。」因上下文多作「使」,今一律改作「使」字。

〔一〇〕展奉　明鈔本「展」作「慕」，汪校本及《會校》據改。「奉」字連下讀，《會校》據明鈔本改「奉昨」爲「昨奉」。按：展奉爲表敬之詞。《資治通鑑》卷九九晉穆帝永和七年：「與君累世同鄉，情相愛重，誠欲君享祚無窮。今既獲展奉，不可不盡所懷。」胡三省注：「展，省視也。奉，承也，事也。」《東坡全集》卷七四《答李琮書》：「未緣展奉，惟冀以時自重。」今回改。

〔一一〕敢　原作「數」，據明鈔本、孫校本改。

〔一二〕甘　明鈔本、《廣豔異編》、《狐媚叢談》作「柑」。按：甘，即柑。

〔一三〕阿　原作「令」，據明鈔本、孫校本、《廣豔異編》改。

〔一四〕持　原作「特」，據明鈔本、《四庫》本改。

〔一五〕汝　此字原無，據明鈔本補。

〔一六〕念　原作「思」，據上下文改。

〔一七〕却　明鈔本作「都」。

〔一八〕妖　明鈔本、孫校本作「鬼」，《會校》據改。

〔一九〕決　明鈔本作「笞」。決，責打。

〔二〇〕云　此字疑衍。

〔二一〕喚　原譌作「换」，據明鈔本、孫校本、黄本、《四庫》本、《筆記小説大觀》本、《廣豔異編》、《狐媚叢談》改。

〔三〕復　《廣豔異編》、《狐媚叢談》作「論」。

〔三〕運　《四庫》本作「遇」。

按：《騰聽異志録》不見著録，作者失考。《廣記》所引只此一篇。首云「兵部侍郎李紓」，李紓《舊唐書》卷一三七、《新唐書》卷一六一有傳，德宗興元元年（七八四）拜兵部侍郎，貞元八年（七九二）卒。本書寫作於中唐或晚唐，具體年代不詳。

本篇《廣豔異編》卷二九、《狐媚叢談》卷三取入，分别題《李令緒》、《狐爲李令緒阿姑》。

唐五代傳奇集第三編卷九

蕭洞玄

薛漁思 撰

薛漁思，河東（治今山西永濟市蒲州鎮）人。約生活於文宗大和、開成（八二七—八四〇）前後。

王屋靈都觀道士蕭洞玄，志心學鍊神丹。積數年，卒無所就。無何，遇神人授以大還祕訣，曰：「法盡此耳，然更須得一同心者，相爲表裏，然後可成，盍求諸乎？」洞玄遂周遊天下，歷五岳四瀆，名山異境，都城聚落，人跡所輳，罔不畢至。經十餘年，不得其人。至貞元中，洞玄自浙東抵揚州，至庱亭埭〔一〕，維舟於逆旅主人。于時舳艫萬艘，隘於河次，堰開争路，上下衆船，相軋者移時，舟人盡力擠之。見一人船頓，蹙其右臂且折，觀者爲之寒慄，其人顔色不變，亦無呻吟之聲。徐歸船中，飲食自若。洞玄深嗟異之，私喜曰：「此豈非天佑我乎？」問其姓名，則曰終無爲。因與交結，話道欣然。遂不相捨，即俱之王屋。洞玄出還丹祕訣示之，無爲相與揣摩。更終二三年，修行備至。洞玄謁無爲曰：「將行道之夕，我當作法護持，君當謹守丹竈。但至五更無言，則攜手上昇矣。」無爲曰：「我雖無他術，至於忍斷不言，君所知也。」遂卜〔二〕日設壇場，焚金鑪，飾丹竈。洞玄遶壇行道步虚，無爲於藥竈前，端拱而坐，心誓死不言。一更後，忽見兩道士自天而降，謂無爲曰：「上帝使問爾，要成道否？」無爲不應。須臾，又見群仙，自稱王喬、安期等，謂曰：「適來上帝使左右問爾所謂，何得不對？」無爲亦不言。有頃，見一女人，年可二八，容華端麗，音韻幽閑，綺羅繽紛，薰灼動地，盤旋良久，調戲無爲，無爲亦不顧。俄然有虎狼猛獸十餘種類，哮叫騰擲，張口向無爲，無爲亦不動。有頃，見其祖考父母先亡眷屬等，並在其前，謂曰：「汝見我，何得無言？」無爲涕淚交下，而終不言。俄見一夜叉，身長三〔三〕丈，目如電赩，口赤如血，朱髮植竿，鋸牙鈎爪，直衝無爲，無爲不動。既而有黄衫人，領二手力〔四〕至，謂無爲曰：「大王追，不願行，但言其故即免。」無爲不言。黄衫人即叱二手力可拽去，無爲不得已而隨之。須臾至一府署，云是平等王，南面憑几，威儀甚嚴，厲聲謂無爲曰：「爾未合至此，若能一言自辨，即放爾迴。」無爲不對。平等王又令引向獄中，看諸受罪者，慘毒痛楚，萬狀千名。既迴，仍謂之曰：「爾若不言，便入此中矣。」無爲心雖恐懼，終亦不言。平等王曰：「即令别受生，不得放歸本處。」無爲自此心迷，寂無所知。

俄然復覺，其身託生於長安貴人王氏家。初在母胎，猶記宿誓不言。既生，相貌具足，唯不解啼。三日、滿月，其家大會親賓，廣張聲樂。乳母抱兒出，衆中遞相憐撫。父母相謂曰：「我兒他日必是貴人。」因名曰貴郎。聰慧日甚，祇不解啼。纔及三歲便行，弱不好弄。至五六歲，雖不能言，所爲雅有高致。十歲操筆，即成文章，動静嬉遊，必盈紙墨。既及弱冠，儀形甚都，舉止雍雍〔五〕，可爲人表。然自以瘖瘂，不肯入仕。其家富比王室，金玉滿堂，婢妾歌鐘〔六〕，極於奢侈。年二十六，父母爲之娶妻。妻亦豪家，又絶代姿容，工巧伎樂，無不妙絶。貴郎官名慎微，一生自矜快樂。娶妻一年，生一男，端敏惠黠，略無倫比。慎微愛念，復過常情。一旦，妻及慎微俱在春庭遊戲。庭中有盤石，可爲十人之坐。妻抱其子在上，忽謂慎微曰：「觀君於我，恩〔七〕愛甚深。今日若不爲我發言，便當撲殺君兒。」慎微争其子不勝，妻舉手向石撲之，腦髓迸出。慎微痛惜撫膺，不覺失聲驚駭。恍然而寤，則在丹竈之前，而向之盤石，乃丹竈也。時洞玄壇上法事方畢，天欲曉矣，俄聞無爲歎息之聲，忽失丹竈所在。二人相與慟哭，即更鍊心修行，後亦不知所終。（據中華書局版汪紹楹點校本《太平廣記》卷四四引《河東記》校録）

〔一〕虔亭埭　明沈與文野竹齋鈔本作「度亭」。清孫潛校本作「度亭埭」。按：「度」字譌。李吉甫《元和郡縣圖志》卷二五《潤州·丹陽縣》：「虔亭壘，在縣東四十七里。本蘇峻將管商攻略晉陵，郗道微以此地東據要路，北當武進，故遣督護李閎築此拒之。今置埭。」

〔二〕卜 原譌作「十」，據孫校本改。

〔三〕三 明鈔本、孫校本作「二」。

〔四〕手力 孫校本作「刀手」，張國風《太平廣記會校》據改，下同。按：手力，差役。

〔五〕雍雍 明鈔本、孫校本作「雍容」，《會校》據改。按：雍雍、雍容義同。

〔六〕鐘 《四庫全書》本作「童」，當爲館臣所改。

〔七〕恩 孫校本作「息」。息，子也，連上讀。

按：《崇文總目》、《新唐書·藝文志》未有《河東記》著録，南宋初《祕書省續編到四庫闕書目》小説類著録《河東記》三卷，不著撰名。鄭樵《通志·藝文略》同，但隸於地理類郡邑目，以爲乃河東地志，未見其書而望文生義，殊可笑也。晁公武《郡齋讀書志》亦有目，三卷，袁本卷三下小説類云：「右不著撰人，亦記譎怪之事。」衢本卷一三小説類乃云：「右唐薛漁思撰，亦記譎怪事。序云續牛僧孺之書。」馬端臨《文獻通考·經籍考》小説家類引晁氏語，同衢本。《太平廣記》卷三八四《許琛》末注「出《河東記》下」，下乃卷下，可知原書分上中下三卷。朱勝非《紺珠集》卷七摘録《河東記》一條，天順刊本不著撰人，《四庫全書》本署作薛漁思。洪邁《夷堅支癸序》稱「薛涣思之《河東記》」，乃譌「漁」爲「涣」。

原書不傳，《廣記》、《紺珠集》、《説郛》卷四等引三十四事。《重編説郛》卷六〇輯五條，署闕名，止「崔元暐」、「葉静能」二事出本書，其餘皆濫取他書。清末王仁俊《經籍佚文》自《廣記》卷三四六輯「河中鬼」一則，吴曾祺《舊小説》乙集據《廣記》輯十八則，二書均不著撰人。清耿文光《萬卷精華樓藏書記》卷九九小説家類一著録《河東記》一卷，題唐薛漁思撰，叙云：「南城胡氏本，白鹿山人胡鼎所輯，有胡序。晁志三卷，不著撰人，或以爲漁思撰，不知何據。書中多記譎怪之事。胡氏輯得二十二條。亦唐人説部之雋者。」胡輯本未見，遠未稱備。

書名《河東記》，河東郡即蒲州，治河東縣（今山西永濟市西南蒲州鎮）。開元九年（七二一）升爲河中府，天寶元年（七四二）改爲河東郡，乾元元年（七五八）復爲蒲州，三年又升爲河中府。薛姓爲河東汾陰（今山西萬榮縣西南寶井鎮）大姓（見《元和姓纂》卷一〇），名人輩出。薛漁思以「河東」爲名，蓋其居鄉所作，故書中多記河東、河中之事。是書遺文最晚記事在大和八年（八三四），見《韋齊休》、《段何》、《崔紹》，而從《韋齊休》所叙「其部曲子弟，動即罪責，不堪其懼，及今未已」看，書成殆在開成間（八三六—八四〇）。序（已亡）云續牛僧孺之書，乃續《玄怪録》也。

《蕭洞玄》曾爲明吴大震《廣豔異編》卷五採入，題加「傳」字。

韋丹

薛漁思 撰

江西觀察使韋丹〔一〕，年近四十，舉五經未得〔二〕。嘗乘蹇驢，至洛陽中橋，見漁者得一黿，長數尺，置于橋上〔三〕，呼呻餘喘，須臾將死。群萃觀者，皆欲買而烹之，丹獨憫然。問其直幾何，漁曰：「得二千〔四〕則鬻之。」是時天正寒，韋衫襖袴無可當者，乃以所乘劣衛〔五〕易之。既獲，遂放於水中，徒行而去。時有胡蘆先生，不知何所從來，行止迂怪，占事如神。後數日，韋因問命，胡蘆先生倒屣迎門，欣然謂韋曰：「翹望數日，何來晚也？」韋曰：「此來求謁。」先生曰：「我友人元長史，談君美不容口，誠託求識君子，便可偕行。」韋良久思量，知聞間無此官族，因曰：「先生誤，但爲某決窮達〔六〕。」胡蘆曰：「我焉知，君之福壽，非我所知。元公即吾師也，往當自詳之。」

相與策杖至通利坊，靜曲幽巷，見一小門。胡蘆先生即扣之，食頃，而有應門者開門延入。數十步，復入一板門，又十餘步，乃見大門，製度宏麗，擬於公侯之家。復有丫鬟數人，皆極〔七〕姝美，先出迎客。陳設鮮華，異香滿室。俄而有一老人，鬚眉皓然，身長七尺，褐裘韋帶，從二青衣而出，自稱曰「元濬之」，向韋盡禮先拜。韋驚，急趨拜曰：「某貧賤小生，不意丈人過垂採録，實所未喻〔八〕。」老人曰：「老夫將死之命，爲君所生，恩德如天〔九〕，豈容酬報？仁者固不以此爲心，然受恩者思欲殺身報效耳。」韋乃矍然，知其黿也，然終不顯言之。遂具珍羞，流連竟日。既暮，韋將辭歸，老人即於懷中出一通文字，授與〔一〇〕韋曰：「知君要問命，故輒于天曹録得一生官禄行止所在，聊以爲報。凡有無，皆君之命也，所貴先知耳。」又謂胡蘆先生曰：「幸借吾五十千文，以充韋君致〔一一〕一乘，早決西行，是所願也。」韋再拜而去。

明日，胡蘆先生載五十緡，至逆旅中，賴以救濟。其文書具言，明年五月及第，又某年平判入登科，受咸陽尉，又某〔一二〕年登朝作某官。如是歷官一十七政，皆有年月日。最後年遷江西觀察使，至御史大夫。到後三年，廳前皁莢〔一三〕樹花開，當有遷改北歸矣。其後遂無所言。韋常寶持之。自五經及第後，至江西觀察使，每授一官，日月無所差異。洪州使廳前，有皁莢樹一株，歲月頗久。其俗相傳，此樹有花，地主大憂。元和八年，韋在位，一旦樹忽生花〔一四〕，韋遽〔一五〕去官，至中路而卒。

初，韋遇元長史也，頗怪異之。後每過東路，即于舊居尋訪，不獲。問於胡蘆先生，先生曰：「彼神龍也，處化無常，安可尋也？」韋曰：「若然者，安有中橋之患？」胡蘆曰：「迍難困厄，凡人之與聖人，神龍之與蠕蠕〔一六〕，皆一時不免也，又何得異焉！」（據中華書局

版汪紹楹點校本《太平廣記》卷一一八引《河東記》校録）

〔一〕江西觀察使韋丹　前原有「唐」字，乃《廣記》編纂者所加，今删。

〔二〕得　《大明仁孝皇后勸善書》卷一四、朝鮮李邊《訓世評話》卷上作「第」。

〔三〕橋上　《訓世評話》下有「鬻之」二字。

〔四〕二千　《訓世評話》作「錢一千」。

〔五〕劣衛　《勸善書》作「蹇」，《訓世評話》作「驢」。按：唐李匡文《資暇集》卷下：「代呼驢爲衛，於文字未見。」

〔六〕達　原作「途」，據明鈔本、《四庫》本改。《勸善書》作「通」。

〔七〕極　原譌作「及」，據明鈔本、孫校本、《四庫》本、明馮夢龍《太平廣記鈔》卷一六、朝鮮成任編《太平廣記詳節》卷八、《勸善書》、朝鮮人編《删補文苑楂橘》卷二《韋丹》改。

〔八〕實所未喻　原作「韋未喻」，據《廣記詳節》、《勸善書》改。

〔九〕天　原作「此」，據明鈔本、《廣記詳節》、《勸善書》、《訓世評話》改。

〔一〇〕與　此字原無，據《廣記詳節》、《勸善書》、《訓世評話》補。

〔一一〕致　原譌作「改」，據《廣記詳節》、《勸善書》、《訓世評話》改。

〔一二〕某　原作「明」，據《廣記詳節》、《勸善書》改。

〔一三〕皁莢 《訓世評話》作「枯」。
〔一四〕一旦樹忽生花 《訓世評話》作「廳前枯樹一株開花」。
〔一五〕遽 原作「遂」，據孫校本、《廣記詳節》、《訓世評話》改。
〔一六〕蝙蠕 《廣記詳節》作「蝽蟆」。蟆，同「蠕」。《勸善書》作「蠕蠕」。

按：李肇《唐國史補》卷上《韋丹驢易黿》載：「韋丹少在東洛，嘗至中橋，見數百人喧集水濱，乃漁者網得大黿，繫之橋柱，引頸四顧，似有求救之狀。丹問曰：『幾千錢可贖？』答曰：『五千文。』丹曰：『吾祇有驢，直三千，可乎？』曰：『可。』于是與之，放黿水中，徒步而歸，後報恩。別有傳。」此傳不知何人作，原文亦不傳，《河東記》所記疑本此傳。

此篇曾取入朝鮮李邊編《訓世評話》卷上及闕名編《删補文苑楂橘》卷上。

吕群

薛漁思 撰

進士吕群〔一〕，元和十一年下第遊蜀。性麤褊不容物，僕使者未嘗不切齒恨之。時過褒斜未半，所使多逃去，唯有一廝養，群意悽悽。行次一山嶺，復歇鞍放馬，策杖尋遥，不覺數里。見杉松甚茂，臨溪架水，有一草堂，境頗幽邃，似道士所居，但不見人。復入後齋，有新穿土坑，長可容身，其深數尺，中植一長刀，傍置二刀，又於坑傍壁上，大書云：「兩口加一口，即成獸矣。」群意謂術士厭勝之所，亦不爲異。即去一二里，問樵人，向之所見者，誰氏所處。樵人曰：「近並無此處。」因復窺之，則不見矣。後所到衆會之所，必先訪其事。或解曰：「兩口，君之姓也；加一口，品字也；三刀，州字，亦象也〔二〕。君後位至刺史二千石矣。」群心然之。

行至劍南界，計州郡所獲百千，遂於成都買奴馬服用，行李復泰矣。成都人有曰南豎者，凶猾無狀，貨久不售，群則以二十緡易之。既而鞭撻毁罵，奴不堪命，遂與其傭保潛有戕殺之心，而伺便未發耳。群至漢州，縣令爲群致酒宴。時群新製一緑綾裘，甚華潔。縣令方燃蠟炬，將上於臺，蠟淚數滴，污群裘上。縣令戲曰：「僕且拉君此裘。」群曰：「拉則爲盜矣。」復至眉州，留十餘日。冬至之夕，逗宿眉西之正見寺，其下且欲害之。適遇院僧有老病將終，侍燭不絶，其計不行。群此夜忽不樂，乃於東壁題詩二篇，其一曰：「路行三蜀盡，身及一陽生。賴有殘燈火，相依坐到明。」其二曰：「社後辭巢燕，霜前别蔕蓬。願爲蝴蝶夢，飛去覓關中。」題訖，吟諷久之，數行淚下。

明日冬至，抵彭山縣。縣令訪群，群形貌索然，謂縣令曰：「某殆將死乎？」意緒不堪，寥落之甚。縣令曰：「聞君有刺史三品之説，足得自寬也。」縣令即爲置酒，極歡。至三更，群大醉，舁歸館中。兇奴等已於群所寢牀下穿一坑，如群之大，深數尺。群至，則舁置坑中，斷其首，又以群所攜劍，當心釘之。覆以土訖，各乘服所有衣裝鞍馬而去。後月餘日，奴黨至成都，貨鬻衣物略盡。有一人分得緑裘，徑將北歸，却至漢州街中鬻之。適遇縣令偶出，見之，識其燭〔三〕淚所污。擒而問焉，即皆承伏。時丞相李夷簡鎮西蜀，盡捕得其賊。乃發群死處，於褒中所見，如影響焉。（據中華書局版汪紹楹點校本《太平廣記》卷一四四引《河東記》校録）

〔一〕進士呂群　前原有「唐」字，今删。

〔二〕三刀州字亦象也　孫校本無「州」字。《太平廣記鈔》卷一九《呂群》作「三刀，州字之象」。

〔三〕燭　明鈔本、孫校本、《太平廣記詳節》卷一〇作「蠟」，張國風《太平廣記會校》據前二本改。按：燭即蠟燭。

李敏求

薛漁思　撰

李敏求應進士舉，凡十有餘上，不得第。海内無家，終鮮兄弟姻屬，栖栖丐食，殆無生意。大和初，長安旅舍中，因暮夜，愁惋而坐。忽覺形魂相離，其身飄飄，如雲氣而遊。漸涉丘墟荒野之外，山川草木，無異人間，但不知是何處。良久，望見一城壁，即趨就之，復見人物甚衆，呵呼往來，車馬繁鬧。俄有白衣人走來拜敏求，敏求曰：「爾非我舊傭保耶？」其人曰：「小人即二郎十年前所使張岸也。是時隨從二郎涇州，岸不幸身先犬馬耳。」又問曰：「爾何所事？」岸對曰：「自到此來，便事柳十八郎，甚蒙驅使。柳十八郎今見在太山府君判官，非常貴盛。每日判決繁多，造次不可得見。二郎豈不共柳十八郎是往來，今事須見他。」岸請先入啓白。須臾，張岸復出，引敏求入大衙門。正北有大廳屋，丹楹粉壁，壯麗窮極。又過西廡下一横門，門外多是著黄衫慘緑衫人，又見著緋紫端簡而偵立者，披白衫露髻而倚牆者，有被枷鎖，牽制於人而俟命者，有抱持文案，窺覷門中而將入者，如叢，約數百人。敏求將入門，張岸揮手於其衆曰：「官客來。」其人一時俛首開路。俄然謁者揖敏求入見，著紫衣官人具公服，立於階下。敏求趨拜訖，仰視之，即故柳澥秀才也。澥熟顧敏求，大驚：「未合與足下相見。」乃揖登席，綢繆叙話，不異平生。澥曰：「幽顯殊途，今日吾人〔二〕此來，大是非意事，莫有所由，妄相追攝否？僕幸居此處，當爲吾人理之。」敏求曰：「所以至此者，非有人呼也。」澥沉吟良久，曰：「此固有定分，然宜速返。」敏求曰：「受生苦窮薄，故人當要路，不能相發揮乎？」澥曰：「假使公在世間作官職，豈可將他公事，從其私欲乎？苟有此圖，謫罰無容逃逭矣。然要知禄命，乍〔三〕可施力。」因命左右一黄衫吏曰：「引二郎至曹司，略示三數年行止之事。」

敏求即隨吏却出，過大廳東，别入一院。院有四合大屋，約六七間，窗户盡啓，滿屋唯是大書架，置黄白紙書簿，各題籤牓，行列不知紀極。其吏止於一架，抽出一卷文，以手葉却數十紙，即反卷十餘行，命敏求讀之。其文曰：「李敏求至大和二年罷舉，其年五月，得錢二百四十貫。」側注朱字：「其錢以伊宰賣莊錢充。」「又至三年得官，食禄張平子。」讀至此，吏復掩之。敏求懇請見其餘，吏固不許，即被引出。又過一門，門扇斜開，敏求傾首窺之，見四合大屋，屋内盡有牀榻，上各有銅印數百顆，雜以赤斑蛇，大小數百餘，更無他物。敏求問吏：「用此何爲？」吏笑而不答。

遂却至柳判官處，柳謂敏求曰：「非故人莫能致此，更欲奉留，恐誤足下歸計。」握手叙别，又謂敏求曰：「此間甚難得揚州氈帽子，他日請致一枚。」即顧謂張岸：「可將一兩箇了事手力，兼所乘鞍馬，送二郎歸，不得妄引經過，恐動他生人。」敏求出至府署外，即乘所借馬，馬疾如風，二人引頭，張岸控轡。須臾到一處，天地漆黑，張岸曰：「二郎珍重。」似被推落大坑中，即如夢覺。于時向曙，身乃在昨宵愁坐之所。

敏求從此遂不復有舉心。後數月，窮飢益不堪。敏求數年前，曾被伊慎諸子求爲妹壻，時方以修進爲己任，不然納之。至是有人復語敏求，敏求即欣然欲之。不旬，遂成姻娶。伊氏有五女，其四皆已適人，敏求妻其小者。其兄宰，方貨城南一莊，得錢一千貫，悉將分給五妹爲資裝。敏求既成婚，即時領二百千。其姊四人曰：「某娘最小，李郎又貧，盍各率十千以助焉？」由是敏求獲錢二百四十貫，無差矣。敏求先有別色身名，久不得調，其年乃用此錢參選。三年春，授鄧州向城尉。任官數月，閒步縣城外，壞垣蓁莽之中，見一古碑，文字磨滅不可識。敏求偶令滌去苔蘚，細辨其題篆，云晉張衡碑。因悟「食祿張平子」，何其昭昭歟！（據中華書局版汪紹楹點校本《太平廣記》卷一五七引《河東記》校録）

〔一〕吾人　《廣記》《四庫》本、《太平廣記鈔》卷二〇《李敏求》作「故人」，下同。按：吾人，吾子也。《洞庭靈姻傳》「復欲馳白於君子」，《虞初志》本《柳毅傳》「君子」作「吾人」。

〔二〕乍　《廣記》談愷刻本原作「非」，汪校本據明野竹齋鈔本改作「乍」，《廣記鈔》作「庶」。

獨孤遐叔

薛漁思　撰

貞元中，進士獨孤遐叔，家于長安崇賢里，新娶白氏女。家貧下第，將遊劍南，與其妻訣曰：「遲可周歲歸矣。」遐叔至蜀，羈栖不偶，逾二年乃歸。至鄠縣西，去城尚百里，歸心迫速，取是夕及家，趨斜徑疾行。人畜〔一〕既殆，至金光門五六里，天已暝，絶無逆旅，唯路隅有佛堂，遐叔止焉。時近清明，月色如晝，繫驢〔二〕于庭外。入空堂中，有桃杏十餘株。夜深，施衾幬於西窗下，偃卧。方思明晨到家，因吟舊詩曰：「近家心轉切，不敢問來人〔三〕。」至夜分不寐，忽聞牆外有十餘人相呼聲，若里胥田叟，將有供待〔四〕迎接。須臾，有夫役數人，各持畚鍤箕箒，于庭中糞除訖，復去。有頃，又持牀席、牙盤、蠟炬之類，及酒具、樂器，闐咽而至。遐叔意謂貴族賞會，深慮爲其斥逐，乃潛伏屏氣，於佛堂梁上伺之。鋪陳既畢，復有公子、女郎共十數輩，青衣、黄頭〔五〕亦十數人，步月徐來，言笑宴宴〔六〕。遂于筵中間坐，獻酬縱横，履舄交錯。

中有一女郎，憂傷摧悴，側身下坐〔七〕，風韻若似遐叔之妻。窺之大驚，即下屋栿，稍於暗處〔八〕，迫而察焉，乃真是妻也。方見一少年，舉盃矚〔九〕之曰：「一人向隅，滿坐不樂。小人竊不自量，願聞金玉之聲。」其妻冤抑悲愁，若無所控訴，而强置於坐〔一〇〕也。遂舉金爵，收泣而歌曰：「今夕何夕，存耶没耶？良人去兮天之涯，園樹傷心兮三見花〔一一〕。」滿座傾聽，諸女郎轉面揮涕。一人曰：「良人非遠，何天涯之謂乎？」少年相顧大笑。遐叔驚憤久之，計無所出，乃就階陛間，捫一大磚，向坐飛擊。磚纔至地，悄然一無所有。遐叔悵然悲惋，謂其妻死矣。速駕而歸，前望其家，步步悽咽。

比平明，至其所居，使蒼頭先入，家人並無恙。遐叔乃驚愕，疾走入門，青衣報娘子夢魘方寤。遐叔至寢，妻卧猶未興，良久乃曰：「向夢與姑妹之黨，相與翫月，出金光門外，向一野寺。忽爲凶暴者數十輩，脇與雜坐飲酒。」又説夢中聚會言語，與遐叔所見並同。又云：「方飲次，忽見大磚飛墜，因遂驚魘殆絶，纔寤而君至，豈幽憤之所感耶？」（據中華書局版汪紹楹點校本《太平廣記》卷二八一引《河東記》校録）

〔一〕人畜　明鈔本作「久之」。

〔二〕驢　南宋陳元靚《歲時廣記》卷一七《驚妻夢》引《河東記》作「馬」。

〔三〕來人　《歲時廣記》作「行人」。按：《全唐詩》卷五三宋之問《渡漢江》：「近鄉情更怯，不敢問來人。」

〔四〕待　《太平廣記詳節》卷二五作「施」。

〔五〕黄頭　《歲時廣記》作「蒼頭」。

〔六〕宴宴　明鈔本、《廣記詳節》作「晏晏」，《會校》據明鈔本改。按：《詩經·衛風·氓》：「總角之宴，言笑晏晏。」宴宴，義同。南宋王質《詩總聞》卷三作「宴宴」。《漢書·五行志下之下》：「《詩》曰：『或宴宴居息，或盡顇事國。』其異終也如是。」顔師古注：「《小雅·北山》之詩也。宴宴，安息之貌也。」《爾雅・釋訓》：「宴宴、粲粲，尼居息也。」郭璞注：「盛飾宴安，近處優閑。」

〔七〕下坐　明鈔本作「下淚」，《會校》據改。《類説》卷五〇張君房《縉紳脞説・獨孤妻夢翫月》作「不樂」。

〔八〕即下屋栿稍於暗處　「栿」原譌作「袱」，據《四庫》本、《廣記詳節》、明陸楫《古今説海》説淵部別傳三《夢遊録・獨孤遐叔》改。又《五朝小説・唐人百家小説》紀載家、《重編説郛》卷一一五、冰華居士《合刻三志》志夢類、舊題楊循吉《雪窗談異》卷一、清蓮塘居士《唐人説薈》（同治八年刊本）卷一一、馬俊良《龍威秘書》四集、民國俞建卿《晉唐小説六十種》之《夢遊録・獨孤遐叔》及《豔異編》卷二二《獨孤遐叔》、秦淮寓客《緑窗女史》卷六《見夢記》亦同。清蟲天子《香豔叢書》七集卷四《夢遊録・獨孤遐叔》作「伏」。按：屋栿，屋梁。馮夢龍增補《燕居筆記》卷八《獨孤遐叔記》作「即於梁上下至暗處」，當爲自改。

〔九〕矚　《筆記小説大觀》本、《歲時廣記》作「囑」，《會校》據黄本（按：實爲《筆記小説大觀》本）改。《四庫》本、《説海》、《豔異編》、《緑窗女史》、《唐人百家小説》、《重編説郛》、《合刻三志》、《雪窗談異》、《唐人説薈》、《龍威秘書》、《香豔叢書》、《晉唐小説六十種》作「屬」，《燕居筆記》作「酌」。按：矚、屬義同，注視也。作「囑」誤。

〔一〇〕坐　明鈔本作「座」，《會校》據改。按：坐即座位。

〔一一〕園樹傷心兮三見花　《縉紳脞説》「樹」作「林」，《歲時廣記》「三」作「不」。

按：本篇《豔異編》卷二二、馮夢龍增補《燕居筆記》卷八取入，後者題加「記」字。《古今説海》説淵部别傳三《夢遊録》，亦取入本篇。《夢遊録》《説海》不著撰人，後又收入鍾人傑《唐宋叢書》載籍、《合刻三志》志夢類、《五朝小説·唐人百家小説》紀載家、《重編説郛》卷一一五、《雪窗談異》卷一、《唐人説薈》第九集（同治八年刊本卷一一）、《龍威秘書》四集《晉唐小説暢觀》、《香豔叢書》七集卷四、《晉唐小説六十種》等，並妄題唐任蕃撰。又《緑窗女史》卷六冥感部夢寐門《見夢記》（目録作《獨孤見夢記》）亦此篇，妄題撰人爲唐孫頠。

板橋三娘子

薛漁思　撰

汴州〔一〕西有板橋店，店娃〔二〕三娘子者，不知何從來。寡居，年三十餘，無男女，亦無親屬。有舍數間，以鬻餐爲業。然而家甚富實〔三〕，多有驢畜。往來公私車乘，有不逮者，輒賤其估以濟之。人皆謂之有道，故遠近行旅多歸之。元和中，許州客趙季和，將詣東都，過是宿焉。客有先至者六七人，皆據便榻。季和後至，最得〔四〕深處一榻，榻鄰比主人房壁。既而三娘子供給諸客甚厚，夜深致酒，與諸客會飲極歡。季和素不飲酒，亦預言笑。至二更許，諸客醉倦，各就寢。三娘子歸室，閉關息燭。人皆熟睡，獨季和轉展〔五〕不寐。隔壁聞三娘子悉窣，若動物之聲。偶於隙中窺之，即見三娘子向覆器下取燭，挑明之。後於巾廂〔六〕中，取一副耒耜，並一木牛，一木偶人，各大六七寸，置於竈前，含水噀之，二物便行走。小〔七〕人則牽牛駕耒耜，遂耕牀前一席地，來去數四〔八〕。又於廂中，取出一裹蕎麥子，受〔九〕於小人種之。須臾生，花發麥熟。令小人收割持踐，可得七八升。又安置小磨子，磑成麵。訖，却收木人子於廂中，即取麵作燒餅數枚。有頃雞鳴，諸客欲發。三娘子先起點燈，置新作燒餅於食牀上，與客點心。季和心動，遽辭，開門而去，即潛於户外窺之。乃見諸客圍牀食燒餅，未盡，忽一時踣地，作驢鳴，須臾皆變驢矣。三娘子盡驅入店後，而盡没其貨財。季和亦不告於人，私有慕其術者。

後月餘日，季和自東都回，將至板橋店。預作蕎麥燒餅，大小如前所見〔九〕。既全，復寓宿焉。三娘子歡悦如初。其夕更無他客，主人供待愈厚。夜深，殷勤問所欲，季和曰：「明晨發，請隨事點心。」三娘子曰：「此事無疑，但請穩睡〔一〇〕。」半夜後，季和窺之，見〔一一〕一依前所爲。天明，三娘子具盤食果，置〔一二〕燒餅數枚於盤中，訖，更取他物。季和乘間走下，以先有者易其一枚，彼不知覺也。季和將發，就食，謂三娘子曰：「適會某自有燒餅，請撤去主人者，留待他賓。」即取己者食之。方食〔一三〕次，三娘子送茶出來。季和曰：「請主人嘗客一片燒餅。」乃揀所易者與噉之。纔入口，三娘子據地作驢聲，即立變爲驢，甚壯健。季和即乘之發，兼盡收木人、木牛子等。然不得其術，試之不成。季和乘策所變驢，周遊他處，未嘗阻失，日行百里。

後四年，乘入關，至華岳廟東五六里，路傍忽見一老人，拍手大笑曰：「板橋三娘子，何得作此形骸？」因捉驢，謂季和曰：「彼雖有過，然遭君亦甚矣。可憐許，請從此放之。」老人乃從驢口鼻邊，以兩手擘開，三娘子自皮中跳出，宛復舊身。向老人拜訖，走去，更不知所之。（據中華書局版汪紹楹點校本《太平廣記》卷二八六引《河東記》校録）

〔一〕汴州　前原有「唐」字，今删。

〔二〕娃　明鈔本作「婦」。

〔三〕實　原作「貴」，據《太平廣記詳節》卷二五改。

〔四〕最得　《説海》《四庫》本改作「得最」。按：最，正也，恰也。

〔五〕轉展　明鈔本作「展轉」，《會校》據改。按：轉展、展轉義同。明馮夢龍《古今小説》卷二九《月明和尚度柳翠》：「再説柳翠自和尚去後，轉展尋思，一夜不睡。」

〔六〕巾廂　黄本、《四庫》本、《筆記小説大觀》本，《廣記詳節》，《太平廣記鈔》卷一一，《古今説海》説淵部别傳二十一《板橋記》，《逸史搜奇》庚集八《改趙季和》（按：「改」字衍），馮夢龍《古今譚概》靈迹部《板橋三娘子》引《説海》，《合刻三志》志幻類、《雪窗談異》卷六、《唐人説薈》第十五集、《龍威秘書》四集、《晉唐小説六十種》之《幻異志·板橋三娘子》並作「巾箱」，下同。按：廂，通「箱」。

〔七〕小　明鈔本、孫校本作「木」，《會校》據改。下文「受於小人種之」亦據明鈔本改。《幻異志》兩處亦作「木」。

〔八〕四　原作「出」，據明鈔本改。

〔九〕受　《四庫》本、《廣記鈔》、《説海》、《逸史搜奇》、《古今譚概》、《廣豔異編》卷一五《板橋店記》作「授」。受，通「授」。

〔九〕所見　此二字原無，據《廣記詳節》、《説海》、《逸史搜奇》、《廣豔異編》補。

〔一〇〕睡　《幻異志》作「便」。

〔一一〕之見　原作「見之」，據明鈔本、孫校本、《廣記詳節》、《説海》、《逸史搜奇》、《廣豔異編》乙改。

〔一二〕置　原作「實」，據明鈔本、《説海》、《逸史搜奇》、《廣豔異編》改。《廣記詳節》作「寘」。

〔一三〕食　原作「飲」，據明鈔本、《廣記詳節》、《説海》、《逸史搜奇》、《廣豔異編》改。

按：《古今説海》説淵部別傳二十一《板橋記》、《逸史搜奇》庚集八《趙季和》、《廣豔異編》卷一五《板橋店記》，自《廣記》抽出成篇，别製篇名。又《合刻三志》志幻類、《雪窗談異》卷六、《唐人説薈》第十五集（同治八年刊本卷一八）、《龍威秘書》四集《晉唐小説暢觀》、《晉唐小説六十種》有《幻異志》一卷，題唐孫頠撰（《雪窗談異》無「撰」字），實雜湊《廣記》等而成。中《板橋三娘子》，即取自《廣記》。

盧佩

薛漁思 撰

貞元末，渭南縣丞盧佩，性篤孝。其母先病腰脚〔一〕，至是病甚，不能下牀榻者累年，曉夜不堪痛楚。佩即棄官，奉母歸長安，寓於常樂里之别第，將欲竭産以求國醫王彦伯治之。彦伯聲勢重，造次不可一見，佩日往祈請焉。半年餘，乃許一到。佩期某日平旦，是日亭午不來，佩候望於門，心摇目斷。日既漸晚，佩益〔二〕悵然。忽見一白衣婦人，姿容絶麗，乘一駿馬，從一女僮，自曲之西，疾馳東過。有頃，復自東來，至佩處駐馬，謂佩曰：「觀君顔色憂沮，又似有所候待者〔三〕，請問之。」佩志於王彦伯，初不覺婦人之來。既被顧問再三，乃具以情告焉。婦人曰：「彦伯國醫，無容至此。妾有薄技，不減王彦伯所能，請一見太夫人，必取平差。」佩驚喜，拜於馬首曰：「誠得如此，請以身爲僕隸相酬。」

佩即先入白母，母方呻吟酸楚之次，聞佩言，忽覺小瘳。遂引婦人至母前，婦人纔舉手候之，其母已能自動矣。於是一家歡躍，競持所有金帛，以遺婦人。婦人曰：「此猶未也，當要〔四〕進一服藥，非止盡除痼疾，抑亦永享眉壽。」母曰：「老婦將死之骨，爲天師再生，未知何階上答全德〔五〕。」婦人曰：「但不棄細微，許奉九郎巾櫛，常得在太夫人左右則可〔六〕，安敢論功乎？」母曰：「佩猶願以身爲天師〔七〕奴，今反得爲丈夫，有何不可？」婦人再拜稱謝，遂於女僮手，取所持小粧奩中，取藥一刀圭，以和進母。母入口，積年諸苦，釋然頓平。

即具六禮，納爲妻。婦人朝夕供養，妻道嚴謹。然每十日，即請一歸本家。佩欲以車輿送迎，即終固辭拒，唯乘舊馬，從女僮，倏忽往來，略無踪跡。初且欲順適其意，不能究尋，後既多時，頗以爲異。一旦，伺其將出，佩即潛往窺之，見乘馬出延興門，馬行空中。佩驚問行者，皆不見。佩又隨至城東墓田中，巫者陳設酒殽，瀝酒祭地，即見婦人下馬，就接而飲之。其女僮隨後收拾紙錢，載於馬上，即變爲銅錢。又見婦人以策畫地，巫者即〔八〕隨指其處，曰：「此可以爲穴。」事畢，即乘馬而回。佩心甚惡之，歸具告母，母曰：「吾固知是妖異，爲之奈何？」自是婦人絶不復歸佩家，佩亦幸焉。

後數十日，佩因出南街中，忽逢婦人行李，佩呼曰：「夫人何久不歸？」婦人不顧，促轡而去。明日，使女僮傳語佩曰：「妾誠非匹敵〔九〕，但以君有孝行相感，故爲君治太夫人疾，得平和，自〔一〇〕請相約爲夫婦。今既見疑，便當決〔一一〕矣。」佩問女僮：「娘子今安在？」女僮曰：「娘子前日已改嫁靖恭〔一二〕李諮議矣。」佩曰：「雖欲相棄，何其速歟？」女僮曰：

「娘子是地祇，管京兆府三百里内人家喪葬所在，長須〔一三〕在京城中作生人妻，無自居也。」女僮又曰：「娘子終不失所，但嗟九郎福祐太薄。向使娘子長爲妻，九郎一家，皆爲地仙矣。」盧佩，第九也。（據中華書局版汪紹楹點校本《太平廣記》卷三〇六引《河東記》校録）

〔一〕腰脚　明鈔本作「脚疾」，《會校》據改。

〔二〕益　明鈔本作「方」。

〔三〕者　原作「來」，據明鈔本改。《太平廣記鈔》卷五二《地祇》、《情史類略》卷一九引《河東記》（題《地祇》）作「敢」，連下讀。祇，通「祇」。

〔四〕要　明鈔本作「更」，《會校》據改。

〔五〕全德　明鈔本「全」作「大」，《會校》據改。按：《莊子·天地》：「天下之非譽，無益損焉，是謂全德之人哉！」此指完美無缺之恩德。

〔六〕則可　《四庫》本作「幸矣」。

〔七〕師　明鈔本作「神」。

〔八〕即　此字原無，據明鈔本補。

〔九〕匹敵　明鈔本「敵」作「偶」，《會校》據改。按：匹敵，配偶也。《漢書》卷四九《鼂錯傳》：「其亡夫若妻者，縣官買予之。人情非有匹敵，不能久安其處。」

〔一〇〕自　前原有「君」字，據明鈔本删。

〔一一〕決　明鈔本作「訣别」，《會校》據改。按：決，通「訣」。

〔一二〕靖恭　「靖」字談愷刻本原空闕，汪校本據明鈔本及清陳鱣校本補，《會校》亦據明鈔本、孫校本、陳校本補。黄本、《四庫》本、《筆記小説大觀》作「孝」。按：作「靖」是。靖恭，又作静恭，長安里坊名，在新昌里北。長安無孝恭里。

〔一三〕長須　明鈔本作「常」，《會校》據改，未當。

韋浦

薛漁思　撰

韋浦者，自壽州士曹赴選，至閿鄉逆旅。方就食。忽有一人前拜曰：「客歸元昶，常力鞭轡之任，願備門下厮養卒。」浦視之，衣甚垢，而神彩爽邁，因謂曰：「爾何從而至？」對曰：「某早蒙馮六郎職在河中〔一〕，歲月頗多，給事亦勤，甚見親任。昨六郎、絳州軒轅四郎同至此，求卞判官買腰帶，某於其下丐〔二〕茶酒直，遂有言語相及。六郎謂某有所欺，斥留於此〔三〕。某傭〔四〕賤，復尠資用，非有符牒不能越關禁。伏知二十二郎將西去，某〔五〕因而獲歸，爲願足矣。或不棄頑下，終賜鞭驅，小人之分，又何幸焉！」浦許之。

食畢，乃行十數里，承順指顧，無不先意〔六〕，浦極謂得人。俄而憩於茶肆，有扁乘數十適至，方解轅縱牛，齕草路左。歸趨過牛群，以手批一牛足，牛即鳴痛，不能前。主初不之見，遽將求醫，歸謂曰：「吾常爲獸醫，爲爾療此牛。」即於牆下捻碎土少許，傅牛脚上，因疾驅數十步，牛遂如故。衆皆興嘆，其主乃賞茶二斤，即進於浦曰：「庸奴幸蒙見諾，思以薄伎所獲，傚獻芹者。」浦益憐之。次於潼關，主人〔七〕有稚兒戲於門下，乃見歸以手揑其背〔八〕，稚兒即驚悶絶，食頃不寤。主人曰：「是狀爲中惡。」疾呼二娘，久方至。二娘，巫者也。至則以琵琶迎神，欠嚏〔九〕良久，曰：「三郎至矣，傳語主人，此客鬼爲祟，吾且録之矣。」言其狀與服色，即〔一〇〕歸也。又曰：「若以蘭湯浴之，此患除矣。」如言而稚兒立愈。浦見歸所爲，已惡之，及巫者有説，呼則不至矣。

明日又行，次赤水西，路傍忽見元袒〔一一〕，破弊紫衫，有若負責，履步甚重〔一二〕，曰：「某不敢以爲羞恥，便不見二十二郎。某客鬼也，昨日之事，不敢復言。已見責於華嶽神君，巫者所云三郎，即金天也。某爲此界，不果〔一三〕閑行，受笞至重。方見二十二郎到京，當得本處縣令，無足憂也，他日亦此佇還車耳。」浦云：「爾前所説馮六郎等〔一四〕，豈皆人也？」歸曰：「馮六郎名夷，即河伯，軒轅天子之愛子也。卞判官名和，即昔刖足者也，善別寶，地府以爲荆山玉使判官，軒轅家奴客〔一五〕。小事不相容忍，遂〔一六〕令某失馮六郎意。今日迍蹎，實此之由。」浦曰：「馮何得第六？」曰：「馮水官也，水成數六耳。故黄帝四子，軒轅四郎，即其最小者也。」浦其年選授霍丘令，如其言。及赴官至此，雖無所覩，肸蠁如有物焉。（據中華書局版汪紹楹點校本《太平廣記》卷三四一引《河東記》校録）

〔一〕某早蒙馮六郎職在河中　明鈔本、孫校本「某早蒙」作「前早晚」，《會校》據改。《永樂大典》卷七三二八引《太平廣記》「蒙」作「受」。

〔二〕丐　明鈔本、孫校本作「取」，《會校》據改。丐，乞求。

〔三〕斥留於此　明鈔本、孫校本作「不肯相留」，《會校》據改。

〔四〕傭　明鈔本、孫校本作「貧」，《會校》據改。傭，傭傭。

〔五〕某　原作「儻」，據黄本、《四庫》本、《筆記小説大觀》本改。按：「儻」疑爲「倘」字形譌。

〔六〕先意　明鈔本、孫校本「先」作「適」，《會校》據改。按：先意，謂揣摩人意。《韓非子·八姦》：「此人主未命而唯唯，未使而諾諾，先意承旨，觀貌察色以先主心者也。」

〔七〕人　明鈔本、孫校本作「吏」。

〔八〕挃其背　明鈔本作「捫其首」，孫校本作「捫其背」，《會校》據明鈔本改。按：挃，搗，擊。

〔九〕欠嚏　明鈔本、孫校本作「欠呻」。按：疑當作「欠伸」。

〔一〇〕即　原作「真」，據明鈔本、孫校本改。

〔一一〕元昶　明鈔本、孫校本作「歸衣」，「衣」連下讀。

〔一二〕有若負責履步甚重　原作「有若負而顧步甚重」，據明鈔本、孫校本改。負責，受到責罰。
〔一三〕果　《筆記小說大觀》本作「敢」。
〔一四〕馮六郎等　明鈔本、孫校本作「馮六軒轅」。
〔一五〕客　《四庫》本作「因」，連下讀。
〔一六〕遂　原作「遽」，據明鈔本、孫校本改。

鄭馴

薛漁思　撰

鄭馴，貞元中進士擢第，調補門下典儀，第三十五。莊居在華陰縣南五六里，爲一縣之勝。馴兄弟四人，曰駉〔一〕，曰驥，曰騊〔二〕。騊與馴，有科名時譽，縣大夫洎邑客，無不傾嚮之。馴與渭橋給納判官高叔讓中外相厚，時往求丐〔三〕，高爲設鱠食。其夜，暴病霍亂而卒。時方暑，不及候其家人，即爲具棺櫬衾襚斂之，冥器〔四〕奴馬，無不精備。題冥器童背，一曰「鷹兒」，一曰「鶻子」。馬有青色者，題云「撒豆驄」。十數日，柩歸華陰別墅。

時邑客李道古，遊虢川半月矣，未知馴之死也。回至潼關西永豐倉路，忽逢馴自北來，車僕甚盛。李曰：「別來旬日，行李何盛耶？」色氣忻〔五〕然，謂李曰：「多荷渭橋老高所致。」即呼二童鷹兒、鶻子，參李大郎，戲謂曰：「明時文士，乃蓄〔六〕鷹鶻耶？」馴又指所乘馬曰：「兼請看僕撒豆驄。」李曰：「僕頗有羨色，如何〔七〕？」馴笑〔八〕曰：「但勤修令德，致之何難。」乃相與並轡，至野狐泉。李欲留食，馴以馬策過，曰：「去家咫尺，何必食爲〔九〕？」有頃，到華陰岳廟東，馴揖李曰：「自此逕路歸矣。」李曰：「且相隨至縣，幸不迴路。」馴曰：「僕離家半月，還要早歸。」固不肯過岳廟。

須臾，李至縣，問吏曰：「令與諸官何在？」曰：「適往縣南，慰鄭三十四郎矣。」李曰：「慰何事？」吏曰：「鄭三十五郎，今月初向渭橋亡，神柩昨夜歸莊耳。」李䩺然曰：「我適與鄭偕自潼關來。」一縣人吏皆曰不虛，李愕然，猶未之信。即策馬疾馳往鄭莊，中路逢縣令〔一〇〕崔頻、縣丞裴懸、主簿盧士瓊、縣尉莊儒及其弟莊古、邑客韋納、郭存中，並自鄭莊回，立馬叙言，李乃大驚，良久方能言，且憂身之及禍。後往來者，往往於京城中鬧處即逢，行李僕馬，不異李之所見，而不復有言。（據中華書局版汪紹楹點校本《太平廣記》卷三四一引《河東記》校録）

〔一〕駉　明鈔本、孫校本作「駒」，《會校》據改。

〔二〕騊　孫校本作「駉」，《會校》據改。

〔三〕時往求丐　明鈔本、孫校本作「時時往來」，《會校》據改。

〔四〕冥器　明鈔本、孫校本作「盟器」，下同。按：冥器即盟器，又稱明器。

〔五〕忻　明鈔本、孫校本作「慚」，《會校》據改。

〔六〕蓄　明鈔本、孫校本作「畜」，《會校》據改。按：蓄，蓄養，不誤。

〔七〕僕頗有羡色如何　明鈔本、孫校本作「僕從頗過於美矣」，《會校》據改。

〔八〕笑　此字原無，據明鈔本、孫校本補。

〔九〕爲　明鈔本、孫校本作「焉」，《會校》據改。按：爲，句末助詞，與「何」、「奚」、「惡」等配合，表示疑問或反詰。《楚辭·漁父》：「何故深思高舉，自令放爲？」《莊子·逍遥遊》：「奚以之九萬里而南爲？」

〔一〇〕令　原作「吏」，據明鈔本改。

唐五代傳奇集第三編卷十

成叔弁

薛漁思　撰

元和十三年，江陵編户成叔弁，有女曰興娘，年十七。忽有媒氏詣門，云：「有田家郎君，願結姻媛〔一〕，見在門。」叔弁召其妻共窺之，人質〔二〕頗不愜，即辭曰：「興娘年小，未辦資裝。」門外聞之，即趨入曰：「擬〔三〕田郎參丈人丈母。」叔弁不顧，遽與妻避之。田奴曰：「田四郎上界香郎，索爾女不得耶？」即嘯〔四〕一聲，便有二人自空而下，曰：「相呼何事？」田曰：「成家見〔五〕有一女，某今商量，確然不可，二郎以爲何如？」二人曰：「彼固不知，安有不可？幸容言議。況小娘子〔六〕魂識已隨足下，慕足下深矣。黎庶〔七〕何知，不用苦怪。」言訖，而興娘大叫于房中曰：「嫁與田四郎去！」叔弁既覺非人，即下階辭〔八〕曰：「貧家養女，不喜覯矚。四郎意旨，敢不從命。但且坐，與媒氏商量，無太匆匆也。」四人相顧大笑曰：「定矣。」

叔弁即令市果實〔九〕，備茶餅，就堂垂簾而坐。媒氏曰：「成〔一〇〕家意不美滿，四郎亦太匆匆。今三郎君總是詞人，請聯句一篇然後定。」衆皆大笑樂曰：「老嫗但作媒，何必議他聯句事？」媒氏固請，田郎良久乃吟曰：「一點紅裳出翠微，秋天雲静月離離。」田請叔弁繼之，叔弁素不知書，固辭，往復再四。食頃，忽聞堂上有人語曰：「何不云『天曹使者徒回首，何不從他〔二〕九族卑』？」言訖，媒與三人絶倒大笑曰：「向道魔語，今欲何如？」四人一時趨出，不復更來。其女若醉人狂言〔三〕，四人去後，亦遂醒矣。（據中華書局版汪紹楹點校本《太平廣記》卷三四四引《河東記》校録）

〔一〕姻媛　明梅鼎祚《才鬼記》卷五引《河東記》（題《田四郎》）作「姻援」。按：姻媛、姻援意同，姻親也。

〔二〕人質　明鈔本「人」作「容」，《會校》據改。按：人質，人之形體外貌。孫光憲《北夢瑣言》卷三《李勳尚書發憤》：「某今自見其人質清秀，復覽其文卷，深器重之。」又卷四《趙令公紅拂子》：「唐襄州趙康凝令公，世勳嗣襲，人質甚偉。」

〔三〕擬　明鈔本無此字，《會校》據删。《四庫》本改作「待」。按：「擬」字疑當在下文「田郎」之下。擬，打算。

〔四〕嘯　原作「笑」，據明鈔本、孫校本改。

〔五〕見　孫校本作「兒」，明鈔本無此字。

〔六〕小娘子　「小」下原有「郎」字，據明鈔本删。

〔七〕庶　此字談本原空闕，汪校本據明鈔本補，《會校》據明鈔本、孫校本補。黄本、《四庫》本、《筆記小説大觀》本、《才鬼記》作「民」。

〔八〕辭　明鈔本作「謝」。

〔九〕實　此字談本原空闕，汪校本據明鈔本補，《會校》據明鈔本、孫校本補。黄本、《四庫》本、《筆記小説大觀》本作「酒」，《才鬼記》作「脯」。

〔一〇〕成　原作「田」，據明鈔本改，《四庫》本亦改。

〔一一〕他　明鈔本作「天」。

〔一二〕狂言　明鈔本上有「獨」字，《會校》據補。

按：《才鬼記》卷五據《廣記》載入，題《田四郎》，末注出處《河東記》。

韋齊休

薛漁思　撰

韋齊休，擢進士第，累官至員外郎，爲王璠〔一〕浙西團練副使。太和八年，卒于潤州之官舍。三更後，將小斂，忽於西壁下大聲曰：「傳語娘子，且止哭，當有處分。」其妻人驚，仆地不蘇。齊休于衾下厲聲曰：「娘子今爲鬼妻，聞鬼語，忽〔二〕驚悸耶？」妻即起曰：「非爲畏悸，但不分〔三〕與君遽隔幽明，孤惶〔四〕無所依怙。不意神識有知，忽通言語，不覺惛絶。誠俟明教，豈敢有違？」齊休曰：「死生之期，涉於真宰；夫婦之道，重在人倫。某與娘子，情義至深，他生亦未相捨。今某屍骸且在，足寬襟抱。家事大〔五〕小，且須商量，不可空爲兒女悲泣，使某幽冥間更憂妻孥也。夜來諸事，並自勞心，總無失脱，可助僕喜。」妻曰：「何也？」齊休曰：「昨日湖州庾七寄買口錢，蒼遑〔六〕之際，不免專心部署，今則一文不欠，亦足爲慰。」良久語絶，即各營喪事。纔曙，復聞呼曰〔七〕：「適到張清家，近造得三間草堂，前〔八〕屋舍自足，不煩勞他人，更借下處矣。」其夕，張清似〔九〕夢中，忽見齊休曰：「我昨日已死，先令買塋三畝地，可速交關〔一〇〕布置。」一一分明，張清悉依其命。

及將歸，自擇發日，呼喚一如常時。婢僕將有私竊，無不發摘，隨事捶撻。及至京，便之塋所，張清準擬皆畢〔一一〕。十〔一二〕數日，向三更，忽呼其下曰：「速起！報堂前，蕭三郎來相看，可隨事具食，款待如法〔一三〕，妨他忙也。」二人語，歷歷可聽。蕭三郎者，即職方郎中蕭徹〔一四〕，是日卒於興化里。其夕遂來，俄聞蕭呼〔一五〕嘆曰：「死生之理，僕不敢恨。但可異者，僕數日前，因至少陵別墅，偶題一首詩，今思之，乃是生作鬼詩。」因吟曰：「新搆〔一六〕茅齋野澗東，松楸交影足悲風。人間歲月如流水，何事頻行此路中？」齊休亦悲咤曰：「足下此詩，蓋是自識。僕生前忝有科名，粗亦爲人所知。死未數日，便有一無名小鬼贈一篇，殊爲著鈍〔一七〕。然雖〔一八〕細思之，已是落他物境〔一九〕。」乃詠曰：「澗水濺濺〔二〇〕流不絶，芳草綿綿野花發。自去自來〔二一〕人不知，黄昏惟有青山月〔二二〕。」蕭亦歎羨之，曰：「韋四公死已多時，猶不甘此事。僕乃適來人也，遽爲遊岱之魂，何以堪處？」即聞相别而去。

又數日，亭午間，呼曰：「裴二十一郎來慰，可具食，我自迎去。」其日，裴氏昆季果來，至啓夏門外，瘁然〔二三〕神聳，又素聞其事，遂不敢行弔而回。裴即長安縣令，名觀，齊休之妻兄也。其部曲子弟，動即罪責，不堪其懼，及今未已，不知竟如之何。（據中華書局版汪紹楹點校本《太平廣記》卷三四八引《河東記》校録）

〔一〕王璠　《才鬼記》卷五《無名小鬼》（末注《河東記》）作「王播」，誤。按：《舊唐書·文宗紀下》載，大和六年八月，「以尚書右丞、判太常卿王璠檢校禮部尚書、潤州刺史、浙西觀察使」。浙西觀察使治所在潤州（治今江蘇鎮江市）。唐中後期，諸道觀察使例兼都團練使。

〔二〕忽　明鈔本作「有何」，《會校》據改。

〔三〕不分　原作「不合」，據南宋盧憲《嘉定鎮江志》卷二一引《河東記》改。不分，不料。明鈔本作「忿」。不忿，心中不平。

〔四〕孤惶　孫校本、《鎮江志》作「孤懷」。
〔五〕大　《鎮江志》作「不」。
〔六〕蒼惶　明鈔本、孫校本「蒼」作「倉」，《會校》據改。按：蒼惶、倉惶義同。杜甫《破船》：「蒼惶避亂兵，緬邈懷舊丘。」
〔七〕曰　此字原無，據明鈔本補。
〔八〕前　明鈔本無此字，《會校》據删。
〔九〕似　孫校本作「自」。
〔一〇〕交關　「交」原作「支」，據孫校本、《鎮江志》改。按：交關，交易。《筆記小説大觀》本作「支開」，亦誤。
〔一一〕準擬皆畢　明鈔本作「準備方畢」。
〔一二〕十　明鈔本作「後」。
〔一三〕款待如法　明鈔本作「勿得怠緩」，《會校》據改。
〔一四〕徹　《全唐詩》卷八六五作「徹」。按：南宋洪邁《萬首唐人絶句》卷六六《别墅偶題》作「徹」。
〔一五〕呼　明鈔本作「嗟」，《會校》據改。
〔一六〕搆　《唐人絶句·别墅偶題》作「作」，當避高宗趙構諱改。
〔一七〕著鈍　《太平廣記鈔》卷五七（脱出處）「著」作「真」，孫校本「鈍」作「純」。按：鈍，質樸。

〔一八〕然雖　《四庫》本改作「雖然」。按：然雖，義同「雖然」。《晉書》卷三六《衛恒傳》：「河間張超亦有名，然雖與崔氏同州，不如伯英之得其法也。」《宋書》卷九三《隱逸・陶潛傳》：「然雖不同生，當思四海皆弟兄之義。」明鈔本「雖」作「惟」。

〔一九〕落他物境　「物」原作「蕪」，據孫校本改。明鈔本作「無」。按：落他物境，謂詩意超然物外。落，脱離。

〔二〇〕濺濺　明鈔本作「潺潺」，《會校》據改。按：濺濺，流水聲。「濺」音「尖」。《樂府詩集》卷二五《木蘭詩》：「不聞爺孃唤女聲，但聞黄河流水鳴濺濺。」

〔二一〕自去自來　明鈔本作「自來自去」。

〔二二〕按：無名小鬼詩與張讀《宣室志》卷六白衣丈夫詩極似，詩云：「澗水潺潺聲不絶，溪隴茫茫野花發。自去自來人不歸，長時惟對空山月。」

〔二三〕猝然　明鈔本作「猝然」。

按：談本注出《河東記志》。《才鬼記》卷五據《廣記》採入，題《無名小鬼》，末注《河東記》。

蘊都師

薛漁思　撰

經行寺僧行蘊，爲其寺都僧。嘗及初秋，將備盂蘭會，洒掃堂殿，齊整佛事〔一〕。見一佛前化生，姿容妖冶，手持蓮花，向人似有意。師因戲謂所使家人曰：「世間女人有似此者，我以爲婦〔二〕。」其夕歸院，夜未分，有款扉者曰：「蓮花娘子來。」蘊都師不知〔三〕悟也，即應曰：「官家法禁極嚴，今寺門已閉，夫人何從至此？」既開門，蓮花及一從婢，妖姿〔四〕麗質，妙絶無倫〔五〕。謂蘊都師曰：「多生種〔六〕無量勝因，常得親奉大圓正智。不謂今日聞師一言，忽生俗想。今已謫爲人，當奉執巾鉢。朝來之意，豈遽忘耶？」蘊都師曰：「某信愚昧，常護〔七〕僧戒。素非省〔八〕相識，何嘗見夫人，遂相紿也？」即曰〔九〕：「師朝來佛前見我，謂家人曰，儻貌類我，將以爲婦。言猶在耳，我感師此言，誠願委質。」因自袖中出化生，曰：「豈相紿乎？」蘊始〔一〇〕悟非人。迴惶之際，蓮花即顧侍婢曰：「露仙，可備帷幄。」露仙乃陳設寢處，皆極華美。蘊雖駭異，然心亦喜之，謂蓮花曰：「某便〔一一〕誓心矣，但以僧法不容久〔一二〕居寺舍，如何？」蓮花大笑曰：「某天人，豈凡識所及？且終不以〔一三〕累師。」遂綢繆叙語，詞氣清婉。

俄而滅燭，童子等猶潛聽伺之。未食頃，忽聞蘊失聲，冤楚頗極。遽引燎照之，至則拒户闔，禁〔一四〕不可發，但聞狺牙齧齗嚼骨之聲，如胡人語音而大罵曰：「賊禿奴，遣爾辭家剃髮，因何起妄想之心？假如我真女人，豈嫁與爾作婦耶？」於是馳告寺衆，壞垣以窺之，乃二夜叉也，鋸〔一五〕牙植髮，長比巨人〔一六〕，哮叫拏獲，騰踔而出。後僧見佛座壁上，有二晝夜叉，正類所覩，脣吻間猶有血痕焉。（據中華書局版汪紹楹點校本《太平廣記》卷三五七引校録，原闕出處，明沈與文野竹齋鈔本、許自昌刊本、馮夢龍《太平廣記鈔》卷七一、清黄晟校刊本、《四庫全書》本、《筆記小説大觀》本作出《河東記》）

〔一〕佛事　明鈔本作「物件」。

〔二〕婦　明鈔本作「偶」。

〔三〕知　陳校本作「之」。

〔四〕姿　原作「資」，據明鈔本、陳校本改。

〔五〕無倫　明鈔本、孫校本、陳校本、宋王銍《補侍兒小名録》引（脱出處）、周守忠《姬侍類偶》卷上引《通幽記》作「人倫」。

〔六〕多生種　原作「多種中」，據孫校本、陳校本改。

〔七〕護　原作「獲」，據孫校本、陳校本改。

〔八〕省　明鈔本作「有」，《會校》據改。按：省，音「醒」，記得。

〔九〕即曰　「曰」原作「日」，據明鈔本、陳校本改。《四庫》本作「對曰」，《太平廣記鈔》卷七一亦作「對曰」，下有「即日」二字。

〔一〇〕始　原作「師」，據孫校本、陳校本改。

〔一二〕便　明鈔本作「今」。

〔一三〕久　陳校本作「又」，《會校》據改，誤。

〔一三〕以　陳校本作「令」，《會校》據改。

〔一四〕禁　孫校本、陳校本作「噤」。

〔一五〕鋸　明鈔本作「露」。

〔一六〕長比巨人　明鈔本作「張目報人」，有誤。

按：《姬侍類偶》卷上引作《通幽記》，誤。《姬侍類偶》引文取自王銍《補侍兒小名録》，文字全同，《小名録》漏注出處，而下條「天水趙旭」末注《通幽記》，疑周守忠誤以《小名録》所注出處以後統前，故注爲《通幽記》。

明吴大震《廣豔異編》卷三五據《廣記》採入，題《蓮花娘子》。

許琛

薛漁思　撰

王潛之鎮江陵也，使院書手許琛，因直宿，二更後暴卒，至五更又〔一〕蘇，謂其儕曰：「初見二人，黄衫〔二〕，急呼出使院門，因被領去。其北可行六七十里〔三〕，荆棘榛莽〔四〕之中，微有逕路。須臾，至一所〔五〕，楔門，高廣各三丈餘，横楣上大字書標牓，曰『鴉鳴國』。二人即領琛入此門，門内氣黯慘，如人間黄昏已後。兼無城壁屋宇，唯有古槐萬萬株，樹上群鴉鳴噪，咫尺之間〔六〕不聞人聲。如此又行四五十里許，方過其處。又領到一城壁，曹署牙門〔七〕極偉，亦甚嚴肅。二人即領過，曰：『追得取鴉〔八〕人到。』廳上有一紫衣官人，據案而坐，問琛曰：『爾解取鴉否？』琛即訴曰：『某父兄子弟，少小皆在使院，執行文案，實不業取鴉。』官人即怒，因謂二領者曰：『何得亂次〔九〕追人？』吏良久惶懼，伏罪曰：『實是誤。』官人顧琛曰：『即放却還去。』又於官人所坐牀榻之東，復有一紫衣人，身長大，黑色，以綿〔一〇〕包頭，似有所傷者，西向坐大繩牀，顧見琛訖，遂謂〔一一〕當案官人曰：『要共此人略〔一二〕語。』即近副堦立，呼琛曰：『爾豈不即〔一三〕歸耶？見王僕射，爲我云，武相公傳語僕射，深愧每惠錢物，然皆碎惡，不堪行用。今此〔一四〕有事，切要五萬張紙錢，望求好紙燒之。燒時勿令人觸，至此即完全矣。且與僕射不久相見。』言訖，琛唱喏。

「走出門外，復見二使者却領迴，云：『我誤追你來，幾不得脱，然君喜〔一五〕，當取別路歸也。』琛問鴉鳴國之義〔一六〕，曰：『所捕鴉鳴國〔一七〕，周遞〔一八〕數百里，其間日月所不及，終日昏暗，常以鴉鳴知晝夜。是雖禽鳥，亦有謫罰。其陽道限滿者，即捕來，以備此中鳴噪〔一九〕耳。』又問曰〔二〇〕：『鴉鳴國空地奚爲？』二人曰：『人死則有鬼，鬼復有死，若無此地，何以處之？』」

初琛死也，已聞於潛。既蘇，復報之。潛問其故，琛所見即具陳白。潛聞之，甚惡即相見之説，然問其形狀，真武相也。潛與武相素善，累官皆武相所拔用，所以常於月晦歲暮，焚紙錢以報之。由是以琛言可驗，遂市藤紙十萬張，以如其請。琛之鄰而姓許名琛者〔二〕，即此夕五更暴卒焉。時大和二年四月，至三年正月，王僕射亡矣〔三〕。（據中華書局版汪紹楹點校本《太平廣記》卷三八四引《河東記》下校録）

〔一〕又　孫校本無此字。

〔二〕二人黄衫　《太平廣記鈔》卷六一作「黄衫二人」。

〔三〕其北可行六七十里　《四庫》本「其」作「向」，「里」下有「許」字。

〔四〕榛莽　孫校本作「葵藿」。

〔五〕所　明鈔本作「衙」。

〔六〕之間　此二字原無，據孫校本補。

〔七〕牙門　明鈔本作「衙門」，《會校》據改。按：軍隊駐軍之軍門插牙旗，故稱牙門，然亦指官署，義同衙門。《北史》卷二六《宋世良傳》：「後拜清河太守……每日牙門虚寂，無復訴訟者。」亦單稱牙。《新唐書》卷一一〇《泉獻誠傳》：「武后嘗出金幣，命宰相、南北牙群臣舉善射五輩，中者以賜。」

〔八〕鵶　原作「烏」，明鈔本、孫校本作「鵶」。按：下文作「取鵶」，據改。

〔九〕亂次　孫校本作「取次」。按：取次，任意，隨便。杜甫《送元二適江左》：「經過自愛惜，取次莫論兵。」亂次，混亂無序，胡亂。《左傳》桓公十三年：「及鄢，亂次以濟，遂無次，且不設備。」

〔一〇〕綿　明鈔本作「錦」。

〔一一〕謂　孫校本作「留」。

〔一二〕略　原作「路」，據明鈔本、孫校本、《廣記鈔》改。

〔一三〕即　明鈔本、孫校本作「却」，《會校》據改。

〔一四〕此　明鈔本作「次」。

〔一五〕喜　明鈔本無此字，《會校》據删。

〔一六〕琛問鵶鳴國之義　原作「琛問」，有脱文，《廣記鈔》補「鵶鳴國之義」五字，今從。

〔一七〕所捕鵶鳴國　前當有脱文。《廣記鈔》删此五字，下句作「此地周數百里」。

〔一八〕周遞　明鈔本「遞」作「匝」，《會校》據改。按：周遞，義同周匝，遞，繞也。《漢書》卷九九上《王莽傳上》：「夫絳侯即因漢藩之固，杖朱虚之鯁，依諸將之遞，據相扶之勢。」顔師古注：「遞，繞也。謂相圍繞也。……遞音帶。」

〔一九〕噪　孫校本作「繫」。

〔二〇〕曰　明鈔本作「用」，連下讀。

〔二〕琛之鄰而姓許名琛者　明鈔本「而」作「兒」。孫校本「琛者」作「架之」。

〔三〕時大和二年四月至三年正月王僕射亡矣　「元」字原空闕，汪校本據明鈔本補作「大」，同「太」，《會校》據明鈔本、孫校本補作「太」。黄本、《四庫》本、《筆記小説大觀》本作「元」，誤。按：《舊唐書·文宗紀上》：太和三年「二月辛亥朔，以兵部尚書崔群爲荆南節度使。甲寅，荆南節度使王潛卒」。

按：《河東記》原書三卷，據《廣記》注，此篇出自卷下。《會校》據明鈔本删「下」字，誤。

崔紹

薛漁思　撰

崔紹者，博陵王玄暐曾孫〔一〕，其大父武，嘗從事於桂林。其父直，元和初亦從事於南海，常假郡符於端州。直處官清苦，不〔二〕蓄羨財，給家之外，悉拯親故。在郡歲餘，因得風疾，退卧客舍。伏枕累年，居素貧無倚〔三〕，寢疾復久。身謝之日，家徒索然，繇是眷屬輩不克北歸。紹遂孜孜履善，不墮素業。南越會府，有攝官承乏之利，濟淪落羈滯衣冠。紹迫於凍餒，常屈志〔四〕於此。賈繼宗，外表兄夏侯氏之子，則紹之子壻，因緣還往，頗熟其家。大和六年，賈繼宗自瓊州招討使改换〔五〕康州牧，因舉請紹爲掾屬。康之附郭縣曰端谿，端谿假尉隴西李彧，則前大理評事景休之猶子。紹與彧，錫類之情，素頗友洽〔六〕。崔、李之居，復隅落相近。彧之家畜一女猫，常往來紹家捕鼠。南土風俗，惡他舍之猫産子其家，以爲大不祥。彧之猫産二子於紹家，紹甚惡之，因命家童縶三猫於筐篋，加之以石，復以繩固筐口，投之於江。是後不累月，紹丁所出滎陽鄭氏之喪，解職。居且苦貧，孤孀數輩，饘粥之費，晨暮不充，遂薄遊羊城之郡，丐於親故。

大和八年五月八日，發康州官舍，歷抵海隅諸郡。至其年九月十六日，達雷州。紹家常事一字天王，已兩世矣。雷州舍於客館中，其月二十四日，忽得熱疾。一夕遂重，二日遂殛。將殛之際，忽見二人焉，一人衣黄〔七〕，一人衣皂，手執文帖，云：「奉王命追公。」紹初拒之，云：「平生履善，不省爲惡，今有何事，被此追呼？」二使人大怒曰：「公殺無辜三人，冤家上訴，奉天符下降，令按劾公，方當與冤家對命。奈何猶敢稱屈，違拒王命？」遂展帖示，紹見文字分明，但不許細讀耳。紹頗畏讋，不知所裁。頃刻間，見一神人來，二使者俯伏禮敬。神謂紹曰：「爾識我否？」紹曰：「不識。」神曰：「我一字天王也，常爲爾家供養久矣，每思以報之。今知爾有難，故來相救。」紹拜伏求救，天王曰：「爾但共我行，必無憂患。」

王遂行，紹次之，二使者押紹之後。通衢廣陌，杳不可知際〔八〕。行五十許里，天王問紹：「爾莫困否？」紹對曰：「亦不甚困，猶可支持三二十里。」天王曰：「欲到矣。」逡巡，遥見一城門，牆高數十仞，門樓甚大，有二神守之。其神見天王，側立敬懼。更行五里，又見一城門，四神守之。其神見天王之禮，亦如第一門。又行三里許，復有一城門，其門關閉。天王謂紹曰：「爾且立於此，待我先入。」天王遂乘空而過。食頃，聞揺鎖之聲，城門洞開，見十神人，天王亦在其間，神人色甚憂懼。更行一里，又見一城門，有八街，街極廣闊，街兩邊有雜樹，不識其名目〔九〕。有神人甚多，不知數，皆羅立〔一〇〕於樹下。八街之中，有一街最大，街西南〔一一〕行。又有一城門，門兩邊各有數十間樓，並垂簾。街衢人物頗衆，車轝合雜，朱紫繽紛，亦有乘馬者，亦有乘驢者，一似人間模樣。此門無神看守。更一門，盡是高樓，不記〔一二〕間數，珠簾翠幕，眩惑人目。樓上悉是婦人，更無丈夫，衣服鮮明，裝飾新異，窮極奢麗，非人寰所覩。其門有朱旗，銀泥畫旗，旗數甚多。亦有著紫人數百。天王立紹於門外，便自入去。使者遂領紹到一廳，使者先領見王判官，既至廳前，見王判官著緑，降階相見，情禮甚厚，而答紹拜，兼通寒暄，問第行。延昇階與坐，命煎茶。良久顧紹曰：「公尚未生。」紹初不曉其言，心甚疑懼，判官云：「陰司諱死，所以唤死爲生。」催茶，茶到，判官云：「勿喫，此非人間茶。」逡巡〔一三〕，有著黄人，提一瓶茶來，云：「此是陽間〔一四〕茶，公〔一五〕可喫矣。」紹喫三椀訖，判官則領紹見大王。手中把一紙文書，亦不通入。大王正對一字天王坐，天王向大王云：「祇爲此人來。」大王曰：「有寃家上訴，手雖不殺，口中處分，令殺〔一六〕於江中。」天王令喚崔紹冤家，有紫衣十餘人，齊唱喏走出。頃刻間，有一人著紫襴衫，執牙笏，下有一紙狀，領一婦人來，兼領二子，皆人身而猫首。婦人著慘緑〔一七〕裙、黄衫子，一女子亦然，一男子〔一八〕著皂衫。三冤家號泣不已，稱崔紹非理相害。天王向紹言：「速開口，與功德。」紹忙懼之中，都忘人間經佛名目，唯記得《佛頂尊勝經》，遂發願各與寫經一卷。言訖，便不見婦人等。

大王及一字天王遂令紹昇階與坐，紹拜謝大王。王答拜，紹謙讓曰：「凡夫小生，冤家陳訴，罪當不赦，敢望生迴。大王尊重，如是答拜，紹實所不安。」大王曰：「公事已畢，即還生路，存殁殊途，固不合受拜。」大王問紹：「公是誰家子弟？」紹具以房族答之。大王曰：「此若然者，與公是親家，總是人間馬僕射。」紹即起申叙：「馬僕射猶子磻夫〔一九〕，則紹之妹夫〔二〇〕。」大王問：「磻夫安在？」紹曰：「闊别已久，知家寄杭州。」大王又曰：「莫怪此來，奉天符令勘，今則却還人道。」便迴顧王判官云：「崔子停止何處？」判官曰：「便在某廳中安置。」天王云：「甚好。」紹復咨啓大王：「大王在生，名德至重，官位極崇，則合却歸人天，爲貴人身，何得在陰司職？」大王笑曰：「此官職至不易得，先是杜司徒任此職，總濫蒙司徒知愛，舉以自代，所以得處此位，豈容易致哉！」紹復問曰：「司徒替何人？」曰：「替李若初。若初性嚴寡恕，所以上帝不遣久處此，杜公替之。」紹又曰：「無因得一至此，更欲咨問大王。紹聞冥司有〔二一〕世人生籍，紹不才，兼本〔二二〕抱疾，不敢望人間官職，然頗〔二三〕有親故，願一知之，不知可否？」曰：「他人則不可得見，緣與公是親情，特爲致之。」大王顧謂王判官曰：「從許一見之，切須誡約，不得令漏泄，漏泄之則終身喑啞。」又曰：「不知紹先父在此，復以〔二四〕受生？」大王曰：「見在此充職。」紹涕泣曰：「願一拜覲，不知可否？」王曰：「亡殁多年，不得相見。」紹起，辭大王。其一字天王，送紹到王判官廳中，鋪陳贍給，一似人間。

判官遂引紹到一瓦廊下，廊下又有一樓，便引紹入門。滿壁悉是金牓、銀牓，備列人間貴人姓名。將相二色，名列金牓；將相以下，悉列銀牓。更有長鐵牓，列州縣府僚屬姓名。所見三榜之人，悉是在世人，若謝世者，則隨所落籍。王判官謂紹曰：「見之則可，慎勿向世間説牓上人官職。已在位者，猶可言之；未當位者，不可漏泄，當犯大王向來之誡〔二五〕。世人能行好心，必受善報，其陰司誅責惡心人頗甚。」紹在王判官廳中，停止三日。旦暮打嚴警鼓數百面〔二六〕，唯不吹角而已。紹問判官曰：「冥司諸事，一切盡似人間，惟有〔二七〕鼓而無角，不知何謂？」判官曰：「夫角聲者，象龍吟也。龍者，金精也。金精者，陽之精也。陰府者至陰之司，所以至陰之所，不欲聞至陽之聲。」紹又問判官曰：「聞陰司有地獄，不知何在？」判官曰：「地獄名目不少，去此不遠，罪人隨業輕重而入之。」又問：

「此處城池人物，何盛如是？」判官曰：「此王城也，何得怪盛！」紹又問：「王城之人如海，豈得俱無罪乎？ 而不入地獄耶？」判官曰：「得處王城者，是業輕之人，不合入地獄。候有生關，則隨分高下，各得受生。」

又康州流人宋州院官田洪評事，流到州二年，與紹鄰居。紹、洪復累世通舊〔二八〕，情愛頗洽。紹發康州之日，評事猶甚康寧。去後半月，染疾而卒，紹未迴，都不知之。及追到冥司，已見田生在彼。田、崔相見，彼此涕泣。田謂紹曰：「洪別公後來，未經旬日，身已謝世矣，不知公何事忽然到此？」紹曰：「被大王追勘少〔二九〕事，事亦尋了，即得放迴。」洪曰：「有少情事，切敢〔三〇〕奉託。洪本無子，養外孫鄭氏之子爲兒，已喚致得身名〔三一〕。年六十方自有一子，今被冥司責以奪他人之嗣〔三二〕，以異姓承家，既自有子，又不令外孫歸本族，見爲此事，被勘劾頗甚。今〔三三〕公却迴，望爲洪百計致一書與洪兒子，速令鄭氏子歸本宗。又與洪傳語康州賈使君，洪垂盡之年，竄逐遠地，主人情厚，每事相依。及身殁之後，又發遣小兒北歸，使遺骸〔三四〕歸葬本土，眷屬免滯荒陬，雖仁者用心，固合如是，在洪淺劣，何以當之。但荷恩於重泉，恨無力報。」言訖，二人慟哭而別。

居三日，王判官曰：「歸可矣，不可久處於此。」一字天王與紹欲迴，大王出送。天王行李頗盛，道〔三五〕引騎從，闐塞街衢。天王乘一小山自行，大王處分，與紹馬騎。盡諸城門〔三六〕，大王下馬，拜别天王，天王坐山不下。然從紹相别，紹跪拜，大王亦還拜訖，大王便迴，紹與天王自歸。行至半路，見四人，皆人身而魚首，著慘緑衫，把笏，衫上微有血污，臨一峻坑立，泣拜謂〔三七〕紹曰：「性命危急，欲墮此坑，非公不能相活。」紹曰：「僕何力以救公？」四人曰：「公但許諾則得。」紹曰：「灼然得〔三八〕。」四人拜謝，又云：「性命已蒙君放訖，更欲啓難發之口，有無厭之求，公莫怪否？」紹曰：「但力及者，盡力而應〔三九〕之。」曰：「四人共就公乞一部《金光明經》，則得度脱罪身矣。」紹復許。言畢，四人皆不見。却迴至雷州客館，見本身偃卧於牀，以被蒙覆手足。天王曰：「此則公身也，但徐徐入之，莫懼。」如天王言，入本身便活。及蘇，問家人輩，死已七日矣，唯心及口鼻微暖。蘇後一日許，猶依稀見天王在眼前。又見階前有一木盆，盆中以水養四鯉魚。紹問此是何魚，家人曰：「本買充廚膳〔四〇〕，以郎君疾亟〔四一〕，不及修理。」紹曰：「得非臨坑四人〔四二〕乎？」遂命投之於陂池中，兼發願與寫《金光明經》〔四三〕一部，及寫《佛頂尊勝經》三卷，以酬解冤之誓〔四四〕。

（據中華書局版汪紹楹點校本《太平廣記》卷三八五引《玄怪録》校録，按：出處誤，《説郛》卷四《墨娥漫録》引作《河東記》）

〔一〕崔紹者博陵王玄暐曾孫　元末陶宗儀《説郛》卷四《墨娥漫録》摘《河東記》作「博陵王崔元暐曾孫

照」，末注：「《兩京雜記》作『崔浩』。」《類説》卷四所摘韋述《兩京雜記》有《冥間列榜》一條，明天啓刊本作「崔紹」，嘉靖伯玉翁舊鈔本作「崔詔」。《紺珠集》卷一三《諸集拾遺》之《金榜銀榜鐵榜》條，佚名《錦繡萬花谷》前集卷二三引《言行録》，明陳耀文《天中記》卷三〇《金榜》引《玄怪録》、《兩京記》，亦作「崔紹」。委心子《分門古今類事》卷三《崔韶三榜》引《拾遺》乃作「崔韶」。按：崔玄暐（六三八—七〇六），《舊唐書》卷九一、《新唐書》卷一二〇有傳，博陵安平（今屬河北）人。武周長安三年（七〇三）拜鸞臺侍郎、同鳳閣鸞臺平章事，兼太子左庶子。中宗復位，以預誅張易之功，擢拜中書令，封博陵郡公，尋進爵爲王。據《新唐書·宰相世系表二下》博陵安平崔氏大房，玄暐子璩、珪、瑨、璆，孫震、渙、賁、巽、益、復、覿、解、頤，曾孫縱、捷、揚、操、哲。曾孫中未有崔紹或照、韶、浩。而崔氏第三房有崔浩，爲待詔曾孫；南祖崔氏中有崔紹，爲君實曾孫，清河小房中亦有崔紹，爲大質曾孫；南祖崔氏中有崔照，融曾孫，又有崔韶，斌曾孫。下文稱紹「大父武」，「父直」，玄暐子孫中亦無名武、直者。本文所記不合史實。

〔二〕不　孫校本作「所」。

〔三〕倚　原作「何」，據孫校本改。

〔四〕志　原作「至」，據明鈔本改。

〔五〕换　明鈔本作「秩」，《會校》據改。

〔六〕素頗友洽　明鈔本作「素甚相洽」；孫校本作「素領未洽」，誤。

〔七〕黄　明仁孝皇后徐氏《勸善書》卷七作「青」。

〔八〕際　孫校本作「徐」，連下讀，《會校》據改。

〔九〕目　明鈔本作「亦」，連下讀。

〔一〇〕立　明鈔本作「列」，《會校》據改。按：《宣室志》卷三「清河張詵」條：「城外有被甲者數百，羅立門之左右。」

〔一一〕南　原作「而」，據孫校本改。

〔一二〕記　明鈔本作「計」，《會校》據改。

〔一三〕逡巡　孫校本作「遂退」。

〔一四〕間　原作「官」，據明鈔本改。

〔一五〕公　原作「紹」，據明鈔本改。

〔一六〕殺　《勸善書》作「投」。

〔一七〕綠　此字原脱，據孫校本補。

〔一八〕男子　下原有「亦然」二字，當涉上而衍，今删。

〔一九〕磻夫　孫校本作「璠夫」，下同。

〔二〇〕妹夫　明鈔本、《勸善書》作「妹婿」，孫校本作「姊婿」。

〔二一〕有　明鈔本作「記」。

〔二二〕本　明鈔本作「又」。

〔二三〕頗　原作「顧」，據明鈔本、孫校本改。
〔二四〕以　《勸善書》作「已」。以，通「已」。
〔二五〕當犯大王向來之誡　《勸善書》作「漏泄則終身喑啞」。
〔二六〕停止三日旦暮打嚴警鼓數百面　「打嚴警鼓」，談本原作「嚴打驚鼓」，汪校本據明鈔本改「驚」爲「警」。明鈔本、孫校本、《勸善書》「嚴打」作「打嚴」。當作「打嚴警鼓」，據改。按：嚴警，嚴密戒嚴。《三國志》卷四《魏志・高貴鄉公髦傳》：「賴宗廟之靈，沈業即馳語大將軍，得先嚴警。」唐代軍中設鼓以用嚴警，稱嚴警鼓。唐李筌《太白陰經》卷四《戰具類・器械篇》：「在營亦於六纛後建嚴警鼓一十二面，大將營前左右行列各六面。」又見杜佑《通典》卷一四八《兵・今制附》。黄本、《四庫》本作「嚴打更鼓數百面」，《筆記小説大觀》本「面」作「回」，餘同，改爲「更鼓」、「回」，誤也。《勸善書》作「紹已停止一旦暮，見打嚴警鼓數百面」。
〔二七〕有　原作「空」，據明鈔本改。
〔二八〕紹洪復累世通舊　孫校本作「紹累世復洪通舊」。
〔二九〕少　明鈔本作「小」。少，小也。
〔三〇〕切敢　「切」《勸善書》作「竊」。切，同「竊」。「敢」孫校本作「願」，《會校》據改。按：敢，謙詞，冒昧之意。
〔三一〕已喚致得身名　「喚」孫校本、《勸善書》作「與」。按：喚，使，叫。「身名」二字原有，汪校本據明鈔本删，誤，今補。《會校》據明鈔本校改作「已唤名致得」，亦誤。身名，功名。《舊唐書》卷一六六《龐嚴傳》：「有應直言極諫舉人劉蕡，條對激切，凡數千言，不中選，人咸以爲屈。其所對策，大行於時，登科者有請以身名授蕡者。」黄本、《筆記小説大觀》本「名」譌作「明」。

〔三二〕嗣　明鈔本、孫校本作「子」，《會校》據改。

〔三三〕今　原譌作「令」，據《勸善書》改。《四庫》本亦改。

〔三四〕遺骸　原作「道體」，據明鈔本、孫校本、《勸善書》改。

〔三五〕道　明鈔本作「導」，《會校》據改。道，通「導」。

〔三六〕盡諸城門　「盡」明鈔本作「到」，《會校》據改，誤。按：盡諸城門，謂過完各城門。

〔三七〕謂　原譌作「諸」，據孫校本、《勸善書》改。

〔三八〕灼然得　《勸善書》無「得」字。

〔三九〕應　明鈔本作「爲」，《會校》據改。

〔四〇〕廚膳　明鈔本作「庖廚之膳」，《會校》據改。

〔四一〕亟　原作「殛」，據孫校本、《勸善書》改。按：亟，危急。殛，死也。《説文解字》歺部：「殛，殊也。」段玉裁注：「殊，謂死也。」前文「二日遂殛。將殛之際」，「殛」皆爲死意。

〔四二〕人　明鈔本作「魚」，《會校》據改，誤。按：前文云：「見四人，皆人身而魚首，著慘緑衫，把笏，衫上微有血污，臨一峻坑立。」

〔四三〕金光明經　《勸善書》作「《金剛經》」，誤。

〔四四〕及寫佛頂尊勝經三卷以酬解寃之誓　以上十五字原無，據《勸善書》補。按：《勸善書》此條據《廣記》採録，雖有删節，而於原文無所增改。《勸善書》明成祖皇后徐氏撰，其所見《廣記》當爲宋元古本，此數句應爲原文所有，非其自增也。

按：此篇《廣記》談愷刻本注出《玄怪録》，孫校本作《廣異記》。而《説郛》卷四摘録無名氏《墨娥漫録》（原書十五卷），所摘《河東記》一事，即此事。事在大（太）和八年（八三四），遠在戴孚《廣異記》成書之後，必不出戴書。牛僧孺《玄怪録》約成於文宗太和間（凡九年，八二七—八三五），《河東記》乃續牛書，約成於文宗開成間（八三六—八四〇），此篇宜屬薛書。且《廣記》卷三八四末三條爲《玄怪録》之《蘇履霜》、《景生》，《河東記》之《許琛》，卷三八五前兩條爲《崔紹》及《河東記》之《辛察》，《崔紹》前後皆爲《河東記》，不得《崔紹》獨出《玄怪録》也，出處必誤。

辛察

薛漁思　撰

大和四年十二月九日，邊上從事魏式〔一〕暴卒於長安延福里沈氏私廟中。前二日之夕，勝業里有司門令史辛察者，忽患頭痛而絶，心上微暖。初見有黄衫人，就其牀，以手相就而出。既而返顧本身，則已殭矣。其妻兒等，方抱持號泣，噀水灸灼，一家倉惶。察心甚惡之，而不覺隨黄衣吏去矣。至門外，黄衫人踟躕良久，謂察曰：「君未合去，但致錢二千緡，便當相捨。」察曰：「某素貧，何由致此？」黄衫曰：「紙錢也。」遂相與却入庭際，大呼其妻數聲，皆不應。黄衫哂曰：「如此，不可也。」乃指一家僮，教察以手扶其背，因令達語求錢，於是其家果取紙錢焚之。察見紙錢燒訖，皆化爲銅錢。黄衫乃次第抽拽積之，又謂察曰：「一等〔二〕爲惠，請兼致脚直送出城。」察思度良久，忽悟其所居之西百餘步，有一力車傭載者，亦常往來，遂與黄衫俱詣其門，門即閉關〔三〕矣。察叩之，車者出曰：「夜已久，安得來耶？」察曰：「有客要相顧，載錢至延平門外。」車曰：「諾。」即來，裝其錢訖。察將不行，黄衫又邀曰：「請相送至城門。」三人相〔四〕引部領，歷城西街，抵長興西南而行。時落月輝輝，鐘鼓將動，黄衫曰：「天方曙，不可往矣，當且止延福沈氏廟。」逡巡至焉，其門亦閉。黄衫叩之，俄有一女人，可年五十餘，紫裙白襦，自出應門。黄衫謝曰：「夫人幸勿怪，某〔五〕後日當有公事，方來此廟中。今有少錢，未可遽提去，請借一隙處，暫〔六〕貯收之。後日公事了，即當般〔七〕取。」女人許之。察與黄衫及車人，共般置其錢於廟西北角，又於户外見有葦席數領，遂取之覆。纔畢，天色方曉，黄衫辭謝而去，察與車者相隨歸。

至家，見其身猶爲家人等抱持，灸療如故，不覺形神合而蘇。良久，思如夢非夢，乃曰：「向者更何事？」妻具言家童中惡，作君語，索六百張紙作錢，以焚之。皆如前事，察頗驚異。遽至車子〔八〕家，車家見察曰：「君來，正解夢耳。夜來所〔九〕夢，不似尋常，分明自君家，別與黃衫人載一車子錢，至延福沈氏廟，歷歷如在目前。」察愈驚駭，復與車子偕往沈氏廟。二人素不至此，既而宛然昨宵行止，即於廟西北角，見一兩〔一〇〕片蘆席，其下紙緡存焉。察與車夫，皆識夜來致錢之所。即訪女人，守門者曰：「廟中但有魏侍御於此，無他人也。」沈氏有臧獲，亦住廟旁，聞語其事，及見説其〔一一〕形狀衣服，乃泣曰：「我太夫人也。」其夕五更，魏氏一家聞打門聲，使候之，即無所見，如是者三四。式〔一二〕意謂之盜，明日宣言於縣胥，求備之。其日，式〔一三〕夜邀客爲煎餅，食訖而卒〔一四〕。察欲驗黃衫所言公事，嘗自於其側偵之，至是果然矣。（據中華書局版汪紹楹點校本《太平廣記》卷三八五引《河東記》校録）

〔一二〕式　明鈔本作「武」。

〔一三〕一等爲惠　明鈔本「一」作「某」，《會校》據改，誤。按：黃衫人只一人而已，不得言某等。一等，一併。一等爲惠，言好事做到底也。

〔三〕閉關　孫校本作「關閉」，《會校》據改。按：閉關即關閉。關，門閂。《劇談録》卷上《李朱崖知白令公》：「曩時登第貧交，今日閉關不接。」

〔四〕相　孫校本作「招」，《會校》據改。

〔五〕某　原作「其」，據明鈔本改。

〔六〕暫　孫校本作「轉」。

〔七〕般　明鈔本、《四庫》本、《太平廣記鈔》卷六一作「搬」，下同，《會校》據明鈔本改。按：般，同「搬」。

〔八〕子　明鈔本作「主」，下文「復與車子偕往沈氏廟」同。

〔九〕所　明鈔本作「得」。

〔一〇〕一兩　明鈔本作「兩」，《會校》據改。

〔一一〕見説其　此三字原無，據明鈔本補。

〔一二〕式　明鈔本作「皆」。

〔一三〕式　明鈔本作「適」。

〔一四〕食訖而卒　明鈔本「而」下有「察」字，《會校》據補，大誤。按：卒者乃魏式，前文云「魏式暴卒」，下文云「察欲驗黄衫所言公事」，文意甚明。

申屠澄

薛漁思　撰

申屠澄者，貞元九年，自黄衣調補漢州什邡尉〔一〕。之官，至真符縣東十里許，遇風雪大寒，馬不能進。路旁有茅舍〔二〕，中有烟火，甚温煦，澄往就之。有老父嫗及處女環火而坐，其女年方十四五，雖蓬髮垢衣，而雪膚花臉，舉止妍媚。父、嫗見澄來，遽起曰：「客衝雪寒甚〔三〕，請前就火。」澄欣謝之〔四〕。坐良久，天色已晚〔五〕，風雪不止。澄曰：「西去縣尚遠，請宿於此，可乎〔六〕？」父、嫗曰：「苟不以蓬室爲陋，敢不承命。」澄遂解鞍，施衾幬焉〔七〕。其女見客方止〔八〕，修容靚飾〔九〕，自帷箔間復出，而閑麗〔一〇〕之態，尤過初時〔一一〕。

有頃，嫗自外挈酒壺至，於火前煖飲，謂澄曰：「以君冒寒，且進一杯，以禦凝冽。」澄起〔一二〕，因揖讓曰：「始自主人翁，即巡行，澄〔一三〕當婪尾。」澄因曰：「座上尚欠小娘子。」父、嫗皆笑曰：「田舍家所育，豈可備賓主？」女子即回眸斜睨曰：「酒豈足貴，謂人不宜預飲也？」母即牽裙〔一四〕，使坐於側。澄始欲探〔一五〕其所能，乃舉令以觀其意，澄執盞曰：「請徵書語，意屬目前事。」澄曰：「『厭厭夜飲，不醉無歸。』」女低鬟微笑曰：「天色如此，歸亦何往哉？」俄然巡至女，女復令〔一六〕曰：「『風雨如晦，雞鳴不已。』」澄愕然歎曰：「小娘子明慧若此〔一七〕，某幸未昏〔一八〕，敢請自媒如何？」翁曰：「某〔一九〕雖寒賤，亦嘗嬌保之，頗有過客以金帛爲問，某先不忍别，未許。不期貴客又欲援拾〔二〇〕，豈敢惜？即以爲託〔二一〕。」澄遂修子壻之禮，袪囊以遺之。嫗悉無所取，曰：「但不棄寒賤，焉事資貨？」明日，又謂澄曰：「此孤遠無鄰，又復湫隘〔二二〕，不足以久留。女既事人〔二三〕，便可行矣。」又一日，咨嗟而别〔二四〕，澄乃以所乘馬載之而行。

既至官，俸禄甚薄，妻力以成其家，交結賓客，旬日〔二五〕之内，大獲名譽，而夫妻情義益浹〔二六〕。其〔二七〕於厚親族，撫甥姪，洎僮僕厮養，無不歡心。後秩滿將歸，已生一男一女，亦甚明慧，澄尤加敬焉。常〔二八〕作《贈内詩》一篇，曰：「一宦〔二九〕慙梅福，三年愧孟光。此情何所喻，川〔三〇〕上有鴛鴦。」其妻終日吟諷，似默有和者，然未嘗出口。每謂澄曰：「爲婦之道，不可不知書，倘更作詩，反似姬〔三一〕妾耳。」

澄罷官，即罄室歸秦〔三二〕。過利州，至嘉陵江畔，臨泉石〔三三〕藉草憩息。其妻忽悵然謂澄曰：「前者見贈一篇，尋即有和。初不擬奉示，今遇此景物，不能終默之。」乃吟曰：「琴瑟情雖重，山林志自深。常憂時節變，辜負百年心。」吟罷，潸然良久，若有慕焉。澄曰：「詩則麗矣，然山林非弱質所思，倘憶賢尊，今則至矣，何用〔三四〕悲泣乎？人生因緣業相之事，何由可定〔三五〕？」後二十餘日，復至妻本家，草舍依然，但不復有人矣。澄與其妻即止其舍，妻思慕之深，盡日涕泣。忽〔三六〕於壁角故衣之下，見一虎皮，塵埃積〔三七〕滿。妻見之，忽大笑曰：「不知此物尚在耶！」遂取〔三八〕披之，即變爲虎，哮吼拏攫〔三九〕，突門而去。澄驚走避之，攜二子尋其路，望山〔四〇〕林大哭數日，竟不知所之。（據中華書局版汪紹楹點校本《太平廣記》卷四二九引《河東記》校録）

〔一〕自黄衣調補漢州什邡尉　「黄衣」原作「布衣」，據《太平廣記詳節》卷三七、明陳繼儒《虎薈》卷四（無出處）、曹學佺《蜀中廣記》卷八〇、詹詹外史《情史類略》卷二一《虎精》改。高麗僧一然《三國遺事》卷五《感通第七·金現感虎》作「黄冠」。按：黄衣、黄冠，均指道士。唐代道士服黄衣黄冠。韓愈《華山女》詩：「黄衣道士亦講説，座下寥落如明星。」「漢州什邡」原譌作「濮州什邠」，據明鈔本、《廣記詳節》、《情史》、《蜀中廣記》改。陳校本「邠」亦作「邡」。《會校》僅出校異文，未改。《三國遺事》作「漢州什方」。什邡亦作什方。《四庫》本亦作「漢州」。按：漢州，治雒縣（今四川廣漢市）。什邡，漢州屬縣，今爲市，屬四川德陽市。

〔二〕路旁有茅舍　「有」字原無，據明鈔本、《廣記詳節》、《三國遺事》、《蜀中廣記》補。《情史》作「見路旁有茅舍」。

〔三〕衝雪寒甚　《廣記詳節》、《三國遺事》、《蜀中廣記》、《虎薈》、《情史》作「甚衝寒雪」。

〔四〕欣謝之　此三字原無，據《蜀中廣記》、《情史》補。

〔五〕晚　孫校本、《三國遺事》、《虎薈》、《情史》、《蜀中廣記》作「暝」。《廣記詳節》作「瞑」，通「暝」。

〔六〕可乎　此二字原無，據《蜀中廣記》、《情史》補。

〔七〕施衾幬焉　《虎薈》「衾」作「食」。《蜀中廣記》、《情史》作「施食秣馬」。

〔八〕方止　此二字原無，據陳校本、《廣記詳節》、《三國遺事》、《虎薈》補。《蜀中廣記》、《情史》作「方」，脱「止」字。按：方止，將要留下。

〔九〕修容靚飾　前原有「更」字，據《廣記詳節》删。《三國遺事》作「修容艶妝」，《虎薈》作「修華飾翠」，《蜀中廣記》、《情史》作「修華靚餙」，皆亦無「更」字。

〔一〇〕麗　《三國遺事》作「雅」。

〔一一〕猶過初時　原作「尤倍昔時」，據《廣記詳節》、《三國遺事》改。《虎薈》作「尤過留時」，《蜀中廣記》、《情史》作「尤過向時」。

〔一二〕澄起　此二字原無，據《蜀中廣記》補。《廣記詳節》作「澄」。

〔一三〕澄　《蜀中廣記》作「某」。按：「始自主人翁，即巡行，澄當婪尾」，乃申屠澄語，《蜀中廣記》「澄」作「某」，語意尤明。汪校本點作：「始自主人。翁即巡行。澄當婪尾。」只以「始自主人」四字爲澄語，誤也。南宋洪邁《容齋四筆》卷九《藍尾酒》：「白樂天《元日對酒》詩云：『三杯藍尾酒，一楪膠牙餳。』又云：『老過占他藍尾酒，病餘收得到頭身。』『歲盞後推藍尾酒，春盤先勸膠牙餳。』《荆楚歲時記》云：『膠牙者，取其堅固如膠也。』而藍尾之義，殊不可曉。《河東記》載：申屠澄與路傍茅舍中老父、嫗及處女環火而坐，嫗自外挈酒壺至，曰：『以君冒寒，且進一杯。』澄因揖遜曰：『始自主人翁，即巡，澄當婪尾。』蓋以藍爲婪。當婪尾者，謂最在後飲也。葉少藴《石林燕語》云：『唐人言藍尾多不同，藍字多作啉，出於侯白《酒律》，謂酒巡匝，末坐者連飲三杯，爲藍尾。蓋末坐遠，酒行到常遲，故連飲以慰之。以啉爲貪婪之意。或謂啉爲燷，如鐵入火，貴其出色，此尤無稽。則唐人自不能曉此義。』葉之説如此。予謂不然，白公三杯之句，只爲酒之巡數耳，安有連飲者哉！侯白滑稽之語，見於《啓顔録》。唐《藝文志》，白有《啓顔録》十卷、《雜語》五卷，不聞有《酒律》之書也。蘇鶚《演義》亦引其説。」

〔一四〕裙 《廣記詳節》作「裾」。

〔一五〕探 陳校本、《廣記詳節》、《虎薈》作「偵」。

〔一六〕女復令 《廣記詳節》「令」作「哂」。《蜀中廣記》、《情史》作「哂」，無「女復」二字。

〔一七〕若此 《三國遺事》作「過人甚」。

〔一八〕昬 明鈔本作「婚」，《會校》據改。按：昬，同「婚」。《詩經·邶風·谷風》：「宴爾新昬，不我屑以。」

〔一九〕某 《廣記詳節》、《虎薈》、《蜀中廣記》、《情史》作「是」。

〔二〇〕援拾 《廣記詳節》、《三國遺事》作「採拾」，《虎薈》作「受拾」。

〔二一〕豈敢惜即以爲託 陳校本「即」作「願」，《會校》據改。《廣記詳節》作「豈定分耶，願以爲託」，《蜀中廣記》、《情史》「定」作「是」，《虎薈》譌作「足」，餘同。

〔二三〕湫隘　「隘」原譌作「溢」，據《廣記詳節》、《虎薈》、《蜀中廣記》、《情史》改。按：《左傳》昭公三年杜預注：「湫，下；隘，小。」

〔二三〕人　黄本、《四庫》本、《筆記小説大觀》本、《廣豔異編》卷二八《申屠澄傳》、《續豔異編》卷一二《申屠澄傳》作「君」。

〔二四〕咨嗟而别　《廣記詳節》、《虎薈》、《情史》、《蜀中廣記》作「從容爲别」。

〔二五〕日　《情史》、《蜀中廣記》作「月」。

〔二六〕浹　《廣記詳節》、《虎薈》、《情史》作「洽」，義同。

〔二七〕其　《廣記詳節》、《虎薈》、《蜀中廣記》、《情史》作「至」。

〔二八〕常　《廣記詳節》、《三國遺事》、《蜀中廣記》作「嘗」。常，通「嘗」。

〔二九〕宦　原作「官」，據《廣記詳節》、洪邁《萬首唐人絶句》卷二二申屠澄《贈内》改。《蜀中廣記》、《情史》、《全唐詩》卷八六七《真符女與申屠澄贈和詩》作「尉」。按：此句用漢梅福典，梅福曾官南昌尉，及王莽當政乃棄家歸隱。見《漢書》卷六七《梅福傳》。此詩爲五絶，依律此處當用仄字，「官」乃平聲，失律。

〔三〇〕川　陳校本作「洲」，《會校》據改。

〔三一〕姬　原作「嫗」，當誤，據《廣記詳節》改。

〔三二〕秦　《三國遺事》作「本家」。

〔三三〕泉石　「石」字原無，據明鈔本、《廣記詳節》、《虎薈》、《蜀中廣記》、《情史》補。《蜀中廣記》「泉」譌作「衆」。

〔三四〕用　《廣記詳節》、《虎薈》、《蜀中廣記》、《情史》作「忽」。

〔三五〕何由可定　原作「皆由前定」，據《廣記詳節》、《虎薈》改。按：細玩文意，此處無命運前定之意，「何由可定」者，謂無從確定也。明鈔本、陳校本作「何又可定」。

〔三六〕忽　此字原無，據《廣記詳節》、《三國遺事》、《虎薈》、《蜀中廣記》、《情史》補。

〔三七〕積　《廣記詳節》、《虎薈》、《蜀中廣記》、《情史》作「盡」。

〔三八〕遂取　此二字原無，據《廣記詳節》、《三國遺事》補。

〔三九〕拏攫　「攫」原作「攖」，據黄本、《四庫》本、《筆記小説大觀》本、《廣記詳節》、《三國遺事》、《虎薈》、《蜀中廣記》、《情史》、《廣豔異編》、《續豔異編》改。按：《文選》卷二張衡《西京賦》：「熊虎升而拏攫。」李善注：「拏攫，相搏持也。」

〔四〇〕山　此字原無，據《廣記詳節》、《三國遺事》補。

按：本篇《虎薈》卷四、《廣豔異編》卷二八、《續豔異編》卷一二、《情史類略》卷二一採録，《廣豔異編》、《續豔異編》題《申屠澄傳》，《情史》題《虎精》。

盧從事

薛漁思　撰

嶺南從事盧〔一〕傳素，寓居江陵。元和中，常有人遺一黑駒，初甚蹇劣，傳素豢養歷三五年，稍益肥駿。傳素未從事時，家貧薄，矻矻乘之，甚勞苦，然未常有銜橛之失〔二〕，傳素頗愛之。一旦，傳素因省其櫪〔三〕，偶戲之曰：「馬子，得健否？」黑駒忽人語曰：「丈人萬福。」傳素驚怖却走，黑駒又曰：「阿馬雖畜生身，有故須曉言，非是變怪，乞丈人少留。」傳素曰：「爾畜生也，忽人語，必有冤抑之事，可盡言也。」黑駒復曰：「阿馬是丈人親表甥，常州無錫縣賀蘭方玄，小字通兒者也〔四〕。丈人不省貞元十二年，使通兒往海陵，賣一別墅，得錢一百貫。時通兒年少無行，被朋友相引狹邪處，破用此錢略盡。此時丈人在遠，無奈通兒何。其年通兒病死，冥間了了，爲丈人徵債甚急。平等王謂通兒曰：『爾須見世償他錢，若復作人身，待長大則不及矣，當須暫作畜生身，四五年〔五〕間，方可償也。』通兒遂被驅出畜生道，不覺在〔六〕江陵群馬中，即阿馬今身是也。阿馬在丈人槽櫪，于兹五六年，其心省〔七〕然。常與丈人償債，所以竭盡駑蹇，不敢居有過之地。亦知丈人憐愛〔八〕至厚，阿馬非無戀主之心，然計〔九〕傭五年，馬〔一〇〕畜生之壽已盡，後五日，當發黑汗而死，請丈人速將阿馬貨賣。明日午時，丈人自乘阿馬出東棚門，至市西北角赤板門邊，當有一胡軍將，問丈人買此馬者。丈人但索十萬，其人必酬七十千，便可速就之。」言事訖，又曰：「兼有一篇，留別丈人。」乃驤首朗吟曰：「既食丈人粟，又飽丈人芻，今日相償了，永離三惡途。」遂奮迅數遍，嘶鳴齕草如初。傳素更與之言，終不復語。其所言表甥姓字，盜用錢數年月，一無所差，傳素深感其事。明日，試乘至市角，果有胡軍將〔一一〕懇求市。傳素徵〔一二〕驗之，因賤其估〔一三〕，曰〔一四〕：「六十緡。」軍將曰：「郎君此馬，直七十千已上，請以七十千市之。」亦不以〔一五〕試水草也。傳素載其緡歸。四日，復過其家，見胡軍將曰：「嘻！七十緡馬夜來暴〔一六〕發黑汗斃矣。」（據中華書局版汪紹楹點校本《太平廣記》卷四三六引《河東記》校録）

〔一〕盧　明鈔本、陳校本作「靈」，下同。

〔二〕未常有銜槩之失　「常」，陳校本作「嘗」，《會校》據改。按：未常，即未嘗。「槩」明鈔本、孫校本、陳校本、《勸善書》卷一九作「蹶」，《會校》據明鈔本等改。按：槩，同「橛」，跌倒，顛仆，與「蹶」義同。

〔三〕槽櫪　明鈔本作「槽棧」。《勸善書》作「皂棧」。按：皂棧，馬廄。《莊子·馬蹄》：「連之以羈馽，編之以皁棧，馬之死者十二三矣。」

〔四〕賀蘭方玄小字通兒者也　「方」原譌作「坊」，「字」原譌作「家」，據《勸善書》改。按：賀蘭，複姓。

〔五〕四五年　原作「十數年」，據《勸善書》改。按：據下文，通兒爲馬償債爲期五年，作「十數年」誤。「四五年」及下文「五六年」，皆約數。

〔六〕在　明鈔本、《勸善書》作「生」，《會校》據明鈔本改。

〔七〕省　《勸善書》作「醒」。

〔八〕愛　《勸善書》作「哀」。按：《呂氏春秋·慎大覽·報更》：「人主胡可以不務哀士？」高誘注：「哀，愛也。」

〔九〕計　原作「記」，據明鈔本、《勸善書》改。

〔一〇〕馬　明鈔本、孫校本無此字，《會校》據删。《勸善書》作「而」。

〔一一〕軍將　原作「將軍」，據明鈔本、陳校本、《勸善書》改。

〔一二〕徵　原作「微」，據明鈔本、孫校本、陳校本、《廣豔異編》卷一九《盧從事》改。

〔一三〕估　明鈔本作「直索」，「索」連下讀。

〔一四〕曰　此字原無，據《勸善書》補。

〔一五〕以　明鈔本、陳校本作「更」，明鈔本、陳校本作「更」，《會校》據改。《勸善書》作「俟」。

〔一六〕暴　原作「飽」，據明鈔本、《勸善書》改。

按：此篇《廣豔異編》卷一九輯入，題《盧從事》。

李自良

薛漁思　撰

李自良〔一〕少在兩河間，落拓不事生業，好鷹鳥，常竭囊貨〔二〕，爲韝紲之用。馬燧之鎮太原也，募以能鷹犬從禽者，自良即詣軍門，自上陳〔三〕。自良質狀驍健，燧一見悦之，置於左右，每呼鷹逐獸，未嘗不愜心快意焉。數年之間，累職至牙門大將。因從禽，縱鷹逐一狐，狐挺〔四〕入古壙中，鷹相隨之。自良即下馬，乘勢跳入壙中，深三丈許。其間朗明如燭，見塼塌上有壞棺，復有一道士，長尺餘，執兩紙文書，立於棺上。自良因掣得文書，不復有他物矣，遂臂鷹而出。道士隨呼曰：「幸留文書〔五〕，當有厚報。」自良不應。乃視之，其字皆古篆，人莫之識。

明旦，有一道士，儀狀風雅，詣自良。自良曰：「仙師何所自〔六〕？」道士曰：「某非世人，以將軍昨日逼奪吾〔七〕天符也。此非將軍所宜有，若見還，必有重報。」自良固不與，道士因屏左右，曰：「將軍裨將耳，某能三年内，致本軍政，無乃極所願乎？」自良曰：「誠如此願，亦未可信，如何？」道士即超然奮身，上騰空中。俄有仙人絳節〔八〕，玉童白鶴，徘徊空際，以迎接之。須臾復下，謂自良曰：「可不見乎？此豈是妄言者耶？」自良遂再拜，持文書歸之。道士喜曰：「將軍果有福祚，後年九月内，當如約矣。」於時貞元二年也。

至四年秋，馬燧入覲，太原耆舊有功大將，官秩崇高者，十餘人從焉，自良職最卑。上問：「太原北門重鎮，誰可代卿者？」燧昏然不省，唯記自良名氏，乃奏曰：「李自良可。」上曰：「太原將校，當有耆舊功勳者，自良後輩，素所未聞，卿更思量。」燧倉卒不知所對。又曰：「以臣所〔九〕見，非自良莫可。」如是者再三，上亦未之許。燧出見諸將，愧汗洽背，私誓其心，後必薦其年德最高者。明日復問：「竟誰可代卿？」燧依前昏迷，唯記舉自良。上曰：「當俟議定於宰相耳。」他日，宰相入對，上問馬燧之將孰賢，宰相愕然，不能知其餘，亦皆以自良對之。乃拜工部尚書、太原節度使也。（據中華書局版汪紹楹點校本《太平廣記》卷四五三引《河東記》校録）

〔一〕李自良　前原有「唐」字，今删。

〔二〕貨　明鈔本作「資」，孫校本作「質」。

〔三〕上陳　明鈔本作「獻其藝」。

〔四〕挺　明鈔本作「突」，《會校》據改。

〔五〕文書　孫校本下有「得未」二字。

〔六〕自　此字原無，據明鈔本、孫校本補。

〔七〕吾　此字原無，據明鈔本補。

〔八〕絳節　明鈔本「絳」作「降」，《會校》據改。按：絳節，紅色符節，仙人常用爲儀仗。《纂異記·嵩岳嫁女》（《廣記》卷五〇）：「未頃，聞簫韶自空而來，執絳節者前唱，言穆天子來。」

〔九〕所　明鈔本作「愚」，《會校》據改。

按：本篇明憑虛子《狐媚叢談》卷三、《廣豔異編》卷三〇採入，前書改題《李自良奪狐天符》。

唐五代傳奇集第三編卷十一

宣州昭亭山梓華君神祠記

崔龜從 撰

崔龜從（？—八五三），字玄告，清河（治今河北清河縣西北）人。憲宗元和十二年（八一七）擢進士第，長慶元年（八二一）登賢良方正能直言極諫科，授京兆府鄠縣尉。三年爲河中府節度使從事，試大理評事。復登書判拔萃，拜右拾遺。文宗大和二年（八二八）遷太常博士，累轉考功郎中、史館修撰。九年轉司勳郎中、知制誥，十二月正拜中書舍人。開成元年（八三六）出爲華州防禦使，華州刺史，三年入爲户部侍郎，判本司事，兼御史大夫，四年權判吏部尚書銓事。是年三月出爲宣歙觀察使、宣州刺史。武宗會昌四年（八四四），爲嶺南節度使。宣宗大中四年（八五〇）六月，入爲户部尚書、同中書門下平章事，五年四月爲中書侍郎兼吏部尚書。是年撰《續唐曆》三十卷上之。明年罷相，出爲汴州刺史、宣武軍節度觀察使。罷爲太子少保分司東部，大中七年卒。（據《舊唐書》卷一七六、《新唐書》卷一六〇《崔龜從傳》，《舊唐書·文宗紀下》及《宣宗紀》，《新唐書·宰相表下》，《文苑英華》卷四五〇崔璵《崔龜從拜相制》、卷四五五封敖《授崔龜從嶺南節度使制》，《册府元龜》卷六四四，《太平廣記》卷三〇八《崔龜從》）

余長慶三年，從事河中府〔一〕。一夕，夢與人入官署。及其庭，望見室内有人當陽，儀衛甚偉。又一人側坐，容飾略同，而皆隆準睅〔二〕目，搦管視几〔三〕，狀若決事者。因疾趨，及階拜，唯而退。行及西廂，視廡下牖間，文簿堆積於大格，如今之吏舍。有吏抱案而出，因迎問曰：「此當是陰府，某等願知禄壽幾何。」吏應曰：「二人後且偕〔四〕爲此州刺史，無勞閲簿籍也。」余時試評事，官不期達，因自念曰：「得爲郡足矣。」及出門，又見同時從事，席地而樗蒱。既〔五〕寤，大異之，髣髴在目，唯所與同行者，夢中故知〔六〕其姓名，是嘗所遊，及覺，遂忘〔七〕其人。明日入公府，話於同舍，皆故〔八〕爲吉解曰：「君夢得郡而又見樗蒱，君後當知主秉節臨蒲州乎〔九〕？」爾後每入祠廟，輒省〔一〇〕所夢。當時屢謁河瀆諸廟〔一一〕，及爲華州，拜西嶽，屋宇神像，皆非夢中所見。

前年四月〔一二〕，自户部侍郎出爲宣州，去前夢二十年矣〔一三〕。五月至郡，吏告曰：「昭亭〔一四〕神實州人所嚴奉，每歲無貴賤，必一祠〔一五〕焉，其他祈禱報謝無虚日。以故廉使至，輒備禮祠謁。」余時方痔病，瘍發於尻，不便於跪起。至秋疾愈，因祇謁廟下。既易公服，盥手執笏而進。及門，恍然屏上有畫人，抱案而鞠躬，夢中之吏也。入廟所經歷，無非昔夢，惟無同行者。及歸，私以告妻子。

明年七月得疾，苦下泄，尤不喜食，暮夜輒大劇。因自稱〔一六〕前夢，以爲吏所告者，吾其終於此乎？因心禱之。既寐，又夢晨起視事如常時，將就便室，及側門，有家吏姚桂〔一七〕者，附耳言曰：「左府君使人傳語。」聞之心悸而毛豎，意其非常人。就室，未及坐，有一人戎服捉刀，奔趨而入。視其狀魁岸，面黝而加赤，不類人色，紫衣黯〔一八〕剥，乃昭亭廟中階下土偶人也。未及語，余厲聲問之曰：「我年得幾許？」遽應曰：「得六十幾。」夢中記其言，及覺遂忘其奇數〔一九〕，意者神不欲人逆知其終歟？遲明，自爲文以祝神，具道所以，命兒姪持酒牢以禱〔二〇〕。

先是疾作，醫言疾由寒而發，服熱藥輒劇，遂求醫於浙西。廉使盧大夫，爲臣命醫沈中象〔二一〕乘驛而至。既切脉，且〔二二〕言曰：「公之疾，熱過而氣壅，當以湯治之，藥劑以甘草、犀角爲主。」如其言，涉旬而稍間，經月而良已。自以爲必神之助，又自爲文以祝神。因出私俸，修廟之壞隳，加置土偶人馬，垣墉之畫繪者，一皆新之。大設樂，以享神，自舉襟袖以舞。始長慶感夢之時，絶不爲五木之戲。及至江南，方與從事盛爲呼盧以賭勝，至是又驗云。

嗟乎！鬼神之事，聞見於經籍，雜出於傳聞，其爲昭昭，斷可知矣。然而聖人不語者，懼庸人之捨人事而媚於神也。吴越之俗尚鬼，民有病者，不謁醫而禱神。余懼郡人聞余感夢之事，而爲巫覡之所張大，遂悉紀其事，與祝神之文，刊之於石。因欲以權道化黎盳，使其知神雖福人，終假醫然後能愈其疾耳。（據上海古籍出版社影印《全唐文》卷七二九校録，又《太平廣記》卷三〇八引《龜從自叙》）

〔一〕從事河中府　《廣記》前有「以大理評事」五字。按：下文云「余時試評事」，《廣記》删去，而補此五字。

〔二〕睅目　《廣記》「睅」作「盱」。按：睅目，鼓着眼睛。《左傳》宣公二年：「睅其目，皤其腹，棄甲而復。」杜預注：「睅，出目。」盱目，睁大眼睛。

〔三〕搦管視几　《廣記》無「几」字，下一字「狀」與「視」連讀。

〔四〕偕　《廣記》作「皆」。偕，通「皆」。

〔五〕既　《廣記》作「歸」。

〔六〕故知　《廣記》談本作「顧之」，汪校本據明沈與文野竹齋鈔本改作「問之」。按：故，本來，義同「固」。

〔七〕忘　《廣記》譌作「妄」，明鈔本、清黄晟校刊本、《四庫全書》本、《筆記小説大觀》本作「忘」。

〔八〕故　《廣記》作「以」。

〔九〕君夢得郡而又見樗蒲君後當知主秉節臨蒲州乎　《廣記》作「君夢得君，而又見樗蒲者，蒲也，君後當如主公節臨蒲州矣」。明鈔本「得君」作「得官」。

〔一〇〕省 《廣記》作「思」。

〔一一〕當時屢謁河瀆諸廟 「當時」《廣記》作「嘗」。「諸廟」二字原無，據《廣記》明鈔本補。

〔一二〕前年四月 《廣記》作「開成中」。按：《舊唐書·文宗紀》載，開成四年三月癸酉，以户部侍郎崔龜從爲宣歙觀察使。此言四月，乃三月下詔，四月上任。

〔一三〕去前夢二十年矣 按：自長慶三年（八二三）至開成四年（八三九）首尾十七年，此蓋舉大數。

〔一四〕昭亭 《廣記》作「敬亭」。按：昭亭山又名敬亭山，南齊末避鬱林王蕭昭業、海陵王蕭昭文諱改「昭」爲「敬」。從此「敬亭」通行而本名反晦，崔龜從《敬亭廟祭文》、《書敬亭碑陰》（《全唐文》卷七二九）皆作「敬亭」。

〔一五〕一祠 《廣記》明鈔本作「祀」，張國風《太平廣記會校》據改。按：祠，祀也。

〔一六〕稱 《廣記》作「診」，《四庫》本作「證」。按：稱，揣度。

〔一七〕桂 《廣記》作「珪」，明鈔本作「圭」。

〔一八〕黯 《廣記》作「黫」。

〔一九〕奇數 《廣記》「數」作「載」。按：奇，音「基」，餘數。奇載，餘年。此謂六十歲以上之餘數。

〔二〇〕以禱 《廣記》前有「廟中」二字。

〔二一〕沈中象 《廣記》「象」作「遂」。按：「遂」字既可釋爲人名，亦可作「於是」解。

〔二二〕且 《廣記》作「直」。按：且，即，就。

按：崔龜從開成四年五月到宣州，明年七月病，夢神而爲文祝神。經浙西來醫療治，經月疾愈，又爲文祝神。龜從開成五年九月所作《敬亭廟祭文》，即此祝神之文。祭文云：「維開成五年歲次庚申九月甲戌朔十四日丁亥，宣歙池等州都團練觀察處置等使、朝散大夫、使持節宣州諸軍事、守宣州刺史、兼御史大夫、上柱國、賜紫、金魚袋崔龜從，謹遣長男詳等，以牢醴駞馬之奠，致祭於梓華府君之神。……龜從……頃以請禱，伏拜廟墀。惝怳昔夢，悟於斯時。爰自秋夏，疾作體羸。因捨官俸，補廟之隳。涉旬有間，藥與醫宜。昨暮得夢，靈告壽期。廟有偶人，宛其容姿。於戲！神理昭晰，不可度思。顧惟瑣陋，神實保持。遽備薄薦，以謝以祈。扶疾操管，恭述其辭。冀獲良已，齋戒率祗。大具牢醴，樂以侑之。仰答神佑，庶民不欺，尚饗！」其中言及「因捨官俸，補廟之隳」，「大具牢醴，樂以侑之」，此即記所云「因出私俸，修廟之壞隳，加置土偶人馬，垣墉之畫繪者，一皆新之。大設樂，以享神，自舉襟袖以舞」者也。九月龜從疾愈，時神祠當將修畢（修廟當始於七月夢神時），遂於十四日二度祝神，作《敬亭廟祭文》。而神祠完工，需立碑紀念，遂復作此《神祠記》，與祭文均刊之於石。然則此記之作去祭文不遠，在開成五年十月前後也。

此作雖爲神祠碑記，實傳奇之體，故爲《廣記》所採。《廣記》所引題《崔龜從》，末注：「出龜從自叙。」改原文第一人稱爲第三人稱，此《廣記》之體例。文字有删削，止於「及至江南，方與從事復爲之」。而末云：「龜從後入相，罷爲少保，歸洛，大中七年卒。」此爲《廣記》補叙語（所據當爲唐代文獻），而云「自叙」，可發一噱。

李行脩

温畬 撰

温畬，字里不詳。元和十五年（八二〇）曾爲左拾遺。著《天寶亂離西幸記》一卷，《資治通鑑考異》引有佚文。（據《新唐書》卷八二《李珏傳》、《唐會要》卷五五、《新唐書·藝文志》雜史類）

故諫議大夫李行脩，娶江西廉使王仲舒〔一〕女，貞懿賢淑，行脩敬之如賓。王氏有幼妹，嘗挈以自隨，行脩亦深所鞠愛，如己之同氣。元和中，有名公與淮南節度李公鄘論親，諸族人在洛下，時行脩罷宣州從事，寓居東洛。李家吉期有日，固請行脩爲儐。是夜禮竟，行脩昏然而寐。夢己之再娶，其婦即王氏之幼妹。行脩驚覺，甚惡之，遽命駕而歸。入門，見王氏晨興，擁膝而泣。行脩家有舊使蒼頭，性頗兇横，往往忤王氏意。其時，行脩意王氏爲蒼頭所忤，乃罵曰：「還是此老奴！」欲杖之。尋究其由，家人皆曰：「老奴於厨中自説，五更作夢，夢阿郎再娶王家小娘子。」行脩以符己之夢，尤惡其事，乃强喻王氏曰：「此老奴夢，安足信！」無何，王氏果以疾終。時仲舒出牧吴郡〔二〕，及凶問至，王公悲慟且極，遂有書疏，意託行脩續親。行脩傷悼未忘，固阻王公之請。有祕書衛隨者，即故江陵尹伯玉之子，有知人之鑒，言事屢中。忽謂行脩曰：「侍御何懷亡夫人之深乎？如侍御要見夫人，奚不問稠桑王老？」

後二三〔三〕年，王公屢諷行脩，託以小女，行脩堅不納。及行脩除東臺御史，是歲，汴人李介〔四〕逐其帥，詔徵徐、泗兵討之。道路使者星馳，又大掠馬。行脩緩轡出關，程次稠桑驛。已聞敕使數人先至，遂取稠桑店宿。至是，日迨〔五〕曛暝，往逆旅間。有老人自東而過，店之南北，爭牽衣請駐。行脩訊其由，店人曰：「王老善禄〔六〕命書，爲鄉里所敬。」行脩忽悟衛祕書之言，密令召之，遂説所懷之事。老人曰：「十一郎欲見亡夫人，今夜可也。」乃引行脩，使去左右。屣履，由一徑入土山中。又陟一坡，近數仞，坡側隱隱若見叢林。老人止于路隅，謂行脩曰：「十一郎但於林下呼妙子，必有人應，應即答云：『傳語九娘子，今夜暫將〔七〕妙子同看亡妻。』」行脩如王老教，呼於林間，果有人應，仍以老人語傳入。有頃，一女子出，可〔八〕年十五，便云：「九娘子遣隨十一郎去。」其女子言訖，便折竹一枝跨焉。行脩觀之，迅疾如馬。須臾，與行脩折一竹枝，亦令行脩跨，與女子並馳，依依如抵。

西南行約數十里，忽到一處，城闕壯麗。前經一大宮，宮有門，仍云：「但循西廊直北，從南第二院，則賢夫人所居。內有所覩，必趨而過，慎勿怪。」行脩心記之。循西廊，見朱裏緹幕下燈明，其內有橫眸寸餘數百。行脩一如女子之言，趨至北廊，及院，果見行脩十數年前亡者一青衣出焉，迎行脩前拜。乃齋一榻，云：「十一郎且坐，娘子續出。」行脩比苦肺疾，王氏嘗與行脩備治疾皂莢子湯。自王氏之亡也，此湯少得。至是，青衣持湯，令行脩啜焉，即宛是王氏手煎之味。言未竟，夫人遽出，涕泣相見。行脩方欲申離恨之久，王氏固止之，曰：「今與君幽顯異途，深不願如此，貽某之患。苟不忘平生，但得〔九〕納小妹鞠養，即於某之道盡矣。所要相見，奉託如此。」言訖，已聞門外女子叫：「李十一郎速出。」聲甚切。行脩食卒而出，其女子且怒且責：「措大不別頭腦，宜速返。」

依前跨竹枝同行，有頃，却至舊所。老人枕塊而寐，聞行脩至，遽起云：「豈不如意乎？」行脩答曰：「然。」老人曰：「須謝九娘子遣人相送。」行脩亦如其教。行脩困憊甚，因問老人曰：「此等何哉？」老人曰：「此原上有靈應九子母祠耳。」老人行，引行脩却至逆旅，壁釭〔一〇〕熒熒，櫪馬啖芻如故，僕夫等昏憊熟寐，老人因辭而去。行脩心憒然，一嘔，所飲皂莢子湯出焉。時王公已〔一一〕移鎮江西矣。從是行脩續王氏之婚，後官至諫議大夫。

（據中華書局版汪紹楹點校本《太平廣記》卷一六〇引《續定命録》校録）

〔一〕江西廉使王仲舒　明沈與文野竹齋鈔本、清孫潛校本「江西」作「江南」，張國風《太平廣記會校》據改，誤。按：貞觀元年（六二七）初置江南道，開元二十一年（七三三）分爲江南東、西及黔中三道。

江西，江南西道之省稱。《舊唐書》卷一九〇下《王仲舒傳》：「穆宗即位，復召爲中書舍人。其年出爲洪州刺史、御史中丞、江南西道觀察使。江西前例榷酒私釀法深，仲舒至鎮，奏罷之。」

〔二〕吴郡　「郡」原作「興」。按：吴興郡即湖州。王仲舒未曾刺湖，《韓昌黎集》卷三一《唐故江南西道觀察使洪州刺史太原王公神道碑》：「出爲峽州刺史，遷廬州，未至，丁母憂。服闋，改婺州、蘇州刺史，徵拜中書舍人。」據郁賢皓《唐刺史考全編》卷一三九，仲舒刺蘇在元和十三年至十五年（八一八—八二〇），罷蘇州任入爲中書舍人，而是年六月復由中書舍人除授江西觀察使（《舊唐書·穆宗紀》）。蘇州又稱吴郡，郁賢皓謂「『吴興』當爲『吴郡』之誤」，甚是，今改。

〔三〕二三　明鈔本、孫校本作「二」。

〔四〕李介　兩《唐書·穆宗紀》作「李岕」。新紀載，長慶二年（八二二）六月癸亥，宣武軍宿直將李臣則，逐其節度使李愿，衙門都將李岕反。七月戊申，李岕陷宋州。丙辰，兖鄆節度使曹華及李岕戰于宋州，敗之。丁巳，忠武軍節度使李光顔又敗之于尉氏。八月壬申，宣武軍節度使韓充又敗之于郭橋。丙子，李岕伏誅。按：岕，同「介」。

〔五〕迨　明鈔本、孫校本作「迫」，《會校》據改。迨，及也。

〔六〕禄　原作「録」，據朝鮮成任《太平廣記詳節》卷一一及成任《太平通載》卷一九引《太平廣記》改。

〔七〕將　《廣記詳節》、《太平通載》作「借」。

〔八〕可　原作「行」，據明鈔本、孫校本、《廣記詳節》、《太平通載》改。

〔九〕得　孫校本作「將」。

〔一〇〕 釭 《廣記詳節》、《太平通載》作「燈」。釭，燈也。

〔一一〕 已 原作「亡」，《廣記詳節》、《太平通載》、《廣記》《四庫全書》本作「已」。按：據《舊唐書·穆宗紀》，元和十五年（八二〇）六月，以中書舍人王仲舒爲洪州刺史、江西觀察使，至此時（長慶二年）已歷三年。又據《韓昌黎集》卷三一《唐故江南西道觀察使洪州刺史太原王公神道碑》，仲舒長慶三年薨於洪州。故是年十月，以御史中丞李紳爲江西觀察使（《舊唐書·穆宗紀》），代仲舒也。長慶二年仲舒猶在江西鎮，不得云亡，據《廣記詳節》、《太平通載》、《四庫》本改。

按：《崇文總目》小説類、《新唐書·藝文志》小説家類、《通志·藝文略》傳記類冥異、《宋史·藝文志》小説類著録温畬《續定命録》一卷，《宋志》譌作温奢。原書已佚，《太平廣記》引十四條，卷一五三《崔朴》應出吕道生《定命録》，卷一五四《王璠》見鍾輅《前定録》，均誤注出處。又《太平御覽》卷四一四、《天中記》卷二四引賈直言事，《太平廣記詳節》卷一〇、《錦繡萬花谷》後集卷三四、《古今合璧事類備要》前集卷五五及《山堂肆考》卷一六五引王陟事，總十四條。

本書續吕道生《定命録》，《定命録》作於太和九年（八三五）。本書創作時代，考《裴度》條（《廣記》卷一五三）稱「故中書令晉國公裴度」，據《舊唐書》卷一七〇《裴度傳》，度卒於開成四年（八三九）三月，而《韋詞》條（《廣記》卷二七八）云李固言「即今西帥李公也」，據《舊唐書》卷一七三《李固言傳》及《新唐書·宰相表下》，固言開成二年十月爲劍南西川節度使，會昌元年

（八四一）十一月入朝，然則本書之成乃在開成四年三月後、會昌元年十一月前。

《李行脩》曾採入唐末陳翰《異聞集》，宋朱勝非《紺珠集》卷一〇《異聞集》，葉廷珪《海録碎事》卷一四引《異聞集》，其《稠桑老人》即本篇節文。明吴大震《廣豔異編》卷一七、《續豔異編》卷一六據《廣記》輯入，後書有删節。

梅妃傳

曹　鄴　撰

曹鄴，字鄴之（或譌作業之）。桂州陽朔（今廣西陽朔縣東北）人，後居桂州（今廣西桂林市）城内。文宗開成五年（八四〇）應進士舉，九試不第，宣宗大中四年（八五〇）及第。應試間攜家居長安通濟里。與劉駕善，大中六年劉駕及第，一起離京。入天平軍幕。懿宗咸通初（八六〇）爲太常博士，歷主客員外郎，度支、吏部郎中，約咸通九年免官南歸，鄭谷作《送吏部曹郎中免官南歸》，李洞作《送曹郎中南歸時南中用軍》。僖宗乾符元年（八七四）爲祠部郎中，後出爲洋州刺史、兼御史中丞，鄭谷作《送祠部曹郎中鄴出守洋州》詩。官終祕書監，卒後李洞作《弔曹監》。著《曹鄴詩》三卷，今存《曹祠部詩集》二卷、《補遺》一卷。（據《曹祠部詩集》、莫休符《桂林風土記》、王定保《唐摭言》卷四、《新唐書·藝文志》、宋阮閲《詩話總龜》前集卷一〇、計有功《唐詩紀事》卷六〇、《直齋書録解題》卷一九、《唐才子傳》卷七、《唐尚書省郎官石柱題名考》、明張鳴鳳《桂故》卷六）

梅妃，姓江氏，莆田人。父仲遜，世爲醫。妃年九歲，能誦二《南》，語父曰：「我雖女子，期以此爲志。」父奇之，名之曰采蘋。開元中，高力士使閩、粤，妃笄矣。見其少麗，選歸，侍明皇，大見寵幸。長安大内、大明、興慶三宫，東都大内、上陽兩宫，幾四萬人，自得妃，視如塵土，宫中亦自以爲不及。妃能屬文，自比謝女。嘗淡妝雅服，而姿態明秀，筆不可描畫。性喜梅，所居欄檻，悉植數株，上榜曰「梅亭」。梅開賦賞，至夜分，尚顧戀花下不能去。上以其所好，戲名曰梅妃。妃有《蕭蘭》、《梨園》、《梅花》、《鳳笛》、《玻盃》、《剪刀》、《綺窗》七賦〔一〕。

是時承平歲久，海内無事。上于兄弟間極友愛，日從燕閒，必妃侍側。上命破橙，往賜諸王。至漢邸，潛以足躡妃履，妃登時退閣。上命連宣〔二〕，報言：「適履珠脱綴，綴竟當來。」久之，上親往命妃。妃拽衣迓上，言胸腹疾作，不果前也，卒不至。其恃寵如此。後上與妃鬬茶，顧諸王戲曰：「此梅精也。吹白玉笛，作《驚鴻舞》，一座光輝。鬬茶今又勝我矣。」妃應聲曰：「草木之戲，誤勝陛下。設使調和四海，烹飪鼎鼐，萬乘自有心法〔三〕，賤妾何能較勝負也？」上大喜。

會太真楊氏入侍，寵愛日奪，上無疏意。而二人相嫉，避路而行。上以〔四〕方之英、皇，議者謂廣狹不類，竊笑之。太真忌而智，妃性柔緩，亡以勝。後竟爲太真遷于上陽宫〔五〕。

後上憶妃，夜遣小黃門滅燭，密以戲馬召妃，至翠華西閣，叙舊愛，悲不自勝。繼而上失寤，侍御驚報曰：「妃子已屆閣前，當奈何？」上披衣，抱妃藏夾幕間。太真既至，問：「梅精安在？」上曰：「在東宫。」太真曰：「乞宣至，今日同浴温泉。」上曰：「此女已放屏，無並往也。」太真語益堅，上顧左右不答。太真大怒曰：「肴核狼藉，御榻下有婦人遺舄，夜來何人侍陛下寢，懽醉至于日出不視朝？陛下可出見群臣，妾止此閣以候駕回。」上愧甚，拽衾向屏復寢，曰：「今日有疾，不可臨朝。」太真怒甚，徑歸私第。上頃覓妃所在，已爲小黃門送令步歸東宫，上怒斬之。遺舄并翠鈿命封賜妃，妃謂使者曰：「上棄我之深乎？」使曰：「上非棄妃，誠恐太真惡情耳。」妃笑曰：「恐憐我則動肥婢情〔六〕，豈非棄也？」

妃以千金壽高力士，求詞人擬司馬相如爲《長門賦》，欲邀上意。力士方奉太真，且畏其勢，報曰：「無人解賦。」妃乃自作《樓東賦》，略曰：「玉鑑塵生，鳳奩香殄。嬾蟬鬢之巧梳，閒縷衣之輕練。苦寂寞于蕙宫，但凝思乎蘭殿。信摽〔七〕落之梅花，隔長門而不見。況乃花心颺恨，柳眼弄愁，暖風習習，春鳥啾啾。樓上黄昏兮，聽鳳吹而回首；碧雲日暮兮，對素月而凝眸。温泉不到，憶拾翠之舊遊；長門深閉，嗟青鸞之信修。憶昔太液清波，水光蕩浮，笙歌賞燕，陪從宸旒。奏舞鸞之妙曲，乘畫鷁之仙舟。君情繾綣，深叙綢繆。誓山海而常在，似日月而無休。奈何嫉色庸庸，妒氣沖沖，奪我之愛幸，斥我乎幽宮。思舊歡之莫得，想夢著乎朦朧。度花朝與月夕，羞嬾對乎春風。欲相如之奏賦，奈世才之不工。屬愁吟之未盡，已響動乎疏鐘。空長歎而掩袂，躊躇步于樓東。」太真聞之，訴明皇曰：「江妃庸賤，以腴詞〔八〕宣言怨望，願賜死。」上默然。

會嶺表使歸，妃問左右：「何處驛使來？非梅使耶？」對曰：「庶邦貢楊妃果實使來。」妃悲咽泣下。上在花萼樓，會夷使至，命封珍珠一斛，密賜妃。妃不受，以詩付使者，曰：「爲我進御前也。」曰：「柳葉雙眉久不描，殘粧和淚濕〔九〕紅綃。長門自是〔一〇〕無梳洗，何必珍珠慰寂寥。」上覽詩，悵然不樂。令樂府以新聲度之，號《一斛珠》，曲名始此也。

後祿山犯闕，上西幸，太真死。及東歸，尋妃所在，不可得。上悲，謂兵火之後，流落他處，詔有得之，官二秩，錢百萬。搜訪不知所在。上又命方士飛神御氣，潛經天地，亦不可得。有宦者進其畫真，上言似甚，但不活耳。詩題于上，曰：「憶昔嬌妃在紫宸，鉛華不御得天真。霜綃雖似當時態，爭奈嬌波不顧人。」讀之泣下，命模像刊石。

後上暑月晝寢，彷彿見妃隔竹間泣，含涕〔一一〕障袂，如花朦霧露〔一二〕狀。妃曰：「昔陛下蒙塵，妾死亂兵之手，哀妾者埋骨池東梅株傍。」上駭然流汗而寤。登時令往太液池發視之，不獲。上益不樂。忽悟溫泉湯池側有梅十餘株，豈在是乎？上自命駕，令發視。

纔數株，得屍，裹以錦絪〔一三〕，盛以酒槽，附土三尺許。上大慟，左右莫能仰視。視其所傷，脅下有刀痕。上自製文誄之，以妃禮易葬焉。

贊曰：明皇自爲潞州别駕，以豪偉聞，馳騁犬馬鄠、杜之間，與俠少遊。用此起支庶，踐尊位。五十餘年，享天下之奉，窮奢極侈，子孫百數。其閱萬方美〔一四〕色衆矣。晚得楊氏，變易三綱，濁亂四海，身廢國辱，思之不少悔，是固有以中其心、滿其欲矣。江妃者，後先其間，以色爲所深嫉，則其當人主者，又可知矣。議者謂或覆宗，或非命，均其娼忌〔一五〕自取，殊不知明皇耄而忮忍，至一日殺三子，如輕斷螻蟻之命。奔竄而歸，受制昏逆。四顧嬪嬙，斬亡俱盡，窮獨苟活，天下哀之。傳曰「以其所不愛及其所愛」，蓋天所以酬之也。報復之理，毫忽〔一六〕不差，是豈特兩女子之罪哉！（據上海涵芬樓排印張宗祥校《説郛》卷三八校録，又《顧氏文房小説》本、《續修四庫全書》影印清吴氏古歡堂鈔本）

〔一〕七賦　明顧元慶《顧氏文房小説》、秦淮寓客《緑窗女史》卷三、《五朝小説·唐人百家小説》紀載家、《重編説郛》卷一一一、清蓮塘居士《唐人説薈》第十一集、馬俊良《龍威秘書》四集、顧之逵《藝苑捃華》、《無一是齋叢鈔》、葉德輝觀古堂刊《唐開元小説六種》、民國俞建卿《晉唐小説六十種》等本及《豔異編》卷一三《唐玄宗梅妃傳》、汪雲程《逸史搜奇》丁集二《梅妃》、詹詹外史《情史類略》卷一四《梅妃》皆作「八賦」，誤。

〔二〕宣　《豔異編》、《情史》作「趣」。

〔三〕心法　以上諸本及明鈔本《説郛》殘本（六十九卷）、清吴氏古歡堂鈔本，除《情史》、《唐人説薈》、《龍威秘書》、《藝苑捃華》、《無一是齋叢鈔》、《晉唐小説六十種》俱作「憲法」。魯迅《唐宋傳奇集》據《説郛》校録，而據顧本改作「憲法」。

〔四〕以　除古歡堂本，以上諸本作「嘗」。《唐宋傳奇集》無此字。

〔五〕上陽宫　以上諸本作「上陽東宫」，《唐宋傳奇集》亦改。按：東都上陽宫西南爲西上陽宫（見清徐松《唐兩京城坊考》卷五《上陽宫》），上陽東宫當即上陽宫，以其在東也。

〔六〕情　古歡堂本作「惡情」。

〔七〕摽　《全唐文》卷九九元宗江妃《樓東賦》作「飄」，誤。按：《詩經·召南·摽有梅》：「摽有梅，其實七兮，求我庶士，迨其吉兮。」摽，落也。

〔八〕腴詞　顧本、《緑窗女史》、《重編説郛》、《唐人百家小説》、《逸史搜奇》、《唐人説薈》、《龍威秘書》、《藝苑捃華》、《無一是齋叢鈔》、《晉唐小説六十種》、古歡堂本、觀古堂本作「庾詞」，「庾」乃「廋」字之譌，《唐宋傳奇集》校改作「廋詞」。按：作「廋詞」誤，廋詞，隱語也。《樓東賦》並無隱語。腴詞，美辭，富有文采之文辭。《文心雕龍·雜文》：「及枚乘摛豔，首製《七發》。腴辭雲搆，夸麗風駭。」《説郛》殘本作「諛詞」，阿諛之詞也。

〔九〕濕　以上諸本及《萬首唐人絶句》卷六九、《全唐詩》卷五《謝賜珍珠》作「污」。

〔一〇〕自是　《唐人絶句》、《全唐詩》作「盡日」。

〔一一〕涕　古歡堂本作「睇」。

〔一二〕朦霧露狀　原無「霧」字，據以上諸本補。《唐宋傳奇集》亦補。《説郛》殘本作「蒙霧狀」。

〔一三〕絪　《説郛》殘本、顧本、《緑窗女史》、《唐人百家小説》、《重編説郛》、《逸史搜奇》、《唐人説薈》、《龍威秘書》、《藝苑捃華》、《晉唐小説六十種》、古歡堂本、觀古堂本作「裀」，《無一是齋叢鈔》作「茵」，《情史》作「褥」。按：絪、裀，通「茵」，褥、墊。《唐宋傳奇集》改作「裀」。

〔一四〕美　《説郛》殘本、古歡堂本作「伎」，當譌。

〔一五〕媢忌　以上諸本除《説郛》殘本、《逸史搜奇》、《無一是齋叢鈔》、古歡堂本外皆作「媚忌」。媢，嫉妒。

〔一六〕毫忽　《豔異編》、《情史》作「毫髮」。

按：《梅妃傳》宋代只著録於《遂初堂書目》雜傳類，無撰人卷數。元末陶宗儀《説郛》卷三八始收之，注「一卷全」，題唐曹鄴，末有宋無名氏跋。明顧元慶《顧氏文房小説》亦收此傳，非《説郛》之本，不著撰人，有跋。魯迅《唐宋傳奇集·稗邊小綴》云「二本皆不云何人作，《唐人説薈》取之，題曹鄴者，妄也」，《中國小説史略》又稱「今本或題唐曹鄴，亦明人妄增之」，有誤。其後《緑窗女史》卷三、《五朝小説·唐人百家小説》紀載家、《重編説郛》卷一一一、《唐人説薈》第十一集(同治八年刊本卷一三)、《龍威秘書》四集、《藝苑捃華》、《無一是齋叢鈔》、《唐開元小説六種》、《晉唐小説六十種》、《舊小説》等皆據顧本收入,而除觀古堂刊《唐開元小説六種》本,皆題唐曹鄴。《無一是齋叢鈔》删贊、跋。又《豔異編》卷一三《唐玄宗梅妃傳》、《情史類略》卷一四《梅妃》、《逸史搜奇》丁集二《梅妃》,皆亦據顧本,前二書删去跋文,後一書並贊文亦删。《續修四庫全書》影印清吴氏古歡堂鈔本,未有撰名,贊文及跋均有,視諸本小有異文。

無名氏跋云:「漢興,尊《春秋》,諸儒持《公》、《穀》角勝負,《左傳》獨隱而不宣,最後迺出,蓋古書歷久始傳者極衆。今世圖畫美人把梅者號梅妃,泛言唐明皇時人,而莫詳所自也。蓋明皇失邦,咎歸楊氏,故詞人喜傳之。梅妃特嬪御擅美,顯晦不同,理應爾也。此傳得自萬卷朱遵度家,大中二年七月所書,字亦端好。其言時有涉俗者,惜乎史逸其説。略加修潤,而曲循舊語,懼没其實也。惟葉少藴與予得之,後世之傳,或在此本,又記其所從來如此。」魯迅以無名氏跋爲僞,以爲跋與本文均出一人,斷爲葉夢得同時人作,説非。據跋,此本原出唐人寫本。葉少藴即葉夢得,南北宋間人,無名氏亦此時人也。其本原藏五代朱遵度家(《宋史》卷四三九《文苑一·朱昂傳》:「朱昂,字舉之。其先京兆人,世家渼陂。唐天復末,徙家南陽。梁祖篡唐,父葆光與唐舊臣顔蕘、李濤數輩,挈家南渡,寓潭州。……殆二十年後,濤北歸,葆光樂衡山之勝,遂往家焉。昂少與熊若谷、鄧洵美同學。朱遵度好讀書,人號之爲『朱萬卷』,目昂爲『小萬卷』。」魯迅《唐宋傳奇集·稗邊小綴》云「朱遵度好讀書,人目爲『朱萬卷』。子昂,稱『小萬卷』。」誤),輒轉傳鈔，無名氏與葉夢得得其鈔本。此本原寫於大中二年（八四八），顧本乃作「大中戍年」，《重編説郛》、《唐開元小説六種》等本「戍」作「戌」，《緑窗女史》本作「戊」。大中二年爲戊辰，故疑「戊」、「戍」、「戌」乃「戊辰」之脱誤。若「戌」字不誤，則爲甲戌年，即大中八年。曹鄴此作撰於大中二年或八年之前，約在會昌中（八四一—八四六），時未及第，乃其早年作品。

韋丹

闕名撰

韋丹大夫及第後，歷任西臺御史。每常好道，未曾有遇。京國有道者，與丹交遊歲久，忽一日謂丹曰：「子好道心堅，大抵骨格不成。某不能盡知其事，可自往徐州，問黑老耳。」丹乃求假出，往徐州。經數日，問之，皆云無黑老。召一衙吏〔一〕問之曰：「此州城有黑老，家在何處？」其吏曰：「此城郭内並無，去此五里〔二〕瓜園中，有一人姓陳，黑瘦貧寒，爲人傭作，賃〔三〕半間茅屋而住。此州人見其黑瘦，衆皆呼爲黑老。」韋公曰：「可爲某邀取來。」吏人至瓜園中喚之，黑老終不肯來。乃驅迫之至驛，韋公已具公服，在門首祗候。韋公一見，便再拜。黑老曰：「某傭作求食，不知有何罪，今被捉來，願得生迴。」又復怖畏驚恐，欲走出門，爲吏人等遮攔不放。自辰及酉，韋公禮貌益恭。黑老驚惶轉甚，略請上廳，終不能得。

至二更來，方上堦，不肯正坐。韋公再拜諮請，叩問不已。至三更，黑老忽然倒卧於床上，鼻息如雷。韋公兢兢床前而立，久因困極，不覺兼公服亦倒卧在床前地上睡。

至五更，黑老起來，以手撫韋公背云：「汝起，汝起！汝似〔四〕好道，吾亦愛之。大抵骨格不成就，且須向人間富貴。待汝〔五〕合得時，吾當來迎汝，不然，恐汝失路耳。初秋日，可再來此，當爲汝盡話。」言訖，倏已不見。韋公却歸，至立秋前一日晚，至徐州，黑老已辰時死矣。韋公惆悵，埋之而去。自後寂絶，二十年不知信息。韋公官江西觀察使，到郡二年，忽一日，有一叟謂閽人曰：「爾報公，可道黑老來也。」公聞之，倒屣相迎。公明日無疾，忽然卒，皆言黑老迎韋公上仙矣。（據中華書局版汪紹楹點校本《太平廣記》卷三五引《會昌解頤録》校録）

〔一〕衙吏　明沈與文野竹齋鈔本、清孫潛校本作「街吏」。

〔二〕五里　明鈔本下有「已來」二字，孫校本作「以來」。

〔三〕賃　明鈔本、孫校本無此字。

〔四〕汝似　明鈔本、孫校本作「似汝」，張國風《太平廣記會校》據改。

〔五〕汝　此字原無，據孫校本補。

按：《崇文總目》小説類、《新唐書·藝文志》小説家類著録《會昌解頤》四卷，未著撰人。《通志·藝文略》小説類作一卷，《宋史·藝文志》小説類作五卷，注「不知作者」。據書名，當作於唐武宗會昌年間（八四一—八四六）。原書已佚。《廣記》引佚文十二條（題《會昌解頤録》、《會昌解頤》、《解頤録》），宋王銍《補侍兒小名録》及周守忠《姬侍類偶》引一條（《補侍兒小名録》引韋諷事，注作《會昌解頤集》，誤，乃出《通幽記》）。《唐語林》採五十家唐人小説，中有《會昌解頤》，已不可分辨何事採自本書，《廣記》所引全不見於今本《唐語林》中。《重編説郛》卷四九輯《會昌解頤録》四條（「勾鼻桃子」條誤輯，《廣記》卷四一〇引作《洽聞記》），吴曾祺《舊小説》乙集輯九條，撰人妄題唐包湑。

黑叟

闕　名　撰

寶應中〔一〕，越州觀察使皇甫政妻陸氏，有姿容，而無子息。州有寺名寶林，中有魔母神堂，越中士女求男女者，必報驗焉。政暇日，率妻孥入寺，至魔母堂，捻香祝曰：「祈一男，請以俸錢百萬貫，締構堂宇。」陸氏又曰：「儻遂所願，亦以脂粉錢百萬，別繪神仙。」既而寺中遊，薄暮方還。兩月餘，妻孕，果生男。政大喜，構堂三間，窮極華麗。陸氏於寺門外築〔二〕錢百萬，募畫工，自汴、滑、徐、泗、楊、潤、潭、洪及天下畫者，日有至焉。但以其償過多，皆不敢措手。忽一人不説姓名，稱劍南來，且言善畫。泊寺中月餘，一日，視其堂壁，數點頭。主事僧曰：「何不速成其事耶？」其人笑曰：「請備燈油，將夜緝其事。」僧從其言。至平明，燦爛光明，儼然一壁，畫人已不見矣。

政大設齋，富商來集。政又擇日，率軍吏州民，大陳伎樂。至午時，有一人形容醜黑，身長八尺，荷笠莎衣，荷鋤而至。閽者拒之，政令召入，直上魔母堂，舉手鋤以斸其面，壁乃頹。百萬之衆，鼎沸驚鬧。左右武士欲擒殺之，叟無怖色。政問之曰：「爾顛癇耶？」叟曰：「無。」「爾善畫耶？」叟曰：「無。」曰：「緣何事而斸此也？」叟曰：「恨畫工之罔上也。夫人與上官捨二百萬，圖寫神仙，今比生人，尚不逮矣。」政怒而叱之，叟撫掌笑曰：「如其不信，田舍老妻，足爲驗耳。」政問曰：「爾妻何在？」叟曰：「住處過湖南三二里。」

政令十人隨叟召之。叟自葦菴間，引一女子，年十五六，薄傅粉黛，服不甚奢，豔態媚人，光華動衆。頃刻之間，到寶林寺。百萬之衆，引頸駭觀，皆言所畫神母，果不及耳。引至堦前，陸氏爲之失色。政曰：「爾一賤夫，乃蓄此婦，當進於天子。」叟曰：「待歸〔三〕與田舍親訣别也。」政遣卒五十，侍女十人，同詣其家。至江欲渡，叟獨在小遊艇中，衛卒、侍女、叟妻同一大船。將過江，不覺叟妻於急流之處，忽然飛入遊艇中。人皆惶怖，疾棹趨〔四〕之，夫妻已出，攜手而行。又追之，二人俱化爲白鶴，沖天而去。（據中華書局版汪紹楹

點校本《太平廣記》卷四一引《會昌解頤》及《河東記》校録）

〔一〕寶應中　前原有「唐」字，乃《廣記》編纂者所加，今删。按：《舊唐書·德宗紀》載，貞元三年（七八七）正月，「以宣州刺史皇甫政爲越州刺史」。此稱「寶應中」（七六二—七六三），乃誤記。皇甫政爲觀察使，只此一任。

〔二〕簗　孫校本作「垛」，《會校》據改。按：簗，堆，垛。明吴大震《廣豔異編》卷三《黑叟》作「施」。

〔三〕歸　孫校本作「婦」。

〔四〕趨　明鈔本作「趕」，孫校本作「逐」。

按：此篇《廣記》末注「出《會昌解頤》及《河東記》」，則二書皆記此事。《會昌解頤》居前，似所引乃據《會昌解頤》。《廣豔異編》卷三採入，題《黑叟》。

張卓

闕　名　撰

張卓者，蜀人。開元〔一〕中，明經及第，歸蜀覲省。唯有一驢，衣與書悉背在上，不暇乘，但驅而行。取便路，自斜谷中。數日，將至洋州，驢忽然奔擲，入深箐中，尋之不得。

天將暮，又無人家，欲宿林下，且懼狼虎。是夜月明，約行數十里，得大路。更三二里，見大宅，朱門西開。天既明，有山童自宅中出，卓問求水，童歸。逡巡見一人，朱冠高履，曳杖而出。卓趨而拜之，大仙曰：「觀子塵中之人，何爲至此？」卓具陳之，仙曰：「有緣耳。」乃命坐，賜杯水，香滑清冷，身覺輕健。又設美饌訖，就西院沐浴，以衣一箱衣之。仙曰：「子骨未成就，分當留此。某有一女，兼欲聘之。」卓起拜謝，是夕成禮。數日，卓忽思家，仙人與卓二朱符，二黑符。「一黑符可置於頭，入人家能隱形。一黑符可置左臂，千里之内，引手取之。一朱符可置舌上，有不可却者，開口示之。一朱符可置左足，即能蹙地脉及拒非常。然勿恃靈符，自顛狂耳。」

卓至京師，見一大宅，人馬駢闐，窮極華盛。卓入之，經數門，至廳事，見鋪陳羅列，賓客滿堂。又於帳内粧飾一女，年可十五六，卓領之，潛於中門。聞一宅切切之聲云：「相公失小娘子。」具事聞奏，敕羅、葉二師就宅尋之。葉公踏步叩齒，噴水化成一條黑氣，直至卓前。見一少年執女衣襟，右座一見怒極，令前擒之。卓因舉臂，如抵牆壁，終不能近。遽以狗馬血潑之，又以刀劍擊刺之，卓乃開口，鋒刃斷折。續又敕使宣云：「斷頸進上。」卓聞而懼，因脱左鞋，伸足推之。右座及羅、葉二師暨敕使，皆仰仆焉。葉公曰：「向來入門，見非常之氣，及其開口〔二〕，果有太乙使者。相公但獲愛女，何苦相害？」卓因縱女，上使衛兵送歸舊山。仙人曳杖途中，曰：「張郎不聽吾語，遽遭羅網也。」侍衛兵士尚隨之，仙人以拄杖畫地，化爲大江，波濤浩淼，闊三二里。妻以霞帔搭於水上，須臾化一飛橋，在半天之上。仙人〔三〕前行，卓次之，妻又次之，三人登橋而過，隨步旋收。但見蒼山四合，削壁萬重，人皆遥禮。歸奏玄宗，俄發使，就山祭醮之。因呼爲隔仙山，在洋州西六十里，至今存焉。（據中華書局版汪紹楹點校本《太平廣記》卷五二引《會昌解頤録》校録）

〔一〕開元　前原有「唐」字，今删。

〔二〕開口　孫校本「口」作「門」，《會校》據改，誤。按：前文云：「一朱符可置舌上，有不可却者，開口示之。」又云：「又以刀劍擊刺之，卓乃開口，鋒刃斷折。」

〔三〕人　原作「山」，據明鈔本、孫校本、《四庫》本、《廣豔異編》卷三《張卓》改。

按：《廣豔異編》卷三採入，題《張卓》。

麴思明

闕　名　撰

趙冬曦任吏部尚書，吏部參選事例，每年銓曹人吏，舊例各合得一員外，及論薦親族。

衆人皆悉論請，有令史麴思明一人，二年之内，未嘗有言。冬曦謂曰：「銓曹往例，各合得一官，或薦他人亦得。」思明又不言，但唯而退，冬曦益怪之。一日，又召而謂曰：「以某今日之勢，三千餘人選客，某下筆，即能自貧而富，捨賤而貴，饑之飽之，皆自吾筆。人人皆有所請，而子獨不言，何也？」思明曰：「夫人生死有命，富貴關天，官職是當來之分，未遇何以悵然。三千之人，一官一名，皆是分定，只假尚書之筆。思明自知命未亨通，不敢以閑事撓於尚書。」冬曦曰：「如子之言，當〔一〕賢人也，兼能自知休咎耶？」思明曰：「賢不敢當。思明來年，始合於尚書下授一官，所以未能有請也。」冬曦曰：「來年自授何官？」思明曰：「此乃忘之矣。」冬曦曰：「如何？」思明曰：「今請於階下書來年於尚書下授官月日，及請授俸料多少，亦請尚書同封記。請壞廳上壁，内書記，却泥封之。若來年授官日，一字參差，請死於階下。」乃再拜而去。冬曦雖不言，心常怪其〔二〕妄誕，常擬與注別異一官。

忽一日，上幸温泉，見白鹿昇天，遂改會昌縣爲昭應。敕下吏部，令注其官，冬曦遂與思明注其縣焉。及事畢，乃召而問之曰：「昨上幸温泉，白鹿昇天，改其縣爲昭應。其縣與長安、萬年不殊，今爲注其官。子且妄語，豈能先知此乎？」思明拜謝曰：「請尚書壞壁驗之。」遂乃拆壁開封看，題云來年某月日，上幸温泉，改其縣爲昭應，蒙注授其官，及所請俸料，一無差謬。冬曦甚驚異之，自後凡有事，皆發使問之，莫不神驗。冬曦罷吏部，差人問思明，當更得何官。思明報云：「向西得一大郡耳〔三〕。」却後旬日，上召冬曦，問江西風土。冬曦奏對稱旨，乃曰：「冬曦真豫章父母。」遂除江西〔四〕觀察使。到郡之後，有事發使問之，無不尅應。却後二年〔五〕，疾病危篤，差人問之，思明報云：「可部署家事。」冬曦知其不免，其疾〔六〕危困而卒。（據中華書局版汪紹楹點校本《太平廣記》卷一四九引《會昌解頤》校録）

〔一〕當　明鈔本、孫校本、明馮夢龍《太平廣記鈔》卷二〇作「乃」。《會校》據明鈔本、孫校本改。

〔二〕其　原作「之」，據明鈔本、孫校本、《四庫》本、《筆記小説大觀》本改。

〔三〕耳　原作「且」，據孫校本改。

〔四〕江西　原作「江南」，唐無江南觀察使，據孫校本、《四庫》本改。按：江南西道觀察使治洪州，玄宗天寶元年（七四二）改爲豫章郡。《新唐書》卷二〇〇《趙冬曦傳》，未有冬曦任江西觀察使之記載。《唐故國子祭酒趙君壙》（《唐代墓誌彙編續集》）載冬曦天寶九載二月薨，春秋七十四，叙其仕歷頗備，曾出任合、眉、濮、亳、許、宋等州刺史，弘農、滎陽、華陰等郡太守，官終國子祭酒，亦未仕於江西。蓋小説家傳聞之辭耳。

〔五〕却後二年　明鈔本、孫校本「却」作「至」，《會校》據改。按：却後二年，即二年以後。《後漢書》卷八四《列女傳·孝女叔先雄》：「却後六日，當共父同出。」

〔六〕其疾　明鈔本、孫校本作「果」，《會校》據改。

牛生

闕名撰

牛生自河東赴舉，行至華州，去三十里，宿一村店。其日雪甚，令〔一〕主人造湯餅。昏時，有一人窮寒，衣服藍縷，亦來投店。牛生見而念之，要〔二〕與同食。此人曰：「某窮寒，不辦得錢，今朝已空腹行百餘里矣。」遂食四五碗，便卧於牀前地上，其聲如牛。至五更，此人至牛生牀前曰：「請公略至門外，有事要言之。」連催出門，曰：「某非人，冥使耳。深愧昨夜一餐，今有少相報。公爲置三幅紙及筆硯來。」牛生與之。此人令牛生遠立，自坐樹下，袖中出一卷書，檢之〔三〕，看數張，即書兩行。如此三度訖，求紙封之，書云「第一封」、「第二封」、「第三封」。謂牛生曰：「公若遇災難危篤不可免者，即焚香以次開之視〔四〕，若或可免，即不須開。」言訖，行數步，不見矣。牛生緘置書囊中，不甚信也。

及至京，止客户坊〔五〕，飢貧甚，絶食。忽憶此書，故開〔六〕第一封，題云：「可於菩提寺門前坐〔七〕。」自客户坊至菩提寺，可三十餘里。飢困，且雨雪，乘驢而往。自辰至鼓聲欲絶，方至寺門。坐未定，有一僧自寺内出，叱牛生曰：「雨雪如此，君爲何人，而至〔八〕此？若凍死，豈不見累耶？」牛生曰：「某是舉人，至此值夜，略借寺門前一宿，明日自去耳。」僧曰：「不知是秀才，可止貧道院也。」既入，僧乃爲設火具食。會語久之，曰：「賢宗晉陽長官，與秀才遠近？」牛生曰：「是叔父也。」僧乃取晉陽手書令識之，皆不謬。僧喜曰：「晉陽常寄錢三千貫文〔九〕在此，絶不復〔一〇〕來取。某年老，一朝溘至〔一一〕，便無所付，今盡以相與。」

牛生先取將〔一二〕錢千貫，買宅，置車馬，納僕妾，遂爲富人。又以求名失路，復開第二封書，題云：「西市食店張家樓上坐。」牛生如言，詣張氏，獨止於一室，下簾〔一三〕而坐。有數人〔一四〕少年上樓來，中有一人白衫。坐定，忽曰：「某本只有五百千，令請添至七百千，此外即力不及也。」一人又曰：「進士及第，何惜千緡？」牛生知其貨及第矣〔一五〕，乃〔一六〕出揖之，白襴衫〔一七〕少年即主司之子。生曰：「某以千貫奉郎君，別有二百千，奉諸公酒食之費，不煩他議也。」少年許之。果登上第。歷任臺省，後爲河中節度副使。經一年，疾困，遂開第三封，題云：「可處置家事。」乃沐浴，修遺書，纔訖而遂終焉。（據中華書局版汪紹楹點校本《太平廣記》卷三四八引《會昌解頤録》校録）

〔一〕令　《四庫》本作「冷」，連上讀。

〔二〕要　明鈔本作「邀」，《會校》據改。按：要，音「腰」，邀請。《詩經·鄘風·桑中》：「期我乎桑中，要我乎上宫，送我乎淇之上矣。」

〔三〕檢之　「檢」原作「牒」，據明鈔本改。孫校本作「揲」，取也。《筆記小説大觀》本作「牒遽」，「遽」連下讀。

〔四〕開之視　明鈔本作「開視之」，《會校》據改。

〔五〕止客户坊　明鈔本作「止於客坊」。

〔六〕故開　明鈔本作「開其」，《會校》據改。按：故，乃也。

〔七〕坐　朝鮮成任《太平通載》卷六五引《太平廣記》作「望」。

〔八〕至　《四庫》本作「坐」。

〔九〕常寄錢三千貫文　孫校本「常」作「長」，無「文」字，《會校》據删「文」字。按：常，通「嘗」。文，錢幣單位。一枚錢曰一文。

〔一〇〕復　孫校本作「獲」。

〔一一〕溘至　明鈔本作「溘死」，《會校》據改。按：溘至，謂死亡來臨。唐獨孤及《毘陵集》卷一一《唐前楚州司馬河南獨孤公故夫人博陵崔氏墓誌銘并序》：「遐福是期，溘至何迅。」語本江淹《恨賦》：「朝露溘至，握手何言。」

〔一二〕取將　明鈔本「將」作「其」，《會校》據改。按：取將，取來。將，助詞，用於動詞之後。

〔一三〕簾　原作「廉」，據明鈔本、孫校本、《四庫》本、《太平通載》改。

〔一四〕數人　明鈔本、孫校本無「人」字，《會校》據删。按：「人」可用作表人數之量詞，猶「個」也。北宋贊寧《物類相感志》卷六《梁上翁》：「帝幸瓠子河，聞水底有弦歌之聲，肴膳芬芳。前梁上翁及數人年少，絳衣素帶（按：此字原脱，據梁任昉《述異記》卷下補）珮瓔，皆長八九寸。」

〔一五〕矣　明鈔本作「者」，《會校》據改。

〔一六〕乃　原作「及」，據《太平通載》改。

〔一七〕白襴衫　「襴」字原無，據孫校本、《太平通載》補。明鈔本作「爛」，誤。

劉立

闕　名　撰

劉立者，爲長葛尉。其妻楊氏，忽一日泣謂立曰：「我以弱質，託附君子，深蒙愛重。將謂琴瑟之和，終以偕老，何期一旦捨君長逝。」哽咽涕泗，不能自勝。立曰：「君素無疾恙，何得如此？」妻言：「我數日沉困，精思恍惚，自度必不濟矣，且以小女美美爲託。」又謂立曰：「他日美美成長，望君留之三二年。」其夕楊氏卒。

及立罷官，寓居長葛，已十年矣。時鄭師崔公，即立之表丈也。立往詣之，崔待之亦厚。念其貧，令賓幕致書於諸縣，將以濟之。有縣令某者，邀立往郭外看花。及期而縣令有故，不克〔一〕同往，令立先去，舍趙長官莊。行三二里，見一杏園，花盛發，中有婦女十數人，立駐馬觀之。有一女，年可十五六，亦近垣〔二〕中窺立。又行百許步，乃至趙長官宅。入門，見人物匆遽，若有驚急。主人移時方出，曰：「適女子與親族看花，忽中暴疾，所以不果奉迎。」坐未定，有一青衣與趙耳語，趙起入内，如是數四。又聞趙公嗟歎之聲，乃問立曰：「君某年某月爲長葛尉乎？」曰：「然。」「婚〔三〕楊氏乎？」曰：「然。」「有女名美美，有僕名秋笋乎？」曰：「然，僕今控馬者是矣。」趙又〔四〕歎息驚異。

旋有人喚秋笋入宅中，見一女，可十五六，涕泣謂曰：「美美安否？」對曰：「無恙也。」僕拜而出，莫知其由，立亦訝之。徐問趙曰：「某未省與君相識，何故知其行止也？」趙乃以實告曰：「女適看花，忽若暴卒。既蘇，自言前身乃公之妻也。今雖隔生，而情愛未斷。適窺見公，不覺悶絶。」立歔欷久之。須臾，縣令亦至，衆客具集，趙具白其事，衆咸異之。立曰：「某今年尚未高，亦有名宦，願與小娘子尋隔生之好。」衆共成〔五〕之，於是成壻，而美美長於母三歲矣。（據中華書局版汪紹楹點校本《太平廣記》卷三八八引《會昌解頤録》校録）

〔一〕克　明鈔本作「得」，《會校》據改。按：克，能也。

〔二〕垣　明鈔本、《重編説郛》卷四九《會昌解頤録·兩世夫妻》作「敗垣」，《會校》據補「敗」字。

〔三〕婚　明鈔本作「壻」。

〔四〕又　原作「女」，汪校本據明鈔本改作「又」，《會校》亦改。《四庫》本作「公」，《筆記小説大觀》本作「乃」，《廣豔異編》卷一〇《劉立》作「愈」。

〔五〕成　明鈔本作「贊」，《會校》據改。

按：《廣豔異編》卷一〇據《廣記》採入。

峽口道士

闕名　撰

開元中〔一〕，峽口多虎，往來舟船皆被傷害。自後但是有船將下峽之時，即預備〔二〕一人充飼虎，方舉船無患，不然，則船中被害者衆矣。自此成例，船留一人〔三〕上岸飼虎。經數年〔四〕，其後有一船，内皆豪强。數内有一人單窮，被衆推出，令上岸飼虎。其人自度力不能拒，乃爲出船，而謂諸人曰：「某貧窮，合爲諸公代死。然人各有分定〔五〕，苟不便〔六〕爲其所害，某别有懇誠〔七〕，諸公〔八〕能允許否？」衆人聞其語言〔九〕甚切，爲之愴然，而問曰：「爾有何事？」其人曰：「某今便上岸，尋其虎蹤，當自別有計較。但懇〔一〇〕爲某留船灘下，至日午時，若不來，即任船去也。」衆人曰：「我等如今便泊船灘下，不止住今日午時，兼爲爾留宿。俟明日若不來，船即去也。」言訖，船乃下灘。

其人乃執一長柯斧，便上岸，入山尋虎〔一一〕。並不見有人蹤，但見虎跡而已。林木深邃，其人乃見一路，虎蹤甚稠，乃更尋之。至一山隘，泥極甚，虎蹤轉多。更行半里，即見一大石室，又有一石床，見一道士在石床上而熟寐，架上有一張虎皮。其人意是變虎之所〔一二〕，乃躡足于架上取皮，執斧衣皮而立。道士忽驚覺，已失架上虎皮，乃曰：「吾合食汝，汝何竊吾皮？」其人曰：「我合食爾，爾何反有是言〔一三〕？」二人争競，移時不已。道士詞屈，乃曰：「吾有罪于上帝，被謫在此爲虎，令〔一四〕食一千人。吾今已食九百九十九人，唯欠汝一人，其數當足。吾今不幸爲汝竊皮，若不歸，吾必須別更爲虎，又食一千人矣。今有一計，吾與汝俱獲兩全，可乎？」其人曰：「何〔一五〕也？」道士曰：「汝今但執皮還船中，剪髮及鬚鬢少許，并〔一六〕剪指爪甲，兼頭面脚手及身上，各瀝少血二三升，以故衣三兩事裹之。待吾到岸上，汝可抛皮與吾，吾取披〔一七〕，自〔一八〕化爲虎，即將此物抛與，吾取而食之，即與食〔一九〕汝無異也。」其人遂披皮執斧而歸。船中諸人驚訝，而〔二〇〕備述其由。遂於船中，依虎所教待之。遲明，道士已在岸上，遂抛皮與之。道士取皮衣〔二一〕振迅，俄變成虎，哮吼跳躑。又抛衣與虎，乃齧食而去。

自後更不聞有虎傷人。衆言食人數足，自當歸天去矣。（據中華書局版汪紹楹點校本《太平廣記》卷四二六引《解頤録》校録，朝鮮成任編《太平廣記詳節》卷三七錯作《昌頤會録解》，陳校本作《會昌解頤録》）

〔一〕中　明陳繼儒《虎薈》卷五作「末」。

〔二〕預備　原作「預」，據明鈔本、孫校本、陳校本、《廣記詳節》、《虎薈》補。

〔三〕一人　此處及下文「數内有一人」，原皆作「二人」，與文意不合，並據孫校本、《四庫》本、《廣記詳節》、《虎薈》、《廣豔異編》卷二八《峽口道士傳》改。

〔四〕年　原作「日」，據明鈔本、孫校本、《廣記詳節》、《虎薈》改。

〔五〕分定　《四庫》本、《廣豔異編》作「定分」，意同。

〔六〕苟不便　《四庫》本作「苟使不」，誤。

〔七〕懇誠　明鈔本、孫校本無「誠」字。按：懇誠，誠懇之心願。《後漢書》卷四二《東海恭王彊傳》：「十七年而郭后廢，彊常慼慼不自安，數因左右及諸王陳其懇誠，願備蕃國。」

〔八〕諸公　《四庫》本前有「請」字，則當連上句作「某別有懇誠請，諸公」。

〔九〕言　《廣記詳節》作「哀」。

〔一〇〕但懇　《廣記詳節》作「如何」。

〔一一〕虎　《廣記詳節》作「路」。

〔一二〕其人意是變虎之所　「變虎」明鈔本作「虎變」，《會校》據改。《虎薈》作「其人意是虎之所變」。

〔一三〕反有是言　《廣記詳節》作「反是而言」。

〔一四〕令　原作「合」，據黄本、《四庫》本、《筆記小説大觀》本、《廣記詳節》、《虎薈》、《廣豔異編》改。

〔一五〕何　原作「可」，據《廣記詳節》改。

〔一六〕并　此字原無，據明鈔本、陳校本、《廣記詳節》、《虎薈》補。

〔一七〕披　孫校本作「皮」。

〔一八〕自　原作「已」，連上讀，據孫校本、《廣記詳節》改。

〔一九〕食　此字原無，據明鈔本、陳校本、《廣記詳節》、《虎薈》補。

〔二〇〕而　明鈔本、孫校本作「乃」，《會校》據改。

〔二一〕皮衣　明鈔本「衣」作「訖」，《會校》據改。《廣記詳節》作「被訖」。

按：《虎薈》卷五、《廣豔異編》卷二八輯入此篇，後書題《峽口道士傳》。

唐五代傳奇集第三編卷十二

敬元穎

鄭還古　撰

鄭還古，號谷神子。望出滎陽（治今河南鄭州市），而當爲洛陽（今屬河南）人。初家青、齊間，少有俊才，嗜學。曾訪道者蔡少霞於兖州泗水，作《蔡少霞傳》。憲宗元和十年（八一五）朝廷討蔡州吴元濟，平盧軍節度使李師道作亂助吴，十一年遣給事中柳公綽宣慰師道。約元和十二三年與弟齊古奉親歸洛，此間娶柳公綽女，不久妻卒。元和中登進士第，年代不詳。初爲河中從事，爲同院所謗，貶吉州掾。後閒居東都，武宗會昌中入爲國子博士（一作太學博士），不久卒。還古善書，開成五年（八四〇）曾書《唐常侍裴恭碑》，見《金石録》卷一〇、《河朔訪古記》卷下。（據趙璘《因話録》卷三、《集異記》卷一、《詩話總龜》前集卷四二引盧瓌《抒情》、《太平廣記》卷一五九引《逸史》及卷一六八引《盧氏雜説》、《唐語林》卷一、《唐詩紀事》卷四八）

天寶中，有陳仲躬，家居金陵，多金帛。仲躬好學，脩詞未成，乃攜數千金，於洛陽清化里，假居一宅。其井尤大，甚好溺人。仲躬亦知之，以〔一〕靡有家室，無所懼。仲躬常抄習〔二〕，不出月餘日。

有鄰家取水女子，可十數歲，怪〔三〕每日來於井上，則逾時不去，忽墮井中而溺死。井水深，經宿方索得屍。仲躬異之，閑乃〔四〕窺於井上。忽見水影中一女子面，年狀少麗，依時樣粧飾，以目仲躬。仲躬凝睇之，則紅袂半掩其面微笑，妖冶之姿，出於世表。仲躬神魂恍惚，若不支持然。乃歎曰：「斯乃溺人之由也。」遂不顧而退。

後數月炎旱，此井亦不減。忽一日，水頓竭。清旦，有一人扣門，云：「敬元穎請謁。」仲躬命入，乃井中所見者。衣緋緑之衣，其製飾鉛粉，乃當時耳〔五〕。仲躬與坐，而訊之曰：「卿何以殺人？」元穎曰：「妾實非殺人者。此井有毒龍，自漢朝絳侯居於兹，遂穿此井。洛城内都有五毒龍，斯乃〔六〕一也。緣與太一左右侍龍相得，每相〔七〕蒙蔽。天命追徵，多故爲〔八〕不赴集役。而好食人血，自漢已來，已殺三千七百人矣，而水不曾耗涸。某乃國初方墮於井，遂爲龍所驅使，爲妖惑以誘人，用供龍所食。其於辛苦〔九〕，情所非願。昨爲太一使者交替，天下龍神盡須集駕，昨夜子時，已朝太一矣。兼爲河南旱，被勘責，三數日方迴。今井内已無水，君子誠能命匠淘〔一〇〕之，則獲脱難矣。如脱難，願於〔一一〕君子一生奉養，世間之事，無所不致。」言訖，便失所在。

仲躬乃當時命匠，令一親信者〔一二〕與匠同入井中，囑曰〔一三〕：「但見異物，即令收之。」

至底無别物，唯獲古銅鏡一枚，面闊七寸七分〔一四〕。仲躬令洗浄，安匣中，焚香以奉〔一五〕之，斯乃敬元穎者也。一更後，忽見元穎自門而入，直造燭前設拜，謂仲躬曰：「謝以生成之恩，照及濁泥〔一六〕之下。某本師曠所鑄十二鏡之第七者也。其鑄時，皆以日月爲大小之差，元穎則七月七日午時鑄者也。貞觀中，爲許敬宗婢蘭苔〔一七〕所墮。以此井水深，兼毒龍氣所苦，人入者悶絶，而〔一八〕不可取，遂爲毒龍所役。幸遇君子正直者，乃獲重見人間爾。然明晨内，望君子移出此宅。」仲躬曰：「某以〔一九〕用錢僦居，今移出，何以取措足〔二〇〕之所？」元穎曰：「但請君子飾裝，一無憂矣。」言訖，再拜云：「自此去，不復見形矣。」仲躬遽留之，問曰：「汝以紅緑脂粉之麗，何以誘女子小兒也〔二一〕？」對曰：「某變化無常，非可具述〔二二〕。各以所悦，百方謀策，以供龍用。」言訖，即無所見。

明晨，忽有牙人扣户，兼領宅主來謁仲躬，便請仲躬移居，夫役並足。到齋時，便到立德坊一宅中〔二三〕。其大小價數，一如清化者。其牙人云：「價直契書，一無遺闕。」並交割訖。後三日，會清化宅井無故自崩，兼延及堂隍〔二四〕東廂，一時陷地。仲躬後文戰纍勝，爲大官〔二五〕。所有〔二六〕要事，未嘗不如〔二七〕移宅之績效也。

其鏡背有二十八字，皆科斗〔二八〕書。以今文推而寫之曰：「維晉新公二年七月七日午時，於首陽山前白龍潭鑄成此鏡，千年後出〔二九〕。」於背上環書，一字管天文一宿，依方列之，則左有日而右有月，龜龍虎雀，並依方安焉。於鼻四旁〔三〇〕題曰「夷則之鏡」。（據上海涵芬樓景印明顧元慶《顧氏文房小説》重刻宋本《博異志》校録，又《太平廣記》卷二三一引《博異志》）

〔一〕以　原作「志」，《廣記》、明吴大震《廣豔異編》卷二一《敬元穎傳》作「以」，據改。《五朝小説·唐人百家小説》紀載家、《重編説郛》卷一一六、舊題明楊循吉輯《雪窗談異》卷一作「念」。

〔二〕抄習　《廣記》、《廣豔異編》作「習學」。

〔三〕怪　《廣記》《四庫全書》本作「恒」。按：怪，奇怪也，言以鄰女每日來井上爲怪也。《四庫》本《廣記》所據爲談愷刻本，談本此字亦作「怪」，當是四庫館臣妄改。

〔四〕乃　《廣記》、《廣豔異編》作「日」。

〔五〕其製飾鉛粉乃當時耳　《廣記》、《廣豔異編》作「其裝飾鉛粉，悉時製耳」。朝鮮成任編《太平廣記詳節》卷一七作「皆製飾鉛粉，乃當時耳」。清蓮塘居士《唐人説薈》第十二集、馬俊良《龍威秘書》四集、顧之逵《藝苑捃華》、民國王文濡《説庫》、俞建卿《晉唐小説六十種》作「其製飾鉛粉，悉時製耳」。

〔六〕乃　《廣記》、《廣豔異編》、明彭大翼《山堂肆考》卷一八二引《博異志》、《唐人説薈》、《龍威秘書》、《藝苑捃華》、《説庫》、《晉唐小説六十種》作「其」，《廣記詳節》作「乃」。

〔七〕相　《廣記》、《廣豔異編》作「爲」，《廣記詳節》作「相」。

〔八〕故爲　《廣記》、《廣豔異編》、《唐人説薈》、《龍威秘書》、《藝苑捃華》、《説庫》、《晉唐小説六十種》作「託故」。

〔九〕其於辛苦　《廣記》「其」作「甚」，《廣記詳節》作「其」。《廣豔異編》作「甚爲辛苦」。

〔一〇〕淘　《廣記詳節》作「掏」。

〔一一〕於　《廣記》、《類説》卷二四《博異志》、《廣豔異編》、《唐人説薈》、《龍威秘書》、《藝苑捃華》、《説庫》、《晉唐小説六十種》作「終」，《廣記詳節》作「從」，《山堂肆考》作「與」。

〔一二〕親信者　原無「親」字，據《廣記詳節》補。《廣記》、《廣豔異編》作「親信」。

〔一三〕囑曰　此二字原無，據《廣記》、《廣豔異編》補。《廣記詳節》作「告曰」。南宋陳元靚《歲時廣記》卷二八引《博異志》作「戒之曰」。

〔一四〕七寸七分　原作「七寸八分」，據《廣記》、《歲時廣記》、南宋周守忠《姬侍類偶》卷下引《博異志》、《廣豔異編》改。按：下文云此鏡七月七日鑄，闊七寸七分者應此數也。

〔一五〕奉　原作「潔」，據《廣記》、《廣豔異編》改，《廣記詳節》作「潔」。

〔一六〕照及濁泥　原作「煦衣濁水泥」，據《廣記詳節》改。《廣記》、《廣豔異編》、《唐人説薈》、《龍威秘書》、《藝苑捃華》、《説庫》作「照濁泥」。

〔一七〕蘭茖　《廣記》、《歲時廣記》、《姬侍類偶》、《廣豔異編》、《唐人説薈》、《龍威秘書》、《藝苑捃華》、《説庫》、《晉唐小説六十種》作「蘭茗」。

〔一八〕而　《廣記》、《廣豔異編》作「故」，《廣記詳節》作「而」。

〔一九〕以　《廣記》、《廣豔異編》作「已」。《廣記詳節》作「以」。以，通「已」。

〔二〇〕措足　「足」原作「定」，據《廣記》、《廣豔異編》、《唐人説薈》、《龍威秘書》、《藝苑捃華》、《説庫》、《晉唐小説六十種》改。

〔二一〕汝以紅緑脂粉之麗何以誘女子小兒也　《廣記》、《歲時廣記》、《廣豔異編》作「汝安得有紅緑脂粉狀乎」，《唐人説薈》、《龍威秘書》、《藝苑捃華》、《説庫》、《晉唐小説六十種》作「汝安得有紅緑脂粉之麗狀，以誘女子小兒也」。

〔二二〕非可具述　此四字原無，據《廣記》、《歲時廣記》、《廣豔異編》補。

〔二三〕到齋時便到立德坊一宅中　《廣記》、《廣豔異編》作「未到齋時，前至立德坊一宅中」。《廣記詳節》同此，「齋」作「齊」，同「齋」。

〔二四〕堂隍　《廣記》、《廣豔異編》作「堂隅」。《廣記詳節》作「堂隍」。按：堂隍，廳堂。

〔二五〕爲大官　「爲」字原無，據《廣記》、宋孔傳《後六帖》卷一三引《唐博異》、謝維新《古今合璧事類備要》外集卷五三引《博異志》、《山堂肆考》、《廣豔異編》、《唐人説薈》、《龍威秘書》、《藝苑捃華》、《説庫》、《晉唐小説六十種》補。《廣記詳節》「大」作「入」。

〔二六〕所有　《廣記》、《廣豔異編》作「有所」。

〔二七〕如　《廣記》明沈與文野竹齋鈔本作「知」，張國風《太平廣記會校》據改。按：如，是也。作

「知」誤。

〔二八〕科斗　《廣記》明鈔本作「蝌蚪」，《會校》據改。按：科斗，同「蝌蚪」。《莊子·秋水》：「還虷蟹與科斗，莫吾能若也。」陸德明《釋文》：「科斗，蝦蟆子也。」

〔二九〕後出　原作「後世」，據《孔帖》、《姬侍類偶》改。《廣記》、《廣豔異編》、《唐人説薈》、《龍威秘書》、《藝苑捃華》、《説庫》、《晉唐小説六十種》作「在世」，《廣記詳節》作「後世」，《歲時廣記》作「萬世」。

〔三〇〕四旁　原作「丱」，不明何字。《四庫》本、明冰華居士《合刻三志》志異類、《唐人百家小説》、《重編説郛》、《山堂肆考》、《雪窗談異》作「中」，《唐人説薈》、《龍威秘書》、《藝苑捃華》、《説庫》、《晉唐小説六十種》作「卝」，《廣記》、《廣豔異編》作「四旁」，《姬侍類偶》作「面」，《孔帖》、《事類備要》作「下」，《廣記詳節》、《歲時廣記》作「四面」。姑據《廣記》改。

按：《崇文總目》小説類著録《博異志》三卷，無撰名，《新唐書·藝文志》題作谷神子，《通志·藝文略》傳記類冥異屬同。《郡齋讀書志》小説類、《直齋書録解題》小説家類、《文獻通考·經籍考》小説家類并作一卷，蓋殘本。《宋史·藝文志》小説類著録本乃合《嘯旨》、《集異記》、《博異志》三書爲一卷。《讀書志》（衢本）云：「右題曰谷神子纂，序稱其書頗箴規時事，故隱其名。或曰名還古，而竟不知其姓。志怪之書也。」《書録解題》云：「稱谷神子，不知何人。所記初唐及中世事。」《宋志》云：「谷神子纂，不知姓。」谷神子名還古，明胡應麟謂爲鄭還古。《少室山房筆叢》卷三六《二酉綴遺中》云：「唐有詩人鄭還古，嘗爲殷七七作傳，其人正晚唐，而

《殷傳》文與事皆類，是書蓋其作也。」按薛用弱《集異記》卷一《蔡少霞》云：「蔡少霞者，陳留人也。性情恬和，幼而奉道。早歲明經得第，選蕲州参軍……再授兖州泗水丞，遂於縣東二十里買山築室，爲終焉之計。……自是兖、豫好奇之人，多詣少霞，詢訪其事。有鄭還古者，爲立傳焉。」鄭還古所作乃《蔡少霞傳》，非《殷七七傳》，胡氏誤記（五代沈汾《續仙傳》有《殷七七傳》）。然言還古即鄭還古頗是。本書佚文《許建宗》（《太平廣記》卷七九引，譌作《傳異記》），稱太和初鄭還古與許建宗同寓佐山龍興寺，乃自述其事。自序云「何必標名，是稱谷神子」，此云鄭還古者乃《廣記》編者所改，原文必爲「余」或「谷神子」，而《廣記》編者乃知作者之姓名，故改焉。

今本一卷，十篇。明顧元慶據宋本重刻，刊入《顧氏文房小説》。書名《博異志》，題谷神子纂，注「名還古」，前有谷神子自序。與宋人著録相合，洵爲宋本。此書又載於《古今逸史》、《祕書廿一種》、《四庫全書》、《增訂漢魏叢書》（光緒六年三餘堂刊本）、《鮑紅葉叢書》，題《博異記》，唐谷神子纂（或撰），有序。又有《唐宋叢書》（載籍）、《合刻三志》（志異類）、《剪燈叢話》（卷二）、《續百川學海》（庚集）、《五朝小説・唐人百家小説》（紀載家）、《重編説郛》（卷一一六）、《雪窗談異》（卷一）、《唐人説薈》（同治八年刊本卷一五、民國二年石印本第十二集）、《龍威秘書》（四集）、《藝苑捃華》、《説庫》、《晉唐小説六十種》等本，皆作《博異志》，署唐鄭還古（或加撰、纂），無自序，末或附顧元慶跋，疑爲僞託。《五朝小説》、《重編説郛》、《雪窗談異》脱《崔玄微》一篇。明清書目多著録《博異志》或《博異記》一卷本，如《述古堂藏書目》小説家類、

《孫氏祠堂書目》説部、《稽瑞樓書目》、《郘亭知見傳本書目》小説家類、《鐵琴銅劍樓藏書目録》小説類異聞等，所著皆爲明清叢書本。《百川書目》小説家類亦有唐谷神子還古纂《博異記》一卷，十八篇，蓋據《太平廣記》增益。

《太平廣記》引用本書三十餘條（或譌作《傳異記》），除見於今本者，可確定爲本書佚文者二十五條。其中《廣記》卷三三九《崔書生》、卷四七〇《趙平原》，談愷刻本注出《博物志》（當爲林登《續博物志》），然清孫潛以鈔宋本校談本，前條乃作《博異志》，後條明沈與文鈔本亦作《博異志》。明鈔本及孫校本較談本可靠，宜從。《類説》卷二四摘録《博異志》序及正文十條，全在一卷本中，當據宋傳一卷本摘録。《説郛》卷六《廣知》録張竭忠一事，譌作《博物志》，文同《類説》本《道士得仙》條。又卷一四録王昌齡一事，注一卷，署唐谷神子，注「名述古」，「述」乃「還」之形譌，亦據宋本也。民國間吴曾祺《舊小説》乙集自今本與《廣記》選録《博異記》二十條。鄭振鐸據顧本編印入《世界文庫》第五册。中華書局一九八〇年據顧本校點出版（與《集異記》合編），並輯補佚文二十三條，列爲《補編》。上海古籍出版社二〇〇〇年出版《唐五代筆記小説大觀》，亦以顧本爲底本，未補佚文。

序稱「余放志西齋，從宦北闕。因尋往事，輒議編題，類成一卷。非徒但資笑語，抑亦粗顯箴規」，可知作於國子博士任上。序稱「類成一卷」，與《新唐志》之三卷不合。或一乃三字之譌，或南宋書殘，止存一卷，好事者遂改三爲一，以符數耳。書中記有會昌元年（八四一）、二年事，而序云「習讖譚妖」，改「談」爲「譚」乃避武宗（名炎）諱，趙璘《因話録》卷五：「武宗皇帝廟諱炎，改兩火相重，其偏旁言談字已改爲譚，淡改爲澹。」是則成書在會昌中（會昌凡六年）。而本書《鄭潔》寫鄭潔妻李氏開成五年入冥，下及明年（會昌元年），全係佛家之説。又《崔無隱》，客僧言因果報應之事。按武宗會昌五年七月敕併省天下佛寺，八月制中痛斥佛教「壞法害人，無逾此道」（《舊唐書·武宗紀》），然則此書當成於會昌五年滅佛之前，約在會昌二年至五年間也。然本書《敬元穎》有「後數月炎旱」語，未避「炎」字，《崔玄微》「淡染燕脂」，未改作「澹」，《岑文本》之「談論」，《張遵言》之「談笑」，未改作「譚」。序云「因尋往事，輒議編題」，當是武宗前即已撰作，至會昌中積累成書，故序改用「譚」字，而前所撰者，未及改即亡故也。

本篇《廣記》題《陳仲躬》。明汪雲程《逸史搜奇》庚集三取入，文同顧本。吴大震《廣豔異編》卷二一則據《太平廣記》採録，題《敬元穎傳》。

許漢陽

鄭還古　撰

漢陽名商，本汝南人也〔一〕。貞元中〔二〕，舟行於洪、饒間。日暮，洪波急〔三〕，尋小浦濡入〔四〕。不覺行三四里〔五〕，到一湖中，雖廣而水纔三二尺。又〔六〕北行一里許，見湖岸竹樹森茂，乃投以泊舟。漸近，見亭宇甚盛，有二青衣，雙鬟〔七〕若鵶，素面如玉，迎舟而笑。漢陽訝之，而入〔八〕以游詞，又大笑，返走入宅。

漢陽束帶，上岸投謁。未行三數步，青衣延入内廳，揖坐。云：「女郎等易服次。」須臾，青衣命漢陽入中門。見滿庭皆一大池，池中荷芰芬芳，四岸砌〔九〕如碧玉。作兩道虹橋，以通南北。北有大閣，上堦，見白金書曰「夜日〔一〇〕宫」。四面奇花異木，森聳連雲。青衣引上閣一層，又有青衣六七人，見漢陽列拜。又引上二層，方見女郎六七人，目未嘗覩。相拜問來由，漢陽具述不意至此。女郎揖坐，云：「客中止一宵，亦有少酒，願追歡。」揖坐訖，青衣具飲食，所用皆非人間見者。食訖，命酒。其中有一〔一一〕樹，高數丈餘，幹〔一二〕如梧桐，葉如芭蕉，有紅花滿樹，未吐，大如斗盎〔一三〕，正對飲所。一女郎執酒相揖，一青衣捧一鳥〔一四〕，如鸚鵡，置飲前闌干上。叫一聲，而樹上花一時開，芳香襲人。每花中有美人，長尺餘，婉麗之姿，掣曳之服，各稱其質。諸樂絃管盡備。其鳥〔一五〕再拜。女郎舉酒，衆樂具〔一六〕作，蕭蕭泠泠，杳入〔一七〕神仙。纔一巡，已〔一八〕夕，月色復明。女郎所論，皆非人間事，漢陽所不測。時因漢陽以人間事雜〔一九〕之，則女郎亦無所酬荅。歡飲至二更已來畢〔二〇〕，其樹花片片落池中，人亦落，便失所在。

一女郎取一卷文書，以示漢陽，覽之，乃《江海〔二一〕賦》。女郎令漢陽讀之，遂爲讀一遍。女郎請又自讀一遍，命青衣收之。一女郎謂諸女郎，兼白漢陽曰：「有《感懷》一章，欲誦之。」諸女郎及漢陽曰：「善。」乃言〔二二〕曰：「海門連洞庭〔二三〕，每去三千里。十載一歸來，辛苦瀟湘水。」女郎命青衣取諸卷兼筆硯，請漢陽與録之。漢陽展卷，皆金花之素，上以銀字扎〔二四〕之。卷大如拱〔二五〕，已半卷相卷〔二六〕矣。觀其筆，乃白玉爲管，硯乃碧玉，以頗黎爲匣，硯中皆研銀水。寫畢，令以漢陽之名押之。展向前，見數首，皆有人名押署。有名仲方者，有名巫者，有名朝陽者，而不見其姓。女郎遂却〔二七〕索卷。漢陽曰：「有一篇欲奉和，擬繼此，可乎？」女郎曰：「不可。此卷每歸呈父母兄弟，不欲〔二八〕雜爾。」漢陽曰：「適以弊名押署，復可乎？」曰：「事別，非君子所諭〔二九〕。」四更已來，命發。收拾揮霍次，二〔三〇〕青衣曰：「郎可歸舟矣。」漢陽乃起。諸女郎曰：「欣此旅泊接奉，不得鄭重耳。」恨恨而別。

歸舟，忽大風，雲色斗〔三一〕暗，寸步黯黑。而至平明，方自觀夜來飲所，乃空林樹而已。漢陽解纜，行至昨晚濡口江岸人家，見十數人，似有非常故。泊舟乃訊之，人〔三二〕曰：「濡口溺殺四人，至二更後，却撈〔三三〕出。三人已卒，其一人，雖似活而若醉〔三四〕。有巫女以楊柳水灑拂禁呪，久而乃言曰：『昨夜海龍王諸女及姨姊妹〔三五〕六七人，過歸洞庭〔三六〕，宵宴於此處〔三七〕，取我輩四人作酒。緣客少，不多飲，所以我却得來。』」漢陽異之，乃問曰：「客者謂誰？」曰：「一措大耳，不記姓名。」又云：「青衣言，諸小娘子苦愛人間文字，不可得，常欲請一措大文字而無由。」又問：「今在何處？」「已發過〔三八〕也。」漢陽乃念昨宵之事，及《感懷》之什，皆可驗也。漢陽默然而歸舟，覺腹中不安，乃吐出鮮血數升，方知悉以人血爲酒爾。三日方平。（據上海涵芬樓景印明顧元慶《顧氏文房小説》重刻宋本《博異志》校録，又《太平廣記》卷四二二引《博異志》）

〔一〕本汝南人也　此句《廣記》《四庫》本下有「少攻文藻」一句。按：《四庫》本《廣記》引此文與《廣記》諸本頗多異同，不知館臣據何本而改。《四庫全書考證》之《太平廣記》未出校。

〔二〕貞元中　《四庫》本《廣記》下有「南遊」二字。

〔三〕日暮洪波急　《廣記》「洪」作「江」。《四庫》本《廣記》此五字作「會日暮，江波激湍，舟人惶恐」。

〔四〕尋小浦濡入　《廣記》「濡」作「路」，《太平廣記詳節》卷三六則作「濡」。按：《集韻》「青」韻：「濡，水曲。」

〔五〕不覺行三四里　《四庫》本《廣記》作「沿之行，不覺已三四里」。

〔六〕又　此字原無，據《廣記》、《唐人説薈》、《龍威秘書》、《藝苑捃華》、《説庫》、《晉唐小説六十種》補。

〔七〕鬟　原作「髮」，據《廣記》改。

〔八〕入　《廣記》作「調」。

〔九〕砌　《廣記》作「斐」，明鈔本、清陳鱣校本作「班」，《廣記詳節》則作「砌」。

〔一〇〕日　《廣記》作「明」。
〔一一〕一　《廣記》作「奇」。
〔一二〕幹　《廣記》清孫潛校本作「柯」。
〔一三〕大如斗盎　《廣記》作「盎如杯」，誤。
〔一四〕一青衣捧一鳥　《廣記》前有「命」字，《廣記詳節》無。
〔一五〕鳥　《廣記》、《唐人説薈》、《龍威秘書》、《藝苑捃華》、《説庫》、《晉唐小説六十種》作「人」。
〔一六〕具　《廣記》、《唐人説薈》、《龍威秘書》、《藝苑捃華》、《説庫》、《晉唐小説六十種》作「俱」。具，皆也，義同「俱」。
〔一七〕入　《廣記》作「如」，《廣記詳節》作「入」。
〔一八〕已　原作「此」，據《廣記》改，《廣記詳節》作「此」。
〔一九〕雜　《廣記》作「辯」，明鈔本作「辨」。《廣記詳節》則作「雜」。
〔二〇〕已來畢　《廣記》、《唐人説薈》、《龍威秘書》、《藝苑捃華》、《説庫》、《晉唐小説六十種》作「筵宴已畢」。《廣記詳節》則作「已來畢」。
〔二一〕海　《廣記》陳校本作「女」。
〔二二〕言　《廣記》、《唐人説薈》、《龍威秘書》、《藝苑捃華》、《説庫》、《晉唐小説六十種》作「吟」。《廣記詳節》作「言」。

〔二三〕洞庭　明胡文煥《稗家粹編》卷五《許漢陽》作「洞天」。

〔二四〕扎　《廣記》、《稗家粹編》、《唐人説薈》（民國二年石印本）、《説庫》作「札」。按：扎，同「札」，書寫。

〔二五〕拱　《廣記》、《唐人説薈》、《龍威秘書》、《藝苑捃華》、《説庫》作「拱斗」。《廣記》明鈔本、《廣記詳節》作「拱」。

〔二六〕相卷　《廣記》、《唐人説薈》、《龍威秘書》、《藝苑捃華》、《説庫》、《晉唐小説六十種》作「書過」。《廣記詳節》作「相卷」。

〔二七〕却　《廣記》、《唐人説薈》、《龍威秘書》、《藝苑捃華》、《説庫》作「收」。《廣記詳節》作「却」。

〔二八〕欲　《稗家粹編》作「可」。

〔二九〕非君子所諭　「諭」原作「論」，據《廣記》、《唐人説薈》、《龍威秘書》、《藝苑捃華》、《説庫》、《晉唐小説六十種》改。《廣記詳節》作「非卷是所譣」。譣，音義同「驗」。

〔三〇〕二　《廣記》作「一」，《廣記詳節》作「二」。

〔三一〕斗　《廣記》、《唐人説薈》、《龍威秘書》、《藝苑捃華》、《説庫》、《晉唐小説六十種》作「陡」。按：斗，通「陡」，頓時，突然。《廣記詳節》作「斗」。

〔三二〕人　此字原無，據《廣記》、《唐人説薈》、《龍威秘書》、《藝苑捃華》、《説庫》、《晉唐小説六十種》補。《廣記詳節》無此字。

〔三三〕滂　《廣記》、《類説》卷二四《博異志·海龍王女》、《唐人説薈》、《龍威秘書》、《藝苑捃華》、《説庫》、《晉唐小説六十種》作「撈」。按：滂，同「撈」。

〔三四〕雖似活而若醉　《唐人説薈》石印本、《説庫》「似」作「是」，《廣記》作「雖似死而未甚」。《廣記詳節》乃同此。

〔三五〕海龍王諸女及姨姊妹　「海」《廣記》作「水」，《廣記詳節》則作「海」。「姨姊妹」《廣記詳節》作「婕好」。

〔三六〕過歸洞庭　《廣記》、《唐人説薈》、《龍威秘書》、《藝苑捃華》、《説庫》、《晉唐小説六十種》「過歸」作「歸過」。《廣記詳節》作「過歸」。按：觀前文女郎詩，所歸之處乃洞庭湖，《廣記》等誤。孫校本「庭」下有「宿」字。

〔三七〕宵宴於此處　「宴」字原無，《廣記》清黄晟校刊本、《筆記小説大觀》本作「宵宴於此」，據補。《唐人説薈》、《龍威秘書》、《藝苑捃華》、《説庫》、《晉唐小説六十種》亦有「宴」字。《四庫》本、《合刻三志》、《唐人百家小説》、《重編説郛》、《雪窗談異》作「宿於此處」，乃改「宵」爲「宿」。《類説》作「宿此」。

〔三八〕過　《廣記》、《唐人説薈》、《説庫》作「舟」。《廣記詳節》作「過」。

按：《稗家粹編》卷五、《逸史搜奇》庚集六據顧本取入，題同。明馮夢龍《古今譚概》（《古今笑》）之《荒唐部·花中美女》，注見《花木考》，乃此事摘録。

崔玄微

鄭還古　撰

天寶中，處士崔玄微〔一〕，洛苑東有宅。耽道，餌朮、茯苓〔二〕三十載。因藥盡，領僮僕入嵩山採之〔三〕，一年〔四〕方迴。宅中無人，蒿萊滿院。時春季夜閒〔五〕，風月清朗，不睡，獨處一院，家人無故輒不到。三更後，忽有一青衣人至〔六〕，云：「在苑中住。欲與一兩女伴，過至上東門表姨〔七〕處，暫借此歇，可乎？」玄微許之。須臾，乃有十餘人〔八〕，青衣引入。有緑裳者前曰：「某姓楊〔九〕。」指一人曰：「李氏。」又一人曰：「陶氏。」又指一緋衣小女曰：「姓石名醋醋〔一〇〕。」各有侍女輩。玄微相見畢，乃命坐於月下。問出行之由，對曰：「欲到封十八姨，數日云欲來〔一一〕相看，不得，今夕衆往看之。」

坐未定，門外報封家姨來也，坐皆驚喜出迎。楊氏云：「主人甚賢，只此從容不惡，諸處亦未勝於此也。」玄微又出見。封氏言詞泠泠，有林下風氣〔一二〕。遂揖入坐，色皆殊絶，滿座芳香，馞馞襲人〔一三〕。處士〔一四〕命酒。各歌以送之，玄微志其一二焉。有紅裳人與白衣送酒，歌曰〔一五〕：「絳衣披拂露盈盈，淡染燕脂一朵輕。自恨紅顔留不住，莫怨春風道薄情。」又白衣人送酒，歌曰：「皎潔玉顔勝白雪，況乃當年對芳月。沉吟不敢怨春風，自歎容華暗消歇。」至十八姨持盞，性輕佻，翻酒污醋醋衣裳。醋醋怒曰〔一六〕：「諸人即奉求，余不奉求。」拂衣而起。十八姨曰：「小女子弄酒！」皆起，至門外別。十八姨南去，諸子西入苑中而別。玄微亦不至〔一七〕異。

明夜又來，云：「欲往十八姨處。」醋醋怒曰：「何用更去封嫗舍，有事只求處士，不知可〔一八〕乎？」醋醋又言曰：「諸女伴皆住苑中，每歲多被惡風所撓，居止不安，常求十八姨相庇。昨醋醋不能低〔一九〕迴，應難取力。處士儻不阻見庇，亦有微報耳。」玄微曰：「某有何力，得及諸女？」醋醋曰：「但處士每歲歲日，與作一朱幡，上圖日月五星之文，於苑東立之，則免難矣。今歲已過，但請至此月二十一日平旦，微有東風，則立之，庶夫免於患也。」處士許之。乃齊聲曰：「不敢忘德！」拜謝而去。處士於月中隨而送之，踰苑牆，乃入苑中，各失所在。

依其言，至此日立幡。是日，東風刮〔二〇〕地，自洛南折樹飛沙〔二一〕，而苑中繁花不動。玄微乃悟諸女曰姓楊、李、陶，及〔二二〕衣服顏色之異，皆衆花之精也。緋衣名醋醋，即石榴〔二三〕也。封十八〔二四〕姨，乃風神也。後數夜，楊氏輩復來媿謝，各裹桃李花數斗，勸崔生服之：「可延年却老。願長於此住，衛護某等，亦可致長生。」至元和初，處士猶在，可稱年三十許人。言此事於時人，得不信也。（據上海涵芬樓景印明顧元慶《顧氏文房小説》重刻宋本《博異志》）

校録，又《太平廣記》卷四一六引《酉陽雜俎》及《博異記》）

〔一〕崔玄微　《唐人説薈》、《龍威秘書》、《藝苑捃華》、《説庫》、《晉唐小説六十種》「玄」作「元」，乃避清諱改。南宋陳元靚《事林廣記》（日本元禄翻刻本）甲集卷一引《傳（博）異記》亦作「元」。《類説》卷二四《博異志·衆花之精》、《古今合璧事類備要》別集卷二六引《遺事》（出處誤）「微」作「徽」。按：玄微乃道家語。《晉書》卷九一《徐苗傳》：「又依道家著《玄微論》。」《李章武傳》：「每訪辨論，皆洞達玄微，研究原本。」作「徽」譌。

〔二〕朮茯苓　「朮」原譌作「木」，據《太平廣記詳節》卷三五、《孔帖》卷九九《白衣》（闕出處）、《永樂大典》卷八五二七引《太平廣記》、《豔異編》卷三五《崔玄微》、《唐人説薈》、《龍威秘書》、《藝苑捃華》、《説庫》、《晉唐小説六十種》改。按：無木茯苓之説。茯苓，菌類，寄生於松樹根。朮，白朮。《廣記》、唐段成式《酉陽雜俎》續集卷三《支諾皋下》、明秦淮寓客《緑窗女史》卷八《崔玄微記》、朝鮮人編《删補文苑楂橘》卷二《崔玄微》作「朮及茯苓」。《北齊書》卷四九《方伎·由吾道榮傳》：「道榮仍歸本郡，隱於琅邪山，辟穀，餌松、朮、茯苓，求長生之祕。」

〔三〕之　《廣記》、《雜俎》、《大典》、《緑窗女史》、《文苑楂橘》作「芝」，《廣記詳節》乃作「之」。

〔四〕一年　原作「採畢」。《廣記》、《雜俎》、《大典》、《緑窗女史》、《文苑楂橘》作「一年」，據改。

〔五〕闋　《廣記》、《雜俎》、《緑窗女史》、《唐人説薈》石印本、《説庫》、《晉唐小説六十種》、《文苑楂橘》

作「間」，《大典》作「聞」，《廣記詳節》則作「闃」。

〔六〕至　此字原無，據《廣記》陳校本補。

〔七〕姨　原作「裏」，據《廣記》、《雜俎》、《緑窗女史》、《唐人説薈》、《龍威秘書》、《藝苑捃華》、《説庫》、《晉唐小説六十種》、《文苑楂橘》改。

〔八〕乃有十餘人　《廣記》陳校本作「見女郎四人」。

〔九〕青衣引入有緑裳者前曰某姓楊　《孔帖》、《事類備要》作「忽有白衣引緑裳者，曰姓楊」。作「白衣」疑誤。青衣，婢女也。白衣，李花也。

〔一〇〕醋醋　《廣記》、《雜俎》、《大典》、《緑窗女史》、《文苑楂橘》、《紺珠集》卷七《廣異記》（按：《廣異記》戴孚作，無此事）、《孔帖》卷九九《石阿措》引《廣異記》、葉廷珪《海録碎事》卷二二下引（無出處）作「阿措」，下同。疑「措」乃「醋」字之譌。陳校本「措」作「惜」，下同。

〔一一〕來　《廣記》陳校本作「求」。

〔一二〕風氣　《廣記》陳校本作「風度」，《會校》據改。按：風氣，即風度、風采氣度。劉宋劉義慶《世説新語·賢媛》：「王夫人神情散朗，故有林下風氣。顧家婦清心玉映，自是閨房之秀。」

〔一三〕馞馞襲人　「馞馞」《廣記》、《雜俎》、《緑窗女史》、《文苑楂橘》作「馥馥」，《廣記詳節》則作「馞馞」。「襲人」《大典》作「襲襲」。

〔一四〕處士　《廣記》作「諸人」，誤，《廣記詳節》作「處士」。

〔一五〕歌曰　原文以下「皎潔玉顔勝白雪」云云，應爲白衣人（李花）歌，與下文白衣人歌誤倒。《孔帖》卷九九《陶氏》、《錦繡萬花谷》後集卷三七、明陳耀文《天中記》卷五二引《博異記》皆作「紅衣人送酒歌曰絳衣披拂露盈盈」云云，據改。

〔一六〕怒　《廣記》、明馮夢龍《太平廣記鈔》卷七五、《雜俎》、《緑窗女史》、《文苑楂橘》作「作色」。

〔一七〕至　《廣記》、《文苑楂橘》作「知」，《廣記詳節》則作「至」，《廣記鈔》、《唐人説薈》、《龍威秘書》、《藝苑捃華》、《説庫》、《晉唐小説六十種》作「之」。按：至，通「致」。

〔一八〕知可　《廣記詳節》作「可知」。

〔一九〕低　《廣記》、《雜俎》、《緑窗女史》、《唐人説薈》、《龍威秘書》、《藝苑捃華》、《説庫》、《晉唐小説六十種》、《文苑楂橘》作「依」，《廣記詳節》作「佤」，同「低」。

〔二〇〕刮　《廣記》、《廣記鈔》、《雜俎》、《緑窗女史》、《文苑楂橘》作「振」，《大典》卷一三四五二引《太平廣記》作「震」。

〔二一〕沙　《錦繡萬花谷》後集卷三七引《博異記》、别集卷二二引《博異志》、《古今事文類聚》前集卷三引《博異記》、《全芳備祖》前集卷二四引《博異記》、《古今合璧事類備要》前集卷二引《傳（博）異記》及别集卷三四引《博異記》、《大典》卷五八三九引《博異記》、《韻府群玉》卷二引《博異記》及卷四（無出處）、《天中記》卷二引《博異記》作「花」。

〔二二〕及　原作「乃」，據《廣記》、《雜俎》、《大典》卷八五二七、《豔異編》、《緑窗女史》、《唐人説薈》、《龍威秘書》、《藝苑捃華》、《説庫》、《晉唐小説六十種》、《文苑楂橘》改。

〔三三〕石榴　《廣記詳節》、《大典》卷八五二七、《文苑楂橘》作「安石榴」。按：石榴原産自安息國，故稱。唐段公路《北户録》卷三《山花燕支》引《博物志》：「張騫使西域還，得大蒜、安石榴、胡桃、蒲桃、沙葱、苜蓿、胡荽……」明李時珍《本草綱目》卷三〇《安石榴》：「《博物志》云：『漢張騫出使西域，得塗林安石國榴種以歸。』故名安石榴。」安石國即安息國。

〔三四〕十八　《大典》卷五八三九作「家」。

按：《廣記》所引，注「出《酉陽雜俎》及《博異記》」。崔玄微事後又有「又尊賢坊田弘正宅」云云一段。此事見《酉陽雜俎》續集卷二《支諾皋中》，可見《廣記》所引《酉陽雜俎》乃指此事。今本《酉陽雜俎》續集卷三《支諾皋下》亦有崔玄微事，文同《廣記》，必是後人妄據《廣記》編入。鄭還古、段成式同時，不當剿襲如此也。

《豔異編》卷三五《崔玄微》、《逸史搜奇》庚集七《崔玄微》，取自顧本。《緑窗女史》卷八《崔玄微記》，乃據《廣記》。《文苑楂橘》卷二《崔玄微》，文同《緑窗女史》。

陰隱客

鄭還古　撰

神龍元年，房州竹山縣百姓〔一〕陰隱客，家富。莊後穿井，二年已濬一千餘尺而無水，隱客穿鑿之志不輟。二年外一月餘，工人忽聞地中雞犬鳥雀聲。更鑿數尺，傍通一石穴，工人乃入穴探之。初數十步無所見，但捫壁而傍行。俄轉，會〔二〕如日月之光，遂下。其穴下連一山峰，工人乃下於山，正立而視，乃别一天地，日月世界。其山傍向萬仞，千巖萬壑，莫非靈〔三〕景。石盡碧琉璃色，每巖壑中，皆有金銀宫闕。有大樹，身如竹，有節，葉如芭蕉。又有紫花如盤，五色蛺蝶，翅大如扇，翔舞花間。五色鳥大如鶴，翱翔乎樹杪〔四〕。每巖〔五〕中有清泉一眼，色如鏡；白泉一眼，白如乳。

工人漸下，至宫闕所，欲入詢問。行至闕前，見牌上署曰「天桂山宫」，以銀字書之。門兩閣内，各有一人驚出〔六〕，各長五尺餘，童顔如玉，衣服輕細，如白霧緑煙，絳唇皓齒，鬓髮如青絲，首冠金冠而跣足。顧謂工人曰：「汝胡爲至此？」工人具陳本末。言未畢，門中有數十人出，云：「怪有昏濁氣。」令責守門者。二人惶懼而言曰：「有外界工人，不意而到。詢問次，所以未奏。」須臾，有緋衣一人傳勑曰：「勒〔七〕門吏禮而遣之。」工人拜謝未畢，門人曰：「汝已至此，何不求遊覽畢而返？」工人曰：「向者未敢，儻賜從容，乞乘便而言之。」門人遂通一玉簡入。旋而玉簡却出，門人執之，引工人行至清泉眼，令洗浴及澣衣服。又至白泉眼，令與〔八〕漱之，味如乳，甘美甚。連飲數掬，似醉而飽。遂爲門人引下山。每至宫闕，只得於門外，而不許入。

如是經行半日，至山趾，有一國城，皆是金銀珉玉爲宫室，城樓以玉字題云「梯仙國」。工人詢曰：「此國何如？」門人曰：「此皆諸仙初得仙者，關送此國，修行七十萬日，然後得至諸天，或玉京、蓬萊、崑閬、姑射，然方得仙官職位。主籙，主符，主印，主衣，飛行自在。」工人曰：「既是仙國，何在吾國之下界？」門人曰：「吾此國是下界之上仙國也。汝國之上，還有仙國如吾國，亦曰『梯仙國』，一〔九〕無所異。」言畢，謂工人曰：「卿可歸矣。」遂却上山，聿尋來路，又令飲白泉數掬〔一〇〕。欲至山頂求來〔一一〕穴，門人曰：「汝來此雖頃刻，已人間數十年矣。却出舊穴，應不可矣。待吾奏請通天關鑰匙，送卿歸。」工人拜謝。須臾，門人攜金印及玉簡，又引工人别路而上。至一大門，勢侔樓閣，門有數人，俯伏而候。門人視〔一二〕金印，讀玉簡，劃〔一三〕然開門。門人引工人上，纔入門，風雲擁而去，因無所覩，唯聞門人云：「好去，爲吾致意於赤城真〔一四〕伯。」須臾雲開，已在房州北三十里孤星山頂洞中。

出後，而詢陰隱客家，時人云已三四〔一五〕世矣。開井之由，皆不能知。工人自尋其路，惟見一巨坑，乃崩井之所爲也。時貞元七年。工人尋覓家人，了不知處。自後不樂人間，遂不食五穀，信足而行。數年後，有人於劍閣雞冠山側近逢之，後莫知所在。

（據上海涵芬樓景印明顧元慶《顧氏文房小説》重刻宋本《博異志》校録，又《太平廣記》卷二〇引《博異志》）

〔一〕百姓　此二字原無，據《廣記》、《廣豔異編》卷四《天桂山宫志》補。

〔二〕會　《廣記》、《廣豔異編》、《唐人説薈》、《龍威秘書》、《藝苑捃華》、《説庫》、《晉唐小説六十種》作「有」。《廣記》明鈔本、孫校本作「會」。

〔三〕靈　《稗家粹編》卷五《工人遇僊》作「美」。

〔四〕杪　原譌作「抄」，據《廣記》、《廣豔異編》、《稗家粹編》、《合刻三志》、《唐人百家小説》、《重編説郛》、《唐人説薈》、《龍威秘書》、《藝苑捃華》、《説庫》、《晉唐小説六十種》改。

〔五〕巖　《稗家粹編》作「壑」。

〔六〕門兩閤内各有一人驚出　《類説》卷二四《博異志·天柱（桂）山梯仙國》作「門内兩童」。

〔七〕勒　《廣記》、《廣豔異編》、《唐人説薈》、《龍威秘書》、《藝苑捃華》、《説庫》、《晉唐小説六十種》作「敕」。勒，勒令。

〔八〕與　《廣記》、《廣豔異編》作「盥」。

〔九〕一　原譌作「異」，據《廣記》、《廣豔異編》、《唐人説薈》、《説庫》、《晉唐小説六十種》改。《稗家粹編》作「亦」。

〔一〇〕掬　《稗家粹編》作「杯」。

〔一一〕來　《稗家粹編》下有「路」字。

〔一二〕視　《廣記》、《廣豔異編》、《唐人説薈》、《龍威秘書》、《藝苑捃華》、《説庫》、《晉唐小説六十種》作

「示」，《廣記》明鈔本、孫校本作「視」，《會校》據改。按：視，通「示」。

〔一三〕劃　《稗家粹編》作「副」。副，音「劈」，裂開，分開。

〔一四〕真　《廣記》、《廣豔異編》作「貞」，《廣記》陳校本作「真」。

〔一五〕三四　《廣記》明鈔本、孫校本作「三」。

按：《逸史搜奇》辛集七據顧本收入，題同。《廣豔異編》卷四據《廣記》採入，題《天柱山宫志》。《稗家粹編》卷五據《博異志》傳本輯入，題《工人遇僊》。

岑文本

鄭還古　撰

貞觀〔一〕中，文本下朝，多於山〔二〕亭避暑。一〔三〕日午時，寐初覺，忽有叩山亭院門者。藥豎報云：「上清童子元寶，故此參奉。」文本性慕高道，束帶命入。乃年二十已下道士，儀質爽邁，衣服纖異，冠淺青圓角冠，衣淺青圓帔〔四〕，履淺青圓頭履〔五〕，衣服輕細如霧，非齊紈魯縞之比。文本與語，乃曰：「僕上清童子。自漢朝而果成，本生於吴，已得不凝滯之道。遂爲吴王進，入見漢帝。有事擁遏〔六〕，教化不得者，無不相問。僕常與方圓行下，皆得美〔七〕暢。由是自文、武二帝，迄至哀帝，皆相眷〔八〕。王莽作亂，方出外方，所在皆沐人憐愛。自漢成帝時〔九〕，遂猒人間，乃尸解而去〔一〇〕。或秦或楚，不常厥居。聞公好道，故此相曉〔一一〕耳。」

文本詰以漢、魏、宋、齊、梁間君王〔一二〕社稷之事，了了如目覩，因言史傳間屈者虚者亦甚多。文本曰：「吾人冠帔，何制度之異？」對曰：「夫道在於方圓之中。僕外服圓而心方正，相時儀也。」又問曰：「衣服皆輕細，何土所出？」對曰：「此是上清五銖服。」又問曰：「比聞六銖者天人衣，何五銖之異？」對曰：「尤細者則五銖也。」談論不覺日晚。乃别〔一三〕，出門而忽不見。

文本知是異人，乃每下朝，即令伺之，到則話論移時。後令人潛送，詣其所止。出山亭門，東行數步，於院牆下瞥然不見。文本命工力掘之，三尺至一古墓。墓中了無餘物，唯得古錢一枚。文本方悟上清童子是青銅〔一四〕，名元寶，錢之文也。外圓心方，錢之狀也。青衣，銅衣也。五銖服，亦錢之文也。漢時生於吴，是漢朝鑄五銖錢於吴王也。文本自獲之〔一五〕，而錢帛日盛。至中書令，十餘年，忽失古錢所在，文本遂薨。（據上海涵芬樓景印明顧元慶《顧氏文房小説》重刻宋本《博異志》校録，又《太平廣記》卷四〇五引《博異志》，汪紹楹校本誤作《傳異志》）

〔一〕貞觀　《廣豔異編》卷二〇《上清童子》、《續豔異編》卷一〇《上清童子》譌作「貞元」。
〔二〕山　《孔帖》卷八《上清童子》引（無出處）作「小」。
〔三〕一　此字原無，據《廣記》陳校本補。
〔四〕帔　《廣記》作「用帔」，明鈔本、孫校本、陳校本、《四庫》本、《廣豔異編》「用」作「角」，《會校》據明鈔等三本改。《唐人説薈》、《龍威秘書》、《藝苑捃華》、《説庫》亦作「角帔」。按：角冠乃道冠，帔不當稱角帔，當涉上而衍。
〔五〕淺青圓頭履　此五字原脱，《廣記》、《廣豔異編》有「青圓頭履」四字，《唐人説薈》、《龍威秘書》、《藝苑捃華》、《説庫》、《晉唐小説六十種》據補，又承上加「淺」字，甚是。今補。
〔六〕有事擁遏　此句上《廣記》、《廣豔異編》、《續豔異編》有「漢帝」二字。
〔七〕美　《廣記》、《廣豔異編》、《續豔異編》、《唐人説薈》、《龍威秘書》、《藝苑捃華》、《説庫》、《晉唐小説六十種》作「通」。
〔八〕眷　《廣記》陳校本作「寵眷」，《會校》據補「寵」字。
〔九〕時　此字原無，據《廣記》、《廣豔異編》、《續豔異編》補。
〔一〇〕而去　此二字原無，據《廣記》、《廣豔異編》、《續豔異編》、《唐人説薈》、《龍威秘書》、《藝苑捃華》、《説庫》、《晉唐小説六十種》補。
〔一一〕曉　《廣記》作「謁」，孫校本作「曉」。《廣豔異編》、《續豔異編》、《唐人説薈》、《龍威秘書》、《藝苑捃華》、《説庫》、《晉唐小説六十種》作「謁」。

〔一二〕王　《廣記》陳校本作「臣」，《會校》據改。

〔一三〕乃别　前原有「文本」二字，《廣記》、《廣豔異編》、《續豔異編》、《唐人説薈》、《説庫》、《晉唐小説六十種》無，當爲衍文，據删。

〔一四〕文本方悟上清童子是青銅　「方」、「青」二字原無，據《廣記》、《古今事文類聚》續集卷二六《上清童子》、《古今合璧事類備要》外集卷六五《上清童子》、《群書類編故事》卷二〇《上清童子》（并無出處）、《廣豔異編》、《續豔異編》、《唐人説薈》、《龍威秘書》、《藝苑捃華》、《説庫》、《晉唐小説六十種》補。

〔一五〕自獲之　原作「雖知之」，據《廣記》明鈔本改。

按：《逸史搜奇》辛集七據顧本收入，題同。《廣豔異編》卷二〇、《續豔異編》卷一〇據《廣記》輯入，均題《上清童子》，《續豔異編》文有删削。

劉方玄

鄭還古　撰

山人劉方玄，自漢南抵巴陵，夜宿江岸古館之廳。其西有巴籬所隔，又有一廳，常扃鎖，云多有怪物，使客不安，已十數〔一〕年不開矣。中間爲廳，廊崩摧，州司〔二〕完葺，至新浄，而無人敢入。其夜，方玄都不知之。

至二更後，見月色滿庭，江山清寂，唯聞廳西有家口〔三〕語言嘯咏之聲，殆不多辨，唯一老青衣語聲稍重而帶秦音者。言曰：「往年阿郎貶官時，常令老身騎偏面〔四〕騸，抱阿荆郎。阿荆郎嬌，不肯穩坐，或偏於左，或偏於右，墜損老身左膊，至今天欲陰，使我患酸疼焉。今又發矣，明日必大雨。如今阿荆郎官高也，不知知有老身無？」復聞相應荅者。俄而有歌者，歌音清細，若曳緒之不絶。復吟詩者，吟聲切切，如含酸和淚之詞，幽咽良久，亦不可辨其文，而無所記録也。久而老青衣又云：「昔日阿荆郎愛念『青青河畔草』，今日亦頗〔五〕謂『綿綿思遠道』也。」僅四更，方不聞其聲。

明旦，果大雨。呼館吏訊之，吏云：「此西廳空，更無人。」方叙此中賓客不曾敢入之由。方玄固請〔六〕開院視之，則秋草滿地，蒼苔没堦。中院之西，則連山林，無人迹也。啓其廳，廳則新浄，了無所有，唯前間東面柱上有詩一首，墨色甚新。其詞曰：「耶娘送我青楓根，不記青楓幾迴落。當時手刺〔七〕衣上花，今日爲灰不堪著。」視其書〔八〕，則鬼之詩也。館吏云：「此廳成來，不曾有人，入亦逃，無此題詩處〔九〕。」乃知夜來人也。復以此訪於人，終不能知其來由耳。（據上海涵芬樓景印明顧元慶《顧氏文房小説》重刻宋本《博異志》校

録，又《太平廣記》卷三四五引《博異記》）

〔一〕十數　《廣記》、明梅鼎祚《才鬼記》卷五《巴陵館鬼詩》（末注《博異志》）無「數」字。

〔二〕州司　《廣記》作「郡守」。

〔三〕家口　《廣記》作「婦人」。

〔四〕面　《類説》卷二四《博異志·巴陵鬼詩》作「白」。

〔五〕頗　《廣記》作「可」。

〔六〕固請　《廣記》作「因令」。

〔七〕手剌　《類説》作「平軒」，南宋趙令畤《侯鯖録》卷二作「剌繡」。北宋晏殊《晏元獻公類要》卷三一引「《傳（博）異志》中鬼詩」作「手剌」。

〔八〕書　《廣記》作「言」。

〔九〕不曾有人入亦逃無此題詩處　《唐人百家小説》、《重編説郛》、《雪窗談異》「逃」作「迴」。《廣記》、《才鬼記》、《唐人説薈》、《龍威秘書》、《藝苑捃華》、《説庫》、《晉唐小説六十種》作「不曾有人居，亦先無此題詩處」。

按：《逸史搜奇》壬集五據顧本收入，題同。馮夢龍《增補批點燕居筆記》卷八亦收，題加

「記」字，文字多有刪削。《才鬼記》卷五引《博異志》，題《巴陵館鬼詩》，依據顧本，又以《廣記》校改。

馬侍中

鄭還古 撰

馬燧貧賤時，寓遊北京，謁府主不見，而乃〔一〕寄於園吏。吏曰：「莫欲謁護戎否？若謁〔二〕，即須先言，當爲其岐路耳。護戎諱數字而甚切，君當在意。若犯之，無逃其死也。然若幸愜之，則所益與諸人不同。慎勿暗投也。某〔三〕乃護戎先乳母子，得以詳悉，而輒贊君子焉。」燧信與疑半。

明晨，入謁護戎，果犯諱，庭叱而出。畏懼之色，見於面〔四〕。見園吏，吏曰：「是必忤護戎耳。」燧問計求脱，園吏曰：「君子戾我，而悃遑如是。然敗則死，不得瀆我也。」遂匿燧於糞車中，載出郭而逃。于時護戎果索燧，一報不獲，散鐵騎者，每門十人。燧狼忙〔五〕竄六十餘里，日暮，度不出境，求避于逃民敗室中。尚未安，聞車馬蹄歕聲〔六〕，人相議言：「更能三二十里否？」果護戎之使也。俄聞勢漸遠，稍安焉。

未復常息，又聞有悉窣人行聲。燧危慄次，忽於户牖見一女人，衣布衣，身形絶長，手攜一襆，曰：「馬燧在此否？」燧默不敢對。又曰：「大驚怕否？胡二姊知君在此，故來安慰，無至憂疑也。」燧乃應唯而出。胡二姊曰：「大厄，然已過，尚有餘恐爾。君固餧〔七〕，我食汝。」乃解所攜襆，有熟肉一甌，胡餅數枚。燧食甚飽。却令於舊處，更不可動。胡二姊以灰數斗，於燧前地上，横布一道以援〔八〕之。言曰：「今夜半有異物相恐劫，輒不得動。過此厄後，勳貴無雙。」言畢而去。

近夜半，有物閃閃照人，漸近户牖間。見一物，長丈餘，乃夜叉也。赤髮蝟奮，金牙鋒鑠，臂曲癭木，甲挐〔九〕獸爪，衣豹皮褌，攜短兵，直入室來。獰目電烻〔一〇〕，吐火噀血，跳躑哮吼，鐵石消鑠。燧之惴慄，殆喪魄亡精矣。然此物終不敢越胡二姊所布之灰。久之，物乃撤一門扉，藉而熟寢。俄又聞車馬來聲，有人相謂〔一一〕曰：「此乃逃人之室，不妨馬生匿於此。」于時數人持兵器下馬入來，衝踏夜叉。夜叉奮起，大吼數聲，裂人馬噉食，血肉殆盡。夜叉意愜〔一二〕，徐步而去。四更，東方月上，燧覺寂静，乃出而去。見人馬骨肉狼籍，燧乃獲免。

後立大勳，官爵穹崇。詢訪胡二姊之由，竟不能得。思報不及，每春秋祠饗，别置胡二姊一座，列於廟左。（據上海涵芬樓景印明顧元慶《顧氏文房小説》重刻宋本《博異志》校録，又《太平廣記》卷三五六引《傳異記》，《太平廣記鈔》卷七一作《博異記》）

〔一〕乃 《廣記》作「返」，連上讀。

〔二〕謁 原譌作「謂」，據《四庫》本、《廣記》、《合刻三志》、《唐人百家小説》、《重編説郛》、《雪窗談異》、《唐人説薈》、《龍威秘書》、《藝苑捃華》、《説庫》、《晉唐小説六十種》改。

〔三〕某 原譌作「其」，據《四庫》本、《廣記》、《唐人百家小説》、《重編説郛》、《雪窗談異》、《唐人説薈》、《龍威秘書》、《藝苑捃華》、《説庫》、《晉唐小説六十種》改。

〔四〕見於面 此三字原無，據《廣記》明鈔本補。

〔五〕狼忙 《廣記》、《唐人説薈》石印本、《説庫》作「狼狽」。按：狼忙，匆忙。《全唐詩》卷七四八李中《離家》：「月生江上鄉心動，投宿狼忙近酒家。」《唐摭言》卷八：「夜艾，壽兒以一蠟彈丸進顥（鄭顥），即牓也。顥得之大喜，狼忙札之，一無更易。」

〔六〕聞車馬蹄歕聲 「聞」原譌作「闈」，據《四庫》本、《廣記》、《合刻三志》、《唐人百家小説》、《重編説郛》、《雪窗談異》、《唐人説薈》、《龍威秘書》、《藝苑捃華》、《説庫》、《晉唐小説六十種》改。蹄，《廣記》作「嘶」，明鈔本作「蹄」，《會校》據改。

〔七〕餧 《四庫》本、《廣記》、《唐人説薈》、《龍威秘書》、《藝苑捃華》、《説庫》、《晉唐小説六十種》作「餒」，字同。

〔八〕援 《四庫》本、《廣記》、《唐人百家小説》、《重編説郛》、《雪窗談異》、《唐人説薈》、《龍威秘書》、《藝苑捃華》、《説庫》、《晉唐小説六十種》作「授」，誤。《廣記》孫校本作「援」。

〔九〕挐　《四庫》本、《廣記》孫校本作「挐」，《廣記》談本作「駕」。

〔一〇〕熚　《廣記》作「爕」。按：《集韻》「綫」韻：「熚，光熾也。」爕，同「燮」，當譌。

〔一一〕謂　原作「請」，據《廣記》、《唐人説薈》、《龍威秘書》、《藝苑捃華》、《説庫》、《晉唐小説六十種》改。

〔一二〕意愜　原作「意氣」，據《廣記》陳校本改。談本《廣記》、《唐人説薈》、《龍威秘書》、《藝苑捃華》、《説庫》、《晉唐小説六十種》作「食既飽」，孫校本無「飽」字。

按：《逸史搜奇》壬集五據顧本收入，題同。

唐五代傳奇集第三編卷十三

白幽求

鄭還古 撰

貞元〔一〕十一年，秀才白〔二〕幽求，頻年下第。其年失志，後乃從新羅王子過海，於大〔三〕謝公島夜遭風，與徒侶數十人爲風所飄，南馳兩日兩夜，不知幾千〔四〕萬里。風稍定，徐行，見有山林，乃整棹望之。及前到，山高萬仞，南面半腹有城壁，臺閣門宇甚壯麗。維舟而昇，至城一二里，皆龍虎列坐於道兩邊。見幽求，乃眈眈而視幽求。幽求退〔五〕路，甚恐懼，欲求從者，失聲彷徨。次於大樹，枝爲風相磨，如人言誦詩聲。幽求諦聽之，乃曰：「玉幢亘碧虛，此乃真人居。徘徊仍未進，邪省猶難除。」幽求猶疑未敢前。

俄有朱衣人自城門而出，傳勑曰：「西岳真君來遊。」諸龍虎皆俯伏曰：「未到。」幽求因趨走前，見朱衣人不顧而入。幽求進退不得，左右諸龍虎時時目幽求。盤旋次，門中數十人出，龍虎奔走，人皆乘之下山，幽求亦隨之。至維舟處，諸騎龍虎人皆履海面而行，須臾没於遠碧中。幽求未知所適。舟中具饌次，忽見從西旗節隊伍僅千人，鸞鶴青鳥，飛引於路，騎龍控虎，乘黿乘魚。有乘朱鬣馬人，衣紫雲日月衣，上張翠蓋，如風而至。幽求等〔六〕但俯伏而已。乃入城門，幽求又隨覘之。諸龍虎等依前列位，與樹木花藥鳥雀等，皆應節盤迴如舞，幽求身亦不覺足之蹈之。

食頃，朱衣人持一牒出，謂龍虎曰：「使水府真君。」龍虎未前，朱衣人乃顧幽求授牒。幽求未知所適，朱衣曰：「使水府。」以手指之。幽求隨指而身如乘風，下山入海底。雖入水而不知爲水，朦朧如日〔七〕中行。亦有樹木花卉，觸之珊珊然有聲。須臾，至一城，宮室甚偉。門人驚顧，俯伏於路。俄而有數十人，皆龍頭鱗身，執旗杖，引幽求入水府。真君於殿下北面授符牒，拜起，乃出門。已有龍虎騎從，儼然遂行，瞬息到舊所。幽求至門，又不敢入。雖未食，亦不覺餒。

少頃，有覓水府使者，幽求應唯而入。殿前拜，引於西廊下，接諸使下坐。飯〔八〕食非人間之味。徐問諸使中目熟者〔九〕：「此何處也？」對曰：「諸真君遊春臺也。主人是東岳真君。春夏秋冬各有位，各在諸方，主人亦各隨地分也。」其殿東廊下，列玉女數百人，奏樂。白鶴孔雀，皆舉翅動足，更應絃〔一〇〕歌。

日晚乃出殿。於山東面〔一一〕爲迎月殿，又有一宮觀望日。至申時，明月出矣，諸真君各爲迎月詩。其一真君詩曰：「日落煙水黯，驪珠色豈昏。寒光射萬里，霜縞遍千門。」又一真君詩曰：「玉魄東方開，嫦娥逐影來。洗心兼滌目，光影〔一二〕遊春臺。」又一真君詩曰：「清波涵碧烏，天藏黯黮連〔一三〕。二儀不辨處，忽吐清光圓。」又一真君詩曰：「烏沉海西岸，蟾吐天東頭。」忘下句，其餘詩並忘之矣。賦詩罷，一真君乃命夜戲。須臾，童兒玉女三十餘人，或坐空虛，或行海面，笙簫衆樂，更唱迭和。有唱《步虚歌》者數十〔一四〕輩，幽求記其一焉。詞曰：「鳳凰三十六，碧天高太清。元君夫人蹋雲語，冷風颯颯吹鵝笙。」至四更，有緋衣人走入，鞠躬屈膝白：「天欲曙。」唯而趨出。諸真〔一五〕君命駕各辭。

次日，昨〔一六〕朱衣人屈膝言曰：「白幽求已充水府使，有勞績。」諸真君議曰：「便與遊春臺灑掃。」幽求悽惶，拜乞却歸故鄉。一真君曰：「卿在何處？」對曰：「在秦中。」又曰：「汝歸鄉何戀戀也？」幽求未答。又曰：「便〔一七〕隨吾來。」朱衣人指隨西岳真君。諸真君亦各下山，並自有龍虎鸞鳳、朱鬣馬龜魚、旛節羽旄等。每真君有千餘人，履海面而行。幽求亦操舟隨西岳真君後，自有便風，迅速如電。平明至一島，見真君上飛〔一八〕而去。幽求舟爲所限，乃離舟上島，目送真君，猶見旗節隱隱而漸没。幽求方悔恨慟哭，而迢遞上島行。乃望有人煙，漸前就問，云是明州，又却喜歸舊國。幽求自是休糧，常服茯苓。好遊山水，多在五岳，永絶宦情矣。（據中華書局版汪紹楹點校本《太平廣記》卷四六引《博異志》校録）

〔一〕貞元　前原有「唐」字，乃《廣記》編纂者加，今删。「貞」原作「真」，乃宋人避仁宗趙禎諱改，今回改。《四庫》本改作「貞」。

〔二〕白　《廣豔異編》卷五《遊春臺記》作「韓」。按：下文作「白」，「韓」乃譌字。

〔三〕大　《廣豔異編》作「太」。

〔四〕千　《廣豔異編》無此字。

〔五〕退　原作「進」，據明鈔本、孫校本改。

〔六〕等　此字原無，據孫校本補。

〔七〕日　《三洞群仙録》卷七引《廣記》作「月」。

〔八〕飯　《廣豔異編》作「飲」。

〔九〕目熟者　此三字原無，據孫校本補。

〔一〇〕絃　原譌作「玄」，據孫校本改。

〔一一〕面　原譌作「西」，據孫校本改。

〔一二〕光影　孫校本「影」作「映」。《全唐詩》卷八六二春臺仙《遊春臺詩》作「恍若」。

〔一三〕清波涵碧烏天藏黯黮連　「涵」原作「滔」，據孫校本改。「黮」明鈔本作「黯」。黮，暗也。《全唐詩》「烏」、「天」二字互乙。

〔一四〕數十　原作「數十百」，據明鈔本、孫校本删「百」字。

〔一五〕真　此字原脱，據孫校本補。
〔一六〕次日昨　孫校本作「次昨日」，「次」連上讀，誤，《會校》據改。
〔一七〕便　原作「使」，據孫校本改。
〔一八〕上飛　孫校本「上」作「如」，《會校》據改。按：上飛，向上（島上）飛也。

按：《廣豔異編》卷五從《廣記》採入，題《遊春臺記》。

崔無隱

鄭還古　撰

元和中〔一〕，博陵崔無隱，言其親友曰：「城南杜某者，嘗於汴州招提院，與主客僧坐語。忽有一客僧，當面鼻額間有故刀瘢，横斷其面，乃訊其來由。僧良久嚬慘而言曰：『某家於梁，父母兄嫂存焉。兄每以賈販江湖之貨爲業。初一年，自江南而返大梁，獲利可倍。二年，往而不返。三年，乃有同行者云兄溺於風波矣。父母嫂俱服未闋，忽有自漢南賈者至於梁，乃訪召某父姓名者。某於相國精舍，應曰：「唯。」賈客曰：「吾得汝兄信。」某乃忻駭未言，且邀至所居，告父母。而言曰：「師之兄以江西貿折，遂浪迹於漢南。裨將憐之，白於元戎。今於漢南，雖緡鏹且盡，而衣衾似給〔二〕。以卑貧所係，是未獲省拜，故憑某以達信耳。」父母嫂悲忻泣不勝。

『翌日，父母遣某〔三〕之漢南，以省兄。某行可七八日，入南陽界。日晚，過一大澤中，東西路絶，目無人煙，四面陰雲且合。漸暮，遇寥落三兩家，乃欲寄宿耳。其家曰：「師胡爲至此？今爲信宿前有殺人者，追逐未獲，索之甚急，宿固不可也。自此而南三五里，有一招提所，師可宿也。」某因言而往。陰風漸急，颯颯雨來。可四五里，轉入荒澤，莫知爲計，信足而步。少頃，前有燭光，初將咫尺，而可十里。方到，風雨轉甚，不及扣户而入。造於堂隍，寂無生人，滿室死者。瞻視次，雷聲一發。某爲一女人屍所逐，又出，奔走七八里。至人家，雨定，月微明，遂入其家。中門外有小廳，廳中有牀榻。臥未定，忽有一夫，長七尺餘，提白刃自門而入。某恐，立於壁角中。白刃夫坐榻良久，如有所候。俄而白刃夫出廳東。先是有糞積，可乘而覘宅中。俄又聞宅中有三四女人，於牆端切切而言。須臾，白刃夫攜一衣襆入廳，續有女人從之，乃計會逃逝者也。白刃夫遂云：「此室莫有人否？」以刃繞壁畫之。某帖壁定立，刃畫其面過，而白刃夫不之覺，遂攜襆領奔者而往。某自料不可住，乃捨此又前走。可一二里，撲一古井中。古井中已有死人矣，其體暖。某之迴遑可五更〔四〕。主覺失女，尋趁至古井。以火照，乃屍與某存焉。執某以聞於縣，縣尹明辯〔五〕，某以畫壁及牆上語者具獄，訊〔六〕宅中姨姑之類而獲盜者。

『某之〔七〕得雪，南〔八〕征。垂至漢南界，路逢大檜樹，一老父坐其下。問其從來，某具告。父曰：「吾善《易》，試爲子推之。」某〔九〕呵著，父布卦，嘘唏而言曰：「子前生兩妻〔一〇〕，汝俱辜焉。前爲走尸逐汝者，長室也。爲人殺於井中同處者，汝側室也。縣尹明汝之無辜，乃汝前生母也。我乃汝前生之父〔一一〕。漢南之兄已無也。」言畢，某淚下。收淚之次，失老父所在。及至漢南，尋訪其兄，杳無所見。其刀瘢乃白刃夫之所致也。』」

噫！乃宿冤之動作，徵應委曲如是。無隱云，杜生自有傳，此略而記之。（據中華書局版汪紹楹點校本《太平廣記》卷一二五引《博異記》校録）

〔一〕元和中　前原有「唐」字，今刪。

〔二〕衣衾似給　《四庫》本作「衣食自給」。

〔三〕某　原作「師」，據《四庫》本改。下同。

〔四〕其體暖某之迴遑可五更　《四庫》本「之」作「時」。明鈔本作「其尸將某迴繞，約至五更」，《會校》據改。按：迴惶，惶恐。《晉書》卷八六《張重華傳》：「至使親臣不言，朝吏杜口，愚臣所以迴惶忘寢與食也。」

〔五〕辯　明鈔本、孫校本作「辨」，《會校》據改。辯，通「辨」。

〔六〕訊　原作「於」，據明鈔本改。

〔七〕之　《四庫》本作「乃」。

〔八〕南　明鈔本、孫校本作「東」。按：漢南，古縣名。劉宋置華山縣，西魏改漢南，在漢水之南，故名，即今湖北宜城市。漢南在南陽南，作「東」誤。

〔九〕某　原作「師」，據明鈔本改。

〔一〇〕妻　明鈔本作「妾」，誤。

〔一一〕乃汝前生母也我乃汝前生之父　黄本、《四庫》本、《筆記小説大觀》本脱「乃汝前生母也我」七字。

按：末云：「杜生自有傳，此略而記之。」知崔無隱所述，乃據杜某所作傳。杜傳原題不知。

吕卿筠

鄭還古　撰

洞庭賈客吕卿筠〔一〕，常以貨殖販江西〔二〕雜貨，逐什一之利。利外有羨〔三〕，即施貧親戚，次及貧人，更無餘貯。善吹笛，每遇好山水，無不維舟探討，吹笛而去。嘗於中春月夜，泊於君山側，命罇酒獨飲，飲一〔四〕杯而吹笛數曲。忽見波上有漁舟而來者，漸近，乃一老父。鬢眉皤然，去就〔五〕異常。卿筠置笛起立，迎上舟，老父維漁舟於卿筠舟而上。問其所宜〔六〕，老父曰：「聞君笛聲嘹〔七〕亮，曲調非常〔八〕，我是以來。」卿筠飲之數盃。老父曰：「老人〔九〕少業笛，子有性，可教〔一〇〕。」卿筠素所躭味，起拜，願爲末學。

老父遂於懷袖間出笛三管。其一大如合拱，其次大如常人之蓄〔一一〕者，其一絶小，如細筆管。卿筠復拜請老父一吹，老父曰：「其大者不可發，次者亦然，其小者爲子吹一曲，不知得終否。」卿筠請〔一二〕曰：「願聞其不可發者。」老父曰：「其第一者在諸天，對諸上帝〔一三〕，或元君，或上元夫人，合上天之樂〔一四〕而吹之。若於人間吹之，人消地拆〔一五〕，日月無光，五星失次，山岳崩圮，不暇言其餘也。第二者對諸洞府仙人、蓬萊姑射、昆丘王母及諸真君等，合仙樂而吹之。若於〔一六〕人間吹之，飛沙走石，翔鳥墜地，走〔一七〕獸腦裂，五里内稚幼振死〔一八〕，人民殭踣〔一九〕，不暇言其〔二〇〕餘也。其小者是老身與朋儕所樂者〔二一〕，庶類雜而聽之〔二二〕，吹的不安〔二三〕，未知可終一〔二四〕曲否？」

言畢，抽笛吹三聲，湖上風動，波濤沆瀁〔二五〕，魚鼈跳噴。卿筠及童僕恐聳讋慄。五聲六聲，君山上鳥獸叫噪，月色昏昧，舟檝大恐〔二六〕。老父遂止，引滿數盃〔二七〕，乃吟曰：「湘中老人〔二八〕讀黄老，手援紫藟坐翠草〔二九〕。春至不知湘〔三〇〕水深，日暮忘却巴陵道。」又飲數盃，謂卿筠曰：「明年秋社〔三一〕，與君期於此。」遂棹〔三二〕漁舟而去，隱隱漸没於波間。至明年秋，卿筠泊舟於君山〔三三〕伺之，終不復見也。（據中華書局版汪紹楹點校本《太平廣記》卷二〇四引《博異志》校録）

〔一〕呂卿筠　「卿」原作「鄉」，明鈔本、孫校本、《太平廣記詳節》卷一五、宋刻本《錦繡萬花谷》後集卷三二引《博異志》作「卿」。《孔帖》卷六二、明刻本《萬花谷》、《天中記》卷四三引《博異志》、《紺珠集》卷七《廣異記·三苗(笛)》、《三洞群仙録》卷一八引《廣異記》則作「呂筠卿」，《類説》卷八《廣異記·老人吹笛》作「呂君卿」，《詩話總龜》前集卷四七引《博異志》作「呂卿雲」。按：諸書皆不作「鄉」。今據明鈔本等改。下同。

〔二〕江西　明鈔本作「山海」，孫校本、《廣記詳節》作「江山」。

〔三〕羡　明鈔本作「餘」。羡，餘也。

〔四〕歛一　明鈔本作「十數」。「歛」孫校本作「其」，《廣記詳節》作「時」，《詩話總龜》作「持」。

〔五〕去就　孫校本作「其貌」，《會校》據改。

〔六〕問其所宜　「問其」原作「各問」，據明鈔本改。《詩話總龜》作「問所以」。

〔七〕嘹亮　明鈔本、孫校本、《廣記詳節》作「寥亮」，《詩話總龜》作「非凡」。

〔八〕常　孫校本作「鄙」。

〔九〕老人　《廣記詳節》作「我」。

〔一〇〕子有性可教　原作「子可教乎」，孫校本無「乎」字，據《廣記詳節》、《詩話總龜》刪補。

〔一一〕蓄　明鈔本作「笛」。

〔一二〕請　此字原無，據《廣記詳節》補。

〔一三〕上帝　孫校本作「帝君」，《會校》據改。《廣記詳節》作「帝太一」，《詩話總龜》作「天帝」。

〔一四〕合上天之樂　孫校本、《廣記詳節》作「大合天樂」。

〔一五〕人消地拆　孫校本、《廣記詳節》「拆」作「坼」。拆，同「坼」，開裂。《廣記詳節》四字作「天動地坼」，《會校》據改。

〔一六〕於　此字原無，據孫校本、《廣記詳節》補。

〔一七〕走　《廣記詳節》作「百」。

〔一八〕五里内稚幼振死　「五里内」原譌作「五星内錯」，據《廣記詳節》改。孫校本作「五星失明」，《會校》據改（按：《會校》云據《詳節》改，誤）。

〔一九〕殭踣　原作「纏路」，據《廣記詳節》改。明鈔本、孫校本作「纏踣」。

〔二〇〕其　此字原無，據明鈔本、孫校本補。

〔二一〕其小者是老身與朋儕所樂者　「其」明鈔本作「惟」。「所」原作「可」，據孫校本改。

〔二二〕庶類雜而聽之　明鈔本作「雜庶類而樂之」。

〔二三〕吹的不安　「安」明鈔本作「妨」。按：觀下文，應以「安」字爲是。此句《孔帖》、《萬花谷》、《天中記》作「試爲子吹之」。

〔二四〕一　此字原無，據孫校本、《廣記詳節》、《孔帖》、《萬花谷》、《天中記》補。

〔二五〕沆瀁　《詩話總龜》作「洶涌」。

〔二六〕舟檝大恐　《孔帖》、《萬花谷》、《天中記》「檝」作「人」。孫校本「大恐」作「顛危」，《紺珠集》、《類説》、《群仙録》作「掀舞」。

〔二七〕引滿數盃　孫校本作「袖其笛」，《會校》據改。

〔二八〕人　明鈔本、孫校本作「父」，《會校》據改。

〔二九〕手援紫藟坐翠草　「坐」《紺珠集》作「作」。「翠」孫校本、《廣記詳節》、《東坡志林》卷九（《稗海》十二卷本）、《紺珠集》、《類説》、《侯鯖録》卷二、《詩話總龜》、《苕溪漁隱叢話》前集卷五、《群仙録》、《萬首唐人絶句》卷六四、《全唐詩》卷二三五作「碧」。「援」《詩話總龜》作「挼」。

〔三〇〕湘　《紺珠集》、《全唐詩》作「湖」。

〔三一〕明年秋社　原無「秋」字，明鈔本作「明年秋」，《會校》據改。孫校本作「明秋社」，當脱「年」字。據孫校本補「秋」字。按：社，指社日，即祭祀社神（即土地神）之節日，有春社、秋社。《歲時廣記》卷一四《二社日》：「《統天萬年歷》曰：『立春後五戊爲春社，立秋後五戊爲秋社。』」

〔三二〕棹　《廣記詳節》作「掉」。掉，掉頭。

〔三三〕泊舟於君山　原作「十旬於筠山」，《廣記詳節》「筠」作「君」，餘同，據孫校本改。

李序

鄭還古　撰

元和四年，壽州霍丘縣有李六郎，自稱神人御史大夫李序。與人言，不見其形。有王筠者，爲之役。至霍丘月餘，賃宅住，更無餘物，惟几案繩床而已。有人請事者，皆投狀，王筠鋪於案側。文字温潤，須臾滿紙。能書，字體分明，休咎皆應。時河南長孫郢爲鎮遏使，初不之信。及見實，時與來往。先是官宅後院空寛，夜後或梟鳴狐叫，小大爲畏。乃命李六郎與疏理〔一〕，遂云：「諾。」每行，似風雨霎霎之聲。須臾，聞笞捶之聲，遣之云：「更不得來。」自是後院遂安。

時御史大夫李湘爲州牧，侍御史張宗本爲副史。歲餘，宗本行縣。先知有李序之異而不信，乃令長孫郢召之。須臾而至，宗本求一札，欲以呈於牧守，取紙筆而請。序曰：「接對諸公，便書可乎？」張曰：「可也。」初案上三管筆，俄而忽失一管，旋見文字滿紙，後云：「御史大夫李序頓首。」宗本心服，歸而告湘。湘乃令使邀之，遂與〔二〕往來數日。云：「是五嶽之神之弟也，第七舍弟在蘄州。某於陰道管此郡〔三〕。」亦飲酒，語聲如女人，言詞切要，宛暢笑詠。常作《笑巫詩》〔四〕曰：「魍魎何曾見，頭旋即下神。圖他衫子段，詐道大王嗔。」如此極多，亦不〔五〕全記。

後云：「暫往蘄州看舍弟。」到蘄乃〔六〕七月中，仍令王筠送新粳米二斗，札一封，與長孫。鄰近數州人，皆請休咎於李序，其批判詞〔七〕猶存。（據中華書局版汪紹楹點校本《太平廣記》卷三〇八引《博異志》校録）

〔一〕疏理　明鈔本作「料理」,《會校》據改。按:疏理,處理。《舊唐書·肅宗紀》:「癸亥大雨,至癸酉不止,詔疏理刑獄,甲戌方止。」

〔二〕與　此字原無,據明鈔本補。

〔三〕某於陰道管此郡　明鈔本作「某於是更管此郡」,陳校本作「某於陰道管此郡」。

〔四〕常作笑巫詩　「作」陳校本作「詠」。明鈔本作「常詠《女巫詩》」,《會校》據改。

〔五〕亦不　明鈔本作「不能」,《會校》據改。

〔六〕乃　明鈔本作「及」,陳校本作「州」。

〔七〕詞　原作「處」,當譌,據明鈔本改。

張遵言

鄭還古　撰

南陽張遵言,求名下第,塗次商山山館。中夜晦黑,因起廳堂督芻秣。見東牆下一物,凝白耀人,使僕者視之,乃一白犬,大如猫,鬚睫爪牙皆如玉,毛彩清潤,悦懌〔一〕可愛。遵言憐愛之,目爲「捷飛」,言駿奔之捷〔二〕甚於飛也。常與之俱。初令僕人張志誠袖之,每飲飼,則未嘗不持目前。時或飲食不快,則必伺其嗜而噉之。苟或不足,寧遵言〔三〕輟味,不令捷飛之不足也。一年餘,志誠袖行,意以懈怠〔四〕,由是遵言每行自袖之。飲食轉加精愛，夜則同寢，晝則同處。首尾四年。

後遵言因行於梁山路，日將夕，天且陰，未至所詣，而風雨驟來。遵言與僕等隱大樹下，於時昏晦，默無所覩。忽失捷飛所在，遵言驚歎，命志誠等分頭搜討。未獲次，忽見一人，衣白衣，長八尺餘，形狀可愛。遵言豁然如月中立，各得辨色。問白衣人何許來，何姓氏，白衣人曰：「我姓蘇，第四。」謂遵言曰：「我已知子姓字矣。君知捷飛去處否？則我是也。君今災厄合死，我緣受〔五〕君恩深，四年已來能活〔六〕我，至於盡力輟味，曾無毫釐悔恨。我今誓脱子厄，然須損十餘人命耳。」言訖，遂乘遵言馬而行，遵言步以從之。

可十里許，遥見一塚上有三四人，衣白衣冠，各〔七〕長丈餘，手持弓劍，形狀瓌偉。見蘇四郎，俯僂迎趨而拜。拜訖，莫敢仰視。四郎問何故相見，白衣人曰：「奉大王帖，追張遵言秀才。」言訖，偷目盜視遵言。遵言恐，欲踣地。四郎曰：「不得無禮。我與遵言往還，君等須與我且去。」四人憂恚，啼泣而去〔八〕。四郎謂遵言曰：「勿憂懼，此輩亦不能戾君〔九〕。」更行十里，又見夜叉輩六七人，皆持兵器，銅頭鐵額，狀貌皆〔一〇〕可憎惡，跳梁企躑〔一一〕，進退獰暴。遥見四郎，戢〔一二〕毒慄立，惕伏戰悚而拜。四郎喝問曰：「作何來？」夜叉等躨獰毒爲戚施之顔，肘行而前曰：「奉大王帖，專取張遵言秀才。」偷目盜視之狀如初。四郎曰：「遵言我之故人，取固不可也。」夜叉等一時叩地流血而言曰：「在前白衣者四人，爲取遵言不到，大王已各使決鐵杖五百，死者活者尚未分。四郎今不與去，某等盡死。伏乞哀其性命，暫遣遵言往。」四郎大怒，叱夜叉，夜叉等辟易，崩倒者數十步外，流血跳迸，涕淚又言。四郎曰：「小鬼等敢爾，不然〔一三〕，且急死。」夜叉等啼泣暗嗚而去。四郎又謂遵言曰：「此數輩甚難與語，今既去，則奉爲之事成矣。」行七八〔一四〕里，見兵仗等五十餘人，形神〔一五〕則常人耳。又列拜於四郎前，四郎曰：「何故來？」對答如夜叉等。又言曰：「前者夜叉牛叔良等〔一六〕七人，爲追張遵言不到，盡以〔一七〕付法。某等惶懼，不知四郎有何術，救得某等全生？」四郎曰：「第隨我來，或希冀耳。」凡五十人，言可者半。

須臾，至大烏頭門〔一八〕。又行數里，見城堞甚嚴。有一人具軍容，走馬而前，傳王言曰：「四郎遠到，某爲所主有限，法不得迎拜於路。請且於南館小休，即當邀迓。」入館未安，信使相繼而召，兼屈張秀才。俄而從行，宮室欄署，皆真王者也。入門，見王披衮垂旒，迎四郎而拜。四郎酬拜，禮甚輕易，言詞唯唯而已。大王盡禮，前揖四郎升階，四郎亦微揖而上。迴謂〔一九〕遵言曰：「地主之分，不可不爾〔二〇〕。」王曰：「前殿淺陋，非四郎所讌處〔二一〕。」又揖四郎。凡過殿者三，每殿中皆有陳設盤榻、食具、供帳之備。至四重殿中方坐，所食之物及器皿〔二二〕，非人間所有。

食訖，王揖四郎上夜明樓。樓上四角柱，盡飾明珠，其光如晝。命酒具樂，飲數巡，王謂四郎曰：「有佐酒者，欲命之。」四郎曰：「有何不可。」女樂七八人，飲酒者十餘人，皆神僊間容貌粧飾耳。王與四郎各衣便服，談笑亦鄰於人間少年。有頃，四郎戲一美人，美人正色不接，四郎又戲之，美人怒曰：「我是劉根妻，爲不〔二三〕奉上元夫人處分，以〔二四〕涉於此，君子何容易乎？中間許長史，於雲林王夫人會上輕言，某已贈語杜蘭香姊妹，至多微言，猶不敢掉謔，君何容易歟〔二五〕？」四郎怒，以酒卮擊牙盤一聲，其柱上明珠，轂轂而落〔二六〕，暝然無所覩。

遵言良久懵而復醒，元在樹下，與四郎及鞍馬同處。四郎曰：「君已過厄矣，與君便別。」遵言曰：「某受生成之恩已極矣，都不知四郎之由，以歸感戴之所。又某之一生，更有何所賴耶？」四郎曰：「吾不能言，汝但於商州龍興寺東廊縫衲老僧處問之，可知也。」言畢，騰空而去。天已向曙，遵言遂整轡適商州，果有〔二七〕龍興寺。見縫衲老僧，遂禮拜。初甚拒遵言，遵言求之不已，老僧夜深乃言曰：「君子苦求，吾焉可不應〔二八〕？蘇四郎者，乃是太白星精也。大王者，仙府之謫官也，今居於此。」遵言又〔二九〕以他事問老僧，老僧竟不對，曰：「君今已離此厄矣〔三〇〕。」即命遵言歸。明辰〔三一〕尋之，已不知其處所矣。（據中華書局版汪紹楹點校本《太平廣記》卷三〇九引《博異記》校録，孫校本、陳校本作《博異志》）

〔一〕悦懌　明鈔本作「悦澤」，明陸楫《古今説海》説淵部別傳四十《張遵言傳》、《豔異編》卷一《張遵言傳》、汪雲程《逸史搜奇》丙集十《張遵言》、清蟲天子《香豔叢書》八集卷二《蘇四郎傳》作「瑩澤」。
〔二〕捷　此字原脱，據孫校本、《四庫》本及以上《説海》等四書補。
〔三〕遵言　《説海》等四書作「自」。
〔四〕意以懈怠　明鈔本、陳校本作「意已倦怠」，《會校》據改。按：以，通「已」，已經。
〔五〕受　原譌作「愛」，據明鈔本、《四庫》本及《説海》等四書改。
〔六〕活　《説海》等四書作「待」。
〔七〕各　原作「人」，據明鈔本改。
〔八〕去　此字原脱，據孫校本、《四庫》本及《豔異編》、《香豔叢書》補。
〔九〕君　原作「吾」，據明鈔本、《四庫》本及《説海》等四書改。
〔一〇〕皆　此字原無，據明鈔本、陳校本及《説海》等四書補。
〔一一〕躑　陳校本作「擲」。
〔一二〕戢　明鈔本作「斂」，《會校》據改。按：戢，收斂。
〔一三〕不然　明鈔本作「不走然」，「然」字連下讀。
〔一四〕八　明鈔本作「十」。
〔一五〕神　明鈔本作「狀」，《會校》據改。按：神，神態，表情，

〔一六〕牛叔良等　明鈔本作「牛叔等輩」。

〔一七〕以　明鈔本作「已」，《會校》據改。以，通「已」。

〔一八〕烏頭門　明鈔本「烏」譌作「鳥」。《説海》等四書作「黑門」。

〔一九〕謂　孫校本及《説海》等四書作「顧」，《會校》據孫校本改。

〔二〇〕爾　原作「邇」，據明鈔本、《四庫》本。《筆記小説大觀》本及《説海》等四書改。

〔二一〕非四郎所讌處　《説海》等四書作「不足四郎居處」。

〔二二〕皿　陳校本及《説海》等四書作「用」。

〔二三〕爲不　原作「不爲」，據《説海》等四書乙改。

〔二四〕以　原作「焉」，據孫校本及《説海》等四書改。

〔二五〕歟　孫校本及《説海》等四書作「耶」。

〔二六〕而落　明鈔本作「有聲」，陳校本作「振聲」。

〔二七〕有　明鈔本作「于」，陳校本及《説海》等四書作「於」。《會校》據明鈔本改。

〔二八〕吾焉可不應　明鈔本作「烏可終隱」。

〔二九〕又　此字原無，據明鈔本補。

〔三〇〕君今已離此厄矣　原作「吾今已離此矣」，據《説海》等四書改。

〔三一〕辰　明鈔本作「晨」，《會校》據改。按：辰，通「晨」。

按：《古今説海》據《廣記》輯入此篇，題《張遵言傳》，編在説淵部別傳四十。《豔異編》卷一《張遵言傳》，《逸史搜奇》丙集十《張遵言》，《香豔叢書》八集卷二《蘇四郎傳》，皆據《説海》。

閻敬立

鄭還古　撰

興元元年，朱泚亂長安。有閻敬立，爲段秀實告密使。潛途出鳳翔山，夜欲抵太平館。其館移十里，舊館無人已久。敬立誤入之，但訝萊蕪緶澀。即有二皁衫人迎門而拜，控轡至廳，即問此館何以〔一〕寂寞如是。皁衫人對曰：「亦可住。」既坐，亦如常〔二〕館驛之禮。須臾，皁衫人通曰：「知館官前鳳州河池縣尉劉俶見〔三〕。」敬立見之，問曰：「此館甚荒蕪，何也？」對曰：「今天下榛莽，非獨此館。宫闕尚生荆棘矣。」敬立奇其言，語論皆出人右。俶乃云：「此館所由並散逃。」因指二皁衫人曰：「此皆某家崑崙奴，一名道奴，一名知遠，權且應奉爾。」敬立因於燭下細目其奴，皁衫下皆衣紫白衣，面皆崑崙，兼以白字印面分明，信是俶家人也。令覘廚中，有三數婢供饌具，甚忙，信是無所由〔四〕。

良久，盤筵至，食精，敬立與俶同飡，甚飽。畜僕等皆如法。乃寢，敬立問俶曰：「緣倍程行，馬瘦甚，可別〔五〕假一馬耶？」答曰：「小事耳。」至四更，敬立命駕欲發，俶又具饌，亦如法。俶處分知遠：「取西槽馬，送大使至前館。」兼令道奴被東槽馬：「我餞送大使至上路。」須臾馬至，敬立乃乘西槽馬而行，俶亦行。可二里，俶即却迴執別，異於常館官。

別後數里，敬立覺所借馬，有人糞之穢。俄而漸盛，乃換己馬被馱〔六〕，而行四五里。東方似明，前館方有吏迎拜。敬立驚曰：「吾纔發館耳〔七〕。」曰：「前館無人，大使何以宿？」大訝，及問所送僕馬，俱已不見，其所馱輜重，已却迴百餘步置路側。至前館，館吏曰：「昔有前官〔八〕鳳州河池縣尉劉少府殯宫，在彼館後園，久已頹毁。」敬立却迴驗之，廢館更無物，唯牆後有古殯宫。東廠前〔九〕有搭鞍木馬，西側中有高脚木馬，門前廢堠子二。殯宫前有冥器數人。漸覺喉中有生食氣，須臾，吐昨夜所食，皆作朽爛氣，如黃衣〔一〇〕麴塵之色，斯乃櫬中送亡人之食也。童僕皆大吐，三日方復舊。（據中華書局版汪紹楹點校本《太平廣記》卷三三九引《博異記》校録）

〔一〕何以　孫校本、陳校本作「何乃」，《會校》據改。按：何乃、何以義同，爲何。

〔二〕常　原譌作「當」，據明鈔本、孫校本改。

〔三〕前鳳州河池縣尉劉俶見　「鳳州」孫校本、陳校本作「鳳翔」，誤，《會校》據改。按：鳳州又名河池郡，屬縣有河池。鳳翔，即鳳翔郡，亦即岐州，天寶元年（七四二）改爲扶風郡，至德元載（七五六）改鳳翔郡，次年升府。見《新唐書·地理志四》及《地理志一》。鳳翔府西南鄰鳳州。「俶」明鈔本作「淑」，下同。「見」字原無，據明鈔本補。

〔四〕所由　此處與前文「所由」，原均作「所用」，汪校本據明鈔本改作「所由」，是也。所由，謂有關經辦官吏差役。《資治通鑑》卷二四二唐穆宗長慶二年：「户部侍郎判度支張平叔……請令所由將鹽就村糶易。」胡三省注：「所由，綰掌官物之吏也。事必經由其手，故謂之所由。」唐張鷟《龍筋鳳髓判》卷四：「御史偲彈東宮每乘牛車微行……所由率丁讓等並請付法。」康駢《劇談録》卷上：「有度支所由甚幹事，徑詣東市肉行，以善價取之，將牛頭而至。」參見蔣禮鴻《敦煌變文字義通釋》第一篇《釋稱謂·所由》。《四庫》本「用」字妄改爲「疑」，謬甚。

〔五〕别　明鈔本作「見」。

〔六〕被馱　明鈔本作「乘之」，《會校》據改。

〔七〕前館方有吏迎拜敬立驚曰吾纔發館耳　孫校本「纔」作「適」。明鈔本作：「前館方有吏，見敬立驚問：『何來？』敬立曰：『吾發館耳。』」

〔八〕官　明鈔本無此字，《會校》據删。

〔九〕前　明鈔本作「下」。

〔一〇〕衣　明鈔本作「米」，《會校》據改。

崔書生

鄭還古　撰

博陵崔書生〔一〕，住〔二〕長安永樂里。先有舊業在渭南，貞元中，嘗因清明節歸渭南。行至昭應北墟壠之間，日已〔三〕晚，歇馬於古道左〔四〕。北〔五〕百餘步，見一女人，靚粧華服，穿越榛莽，似失路於松柏間。崔閑步劘逼，漸近〔六〕，乃以袂掩面，而足趾跌蹶，屢欲仆地。崔使小童逼而覘之，乃二八絕代之姝也。遂令小童詰之曰：「日暮何無儔侶，而傖惶於墟間耶？」默不對。又令一童，將所乘馬逐〔七〕之，更以僕馬奉送。美人迴顧，意似微納。崔乃僂而緩逐之〔八〕，以觀其近遠〔九〕耳。美人上馬，一僕控之而前。纔數百步，忽見女奴三數人，哆口坌息，踉蹌而謂女郎曰：「何處來？數處求之不得。」擁馬行十餘步，則長年青衣駐立以俟〔一〇〕。崔漸近，乃拜謝崔曰：「郎君愍小娘〔一一〕失路，脱驂僕以濟之。今日色已暮，邀郎君至莊可矣〔一二〕。」崔曰：「小娘子何忽獨步，悽惶如此？」青衣曰：「因被〔一三〕酒興酣至此。」

取北行一二里，復到一樹林，室屋〔一四〕甚盛，桃李甚〔一五〕芳。又有青衣七八人，迎女郎而入〔一六〕。少頃，一青衣出，傳主母命曰：「小外生因避燕嬌醉〔一七〕，逃席失路，賴遇君子，卹以僕馬。不然日暮，或值惡人虎狼狐媚〔一八〕，何所不加？闔室戴佩。且憩〔一九〕，即當奉邀〔二〇〕。」青衣數人更出候問〔二一〕，如親戚之密。頃之，邀崔入宅。既見，乃命食。食畢酒至，從容叙言：「某王氏外生女，麗豔精巧，人間無雙。欲侍君子巾櫛，何如？」崔放逸者〔二二〕，因酒拜謝於座側。俄命外生〔二三〕出，實神仙也。一住三日，讌遊歡洽，無不酣暢。王氏常呼其姨曰玉姨〔二四〕。玉姨好與崔生長行〔二五〕，愛崔口脂合子，玉姨輸，則有玉環相酬〔二六〕。崔輸且多，先於長安買得合子六七枚，半已輸〔二七〕玉姨，崔亦贏玉指環二枚。

忽一日，一家大驚曰〔二八〕：「有賊至。」其妻推崔生於後門出〔二九〕，纔出，妻已不見。但自於一穴中〔三〇〕，唯見芫花半落，松風晚清，黄萼紫英，草露沾衣而已。其贏玉指環，猶在衣帶。却省初見美人之路而行，見童僕以鍬鍤發掘一墓穴，已至櫬〔三一〕中，見銘記曰：「後周趙王女玉姨之墓。平生憐重王氏外生，外生先殁，遂令與之〔三二〕同葬。」棺柩儼然，開櫬，中有一合，合内有玉環六七枚。崔比其賭者，略無異矣。又一合，中有口脂合子數枚，乃崔生輸者也。崔生問僕人，僕曰〔三三〕：「但見郎君入柏林，尋覓不得，方尋掘此穴，果不誤也。」玉姨呼崔生奴僕爲賊耳。崔生感之，急爲掩瘞仍舊矣〔三四〕。（據中華書局版汪紹楹點校本《太平廣記》卷三三九引《博物志》校録，孫校本作《博異志》）

〔一〕書生　《歲時廣記》卷一七引《博物志》作「生」。
〔二〕往　原作「往」，據明鈔本、《歲時廣記》、《豔異編》卷三六《崔書生》、《情史類略》卷二〇《玉姨女甥》、《合刻三志》志鬼類、《雪窗談異》卷八、《唐人説薈》第十六集、《龍威秘書》四集、《晉唐小説六十種》之《靈鬼志·崔書生》改。
〔三〕已　《歲時廣記》作「將」。
〔四〕左　《豔異編》、《情史》、《合刻三志》、《雪窗談異》作「方」，連下讀。
〔五〕北　原作「比」，據《歲時廣記》、《豔異編》、《情史》、《合刻三志》、《雪窗談異》改。
〔六〕閑步劘逼漸近　明鈔本「閑」作「踵」，「劘」作「覷」，《豔異編》、《情史》「劘」作「戲」，《歲時廣記》作「閑步漸逼」，《靈鬼志》作「閑步漸近」。《會校》據明鈔本改「劘」爲「覷」。按：劘，迫近。
〔七〕逐　明鈔本作「隨」，《會校》據改。
〔八〕崔乃僂而緩逐之　「僂而」明鈔本作「獨步」，《會校》據改。孫校本作「屨而」。按：僂，彎腰也。「僂」《歲時廣記》作「屨」。按：屨，踐也，謂隨其踪迹。《文選》卷八揚雄《羽獵賦》：「屨般首，帶脩蛇。」李善注：「屨，謂踐履之也。」《情史》作「崔潛尾其後」，乃以意改之。
〔九〕近遠　明鈔本作「遠近」，《會校》據改。按：近遠即遠近。《漢書》卷七六《尹翁歸傳》：「不異親疏近遠，務在安民而已。」
〔一〇〕則長年青衣駐立以俟　明鈔本作「有年長青衣駐馬而俟」，《會校》據改。

〔一一〕小娘　明鈔本作「小娘子」，《會校》據補「子」字。下文作「小娘子」。按：小娘即小娘子，指稱少女或年輕女子。《李賀歌詩編》卷一《洛姝真珠》：「真珠小娘下青廓，洛苑香風飛綽綽。」

〔一二〕矣　《豔異編》、《情史》、《靈鬼志》作「乎」。

〔一三〕被　明鈔本、孫校本作「避」。

〔一四〕室屋　明鈔本作「室宇」，《會校》據改。按：《孟子·公孫丑上》：「雞鳴狗吠相聞，而達乎四境。」漢趙岐注：「雞鳴狗吠相聞，言民室屋相望而衆多也。」

〔一五〕甚　明鈔本作「芬」，《會校》據改，未當。

〔一六〕迎女郎而入　明鈔本作「迎門奉女郎而入」，《會校》據改。

〔一七〕避燕嬌醉　「燕」、「嬌」二字，據孫校本、《歲時廣記》補，《歲時廣記》「燕」作「宴」。燕，通「宴」。

〔一八〕惡人虎狼狐媚　「人虎」二字原無，據孫校本補。明鈔本作「物虎」。《歲時廣記》作「惡人處，狼欺狐媚」。

〔一九〕且憩　明鈔本作「無已」，連上讀。

〔二〇〕即當奉邀　明鈔本作「少當奉謝」。

〔二一〕青衣數人更出候問　明鈔本作「青衣仍詢崔動定，殷勤」，連下讀。

〔二二〕放逸者　談本「放」原作「逐」，汪校本據明鈔本改。《筆記小説大觀》本亦作「放」。《豔異編》、《情史》、《靈鬼志》作「邁」。《歲時廣記》此三字作「未遽諾」。

〔二三〕外生　原作「生」，據孫校本、《歲時廣記》、《豔異編》、《情史》、《靈鬼志》補「外」字。《豔異編》、《情史》、《靈鬼志》「生」作「甥」。明鈔本作「王氏」。

〔二四〕玉姨　《四庫》本作「王姨」。下同。

〔二五〕長行　明鈔本作「賭」，《會校》據改。《豔異編》、《情史》、《靈鬼志》作「賭玉」，「玉」字連下讀。按：長行，唐代一種流行博戲。李肇《國史補》卷上：「今之博戲，有長行最甚。其具有局有子，子有黄黑各十五，擲采之骰有二。其法生於握槊，變於雙陸。」《温飛卿詩集箋注》卷九《新添聲楊柳枝辭二首》其二：「井底點燈深燭伊，共郎長行莫圍棊。」

〔二六〕愛崔口脂合子玉姨輸則有玉環相酬　明鈔本作「崔以口脂合子爲賭資，姨以玉環相酬」，《會校》據改。

〔二七〕半已輸　明鈔本作「皆輸與」。

〔二八〕曰　孫校本無此字。

〔二九〕出　《歲時廣記》作「生」，連下讀。

〔三〇〕自於一穴中　「自」《豔異編》、《情史》、《靈鬼志》作「身卧」。「穴」明鈔本作「土穴」，《會校》據補「土」字。

〔三一〕櫬　《豔異編》、《情史》、《靈鬼志》作「闌」。按：闌，欄杆。

〔三二〕遂令與之　「遂」原作「後」，據明鈔本改。「之」原作「生」，據《歲時廣記》改。《豔異編》、《情史》、

《靈鬼志》作「外甥」。

〔三三〕僕曰　二字原脱，據明鈔本補。

〔三四〕崔生感之急爲掩瘞仍舊矣　明鈔本作「崔生感，方却爲掩瘞完好」。

按：此篇所出，《廣記》各本多作《博物志》，孫校本作《博異志》，明鈔本作《情志》。《歲時廣記》卷一七引此亦作《博物志》。《博物志》當指林登《續博物志》。孫校本較諸本爲善，多可校正諸本譌誤。且《廣記》此篇引在《博異記·閻敬立》後，則《博物志》者乃《博異志》之譌。作「情志」者，蓋誤「博」爲「情」，又脱「異」或「物」字耳。張國風《太平廣記會校》謂《歲時廣記》卷一七《續博物志》引有此條，《博物志》疑作《續博物志》，非是。

《豔異編》卷三六、《情史類略》卷二〇取入本篇，分别題《崔書生》、《玉姨女甥》。又，《合刻三志》志鬼類、《雪窗談異》卷八、《唐人説薈》第十六集（同治八年刊本卷一九）、《龍威秘書》四集《晉唐小説暢觀》、《晉唐小説六十種》之《靈鬼志》，妄託唐常沂撰，中亦有《崔書生》。

唐五代傳奇集第三編卷十四

李全質

鄭還古 撰

隴西李全質，少在沂州。嘗一日，欲大蹴踘，昧爽之交，假寐于沂州城横門東庭前。忽有一人〔一〕，紫衣，首戴圓笠，直造其前〔二〕，曰：「奉追。」全質曰：「何人相追？」紫衣人曰：「非某之追，別有人來奉追也。」須臾，一緑衣人來，曰：「奉追。」其言忽遽，勢不可遏。全質曰：「公莫有所須否？」緑衣人曰：「奉命令追，敢言其所須。」紫衣人謂緑衣人曰：「不用追。」以手麾出横門。紫衣人承間〔三〕謂全質曰：「適蒙問所須，豈不能終諾乎？」全質曰：「所須何物？」答曰：「犀佩帶一條耳。」全質曰：「唯。」言畢失所在。主者報蹴踘，遂令畫犀帶。日晚，具酒脯，並紙錢佩帶，于横門外焚之。是夜，全質纔寐，即見戴圓笠紫衣人來拜謝曰：「蒙賜佩帶，慙愧之至，無以奉答。然公平生水厄，但危困處，某則必至焉。」

洎太和歲初大水，全質已爲天平軍裨將，兼監察。有切務〔四〕，自中都抵梁郡城。西走百歇橋二十里，水深而冰薄。素不諳委，程命峻速〔五〕，片時不可駐。行從等面如死灰，信轡委命而行。纔〔六〕三數十步，有一人後來，大呼之曰：「勿過彼而可〔七〕來此，吾知其徑，安而且捷。」全質荷謝〔八〕，反〔九〕轡而從焉。纔不三里，止泥濘，而曾無寸尺之阻，得達本土。以財物酬其人，人固讓不取。固與之，答曰：「若仗我而來，則或不讓。今因我而行，亦何所苦〔一〇〕？」終不肯受。全質意其鮮焉，乃益之。須臾復來，已失所在。却思其人衣紫衣，戴圓笠，豈非橫門之人歟？

開成初，銜命入關，迴宿壽安縣。夜未央而情迫，時復昏晦，不得已而出逆旅。三數里而大雨，回亦不可。須臾，馬旁見一人，全質詰之：「誰歟？」對曰：「郵牒者。」便〔一一〕於馬前行，寸步不可覩。其人每以其前路物導之，或曰樹，或曰椿，或曰橋〔一二〕，或曰險，或曰培塿，或曰窮〔一三〕，全質皆得免咎。久而至三泉驛，憩〔一四〕焉。纔下馬，訪郵牒者，欲酬之，已不見矣。問從者形狀衣服，固紫衣而首戴笠，復非橫門之人歟？

會昌壬戌歲，濟陰大水，谷神子與全質同舟，訝全質何懼水之甚，詢其由，全質乃語此。又云本性無懼水，紫衣屢有應，故兢慄之轉切也。（據中華書局版汪紹楹點校本《太平廣記》卷三四八引《傳異記》校録，孫校本作《博異記》）

〔一〕人　原作「衣」，據明鈔本、孫校本改。
〔二〕前　明鈔本作「所」。
〔三〕承間　《四庫》本改作「乘間」。按：承間，趁機會。《楚辭·九章·抽思》：「願承間而自察兮，心震悼而不敢。」《史記》卷五五《留侯世家》：「今戚夫人日夜侍御，趙王如意常抱居前，上曰『終不使不肖子居愛子之上』，明乎其代太子位必矣。君何不急請呂后承閒爲上泣言……」
〔四〕切務　明鈔本作「公務」，《會校》據改。按：切務，重要事務。《舊唐書》卷九八《盧懷慎傳》：「使賢不肖較然殊貫，此濟時之切務也。」
〔五〕素不諳委程命峻速　明鈔本作「素不識程途，命峻速」。
〔六〕纔　明鈔本作「經」。
〔七〕可　此字原無，據明鈔本、孫校本補。
〔八〕謝　原作「之」，據明鈔本改。
〔九〕反　明鈔本作「返」，《會校》據改。按：反，同「返」。
〔一〇〕苦　明鈔本作「助焉」（據汪校）。
〔一一〕便　原作「更」，據明鈔本、孫校本改。
〔一二〕或曰橋　此三字原無，據明鈔本、孫校本補。
〔一三〕窮　《四庫》本作「溝」，疑爲妄改。按：窮，謂無路可行也。

〔一四〕 憩 明鈔本前有「始」字，《會校》據補。

沈恭禮

鄭還古 撰

閿鄉縣主簿沈恭禮，太和中，攝湖城尉。離閿鄉日小疾，暮至湖城，堂前卧。忽有人繞牀數匝，意謂從行〔一〕廳吏雷忠順。恭禮問之，對曰：「非雷忠順，李忠義也。」問曰：「何得來此？」對曰：「某本江淮人，因飢寒傭於人，前月至此縣，卒于逆旅。然飢寒〔二〕甚，今投君，祈一食，兼丐一小帽，可乎？」恭禮許之，曰：「遣〔三〕我何處送與汝？」對曰：「來暮遣驛中廳子張朝來取。」語畢，立于堂之西楹。恭禮起坐，忠義進曰：「君初止此，更有事，輒敢裨補。」恭禮曰：「可。」遂言：「此廳人居多不安。少間有一女子，年可十七八，强來參謁，名曰蠻陀僧，君慎不可與之言。或託是縣尹家人，或假四鄰爲附，輒不可交言，言則中此物矣。」

忠義語畢，却立西楹未定，堂東果有一女子，峨鬟垂鬢，肌膚悦澤，微笑轉盼，謂恭禮曰：「秋室寂寥，蛩啼〔四〕夜月，更深風動，梧葉墮階。如何罪責〔五〕，羈囚如此耶？」恭禮不顧〔六〕。又曰：「珍簟牀空，明月滿室，不飲美酒，虚稱少年。」恭禮又不顧。又吟曰：

「黄帝上天時，鼎湖元在兹。七十二玉女，化作黄金芝。」恭禮又不顧。逡巡而去。

忠義又進曰：「此物已去，少間東廊下有敬寡婦、王家阿嫂，雖不敢同蜜陀僧，然亦不得與語。」少頃，果有一女郎，自東廡下，衣白衣，簪白簪〔七〕，手整披袍，回命〔八〕曰：「王家阿嫂，何不出來？」俄然有曳紅裙、紫袖銀帔而來，步庭月數匝，却立〔九〕于東廡下。忠義又進曰：「此兩物已去，可高枕矣。少間縱有他媚〔一〇〕來，亦不足畏也。」忠義辭去，恭禮止之：「爲我更駐，候怪物盡即去。」忠義應唯。

而四更已〔一一〕，有一物，長二丈〔一二〕餘，手持三數髑髏，若躍丸者，漸近廳簷。忠義謂恭禮曰：「可以枕擊之。」應聲而擊，㩧然而中手〔一三〕，墮下髑髏，俯身掇之。忠義跳下〔一四〕，以棒〔一五〕亂毆，出門而去。恭禮連呼忠義，不復見，而東方已明。召〔一六〕從者具語之，遂令具食及市帽子。召廳子張朝詰〔一七〕之，曰：「某本巫人也。近者假食爲廳吏，具知有新客死鬼〔一八〕李忠義。」恭禮便付帽子及盤飡等去。

其夜，夢李忠義辭〔一九〕謝曰：「蜜陀僧大須防備，猶一二〔二〇〕年奉擾耳。」言畢而去。恭禮兩月在湖城，夜夜蜜陀僧來，終不敢對。後却〔二一〕歸閿鄉，即隔夜而至，然終亦不能爲患。半年後，或三夜五夜一來。一年餘，方漸稀。有僧令斷肉及葷辛，此後更不復來矣。（據中華書局版汪紹楹點校本《太平廣記》卷三四八引《博異志》校録）

〔一〕從行　明鈔本、孫校本作「行從」，《會校》據改。按：行從，隨從。

〔二〕寒　明鈔本作「餓」。

〔三〕遣　明鈔本作「使」，《會校》據改。按：遣，使也。

〔四〕啼　明鈔本作「吟」，《會校》據改。按：蟲鳴亦可曰啼，《白氏長慶集》卷九《夜雨》：「早蛩啼復歇，殘燈滅又明。」北宋文同《丹淵集》卷七《石竹》：「蜂翻紅蕊爛，蟲啼碧叢短。」

〔五〕罪責　明鈔本作「自貴」。

〔六〕顧　原作「動」，孫校本作「顧」。按：下文兩處云「又不顧」，作「顧」是，據改。明鈔本作「應」。

〔七〕簪　明鈔本作「花」。

〔八〕回命　明鈔本作「而言」。

〔九〕立　明鈔本作「没」，《會校》據改。

〔一〇〕娟　明鈔本作「魅」，《會校》據改。按：清朱駿聲《說文通訓定聲·履部》：「娟，假借爲『魅』。」《列子·力命》：「鬼魅不能欺。」唐盧重玄注：「《釋文》作『娟』，或作『魅』。」

〔一一〕已　明鈔本作「已來」，孫校本作「以來」，《會校》據孫校本改。

〔一二〕二丈　明鈔本、孫校本作「丈」。

〔一三〕手　明鈔本無此字。

〔一四〕下　明鈔本作「上」。

〔一五〕棒　明鈔本作「拳」。
〔一六〕召　原作「與」，據明鈔本、孫校本改。
〔一七〕詰　明鈔本作「訊」。
〔一八〕鬼　原作「客鬼」，據明鈔本删「客」字。
〔一九〕辭　明鈔本作「來」，《會校》據改。
〔二〇〕一二　原作「二三」，據明鈔本、孫校本改。
〔二一〕却　原作「即」，據明鈔本、孫校本改。

按：《廣豔異編》卷三四採入，題《密陀僧》。

薛淙

鄭還古　撰

前進士薛淙，元和中，遊河北衛州界村中古精舍。日暮欲宿，與數人同訪主人僧。主人僧會不在，唯聞庫西黑室中呻吟聲。迫而視，見一老僧病，鬚髮不剪，如雪，狀貌可恐。淙乃呼其侶曰：「異哉病僧！」僧怒曰：「何異耶？少年子要聞異乎？病僧略爲言之。」淙等曰：「唯唯。」

乃曰：「病僧年二十時，好遊絶國，服藥休糧，北至居延，去海三五十里。是日平明，病僧已行十數里，日欲出。忽見一枯立木，長三百餘尺〔一〕，大〔二〕數十圍，而其中空心。僧因根〔三〕下窺之，直上，其明通天，可容人。病僧又北行數里，遥見一女人，衣緋裙，跣足袒膊，被髮而走，其疾如風。漸近，女人謂僧曰：『救命可乎？』對〔四〕曰：『何也？』云：『後有人覓，但言不見，恩至〔五〕極矣。』須臾，遂入枯木中。僧更行三五里，忽見一人，乘甲馬，衣黄金衣，備弓劍之器，奔跳如電，每步可三〔六〕十餘丈。或在空，或在地，步驟如一。至僧前，曰：『見有女人〔七〕否？』僧曰：『不見。』又曰：『勿藏，此非人，乃飛天夜叉也。其黨數千，相繼諸天傷人，已八十〔八〕萬矣。今已並擒戮，唯此乃尤者也，未獲。昨夜三〔九〕奉天帝命，自沙吒天逐來，至此已八萬四千里矣。如某之使八千人散捉，此乃獲罪於天，師無庇之爾。』僧乃具言。須臾，便至枯木所，僧返步以觀之。天使下馬，入木窺之，却上馬，騰空繞木而上。人馬可半木已來，見木上一緋點走出，人馬逐之。去七八丈許，漸入霄漢，没於空碧中。久之，雨三數十點血，意已爲中矢矣。此可以爲異，少年以病僧爲異，無乃陋乎！」（據中華書局版汪紹楹點校本《太平廣記》卷三五七引《博異傳》校録，陳校本作《博異志》）

〔一〕尺　原作「丈」，據孫校本、陳校本改。

〔二〕大　此字原無，據孫校本、陳校本、《廣豔異編》卷三五《薛淙》補。

〔三〕根　《合刻三志》志妖類、《雪窗談異》卷七、《唐人説薈》第十六集（或卷二〇）《夜叉傳·薛淙》作「退」，當譌。

〔四〕對　明鈔本作「問」，《會校》據改。

〔五〕至　明鈔本、孫校本、陳校本作「之」，《會校》據改。

〔六〕三　《夜叉傳》作「二」。

〔七〕有女人　原作「某色人」，據明鈔本改。《夜叉傳》作「緋裙人」。

〔八〕十　明鈔本作「千」。

〔九〕三　明鈔本作「吾」，《會校》據改。

按：本篇《廣豔異編》卷三五輯入。《合刻三志》志妖類有僞題唐段成式撰之《夜叉傳》，中亦收此篇。《雪窗談異》卷七、《唐人説薈》第十六集（或卷二〇）《夜叉傳》同之。

張不疑

鄭還古　撰

南陽張不疑，開成四年，宏詞登科，授祕書。遊京西〔一〕，假丐於諸侯迴〔二〕。以家遠無人，患其孤寂，寓官京國。欲市青衣，散耳目於閭里間。旬月内，亦累有呈告者，適年〔三〕貌未偶。月餘，牙人來云：「有新鬻僕者，請閲焉。」不疑與期於翌日。及所約時至，抵其家。有披朱衣牙笏者，稱前浙西胡司馬。揖不疑就位，與語，甚爽朗。云：「某少曾在名場，幾及成事。曩以當家使於南海，蒙攜引數年，職〔四〕於嶺中。偶獲婢僕等三數十人〔五〕，自浙右已歷南荆，貨鬻殆盡，今但〔六〕有六七人，承牙人致君子至焉。」語畢，一青衣捧小盤，各設於賓主位。俄攜銀罇金盞，醪醴芳新，馨〔七〕香撲鼻。不疑奉道，常不御酒肉〔八〕，是日不覺飲數杯。徐〔九〕命諸青衣六七人，並列於庭，曰：「唯所選耳。」不疑曰：「某以乏於僕使，今唯有錢六萬，願貢其價，却望高明，度六萬之直者一人以示之〔一〇〕。」朱衣人曰：「某價翔庳，各有差等。」遂指一鴉鬟垂〔一一〕耳者曰：「春條可以償耳。」不疑覩之，則果是私目者矣。即日操契付金。

春條善書録，音旨清婉，所有〔一二〕指使，無不愜適。又好學，月餘日，潛爲小詩，往往自於户牖間題詩，云：「幽室鎖妖豔，無人蘭蕙芳。春風三十載，不盡羅衣香。」不疑深惜其才貌明慧。如此兩月餘〔一三〕。不疑素有禮奉門徒尊師，居旻天觀。相見，因謂不疑曰：「郎君有邪氣絶多。」不疑莫知所自。尊師曰：「得無新聘否？」不疑曰：「聘納則無，市一婢耳。」尊師曰：「禍矣！」不疑恐，遂問計焉。尊師曰：「明旦告歸，慎勿令覺。」

明早，尊師至，謂不疑曰：「喚怪物出來。」不疑召春條，泣於屏幕間，亟呼之，終不出來。尊師曰：「果怪物耳。」斥於室内閉之。尊師焚香作法，以水向門〔一四〕而噀者三，謂不疑曰：「可往觀之，何如也。」不疑視之，曰：「大抵是舊貌，但短小尺寸間耳。」尊師曰：「未也。」復作法禹步，又以水向門而噴者三，乃謂不疑曰〔一五〕：「可更視之，何如也。」不疑視之，長尺餘小許〔一六〕，殭立不動。不疑更前視之，乃仆地，撲然作聲。視之，一朽盟器，背上題曰「春條」，其衣服若蟬蛻然，繫結仍舊。不疑大驚。尊師曰：「此妖物〔一七〕腰腹間已合有異。」令不疑命〔一八〕刀劈之，腰頸〔一九〕間果有血，浸潤於木矣。遂焚之。尊師曰：「向使血偏體，則郎君一家皆遭此害〔二〇〕也。」

自是不疑鬱悒無已，曰〔二一〕：「豈有與明器同居而不之省，殆非永年〔二二〕。」每一念至，惘然數日，如有所失。因得沈痼，遂請告歸寧。明年，爲江西辟〔二三〕。至日，使淮南，中路疾〔二四〕罷。又明年八月而卒。卒後一〔二五〕日，尊夫人繼殁。道士之言果驗。（據中華書局版汪紹楹點校本《太平廣記》卷三七二校録）

〔一〕京西　原無「西」字，據明鈔本、孫校本、《豔異編》卷三五《張不疑》補。

〔二〕迴　明鈔本、《豔異編》作「因」，連下讀。黃本、《筆記小説大觀》本作「迺」，連下讀，《會校》據黃本改。

〔三〕年　原譌作「憎」，據明鈔本、《豔異編》改。

〔四〕職　原作「記」，據明鈔本、孫校本、《豔異編》改。

〔五〕偶獲婢僕等三數十人　孫校本無「等三」二字。

〔六〕但　明鈔本、孫校本、《豔異編》作「粗」，《會校》據明鈔本、孫校本改。

〔七〕馨　談本原譌作「聲」，汪校本徑改作「馨」，《四庫》本、《筆記小説大觀》本、《豔異編》作「馨」。孫校本作「清」，《會校》據改。

〔八〕不御酒肉　原作「御酒止肉」，誤，據明鈔本、《豔異編》改。

〔九〕徐　原譌作「佘」，據孫校本、《豔異編》改。

〔一〇〕度六萬之直者一人以示之　明鈔本、《豔異編》前有「但」字。《會校》據明鈔本補。

〔一一〕垂　原作「重」，據宋王銍《補侍兒小名録》引《博異志》改。

〔一二〕所有　《小名録》、《豔異編》作「有所」。

〔一三〕兩月餘　明鈔本、《豔異編》、《太平廣記鈔》卷七四作「月餘」。

〔一四〕門　原作「東」，據《豔異編》改。按：下文作「門」。

〔一五〕乃謂不疑曰　「乃」、「曰」二字原無，據明鈔本補。

〔一六〕小許　原作「小小許」，據孫校本删一「小」字。明鈔本、《豔異編》作「少時」，連下讀。《會校》據明鈔本改。

〔一七〕妖物　原作「雖然」，據明鈔本、《豔異編》改。

〔一八〕命　明鈔本作「以」，《會校》據改。按：命，拿來，取來。

〔一九〕頸　《豔異編》作「領」。

〔二〇〕害　原作「物」，據明鈔本、《豔異編》改。

〔二一〕曰　此字原無，據明鈔本、《豔異編》補。

〔二二〕年　此字原闕，汪校本據黄本補。《豔異編》作「耳」。

〔二三〕辟　《豔異編》作「幕官」。

〔二四〕中路疾罷　「疾」原作「府」，《四庫》本作「疾」。按：《唐語林》卷四《企羡》：「張不疑進士擢第，宏詞登科。當年四府交辟，江西李中丞凝，東川李相回，淮南李相紳，興元歸僕射融，皆當時盛府。不疑赴淮南命，到府未幾，以協律郎卒。」不疑所入乃淮南節度使府，非江西，未幾卒於淮南幕。此云自江西出使淮南，中途而罷，乃傳聞不實之辭。所言「府罷」，意謂罷幕，然出使途中罷幕，不合事理。《四庫》本改作「疾」，乃指因病罷使。雖不知校改所據，庶幾近之，今姑從之。

〔二五〕一　明鈔本、《豔異編》作「十」。

按：《廣記》所引《張不疑》凡二條，第二條題作「又」，以「一説」領起。前條末無出處，後條注「出《博異記》，又出《靈怪集》」。明鈔本前條與下條相連，注「出《博異志》」。二事相類，乃一事之二傳，而《博異志》所記必止其一也。《補侍兒小名録》引前事作《博異志》，似前事屬還古書。《廣記》《四庫全書》本前條注出《傳奇》，蓋妄加，乃因前之《盧涵》出《傳奇》也。《太平廣記鈔》卷七四《張不疑》，只前事，注出《宣室志》，亦係妄加。後條云「又出《靈怪集》」，《靈怪集》張薦作於貞元中，張不疑開成四年（八三九）登科，遠在張薦後，出處必誤。南宋周守忠《姬侍類偶》卷下、明陳耀文《天中記》卷一九引後事亦作《靈怪集》，蓋承《廣記》之誤。北宋錢易《南部新書》己卷云：「張不疑登科後，江西李疑、東川李回、淮南李融交辟（按：文字有脱譌），而不疑就淮南之命。到府未幾卒，卒時有怪，在《靈怪集》。」説本《唐語林》卷四《企羡》所據唐小説，而所記與前條稍合，當指前條。《南部新書》撰於《廣記》編成之後（錢明逸《南部新書序》云該書撰於大中祥符中），其稱「在《靈怪集》」者，殆亦本《廣記》也。今以前條屬之還古書，後條出處失考。《豔異編》卷三五《張不疑》，二事並録，不著出處。

茲將後事附録於左：

一説，張不疑常與道士共辨往來，道士將他適，乃誡不疑曰：「君有重厄，不宜居太夫人膝下，又不可進買婢僕之輩。某去矣，幸勉之。」不疑即啓母盧氏。盧氏素奉道，常日亦多在别所求静，因假（原作「持」，據明鈔本、《豔異編》改）寺院以居，不疑旦問省。數月，有牙儈言：「有崔氏孀婦甚貧，有妓女四人，皆鬻之。今有一婢曰金釭，有姿首，最其所惜者。今貧不得已，將欲貨之。」不疑喜，遂令召至，即酬其價十五萬而獲焉，寵侍無比。金釭美言笑，明利輕便。事不疑皆先意而知，不疑愈惑之。無幾，道士詣門。及見不疑，言色慘沮，吁嘆不已。不疑詰之，道士曰：「嘻！禍已成，無奈何矣！非獨於君，太夫人亦不免矣。」不疑驚怛，起曰：「別後皆如師教，尊長寓居佛寺，某守道，殊不敢怠，不知何以致禍？且如之何？」哀祈備至。道士曰：「皆無計矣。但爲君辨明之。」因詰其別後有所進否（原作「者」，據黄本、《豔異編》改），不疑曰：「家少人力，昨唯買一（原作『二』，據黄本、《豔異編》改）婢耳。」道士曰：「可見乎？」不疑即召之，金釭不肯出，不疑連促之，終不出。不疑自詬之，即至。道士曰：「即此是矣。」金釭大罵曰：「婢有過，鞭撻之可也。不要，鬻之可也。一百五十千尚在，何所憂乎！何物道士，預人家事耶？」道士曰：「惜之乎？」不疑曰：「焉有（此二字據黄本補）此事，唯尊師命，敢不聽從（原作『德』，據黄本改）。」道士即以拄杖擊其頭，沓然有聲，如擊木。遂倒，乃一盟器女子也，背書其名。道士命焚（原作「掘」，據《豔異編》改）之。掘地（據明鈔本、《豔異編》補）五六尺，得古墓，柩傍有盟器四五，制作悉類所焚者。一百五十千在柩前，儼然即不疑買婢之資也。因命復掩之（原作「復之」，據明鈔本、《豔異編》補）。不疑惝怳發疾，累月而卒。親盧氏，旬日繼歿焉。

鄭潔

鄭還古　撰

鄭潔，本滎陽人，寓於壽春郡。嘗以假攝丞尉求食，婚李氏，則善約之猶子也。潔假攝停秩，寄跡安豐之里。開成五年四月中旬，日向暮，李氏忽得心痛疾，乃如狂言，拜於空云：「且更乞。」須臾間而卒，唯心尚〔一〕暖耳。一家號慟，呼醫命巫，竟無效者，唯備死而已。至五更，雞鳴一聲，忽然迴轉。衆皆驚捧，良久，口鼻間覺有噓吸消息。

至明，方語云：見〔二〕兩人，把帖來追。初將謂州縣間，猶冀從容。而俄被使人曳將〔三〕，怕懼，行亦不覺甚難。至一城郭，引入，見一官人，似曹官之輩。又領入曹司〔四〕，聆〔五〕讀元追之由。云某前生姓劉，是丈夫，有妻曰馬氏。馬氏悍戾，劉乃殺而剔其腹，令馬氏無五臟，不可託生。所訴者馬氏〔六〕。某便告本司云：「居〔七〕欲得馬氏託生，即放某迴，盡平生所有，與作功德，爲許〔八〕即可也。若今追某，徒寘於無間獄，亦何裨於馬氏哉！」本司云：「此則自辨〔九〕之。」須臾，馬氏者到，李恐馬氏無禮，遂對官人云：「何得如此狡毒！」李具以私中之言對之。官人問馬氏曰：「何如？」馬氏曰：「寃係多年，別罪受畢合〔一〇〕歸，生路無計，伏取裁斷。」李氏又云：「且請檢某算壽幾何，若未合來，即請依前說。若合命盡，伏聽處分。」官人云：「灼然有理。」遂召司命。須臾，一主者抱案入來，云：「李未合來，昨追時已檢訖。」須臾更檢，檢〔一一〕出，捧呈官云：「更有十八年，合在人間。」本司云：「且令隨衙勘責，夜則放歸耳。」彼處欲夜，所司放出，似夢而歸也。自是人間日暮，追使即來，雞鳴即放迴，如常矣。

鄭雖貧苦，百計祇待來使。三五日後，使人甦謝鄭曰：「百味之物，深所反側，然不如賜茶漿水粥耳。茶酒不如賜漿水，又貧居之易辦〔一二〕。」自是，每晚則備漿水及粥，紙錢三五〔一三〕張。月十日後，每來皆語言商議，出拔李氏。李氏初每歸來，並不敢言，自使人同和，兼許微説冥間事。常言人罪之重者，無如枉法殺人而取金帛。又曰：「布施者不必造佛寺，不如先救骨肉間饑寒。如有餘，即分錫類；更有餘，則救街衢間也。其福最大。」鄭君兼憑問還往間一人壽命官爵，迴報云：「此人好受金帛，今被折壽，已欲盡矣。然更有一官，如能改，即得終此秩。若踵前，則不離任矣。」又云：「每燒錢財，如明旦欲送錢與某神祇，即先燒三十二張紙錢，以求五道，其神祇到必獲矣。如尋常燒香，多不達。如是春秋祭祀者，即不假告報也。其燒時，輒〔一四〕不得就地，須以柴或草薦之〔一五〕，從一頭以火爇，不得攪碎。其錢即不破碎，一一可達也。」

至八月中，李却迴，忽喜曰：「已有計可脱矣。」鄭詢之曰：「奈何？」「然須致紙錢三五萬，令他行下可矣。」鄭乃求於還往，一邑官吏並知之，共與同力，依言救之。後數日，方肯説，因云：「冥司又有剔五藏而殺人者，冥司勘覆未畢，且取彼五藏，寘諸馬氏腹，令託生矣。」自是追呼〔一六〕稍稀，或十日方一去，但云：「磨勘文案未畢，所言受罪亦不見，其餘但拷問科決而已。」又嘗言當邑某坊曲某姓名人〔一七〕，合至某月日卒，至時更無差謬。又鄭君自云：「某即合得攝安豐尉。」至明年正月三日，果爲崔中丞邀攝安豐縣尉。皆其妻素知之。自正月〔一八〕已後，更免其追呼矣。鄭君自有記録四十餘紙，此略而言也。（據中華書局版汪紹楹點校本《太平廣記》卷三八〇引《博異記》校録）

〔一〕尚　明鈔本作「上」。

〔二〕見　原作「鬼」，據孫校本改。

〔三〕將　明鈔本作「執」。

〔四〕司　明鈔本作「局」。按：曹司、曹局義同，即官署。

〔五〕聆　談本原作「然」，汪校本據明鈔本改。《會校》亦據明鈔本改，則作「聽」。

〔六〕氏　原作「母」，據孫校本改。

〔七〕居　《太平廣記鈔》卷六一《鄭潔妻》作「若」。

〔八〕許　原作「計」，據孫校本改。

〔九〕辨　明鈔本作「辦」。

〔一〇〕合　黄本、《四庫》本、《筆記小説大觀》本作「令」。

〔一一〕檢　明鈔本作「摺」，《會校》據改。按：檢，揀也。摺，折子。作「摺」當誤。

〔一二〕辨　原譌作「辨」，據明鈔本、《四庫》本、《筆記小説大觀》本改。

〔一三〕五　明鈔本作「百」。
〔一四〕輒　明鈔本作「切」，《會校》據改。
〔一五〕薦之　明鈔本作「布地」，《會校》據改。按：薦，墊也，襯也。
〔一六〕呼　原譌作「乎」，據孫校本、《四庫》本、《筆記小説大觀》本改。
〔一七〕某姓名人　明鈔本作「某人姓名」，《會校》據改。
〔一八〕自正月　明鈔本作「數月」。

按：《廣記》明鈔本注出《廣異記》，事在戴孚後，出處誤。末云：「鄭君自有記録四十餘紙，此略而言也。」乃採自鄭潔所記。鄭記原文頗長，題目不可知。

蘇遏

鄭還古　撰

天寶中，長安永樂里有一凶宅，居者皆破，後無復人住。暫至，亦不過宿而卒，遂至廢破。其舍宇唯堂廳存，因生草樹甚多。有扶風蘇遏，悾悾〔一〕遽苦貧窮，知之，乃以賤價於本主質之。纔立契書，未有一錢歸主。至夕，乃自攜一榻，當堂鋪設而寢。一更已後，未寢，出於堂，傍徨而行。忽見東牆下有一赤物，如人形，無手足，表裏通徹光明，而〔二〕叫曰：「咄！」遏視之，不動。良久，又〔三〕按聲呼曰：「爛木，咄！」西牆下有物應曰：「諾。」問曰：「甚没〔四〕人？」曰：「不知。」又曰：「大硬鏘。」爛木對曰：「可畏。」良久，乃失赤物所在。遏下階，中庭呼爛木曰：「金精合屬我，緣没敢叫喚？」對曰：「不知。」遏又問：「承前殺害人者在何處？」爛木曰：「更無別物，只是金精。人福自薄，不合居之，遂喪逝，亦不曾殺傷耳。」

至明更無事。遏乃自假鍬鍤之具，先於西牆下掘。入地三尺，見一朽柱，當心木如血色，其堅如石。後又於東牆下掘，兩日，近〔五〕一丈，方見一方石，闊一尺〔六〕四寸，長一丈八尺〔七〕，上以篆書曰：「夏天子紫金三十斤，賜有德者。」遏乃自思：「我何以爲德？」又自爲計曰：「我得此寶，然修德亦可禳之。」沈吟未決。至夜，又歎息不定。其爛木忽語曰：「何不改名爲有德？即可矣。」遏曰：「善。」遂稱有德。爛木曰：「君子儻能送某於昆明池中，自是不復撓吾〔八〕人矣。」有德許之。明辰，更掘丈〔九〕餘，得一鐵甕，開之，得紫金三十斤。有德乃還宅價，修葺，送爛木於昆明池。遂閉户讀書，三年，爲范陽請入幕。七年内，獲冀州刺史。其宅更無事。（據中華書局版汪紹楹點校本《廣記》卷四〇〇引《博異志》校録）

〔一〕悾悾　明鈔本作「悾淩」。按：悾悾，空空。

〔二〕而　《天中記》卷五〇引《博異記》作「忽」。

〔三〕又　明鈔本作「忽」。

〔四〕甚没　陳校本作「甚麽」，《會校》據改。《天中記》、《太平廣記鈔》卷七四作「甚」，《廣豔異編》卷二〇《蘇遏》作「何」。按：甚没，甚麽。《敦煌變文集》卷一《李陵變文》：「是甚没人？」

〔五〕近　陳校本作「深」，《會校》據改。

〔六〕尺　原作「丈」，據明鈔本、孫校本、陳校本改。

〔七〕尺　原作「寸」，據明鈔本、孫校本、陳校本改。

〔八〕吾　《四庫》本、《廣豔異編》作「於」，《廣記鈔》無此字。

〔九〕丈　明鈔本、孫校本、陳校本作「尺」，《會校》據改。

按：《廣豔異編》卷二〇據《廣記》輯入。

李黄

鄭還古　撰

元和二年，隴西李黄〔一〕，鹽鐵使巽〔二〕之猶子也。因調選次，乘暇於長安東市，瞥見一犢車，侍婢數人於車中貨易。李潛目車中，因見白衣之姝，綽約有絕代之色。李子求問，侍者曰：「娘子孀居，袁氏之女。前事李家，今身衣〔三〕李之服。方將外除〔四〕，所以市此耳。」又詢：「可能再從人乎？」乃笑曰：「不知。」李子乃出與錢帛，貨諸錦繡〔五〕。婢輩〔六〕遂傳言云：「且貸錢買之，請隨到莊嚴寺左側宅中，相還不晚〔七〕。」李子悅。

時已晚，遂逐犢車而行，礙夜方至所止。犢車入中門〔八〕，白衣姝一人下車，侍者以帷擁之而入。李下馬，俄見一侍者〔九〕將榻而出，云：「且坐。」坐畢，侍者云：「今夜郎君豈暇領錢乎？不然，此有主人否？且歸主人，明晨不晚也。」李子曰：「迺今無交錢之志〔一〇〕，然此亦無主人，何見隔〔一一〕之甚也？」侍者入白〔一二〕，復出〔一三〕曰：「若無主人，此豈不可，但勿以疏漏爲誚也。」俄而侍者云：「屈郎君。」李子整衣而入，見青服老女郎立於庭，相見曰：「白衣之姨也。」中庭坐。少頃，白衣方出，素裙粲然，凝質皎若，辭氣閑雅，神仙不殊。略序款曲，飜然却入。姨坐謝曰：「垂情與貨諸彩色，比日來市者，皆不如之。然所假如何〔一四〕？深憂愧。」李子曰：「綵帛麤繆，不足以奉佳人服飾，何苦〔一五〕指價乎？」答曰：「渠淺陋，不足侍君子巾櫛。然貧居有三十千〔一六〕債負，郎君儻不棄，則願侍左右矣。」李子悅，拜於侍側，俯而圖之。李子有貨易所，先在近，遂命所使取錢三十〔一七〕千，須臾而至。堂西間門剨然而開，飯食畢備，皆在西間。姨遂延李子入坐，轉盼炫焕。女郎旋至，命坐，拜姨而坐，六七人具飯。食畢，命酒歡飲。一住三日，飲樂無所不至。第四日，姨云：「李郎君且歸，恐尚書怪遲，後往來亦何難也。」李亦有歸志，承命拜辭而出。上馬，僕人覺李子有腥臊氣異常。

遂歸宅，問何處許日不見，以他語對。遂覺身重頭旋，命被而寢。先是婚鄭氏女，在側云：「足下調官已成，昨日過官，覓公不得，某二兄替過官，已了。」李答以媿佩之辭。俄而鄭兄至，責以所往行。李已漸覺恍惚，祇對失次，謂妻曰：「吾不起矣。」口雖語，但覺被底身漸消盡。揭被而視，空注水而已，唯有頭存。家大〔一八〕驚懾，呼從出之僕考〔一九〕之，具言其事。及去尋舊宅所，乃空園。有一皁莢樹，樹上有十五千，樹下有十五千，餘了無所見。問彼處人，云：「往往有巨白蛇在樹下，更〔二〇〕無別物。」姓袁者，蓋以空園爲姓耳。（據中華書局版汪紹楹點校本《太平廣記》卷四五八引《博異志》校録）

〔一〕李黄　《古今説海》説淵部別傳五十五《白蛇記》，《豔異編》卷三四《白蛇記》，《逸史搜奇》壬集六《李璜》，《合刻三志》志怪類、《雪窗談異》卷六、《唐人説薈》第十六集《物怪録·白蛇記》作「李璜」。按：字書無此字，疑爲「璜」字之譌。

〔二〕鹽鐵使巽　「巽」原譌作「遜」。李巽，《舊唐書》卷一二三、《新唐書》卷一四九有傳。新傳云：「李巽，字令叔，趙州贊皇人。以明經補華州參軍事，舉拔萃，授鄠尉。進累左司郎中、常州刺史，召拜給事中，出爲湖南觀察使。貞元五年，徙江西。巽鋭於爲治，持下以法，察無遺私，吏不敢少紿。順宗立，擢兵部侍郎。杜佑表爲鹽鐵轉運副使，俄代佑。」今改。

〔三〕衣　原作「依」，據明鈔本、《四庫》本、《説海》、《豔異編》、《逸史搜奇》、《物怪録》改。

〔四〕方將外除　談愷刻本作「方外除」，汪校本及《會校》據明鈔本改作「方除服」。《説海》、《豔異編》、《逸史搜奇》、《物怪録》作「方將外除」。按：袁女猶著白衣，是未及除服之日。外，指喪服。《禮記·雜記下》：「親喪外除」。孔穎達疏：「外，謂服也。」據《説海》等改。

〔五〕李子乃出與錢帛貨諸錦繡　「錢」字原空闕，汪校本據明鈔本補。孫校本、《説海》、《逸史搜奇》、《合刻三志》、《唐人説薈》亦同，然無「帛」字。黄本、《四庫》本作「金帛」。《説海》、《逸史搜奇》、《物怪録》「出與」作「與出」。《豔異編》作「郎君肯與出錢貨諸錦繡邪」，與上文「不知」並爲侍者語。

〔六〕婢輩　《説海》、《豔異編》、《逸史搜奇》、《合刻三志》、《雪窗談異》作「姝」。

〔七〕不晚　汪校本、《會校》據明鈔本改作「不負」。《説海》、《豔異編》、《逸史搜奇》、《物怪録》皆作「不晚」。按：不晚指還錢時間不算晚，原文不誤，不必校改，今回改。

〔八〕中門　明鈔本作「門中」。

〔九〕侍者　原作「使者」，據下文改。

〔一〇〕迺今無交錢之志　《説海》《四庫》本改作「我本無索錢之志」。按：交，求也。交錢亦索錢也。

〔一二〕隔　明鈔本作「拒」，《會校》據改。

〔一三〕白　此字原無，據《説海》、《豔異編》、《逸史搜奇》、《物怪録》補。

〔一三〕復出　明鈔本前有「頃」字，孫校本作「而」，《會校》據孫本補。

〔一四〕所假如何　明鈔本作「其價幾何」，《説海》、《豔異編》、《逸史搜奇》、《物怪録》連下句作「所假殊荷深愧」。

〔一五〕苦　汪校本及《會校》據明鈔本改作「敢」。按：《説海》、《豔異編》、《逸史搜奇》、《物怪録》均作「苦」，今回改。

〔一六〕三十千　孫校本作「三數千」，《説海》、《豔異編》、《逸史搜奇》、《物怪録》作「三數十千」。按：下文作「三十千」。

〔一七〕十　談本無此字，汪校本補，未出校。按：《四庫》本、《筆記小説大觀》本及《説海》、《豔異編》、《逸史搜奇》、《物怪録》皆有此字。

〔一八〕大　明鈔本作「人」，《會校》據改。

〔一九〕考　《説海》、《豔異編》、《逸史搜奇》、《物怪録》作「訊」。

〔二〇〕更　原作「便」，據明鈔本、《説海》、《豔異編》、《逸史搜奇》、《物怪録》改。

按：《廣記》所引二事，而末止注「出《博異志》」，疑前事出《博異志》，後事不可考。今將後事引録如左：

復一説：元和中，鳳翔節度李聽從子琯，任金吾參軍。自永寧里出遊，及安化門外，乃遇一車子，通以銀裝，頗極鮮麗。駕以白牛，從二女奴，皆乘白馬，衣服皆素，而姿容婉媚。琯貴家子，不知檢束，即隨之。將暮焉，二女奴曰：「郎君貴人，所見莫非麗質，某皆賤質，又麤陋，不敢當公子厚意。然車中幸有姝麗，誠可留意也。」琯遂求女奴，乃馳馬傍車，笑而迴曰：「郎君但隨行，勿捨去。某適已言矣。」琯既隨之，聞其異香盈路。日暮，及奉誠園，二女奴曰：「娘子住此之東，今先去矣。郎君且此迴翔，某即出奉迎耳。」車子既入，琯乃駐馬於路側。良久，見一婢出門招手。琯乃下馬，入座於廳中，但聞名香入鼻，似非人世所有。琯遂令人馬入安邑里寄宿。黄昏後，方見一女子，素衣，年十六七，姿豔若神仙。琯自喜之心，所不能諭。及曙而出（「曙而」二字據明鈔本補），已見人馬在門外，遂别而歸。纔及家，便覺腦疼，斯須益甚。至辰巳間，腦裂而卒。其家詢問奴僕昨夜所歷之處，從者具述其事，云：「郎君頗聞異香，某輩所聞，但蛇臊不可近。」舉家冤（明鈔本作「大」）駭。遽命僕人，於昨夜所止之處覆驗之。但見枯槐樹中，有大蛇蟠屈之跡。乃伐其樹，發掘，已失大蛇，但有小蛇數條，盡白，皆殺之而歸。

《古今説海》説淵部别傳五十五據《廣記》輯入二事，題《白蛇記》，不著撰人，《逸史搜奇》壬集六亦據《説海》收入，題《李璜》。《豔異編》卷三四亦載有《白蛇記》。又《合刻三志》志怪類、《雪窗談異》卷六、《唐人説薈》第十六集（同治八年刊本卷二〇）有託名唐徐嶷撰《物怪録》，中亦有《白蛇記》。

唐五代傳奇集第三編卷十五

任生

盧肇 撰

盧肇，字子發，袁州宜春（今江西宜春市）文標鄉人。一作望蔡（今江西上高縣）上鄉人。出身貧寒，幼好學，穎拔不群，宜春令盧蕚一見奇之。文宗太和九年（八三五）李德裕左調袁州長史，盧肇投文卷，遂見知。開成中應舉未第，武宗會昌三年（八四二）吏部尚書王起知貢舉，宰相李德裕薦之，遂擢狀元。及第後歸袁，有詩《成名後作》。宣宗大中元年（八四七），盧商自宰相出爲鄂岳節度使，辟爲從事。三年，盧商罷鎮，又應聘入江陵節度使裴休幕。十一年，盧簡求爲義武軍節度使，署爲幕僚。十三年，在定州（義武軍治所）撰《唐文宣王廟記》。此年簡求移鎮鳳翔，懿宗咸通元年（八六〇）又移河東，皆隨之。四年正月，簡求罷鎮致仕，肇署爲潼關防禦使紇干臮判官。二月除著作郎，八月遷倉部員外郎，充集賢院直學士。五年，除歙州刺史，明年賜金紫。在郡作《海潮賦》上之。七年罷郡。此後曾貶官連州、春州，又起爲池、萬二州刺史。咸通末（八七三）罷萬州歸宜春。乾符中出刺吉州，卒官。善書法。著作頗富，有《愈風集》十卷、《文標集》三卷、《盧子史録》、《大統賦注》六卷、《通屈賦》一卷等，今存《文標集》三卷（載《豫章叢書》），乃後人重輯。（據

《文標集》及童宗説序,《太平廣記》卷一八二引《玉泉子》,《雲溪友議》卷上又卷中,《全唐文》卷七六八林韞《撥鐙序》,五代孫光憲《北夢瑣言》卷三,王定保《唐摭言》卷二、卷三、卷一〇又卷一二,宋王讜《唐語林》卷三、卷七,計有功《唐詩紀事》卷五五,《郡齋讀書志》卷五下《附志》别集類,《説郛》卷三三《宜春傳信録》,陸游《渭南文集》卷二八,陳思《寶刻叢編》卷六又卷一五及《書苑菁華》卷一六,《寶刻類編》卷六又卷八,羅願《新安志》卷九,王象之《輿地紀勝》卷二八、卷三一又卷三四,元陶宗儀《書史會要》卷五,《正德袁州府志》卷八,《登科記考》卷二二,《唐尚書省郎官石柱題名考》卷一八,《新唐書·藝文志》,《宋史·藝文志》)

任生者,隱居嵩山讀書,志性專静。常夜聞異香,忽於簾外有謂生曰:「某以冥數,合與君偶,故來耳。」生意其異物,堅拒不納。其女子開簾而入,年可二十餘〔一〕,凝態豔質〔二〕,世莫之見。有雙鬟青衣,左右翼侍。夜漸久,顧謂侍者曰:「郎君書籍中,取一幅紙兼筆硯來。」乃作贈詩一首〔三〕,曰:「我名〔四〕籍上清,謫居遊五嶽。以君無俗累〔五〕,來勸神仙學。」又曰:「某後三日當來。」言畢而去。書生覽詩,見筆札秀麗,尤疑其妖異,志不納〔六〕。

三日果來,生志彌堅。女子曰:「妾非山精木魅,名列上清〔七〕。數運冥合,暫謫人間,自求匹偶。以君閑澹,願侍巾箱。不止於延福消禍,亦冀貴而且壽。今反自執迷,亦薄命所致。」又贈一篇曰：「葛洪亦〔八〕有婦，王母亦有〔九〕夫。神仙盡靈匹，君子意何如〔一〇〕？」書生不對，面牆而已。女子重贈一篇曰：「阮郎迷不悟，何要〔一一〕申情素？明日海山春〔一二〕，綵舟却歸去。」嗟嘆良久。出門，東行數十步，閃閃〔一三〕漸上空中，去地百餘丈，猶隱隱見於雲間。以三篇示於人，皆知其神仙矣，痛生之不遇也。

數月，生得疾。見二黄衣人，手持牒來追，曰：「子命已盡。」遂被引去。行十餘里，忽見幢節幡蓋，迤邐不絶。有女子乘翠輦，侍衛數十〔一四〕人。二黄衣與生辟易，隱於牆下〔一五〕。女子望見，既至，問曰：「何人？」黄衣具言。女子笑曰：「是嵩山讀書薄命漢〔一六〕。」謂黄衣把牒來，視〔一七〕曰：「公數盡矣。今既相遇，不能無情。」索筆判牒，云〔一八〕：「更與三年。」生再拜之。二使者曰：「此紫素元君〔一九〕，仙官最貴。既有命，即須回。」使者送至舊居，見身卧於床上。使者從後推之，乃蘇。嗟恨累日。後三年果卒〔二〇〕。後詩爲雷電取去〔二一〕。

（據中華書局版李永晟點校本《雲笈七籤》卷一一三上《傳》校録，又《類説》卷二七《逸史·紫素元君》，《詩話總龜》卷四七引盧肇《遺史》）

〔一〕餘　宋阮閱《詩話總龜》前集卷四七引盧肇《遺史》作「許」。

〔二〕凝態豔質　《詩話總龜》作「冶容豔美」。

〔三〕乃作贈詩一首　《詩話總龜》作「就案書一詩」。
〔四〕名　《詩話總龜》、《全唐詩》卷八六三嵩山女《書任生案》作「本」。元趙道一《歷世真仙體道通鑑》後集卷四《紫素元君》作「居」。
〔五〕累　《詩話總龜》作「侶」。
〔六〕志不納　此句原無，據《詩話總龜》補。
〔七〕上清　《類説》卷二七《逸史·紫素元君》、《真仙通鑑》作「上仙」。
〔八〕亦　《詩話總龜》、《全唐詩》作「還」。
〔九〕有　《詩話總龜》作「從」。
〔一〇〕君子意何如　《類説》「意」作「竟」。《詩話總龜》、《全唐詩》作「君意合何如」。
〔一一〕要　《類説》、《真仙通鑑》作「以」，《詩話總龜》作「處」。
〔一二〕明日海山春　《類説》、《真仙通鑑》作「明月海上春」。
〔一三〕閃閃　《詩話總龜》作「冉冉」。
〔一四〕十　《詩話總龜》作「千」。
〔一五〕二黄衣與生辟易隱於牆下　《詩話總龜》作「黄衣吏曳任牆下避」。
〔一六〕是嵩山讀書薄命漢　《類説》末有「耶」字。
〔一七〕視　此字原無，據《類説》、《真仙通鑑》補。

〔一八〕云　此字原無，據《紺珠集》卷一〇《唐逸史·紫素元君》、《類説》、《真仙通鑑》補。孔傳《後六帖》卷九〇《紫素元君》（無出處）作「曰」。

〔一九〕紫素元君　「紫」原作「三」。按：《類説》、《紺珠集》、《孔帖》、《真仙通鑑》俱作「紫」（《詩話總龜》但云女仙，未舉其名）。《太平御覽》卷六七五引《三元布經》曰：「紫素元君衣紫錦袯襹，白素元君衣白錦光明之襹。」是道書中有紫素元君。據《類説》等改。

〔二〇〕後三年果卒　《詩話總龜》作「生果六十卒」。

〔二一〕後詩爲雷電取去　此句原無，據《詩話總龜》補。

按：《新唐書·藝文志》小説家類著録《盧子史録》又《逸史》三卷，注「大中時人」。《崇文總目》列在雜史類，注「唐大中時人撰」，《通志·藝文略》同《崇文總目》。《遂初堂書目》小説類作《盧子逸史》，無卷數。《宋史·藝文志》小説類作一卷，注「不知名」，又傳記類重出《逸史》一卷，注「不知作者」。一卷本疑爲殘本。葉夢得《避暑録話》卷一云「盧肇《逸史》」，《詩話總龜》前集卷四七引盧肇《遺史》，卷首《集一百家詩話總目》中亦有盧肇《遺史》，《遺史》即《逸史》也。是則盧子者即盧肇。

原書已佚。《類説》卷二七摘録《逸史》二十條，天啓刊本不著撰人，明嘉靖伯玉翁舊鈔本卷二五題作唐盧藏用撰，注「大中時人」。藏用開元初卒，名誤也。《紺珠集》卷一〇摘録八條，題作《唐逸史》，署盧子。《説郛》卷二四録序及正文五條，題《逸史》，注三卷，未著撰人。《太平廣記》引用頗多，他書亦引有少數，遺文可得八十七事。清孫從添《上善堂宋元板精鈔舊鈔書目》著録舊鈔《逸史》三卷，陸心源《皕宋樓藏書志》卷六二小説類著録嘉慶二十二年（一八一七）長洲周世敬鈔本《唐逸史》三卷，均爲輯本。皕宋樓藏本後入日本静嘉堂文庫。

自序作於大中元年（八四七），時盧肇在鄂岳節度使盧商幕。序稱：「盧子既作《史録》畢，乃集聞見之異者，目爲《逸史》焉。……凡紀四十五條，皆我唐之事。」今存條目已近倍之，疑四十五乃百十五之譌。

《雲笈七籤》卷一一三上《傳》，載《任生》等十四事，《四部叢刊初編》本標目作「《神仙感遇傳》下」，而卷一一二乃《神仙感遇傳》，知此十四事皆屬杜光庭《神仙感遇傳》。《神仙感遇傳》採集諸書而成，《任生》則取自盧肇《逸史》。《類説》卷二四《逸史》、《紺珠集》卷一〇《唐逸史》皆有《紫素元君》，即任生之事，《詩話總龜》前集卷四七亦引盧肇《遺史》任生事，此可知也。《神仙感遇傳》於原文常有删改，然大較存焉，故據而校録。

盧李二生

盧肇撰

昔有盧李二生，隱居太白山讀書，兼習吐納道〔一〕引之術。一旦，李生告歸，曰：「某不能甘此寒苦，且浪跡江湖。」訣別而去。後李生知橘子園〔二〕，人吏隱欺，欠折官錢數萬〔三〕貫，羈縻不得東西〔四〕，貧悴日甚〔五〕。

偶過揚州阿師橋〔六〕，逢一人，草蹻布衫〔七〕，視之乃盧生。生昔號二舅，李生與語，哀其襤褸。盧生大駡曰：「我貧賤何畏〔八〕？公不作好〔九〕，棄身凡弊〔一〇〕之所，又有欠負，且被囚拘，尚有面目以相見〔一一〕乎？」李生厚謝〔一二〕。二舅笑曰：「居處不遠，明日即將馳馬〔一三〕奉迎。」至旦，果有一僕者，馳駿足來，云：「二舅遣迎郎君。」既去，馬疾如風。過城南數十里，路側朱門斜開。二舅出迎，星〔一四〕冠霞帔，容貌光澤，侍婢數十〔一五〕人，與橋下儀狀全別。邀李生中堂宴饌，名花異木，若在雲霄〔一六〕。又累呈藥物，皆殊美〔一七〕。

既夜，引李生入北亭，命酌。曰：「兼與公求得佐酒者，頗善箜篌。」須臾，紅燭引一女子至，容色極豔，新聲甚嘉。李生視箜篌上，有朱字一行云：「天際識歸舟，雲間辨江樹〔一八〕。」罷酒，二舅曰：「莫願作婚姻否？此人名家，質貌若此〔一九〕。」李生曰：「某安敢〔二〇〕？」二舅許爲成之。又曰：「公所欠官錢多少？」曰：「二萬貫。」乃與一拄杖，曰：「將此於波斯店取錢。可從此學道，無自穢，身陷鹽鐵〔二一〕也。」纔曉，前馬至〔二二〕，二舅令李生去，送出門。洎歸，頗疑訝爲神仙矣，即以拄杖詣波斯店〔二三〕。波斯見拄杖，驚曰：「此盧二舅拄杖，何以得之？」依言付錢。遂得無事〔二四〕。

其年，往汴州，行軍陸長源以女嫁之。既婚，頗類盧二舅北亭子所覩者。復解笠篌，果有朱書字，視之，「天際」之詩兩句也。李生具説揚州城南盧二舅亭中筵宴之事。妻曰：「某少年兄弟戲書此〔二五〕，昨〔二六〕夢見使者云仙官追，一如公所言也。」李生歎訝，却尋二舅之居，唯見荒草，不復覩亭臺也。（據中華書局版汪紹楹點校本《太平廣記》卷一七引《逸史》校録）

〔一〕道　《雲笈七籤》卷一一三上《神仙感遇傳下·盧李二生》作「導」。道，通「導」。

〔二〕知橘子園　《感遇傳》作「爲橘子園吏」，《詩話總龜》卷四七引盧肇《遺史》作「之官漆園」。

〔三〕萬　《感遇傳》作「千」，下同。

〔四〕東西　原作「東歸」，據明沈與文野竹齋鈔本、清孫潛校本、《詩話總龜》改。《感遇傳》作「他去」。

〔五〕貧悴日甚　原作「貧甚」，據《感遇傳》、《詩話總龜》補二字。

〔六〕阿師橋　原作「阿使橋」，據《感遇傳》、《詩話總龜》改。按：宋沈括《夢溪筆談·補筆談》卷三載：「揚州在唐時最爲富盛。……可紀者有二十四橋。最西，濁河茶園橋，次東大明橋。水入西門有九曲橋。……橋東河轉向南，有洗馬橋、次南橋。又南阿師橋、周家橋。……又自衙門下馬橋直南有北三橋、中三橋、南三橋，號九橋，不通船，不在二十四橋之數，皆在今州城西門之外。」王勤金《唐代揚州二十四橋橋址考古勘探調查與研究》（《南方文物》一九九五年第三期）稱，阿師橋同周家橋一樣，都毁於宋州城建城之始，同時推算出阿師橋的大體位置在今鳳凰橋小學偏南附近。朱千華在《尋找二十四橋》（《中國圖書評論》二〇〇五年第一期）中認爲，二十四橋爲一橋，即阿師橋的諧音。阿師橋即爲今揚州城北的螺螄灣橋。

〔七〕草蹻布衫　《詩話總龜》「蹻」作「履」。《感遇傳》全句作「草履麻衣」。

〔八〕畏　《感遇傳》作「恥」。

〔九〕不作好　明鈔本、孫校本「好」作「物」，《感遇傳》作「不外物」。

〔一〇〕棄身凡弊　《感遇傳》作「投身凡冗」。

〔一一〕見　孫校本作「忽」。

〔一二〕厚謝　《感遇傳》作「原謝」，《四庫全書》本作「媿謝」。

〔一三〕馳馬　此二字原無，據《感遇傳》補。

〔一四〕星　《詩話總龜》作「雲」。

〔一五〕十　《詩話總龜》、《錦繡萬花谷》前集卷一八引盧肇《遺史》作「百」。

〔一六〕若在雲霄　《感遇傳》作「疑在仙府」。

〔一七〕皆殊美　《感遇傳》作「悉皆珍奇」。

〔一八〕天際識歸舟雲間辨江樹　《孔帖》卷六二引《逸史》、《紺珠集》卷一〇盧子《唐逸史》、《類説》卷二七《逸史》、南宋皇都風月主人《緑窗新話》卷下引《逸史》、《詩話總龜》、《萬花谷》、委心子《新編分門古今類事》卷一六引《唐逸史》、謝維新《古今合璧事類備要》外集卷一五引《逸史》俱作「雲中辨江樹，天際識歸舟」。按：謝眺《謝宣城詩集》卷三《之宣城郡出新林浦向板橋》詩原作「天際識歸舟，雲中辨江樹」。

〔一九〕若此　《感遇傳》作「兼美」。

〔二〇〕安敢　《感遇傳》下有「及此」二字。

〔二一〕鹽鐵　《感遇傳》脱「鐵」字。按：古時鹽鐵爲國家專營，此代指經營官營産業之小官。《逸史·宋師儒》（《廣記》卷八四）：「宋師儒者，累爲鹽鐵小職，預知吉凶之事。」《唐詩紀事》卷一八：「（羅）鄴，餘杭人，父則爲鹽鐵小吏。」

〔二二〕纔曉前馬至　《感遇傳》作「迨晚，僕人復御前馬至」。

〔二三〕洎歸頗疑訝爲神仙矣即以拄杖詣波斯店　此十七字原脱，據《感遇傳》補。

〔二四〕無事　《感遇傳》作「免縶而去」。

〔二五〕某少年兄弟戲書此　「某」字原無，據《感遇傳》補。《詩話總龜》作「少年時因兄弟戲，夜乃作」，《萬花谷》作「少年時因兄弟戲乃作」。

〔二六〕昨　《感遇傳》作「嘗」。

李林甫

盧肇 撰

右相李公林甫〔一〕，年二十，尚未讀書。在東都，好遊獵打毬，馳逐鷹狗。每於城下槐壇下，騎驢擊鞠〔二〕，略無休日。既憊捨驢，以兩手返據地歇。一日，有道士甚醜陋，見李公踞地，徐言曰：「此有何樂，郎君如此愛也〔三〕？」李怒顧曰：「關足下何事？」道者去。明日又復言之。李公幼聰悟，意其異人，乃攝衣起謝。道士曰：「郎君雖善此，然忽有顛墜之苦，則悔不可及。」李公請自此修謹，不復爲也。道士笑曰：「與郎君後三日五更會於此。」曰：「諾。」及往，道士已先至，曰：「爲約何後？」李乃謝之。曰：「更三日復來。」

李公夜半往，良久道士至，甚喜，談笑極洽。且曰：「某行世間五百年，見郎君一人，已列仙籍，合白日昇天。如不欲，則二十年宰相，重權在己。郎君且歸，熟思之。後三日五更，復會於此。」李公迴，計之曰：「我是宗室，少豪俠，二十年宰相，重權在己，安可以白日昇天易之乎？計已決矣。」及期〔四〕往白，道士嗟嘆咄叱，如不自持。曰：「五百年〔五〕始見一人，可惜！可惜！」李公悔，欲復之，道士曰：「不可也，神明知矣。」與之叙别曰：「二十年宰相，生殺權在己，威振天下。然慎勿行陰賊，當爲陰德，廣救拔人，無枉殺人。

如此則三百年後，白日上昇矣。官禄已至，可便〔六〕入京。」李公匍匐泣拜，道士握手與別。

時李公堂叔爲庫部郎中，在京，遂詣。叔父以其縱蕩，不甚記録之，頗驚曰：「汝何得至此？」曰：「某知向前之過，今故候覲。請改節讀書，願受鞭箠。」庫部甚異之。亦未令就學，每有賓客，遣監杯盤之飾，無不修潔。或謂曰：「汝爲吾著某事。」雖雪深没踝，亦不去也。庫部益親憐之，言於班行，知者甚衆。自後以蔭叙，累官至贊善大夫。不十年，遂爲相矣。權巧深密，能伺上旨，恩顧隆洽，獨當衡軸。人情所畏，非臣下矣。數年後，自固益切，乃〔七〕起大獄，誅殺異己，冤死相繼，都忘道士槐壇之言戒也。

時李公之門，將有趨謁者，必望之而步，不敢乘馬。忽一日方午，有人扣門，吏驚候之，見一道士，甚枯瘦，曰：「願報相公。」閽〔八〕者呵而逐之外，吏又欲〔九〕鞭縛送於府，道士微笑〔一〇〕而去。明日日中復至，門者乘間而白，李公曰：「吾不記識，汝試爲通。」及道士入，李公見之，醒然而悟，乃槐壇所覯也。慙悸之極，若無所措。却思二十年之事，今已至矣。所承教戒，曾不蹔行，中心如疾。乃拜，道士迎笑曰：「相公安否？當時之請，並不見從。遣相公行陰德，今〔一一〕枉殺人。上天甚明，譴謫可畏，如何？」李公但搕額而已。

道士留宿，李公盡除僕使，處於中堂，各居一榻。道士唯少食茶果，餘無所進。至夜深，李公曰：「昔奉教言，尚有昇天之契〔一二〕。今復遂否？」道士曰：「緣相公所行，不合其道，有所竄責，又三百年也。更六百年，乃如約矣。」李公曰：「某人間之數將滿，既有罪譴，後當如何？」道士曰：「莫要知否？亦可一行。」李公降榻拜謝。曰：「相公安神静慮，萬想俱遣，兀〔一三〕如枯株，即可俱也。」良久，李公曰：「某都無念慮矣。」乃下招曰：「可同往。」李公不覺，便隨道士去。

出〔一四〕大門，及春明門，到輒自開，李公援道士衣而過。漸行十數里，李公素貴，尤不善行，困苦頗甚。道士亦自知之，曰：「莫思歇否？」乃相與坐於路隅。逡巡，以數節竹授李公，曰：「可乘此，至地方止，慎不得開眼。」李公遂跨之，騰空而上。覺身泛大海，但聞風水之聲。食頃止，見大郭邑，介士數百，羅列城門。道士至，皆迎拜，兼拜李公。約一里，到一府署。又入門，復有甲士。升階至大殿，帳榻華侈。李公困，欲就帳臥，道士驚，牽起曰：「未可，恐不可迴耳。此是相公身後之所處也。」曰：「審如是，某亦不恨。」道士歎〔一五〕曰：「茲介鱗〔一六〕之屬，其間苦事亦不少。」遂却與李公出大門，復以竹杖授之，一如來時之狀。入其宅，登堂，見身冥〔一七〕坐於床上。道士乃呼曰：「相公！相公！」李公遂覺。涕泗交流，稽首陳謝。明日別去，李公厚以金帛贈之，俱無所受，但揮手而已，曰：「勉旃！六百年後，方復見相公。」遂出門而逝，不知所在。

先是，安禄山常養道術士，每語之曰：「我對天子，亦不恐懼。唯見李相公，若無地自容〔一八〕。何也？」術士曰：「公有陰兵五百，皆有銅頭鐵額，常在左右，何以如此〔一九〕？」又謂禄山曰〔二〇〕：「某安得見之？」禄山乃奏請宰相，宴於己宅，密遣術士於簾間窺伺。退曰：「奇也。某初見報相公來〔二一〕，有一青衣童子，捧香爐而入〔二二〕。僕射侍衛，銅頭鐵額之類，皆穿屋踰牆，奔逆而走〔二三〕。某亦不知其故也，當是仙官暫謫在人間耳。」（據中華書局版汪紹楹點校本《太平廣記》卷一九引《逸史》校録，又卷七六引《逸史》）

〔一〕右相李公林甫　原作「唐右丞相李林甫」。朝鮮成任編《太平廣記詳節》卷三作「唐右相李公林甫」。按：右相即中書令，李林甫爲中書令。《舊唐書》卷一〇六《李林甫傳》：「即日，林甫代九齡爲中書、集賢殿大學士、修國史。……天寶改易官名，爲右相。」《新唐書·百官志二》：「開元元年，改中書省曰紫微省，中書令曰紫微令。天寶元年，曰右相。」右丞相則指尚書省右僕射。《新唐書·百官志一》：「龍朔二年，改左右僕射曰左右匡政。光宅元年，曰文昌左右相。開元元年，曰左右丞相，天寶元年復。」據《廣記詳節》改。「唐」字乃《廣記》編纂者所加，今删。

〔二〕騎驢擊鞠　「鞠」字原脱，據明馮夢龍《太平廣記鈔》卷五，陸楫《古今説海》説淵部别傳十五、《五朝小説·唐人百家小説》、《重編説郛》卷一一三、清蓮塘居士《唐人説薈》第十集《李林甫外傳》，明汪雲程《逸史搜奇》丁集三《李林甫外》（按：脱傳字）補。《四庫》本下補「毬」字，蓋據上文。

〔三〕如此愛也　《廣記詳節》作「何愛此也」。

〔四〕期　孫校本、《廣記詳節》作「其」。

〔五〕年　此字原脱，據明鈔本、孫校本、清黄晟校刊本、《四庫》本、《筆記小説大觀》本、《廣記詳節》、《廣記鈔》及《説海》、《逸史搜奇》、《唐人百家小説》、《重編説郛》、明吴大震《廣豔異編》卷五《李林甫外傳》、《唐人説薈》補。

〔六〕便　原作「使」，據明鈔本、孫校本、《廣記詳節》、《廣記鈔》及《説海》、《逸史搜奇》、《唐人百家小説》、《重編説郛》、《廣豔異編》、《唐人説薈》改。

〔七〕乃　原作「大」，據明鈔本、孫校本、《廣記詳節》及《説海》、《逸史搜奇》、《唐人百家小説》、《重編説郛》、《廣豔異編》、《唐人説薈》改。

〔八〕闔　原譌作「聞」，據《廣記詳節》、《説海》、《逸史搜奇》、《唐人百家小説》、《重編説郛》、《唐人説薈》改。《廣記鈔》改作「屢」。《廣記鈔》、《廣豔異編》作「門」。

〔九〕欲　此字原無，據《廣記詳節》、《説海》、《逸史搜奇》、《唐人百家小説》、《重編説郛》、《唐人説薈》補。

〔一〇〕笑　《説海》、《逸史搜奇》、《唐人百家小説》、《重編説郛》作「嘯」。下文「道士迎笑」、「道士笑曰」同。

〔一一〕今　明鈔本、孫校本、《廣記詳節》、《説海》、《逸史搜奇》、《唐人百家小説》、《重編説郛》、《唐人説薈》作「專」。

〔一二〕契　原譌作「挈」，據明鈔本、孫校本、《廣記詳節》及《説海》、《逸史搜奇》、《唐人百家小説》、《重編説郛》、《唐人説薈》改。

〔一三〕兀　《説海》、《逸史搜奇》、《唐人百家小説》、《重編説郛》、《唐人説薈》作「幾」。

〔一四〕出　此字原無，據《説海》、《逸史搜奇》、《唐人百家小説》、《重編説郛》、《唐人説薈》補。

〔一五〕歎　原作「笑」，《廣記詳節》作「歎」，義勝，據改。

〔一六〕介鱗　談愷刻本原譌作「介癬」，明鈔本、孫校本、《廣記詳節》及《説海》、《逸史搜奇》、《唐人百家小説》、《重編説郛》、《廣豔異編》、《唐人説薈》均作「介鱗」，據改。汪校本據明鈔本改作「介癬鱗」，誤。

〔一七〕身冥　「冥」原作「瞑」，據孫校本、《廣記詳節》及《説海》、《逸史搜奇》、《唐人百家小説》、《重編説郛》、《唐人説薈》改。《廣記詳節》「身」作「神」。

〔一八〕若無地自容　《類説》卷二七《逸史》作「則悚懷」，嘉靖伯玉翁舊鈔本「懷」作「慄」。《廣記》卷七六作「則神機悚戰」。

〔一九〕何以如此　《廣記》卷七六作「何得畏李相公」。

〔二〇〕又謂禄山曰　此五字原無，據《廣記》卷七六補。

〔二一〕某初見報相公來　原作「某初見李相公」，據《廣記》卷七六、《類説》改。《説海》、《逸史搜奇》、《唐人百家小説》、《重編説郛》、《唐人説薈》無「來」字，《唐人説薈》「公」下增「至」字。

〔二二〕有一青衣童子捧香爐而入　《廣記詳節》「一」作「二」。《廣記》卷七六、《類説》作「有雙鬟二青衣，捧香爐先入」。

〔二三〕奔逆而走　《廣記詳節》「逆」作「迸」。《説海》、《逸史搜奇》、《唐人百家小説》、《重編説郛》、《唐人説薈》作「奔走而去」。

按：本篇《古今説海》採入説淵部別傳十五，擬題《李林甫外傳》，不著撰人。後又取入《逸史搜奇》丁集三、《五朝小説·唐人百家小説》、《重編説郛》卷一一三、《唐人説薈》第十集（同治八年刊本卷一二）、葉德輝《唐開元小説六種》及《郎園先生全書》。《逸史搜奇》題脱「傳」字。《廣豔異編》卷五亦有《李林甫外傳》，文字與今本《廣記》基本相同。

崔生

盧肇撰

進士崔偉，嘗遊青城山。乘驢歇鞍，牧〔一〕放無僕使，驢走，趁不及。約行二十餘里〔二〕，至一洞口。已昏黑，驢復走入。崔生畏懼，不敢前進〔三〕，兼困，遂寢巖下〔四〕。及曉，覺洞中微明，遂入去。又十里，出洞門，望見草樹巖壑，悉非人間所有，金城絳闕，被甲者數百。見生呵問，答曰：「塵俗賤士，願謁仙翁。」守吏趨報，良久召見。一人居玉殿，披羽衣〔五〕，身可長丈餘，鬢髮皓素。侍女滿側〔六〕，皆有所執。延生上殿，與語甚喜。留宿，酒饌備極珍豐。

明日，謂生曰：「此非人世，乃仙府也。驢走益遠，予之奉邀。某惟一女，願事君子。此亦冥數前定，不可免也。」生拜謝。顧左右，令將青合〔七〕來，取藥兩丸，與生服訖〔八〕。覺腑臟清瑩，逡巡摩搔，皮若蟬蜕。視鏡，如嬰孩之貌。至夕，有霓旌羽蓋，仙樂步虚，與妻相見。真人空際，皆以崔郎爲戲。每朔望，仙伯與崔生〔九〕乘鶴，上朝蕊宫，云：「某階品尚以卑末，得在天真之列。」必與崔生别，翩翻於雲漢之内〔一〇〕。歲餘，嬉遊佚樂無所比。崔生〔一一〕因問曰：「某血屬要與一訣〔一二〕，非有戀著也，請略暫回。」仙翁曰：「不得淹留，譴罪極大。」與符一道，云：「恐遭禍患，此可隱形，然慎不得遊宫禁中。」臨别，更與符一道，云：「甚急即開。」却令取所乘驢付之。

到京都，試往人家，皆不見，便入苑囿大内。會劍南進太真妃生日錦繡，乃竊其尤者以翫。上曰：「晝日賊無計〔一三〕至此，必爲妖取之〔一四〕。」乃召羅公遠作法訖，持朱書照之，寢殿户後〔一五〕，果得。崔生具本末〔一六〕，上不信，令笞死。忽記仙〔一七〕翁臨行之符，遽發。公遠與捉者皆僵仆，良久能起。即啓玄宗曰：「此人〔一八〕已居上界，殺之必不得。假使得之，臣輩便受禍，亦非國家之福。」玄宗乃釋之，親召與語曰：「汝莫妄言〔一九〕。」遂令百人具兵仗〔二〇〕，同術士〔二一〕同送，且覘其故。却至洞口，復見金城絳闕。仙伯嚴侍衛〔二二〕，出門呼曰：「崔郎不記吾言〔二三〕，幾至顛躓。」崔生拜訖將前，送者亦欲隨至。仙翁以杖畫地〔二四〕，成澗，深闊各數丈。令召崔生妻至，擲一領巾過，作五色綵〔二五〕橋。遣生登，隨步即滅。既度，崔生回首曰：「即如此，可以歸矣。」須臾，雲霧四起。咫尺不見，唯聞鸞鶴〔二六〕笙歌之聲，半日方散。遥望惟空山而已，不復有物也。（據中華書局版汪紹楹點校本《太平廣記》卷二三引《逸史》校録）

〔一〕牧　原作「收」，據孫校本改。

〔二〕二十餘里　《雲笈七籤》卷一一三上《神仙感遇傳下・崔生》作「十里」。

〔三〕不敢前進　此四字原無，據《感遇傳》補。

〔四〕巖下　此二字原無，據《感遇傳》補。

〔五〕羽衣　《類説》卷二七《逸史・擲領巾爲絳橋》、南宋陳葆光《三洞群仙録》卷七引《逸史》作「羽衣霞帔」。

〔六〕滿側　《感遇傳》作「數百」。

〔七〕合　《類説》、《群仙録》作「囊」。

〔八〕「生拜謝」至「與生服訖」　《感遇傳》作「生再拜謝，遂以女妻之。數日，令左右取青合中藥兩丸，與生服之」。

〔九〕與崔生　此三字原無，據《感遇傳》補。

〔一〇〕必與崔生别翩翻於雲漢之内　此二句疑有脱譌。《感遇傳》無此二句，無從取校。

〔一一〕崔生　此二字原無，據《感遇傳》補。

〔一二〕訣　孫校本作「談」。

〔一三〕賊無計　明鈔本、孫校本作「計無賊」。

〔一四〕必爲妖取之　此句原無，據《感遇傳》補。

〔一五〕户後　原作「户外後」，據《感遇傳》删「外」字。

〔一六〕崔生具本末　「崔生」二字原無，據《感遇傳》補。《感遇傳》「具」下有「寫」字。

〔一七〕仙　原譌作「先」，據明鈔本、孫校本、《四庫》本、《感遇傳》、《廣豔異編》卷五《崔生》改。

〔一八〕人　此字原無，據《感遇傳》、《類説》、《群仙録》補。

〔一九〕言　原作「居」，據孫校本改。

〔二〇〕百人具兵仗　《感遇傳》「百」作「數百」，「仗」作「服」。

〔二一〕衛士　原譌作「衛士」，據《感遇傳》改。

〔二二〕仙伯嚴侍衛　《感遇傳》作「仙翁御殿，侍從森然」。

〔二三〕不記吾言　孫校本作「不相取信」。

〔二四〕地　此字原無，據《感遇傳》補。

〔二五〕綵　明鈔本、孫校本、《感遇傳》、《類説》、《群仙録》作「絳」，《紺珠集》卷一〇《唐逸史·擲巾爲橋》作「虹」。按：絳，即虹。

〔二六〕鶴　孫校本作「鵲」，當譌。

按：《廣豔異編》卷五據《廣記》採入，題《崔生》。

姚泓

盧肇　撰

大中年〔一〕，有禪師行道精高，居於南岳。忽一日，見一物人行而來，直至僧前，緑毛覆體。禪師懼，謂爲梟之屬也。細視面目，即如人也。僧乃問曰：「檀越爲山神耶？野獸耶？復乃何事而特至此？貧道禪居此地，不擾生靈，神有知，無相惱也。」良久，其物合掌而言曰：「今是何代？」僧曰：「大唐也。」又曰：「和尚知晉末〔二〕乎？自爾至是復幾載？」僧曰：「從晉及今，向四百年〔三〕矣。」其物乃曰：「和尚博古知今，寧不知有姚泓乎？」僧曰：「知之。」物曰：「我即泓也。」僧曰：「吾覽晉史，言姚泓爲劉裕所執，遷姚宗于江南，而斬泓於建康市。據其所記，泓則死矣，何至今日，子復稱爲姚泓耶？」泓曰：

「當爾之時，我國實爲裕所滅，送我於建康市，以狥天下。奈何未及肆刑，我乃脱身逃匿。裕既求我不得，遂假一人貌類我者斬之，以立威聲，示其後耳。我則實泓之本身也。」

僧因留坐，語之曰：「史之説，豈虚言哉？」泓笑曰：「和尚豈不聞漢有淮南王劉安乎？其實昇仙，而遷、固狀以叛逆伏誅。漢史之妄，豈復逾於後史耶？斯則史氏妄言之證也。我自逃竄山野，肆意遊行，福地静廬，無不探討。既絶火食，遠陟此峰，樂道逍遥，唯餐松柏之葉。年深代久，遍身生此緑毛，已得長生不死之道矣。」僧又曰：「食松柏之葉，何至生毛若是乎？」泓曰：「昔秦宫人遭亂避世，入太華之峰，餌其松柏。歲祀寖久，體生碧毛尺餘。或逢世人，人自驚異，至今謂之毛女峰。且上人頗知〔四〕古，豈不詳信之乎？」僧因問請須所食，泓言：「吾不念〔五〕世間之味久矣，唯飲茶一甌。」仍爲僧陳晉末〔六〕歷代之事，如指諸掌。更有史氏闕而不書者，泓悉備言之。既而辭僧告去，竟不復見耳。（據中華書局版汪紹楹點校本《太平廣記卷二九引《逸史》校録》）

〔一〕大中年　「大中」原譌作「太宗」，孫校本作「太中」，據改，然「太」當作「大」。前原有「唐」字，今删。

〔二〕末　原譌作「宋」，今改。説詳下。

〔三〕四百年　原誤作「百四年」，據明鈔本、孫校本、《四庫》本乙改。按：晉亡於恭帝元熙二年（四二〇），去唐宣宗大中元年（八四七）四百多年。

〔四〕知　原作「信」，據明鈔本、清陳鱣校本改。

〔五〕念　原作「食」，據明鈔本、孫校本、陳校本改。

〔六〕晉末　原作「晉宋」，孫校本、南宋王楙《野客叢書》卷一八《姚泓徐敬業》作「晉末」。按：姚泓，十六國時後秦國君。晉義熙十三年（四一七），劉裕攻入後秦都城長安，姚泓被俘，斬於建康。見《晉書》卷一一九《姚泓載記》。姚泓被斬在晉末，劉裕未建宋，據孫校本、《野客叢書》改。前文「晉宋」亦改「晉末」。

劉晏

盧　肇　撰

宰相劉晏〔一〕，少好道術，精懇不倦，而無所遇。常〔二〕聞異人多在市肆間，以其喧雜，可混跡也。後遊長安，遂至一藥鋪。偶問，云〔三〕：「常有三四老人，紗帽拄杖來取酒，飲訖即去。或兼覓藥看，亦不多買。其亦〔四〕非凡俗者。」劉公曰：「早晚當至〔五〕？」曰：「明日合來。」劉公平旦往，少頃，果有道流三人到。引滿飲酒，談謔極歡，旁若無人。良久曰：「世間還有得似我輩否？」一人曰：「王十八。」遂去。

自後每憶之，不可尋求。及作刺史，往南中，過衡山縣。時春初，風景和暖。喫冷淘一盤，香菜茵陳之類，甚爲芳潔。劉公異之，告郵吏〔六〕曰：「側近莫有衣冠居否？此菜何所得？」答曰：「縣有官園子王十八能種，所以館中常有此蔬菜〔七〕。」劉公忽驚起〔八〕，記所遇道者之説，乃曰：「園近遠？行去得否？」曰：「即館後。」遂往，見王十八，衣犢鼻〔九〕灌畦，狀貌山野，望劉公趨拜戰栗。漸與語〔一〇〕，問其鄉里家屬，曰：「蓬飄不省，亦無親族。」劉公異疑〔一一〕之，命坐。索酒與飲，固不肯。却歸，晏乃詣縣，自請同往南中〔一二〕。縣令都不喻，當時發遣，王十八亦不甚拒。破衣草履，登舟而行。

劉公漸與之熟，令妻子見拜之。同坐茶飯，形容衣服，日益穢敝，家人並竊惡之。夫人曰：「豈兹有異？何爲如此？」劉公不懈。去所詣數百里，患痢，朝夕困極。舟船隘窄，不離劉公之所。左右掩鼻罷食，不勝其苦，劉公都無厭怠〔一三〕之色，但憂慘而已。勸就湯粥，數日遂斃。劉公嗟嘆涕泣，送終之禮，無不精備，乃葬於路隅。

後一年，官替歸朝。至衡山縣，令郊迎。既坐，曰：「使君所將園子，去尋却回，乃應是不堪驅使。」劉公驚問：「何時歸？」曰：「後月餘日即歸，云奉處分放迴。」劉公大駭，當時步至園中，茅屋雖存，都無所覩。鄰人云：「王十八昨暮去矣。」劉公〔一四〕怨恨加甚，向屋再拜，泣涕而返。審其到縣之日，乃途中疾卒之辰也。遣人往發其墓，空存衣服而已。

數月至京城，官居朝列，偶得重疾，將至屬纊，家人妻子，圍視號叫。俄聞叩門甚急，閽者走呼曰：「有人稱王十八，令報。」一家皆歡躍迎拜，王十八微笑而入其卧所，疾已不知人久矣。乃盡令去幬蔽等及湯藥，自於腰間取一葫蘆，開之，瀉出藥三丸，如小豆大。用葦筒引水半甌，灌而摇之。少頃，腹中如雷鳴，逡巡開眼，蹶然而起，都不似先有疾狀。夫人曰：「王十八在此。」晏乃涕泗交下，牽衣再拜，若不勝情，妻女及僕使並泣。王十八悽然曰：「奉酬〔一五〕舊情，故來相救。此藥一丸，可延十歲。至期某却來自取。」啜茶一椀而去，劉公固請少淹留，不可。又欲與之金帛，復大笑。

後劉公拜相，兼領鹽鐵，坐事貶忠州，三十年矣。一旦有疾，王十八復來，曰：「要見相公。」劉公感歎頗極，延入閤中。又懇求，王十八曰：「所疾即愈，且還其〔一六〕藥。」遂以鹽一兩投水，令飲。飲訖大吐，吐中有藥三丸，顔色與三十年前服者無異。王十八索香湯洗之。劉公堂姪，侍疾在側，遂攫其二丸吞之。王十八熟視笑曰：「汝有道氣，我固知爲汝掠也。」趨出而去，不復言别。劉公尋痊復。數月有詔至，乃卒。（據中華書局版汪紹楹點校本《太平廣記》卷三九引《逸史》校録）

〔一〕宰相劉晏　前原有「唐」字，今删。

〔二〕常　《南嶽總勝集》卷下、《真仙通鑑》卷三四《王十八》作「嘗」。

〔三〕偶問云　《真仙通鑑》作「偶聞人曰」。
〔四〕其亦　明鈔本、孫校本「其」作「棋」。《南嶽總勝集》作「某意」，《真仙通鑑》作「其意」。
〔五〕當至　《真仙通鑑》作「至否」。
〔六〕告郵吏　「告」《真仙通鑑》作「問」。「吏」原作「史」，據孫校本、《南嶽總勝集》、《真仙通鑑》改。明鈔本作「刺史」，誤。
〔七〕此蔬菜　《南嶽總勝集》、《真仙通鑑》作「好菜蔬」。
〔八〕起　此字原無，據孫校本補。
〔九〕犢鼻　《真仙通鑑》下有「袴」字。
〔一〇〕漸與語　「語」原作「同坐」，明鈔本、孫校本作「語」。《南嶽總勝集》、《真仙通鑑》此三字作「漸次」。按：下文方云「命坐」，據明鈔本、孫校本改。
〔一一〕異疑　《南嶽總勝集》、《真仙通鑑》作「益異」。
〔一二〕南中　明鈔本、孫校本作「嶺中」，《南嶽總勝集》、《真仙通鑑》作「嶺外」。按：南中即嶺外、嶺南。據《舊唐書》卷一一三、《新唐書》卷一四九《劉晏傳》，劉晏曾爲彭原、餘杭二郡太守，隴、華二州刺史，河南尹，京兆尹，通州刺史，最後貶忠州刺史賜死，未曾在嶺南爲刺史。此蓋傳聞之辭。
〔一三〕怠　《南嶽總勝集》、《真仙通鑑》作「忌」。
〔一四〕劉公　此二字原無，據《真仙通鑑》補。

〔一五〕酬　明鈔本、孫校本、《南嶽總勝集》、《真仙通鑑》作「愧」。

〔一六〕其　《南嶽總勝集》、《真仙通鑑》作「某」。

裴老

盧肇撰

大曆中〔一〕，有水部〔二〕王員外，好道術。雖居朝列，布衣山客〔三〕，日與周旋。一旦，道侶數人在廳事，王君方與〔四〕談諧拊掌。會除溷裴老，攜穢具至王君給使。因聞諸客言，竊笑之〔五〕。王君僕使皆怪。少頃，裴老受傭事畢。王君將登溷，遇於户外〔六〕。裴老整衣〔七〕，似有所白。因問何事，漸前曰：「員外大好道。」王驚曰：「某實留心於此〔八〕。」曰：「知員外酷好，然無所遇。適廳中兩客〔九〕，大是凡流，但誑員外，希酒食耳。」王君竦異良久。其妻呼罵曰：「身爲朝官，乃與此穢漢結交。」遣人逐之。王君曰：「天真道流，不擇所處。」裴老〔一〇〕請去，王君懇邀從容，久方許諾。曰：「明日來得否？」曰：「不得，外後日來〔一一〕。」

至期，王君潔浄别室以候。妻呼曰：「安有與除厠人親狎如此！」王君曰：「尚懼不肯顧我。」少頃至，布袍曳杖，頗有隱逸之風。王君坐語，茶酒更進。裴老清言間發，殊無荷穢之姿狀。曰：「員外非真好道，乃是愛藥耳，亦有少分。某既來，莫要爐火之驗否？」王君叩頭曰：「小生酷嗜，不敢便有祈請。」裴指鐵盒，可二斤餘，曰：「員外剩取火至。」以盒分兩片，置於其中，復以火覆之。須臾，色赤。裴老於布袍角解一小囊，取藥兩丸，如麻粟〔一二〕。除少炭，撚散盒上，却堆火燒之。食頃，裴老曰：「成矣。」令王君僕使之壯者，以火筯持出，擲於地。逡巡，乃上上金〔一三〕矣，色如雞冠。王君降堦再拜，搕頭陳謝。裴老曰：「此金一兩，敵常者三兩。然員外不用留，轉將布施也。」別去曰：「從此亦無復來矣。」王君拜乞曰：「末學俗士，願瀝丹懇，須至仙伯山居中，具起居禮〔一四〕。」裴老曰：「何用此？」乃約更三日，於蘭陵坊西大菜園後相覓。

王君易服〔一五〕及期往，至則果見小門。扣之，黄頭奴〔一六〕出，問曰：「莫是王員外否？」遂將一胡床來，令於中門外坐。少頃引入，有小堂甚清淨。裴老道服降堦，侍女童十人，皆有姿色。延上勞問，風儀質狀，並與前時不同，若四十餘人矣。茶酒果實甚珍異，屋室嚴潔，服用精華。至晚，王君告〔一七〕去，裴老送出門。旬日復來，其宅已爲他人所賃〔一八〕，裴老不知所去也。（據中華書局版汪紹楹點校本《太平廣記》卷四二引《逸史》校録）

〔一〕大曆中　前原有「唐」字，《雲笈七籤》卷一一三上《神仙感遇傳下·王水部》無，今删。

〔二〕水部　此二字原無，據《感遇傳》補。

〔三〕布衣山客　《感遇傳》作「有布衣方藥之士」。

〔四〕與　原作「甚」，據《感遇傳》改。孫校本作「其」，《會校》據改，當誤。

〔五〕「會除溷裴老」至「竊笑之」　孫校本「因聞諸客言」作「由廳聞諸客語」，《會校》據改。《感遇傳》作「除厠裴老，攜穢路側，密近廳所，王君妻令左右止之，因附耳於壁，聽道侣言，竊笑不已」。

〔六〕外　原作「内」，據《感遇傳》改。

〔七〕裴老整衣　「裴老」二字原無，據《感遇傳》補。《感遇傳》「整」作「斂」。

〔八〕某實留心於此　《感遇傳》作：「老人安得知？莫有所解否？」

〔九〕適廳中兩客　《感遇傳》作「適來廳上數人」。

〔一〇〕裴老　《感遇傳》下有「笑」字。

〔一一〕外後日來　《感遇傳》作「老人請後日相訪」。按：外後日即大後天。陸游《老學庵筆記》卷一〇：「今人謂後三日爲外後日，意其俗語耳。偶讀《唐逸史·裴老傳》，乃有此語。裴大曆中人也，則此語亦久矣。」

〔一二〕如麻粟　《感遇傳》作「小於糜粟」。

〔一三〕金　原作「金盒」，《感遇傳》、《三洞群仙録》卷二〇引《逸史》作「金」，據删「盒」字。

〔一四〕須至仙伯山居中具起居禮　《感遇傳》作：「願至仙伯高第申起居，容進否？」

〔一五〕易服　原譌作「亦復」，據明鈔本、孫校本、《感遇傳》改。
〔一六〕黄頭奴　《感遇傳》作「蒼頭」。
〔一七〕告　此字原無，據《感遇傳》補。
〔一八〕賃　明鈔本、孫校本作「貨」。

太陰夫人

盧肇　撰

盧杞少時，窮居東都，於廢宅内賃舍。鄰有麻氏嫗，孤獨〔一〕。杞遇暴疾，卧月餘。麻婆慨之〔二〕，來作羹粥。疾愈後，多謝之〔三〕。晚從外歸〔四〕，見金犢車子在麻婆門外。盧公驚異，窺之，見一女，年十四五，真神人〔五〕。明日潛訪麻婆，麻婆曰：「莫要作婚姻否？試與商量〔六〕。」杞曰：「某貧賤，焉敢輒有此意？」麻曰：「亦何妨。」既夜，麻婆曰：「事諧矣，請齋三日，會於城東廢觀。」既至，見古木荒草，久無人居。逡巡，雷電風雨暴起，化出樓臺，金殿〔七〕玉帳，景物華麗。有輜軿降空，即前時女子也。與杞相見，曰：「某即天人，奉上帝命，遣人間自求匹偶耳。君有仙相，故遣麻婆傳意。更七日清齋，當再奉見。」女子呼麻婆，付兩丸藥。須臾，雷電黑雲，女子已不見，古木荒草，蒼然〔八〕如舊。

麻婆與杞歸，清齋七日，斸地種藥。纔種已蔓生，未頃刻，二葫蘆生於蔓上，漸大如兩斛〔九〕甕。麻婆以刀刳其中，麻婆與杞各處其一，仍令盧公〔一〇〕具油衣三領。風雷忽起，騰上碧霄，滿耳只聞波濤之聲，迤邐東去〔一一〕。久之覺寒〔一二〕，令着油衫。如在冰雪中，复令着至三重，甚煖。謂麻婆曰：「此去洛陽多少〔一三〕？」麻婆曰：「去洛已八萬里。」良久〔一四〕，葫蘆止息，遂見宮闕樓臺，皆以水晶〔一五〕爲牆垣，被甲仗〔一六〕戈者數百人。

麻婆引杞入，見女子居〔一七〕紫殿，從女百人〔一八〕。命杞坐，具酒饌。麻婆屏立〔一九〕於諸衛下。女子謂杞：「君合得三事，取一事之長〔二〇〕。若欲長〔二一〕留此宮，壽與天畢；次爲地仙，常居人間，時得至此；下爲中國〔二二〕宰相。如何〔二三〕？」杞曰：「在此處實爲上願。」女子喜曰：「此水晶宮也。某爲太陰夫人，仙格已高，足下〔二四〕便是白日昇天。然須定〔二五〕，不得改移，以致相累也。」乃賫青紙爲表〔二六〕，當庭拜奏，曰：「須啓上帝。」

少頃，聞東北間〔二七〕聲云：「上帝使至。」太陰夫人與諸仙趨降。俄有幢節香幡，引朱衣少年立階下。朱衣宣帝命曰：「盧杞，得太陰夫人狀云，欲住水晶宮，如何？」杞無言。夫人但令疾應，又無言。夫人及左右大懼，馳入，取鮫綃五匹，以賂使者，欲其稽緩。食頃間又問：「盧杞，欲水晶宮住，作地仙，及人間宰相？此度須決。」杞大呼曰：「人間宰相。」朱衣趨去。太陰夫人失色，曰：「此麻婆之過，速領回。」推入葫蘆。又聞風水之聲，却至故居，塵榻宛然〔二八〕，時已夜半。葫蘆與麻婆，並不見矣。杞後果爲相〔二九〕。（據中華書局版汪紹楹點校本《太平廣記》卷六四《逸史》引校録）

〔一〕「盧杞少時」至「孤獨」 以上數句《雲笈七籤》卷一一三上《神仙感遇傳下·盧杞》作「盧相名杞，少時甚貧，與市嫗麻婆者，於東都廢宅税舍以居。麻婆亦孑然」。

〔二〕憫之 此二字原無，據《感遇傳》補。

〔三〕多謝之 此三字原無，據《感遇傳》補。

〔四〕晚從外歸 《感遇傳》作「後累日向晚自外歸」。

〔五〕神人 《感遇傳》、《真仙通鑑》後集卷五《麻媪》作「神仙人」。

〔六〕試與商量 《感遇傳》作「如是則爲請求之」。

〔七〕殿 《感遇傳》作「鑪」。

〔八〕蒼然 此二字原無，據《感遇傳》補。

〔九〕斛 《紺珠集》卷一三《諸集拾遺·盧杞遇仙》作「斗」，《分門古今類事》卷五引《西京記》及《神仙傳》作「石」。

〔一〇〕盧公 此二字原無，據《感遇傳》補。

〔一一〕迤邐東去 此句原無，據《感遇傳》補。

〔一二〕久之覺寒　《感遇傳》作：「又謂盧公曰：『莫寒否？』」

〔一三〕謂麻婆曰此去洛陽多少　以上十字原無，據《感遇傳》、《類説》卷二七《逸史·盧杞爲人間宰相》、《真仙通鑑》補。《真仙通鑑》「婆」作「媪」。

〔一四〕良久　原作「長久」，據《廣記》《四庫》本、《感遇傳》、《類説》、《真仙通鑑》改。

〔一五〕水晶　明鈔本、孫校本、《類説》作「水精」，下同。按：水精即水晶。

〔一六〕仗　原譌作「伏」，據《廣記》《四庫》本、《感遇傳》、《廣豔異編》卷四《太陰夫人》改。

〔一七〕女子居　此三字原無，據《感遇傳》、《類説》、《真仙通鑑》補。

〔一八〕百人　《感遇傳》作「數百人」，《類説》、《真仙通鑑》作「數百」。

〔一九〕屏立　《感遇傳》作「屏息立」，「立」字連下讀。按：屏立，退立。

〔二〇〕取一事之長　原作「任取一事」，據明鈔本、孫校本改。《類説》、《真仙通鑑》作「取一長者」。《感遇傳》作「取一事可者言之」，《會校》據改。

〔二一〕若欲長　原作「常」，據《感遇傳》改。

〔二二〕中國　《類説》、《真仙通鑑》作「人間」。

〔二三〕如何　此二字原無，據《感遇傳》補。

〔二四〕足下　《感遇傳》、《類説》、《真仙通鑑》作「郎君」。

〔二五〕定　《感遇傳》作「執志堅一」。

〔二六〕乃賫青紙爲表 《感遇傳》作「乃索青紙爲寫素」。

〔二七〕間 《感遇傳》作「喧然」，《會校》據改。

〔二八〕宛然 《感遇傳》、《類説》、《真仙通鑑》作「儼然」。

〔二九〕杞後果爲相 此句原無，據《感遇傳》補。

按：《廣豔異編》卷四從《廣記》採入。

迴向寺狂僧

盧肇 撰

玄宗開元末〔一〕，夢人云：「將手巾五百條，袈裟五百領，於迴向寺〔二〕布施。」及覺，問左右，並云無。乃遣募緇徒道高者，令尋訪。有一狂僧，本無住著，人亦不知其所來，自出應召，曰：「某知迴向寺處。」問要幾人，曰：「但得齎持所施〔三〕物，及名香一斤，即可矣〔四〕。」授之，其僧徑入終南。行兩日，至極深峻處，都無所見。忽遇一碾石，驚曰：「此地人迹不到，何有此物？」乃於其上焚所攜香，禮祝哀祈，自午至夕。良久，谷中霧起，咫尺不辨。近來漸散，當半崖，有朱柱〔五〕粉壁，玲瓏如畫。少頃，轉分明，見一寺，若在雲間，三門巨額，諦視之，乃迴向也。僧喜甚，攀陟遂到。

時已黄昏，聞鐘磬及禮佛之聲。守門者詰其所從來，遂引入，見一老僧曰：「唐皇帝萬福〔六〕。」令與人相隨，歷房散手巾等。其中有一胡僧，狀貌可畏〔七〕。唯餘一分，一房但空榻者，亦無人也。又具言之，僧笑令坐，顧侍者曰：「彼房取尺八來。」至〔八〕，乃玉尺八也。僧曰：「汝見彼胡僧否？」曰：「見。」僧曰：「此是權代汝主者〔九〕。國内當亂，人死無數。此胡〔一〇〕名磨滅王。其一室是汝主房也。汝主在寺，以愛吹尺八，謫在人間，此常吹者也。今限將〔一一〕滿，即却歸矣。」明日，遣就坐齋。齋訖，曰：「汝當回，可將此玉尺八付與汝主，并手巾、袈裟令自收也。」狂僧膜拜而回，童子送出。纔數步，又雲霧四合。及散，則不復見寺所矣。

乃持手巾、袈裟〔一二〕、尺八，進於玄宗。及召見，具述本末。玄宗大感悦，持尺八吹之，宛是先所御者。後十餘年〔一三〕，遂有安禄山之亂。其狂僧所見胡僧，即禄山也。（據中華書局版汪紹楹點校本《太平廣記》卷九六引《逸史》校録）

〔一〕玄宗開元末　前原有「唐」字，今删。北宋贊寧《宋高僧傳》卷一八《唐京兆法秀傳》、南宋洪邁《容齋四筆》卷一五《尺八》引《逸史》止云「開元末」。

〔二〕寺　《類説》卷二七《逸史·迴向院》作「院」。

〔三〕施　此字原無，據《宋高僧傳》補。

〔四〕矣　原作「去」，據明鈔本、孫校本、陳校本、《宋高僧傳》改。

〔五〕柱　《宋高僧傳》作「門」。

〔六〕唐皇帝萬福　《宋高僧傳》末有「否」字。《類説》作「皇帝差來施手巾袈裟」，乃狂僧語。

〔七〕其中有一胡僧狀貌可畏　此二句原無，據《類説》補於此。

〔八〕至　此字原無，據明鈔本、孫校本、《宋高僧傳》補。

〔九〕者　原作「也」，據明鈔本、孫校本改。

〔一〇〕胡　此字原無，據《宋高僧傳》補。

〔一一〕將　原作「已」，據《宋高僧傳》改。明鈔本、孫校本作「亦」。

〔一二〕袈裟　此二字原無，據《宋高僧傳》補。

〔一三〕十餘年　原作「二十餘年」，明鈔本、孫校本無「二」字，據删。《類説》作「十年」，《宋高僧傳》作「數年」。按：安禄山於天寶十四載（七五五）起兵叛亂，去開元末（二十九年，七四一）十數年。

唐五代傳奇集第三編卷十六

華陽李尉

盧　肇　撰

天寶後〔一〕，有張某爲劍南節度使。中元日，令郭下諸寺，盛其陳列，以縱士女遊觀。有華陽李尉者，妻貌甚美，聞於蜀人，張亦知之。及諸寺嚴設，傾城皆至。其從事及州縣官家人看者，所由必白於張，唯李尉之妻不至。異之，令人潛問其鄰，果以貌美不出。張乃令於開元寺選一大院，遣蜀之衆工絶巧者，極其妙思，作一鋪木人音聲，關戾在内，絲竹皆備。令百姓士庶，恣觀三日。云三日滿，即將進内殿。百里車輿闐噎〔二〕。兩日，李君之妻亦不來。三日，欲夜人〔三〕散，李妻乘兜子，從婢一人而至。將出宅，人已奔走啓于張矣。張乃易其衣服先往，於院内一脱空佛中坐，覘覷之。須臾至，先令探屋内都無人，乃下。張見之，乃神仙之人，非代所有。

及歸，潛求李尉之家來往者浮圖尼及女巫，更致意焉，李尉妻皆驚而拒之。會李尉以推事受贓，爲其僕所發，張乃令能吏深文按之，奏杖六十，流於嶺徼，死于道。張乃厚賂李尉之母，彊取之。適李尉愚而陋，其妻每有庸奴之恨，遂肯。置于州，張寵敬無與倫比。然自此後，亦常髣髴見李尉在於其側。令術士禳謝，竟不能止。歲餘，李之妻亦卒。

數年，張疾病，見李尉之狀，益〔四〕甚分明。忽一日，覩李尉之妻，宛如平生。張驚，前問之，李妻曰：「某感公恩深，思有所報。李某已上訴於帝，期在此歲。然公亦有人救拔，但過得茲年，必無虞矣。彼已來迎，公若不出，必不敢升公之堂，慎不可下。」言畢而去。其時〔五〕華山道士符籙極高，與張結壇場於宅内，言亦略同。張數月不敢降階，李妻亦同〔六〕來，皆教以嚴慎之道。又一日黄昏時，堂下東廂有叢竹，張見一紅衫子袖〔七〕，於竹側招己者。以其李妻之來也，都忘前所戒，便下階，奔往赴之。左右隨後叫〔七〕呼，止之不得。至則見李尉衣婦人衣，拽張於林下，毆擊良久。云：「此賊若不著紅衫子招，肯下階耶？」乃執之出門去。左右如醉，及醒，見張仆於林下矣。眼鼻皆血，唯心上暖，扶至堂而卒矣。

（據中華書局版汪紹楹點校本《太平廣記》卷一二二引《逸史》校録）

〔一〕天寶後　前原加「唐」字，今删。

〔二〕噎　明仁孝皇后《勸善書》卷一六作「溢」。

〔三〕人　《太平廣記詳節》卷八作「車」。

〔四〕益　原作「亦」，據《廣記詳節》、《勸善書》、明曹學佺《蜀中廣記》卷九〇引《逸史》改。

〔五〕其時　《廣記詳節》、《勸善書》作「有」，《蜀中廣記》作「其」。

〔六〕同　《勸善書》作「時」。

〔七〕袖　孫校本作「就」，連下讀，《會校》據改，誤。

〔八〕叫　《廣記詳節》作「叨」，當譌。《勸善書》作「呵」。

按：《廣豔異編》卷一九輯入此篇，題《華陽李尉》。

樂生

盧　肇　撰

中丞杜式方〔一〕，爲桂州觀察使。會西原山賊反叛，奉詔討捕。續令郎中裴某，承命招撫。及過桂州，式方遣押衙樂某〔二〕，并副將二人當直。至賓州，裴命樂生與副將二人，至賊中傳詔命，并以書遺其賊帥，招令歸復。樂生素儒士也，有心義。既至，賊帥黄少卿大喜，留醼數日。悦樂生之佩刀，懇請與之，少卿以小婢二人酬其直。既復命，副將與生不相得，遂告於裴，云樂某以官軍虚實露於賊帥，暱之，故贈女口。裴大怒，遣人搜檢，果得。樂生具言本末，云：「某此刀價直數萬，意頗寶惜。以方奉使，賊帥求之，不得不與。彼歸其直，二口之價，尚未及半。某有何過？」生使氣者，辭色頗厲。裴君逾怒，乃禁於賓州獄。以書與式方，并牒誣爲大過，請必殺之。

式方以遠鎮，制使言其下受賂於賊，方將誅剪，不得不寘之於法，然亦心知其冤。樂生亦有狀具言，式方遂令持牒追之，面約其使曰：「彼欲逃避，汝慎勿禁，兼以吾意語之。」使者至，傳式方意。樂生曰：「我無罪，寧死。若逃之，是有罪也。」既至，式方乃召入。問之，生具述根本。式方乃以制使書牒示之，曰：「今日之事，非不知公之冤，然無路以相救矣，如何？」遂令推訊。樂生問推者曰：「中丞意如何？」曰：「中丞以制使之意，押衙不得免矣。」曰：「中丞意如此，某亦奚訴。」遂索筆通款，言受賊帥贓物之狀。式方頗甚憫惻。將刑，引入曰：「知公至屈，有何事相託？」生曰：「無之。」式方曰：「公有男否？」曰：「一人。」「何職？」曰：「得衙前虞候足矣。」式方便授牒，兼贈錢百千文，用爲葬具。又問所欲，曰：「某自誣死，必無逃逸，請去桎梏，沐浴，見妻子，囑付家事。」公皆許。

至時，式方乃登州南門，令引出，與之訣別。樂生沐浴巾櫛，樓前拜啓曰：「某今死矣，雖死不已。」式方曰：「子怨我乎？」曰：「無。中丞爲制使所迫耳。」式方灑泣。遂令領至毬場內，厚致酒饌。飡訖，召妻子別。問曰：「買得棺未？可速買。兼取紙一千張，筆十管，置棺中。吾死，當上訴於帝前。」問監刑者曰：「今何時？」曰：「日中。」生曰：

「吾日中死，至黄昏時，便往賓州，取副將某乙。及明年四月，殺制使裴郎中。」舉頭見執捉者一人，乃虞候所由。樂曾攝都虞候，語之：「汝是我故吏，我今分死矣，爾慎無折吾頸。若如此，我亦死即當殺汝。」所由至此時，亦不暇聽信，遂以常法，拉其頭殺之。然後笞，笞畢，拽之於外。拉者忽驚蹶，面仆於地死矣。

數日，賓州報，副將以其日黄昏，暴心痛終。制使裴君，以明年四月卒。其年十月，式方方於毬塲宴敕使次，飲酒正洽，忽舉首瞪目曰：「樂某，汝今何來也？我亦無過。」索酒瀝地祝之。良久又曰：「我知汝屈，而竟殺汝，亦我之罪。」遂瘖不語。舁到州，及夜而殞。至今桂州城南門，樂生死所，方圓丈餘，竟無草生。後有從事於桂者，視之信然。自古冤死者亦多，樂生一何神異也〔三〕！（據中華書局版汪紹楹點校本《太平廣記》卷一二二引《逸史》校録）

〔一〕中丞杜式方　原前加「唐」字，《勸善書》卷一七同，今删。

〔二〕押衙樂某　「押衙」孫校本作「神御」，疑誤。「某」清汪森《粤西叢載》卷一三引《逸史》（題《樂將軍廟》）作「源」。

〔三〕按：《粤西叢載》節引《逸史》，末云：「因爲立樂將軍祠祀之。」乃增飾之語。

盧叔敏

盧　肇　撰

盧叔敏〔一〕，居緱氏縣，即故太傅文貞公崔祐甫之表姪。時祐甫初拜相，有書與盧生，令應明經舉。生遂自緱氏赴京，行李貧困〔二〕，有驢，兩頭叉袋〔三〕，一奴纔十餘歲而已。初發縣，有一紫衣人，擎小襆，與生同行，云送書狀至城，辭氣甚謹。生以僮僕小，甚利其作侶，扶接鞍乘。每到店，必分以茶酒，紫衣者亦甚知媿〔四〕。至鄂嶺，早發十餘里，天纔明。紫衣人與小奴驅驢在後，忽聞奴叫呼聲，云被紫衣毆擊。生曰：「奴有過但言，必爲科決，何得便自打也？」言訖，見紫衣人懷中抽刀刺奴，洞腸流血，生乃驚走。初尚乘驢，行數十步，已見紫衣人趁在後，棄驢並靴，馳十數步。紫衣逐及，以刀刺倒，與奴同死於嶺上。

時緱氏尉鄭楚相，與生中外兄弟。晨起，於廳中忽困睡，夢生被髮，血污面目，謂尉曰：「某已被賊殺矣。」因問其由，曰：「某枉死，然此賊今捉未得。」乃牽白牛一頭來，跛左脚，曰：「兄但記此牛。明年八月一日平明，賊從河中府與同黨買牛來，於此過，入西郭門，最後驅此者即是。」鄭君驚覺，遂言於同僚。至明日，府牒令捉賊，方知盧生已爲賊所殺，於書帙中得崔相手札。河南尹捕捉甚急，都無蹤跡。

至明年七月末，鄭君與縣宰計議，至其日五更，潛布弓矢手力於西郭門外，鄭君領徒自往，伏於路側。至日初出，果有人驅牛自西來者，後白牛跛脚，行遲，不及其隊，有一人驅之。其牛乃鄭君夢中所見盧生牽者，遂擒掩之，並同黨六七人〔五〕盡得。驅跛牛者，乃殺盧生賊也。問之悉伏，云：「此郎君於某有恩，某見其囊中書，謂是綾絹，遂劫殺之。及開之，知非也，唯得絹兩疋耳。自此已來，常髣髴見此郎君在側。如未露，尚欲歸死，已就執，豈敢隱諱乎？」因具言其始末。與其徒皆死於市。（據中華書局版汪紹楹點校本《太平廣記》卷一二七引《逸史》校録）

〔一〕盧叔敏　前原加「唐」字，今删。
〔二〕貧困　《勸善書》卷一七作「蕭然」。
〔三〕兩頭叉袋　《勸善書》作「兩頭載書册」，「兩頭」連上讀。按：《勸善書》未盡照録原文，時有改動，不再出校。
〔四〕媿　《太平廣記詳節》卷九作「餽」。按：媿，感謝。餽，同「饋」。
〔五〕人　此字原無，據《廣記詳節》、《勸善書》補。

嚴武盜妾

盧　肇　撰

西川節度使嚴武〔一〕，少時仗氣任俠。嘗於京城與一軍使鄰居，軍使有室女，容色豔絶。嚴公因窺見之，乃賂其左右，誘至宅。月餘，遂竊以逃，東出關，將匿於淮泗間。軍使既覺，且窮其跡，亦訊其家人，乃暴於官司，亦以狀上聞。有詔遣萬年縣捕賊官專往捕捉。捕賊乘遞，日行數驛，隨路已得其蹤矣。嚴武自鞏縣方雇船而下，聞制使將至，懼不免，乃以酒飲軍使之女。中夜乘其醉，解琵琶絃縊殺之，沈于河。明日，制使至，搜捕嚴公之船，無跡乃已。

嚴公後爲劍南節度使，病甚。性本彊急〔二〕，尤不信巫祝之類，有云云者，必罪之。忽一日亭午，有道士至衙門，自云從峨眉山來，欲謁武。門者初不敢言，道士聲厲，不得已遂進白。武亦異之，引入，見道士至階呵叱，若與人論難者，良久方止。寒温畢，謂武曰：「公有疾，災厄至重，冤家在側，公何不自悔咎，以香火陳謝？奈何反固執如是？」武怒不答。道士又曰：「公試思之，曾有負心殺害人事否？」武静思良久，曰：「無。」道士曰：「適入至階前，冤死者見某披訴。某初謂山精木魅，與公爲祟，遂加呵責。他云上帝有命，爲公所冤殺，已得請矣。安可言無也？」武不測，且復問曰：「其狀若何？」曰：「女人，年纔十六七，項上有物一條，如樂器之絃〔三〕。」武大悟，叩頭於道士曰：「天師誠聖人矣。是也，爲之奈何？」道士曰：「他即欲面見公，公當自求之。」

乃令洒埽堂中，撤去餘物，焚香於内。乃昇武於堂門内，遣清心，具衫笏，留小僮一人侍側。堂門外東間，有一閤子，亦令洒埽垂簾。道士坐於堂外，含水噴噀，又以柳枝蘸水〔四〕洒地，却坐，瞑目叩齒。逡巡，閤子中有人吁嗟聲。道士曰：「娘子可出。」良久，見一女子被髮，項上有琵琶絃，結于𩕳下。褰簾而至，及堂門，約髮於後，向武拜。武見，驚慙甚，且掩其面。女子曰：「公亦太忍。某從公，是某之失行，於公則無所負。公懼罪，棄某於他所即可，何忍見殺？」武悔謝良久，兼欲厚以佛經紙緡祈免，道士亦懇爲之請。女子曰：「不可。某爲公手殺，上訴於帝，僅三十年，今不可矣。期在明日日晚。」言畢却出，至閤子門，拂然而没。道士乃謝去。嚴公遂處置家事，至其日黄昏而卒。（據中華書局版汪紹楹點校本《太平廣記》卷一三〇引《逸史》校録）

〔一〕西川節度使嚴武　原前加「唐」字，今删。

〔二〕彊急　「急」字原無，據孫校本、《太平廣記詳節》卷九補。明鈔本作「執强」。

〔三〕項上有物一條如樂器之絃 「物」下原有「是」字，據明鈔本、孫校本、《廣記詳節》、《太平廣記鈔》卷一八、《勸善書》卷一七刪。《廣豔異編》卷一九《軍使女》作「項上有物，如一條樂器之絃」。

〔四〕蘸水 此二字原無，據《勸善書》補。

按：《廣豔異編》卷一九、《續豔異編》卷一八採入，題《軍使女》，後書多有删削。

李藩

盧肇 撰

李相藩，嘗寓東洛。年近三十，未有宦名。夫人即崔謙庶子〔一〕之女，李公寄託崔氏，待之不甚厚。時中橋胡蘆生者善卜，聞人聲，即知貴賤。李公患腦瘡，又欲挈家居揚州，甚愁悶，乃與崔氏弟兄訪胡蘆生。蘆生好飲酒，人詣之，必攜一壺，故謂爲胡蘆生。李公與崔氏各攜錢三百。生倚蒲團，已半酣。崔氏弟兄先至，胡蘆生不爲之起，但伸手請坐。李公以疾後至，胡蘆生曰：「有貴人來。」乃命侍者掃地。既畢，李公已到。未下驢，胡蘆生笑迎，執手曰：「郎君貴人也。」李公曰：「某貧且病，又欲以家往數千里外，何有貴哉？」蘆生曰：「紗籠中人，豈畏迍厄。」李公請問紗籠之事，終不說。

遂往揚州，居於參佐橋。使院中有一高員外，與藩往還甚熟。一旦來詣藩，既去，際〔二〕晚又至，李公甚訝之。既相見，高曰：「朝來拜候，却歸困甚。晝寢，夢有一人，召出城外，於荆棘中行。見舊使莊户，卒已十年，謂某曰：『員外不合至此，爲物所誘，且便須迴，某送員外去。』却引至城門。某謂之曰：『汝安得在此？』云：『我爲小吏，差與李三郎當直。』某曰：『何處李三郎？』曰：『住參佐橋。知〔三〕員外與李三郎往還，故此祗候。』某曰：『三郎安得如此？』曰：『是紗籠中人。』詰之不肯言。因曰：『某饑，員外能與少酒飯錢財否？子城不敢入，請與城外置之。』某謂曰：『就三郎宅中得否？』曰：『若如此，是殺某也。』遂覺。已令於城外與置酒食，且奉報好消息。」李公微笑。

數年，張建封僕射鎮揚州，奏李公爲巡官、校書郎。會有新羅僧能相人，且言張公不得爲宰相，甚懷怏。因令於使院中，看郎官有得爲宰相者否，遍視良久，曰：「並無。」張公尤不樂，曰：「莫有郎官未入院否？」報云：「李巡官未入。」便令促召。逡巡至，僧降階迎，謂張公曰：「巡官是紗籠中人，僕射且不及。」張公大喜。因問紗籠中之事，僧曰：「宰相冥司必潛紗籠護之，恐爲異物所擾，餘官即不得也。」方悟胡蘆生及高所説。李公竟爲宰相也。信哉！人之貴賤分定矣。（據中華書局版汪紹楹點校本《太平廣記》卷一五三引《逸史》校録）

〔一〕崔謙庶子　「謙」字原闕，汪校本據明鈔本補「構」字，《會校》亦據明鈔本、孫校本補。按：《廣記》卷七七引《原化記》云：「宰相李蕃（藩）嘗漂寓東洛，妻即庶子崔謙女。」乃作「謙」字。《新唐書·宰相世系表二下》有崔謙，太子詹事。太子詹事、左右庶子皆爲東宫官。疑應作「崔謙」，據《原化記》改。

〔二〕際　明鈔本作「睽」，連上讀。按：際，近也。睽，離也。

〔三〕知　原作「之」，據明鈔本、孫校本、《四庫》本改。

李敏求

盧肇　撰

李敏求暴卒，見二黄衣人追去，至大府署。求窺之，見馬植在内，披一短褐，於地鋪坐吃飯。四隅盡是文書架。馬公早登科名，與敏求情善，遽入曰：「公安得在此？」馬公驚甚，且不欲與之相見，迴面向壁。敏求曰：「必無事。」乃坐從容。敏求曰：「此主何事？」曰：「人所得錢物，逐〔一〕歲支足。」敏求曰：「今既得見，乃是天意。切要知一年所得如何。」馬公乃爲檢一大葉子簿，黄紙簽標，書曰：「盧弘宣年支二千貫。」開數幅，至敏求，以朱書曰：「年支三百貫，以伊宰賣宅錢充。」敏求曰：「某乙之錢簿已多矣。幸逢君子，竊欲僥求。」馬公曰：「三二十〔二〕千即可，多即不得。」以筆注之曰：「更三十千，以某甲等四人錢充。」復見老姥，年六十餘，乃敏求姨氏之乳母，家在江淮。見敏求，喜曰：「某亦得迴。知郎君與判官故舊，必爲李嬭看年支。」敏求嬰兒時，爲李乳養，不得已却入，具言於馬公。令左右曰：「速檢來。」大帖文書曰：「阿李年支七百。」敏求趨出，見老嬭告知，嗟怨垂淚。

使者促李公去，行數十里，却至壕城。見一坑深黑，使者自後推之，遂覺。妻子家人，圍繞啼泣，云卒已兩日。少頃方言，乃索紙筆細紀。敏求即伊慎之壻也，妻兄伊宰爲軍使，賣伊公宅，得錢二百千，至歲盡，望可益三十千，亦無望焉。偶於街中，遇親丈人赴選，自江南至。相見大喜，邀食，與鄉里三人，皆以敏求情厚者，同贈錢三十千，一如簿中之數。盧弘宣在城，有人知者，爲盧公話之。盧公計其俸祿，並知留後使所得錢，畢二千貫無餘。李嬭已流落，不在姨母之家，乞食於路。七百之數，故當箕斂，方可致焉。（據中華書局版汪紹楹點校本《太平廣記》卷一五七引《逸史》校録）

〔一〕逐　原譌作「遂」，據明鈔本、孫校本、《四庫》本改。

〔二〕十　明鈔本作「百」。

李君

盧　肇　撰

江陵副使李君，嘗自洛赴進士舉。至華陰，見白衣人在店，李君與語，圍爐飲啜甚洽。同行至昭應，曰：「某隱居在〔一〕西嶽，甚荷郎君相厚之意。有故，明旦先徑往城中，不得奉陪也。莫要知向後事否？」君再拜懇請，乃命紙筆，於月下凡書三封，次第緘題之。「甚急則開之。」乃去。

五六舉下第，欲歸無糧食，將往，求容足之地不得。曰：「此爲窮矣，仙兄書可以開也。」遂沐浴，清旦焚香啓之，曰：「某年月日，以困迫無資用。開一封，可青龍寺門前坐。」見訖遂往。到已晚矣，望至昏時，不敢歸。心自笑曰：「此處坐，可得錢乎？」少頃，寺主僧領行者至，將閉門，見李君，曰：「何人？」曰：「某驢弱居遠，前去不得，將寄宿於此。」僧曰：「門外風寒不可，且向院中。」遂邀入，牽驢隨之，具饌烹茶。夜艾，熟視李君，低頭不語者良久。乃曰：「郎君何姓？」曰：「姓李。」僧驚曰：「松滋李長官識否？」李君起，嚬蹙曰：「某先人也。」僧垂泣曰：「某久故舊。適覺郎君酷似長官，然奉求已多日矣，今乃遇。」李君涕流被面。因曰：「郎君甚貧，長官比將錢物到求官，至此狼狽。有錢二千貫，寄在某處，自是以來，如有重負。今得郎君分付，老僧此生無事矣。明日留一文書，便可挈去。」李君悲喜。及旦，遂載鏹而去。鬻宅安居，遽爲富室。

又三數年不第，塵土困悴，欲罷去。思曰：「乃一生之事，仙兄第二緘可以發也。」又沐浴，清旦啓之，曰：「某年月日。以將罷舉。可開第二封。可西市鞦轡行頭坐。」見訖復往。至即登樓飲酒，聞其下有人言：「交他郎君平明即到此，無錢即道，元是不要錢及第。」李君驚而問之，客曰：「侍郎郎君有切故，要錢一千貫，致及第。昨有共某期不至者，今欲去耳。」李君問曰：「此事虚實？」客曰：「郎君見在樓上房内。」李君曰：「某是舉人，亦有錢，郎君可一謁否？」曰：「實如此，何故不可！」乃却上，果見之。話言飲酒，曰：「侍郎郎君也，云主司是親叔父。」乃面定約束。明年果及第。

後官至殿中、江陵副使。患心痛，少頃數絶，危迫頗甚。謂妻曰：「仙師第三封，可以開矣。」妻遂灌洗，開視之，云：「某年月日，江陵副使忽患心痛，可處置家事。」更兩日卒。

（據中華書局版汪紹楹點校本《太平廣記》卷一五七引《逸史》校録）

〔一〕在　原譌作「飲」，據黄本、《四庫》本、《筆記小説大觀》本改。《太平廣記鈔》卷二〇、《廣豔異編》卷一七《李君》删「飲」字。

按：《廣豔異編》卷一七採入，題《李君》。亦載《續豔異編》卷一六，文有刪縮。

孟簡

盧　肇　撰

故刑部李尚書遜，爲浙東觀察使，性仁卹。撫育百姓，抑挫冠冕。有前諸暨縣尉包君者，秩滿，居于縣界。與一土豪百姓來往，其家甚富，每有新味及果實，必送包君。忽妻心腹病，暴至困惙。有人視者，皆曰：「此狀中蠱。」及問所從來，乃因土豪獻果，妻偶食之，遂得兹病。此家養蠱，前後殺人已多矣。包君曰：「爲之奈何？」曰：「養此毒者，皆能解之。今少府速將夫人詣彼求乞，不然，即無計矣。」包君乃當時雇船攜往，僅百餘里，逾宿方達。其土豪已知，唯〔一〕恐其毒事露，憤怒頗甚。包君船亦到，先登岸，具衫笏，將祈之。其人已潛伏童僕十餘，候包君到，靸履柱〔二〕毬杖，領徒而出。包未及語，詬駡叫呼，遂令拽之於地，以毬杖擊之數十，不勝其困。又令村婦二十餘人，就船拽包君妻出，驗其病狀，以頭捽地，備極恥辱。妻素羸疾，兼有娠，至船而殞。

包君聊獲餘命，及却迴，土豪乃疾棹到州，見李公訴之云：「縣尉包某，倚恃前資，領妻至莊，羅織攪擾，以索錢物，不勝冤憤。」李公大怒，當時令人齎枷鎖追。包君纔到，妻尚未殮，方欲待事畢，至州論。忽使急到，遂被荷枷鎖身領去。其日，觀察判官獨孤公朗〔三〕於廳中睡次，夢一婦人，顏色慘沮，若有所訴者。捧一石硯以獻，獨孤公受之，意頗恓惻。及覺，因言於同院，皆異之。逡巡，包君到，李公令獨孤朗推鞫，尋其辯對。包君所居，乃石硯村也，朗〔四〕驚異良久。引包君入，問其本末，包涕泣具言之。詰其妻形貌年幾，乃朗〔五〕夢中所見，感憤之甚。

不數日，土豪皆款伏。具獄過李公，李公以其不直，遂憑土豪之狀，包君以倚恃前資，擅至百姓莊攪擾，決臀〔六〕杖十下。土豪以前當縣官，罰二十功。從事賓客，無不陳說，朗亦力争之，竟不能得。包君妻兄在揚州，聞之，奔波過浙江，見李公，涕泣論列其妹寃死之狀。李公大怒，以爲客唁，決脊杖二十，遞于他界。自淮南無不稱其寃異。朗自此託疾請罷。時孟尚書簡任常州刺史，常與越近，具熟其事。明年，替李公爲浙東觀察使，乃先以帖，令録此土豪一門十餘口。到纔數日，李公尚未發，盡斃於州。厚以資幣贈包君。數州之人，聞者莫不慶快矣。（據中華書局版汪紹楹點校本《太平廣記》卷一七二引《逸史》校録）

〔一〕唯　此字談本原無，汪校本據明鈔本補作「唯」。黄本、《四庫》本、《筆記小說大觀》本亦作「唯」。孫校本作「矣」，連上讀，《會校》據補。

〔二〕柱　《四庫》本改作「拄」。按：柱，拄也。

〔三〕獨孤公朗　「朗」原作「臥」，據明鈔本改。孫校本譌作「即」。下文「獨孤朗推鞫」，「朗」原作「即」，亦改。按：李翺《李文公集》卷一四《唐故福建等州都團練觀察處置等使兼御史中丞贈右散騎常侍獨孤公墓誌》：「公諱朗，字用晦。……以處士起佐江西、宣歙、浙東三府，得試校書、協律郎。元和九年，拜右拾遺。」李遜爲浙東觀察使在元和五年（八一〇）至九年（見郁賢皓《唐刺史考全編》卷一四二），時朗在浙東幕。九年李遜赴闕，朗入爲左拾遺。

〔四〕朗　原譌作「郎」，孫校本譌作「即」，今改。黄本、《四庫》本、《筆記小説大觀》本作「判」。判，判官也，指獨孤朗。

〔五〕朗　原譌作「郎」，孫校本譌作「即」，《會校》據改。今改作「朗」。下文「朗亦力争之」，「朗自此託疾請罷」，「朗」亦譌作「郎」，黄本、《四庫》本、《筆記小説大觀》本並作「判」。

〔六〕臂　原譌作「臂」，據明鈔本改。

李謩

盧肇　撰

李謩〔一〕，開元中吹笛爲第一部，近代無比。有故自教坊請假至越州，公私更醼，以觀其妙。時州客舉進士者十人，皆有資業，乃醵二千文同會鏡湖，欲邀李生湖上吹笛〔二〕，想其風韻，尤敬入[三]神。以費多人少，遂相約各召一客。會中有一人，以日晚方記得，不遑他請。其鄰居有獨孤生者，年老，久處田野，人事不知，茅屋數間，嘗[四]呼爲獨孤丈。至是遂以應命，到[五]會所。

澄波萬頃，景物皆奇，李生拂笛。漸移舟於湖心，時輕雲蒙籠，微風拂浪，波瀾時[六]起。李生捧笛，其聲始發之後，昏曀齊開[七]，水木森然，髣髴如有鬼神之來。坐客皆更贊詠之，以爲鈞天之樂不如也。獨孤生乃無一言，會者皆怒。李生以[八]爲輕已，意甚忿之。良久，又静思作一曲，更加妙絶，無不賞駭，獨孤生又無言。鄰居召至者甚慚悔，白於[九]衆曰：「獨孤丈[一〇]村落幽處，城郭稀至，音樂之類，率[一一]所不通，毋罪[一二]。」會客同誚責之，獨孤生不答，但微笑而已。李生曰：「公如是，是輕薄爲[一三]？復是好手？」獨孤生乃徐曰：「公安知僕不會也？」坐客皆驚[一四]，李生改容謝之。獨孤曰：「公試吹《涼州》。」至曲終，獨孤生曰：「公亦甚能妙，然聲調雜夷樂，得無有龜兹之侣乎？」李生大駭[一五]，起拜曰：「丈人神絶，某亦不自知，本師實龜兹人也。」又曰：「第十三[一六]疊誤入《水調》，足下知之乎？」李生曰：「某頑蒙，實不覺。」

獨孤生乃取吹之，李生更有一笛，拂拭以進。獨孤視之曰：「此都不堪用[一七]，執者粗通耳。」乃换之，曰：「此至入破必裂，得無恡惜否？」李生曰：「不敢。」遂吹，聲發入雲，四座震慄，李生蹙踖不敢動。至第十三疊歇〔一八〕，示謬誤之處，敬伏再〔一九〕拜。及入破，笛遂敗裂，不復終曲。李生再拜，衆皆帖〔二〇〕息，乃散。明旦，李生並會客皆往候之，至則唯茅舍尚存，獨孤生不見矣。越人知者皆訪之，竟不知其所去。（據中華書局版汪紹楹點校本《太平廣記》卷二〇四引《逸史》校録）

〔一〕李謩　原無「李」字。《廣記》此前引《國史補》，題《李謩》，而以「又」字引《逸史》此條，故承上省「李」字，今補。

〔二〕笛　原作「之」，據明鈔本、孫校本、《太平廣記詳節》卷一五改。

〔三〕入　原作「人」，據《廣記詳節》改。

〔四〕嘗　《廣記詳節》作「常」。

〔五〕到　明鈔本作「及臨」。

〔六〕時　原作「陡」，據《廣記詳節》改。

〔七〕齊開　《廣記詳節》作「皆霽」。

〔八〕以　此字原無，據《廣記詳節》補。

〔九〕白於　孫校本作「而與」。

〔一〇〕丈　此字原無，據《廣記詳節》補。

〔一二〕率　孫校本、《廣記詳節》作「素」，《會校》據孫校本改。明鈔本作「數」。按：率，皆也。

〔一三〕毋罪　此二字原無，據明鈔本補。

〔一四〕爲　明鈔本作「技」。

〔一五〕驚　原譌作「爲」，據《廣記詳節》、南宋施宿《會稽志》卷一九引《太平廣記》改。

〔一六〕大駭　明鈔本上有「始」字。

〔一七〕三　《四庫》本作「二」。按：下文亦作「三」，作「二」譌也。《廣記詳節》、《會稽志》亦作「三」。

〔一八〕用　原作「取」，據《廣記詳節》改。

〔一九〕至第十三疊歇　「第」明鈔本作「入」。「歇」原作「揭」，連下讀，據《廣記詳節》改。

〔二〇〕再　原作「將」，據明鈔本改。

〔二一〕帖　孫校本作「怗」，當爲「怗」之譌。怗、帖義同，安也，静也。明陳耀文《天中記》卷四三引作「悚」。

按：明冰華居士編《合刻三志》志寓類有《李謩吹笛記》，即《廣記》所引《李謩》，文同今本，而妄託唐楊巨源撰。《唐人説薈》八集（同治八年刊本卷一〇）亦取之。

東洛張生

盧　肇　撰

牛僧孺任伊闕縣尉，有東洛客張生，應進士舉，攜文往謁。至中路，遇暴雨雷雹〔一〕，日已昏黑，去店尚遠，歇於樹下。逡巡，雨定微月，遂解鞍放馬。張生與僮僕宿於路側，困倦甚昏睡。良久方覺，見一物如野叉〔二〕，長數丈，拏食張生之馬。張生懼甚，伏於草中，不敢動。纔〔三〕訖，又取其驢。驢將盡，遽以手拽其從奴，提兩足裂之。張生惶駭，遂狼狽走。野叉隨後，叫呼詬罵。里餘，漸不聞。

路抵大塚，塚畔有一女立，張生連呼救命。女人問之，具言其〔四〕事。女人曰：「此是古塚，內空無物，後有一孔〔五〕，郎君且避之〔六〕，不然，不免矣。」張生遂尋塚孔〔七〕，投身而入。內至深，良久亦不聞聲。須臾，覺月轉明。忽聞塚上有人語，推一物，便聞血腥氣。視之，乃死人也，身首皆異矣。少頃，又推一人，至於數四，皆死者也。既訖，聞其上分錢物衣服聲，乃知是劫賊。其帥且唱曰：「某色物與某乙，某衣某錢與某乙。」都唱十餘人姓名。又有言不平，相怨怒者，乃各罷去。張生恐懼甚，將出，復不敢〔八〕，乃熟念其賊姓名，記得五六人。

至明，鄉村有尋賊者，至墓旁。覩其血，乃圍墓掘之。覩賊所殺人，皆在其内。見生，驚曰：「兼有一賊墮於墓中。」乃持〔九〕出縛之。張生具言其事，皆不信。曰：「此是劫賊，殺人送於此〔一〇〕，偶墮下耳。」笞擊數十，乃送於縣。行一二里，見其從奴驢馬鞍馱悉至，張生驚問曰：「何也？」從者曰：「昨夜困甚，於路傍睡着。至明不見郎君，故此尋求。」張生乃説所見，從者曰：「皆不覺也。」遂送至縣。牛公先識之，知必無此，乃爲保明。張生又記劫賊數人姓名，言之於令。令遣捕捉，盡獲之。遂得免。究其意，乃神物冤魄假手於張生，以擒賊耳。（據中華書局版汪紹楹點校本《太平廣記》卷三五七引《逸史》校録）

〔一〕雹　明鈔本作「電」。

〔二〕野叉　「野」原作「夜」，孫校本作「野」。按：「夜叉」又作「野叉」，下文作「野叉」，爲求一致，據改。

〔三〕纔　原譌作「讒」，據孫校本、《四庫》本改。

〔四〕其　此字原無，據明鈔本、陳校本補。

〔五〕孔　明鈔本作「穴」，《會校》據改。按：孔，孔穴，洞穴。

〔六〕且避之　明鈔本作「宜速入」，陳校本作「且速入」。

〔七〕孔　明鈔本作「空」。

〔八〕敢　原作「得」，據明鈔本改。

〔九〕持　明鈔本作「拽」，《會校》據改。

〔一〇〕殺人送於此　明鈔本作「因殺人於此」，《會校》據改。

按：《廣豔異編》卷一九據《廣記》採入此篇，題《東洛客》。

唐五代傳奇集第三編卷十七

嵩岳嫁女

李　玫撰

李玫，字里不詳。多次應試而終身未能及第，所謂「苦心文華，厄於一第」。文宗大和元年（八二七）在龍門天竺寺習業，五年舒元輿爲著作郎分司東都，曾予以推食脱衣之恩。九年發生甘露之變，宦官仇士良等殺宰相李訓、王涯、舒元輿、賈餗及鳳翔節度使鄭注等，李玫時爲宣歙觀察使巡官。（據李玫《纂異記》之《齊君房》、《噴玉泉幽魂》，康軿《劇談録》卷下，北宋錢易《南部新書》壬卷）

三禮田璆者，甚有文〔一〕，通熟〔二〕群書，與其友鄧韶，博學相類，皆以人昧，不能彰其名〔三〕。家於洛陽。元和癸巳歲，中秋望夕，攜觴晚出建春門，期望月於韶别墅。行二三里，遇韶，亦攜觴自東來，駐馬道周，未決所適。有二書生乘驄，復出建春門，揖璆、韶曰：「二君子挈榼，得非求今夕望月之〔四〕地乎？某弊莊水竹臺榭，名聞洛下，東南去此三二里。儻能迂轡，冀展傾蓋之分耳。」璆、韶甚愜所望，乃從而往。問其姓氏，多他語對。

行數里，桂輪已昇。至一車門，始入甚荒涼，又行數百步，有異香迎前而來，則豁然真境矣。泉瀑交流，松桂夾道，奇花異草，照燭如畫，好鳥騰翥，風和月瑩〔五〕。璆、韶請疾馬飛觴，書生曰：「足下榼中，厥味何如？」璆、韶曰：「乾和五酘〔六〕，雖上清醍醐，計不加此味也。」書生曰：「某有瑞露之酒，釀於百花之中，不知與足下五酘孰愈耳。」謂小童曰：「折燭夜一花，傾與二君子嘗。」其花四出而深紅，圓如小瓶，徑三寸餘，緑葉形類盃，觸之有餘韻。小童折花至，傾於竹葉中〔七〕，凡飛數巡，其味甘香，不可比狀。飲訖，又東南行。數里，至一門，書生揖二客下馬。更〔八〕以燭夜花中之餘，賚諸從者，飲一盃，皆大醉，各止於户外。乃引客入，則有鸞鶴數十，騰舞來迎。徐〔九〕步而前，花轉繁，酒味尤美。其百花皆芳香，壓枝於路傍。凡歷池館堂榭，率皆陳設盤筵，若有所待，但不留璆、韶坐。璆、韶飲多，行又甚倦，請〔一〇〕暫憩盤筵，書生曰：「坐亦何難，但不利於君耳。」璆、韶詰其由，曰：「今夕中天群仙，會於兹岳，籍君神魄，不雜〔一一〕腥羶，請以知禮導昇降。此皆諸仙位坐〔一二〕，不宜塵觸耳。」

言訖，見直北花燭亘天，簫韶沸空，駐雲母雙車於金堤之上，設水晶方盤於瑶幄之内，群仙方奏《霓裳羽衣曲》。書生前進，命璆、韶拜夫人〔一三〕。夫人褰帷笑曰：「下域〔一四〕之人而能知禮，然服食之氣，猶然射人，不可近他貴壻，可各賜薰髓酒一盃。」璆、韶飲訖，覺肌膚溫潤，稍異常人，呼吸皆異香氣。夫人問左右：「誰人召來？」曰：「衛叔卿〔一五〕、李八百。」夫人曰：「便令此二童接待。」於是二童引璆、韶於神仙之後縱目。璆問曰：「相者誰？」曰：「劉綱。」「侍者誰？」曰：「茅盈。」「東鄰女彈箏擊筑者誰？」曰：「麻姑、謝自然。」「幄中座〔一六〕者誰？」曰：「西王母。」

俄有一人駕鶴而來，王母曰：「久望。」劉君笑曰：「適緣蓮花峰道士〔一七〕奏章，事須決遣，尚多未來客，何言久望乎？」王母曰：「奏章事者，有何所爲？」曰：「浮梁縣令求延年矣〔一八〕。以其人因賄賂履官途〔一九〕，以苛虐爲官政〔二〇〕，生情於案牘，忠恕之道蔑聞，唯錐〔二一〕於貨財。巧僞〔二二〕之計更作，自貽覆餗〔二三〕，以促餘齡。但以蓮花峰叟狥從〔二四〕於人，奏章甚懇，特紆〔二五〕死限，量延五年。」璆問：「劉君誰？」曰：「漢朝天子。」續有一人，駕黃龍，戴黃旂，道〔二六〕以笙歌，從以嬪嫡〔二七〕，及瑶幄而下。王母復問曰：「李君來何遲？」曰：「爲勑龍神設水旱之計，作彌〔二八〕淮蔡，以殲妖逆。」漢主曰：「奈百姓何？」曰：「上帝亦有此問，予一表，斷其惑矣。」曰：「可得聞乎？」曰：「不能悉記，略舉大綱耳。其表云：『某孫某〔二九〕，克搆丕業〔三〇〕，德洽兆庶，臨履深薄，匪敢怠荒。不勞師車，平中夏、西蜀之孼〔三一〕；不費天府，掃東吴、上黨之妖。九有已見其廓〔三二〕清，一方尚屯其氛祲。伏以虺蜴肆毒，痛於淮蔡。豺狼尚猜〔三三〕其口喙，螻蟻猶固其封疆。若遺時豐人安，是稔群醜；但使年餓厲作〔三四〕，必摇人心。

如此倒戈而攻，可以席捲禍三州之逆黨，所損至微；安六合之疾甿，其利則厚。伏請神龍施水，厲鬼行災，由此天誅，以資戰力。』」漢主曰：「表至嘉，第〔三五〕既允許，可以〔三六〕前賀誅鋤矣。」書生謂璆、韶：「此開元天寶太平之主也。」

未頃，聞簫韶自空而來，執絳節者前唱言：「穆天子來。」奏樂，群仙皆起，王母避位拜迎，二主降堦，入幄環坐而飲。王母曰：「何不拉取老軒轅來？」曰：「他今夕主張月宮之醼，非不勤請耳。」王母又曰：「瑶池一別後，陵谷幾遷移。向來觀洛陽東城，已坵墟矣。定鼎門西路，忽焉復新。市朝云改〔三七〕，名利如舊，可以悲歎耳。」穆王把酒，請王母歌，王母〔三八〕以珊瑚鈎擊盤而歌曰：「勸君酒，爲君悲且吟〔三九〕。自從頻見市朝改，無復瑶池晏〔四〇〕樂心。」王母持盃，穆天子歌曰：「奉君酒，休嘆市朝非。早知無復瑶池興，悔駕驊騮草草歸。」歌竟，與王母話瑶池舊事，乃重歌一章云：「八馬迴乘汗漫風，猶思往事〔四一〕憩昭宮。晏移玄圃〔四二〕情方洽，樂奏鈞天曲未終。斜漢露凝殘月冷，流霞盃泛曙光紅。崑崙回首不知處，疑是酒酣魂〔四三〕夢中。」王母酬穆天子歌曰：「一曲笙歌瑶水濱，曾留逸足駐征輪。人間甲子週千歲，靈境盃觴初一巡。玉兔〔四四〕銀河終不夜，奇花好樹鎮長春。悄知碧海〔四五〕饒詞句，歌向俗流疑悮人。」酒至漢武帝，王母又歌曰：「珠露金風下界秋，漢家陵樹冷脩脩〔四六〕。當時不得仙桃力，尋作浮塵飄隴〔四七〕頭。」漢主上王母酒，歌以送之〔四八〕，曰：「五十餘年四海清，自親丹竈得長生〔四九〕。若言盡是仙桃力，看取神仙簿上名。」帝把酒曰：「吾聞丁令威能歌，命左右召來。」令威至，帝又遣子晉吹笙以和。歌曰：「月照驪山露泣花，似悲先帝早昇遐〔五〇〕。至今猶有長生鹿，時遶温泉望翠華。」帝持盃久之，王母曰：「應須召葉静能來，唱一曲〔五一〕當時事。」静能續至，跪獻帝酒，復歌曰：「幽薊煙塵別九重，貴妃湯殿罷歌鐘。中宵扈從無全仗，大駕蒼黄發六龍。粧匣尚留金翡翠，暖池猶浸〔五二〕玉芙蓉。荆榛一閉朝元路，唯有悲風吹晚松。」歌竟，帝悽慘良久，諸仙亦慘然。

有玉女問曰：「禮生來未？」於是引璆、韶進，立於碧玉堂下左〔五三〕。於是黄龍持盃，立於車前〔五四〕，再拜祝曰：「上清神女，玉京仙郎。樂此今夕，和鳴鳳凰。鳳凰和鳴，將翱將翔。與天齊休〔五五〕，慶流無央。」仙郎即以鮫綃五千疋、海人文錦三千端、琉璃琥珀器一百床、明月驪珠各十斛，贈奏樂仙女。乃有四鶴立於車前，載仙郎並相者、侍者。兼有寶花臺。俄進法膳，凡數十味。亦霑及璆、韶，璆、韶飫飽〔五六〕。有仙女捧玉箱，托紅牋筆硯而至，請催粧詩。於是劉綱詩曰：「玉爲質兮花爲顔，蟬〔五七〕爲鬢兮雲爲鬟。何勞傅粉兮施渥丹，早出〔五八〕娉婷兮縹緲間。」於是茅盈詩云：「水晶〔五九〕帳開銀燭明，風摇珠珮連雲清。休匀紅粉飾花態，早駕雙鸞〔六〇〕朝玉京。」巢父詩曰：「三星在天銀河〔六一〕迴，人間曙〔六二〕色東方來。玉苗瓊蕊亦宜夜，莫使一花衝曉開。」詩既入，内有環珮聲，即有玉女數十，引仙郎入帳，召璆、韶行禮。

禮畢，二書生復引璆、韶辭夫人。夫人曰：「非無至寶可以相贈，但爾力不任挈耳。」各賜延壽酒一盃，曰：「可增人間半甲子。」復命衛叔卿等引還人間，無使歸途寂寞。於是二童引璆、韶而去，折花傾酒，步步惜別。衛君謂璆、韶曰：「夫人白日上昇，驂鸞駕鶴，在積習而已。未有〔六三〕積德累仁，抱才藴學，卒不享爵禄者，吾未之信。儻吾子塵牢可踰，俗桎可脱，自今十五年後，待子於三十六峰。願珍重自愛。」復出來時車門，握手告别。别訖，行四五步，杳失所在，唯有嵩山，嵯峨倚天，得樵徑而歸。及還家，已歲餘，室人招魂葬于北邙之原，墳草宿矣。於是璆、韶捐棄家室，同入少室山，今不知所在。（據中華書局版汪紹楹點校本《太平廣記》卷五〇引《纂異記》校録）

〔一〕文　明秦淮寓客《緑窗女史》卷一〇、《豔異編》卷四《嵩岳嫁女記》，冰華居士《合刻三志》志幻類及託名明楊循吉《雪窗談異》卷七《稽神録·薰髓酒》作「文道」。

〔二〕通熟　明沈與文野竹齋鈔本、清孫潛校本「通」作「道」，屬上讀。《緑窗女史》、《豔異編》、《合刻三志》、《雪窗談異》作「熟讀」。

〔三〕名　原作「明」，據孫校本改。

〔四〕之　此字原無，據孫校本、南宋陳元靚《歲時廣記》卷三二引《纂異記》、明陸采《虞初志》卷四《嵩岳嫁女記》、《緑窗女史》、《豔異編》、《合刻三志》、《雪窗談異》補。

〔五〕奇花異草照燭如晝好鳥騰翥風和月瑩　《虞初志》「照」作「昭」。孫校本「燭」作「灼」，張國風《太平廣記會校》據改。按：燭，照也。下文言燭夜花，明爲「燭」也。「風和月瑩」原作「和月闋」，孫校本作「和鳴闋」，《虞初志》八卷本作「扣月關」，均有脱譌。據《四庫全書》本及《緑窗女史》、《豔異編》、《虞初志》七卷本（卷三）、《合刻三志》、《雪窗談異》改。《歲時廣記》作「奇花燦燦，好鳥關關」。

〔六〕五酘　孫校本「酘」作「酸」，下同，誤。按：「酘」音「豆」。五酘，多次投米釀製之酒。南宋范成大《吴郡志》卷二九《土物》：「五酘酒，白居易守洛時，有《謝李蘇州寄五酘》。」

〔七〕傾於竹葉中　「傾」字原無，據《虞初志》、《緑窗女史》、《豔異編》、《合刻三志》、《雪窗談異》、《歲時廣記》補。《歲時廣記》作「傾入酒中」。按：「竹葉」疑有誤，詳文意，蓋將瑞露酒傾入燭夜花葉之中，以其花類瓶，葉類盃也。

〔八〕更　原作「觴」，據孫校本改。《虞初志》作「命」，《緑窗女史》、《豔異編》、《合刻三志》、《雪窗談異》作「仍」。

〔九〕徐　此字原無，據孫校本補。

〔一〇〕請　明鈔本、孫校本作「謂」。

〔一一〕雜　《四庫》本、《緑窗女史》、《豔異編》、《虞初志》七卷本、《合刻三志》、《雪窗談異》作「離」。按：離，通「麗」，附着，亦通。

〔一二〕坐　孫校本作「座」。坐，同「座」。

〔一三〕書生前進命璆韶拜夫人　《緑窗女史》、《豔異編》、《虞初志》七卷本、《合刻三志》、《雪窗談異》作「書生前進請命，再拜夫人」，《虞初志》八卷本作「書生前進，有命，再拜夫人」。

〔一四〕域　《緑窗女史》、《豔異編》、《虞初志》八卷本、《合刻三志》、《雪窗談異》作「城」。

〔一五〕衛叔卿　原作「衛符卿」，各本皆同。按：衛符卿於古無徵，而漢有衛叔卿。葛洪《神仙傳》卷二《衛叔卿》：「衛叔卿者，中山人也，服雲母得仙。漢元鳳二年八月壬辰，武帝閒居殿上。忽有一人，乘浮雲，駕白鹿，集於殿前。帝驚問之爲誰，曰：『我中山衛叔卿也。』」《隋書·經籍志》醫方類有《衛叔卿服食雜方》一卷。下文李八百，又作「李八伯」，亦見《神仙傳》卷三。葛洪《抱朴子·内篇·道意》亦記李八百事。據《神仙傳》改。下同。

〔一六〕座　《歲時廣記》、《虞初志》、《緑窗女史》、《豔異編》、《合刻三志》、《雪窗談異》、明馮夢龍《太平廣記鈔》卷七均作「坐」。座，同「坐」。

〔一七〕道士　原脱「道」字，據孫校本、《歲時廣記》、《廣記鈔》補。

〔一八〕浮梁縣令求延年矣　《虞初志》作「論浮梁縣令李延年矣」（七卷本無「矣」字），《緑窗女史》、《豔異編》、《合刻三志》、《雪窗談異》作「浮梁縣令宋延年」。按：作「求」是。本書《浮梁張令》叙此事，浮梁縣令姓張。

〔一九〕官途　原無「途」字，據明鈔本、孫校本、《虞初志》、《緑窗女史》、《豔異編》、《合刻三志》、《雪窗談異》補。

〔二〇〕官政　原無「官」字，據明鈔本、孫校本、《虞初志》、《緑窗女史》、《豔異編》、《合刻三志》、《雪窗談異》補。

〔二一〕錐　孫校本作「雅」，《四庫》本、《緑窗女史》、《豔異編》、《合刻三志》、《雪窗談異》作「雜」，《虞初志》作「雄」，皆謁。按：錐，逐利，雖細微之利亦不放過。《左傳》昭公六年：「錐刀之末，將盡爭之。」杜預注：「錐刀末，喻小事。」《釋名·釋用器》：「錐，利也。」

〔二二〕僞　原作「爲」，據《四庫》本、《緑窗女史》、《豔異編》、《虞初志》七卷本、《合刻三志》、《雪窗談異》改。

〔二三〕覆餗　明鈔本「餗」作「鍊」，誤。按：《周易·鼎卦》：「鼎折足，覆公餗。」孔穎達疏：「餗，糝也，八珍之膳，鼎之實也。」

〔二四〕狗從　《緑窗女史》、《豔異編》、《合刻三志》作「受託」。

〔二五〕紆　《緑窗女史》、《豔異編》、《合刻三志》作「綏」。明鈔本謁作「糾」。

〔二六〕道　明鈔本、孫校本、《四庫》本、《虞初志》、《緑窗女史》、《豔異編》、《合刻三志》、《雪窗談異》作「導」。道，通「導」。

〔二七〕嫡　《四庫》本、《廣記鈔》作「嫱」。按：嫡，正妻。

〔二八〕彌　《虞初志》、《緑窗女史》、《豔異編》、《合刻三志》、《雪窗談異》、《廣記鈔》作「瀰」。彌、瀰義同，彌漫。

〔二九〕某孫某　「孫」原作「縣」，誤，據《虞初志》、《緑窗女史》、《豔異編》、《合刻三志》、《雪窗談異》改。按：「某孫某」乃唐玄宗對上帝自稱，意爲某人之孫某人。

〔三〇〕丕業　「業」原譌作「華」，據《緑窗女史》、《豔異編》、《合刻三志》、《雪窗談異》改。按：丕業，大業。《史記》卷一一七《司馬相如列傳》：「皇皇哉斯事，天下之壯觀，王者之丕業，不可貶也。」《虞初志》作「基」，亦通。

〔三一〕西蜀之孽　「西」原作「巴」，《虞初志》、《緑窗女史》、《豔異編》、《合刻三志》、《雪窗談異》作「西」。按：所謂「西蜀之孽」，指玄宗時吐蕃不斷侵擾西川。據改。

〔三二〕廓　《虞初志》八卷本作「朗」。

〔三三〕猜　《虞初志》、《緑窗女史》、《豔異編》、《合刻三志》作「惜」。

〔三四〕年餓厲作　「餓」《四庫》本、《緑窗女史》、《豔異編》、《虞初志》七卷本、《合刻三志》、《雪窗談異》、《廣記鈔》作「饑」。按：餓，饑荒。《東觀漢記》卷一八《朱暉》：「南陽餓，暉聞堪（張堪）妻子貧窮，乃自往候視。」「厲」明鈔本、孫校本、《虞初志》、《緑窗女史》、《豔異編》、《合刻三志》、《雪窗談異》作「癘」，《會校》據明鈔本、孫校本改。按：「厲」、「癘」義同，瘟疫，疫病。下文「厲鬼」之「厲」，《虞初志》亦作「癘」。

〔三五〕第　原作「弟」，據孫校本、《虞初志》、《緑窗女史》、《豔異編》、《合刻三志》、《雪窗談異》改。《四庫》本改作「帝」。按：第，若，如果。《左傳》哀公十六年：「楚國，第我死，令尹、司馬，非勝而誰？」

〔三六〕以　原譌作「矣」，據《四庫》本、《虞初志》、《緑窗女史》、《豔異編》、《合刻三志》、《雪窗談異》、《廣記鈔》改。

〔三七〕改　此字原脱，據《虞初志》、《緑窗女史》、《豔異編》、《合刻三志》、《雪窗談異》補。

〔三八〕王母　此二字原無，據《歲時廣記》補。

〔三九〕爲君悲且吟　「吟」下原衍「曰」字，據孫校本、《四庫》本、《歲時廣記》、《虞初志》、《緑窗女史》、《豔異編》、《合刻三志》、《雪窗談異》删。

〔四〇〕晏　《四庫》本、《歲時廣記》、《虞初志》、《緑窗女史》、《豔異編》、《合刻三志》、《雪窗談異》、《廣記鈔》、《全唐詩》卷八六二《嵩嶽諸仙嫁女詩》作「宴」。下同。按：晏，通「宴」。

〔四一〕往事　孫校本作「車駕」，《會校》據改。《歲時廣記》、《虞初志》作「停駕」。

〔四二〕玄圃　原作「南圃」，據明鈔本、《歲時廣記》、《虞初志》、《緑窗女史》、《豔異編》、《合刻三志》、《雪窗談異》、《全唐詩》改。孫校本作「玄囿」。按：玄圃，又作「懸圃」，神仙之居。《穆天子傳》卷二：「季夏丁卯，天子北升于舂山之上，以望四野，曰舂山，是唯天下之高山也。……清水出泉，温和無風，飛鳥百獸之所飲食，先王所謂縣圃。」《文選》卷三張衡《東京賦》：「左瞰暘谷，右睨玄圃。」李善注：「《淮南子》曰：『……懸圃在崑崙閶闔之中。』『玄』與『懸』古字通。」

〔四三〕魂　《歲時廣記》作「春」，《虞初志》作「清」。

〔四四〕兔　孫校本作「燭」。

〔四五〕悄知碧海　《歲時廣記》「悄」作「情」，《虞初志》、《緑窗女史》、《豔異編》、《合刻三志》、《雪窗談異》「碧海」作「穆滿」。按：周穆王名姬滿。

〔四六〕倐倐　原作「儵儵」。按：「儵」音「蕭」，出韻，據孫校本、《虞初志》七卷本、南宋洪邁《萬首唐人絶句》卷六四王母《贈漢武帝》、《全唐詩》改。《緑窗女史》、《豔異編》、《合刻三志》、《雪窗談異》作「儵修」，「儵」字亦譌。倐倐，風雨之聲。戎昱《收襄陽城二首》：「悲風慘慘雨倐倐，峴北山低草木愁。」徐鉉《題梁王舊園》：「樹倚危臺風淅淅，草埋欹石雨修修。」

〔四七〕隴　《歲時廣記》、《虞初志》、《緑窗女史》、《豔異編》、《合刻三志》、《雪窗談異》作「壠」。按：隴，通「壠」，高丘。

〔四八〕歌以送之　此四字原脱，據明鈔本、孫校本、《虞初志》、《緑窗女史》、《豔異編》、《合刻三志》、《雪窗談異》補。

〔四九〕自親丹竈得長生　《全唐詩》「竈」作「藥」，校：「一作竈。」《虞初志》七卷本「得」作「作」。

〔五〇〕似悲先帝早昇遐　「先」原作「仙」，據明鈔本、孫校本、《四庫》本、《唐人絶句》、《虞初志》、《緑窗女史》、《豔異編》、《合刻三志》、《雪窗談異》、《全唐詩》改。按：先帝指唐玄宗。《唐人絶句》「遐」作「霞」。

〔五一〕唱一曲　《緑窗女史》、《豔異編》、《合刻三志》、《雪窗談異》下有「叙」字。

〔五二〕浸　孫校本、《緑窗女史》、《豔異編》、《合刻三志》、《雪窗談異》作「寖」。

〔五三〕「有玉女問曰」至「立於碧玉堂下左」　此二十二字原在前文「王母曰久望」下。王夢鷗《纂異記校釋》謂「當是脱文一行，誤補於此」，「當補在『於是』上」。按：王説是也，此二十二字乃錯簡，據文意宜補於此。

〔五四〕立於車前　「立」原作「亦」，據《歲時廣記》、《虞初志》、《緑窗女史》、《豔異編》、《合刻三志》、《雪窗談異》、《廣記鈔》改。《歲時廣記》「車」作「雙車」。

〔五五〕休　《歲時廣記》作「體」。下文「休匀紅粉」同。

〔五六〕飫飽　原作「飲」，據《虞初志》改。《緑窗女史》、《豔異編》、《合刻三志》、《雪窗談異》作「飫」。

〔五七〕蟬　《歲時廣記》作「霧」。

〔五八〕出　《歲時廣記》作「爲」。

〔五九〕水晶　明鈔本、孫校本、《虞初志》、《緑窗女史》、《豔異編》、《合刻三志》、《雪窗談異》作「水精」。按：水精即水晶。

〔六〇〕鸞　《歲時廣記》作「龍」。

〔六一〕河　《萬首唐人絶句》卷六四巢父《席上賦》、《虞初志》、《緑窗女史》、《豔異編》、《合刻三志》、《雪窗談異》作「漢」。

〔六二〕曙　《唐人絶句》作「旦」，當避英宗諱改。

〔六三〕未有　王夢鷗校：「『未有』二字當爲衍文。」

按：《新唐書・藝文志》小説家類著録李玫《纂異記》一卷，《崇文總目》小説類、《通志・藝文略》傳記類冥異目著録同。《宋史・藝文志》小説類作李攻，注「一作政」，名皆譌。尤袤《遂初堂書目》小説類作《異聞録》（無撰人、卷數），乃宋人改稱。曾慥《類説》卷一九亦題作《異聞録》（天啓刊本不著撰人，嘉靖伯玉翁舊鈔本題李玫撰），摘録五條。陶宗儀《説郛》卷三《談壘》有《異聞録》一條，同《類説》之《經幢中燈》（即《太平廣記》之《楊禎》），蓋取自《類説》。朱勝非《紺珠集》卷一摘《異聞實録》五條，署名譌作李玖（按：此據明天順刻本，《四庫全書》本作「李玫」）。五條同《類説》，唯標目多異，疑《類説》取《紺珠集》也。《紺珠集》本後取入《重編説郛》卷一一七、《古今説部叢書》一集，撰名譌作李玖。《重編説郛》卷一一八又有《纂異記》十三條，題宋李玫，實全取自南宋魯應龍《閑窗括異志》，乃純僞之書。《太平廣記》引有十四篇，書名或有譌誤。臺灣王夢鷗《纂異記校釋》（《唐人小説研究》，臺北藝文印書館一九七一年版二）輯十三篇，上海古籍出版社二〇〇〇年出版《唐五代筆記小説大觀》，亦輯十三篇。民國間吴曾祺《舊小説》丁集輯《纂異記》《三史王生》等四則，撰人譌作李孜，丁集爲宋代作品，復乃以爲宋人，蓋承《重編説郛》之誤。

《新唐志》注：「大中時人。」此必據原序紀時而著。《永樂琴書集成》卷一一《箜篌引》引《炙轂子》（唐王叡撰）曰：「太（按：當作『大』）中初《纂異録》中有《公無渡河》，歌曰：『濁波洋洋兮凝曉霧……』」據此則成書於宣宗大中初（八四七）。本書《齊君房》鏡空讖詩影射會昌滅佛，末句云「寶檀終不滅其華」，乃影會昌六年三月宣宗即位後復興佛法。又本書《劉景復》（《廣記》卷二八〇）中歌云「河湟咫尺不能收」。按安史亂後河湟地區没入吐蕃，大中二年收復（見《舊唐書·宣宗紀》），亦可知書成於大中三年前也。北宋上官融《友會談叢序》云：「李玫以養病端居，乃《纂異》之記作。」乃復知是書作於養病之時。

本篇見引於《廣記》，《虞初志》卷四、《緑窗女史》卷一〇、《豔異編》卷四録入，均題《嵩岳嫁女記》。《緑窗女史》、《豔異編》文字全同。《虞初志》、《豔異編》不著撰人，《緑窗女史》題闕名。凌性德編刊七卷本《虞初志》卷三，乃妄加撰人爲唐施肩吾。又《合刻三志》志幻類及《雪窗談異》卷七《稽神録》，妄題唐雍陶撰，中《薰髓酒》一篇，即《嵩岳嫁女》，文同《緑窗女史》、《豔異編》。明高儒《百川書志》卷五傳記類、晁瑮《寶文堂書目》卷中子雜類著録《嵩岳嫁女記》，《百川書志》作一卷，均不著撰人，殆據《虞初志》著録。

陳季卿

李玫　撰

陳季卿者，家於江南。辭家十年，舉進士，志不能無成歸〔一〕，羈棲輦下，鬻書判給衣食。一日〔二〕，訪僧於青龍寺，遇僧他適，因息於暖閣〔三〕中，以待僧還。有終南山翁，亦伺僧歸，方擁爐而坐，揖季卿就爐〔四〕。坐久，謂季卿曰：「日已晡矣，得無餒乎？」季卿曰：

「實飢矣。僧且不在，爲之奈何？」翁乃於肘後解一小囊，出藥方寸，止煎一杯，與季卿曰：「粗可療飢矣。」季卿啜訖，充〔五〕然暢適，飢寒之苦，洗然而愈。

東壁有《寰瀛圖》〔六〕，季卿乃尋江南路，因長歎曰：「得自渭泛於河，遊於洛，泳於淮〔七〕，濟于江，達于家，亦不悔無成而歸。」翁笑曰：「此不難致。」乃命僧童折堦前一竹葉，作葉〔八〕舟，置圖中渭水之上。曰：「公但注目於此舟，則如公向來所願耳。然至家，慎勿久留。」季卿熟視久之，稍覺渭水波濤洶湧〔九〕，一葉漸大，席帆既張，恍然若登舟。始自渭及河，維舟於禪窟蘭若〔一〇〕，題詩於南楹云：「霜鐘鳴時夕風急〔一一〕，亂鴉又望寒林集。此時輟棹悲且吟〔一二〕，獨向〔一三〕蓮花一峰立。」明日，次潼關，登岸，題句於關門東普通院門，云：「度關悲失志，萬緒亂心機。下坂馬無力，掃門塵滿衣。計謀多不就，心口自相違。已作羞歸計，還〔一四〕勝羞不歸。」自陝東凡所經歷，一如前願。

旬余〔一五〕至家，妻子兄弟拜迎於門。是〔一六〕夕，有《江亭晚〔一七〕望詩》，題于書齋，云：「立向江亭滿目愁，十年前事信悠悠。田園已逐浮雲散，鄉里半隨逝水流。川上莫逢諸釣叟，浦邊難狎〔一八〕舊沙鷗。不緣齒髮未〔一九〕遲暮，吟對遠山堪白頭。」此夕，謂其妻曰：「吾試期近，不可久留，即當進棹〔二〇〕。」乃吟一章留〔二一〕別其妻，云：「月斜寒露白，此夕去留心。酒至添愁飲，詩成和〔二二〕淚吟。離歌悽〔二三〕鳳管，別鶴怨瑤琴。明夜相思處，秋風吹半衿〔二四〕。」將登舟，又留一章別諸兄弟，云：「謀身非不早，其奈命來遲。舊友皆霄漢，此身猶路岐。北風微雪後，晚景有雲時。惆悵清江〔二五〕上，區區趁〔二六〕試期。」一更後，復登葉舟，泛江而發〔二七〕。兄弟妻子，慟哭於水濱〔二八〕，謂其鬼物矣。

一葉漾漾，遵舊途而去〔二九〕。至於渭濱，乃賃乘，復遊青龍寺。宛然見山翁擁褐而坐，季卿謝曰：「歸則歸矣，得非夢乎？」翁笑曰：「後六十日方自知耳〔三〇〕。」日將晚，僧尚不至，翁去，季卿還主人。後二月〔三一〕，季卿之妻子，賫金帛，自江南奔〔三二〕來，謂季卿厭世矣，故來訪之。妻曰：「某月某日歸，是夕題〔三三〕詩於西齋，並留別二章。」始知非夢。明年春，季卿下第東歸，至禪窟及關門蘭若，見所題兩篇，翰墨尚新。後年，季卿成名，遂絶粒，入終南山去。（據中華書局版汪紹楹點校本《太平廣記》卷七四引《慕異記》校録，《四庫全書》本作《纂異記》）

〔一〕志不能無成歸　孫校本作「志不能就，羞歸」。

〔二〕一日　原作「常」，當誤，據《紺珠集》卷一李玖（玫）《異聞實録·竹葉舟》、《類説》卷一九李玫《異聞録·寰瀛圖》、《重編説郛》卷一一七唐李玖（玫）《異聞實録·竹葉舟》、南宋佚名《錦繡萬花谷》後集卷二六及謝維新《古今合璧事類備要》別集卷一一引《異聞録》、元趙道一《歷世真仙體道通鑑》卷四四《終南山翁》、佚名《湖海新聞夷堅續志》後集卷一《棄名學道》改。

〔三〕暖閣　《紺珠集》、《類説》、《重編説郛》作「大閣」，《萬花谷》、《事類備要》、《真仙通鑑》、《夷堅續志》作「火閣」。按：「大閣」乃「火閣」之譌，火閣亦暖閣，可設爐取暖。

〔四〕就爐　明鈔本、孫校本、朝鮮成任編《太平通載》卷七引《太平廣記》下有「火」字。南宋陳葆光《三洞群仙録》卷九引《仙傳拾遺》「就」作「擁」。

〔五〕充　《太平通載》作「酣」。

〔六〕寰瀛圖　《仙傳拾遺》作「寰海華夷圖」。按：《仙傳拾遺》多有改易。

〔七〕泳於淮　《全唐詩》卷七八四終南山翁《終南》（注：一作陳季卿詩）作「渡淮」。按：泳，浮水而渡也。《文選》卷四八司馬相如《封禪文》：「邇陿遊原，遐闊泳沫。」孟康注：「泳，浮也。」蘇軾《東坡全集》卷三四《送水丘秀才叙》：「登高以望遠，摇槳以泳深。」又按：《全唐詩》蓋本《歷世真仙體道通鑑》卷四四《終南山翁》，而誤爲終南山翁詩，詩題作《終南》亦誤。

〔八〕葉　孫校本作「小」。

〔九〕波濤洶湧　原作「波浪」，《仙傳拾遺》作「波動」。據《類説》、《真仙通鑑》、《夷堅續志》改。《紺珠集》作「波濤洶洶涌」，《重編説郛》作「波濤洶洶涌」，「涌」與下文「一舟甚大」連讀。

〔一〇〕禪窟蘭若　《紺珠集》、《類説》、《真仙通鑑》、《夷堅續志》、《重編説郛》作「禪窟寺」。按：蘭若即寺院。

〔一一〕霜鐘鳴時夕風急　《類説》作「霜鐘鳴夕北風急」。明鈔本「鐘」譌作「風」，《真仙通鑑》、《全唐詩》

作「鶴」。

〔一二〕吟　《太平通載》作「飲」，當譌。

〔一三〕向　《紺珠集》、《萬首唐人絶句》卷四三陳季卿《題禪窟寺》、《真仙通鑑》、《太平通載》、《重編説郛》、《全唐詩》作「對」。《夷堅續志》作「坐」，誤。

〔一四〕還　《紺珠集》、《類説》、《真仙通鑑》、《夷堅續志》、《重編説郛》作「猶」。《陜西通志》卷一〇〇《拾遺三·神異》引《異聞實録》作「獨」。

〔一五〕余　孫校本、清黄晟校刊本、《四庫》本、《筆記小説大觀》本、《類説》、孔傳《後六帖》卷一一引《異聞實録》、《萬花谷》、《事類備要》、祝穆《古今事文類聚》續集卷二七引《異聞録》、《真仙通鑑》、元陰勁弦等《韻府群玉》卷八引《異聞實録》、明王罃《群書類編故事》卷二〇引《異聞録》、徐應秋《玉芝堂談薈》卷九《水晶屏上美人》引《纂異記》、《太平通載》、《合刻三志》志幻類及《唐人説薈》第十五集《幻影傳·陳季卿》作「餘」。《會校》據孫校本改。按：余，通「餘」。

〔一六〕是　此字原無，據《太平通載》補。

〔一七〕晚　孫校本作「眺」。

〔一八〕狎　原作「得」，據孫校本改。按：《列子·黄帝》：「海上之人有好漚鳥者，每旦之海上，從漚鳥游，漚鳥之至者百住而不止。其父曰：『吾聞漚鳥皆從汝游，汝取來，吾玩之。』明日之海上，漚鳥舞而不下也。」漚，同「鷗」。梁江淹《江文通文集》卷四《孫廷評雜述》：「物我俱忘情，可以狎鷗鳥。」

〔一九〕未　明鈔本作「來」。

〔二〇〕即當進棹　《四庫》本改「進」作「返」。《紺珠集》、《真仙通鑑》、《重編説郛》作「乃復進棹」。
〔二一〕留　此字原無，據《太平通載》補。
〔二二〕和　《類説》作「拭」。
〔二三〕悽　原譌作「棲」，據孫校本、《四庫》本、《太平通載》、《全唐詩》卷八六八陳季卿《別妻》改。
〔二四〕衿　原作「衾」，據孫校本、《太平通載》改。衿，衣襟。
〔二五〕清江　孫校本及《太平通載》作「京江」。按：京江，又名揚子江，即今江蘇鎮江北之長江。鎮江古名京口城，故名。北宋樂史《太平寰宇記》卷一二三《淮南道一·揚州·江都縣》：「大江西南自六合縣界流入晉祖逖擊楫中流自誓之所，南對丹徒之京口，舊闊四十餘里，謂之京江，今闊十八里。」
〔二六〕趁　《唐人説薈》作「赴」。
〔二七〕發　原作「逝」，據《太平通載》改。
〔二八〕兄弟妻子慟哭於水濱　「子」原作「屬」，據《太平通載》、明吴大震《廣豔異編》卷一五《陳季卿》、《續豔異編》卷七《陳季卿》改。下文作「子」。「水」字原無，據孫校本補，《太平通載》作「江」。《廣豔異編》、《續豔異編》作「兄弟妻子，慟哭於家」。
〔二九〕而去　此二字原無，據孫校本、《孔帖》、《太平通載》補。
〔三〇〕耳　原作「而」，連下讀，據《太平通載》改。
〔三一〕二月　《太平通載》作「六十日」。

〔三二〕奔　此字原無，據《太平通載》補。

〔三三〕題　原作「作」，據孫校本、《太平通載》改。

按：《廣豔異編》卷一五、《續豔異編》卷七採入，均題《陳季卿》。《合刻三志》志幻類、《唐人説薈》第十五集（或卷一八）有僞書《幻影傳》，妄題唐薛昭藴撰，纂輯《廣記》道術事而成。中《陳季卿》輯自《廣記》，文字略有删節。

滎陽氏

李　玫　撰

盈川令〔一〕將之任，夜止屬邑古寺。方寢，見老嫗，以桐葉蒙其首，傴僂而前，令以拄杖拂其葉，嫗俯拾而去。俄而〔二〕復來，如是者三，久之不復來矣。頃有縗裳者，自北户升階，褰簾〔三〕而前，曰：「將有告於公，公無懼焉。」令曰：「是何妖物？」曰：「實鬼也，非妖也。以形容衰瘵，不敢干謁。向者竊令張孄少達幽情，而三遭拄杖之辱。老孄固辭，恥其復進〔四〕，是以自往哀訴，冀不逢怒焉。

「某滎陽氏子，嚴君牧此州，未逾年，鍾家禍，乃護喪歸洛。夜止此寺，繼母賜冶葛〔五〕花湯，并室妹同夕而斃。張孄將哭，首碎鐵鎚，同瘞於北〔六〕牆之竹陰。某隴西先夫人，即日訴於上帝，帝敕云：『爲人之妻，已殘戮僕妾；爲人之母，又毒殺孤嬰。居闇室，事難彰明；在天鑒，理宜誅殛。以死酬死，用謝諸孤。付司命處置訖報。』是日，先君亦〔七〕訴於上帝云：『某遊魂不靈，乖於守慎，致令嚚室，害及孤孩。彰此家風，黷於天聽，豈止一死，能謝罪名。某〔八〕三任縣令，再剖符竹。實有能績，以安黎甿。豈圖餘慶不流，見此狼狽。悠揚丹旐，未越屬城。長男既已無辜，孀婦又俾酬死。念某旅櫬，難〔九〕爲瘞埋，伏乞延其生命，使某得歸葬洛陽，獲祔先人之塋闕〔一〇〕，某無恨矣。』明年，繼母到洛陽，發背疽而卒。上帝譴怒，已至如此，今某即無怨焉。所苦者，被僧徒築溷於骸骨之上，糞穢之弊，所不堪忍。況妹爲廁神姬僕，身爲廁神役夫，積世簪纓，一日淩〔一一〕墜。天門阻越，上訴無階。籍〔一二〕公仁德，故來奉告。」

令曰：「吾將奈何？」答曰：「公能發某朽骨，沐以蘭湯，覆以衣衾，遷於高原之上。脫能賜木皮之棺，蘋藻之奠，亦望外也。」令曰：「諾。乃吾反掌之易爾。」鬼嗚咽再拜，令張孀密召鸞娘子同謝明公。張孀遽至，疾呼曰：「郎君〔一三〕怒，晚來軒屏狼藉，已三召矣。」於是縗裳者憧惶〔一四〕而去。明旦，令召僧徒，具以所告。遂命土工，發溷以求之。三四尺乃得骸骨，與改瘞焉。（據中華書局版汪紹楹點校本《太平廣記》卷一二八引校録，闕出處，孫校本注出《纂異記》）

〔一〕盈川令　前原有「唐」字，乃《廣記》編纂者加，今删。

〔二〕而　原作「亦」，據朝鮮成任編《太平廣記詳節》卷九改。

〔三〕簾　《廣記詳節》作「裳」。

〔四〕耻其復進　《廣記詳節》作「難其復通」。

〔五〕冶葛　《四庫》本、《廣記詳節》、《大明仁孝皇后勸善書》卷一六作「野葛」。按：「冶」通「野」，冶葛即野葛，毒草。王充《論衡·言毒》：「草木之中，有巴豆、野葛，食之湊懣，頗多殺人。」又云：「冶葛、巴豆，皆有毒螫。」晉嵇含《南方草木狀》卷上：「冶葛，毒草也。蔓生，葉如羅勒，光而厚，一名胡蔓草。寘毒者多雜以生蔬進之，悟者速以藥解，不爾半日輒死。」明梅鼎祚《才鬼記》卷七《滎陽氏》譌作「治葛」。

〔六〕北　《廣記詳節》作「此地」。

〔七〕亦　原作「復」，據《廣記詳節》改。

〔八〕某　《勸善書》作「臣」，下文滎陽子父訴詞中「某」字皆作「臣」。

〔九〕難　《勸善書》作「誰」。

〔一〇〕闞　《廣記詳節》作「側」

〔一一〕淩　《四庫》本作「陵」。

〔一二〕籍　《四庫》本、《太平廣記鈔》卷一八、《勸善書》作「藉」。按：籍，通「藉」，借也。

〔一三〕郎君　「郎」原譌作「郭」，據《廣記詳節》改。《勸善書》作「廁君」。按：唐時奴僕於主人稱郎君，指廁神。

〔一四〕慞惶　《四庫》本作「倉皇」，《廣記鈔》作「章皇」。

按：此篇《廣記》各本闕出處，清孫潛校本注「出《纂異記》」。《太平廣記詳節》卷九出處字跡漫漶，似亦作「出《纂異記》」。觀上帝之敕，先君之訴，刻意爲文，詞采鋪張，頗類《纂異記》風格，是信出李玫也。王夢鷗《纂異記校釋》、《唐五代筆記小說大觀》輯本均未輯此篇。明梅鼎祚《才鬼記》卷七輯入，題《滎陽氏》，末注《太平廣記》。

劉景復

李玫撰

吴泰伯廟，在閶門之西〔一〕。每春秋季，市肆皆率其黨，合牢醴，祈福於三讓王，多圖善馬、綵輿、女子以獻之，非其月亦無虚日。乙丑春，有金銀行首〔二〕糺合其徒，以輕綃畫美人侍婢〔三〕，捧胡琴以從，其貌出於舊繪者，名美人爲勝兒，蓋户牖牆壁間〔四〕前後所獻者，無以匹也。

女巫方舞，有進士劉景復，送客之金陵，置酒于廟之東通波館。忽〔五〕欠伸思寢，乃就榻。方寢，見紫衣冠者言曰：「讓王〔六〕奉屈。」劉生隨而至廟，周旋揖讓而坐。王語劉生曰：「適納一胡琴妓〔七〕，藝甚精而色殊麗。吾知子〔八〕善歌，故奉邀作《胡琴》一章，以寵其藝。」初生頗不甘，命酌人間酒一盃與飲〔九〕。逡巡酒至，并獻酒物，視之，乃適館中祖筵者也。生飲數盃，醉〔一〇〕而作歌曰：「繁絃已停雜吹歇，勝兒調弄邏沙發〔一一〕。四絃攏撚三四〔一二〕聲，喚起邊風駐寒月〔一三〕。大聲漕漕奔淈淈〔一四〕，浪蹙波翻倒溟涬〔一五〕。小絃切切怨颸颸〔一六〕，鬼泣神悲低悉窣〔一七〕。側〔一八〕腕斜挑掣流電，當胸直戛騰秋鶻〔一九〕。漢妃徒得端正名，秦女〔二〇〕虛誇有仙骨。我聞天寶年前事，涼州未作西戎窟〔二一〕。麻衣左衽皆漢民〔二二〕，不省胡塵蹔蓬勃〔二三〕。太平之末狂胡亂〔二四〕，犬豕崩騰恣唐突〔二五〕。玄宗未到萬里橋，東洛西京一時没。一朝漢民没爲虜〔二六〕，飲恨吞聲空咽嗢〔二七〕。時看漢月望漢天〔二八〕，怨氣衝星成彗孛〔二九〕。國門之西八九鎮，高城深壘閉閑卒。河湟咫尺不能收，挽粟推車徒矻矻〔三〇〕。今朝聞奏《涼州曲》〔三一〕，使我心魂〔三二〕暗超忽。勝兒若向〔三三〕邊塞彈，征人血淚應闌干。」

歌既成，劉生乘醉，落泊草扎〔三四〕而獻。王尋繹數四，召勝兒以授之。王之侍兒有不樂者，妬色形於坐中〔三五〕，恃酒，以金如意擊勝兒，面破〔三六〕，血淋襟袖。生乃驚起。明日視繪素，果有損痕。歌今傳於吴中。（據中華書局版汪紹楹點校本《太平廣記》卷二八〇引《纂異記》校録）

〔一〕在閶門之西　「閶門」原作「東閶門」，誤，明詹詹外史《情史類略》卷九《勝兒》，《合刻三志》志鬼類、《雪窗談異》卷八、清蓮塘居士《唐人説薈》第十六集、馬俊良《龍威秘書》四集、民國俞建卿《晉唐小説六十種》之《靈鬼志・勝兒》「東」作「蘇」。蘇，蘇州。按：南宋范成大《吴郡志》卷一二《祠廟》：「至德廟，即泰伯廟。東漢永興二年，郡守糜豹建於閶門外。《辨疑志》載：『吴閶門外有泰伯廟，廟東又有一宅，祀泰伯長子三郎。吴越錢武肅王始徙之城中。』《纂異記》又云：『吴泰伯廟在閶門西。』……今廟在閶門内，東行半里餘，門有大橋，號至德橋。乾道元年，郡守沈度重建。」閶門未有東閶門之稱，據《吴郡志》删「東」字。元宋无《啽囈集・胡琴婢勝兒》附録、明徐伯齡《蟫精雋》卷一六《勝兒》、楊慎《升庵詩話》卷一二《胡琴婢勝兒》作「在閶門之東」。北宋樂史《太平寰宇記》卷九一《江南東道三・蘇州》：「閶門，吴城西門也。」作「東」誤。明鈔本錢穀《吴都文粹續集》卷四六《胡琴婢勝兒》，題注「出宋無《啽囈集》」，乃作「在閶門之西」。《情史》改作「在蘇閶門之内」，誤。

〔二〕首　《太平廣記詳節》卷二四作「者」。

〔三〕以輕綃畫美人侍婢　原作「以綃畫美人」，據明鈔本、《廣記詳節》、南宋温豫《續補侍兒小名録》、周守忠《姬侍類偶》卷上引《纂異記》、《靈鬼志》補三字。《豔異編》卷二二《劉景復》、《情史》作「以輕綃畫美人侍女」，《啽囈集》、《蟫精雋》、《升庵詩話》、《吴都文粹續集》作「以輕綃畫侍婢」。

〔四〕間　原譌作「會」，據明鈔本、孫校本、《廣記詳節》、《小名録》、《姬侍類偶》、《靈鬼志》改。

〔五〕忽　原作「而」，據《四庫》本、《小名録》、《姬侍類偶》、《啽囈集》、《蟫精雋》、《升庵詩話》、《吴都文粹續集》、《靈鬼志》改。

〔六〕讓王　《喰囈集》作「襄王」，誤。按：讓王指泰伯。泰伯，又作太伯，周太王古公亶父長子，弟仲雍、季歷。太王欲傳位於季歷，以使季歷子昌（即周文王）得以繼位，泰伯遂與仲雍「奔荊蠻，文身斷髮，示不可用」，見《史記》卷三一《吴太伯世家》。後人取《論語·泰伯》「三以天下讓」及《莊子·讓王篇》意，尊稱泰伯爲讓王。唐張聿《吴門送客》：「亂山吴苑外，臨水讓王祠。」陸龜蒙《和襲美泰伯廟》：「故國城荒德未荒，年年椒奠濕中堂。迩來父子争天下，不信人間有讓王。」

〔七〕妓　此字原脱，據《四庫》本、《小名録》、《姬侍類偶》、《喰囈集》、《蟫精雋》、《升庵詩話》、《吴都文粹續集》、《靈鬼志》補。

〔八〕吾知子　《廣記詳節》、《小名録》、《姬侍類偶》、《喰囈集》、《蟫精雋》、《升庵詩話》、《吴都文粹續集》、《情史》、《靈鬼志》作「知吾子」。

〔九〕飲　原譌作「歌」，據《四庫》本、《廣記詳節》、《小名録》、《姬侍類偶》、《情史》、《靈鬼志》改。

〔一〇〕醉　《豔異編》、《情史》作「微醉」。

〔一一〕邏沙發　《小名録》、《靈鬼志》「發」作「撥」。《喰囈集》、《吴都文粹續集》、《全唐詩》卷八六八劉景復《夢爲吴泰伯作勝兒歌》作「邏娑撥」，《升庵詩話》作「邏婆撥」。按：邏沙，亦作「邏娑」、「邏莎」、「邏挲」，亦即邏些，唐時吐蕃都城，即今西藏拉薩。此代指用邏娑檀木所製胡琴，亦即琵琶。

〔一二〕三四　《喰囈集》、《蟫精雋》、《升庵詩話》、《吴都文粹續集》、《全唐詩》作「三五」。

〔一三〕唤起邊風駐寒月　《小名録》、《喰囈集》、《蟫精雋》、《升庵詩話》、《吴都文粹續集》、《靈鬼志》、《全唐詩》「寒」作「明」。《喰囈集》、《蟫精雋》、《升庵詩話》「駐」譌作「駝」，《吴都文粹續集》作「馳」。

〔一四〕漕漕奔淈淈　「漕漕」，《四庫》本及諸書除《豔異編》、《情史》皆作「嘈嘈」。「淈淈」，《豔異編》、《情史》作「泥泥」，誤。按：漕漕，水聲。淈淈，水涌出貌。司馬相如《上林賦》：「潏潏淈淈，湁潗鼎沸。」

〔一五〕浪蹙波翻倒溟涬　「翻」《喻蠹集》、《蟫精雋》、《升庵詩話》、《吴都文粹續集》作「間」。「涬」《四庫》本、《小名録》、《喻蠹集》、《蟫精雋》、《升庵詩話》、《吴都文粹續集》、《豔異編》、《情史》、《靈鬼志》、《全唐詩》均作「渤」。按：「涬」同「渤」，渤海。《玉篇》水部：「涬，海别名也。」

〔一六〕飀飀　《吴都文粹續集》作「颼颼」。

〔一七〕鬼泣神悲低悉窣　「窣」原作「率」，據明鈔本、《廣記詳節》、《豔異編》、《情史》、《靈鬼志》改。按：據《廣韻》，此歌除「歇」、「發」、「月」屬入聲「月」韻，其餘均屬入聲「没」韻，係「月」、「没」二韻通押。「窣」屬「没」韻，而「率」字所律切，屬「質」韻。《小名録》、《合刻三志》作「鬼哭神悲任悉窣」，《喻蠹集》、《升庵詩話》作「鬼哭神悲秋悉窣」，《蟫精雋》作「鬼哭神悲秋悉率」，《吴都文粹續集》作「鬼哭神愁秋悉窣蟋蟀」，其《四庫全書》本則作「鬼哭神悲秋蟋蟀」，《全唐詩》作「鬼哭神悲秋窸窣」，校：「秋，一作『任』。」悉窣、悉率義同，象聲詞。

〔一八〕側　《小名録》、《喻蠹集》、《升庵詩話》、《吴都文粹續集》、《合刻三志》、《雪窗談異》、《全唐詩》作「倒」，《蟫精雋》作「玉」。

〔一九〕當胸直戛騰秋鶻　「胸」原作「秋」，據黄本、《四庫》本、《筆記小説大觀》本改。按：作「秋」本句字重。《小名録》、《喻蠹集》、《蟫精雋》、《升庵詩話》、《吴都文粹續集》、《靈鬼志》、《全唐詩》「當胸」

作「春雷」。「鶻」《吴都文粹續集》譌作「鵰」。

〔二〇〕秦女　《蟫精雋》作「秦皇」，誤。按：秦女指秦穆公女弄玉，嫁仙人蕭史成仙。見《列仙傳》。

〔二一〕我聞天寶年前事涼州未作西戎窟　《小名録》、《噲囈集》、《蟫精雋》、《升庵詩話》、《吴都文粹續集》、《靈鬼志》、《全唐詩》「年前事」作「十年前」，《吴都文粹續集》「涼」作「梁」，下同，並誤。按：涼州安史亂後没入吐蕃，非在天寶十年。《豔異編》、《情史》「未作西戎窟」譌作「水西作城窟」。

〔二二〕麻衣左衽皆漢民　「左」原譌作「右」，據《豔異編》、《情史》改。按：《尚書·畢命》：「四夷左衽，罔不咸賴。」《吴都文粹續集》「民」譌作「成」。按：《四庫》本《升庵集》卷五九《胡琴婢勝兒》改作「安居樂業皆細氓」，《吴都文粹續集》改作「纖歌妙舞揚昇平」，皆爲四庫館臣以犯滿人諱所改。

〔二三〕不省胡塵蹔蓬勃　「省」《豔異編》、《情史》作「幸」。「胡」《四庫》本《蟫精雋》及《吴都文粹續集》改作「烟」，《全唐詩》改作「沙」。「蓬」《廣記詳節》、《升庵詩話》、《靈鬼志》作「逢」。逢，通「蓬」。《吴都文粹續集》譌作「遲」。

〔二四〕狂胡亂　《吴都文粹續集》「亂」譌作「辭」。《四庫》本《蟫精雋》改作「狂寇亂」，《吴都文粹續集》改作「兵戈興」，《全唐詩》改作「狂奴亂」。

〔二五〕犬豕崩騰恣唐突　《升庵詩話》、《豔異編》、《吴都文粹續集》、《情史》「崩」作「奔」。《四庫》本《蟫精雋》改作「兵馬崩騰恣搪突」，《吴都文粹續集》改作「汗血奔騰恣唐突」。

〔二六〕一朝漢民没爲虜　《噲囈集》、《升庵詩話》、《吴都文粹續集》作「海内漢民皆入虜」。《四庫》本《蟫精雋》改作「海内士民皆被虜」，《四庫》本《吴都文粹續集》改作「海内臣民皆鼎沸」，《全唐詩》改作

「漢土民皆没殊域」，校：「漢土民皆」「一作『一朝漢民』」。

〔二七〕咽嗢　《四庫》本、《小名録》、《合刻三志》、《雪窗談異》、《全唐詩》作「嗢咽」。按：嗢，今音「臥」，《廣韻》烏没切，咽也，屬入聲「没」韻。咽嗢，哽咽，抽泣。元稹《縛戎人》：「華裀重席臥腥臊，病犬愁鴟聲咽嗢。」皮日休《桃花塢》：「敲竹鬭錚摐，弄泉争咽嗢。」「咽」則屬入聲「屑」韻。嗢咽，意近咽嗢。陸龜蒙《奉酬襲美先輩吴中苦雨一百韻》：「低頭增歎詫，到口復嗢咽。」《豔異編》、《情史》、《唐人説薈》、《龍威秘書》、《晉唐小説六十種》作「嗚咽」，《蟫精雋》作「咽噎」。

〔二八〕時看漢月望漢天　《小名録》、《合刻三志》「天」作「民」。《四庫》本《吴都文粹續集》改作「時看明月望青天」。

〔二九〕怨氣衝星成彗孛　「成」字原脱，汪校本據明鈔本補。孫校本、《廣記詳節》、《唫囈集》、《升庵詩話》、《吴都文粹續集》亦作「成」。《四庫》本、《合刻三志》、《雪窗談異》「星」作「雲」，《四庫全書考證》卷七二：「『怨氣衝雲成彗孛』，刊本『雲』訛『星』，脱『成』字，『彗』訛『慧』，並據《纂異記》增改。」所據不詳。《小名録》「星」作「聲」。《蟫精雋》「怨」作「怒」。

〔三〇〕挽粟推車徒矻矻　「粟」《豔異編》、《情史》作「索」。「矻矻」《小名録》、《唫囈集》、《蟫精雋》、《升庵詩話》、《吴都文粹續集》、《靈鬼志》、《全唐詩》作「兀兀」，《四庫》本《吴都文粹續集》作「寧復郵」。

〔三一〕奏涼州曲　《唫囈集》、《升庵詩話》「奏」作「撥」，《蟫精雋》、《吴都文粹續集》作「撥梁州曲」。

〔三二〕魂　《唫囈集》、《蟫精雋》、《升庵詩話》、《吴都文粹續集》、《全唐詩》作「神」。

〔三三〕向　《吴都文粹續集》作「得」。

〔三四〕落泊草扎　「泊」原譌作「洎」，據《廣記詳節》改。落泊，灑脱之謂。《四庫》本、《豔異編》、《情史》、《唐人説薈》、《龍威秘書》作「筆」。《小名録》、《姬侍類偶》、《合刻三志》、《雪窗談異》作「落魄」。《四庫》本、《小名録》、《姬侍類偶》、《豔異編》、《情史》、《靈鬼志》「扎」作「札」，按：「扎」乃「札」之俗字。

〔三五〕妬色形於坐中　「中」原作「王」，連下讀，據明鈔本、孫校本、《廣記詳節》、《小名録》、《姬侍類偶》、《合刻三志》、《雪窗談異》改。《豔異編》、《情史》、《唐人説薈》、《龍威秘書》、《晉唐小説六十種》作「怒色形於面生」，「生」連下讀，劉生也。

〔三六〕面破　原作「首」，據明鈔本、孫校本、《廣記詳節》、《小名録》、《姬侍類偶》、《靈鬼志》改。《豔異編》、《情史》作「破」。

按：本篇載入《豔異編》卷二二、《情史類略》卷九，分别題《劉景復》、《勝兒》。又《合刻三志》志鬼類、《雪窗談異》卷八、《唐人説薈》第十六集（同治八年刊本卷一九）、《龍威秘書》四集《晉唐小説暢觀》、《晉唐小説六十種》之《靈鬼志》（託名唐常沂撰），中亦有《勝兒》。

張生

李　玫　撰

有張生者，家在汴州中牟縣東北赤城坂。以饑寒，一旦别妻子遊河朔，五年方還。自河朔還汴州，晚出鄭州門，到板橋，已昏黑矣。乃下道，取陂中逕路而歸。忽於草莽中，見燈火熒煌，賓客五六人，方宴飲次。生乃下驢以詣之，相去十餘步，見其妻亦在坐中，與賓客語笑方洽。生乃蔽形於白楊樹間以窺之，見有長鬚者持盃：「請措大夫人歌。」

生之妻，文學之家，幼學詩書〔一〕，甚有篇詠。欲不爲唱，四座勤請，乃歌曰：「歎衰草，絡緯聲切切。良人一去不復還，今夕坐愁鬢如雪。」長鬚云：「勞歌一盃。」飲訖，酒至白面年少，復請歌，張妻曰：「一之謂甚，其可再乎？」長鬚持一籌筯云：「請置觥，有拒請歌者，飲一鍾。歌舊詞中笑語，准此罰。」于是張妻又歌曰：「勸君酒，君莫辭。落花徒繞〔二〕枝，流水無返期。莫恃少年時，少年能幾時。」酒至紫衣者，復持盃請歌。張妻不悦，沉吟良久，乃歌曰：「怨空閨，秋日亦難暮。夫壻斷音書，遥天雁空度。」酒至黑衣胡人，復請歌。張妻連唱三四曲，聲氣不續，沉吟未唱間，長鬚抛觥云：「不合推辭。」乃酌一鍾，張妻涕泣而飲，復唱送胡人酒，曰：「切切夕風急，露滋庭草濕。良人去不回，焉知掩閨泣。」酒至緑衣少年，持盃曰：「夜已久，恐不得從容，即當暌索，無辭一曲，便望歌之。」又唱云：「螢火穿白楊，悲風入荒草。疑是夢中遊，愁迷故園道。」酒至張妻，長鬚歌以送之，曰：「花前始相見，花下又相送。何必言夢中，人生盡如夢。」酒至紫衣胡人，復請歌云：「須有豔意。」張妻低頭未唱間，長鬚又抛一觥。於是張生怒，捫足下得一瓦，擊之，中長鬚頭。再發一瓦，中妻額，闃然無所見。張君謂其妻已卒，慟哭連夜而歸。

及明至門，家人驚喜出迎。張君〔三〕問其妻，婢〔四〕僕曰：「娘子夜來頭痛。」張君入室，問其妻病之由，曰：「昨夜夢草莽之處，有六七人，遍令飲酒，各請歌，孥〔五〕凡歌六七曲，有長鬚者頻抛觥。方飲次，外有發瓦來，第二中孥額。因驚覺，乃頭痛。」張君因知昨夜所見，乃妻夢也。（據中華書局版汪紹楹點校本《太平廣記》卷二八二引《纂異記》校録）

〔一〕幼學詩書　明鈔本「書」作「禮」。《太平廣記詳節》卷二五，《古今説海》説淵部别傳三、《五朝小説·唐人百家小説》紀載家、《重編説郛》卷一一五、《合刻三志》志夢類、《雪窗談異》卷一、《唐人説薈》第九集、《龍威秘書》四集、蟲天子《香豔叢書》七集卷四、《晉唐小説六十種》之《夢遊録·張生》及《豔異編》卷二二《夢遊部·張生》作「幼習詩禮」。

〔二〕繞　《廣記詳節》作「撓」。

〔三〕張君　原作「君」，《四庫》本作「張」，據明鈔本、《廣記詳節》、《説海》、《豔異編》、《唐人百家小説》、《重編説郛》、《合刻三志》、《雪窗談異》、《唐人説薈》、《龍威秘書》、《香豔叢書》、《晉唐小説六十種》補「張」字。

〔四〕婢　《廣記詳節》作「奴」。

〔五〕孥　《唐人説薈》、《龍威秘書》、《香豔叢書》、《晉唐小説六十種》作「奴」。下同。按：孥，通「奴」。

按：本篇見引於《廣記》卷二八二《夢遊下》。《古今説海》説淵部别傳三有《夢遊録》，不著撰人，六篇，全取自《廣記》卷二八一、卷二八二《夢遊》，而合爲一書。中第五篇即《張生》。《夢遊録》後又收入《唐宋叢書》載籍、《合刻三志》志夢類、《五朝小説·唐人百家小説》紀載家、《重編説郛》卷一一五、《雪窗談異》卷一、《唐人説薈》第九集（同治八年刊本卷一一）、《龍威秘書》四集、《香豔叢書》七集卷四、《晉唐小説六十種》等，並妄題唐任蕃撰。《豔異編》卷二二《夢遊部》亦取入此六篇，不著撰人。

唐五代傳奇集第三編卷十八

蔣琛

李玫撰

霅〔一〕人蔣琛，精熟二經，常教授於鄉里。每秋冬，於霅溪、太湖中流，設網罟以給食。常〔二〕獲巨龜，以其質狀殊異，乃顧而言曰：「雖入余且〔三〕之網，俾免刳腸之患。既在四靈之列，得無愧於鄙叟乎？」乃釋之。龜及中流，凡返顧六七。後歲餘，一夕風雨晦冥，聞波間洶洶〔四〕聲，則前之龜扣舷人立而言曰：「今夕太湖、霅溪、松江神境會，川瀆諸長，亦聞應召，開筵解榻，密邇漁舟。以足下淹滯此地，持網且久，纖鱗細介，苦於數網，脱禍之輩，常懷怨心，恐水族乘便，得肆胸臆。昔日恩遇，常貯〔五〕懇誠，由斯而來，冀答萬一。能退咫尺以遠害乎？」琛曰：「諾。」遂於安流中，纜舟以伺焉。

未頃〔六〕，有龜鼉魚鱉，不可勝計，周匝二里餘。蹙波爲城，遏浪爲地，闢三門，坦〔七〕通衢。異怪千餘，皆人質螭首，執戈戟，列行伍，守衛如有所待。續有蛟蜃數萬〔八〕，東西馳來，乃噓氣爲樓臺，爲瓊宮珠殿，爲歌筵舞席，爲坐榻裀褥，頃刻畢備。其尊〔九〕罍器皿玩用之物，皆非人世所有。又有神魚數百，吐火珠，引甲士百餘輩，擁青衣黑冠者，由霅溪南津而出。復見水獸亦數百，銜耀〔一〇〕，引鐵騎二百餘，擁朱衣赤冠者，自太湖中流而來。至城門，下馬交拜。溪神曰：「一不展覿，五紀于兹。雖魚雁不絶，而笑言久曠，勤企盛德，哀腸惄然。」湖神曰：「我心亦如之。」揖讓次，有老蛟前唱曰：「安流王〔一一〕上馬。」於是二神立候焉。則有衣虎豹之衣，朱其額，青〔一二〕其足，執蠟炬，引旌旗戈甲之卒，凡千餘，擁紫衣朱冠者，自松江西派〔一三〕而至。二神迎於門，設禮甚謹。

敘暄涼竟，江神曰：「此去〔一四〕有將爲宰執者北渡，而神貌未揚，行李甚艱。恐神不識不知，事須帖〔一五〕屏翳收風，馮夷息浪。斯亦上帝素命，禮宜躬親。候吾子清塵〔一六〕，得免舉罰否。然竊於水濱拉得范相國來，足以補其尤矣。」乃有披褐者，仗劍而前，溪、湖神曰：「欽奉實久。」范君曰：「涼德未泯，吴人懷恩，立祠於江漬〔一七〕，春秋設薄祀。爲村醪所困，遂爲江公驅來。唐突盛筵，益增慙慄〔一八〕。」於是揖讓入門。

既即席，則〔一九〕有老蛟前唱曰：「湘王去城二里。」俄聞軿闐車馬聲，則有緑衣玄冠者，氣貌甚偉，驅殿亦百餘。既升階，與三神相見，王〔二〇〕曰：「適輒與汨羅屈副使俱來。」乃有服飾與容貌慘悴者，傴僂而進。方即席，范相笑謂屈原曰：「被放逐之臣，負波濤之困，讒痕謗跡，骨銷未滅，何慘面目，更獵其盃盤？」屈原曰〔二一〕：「湘江之孤魂，魚腹之餘肉，焉敢將喉舌酬對相國乎？然吾聞穿七札之箭〔二二〕，不射籠中之鳥；剸洪鍾之劍，不剸几上之肉〔二三〕。且足下亡吳霸越，功成身退，逍遥〔二四〕于五湖之上，輝焕於萬古之後。故鄙夫竊仰重德盛名〔二五〕，不敢以常意奉待〔二六〕。何今日戲謔於綺席，恃意氣於放臣，則何異射病鳥於籠中，剸腐肉於几上？竊於君子惜金鏃與利刃也。」於是湘神動色，命酒罰范君。

君將飲，有女樂數十輩，皆執所習於舞筵。有俳優揚言曰：「皤皤美女，唱《公無渡河歌》。」其詞曰：「濁波揚揚〔二七〕兮凝曉霧，公無渡河兮公竟〔二八〕渡。風號水激〔二九〕兮呼不聞，提衣〔三〇〕看入兮中流去。浪排衣兮隨步没〔三一〕，沈屍深入兮蛟螭窟。蛟螭盡醉兮君血乾，推出黄沙兮泛君骨。當時君死兮〔三二〕妾何適，遂就波瀾〔三三〕兮合魂魄。願持精衛銜石心，窮取河源〔三四〕塞泉脉。」歌竟，俳優復揚言曰〔三五〕：「謝秋娘舞《採桑曲》。」凡十餘疊，曲韻哀怨。

舞未竟，外有〔三六〕宣言：「申徒先生從河上來，徐處士與鴟夷君自海濱至。」乃隨導而入。江、溪、湘、湖，禮接甚厚。屈大夫曰：「子非蹈瓮〔三七〕、抱石、抉眼之徒與？」對曰：「然。」屈曰：「余得朋矣。」於是朱絃雅張，清管徐奏，酌瑤觥，飛玉觴，陸海珍味，靡不臻極。舞竟，俳優又揚言：「曹娥唱《怨江波》。」凡五疊，琛所記者唯三，其詞云：「悲風淅淅兮波緜緜，蘆花萬里兮凝蒼煙。虬螭窟宅兮淵且玄，排波疊浪兮沈我天。所覆不全兮身寧全，溢眸恨血兮徒漣漣。誓將柔荑抉〔三八〕鋸牙之喙，空水府而藏其腥涎。青娥翠黛兮沈江孺，碧雲斜月兮空嬋娟。吞聲飲恨兮語無力，徒揚哀怨兮登歌筵。」歌竟，四座爲之慘容。

江神把酒，太湖神起舞作歌，曰：「白露溥〔三九〕兮西風高，碧波萬里兮翻洪濤。莫言天下至柔者，載舟覆舟皆我曹。」江神傾盃，起舞作歌，曰：「君不見夜來渡口擁千艘，中載萬姓之脂膏。當樓船泛泛於疊浪，恨珠貝又輕於鴻毛。又不見朝〔四〇〕來津亭維一舠，中有一士青其袍。赴〔四一〕辛邑之良日，任波吼而風號。是知溺名溺利者，不免爲水府之腥臊。」湘王持盃，雪溪神歌曰：「山勢縈迴水脉分，水光山色翠連雲。四時盡入詩人詠，役殺吴興柳使君。」酒至雪〔四二〕溪神，湘王歌曰：「渺渺煙波接九嶷〔四三〕，幾人經此泣江蘺〔四四〕。年年綠水青山色，不改重華南狩時。」

於是范相國獻《境會夜宴》詩，曰：「浪闊波澄〔四五〕秋氣涼，沈沈〔四六〕水殿夜初長。自憐休退五湖客，何幸追陪百谷王。香裛碧雲飄綺〔四七〕席，觥飛白玉灧〔四八〕椒漿。酒酣獨泛扁舟去，笑入琴高不死鄉。」徐衍處士獻《境會夜宴并簡范》詩，曰：「珠光龍耀火熗熗，夜接朝雲〔四九〕宴渚宫。鳳管清吹凄極浦，朱絃閒奏冷秋空。論心幸遇同歸友〔五〇〕，揣分慙無輔佐功。雲雨各飛真境後，不堪波上起悲風。」

屈大夫左持盃，右擊盤，朗朗〔五一〕作歌曰：「鳳騫騫以降瑞兮，患山雞之雜飛。玉溫溫以呈器兮，因碔砆之争輝。當侯〔五二〕門之四闢兮，墐〔五三〕嘉謨之重扉。既瑞器而無庸〔五四〕兮，宜〔五五〕昏暗之相微。徒刳石以爲舟兮，顧沿流而志違〔五六〕。將刻木而作羽兮，與超騰之理非。矜孑孑於空闊〔五七〕兮，靡群援之可依〔五八〕。血淋淋而滂流兮，顧江魚之腹而將歸。西風蕭蕭兮湘水悠悠，白芷芳歇兮江蘺秋。日晼晼〔五九〕兮川雲收，棹歌〔六〇〕四起兮悲風幽。羈魂〔六一〕汩没兮我名永浮，碧波雖涸兮厥譽長流。向使甘言順〔六二〕行于曩昔，豈今日居君王之座頭？是知貪名徇禄而隨世磨滅者，雖正寢而死兮，無得與吾儔。當鼎足之嘉會兮，獲周旋於君侯。雕盤玉豆兮羅珍羞，金卮瓊〔六三〕斝兮方獻酬。敢寫心兮歌一曲，無誚余持盃以淹留。」

申徒先生〔六四〕獻《境會夜宴》詩，曰：「行殿秋未晚，水宫風初涼。誰言此中夜，得接朝宗行。靈鼉振鼕鼕，神龍耀煌煌。紅樓壓波起，翠幄連雲張。玉簫冷吟風〔六五〕，瑶瑟清含商〔六六〕。賢臻江湖叟，貴列川瀆王。諒予衰俗人，無能振〔六七〕穨綱。分辭昏〔六八〕亂世，樂寐蛟螭鄉。棲遲幽島間，幾見波成桑。爾來盡流俗，難與傾壺觴。今日登華筵，稍覺神揚揚。方歡〔六九〕滄浪侣，遽恐白日光。海人瑞錦前，豈敢言文章？聊歌靈境會，此會誠難忘。」

鴟夷君銜盃作歌曰：「雲集大野兮血波洶洶，玄黄交戰兮吴無全壟〔七〇〕。既霸業之將墜〔七一〕，宜嘉謨之不從。國步顛蹶兮吾道遘凶，處鴟夷之大困〔七二〕，入淵泉之九重。上帝愍余之非辜兮，俾大江鼓怒其冤蹤。所以鞭浪山而疾驅波岳，亦粗足展余拂〔七三〕鬱之心胸。當靈境之良宴兮，謬尊俎之相容。擊簫鼓兮撞歌鍾，吴謳越舞兮歡未極，遽軍城曉鼓之鼛鼛。願保上善之柔德，何行樂之地兮難相逢。」

歌終，霅郡城樓早鼓絶，洞庭山寺晨鐘鳴。而飄風勃興，玄雲四起，波間車馬，音猶合沓〔七四〕。頃之，無所見。曙色既分，巨龜復延首於中流，顧眄琛而去。（據中華書局版汪紹楹點校本《太平廣記》卷三〇九引《集異記》校録，明鈔本作《纂異記》）

〔一〕霅　明鈔本、孫校本、《虞初志》卷八《蔣琛傳》作「吴」。《會校》據明鈔本、孫校本改。按：霅，指唐代湖州烏程縣（今浙江湖州市），境内有霅溪。霅溪，苕溪下游。由苕溪（西苕溪）、餘不溪（東苕溪）、前溪、北流水匯流而成，北流入太湖。吴，吴縣，唐爲蘇州治所，即今江蘇蘇州市。後文云霅郡，即指湖州。作「吴」誤。

〔二〕常　《四庫》本、《虞初志》作「嘗」。《會校》據《四庫》本改。按：常，通「嘗」。

〔三〕余且　《四庫》本作「豫且」，《會校》據改，云：「《説苑·正諫》中有豫且射魚的典故。」按：《説苑》所載豫且射魚（白龍所化），非網龜也。豫且網龜見《史記》卷一二八《龜策列傳》褚先生補：「宋元王二年，江使神龜使于河，至於泉陽，漁者豫且舉網得而囚之，置之籠中。夜半，龜來見夢於宋元王曰：『我爲江使於河，而幕網當吾路。泉陽豫且得我，我不能去。身在患中，莫可告語。王有德義，故來告訴。』元王惕然而悟。……」宋末王應麟《困學紀聞》卷一〇《地理》云：「豫且事有二。」引《說苑》及《史記·龜策傳》褚先生曰。豫且網龜先見於《莊子·外物》，作「余且」。云：「宋元君夜半而夢人被髮闚阿門，曰：『予自宰路之淵，予爲清江使河伯之所，漁者余且得予。』元君覺，使人占之，曰：『此神龜也。』君曰：『漁者有余且乎？』左右曰：『有。』君曰：『令余且會朝。』明日，余且朝，君曰：『漁何得？』對曰：『且之網得白龜焉，箕圓五尺。』君曰：『獻若之龜。』龜至，君再欲殺之，再欲活之，心疑。卜之曰：『殺龜以卜吉。』乃刳龜，七十二鑽，而無遺筴。仲尼曰：『神龜能見夢於元君，而不能避余且之網。知能七十二鑽，而無遺筴，不能避刳腸之患。如是，則知有所困，神有所不及也。』」北魏酈道元《水經注》卷二四《睢水》：「昔宋元君夢江使乘輜車，被繡衣，而謁于元君，元君感衛平之言，而求之于泉陽男子余且，獻神龜于此矣。」本《史記》而亦作「余且」。四庫館臣妄改，《會校》復盲從，皆不明典故也。

〔四〕波間洶洶　明鈔本作「波濤洶湧」，《會校》據改。

〔五〕常貯　孫校本、《虞初志》「貯」作「懷」，《會校》據孫校本改。按：貯，明鈔本作「恒思」。

〔六〕未頃　明鈔本作「少頃」。按：未頃即少頃。

〔七〕坦　原作「垣」，據《虞初志》改。

〔八〕萬　原作「十」，據明鈔本、《虞初志》改。

〔九〕尊　清陳鱣校本作「罇」，《會校》據改。下文「謬尊俎之相容」亦據陳校本改。按：尊、罇一義，又作「樽」，酒器也。

〔一〇〕銜耀　明鈔本、孫校本「銜」作「衜」，《會校》據改。陳校本作「衛耀」，《虞初志》作「銜躍」。按：觀上下文「吐火珠」、「執蠟炬」之語，作「銜耀」爲是。銜耀，口中含物發光照耀。

〔一一〕安流王　陳校本作「長沙王」。按：此爲松江神，不得稱「長沙王」，誤。

〔一二〕青　陳校本作「白」。

〔一三〕派　原譌作「泒」，據《四庫》本及明凌性德刊七卷本《虞初志》卷七《蔣氏傳》改。泒，音「古」，古水名。八卷本《虞初志》作「江」。

〔一四〕此去　陳校本作「明日」。

〔一五〕帖　《四庫》本作「詔」。按：帖，用如動詞，指令。

〔一六〕侯吾子清塵　「候」明鈔本、《虞初志》作「後」。陳校本作「侯後君清塵」。

〔一七〕濆　明鈔本、陳校本作「濱」，《會校》據改。按：濆，水濱。

〔一八〕慄　明鈔本、八卷本《虞初志》作「懷」，陳校本作「悚」。

〔一九〕則　明鈔本作「又」，《會校》據改。

〔二〇〕王　此字原無，據明鈔本補。

〔二一〕屈原曰　《四庫》本作「原正色曰」，《太平廣記鈔》卷五三《江湖溪三神》作「屈大夫曰」。按：「屈原曰」三字談愷刻本闕，汪校本據明鈔本、陳校本補。孫校本亦作「屈原曰」。《四庫》本及《廣記鈔》皆以意自補。

〔二二〕然吾聞穿七札之箭　「吾」原譌作「無」，據明鈔本、黄本、《四庫》本、《筆記小説大觀》本及《虞初志》改。「然」，《廣記鈔》作「雖然」。「札」八卷本《虞初志》作「湘」。按：札，甲之葉片。七札指七層鎧甲。《左傳》成公十六年：「潘尪之黨，與養由基蹲甲而射之，徹七札焉。」作「湘」譌。

〔二三〕几上之肉　《虞初志》「几」作「机」，八卷本下同，七卷本譌作「杌」。按：几，几案。机，砧板。几上肉，机上肉，意同。《三國志》卷一《魏書・文帝紀》黄初四年裴松之注引《魏書》：「又爲地道攻城，城中外雀鼠不得出入，此几上肉耳。」《三國志》卷二一《魏書・吴質傳》裴松之注引《吴質别傳》：「質案劍曰：『曹子丹，汝非屠几上肉，吴質吞爾不摇喉，咀爾不摇牙，何敢恃勢驕邪？』」「几」一本作「机」。《新唐書》卷一二〇《桓彦範傳》：「三思机上肉爾，留爲天子藉手。」

〔二四〕逍遥　明鈔本作「遨遊」，八卷本《虞初志》作「立筵」。

〔二五〕重德盛名　明鈔本、《虞初志》無「德盛」二字，陳校本無「重德」二字。

〔二六〕不敢以常意奉待　《虞初志》七卷本「待」作「侍」。明鈔本作「不敢以當盛意奉待」，八卷本《虞初志》同，唯「待」作「侍」。

〔二七〕揚揚　南宋郭茂倩《樂府詩集》卷二六王叡《公無渡河》、《永樂琴書集成》卷一一《箜篌引》引《炙轂子》（唐王叡撰）、《全唐詩》卷一九及卷五〇五王叡《公無渡河》作「洋洋」。按：《永樂琴書集成》引《炙轂子》曰：「太（按：當作『大』）中初《纂異録》中有《公無渡河歌》曰……」，《炙轂子》所引實出本篇，《樂府詩集》撰人署爲王叡大誤。

〔二八〕竟　《樂府詩集》、《琴書集成》、《全唐詩》卷一九作「苦」。

〔二九〕激　《全唐詩》卷五〇五校：「一作湉。」按：「湉」同「活」，水流聲。

〔三〇〕提衣　《樂府詩集》、《琴書集成》、《全唐詩》卷一九及卷五〇五作「提壺」。

〔三一〕浪排衣兮隨步没　《樂府詩集》、《全唐詩》卷一九及卷五〇五作「浪擺衣裳兮隨步没」，《琴書集成》作「浪擺衣裳兮隨没」。

〔三二〕兮　《樂府詩集》、《琴書集成》、《全唐詩》卷一九及卷五〇五無此字，下句「兮」字亦同。按：結末二句無「兮」字，疑前二句當亦無，蓋以七絶收束也。

〔三三〕瀾　《樂府詩集》、《全唐詩》卷五〇五作「濤」。

〔三四〕窮取河源　「取」字原闕，汪校本據陳校本補。黄本作「窮兮河源」，《四庫》本、《筆記小説大觀》本、《廣記鈔》作「窮河源兮」。《四庫全書考證》卷七二：「『願持精衛銜石心，窮河源兮塞泉脉』，刊本『兮』字訛在『窮』字下，今改。」按：《四庫》本《廣記》底本爲談本，又以黄本校改。此言刊本實係黄本。《全唐詩》卷八六四水神《霅溪夜宴詩》「取」作「斷」。按：補「兮」補「斷」，皆屬妄補。《會校》據黄本、《四庫》本補「兮」字，作「窮取河源兮」。按：此詩末二句皆爲七字句，《會校》誤。

〔三五〕曰　此字原無，據明鈔本補。

〔三六〕有　明鈔本作「又」。

〔三七〕蹈雍　「雍」字原作「甕」。按：《史記》卷八三《魯仲連鄒陽列傳》：「是以申徒狄自沈於河。」裴駰《集解》：「《漢書音義》曰殷之末世人。」司馬貞《索隱》：「《莊子》：申徒狄諫而不用，負石自投於河。韋昭云六國時人。《漢書》云自沈於雍河。服虔云雍州之河也。又《新序》作抱甕自沈於河，不同也。」（按：今本《新序·節士》作「遂負石沈于河」。）《文選》卷三九鄒陽《獄中上書自明》：「是以申徒狄蹈雍之河。」李善注：「《爾雅》曰：水自河出爲雍。言狄先蹈雍而後入河也。」是則「甕」乃「雍」字之譌，據改。

〔三八〕抉　《虞初志》作「披」。

〔三九〕溥　《四庫》本、七卷本《虞初志》、《廣記鈔》作「漙」。按：漙，露多貌。《詩經·鄭風·野有蔓草》：「野有蔓草，零露漙兮。」毛傳：「漙漙然盛多也。」溥，通「敷」，分布。

〔四〇〕朝　原作「潮」，據明鈔本、《虞初志》、《全唐詩》改。

〔四一〕赴　《虞初志》作「走」。

〔四二〕霅　此字原脱，據陳校本、《虞初志》補。

〔四三〕九嶷　《虞初志》作「九嶽」，誤。

〔四四〕江蘺　「蘺」原譌作「籬」，據《四庫》本、《全唐詩》改。下同。按：江蘺，香草名，又名蘼蕪。《楚辭補注·離騷》：「扈江離與辟芷兮，紉秋蘭以爲佩。」注：「江離、芷，皆香草名。……《文選》離作蘺。」

〔四五〕澄　《虞初志》作「城」。

〔四六〕沈沈　明鈔本作「沅沅」，誤。

〔四七〕綺　原作「几」，明鈔本、《虞初志》作「綺」。按：「几」字不合平仄，且與下句「椒」失對，據明鈔本、《虞初志》改。

〔四八〕灔　《虞初志》七卷本、《全唐詩》作「豔」。

〔四九〕雲　《虞初志》作「行」。

〔五〇〕同歸友　《虞初志》作「歸同友」。按：梁謝惠連《雪賦》：「馳遥思於千里，願接手而同歸。」

〔五一〕朗朗　明鈔本作「朗然」。

〔五二〕侯　《虞初志》作「後」，誤。

〔五三〕墐　明鈔本作「瑾」。按：墐，用泥土塗塞。作「瑾」誤。

〔五四〕庸　明鈔本、《虞初志》作「用」，義同。

〔五五〕宜　陳校本作「且」。

〔五六〕志違　《虞初志》作「我遺」。

〔五七〕闊　原空闕，汪校本、《會校》據明鈔本、陳校本補。《虞初志》亦作「闊」。黄本、《四庫》本、《筆記小説大觀》本作「舉」，《全唐詩》作「江」。

〔五八〕群援之可依　八卷本《虞初志》譌作「群授之可衣」。

〔五九〕畹畹　明鈔本作「畹晚」。按：畹畹、畹晚義同，日暮也。

〔六〇〕歌　此字原無，據陳校本、《虞初志》補。

〔六一〕魂　明鈔本、陳校本、《虞初志》作「骸」，《會校》據明鈔本、陳校本改。

〔六二〕順　《全唐詩》作「盛」，誤。

〔六三〕瓊　明鈔本、陳校本、《虞初志》作「瑶」。

〔六四〕申徒先生　「徒」原作「屠」，前文作「徒」，據改。

〔六五〕玉簫冷吟風　「玉」明鈔本作「笙」。「風」原作「秋」，據明鈔本、陳校本、《虞初志》改。按：「秋」與下句「商」意重。商者，秋也。《虞初志》作「玉簫吟冷風」。

〔六六〕清含商　陳校本、《虞初志》作「含清商」，《會校》據陳校本改。按：「清含商」與「冷吟風」相對。古樂府有《清商曲》，《會校》蓋緣此而誤也。

〔六七〕振　明鈔本、陳校本、《虞初志》作「正」。

〔六八〕昏　原譌作「皆」，據明鈔本、陳校本、《虞初志》改。

〔六九〕歡　明鈔本、八卷本《虞初志》作「濯」，《會校》據明鈔本改，誤。

〔七〇〕壟　明鈔本、《虞初志》作「龍」。

〔七一〕既霸業之將墜　明鈔本末有「兮」字，《會校》據改。按：此句與下句「宜嘉謨之不從」相對，不當有「兮」。

〔七二〕處鴟夷之大困　明鈔本「大困」作「困兮」，《會校》據改。按：此句與下句「入淵泉之九重」相對，明鈔本誤。

〔七三〕拂　《虞初志》作「佛」。拂，通「佛」。

〔七四〕沓　《虞初志》作「咂」，當爲「匝」之譌字。

按：本篇《廣記》談愷刻本注出《集異記》，誤，明鈔本作《纂異記》是也。《永樂琴書集成》卷一一《箜篌引》引《炙轂子》曰：「太（按：當作大）中初《纂異録》中有《公無渡河》，歌曰：『濁波洋洋兮凝曉霧……』」其歌正在本篇中。觀其命意詞采，亦正李玫風調。《虞初志》卷八採入，題《蔣琛傳》（目録作《蔣氏傳》），不著撰人。凌性德編刊七卷本，編在卷七，題《蔣氏傳》，署名唐張泌，妄也。

三史王生

李　玫　撰

有王生者，不記其名。業三史，博覽甚精。性好誇炫，語甚容易，每辯〔一〕古昔，多以臆斷。有旁議者〔二〕，必大言折之。嘗遊沛，因醉入高祖廟。顧其神座，笑而言曰：「提三尺劍，滅暴秦，翦強楚，而不能免其母『烏老』之稱，徒歌『大風起兮雲飛揚』，曷能威加四海哉！」徘徊庭廡間，肆目久之，乃還所止。

是夕纔寐，而卒見十數騎，擒至廟庭。漢祖按劍，大怒〔三〕曰：「史籍未覽數紙，而敢褻黷尊神！『烏老』之言，出自何典？ 若無所據，爾罪難逃。」王生頓首曰：「臣嘗覽大王本紀，見司馬遷及班固書云母劉媼〔四〕，而注云『烏老反』，釋云：『老母之稱也。』見之於史，聞之於師，載之於籍，炳然明如白日，非臣下敢出於胸襟爾。」漢祖益怒，曰：「朕沛中泗水亭長碑〔五〕，昭然俱載矣。 曷以外族温〔六〕氏，而妄稱『烏老』乎？ 讀錯本書，且不見〔七〕義，敢恃酒喧於殿庭！ 宜〔八〕付所司，劾犯上之罪。」

語未終，而西南〔九〕有清道者，揚言「太公來」。 方及階，顧王生曰：「斯何人，而見辱之甚也？」漢祖降階，對曰：「此虚妄侮慢之人也，罪當斬之。」王生遑〔一〇〕目太公，遂厲聲而言曰：「臣覽史籍，見侮慢其君親者，尚無所貶。 而賤臣戲語於神廟，豈期肆於市朝哉！」漢祖又怒曰：「在典册豈載侮慢君親者？ 當試徵之。」王生曰：「臣敢徵大王，可乎？」漢祖曰：「然。」王生曰：「王即位，會群臣，置酒前殿，獻太上皇壽，有之乎？」漢祖曰：「有之。」「既獻壽，乃曰：『大人常以臣無賴，不事産業，不如仲力。今某之業，孰與仲多？』有之乎？」漢祖曰：「有之。」「殿上群臣皆呼萬歲，大笑爲樂，有之乎？」曰：「有之。」王生曰：「是侮慢其君親矣。」太公曰：「此人理不可屈，宜速逐〔一一〕之。 不爾，必遭杯羹之讓也。」漢祖默然良久，曰：「斬此物，污我三尺劍〔一二〕。」令捽髮者摑之。 一摑惘然〔九〕而蘇，東方明矣。 以鏡視腮，有若指蹤，數日方滅。（據中華書局版汪紹楹點校本《太平廣記》卷

三一〇引《纂異記》校録）

〔一〕辯　明鈔本、陳校本作「辨博」。

〔二〕有旁議者　原作「旁有議者」，據明鈔本、舊題唐杜荀鶴《松窗雜録》（元陶宗儀《説郛》卷四）乙改。

〔三〕大怒　明鈔本作「怒視」。

〔四〕見司馬遷及班固書云母劉媪　「書」字原無，據明鈔本、《松窗雜録》補。《松窗雜録》「劉」下有「氏」字。按：《史記》卷八《高祖本紀》：「母曰劉媪。」

〔五〕朕沛中泗水亭長碑　「沛中」原作「中外」，《松窗雜録》作「沛中」。按：《史記·高祖本紀》「母曰劉媪」司馬貞《索隱》：「今近有人云母温氏。貞時打得班固泗水亭長古石碑文，其字分明作『温』字，云『母温氏』。」此其所本。「中外」無解，據《松窗雜録》改。

〔六〕温　《松窗雜録》作「媪」，誤。

〔七〕見　《松窗雜録》作「知其」。

〔八〕宜　此字原無，據陳校本、《松窗雜録》補。

〔九〕西南　明鈔本作「南」。

〔一〇〕逞　明鈔本作「張」。

〔一一〕逐　《松窗雜録》作「遣」。

〔二〕劍　原作「刃」，據孫校本、《松窗雜録》改。按：《史記・高祖本紀》：「於是高祖嫚罵之曰：『吾以布衣提三尺劍取天下，此非天命乎？命乃在天，雖扁鵲何益！』」

〔三〕憫然　《松窗雜録》作「雯然」。

按：談本《廣記》原注出《纂要記》，「要」字乃「異」字之譌，汪校本徑改。

進士張生

李玫撰

進士張生，善鼓琴，好讀孟軻書。下第遊蒲關，入舜城。日將暮，乃排闥聳轡争進，因而馬蹶。頃之馬斃，生無所投足，遂詣廟吏，求止一夕。吏指簷廡下曰：「捨此無所詣矣。」遂止。

初〔一〕夜方寢，見絳衣者二人，前言曰：「帝召書生。」生遽往。帝問曰：「業何道藝之人？」生對曰：「臣儒家子，常習孔孟書。」帝曰：「孔聖人也，朕知久矣。孟是何人，得與孔同科而語？」生曰：「孟亦傳聖人意也，祖尚〔二〕仁義，設禮樂而施〔三〕教化。」帝曰：「著書乎？」生曰：「著書七篇，二百餘章〔四〕。蓋與孔門之徒難疑答問，及魯論齊論，俱善言也。」帝曰：「記其文乎？」曰：「非獨曉其文，抑亦深其義。」帝乃令生朗念，傾耳聽之。念「萬章問：『舜往於田，號泣於旻天，何爲其號泣也？』孟子曰：『怨慕也。』萬章問曰：『父母愛之，喜而不忘；父母惡之，勞而不怨。然則舜怨乎？』答曰：『長息問於公明高曰：「舜往於田，則吾得聞命矣。號泣於旻天，怨於父母，則吾不知也。」』」

帝止生之誦〔五〕，憮然嘆曰：「蓋有不知而作之者，亦此之謂矣。朕捨天下千八百二十載，暴秦竊位，毒痡〔六〕四海，焚我典籍，泯我帝圖，蒙蔽群言，逞恣私欲。百代之後，經史差〔七〕謬，辭意相反〔八〕，鄰於詼諧。常聞贊唐堯之美曰：『垂衣裳而天下理。』蓋明無事也。然則平章百姓，協和萬邦，至於滔天懷山襄陵，下民其咨，夫如是，則與垂衣之義乖矣。亦聞贊朕之美曰：『無爲而治。』乃〔九〕載於典則，云：『賓四門，齊七政，類上帝，禋六宗，望山川，徧群神，流共工，放驩兜，殛鯀，竄三苗。』夫如是，與無爲之道遠矣。今又聞號泣于旻天，怨慕也，非朕之所行。夫莫之爲而爲之者天也，莫之致而致之者命也。朕泣者，怨己之命，不合於父母，而訴於旻天也。何萬章之問，孟軻不知其對！傳聖人之意，豈宜如是乎！」嗟不能已。

久之，謂生曰：「吾聞君子無故不徹琴瑟，子學琴乎〔一〇〕？」曰：「嗜之而不善。」帝乃顧左右取琴，曰：「不聞鼓五絃，歌《南風》，奚足以光其歸路！」乃撫琴以歌之曰：「南風薰薰兮草芊芊〔一二〕，妙有之音兮歸清絃。蕩蕩之教兮由自然，熙熙之化兮吾道全。薰薰兮思〔一三〕何傳！」歌訖，鼓琴爲《南風》弄，音韻清暢，爽朗心骨。生因發言〔一三〕曰：「妙哉！」乃遂驚悟。（據中華書局版汪紹楹點校本《太平廣記》卷三一〇引《纂異記》校録）

〔一〕初　明鈔本作「祠」，屬上讀。

〔二〕尚　陳校本作「述」。

〔三〕施　陳校本、《永樂琴書集成》卷一七引《異聞録》作「敦」。

〔四〕七篇二百餘章　原誤作「七千二百章」。按：今本《孟子》有《梁惠王》、《公孫丑》、《滕文公》、《離婁》、《萬章》、《告子》、《盡心》七篇，凡二百六十章。《四庫》本改作「七篇二百餘章」，姑從改。

〔五〕誦　原作「詞」，據明鈔本改。

〔六〕痡　陳校本作「痛」。痡，危害。

〔七〕差　明鈔本作「紊」，陳校本作「妄」。

〔八〕反　原譌作「及」。王夢鷗《纂異記校釋》：「『及』字諸本並同，但以文義衡之，當爲『反』字之訛。古籍『反』『及』二字互誤，其例繁多。」説是，今改。

〔九〕乃　明鈔本作「及」。

〔一〇〕吾聞君子無故不徹琴瑟子學琴乎　原作「學琴乎」，據《琴書集成》補。按：《禮記·曲禮下》：「士無故不徹琴瑟。」《詩經·鄭風·雞鳴》：「琴瑟在御，莫不静好。」毛傳：「君子無故不徹琴瑟。」

〔一二〕兮草芊芊　《琴書集成》作「萬物洋洋」，當誤。

〔一三〕思　陳校本作「恩」。

〔一三〕發言　明鈔本作「歎」。

按：本篇《廣記》諸本俱注「出《纂異記》」，唯明鈔本作《原化記》。其風格全類《三史王生》，託神鬼論史也，其出李玫《纂異記》無疑。《廣記》標目原作《張生》，與《廣記》卷二八二所引本書另篇同題，今加「進士」二字以别焉。

韋鮑生

李　玫　撰

酒徒鮑生，家富畜妓。開成初，行歷陽道中，止定山寺。遇外弟韋生，下第東歸，同憩水閣。鮑置酒，酒酣，韋謂鮑曰：「樂妓數輩焉在？得不有攜挈〔一〕者乎？」鮑生曰：「幸各無恙。然滯維揚日，連斃數駟。後乘既闕，不果悉從，唯與夢蘭、小倩〔二〕俱，今亦可以佐歡〔三〕矣。」頃之，二雙鬟抱胡琴、方響而至，遂坐鮑生之右〔四〕，摐〔五〕絲擊金，響亮溪谷。酒闌，鮑謂韋曰：「出城〔六〕得良馬乎？」對曰：「予春初塞遊，自鄜、坊歷烏延，抵平夏，止靈、鹽〔七〕而迴。部落駔駿獲數疋，龍形〔八〕鳳頸，鹿脛梟膺，眼〔九〕大足輕，脊平肋密者，皆有之。」鮑撫掌大悦。乃停杯命燭，閱馬於軒〔一〇〕檻前數匹，與向來誇誕，十未盡其八九。韋戲鮑曰：「能以人換，任選殊尤。」鮑欲馬之意頗切，密遣四絃〔一一〕，更衣盛粧。頃之乃至，命捧酒勸韋生〔一二〕，歌一曲以送之，云：「白露濕庭砌，皓〔一三〕月臨前軒。此時頗〔一四〕留恨，含思獨無言。」又歌送鮑生酒云：「風颭荷珠難〔一五〕暫圓，多生信有短因緣〔一六〕。西樓〔一七〕今夜三更月，還照離人泣斷絃。」韋乃召御者，牽紫叱撥以酬之。鮑意未滿，往復之説〔一八〕，紊然無章。

有紫〔一九〕衣冠者二人，導從甚衆，自水閣之西，升階而來。鮑、韋以寺當星使交馳之路，疑大寮夜至，乃恐悚入室，闔户以窺之。而盃盤狼籍，不暇收拾。時紫衣〔二〇〕即席，相顧笑曰：「此即向來捐〔二一〕妾換馬之筵。」因命酒對飲。一人鬚髯甚長，質貌甚偉，持盃望月，沉吟久之，曰：「足下盛賦〔二二〕云：『斜漢左界，北陸南躔。白露曖空，素月流天。』可得光前絶後矣。」對曰〔二三〕：「殊不見賞『風霽地表〔二四〕，雲斂天末。洞庭始波，木葉微脱』！」長鬚〔二五〕云：「數年來在長安，蒙樂遊王〔二六〕引至南宮，入都堂，與劉公幹、鮑明遠看試秀才。予竊入司文之室，於燭下窺能者制作。見屬對頗切，而賦有蜂腰鶴膝之病，詩有重頭重尾之犯。若如足下『洞庭』、『木葉』之對，爲紕謬矣。小子拙賦云：『紫臺稍遠，燕山〔二七〕無極。涼〔二八〕風忽起，白日西匿。』則『稍遠』、『忽起』之聲，俱遭黜退矣。不亦異哉！」顧謂長鬚〔二九〕曰：「吾聞古之諸侯，貢士于天子，尊賢勸善者也。故一適謂之好德，再適謂之尊賢，三適謂之有功，乃加九錫；不貢士，一黜爵，再黜地，三黜爵地〔三〇〕。夫古之求士也如此，猶恐搜山之不高，索林之不深〔三一〕，尚有遺漏者，乃每歲季春，開府庫，出幣帛，周天下而禮聘之。當是時，儒墨之徒，豈盡出矣！智謀之士，豈盡舉矣！山林川澤，豈無遺矣！日月照臨，豈得盡其所矣！天子求之既如此，諸侯貢之又如此，聘禮復如此，尚有栖栖于巖谷，鬱鬱不得志者。吾聞今之求聘之禮缺矣〔三二〕，貢舉之道隳矣。賢不肖同途焉，才不才汩汩焉。隱巖穴者，自童髦〔三三〕窮經，至於白首焉；懷方策者，自壯歲力學，訖于没齒焉〔三四〕。雖〔三五〕每歲鄉里薦之于州府，州府貢之于有司，有司考之詩賦，蜂腰鶴膝，謂不中度，聲音清濁〔三六〕，謂不協〔三七〕律。雖有周、孔之賢聖，班、馬之文章，不由此製作，靡得而達矣。然皇王帝霸之道，興亡理亂之體，其可聞乎？今足下何乃贊揚今之小巧，而隳張〔三八〕古之大體？况予乃『媿〔三九〕皓月長歌』之手，豈能歡〔四〇〕于雕文刻句者哉！今珠露既清，桂〔四一〕月如晝，吟咏時發，盃觴間行，能援筆〔四二〕聯句，賦今之體調一章，以樂長夜否？」曰：「何以爲題？」長鬚云：「便以《妾換馬》爲題，仍以『捨彼傾城，求其駿足』爲韻。」命左右折庭前芭蕉一片〔四三〕，啓書囊，抽毫以操之，各占一韻。長鬚者唱云：「彼佳人兮如瓊之瑛〔四四〕，此良馬兮負駿之名。將有求于逐日〔四五〕，故何惜于傾城〔四六〕？香暖深閨，未厭夭桃之色〔四七〕；風清廣陌，曾憐〔四八〕噴玉之聲。」紫衣〔四九〕曰：「原夫人以矜〔五〇〕其容，馬乃稱其德。既各從〔五一〕其所好，諒何求而不克。長跪而別，姿容休耀其金鈿；右牽而來，光彩頓生於玉勒。」長鬚〔五二〕曰：「步及〔五三〕庭砌，效〔五四〕當軒墀。望新恩，懼非吾偶也；戀舊主，疑借人乘之。香散緑駿〔五五〕，意已忘于鬟髮〔五六〕；汗流紅頷〔五七〕，愛無異於凝脂。」紫衣曰：「是知事有興廢，用有取捨。彼以絶代之容爲鮮矣，此以軼群之足爲貴者。買笑之恩既盡，有類夢焉〔五八〕；據鞍之力尚存，猶希進也。」賦四韻訖〔五九〕，芭蕉盡。

韋生〔六〇〕發篋取紅箋，跪獻於廡下。二公大驚曰：「幽顯路殊，何見逼之若是？然吾子非後有爵禄，不可與鄙夫相遇。」謂生〔六一〕曰：「異日主文柄，較量俊秀輕重，無以小巧爲意也。」言訖，二公行十餘步間，忽不知其所在矣。（據中華書局版汪紹楹點校本《太平廣記》卷三四九引《纂異記》校録）

〔一〕挈　此字原無，據孫校本、陳校本、《太平通載》卷六五引《太平廣記》、《古今説海》説淵部別傳四十四《韋鮑二生傳》、《逸史搜奇》丙集四《韋鮑二生》、《才鬼記》卷六引《纂異記》及《唐人説薈》第十五集、《龍威秘書》四集、《晉唐小説六十種》之《才鬼記·酒徒鮑生》補。

〔二〕倩　明鈔本作「清」。
〔三〕歡　《説海》、《逸史搜奇》作「觀」。
〔四〕鮑生之右　「鮑生」上原有「韋生」，據明鈔本、孫校本、《太平通載》、《説海》、《逸史搜奇》、《才鬼記》、《唐人説薈》、《龍威秘書》、《晉唐小説六十種》删。《説海》、《逸史搜奇》「右」作「左」。
〔五〕摐　《説海》、《逸史搜奇》作「縱」。
〔六〕出城　明鈔本作「弟」。
〔七〕靈鹽　「鹽」原譌作「武」，據孫校本、《説海》、《逸史搜奇》改。《太平通載》譌作「監」。按：靈州，治回樂縣（今寧夏靈武市西南）。鹽州，在靈州東，治五原縣（今陝西定邊縣）。
〔八〕形　明鈔本作「影」。
〔九〕眼　《説海》、《逸史搜奇》作「跟」。按：跟，足跟，指蹄。《相馬書》（《重編説郛》卷一〇七）：「蹄大欲直。」又：「眼似垂鈴。」作「眼」、作「跟」皆通。
〔一〇〕軒　原譌作「輕」，據明鈔本、孫校本、陳校本、《四庫》本及南宋計有功《唐詩紀事》卷五二《張祜》、《太平通載》、《説海》、《逸史搜奇》、《才鬼記》、《唐人説薈》、《龍威秘書》、《晉唐小説六十種》改。
〔一一〕密遣四絃　《姬侍類偶》卷上引《纂異記》作「乃命夢蘭」。
〔一二〕命捧酒勸韋生　明鈔本、《太平通載》作「乃命捧酒獻韋生」，陳校本作「乃命酒奉獻韋生」，《會校》據陳校本改。

〔一三〕皓　《全唐詩》卷八〇〇鮑家四絃《送韋生酒》校：「一作素。」《萬首唐人絶句》卷二二鮑生妾《送韋生酒》作「素」。

〔一四〕頗　孫校本、陳校本、《唐詩紀事》、《唐人絶句》、《太平通載》、《説海》、《逸史搜奇》、《全唐詩》作「去」。《會校》據孫校本、陳校本改。

〔一五〕難　南宋葉廷珪《海録碎事》卷七下、《唐詩紀事》作「雖」。

〔一六〕多生信有短因緣　《唐人絶句》卷六五鮑生妾《歌送酒》、《全唐詩》「生」作「情」。「短」《全唐詩》作「好」。

〔一七〕樓　《唐詩紀事》作「橋」。

〔一八〕説　明鈔本作「際」，《會校》據改。

〔一九〕紫　明鈔本無此字。

〔二〇〕紫衣　明鈔本作「二人」。

〔二一〕捐　原作「聞」，據《説海》、《逸史搜奇》改。《才鬼記》、《唐人説薈》、《龍威秘書》、《晉唐小説六十種》作「指」。

〔二二〕足下盛賦　明鈔本作「予已成賦」，《會校》據改，誤。按：長鬚者所誦「斜漢左界」等四句及下文另一紫衣所云「風霽地表」等四句乃謝莊《月賦》中句，長鬚者乃是江淹，作《恨賦》。此處爲江淹贊賞謝莊《月賦》，非謝莊自誦其作，否則不得如下文自贊「光前絶後」，而謝莊亦不得有「殊不見賞」之語也。

〔二三〕對曰　「曰」原譌作「月」，據明鈔本、孫校本、《唐詩紀事》、《太平通載》、《説海》、《逸史搜奇》、《才鬼記》改。按：據下文所引賦句，長鬚者《恨賦》作者江淹，此處對者乃《月賦》作者謝莊，下文稱作「紫衣」。《太平廣記鈔》卷五七《韋鮑二生》改作「年少者曰」，下文「紫衣」均作「少年」。

〔二四〕殊不見賞風霽地表　「殊」《唐詩紀事》作「何」。殊，竟然。「風」《文選》卷一三謝莊《月賦》原作「氣」。

〔二五〕鬚　明鈔本作「髯」，下同。

〔二六〕樂遊王　「遊」明鈔本作「隨」，「王」陳校本作「主」。

〔二七〕燕山　《文選》卷一六江淹《恨賦》原作「關山」。

〔二八〕涼　《恨賦》原作「搖」。

〔二九〕顧謂長鬚　「顧」字原無，據孫校本、《説海》、《逸史搜奇》、《才鬼記》補。《説海》、《逸史搜奇》「謂」下有「前」字。

〔三〇〕黜爵地　明鈔本作「兼之」。

〔三一〕深　陳校本、《説海》、《逸史搜奇》作「遠」。

〔三二〕矣　原作「是」，據明鈔本、孫校本、陳校本、《太平通載》、《説海》、《逸史搜奇》、《才鬼記》改。

〔三三〕童髦　明鈔本、孫校本、陳校本、《太平通載》、《説海》、《逸史搜奇》「髦」作「髮」，《會校》據明鈔等三本改。按：童髦，童年。髦，古代兒童髮式。《詩經·鄘風·柏舟》：「髧彼兩髦。」毛傳：「髦者，髮至眉，子事父母之飾。」魏劉邵《人物志》卷下《七繆》：「夫幼智之人，材智精達，然其在童髦，皆有端緒。」

〔三四〕焉　此字原無，據孫校本、《太平通載》、《説海》、《逸史搜奇》、《才鬼記》補。

〔三五〕雖　《太平通載》作「須」。

〔三六〕聲音清濁　原作「彈聲韻之清濁」，據《説海》、《逸史搜奇》改。《才鬼記》作「聲韻清濁」。

〔三七〕協　此字談本原闕，汪校本據明鈔本補「中」字。按：「中」與前文「中度」重複，據孫校本、陳校本、《説海》、《逸史搜奇》、《才鬼記》改。

〔三八〕隳張　明鈔本「張」作「上」，與下文「古」字連讀，《會校》據改，誤。按：隳張，毀壞。《唐大詔令集》卷五八《王摶工部侍郎制》：「而又朋附近臣，隳張大體。」

〔三九〕愬　明鈔本作「望」，《會校》據改，誤。按：「愬皓月而長歌」乃謝莊《月賦》中句。李善注：「《毛詩》曰：『如彼愬風。』毛萇曰：『愬，向之也。』」

〔四〇〕歡　汪校本及《會校》據明鈔本改作「拘」。按：歡，使之喜歡，取悦。作「歡」不誤。《太平通載》、《説海》、《逸史搜奇》、《才鬼記》亦作「歡」。

〔四一〕桂　《唐詩紀事》作「佳」。

〔四二〕援筆　明鈔本、孫校本、陳校本「筆」作「管」，《會校》據改。按：「援筆」不誤。《韓詩外傳》卷二：

「叔敖治楚三年而楚國霸，楚史援筆而書之於策。」

〔四三〕庭前芭蕉一片　《紺珠集》卷一《異聞實録》（即《纂異記》）作「庭下舊葉」，施元之等《施注蘇詩》卷二一《張近幾仲有龍尾子石硯以銅劍易之》注引李玫《異聞實録》作「亭下舊葉」。

〔四四〕彼佳人兮如瓊之瑛　《説海》、《逸史搜奇》、《才鬼記》「佳」作「美」。《紺珠集》、《類説》卷一九《異聞録》（即《纂異記》）、《唐詩紀事》、《説海》、《逸史搜奇》、《唐人説薈》、《龍威秘書》、《晉唐小説六十種》「瑛」作「英」。按：瓊瑛，瓊玉之光彩。瓊英，瓊花。

〔四五〕逐日　《唐詩紀事》作「駿足」。按：逐日，典出東漢郭憲《洞冥記》。《太平御覽》卷八九七引《洞冥記》佚文：「修彌國有馬如龍，騰虚逐日。」

〔四六〕故何惜于傾城　《唐詩紀事》「故」作「亦」，《説海》、《逸史搜奇》「于」作「乎」，陳校本「故何」作「何故」。《紺珠集》、《類説》作「豈得吝於傾城」。

〔四七〕未厭夭桃之色　原作「永厭桃花之色」，據《紺珠集》、《類説》、《唐詩紀事》、《説海》、《逸史搜奇》改。陳校本「永」亦作「未」，明鈔本、孫校本、《才鬼記》「桃花」亦作「夭桃」。按：《詩經·周南·桃夭》：「桃之夭夭，灼灼其華。」

〔四八〕憐　《類説》作「聆」。

〔四九〕紫衣　原作「希逸」，謝莊字。此乃《廣記》編者所改。《説海》、《逸史搜奇》稱謝莊爲「紫衣」，據改。下同。

〔五〇〕矜　明鈔本作「稱」。

〔五一〕從　明鈔本作「投」。

〔五二〕長鬚　原作「文通」，《唐詩紀事》同，亦均爲自改。據《才鬼記》、《唐人説薈》、《龍威秘書》改。江淹字文通。《説海》、《逸史搜奇》作「紫衣」，誤。按：《説海》、《逸史搜奇》「噴玉之聲」下脱「紫衣曰原夫」五字，而以「人以矜其容」云云爲長鬚者語，故以以下「步及庭砌」云云誤爲紫衣語。下文「紫衣」則誤作「長鬚」。

〔五三〕及　《紺珠集》作「至」，《類説》作「反」，同「返」。

〔五四〕效　《紺珠集》、《類説》、《古今事文類聚》後集卷一六引《異聞録》作「立」。

〔五五〕駿　《紺珠集》作「鬉」，《唐詩紀事》、《事文類聚》作「駿」，俱同「鬃」。《説海》、《逸史搜奇》、《唐人説薈》、《龍威秘書》作「驄」。

〔五六〕鬒髮　「鬒」原作「鬢」，《紺珠集》、《類説》、《唐詩紀事》、《事文類聚》、《才鬼記》作「鬒」，義勝，據改。按：女子頭髮黑而稠密曰鬒。

〔五七〕頷　《類説》、《事文類聚》作「頰」。

〔五八〕有類夢焉　原作「有類卜之」，《唐詩紀事》「卜」作「求」。據《説海》、《逸史搜奇》、《才鬼記》、《唐人説薈》、《龍威秘書》、《晉唐小説六十種》改。

〔五九〕賦四韻訖　前原有「文通」二字，據《説海》、《逸史搜奇》、《才鬼記》、《唐人説薈》、《龍威秘書》、《晉唐小説六十種》删。

〔六〇〕韋生　明鈔本作「韋鮑」。

〔六一〕生　明鈔本作「韋」。

按：《廣記》談本題《韋鮑生妓》，明鈔本及《太平通載》卷六五引《太平廣記》無「妓」字，今從。本篇《古今説海》取入，編在説淵部别傳四十四，改題《韋鮑二生傳》，不著撰人。《逸史搜奇》丙集四《韋鮑二生》，乃取《説海》。《才鬼記》卷六亦載，末注出處《纂異記》，題《謝希逸江文通》。又《唐人説薈》第十五集、《龍威秘書》四集《晉唐小説暢觀》、《晉唐小説六十種》之《才鬼記》，託名唐鄭蕡纂，亦取本篇，題《酒徒鮑生》。朝鮮人編《删補文苑楂橘》卷二亦採入，題《韋鮑生》，不著撰人，文同談本。

噴玉泉幽魂

李玫撰

會昌元年春，孝廉許生，下第東歸。次壽安，將宿于甘泉，至〔一〕甘棠館西一里已來，逢白衣叟，躍青驄，自西而來。徒〔二〕從極盛，醺顔怡怡，朗吟云：「春草萋萋〔三〕春水緑，野棠開盡飄香玉。繡嶺宫前鶴髮人〔四〕，猶唱開元太平曲。」生策馬前進，問其姓名，叟微笑不答，又吟一篇云：「厭世逃名者，誰能答姓名。曾聞三樂否，看取路傍情〔五〕。」生知其鬼物矣，遂不復問，但繼後而行。凡二三里，日已暮矣。至噴玉泉牌堠之西，叟笑謂生曰：「吾聞三四〔六〕君子，今夕〔七〕追舊遊于此泉。吾昨已被召，自此南去，吾子不可連騎也。」生固請從，叟不對而去。生縱轡以隨之。

去甘棠一里餘，見車馬導從，填隘路歧，生仄蓋〔八〕而進。既至泉亭，乃下馬，伏于叢棘之下，屏氣以窺之。見四丈夫，有少年神貌揚揚者，有短小器宇落落者，有長大少髭髯者，有清瘦言語及瞻視疾速者，皆金紫，坐於泉之北磯。叟既至，曰：「玉川來何遲？」叟曰：「適傍石墨澗尋賞，憩馬甘棠館亭，于西楹偶見詩人題一章。駐步〔九〕吟諷，不覺良久。」座首者曰：「是何篇什，得先生賞歎之若是？」叟曰：「此詩有似爲席中一二公，有其題而晦其姓名，憐其終章〔一〇〕皆有意思。」乃曰：「浮雲淒慘日微明，沈痛將軍負罪名。白晝叫閽無近戚，縞衣飲氣有門生〔一一〕。佳人暗泣填宮淚，廄馬連嘶換主聲。六合茫茫皆〔一二〕漢土，此身無處哭田横。」座中聞之，皆以襟袖擁面，如欲慟絶〔一三〕。神貌揚揚者云：「我知作詩人矣，得非伊水之上，受我推食脱衣之士乎？」

久之，白衣叟命飛盃，凡數十巡〔一四〕，而座中欷歔〔一五〕未已。白衣叟曰：「再經舊遊，無以自適。宜賦篇詠，以代管絃。」命左右取筆硯，乃出題云：「噴玉泉感舊遊書懷，各七言長句〔一六〕。」白衣叟倡云：「樹色川光向晚〔一七〕晴，舊曾遊處事分明。鼠穿月榭荆榛合，草掩花園畦壠平。迹陷黄沙仍未㾦〔一八〕，罪標青簡竟何名。傷心谷口東流水，猶噴當時寒玉聲。」少年神貌揚揚者詩云：「鳥啼鶯語思何窮，一世榮華一夢中。李固有冤藏蠹簡，鄧攸無子續清風。文章高韻傳流水，絲管遺音託草蟲。春月不知人事改，閑垂光影照洿宫。」短小器宇落落者詩云：「桃蹊〔一九〕李徑盡荒涼，訪舊尋新益自傷。雖有衣衾藏李固，終無表疏雪王章。羈魂尚覺霜風冷，朽骨徒驚月桂香。天爵竟爲人爵悮〔二〇〕，誰能高叫問蒼蒼。」清瘦及瞻視疾速者詩云：「落花寂寂草綿綿，雲影〔二一〕山光盡宛然。壞室基摧新石鼠，潴宫水引故山泉。青雲自致慙天爵，白首同歸感昔賢。惆悵林間中夜月，孤光曾照讀書〔二二〕筵。」長大少鬚髯〔二三〕者詩云：「新荆棘路舊衡門，又駐高車會一樽。寒骨未〔二四〕沾新雨露，春風不長敗蘭蓀。丹誠豈分埋幽壤，白日終希照覆盆。珍重昔年金谷友，共來泉際話孤魂〔二五〕。」

詩成，各自吟諷，長號數四，響動巖谷。逡巡，怪鳥鴟梟〔二六〕，相率啾唧；大狐〔二七〕老狸，次第鳴叫。頃之，騾脚自東而來，金鐸之聲，振于坐中。各命僕馬，頗甚草草。慘無言語，掩泣攀鞍。若煙霧狀，自庭而散。生于是出叢棘，尋舊路。匹馬齕草于澗側，蹇童美寢于路隅。未明，達甘泉店。店媪詰冒夜，生具以對媪〔二八〕。媪曰：「昨夜三更〔二九〕，走馬挈壺，就我買酒，得非此耶？」開櫃視，皆紙錢也。（據中華書局版汪紹楹點校本《太平廣記》卷三五〇

引《纂異録》校録，明許自昌刻本、陳校本作《纂異記》）

〔一〕至　原作「店」，連上讀，據孫校本、陳校本、《古今説海》説淵部別傳十八《甘棠靈會録》、《才鬼記》卷六《甘棠靈會録》（末注《廣異記》，誤）改。

〔二〕徒　明鈔本、孫校本作「行」。

〔三〕萋萋　《類説》卷一九《異聞録·白衣叟吟》、《説海》作「凄凄」。按：《楚辭·招隱士》：「王孫遊兮不歸，春草生兮萋萋。」當作「萋萋」。

〔四〕人　明鈔本作「翁」。

〔五〕曾聞三樂否看取路傍情　談本「看」原譌作「春」，汪校本徑改，《會校》據明鈔本、孫校本改。《全唐詩》卷五六二李玖（玫）《噴玉泉冥會詩》「三」作「王」，「看」作「眷」。按：三樂出《列子·天瑞》：「吾樂甚多：天生萬物，唯人爲貴，而吾得爲人，是一樂也。男女之別，男尊女卑，故以男爲貴，吾既得爲男矣，是二樂也。人生有不見日月，不免襁褓者，吾既已行年九十矣，是三樂也。」作「王」譌。

〔六〕四　明鈔本、孫校本、陳校本、《説海》、《太平通載》卷六五引《太平廣記》作「數」。

〔七〕夕　原作「日」，據明鈔本、陳校本、《説海》、《太平通載》改。

〔八〕仄蓋　「仄」原作「罨」，據《説海》、《才鬼記》改。按：仄，側也。車多路擠，故側車而進。孫校本作「反」，蓋「仄」之譌字。《太平通載》作「廢蓋」，則撤去車蓋也。

〔九〕步　原作「而」，據明鈔本、孫校本、陳校本、《説海》、《太平通載》改。

〔一〇〕章　孫校本、陳校本、《説海》、《太平通載》作「篇」。《會校》據孫校本、陳校本、《説海》改。

〔一一〕有門生　「有」原作「只」，據明鈔本改。「門生」《説海》作「書生」。按：此詩乃李玫作。少年神貌揚揚者乃舒元輿。大和中李玫習業於龍門天竺寺，曾得舒元輿知遇之恩，故得謂門生。作「書生」亦通。

〔一二〕皆　原作「悲」，據陳校本、《説海》、《太平通載》、北宋錢易《南部新書》壬卷、南宋劉克莊《後村詩話》前集卷一、《全唐詩》改。

〔一三〕絶　原作「哭」，據陳校本、《説海》、《太平通載》改。

〔一四〕數十巡　原作「數巡巡」，據明鈔本、孫校本、陳校本、《説海》、《才鬼記》、《太平通載》改。《合刻三志》志鬼類、《雪窗談異》卷八、《唐人説薈》第十六集、《龍威秘書》四集、《晉唐小説六十種》之《靈鬼志·許生》作「數巡」。

〔一五〕欷歔　明鈔本作「談譃」，誤。

〔一六〕長句　明鈔本作「當可」。

〔一七〕晚　陳校本、《説海》、《才鬼記》作「曉」。

〔一八〕寤　明鈔本、陳校本、《説海》、《太平通載》作「悟」，義同，醒悟也。

〔一九〕蹊　孫校本作「溪」，誤。按：蹊，小徑。《史記》卷一〇九《李將軍列傳》：「桃李不言，下自成蹊。」

〔二〇〕悞　《説海》、《才鬼記》、《太平通載》、《全唐詩》作「誤」。悞，同「誤」。

〔二一〕影　明鈔本作「采」，孫校本、陳校本、《説海》、《太平通載》作「彩」。

〔二二〕讀書　陳校本、《太平通載》作「講書」。按：清瘦及瞻視疾速者乃王涯，有文名。王涯未曾任侍講之職，不得言「講書」。《説海》亦作「讀書」。

〔二三〕鬢髯　明鈔本無「髯」字。《説海》、《才鬼記》作「髮鬢」。

〔二四〕未　明鈔本作「永」，誤。

〔二五〕共來泉際話孤魂　孫校本作「共營泉祭話孤魂」，誤。《全唐詩》「孤」作「幽」，誤。按：此律前已有「幽」字，不當重用。

〔二六〕怪鳥鴟梟　明鈔本、陳校本、《太平通載》「鳥」作「鴞」。《説海》、《才鬼記》作「鬼車怪鴞」。

〔二七〕大狐　《説海》、《才鬼記》作「哀猿」。

〔二八〕對媪　「對」明鈔本作「告」，《會校》據改。「媪」王夢鷗《纂異記校釋》以爲衍字。

〔二九〕三更　孫校本、《説海》、《太平通載》作「三使」，《會校》據孫校本改。按：噴玉泉夜會者，凡一叟四丈夫，不得只三使，當譌。

按：錢易《南部新書》壬卷載：「李紋者，早年受王涯恩。及爲歙州巡官時，涯敗，因私爲詩以弔之。末句曰：『六合茫茫皆漢土，此身無處哭田橫。』乃有人欲告之，因而《纂異記》記中有

《噴玉泉幽魂》一篇，即甘露之四相也。玉川先生，盧仝也。仝亦涯客，性僻面黑，常閉於一室中，鑿壁穴以送食。大和九年十一月二十日夜，偶宿涯館，明日左軍屠涯家族，隨而遭戮。」「李紋」乃「李玟」之譌。錢易所記主要依據《纂異記》此篇，然多有誤解。施恩於李玟者乃舒元輿及李訓，非王涯也。《纂異記·齊君房》云：「大和元年，李玟習業在龍門天竺寺。」而其時李訓正居洛中。《舊唐書》卷一六九《李訓傳》載：寶曆中訓長流嶺表，會赦得還，丁母憂，居洛中。會赦乃指文宗大和元年正月乙巳大赦改元。同卷《舒元輿傳》載：大和五年八月，元輿改授著作郎，分司東都。時李訓丁母憂在洛，與元輿相得甚歡。本篇少年神貌揚揚者云作詩人（即作者李玟）曾在伊水之上受其推食脱衣，此乃舒元輿，則李玟多年久居龍門習業，受恩於元輿也。而白衣叟云「此詩有似爲席中一二公」，則亦兼得李訓關照。李玟詩「六合茫茫皆漢土，此身無處哭田横」，意在悼念舒元輿、王涯、李訓、賈餗四相，詩在本篇中，而《纂異記》作於大中初，然則非在大和九年（八三五）四相於「甘露之變」中被宦官所殺，而「私爲詩以弔之」。白衣叟即玉川子盧仝，一生未仕，故曰白衣。卜居洛陽，故其鬼與四相同聚壽安縣噴玉泉。而錢易誤判爲亦死於甘露之變，實則盧仝早在元和七八年（八一二、八一三）即故去（參見《唐才子傳校箋》卷五《盧仝》）。

據《南部新書》，本篇原題當爲《噴玉泉幽魂》。《廣記》之體例，多以人名標目，故改作《許生》。《古今説海》説淵部别傳亦據《廣記》録入，而别制篇名，曰《甘棠靈會録》。《才鬼記》卷六題同，文字則非盡本《説海》，又多據《廣記》校改。出處作《廣異記》，乃《纂異記》之譌。《合刻三志》志鬼類、《雪窗談異》卷八、《唐人説薈》第十六集（同治八年刊本卷一九）、《龍威秘書》四集《晉唐小説暢觀》、《晉唐小説六十種》之《靈鬼志》（託名唐常沂撰），中亦有《許生》，微有删削。

唐五代傳奇集第三編卷十九

浮梁張令

李玫撰

浮梁張令，家業蔓延江淮間。累金積粟，不可勝計。秩滿如京師，常先一程置頓〔一〕，海陸珍美畢具。至華陰，僕夫施幄幕，陳樽罍〔二〕，庖人炙羊方熟。有黄衫者，據盤而坐，僕夫連叱，神色不撓。店嫗曰：「今五坊弋羅之輩，横行關内，此其流也，不可與競。」僕夫方欲求其帥〔三〕以責之，而張令至，具以黄衫者告。張令曰：「勿叱。」召黄衫者問曰：「來自何方？」黄衫但唯唯耳。促煖酒，酒至，令以大金鍾飲之，雖不謝，似有愧色。飲訖，顧炙羊，著目不移〔四〕。令自割以勸之，一足〔五〕盡，未有飽色，令又以奩中餤十四五啖之〔六〕。凡飲二斗餘。

酒酣，謂令曰：「四十年前曾于東店得一醉飽，以至今日。」令甚訝，乃勤懇問姓氏。對曰：「某非人也，蓋直旬〔七〕送關中死籍之吏耳。」令驚問其由，曰：「太山召人魂，以〔八〕將死之籍付諸嶽，俾其捕送〔九〕耳。」令曰：「可得一覯乎？」曰：「便〔一〇〕窺亦無患。」於是解革〔一二〕囊，出一軸，其首云：「太山主者牒金天府。」其第二行云：「貪財好殺，見利忘義人，前浮梁縣令張某。」即張君〔一三〕也。令見名，乞〔一三〕告使者曰：「修短有限〔一四〕，誰〔一五〕敢惜死。但某方强仕〔一六〕，不爲死備，家業浩大，未有所付，何術得延其期？某囊槖中計所直不下數十萬，盡可以獻於執事。」使者曰：「一飯之恩，誠〔一七〕宜報答。百萬之貺〔一八〕，某何用焉？今有仙官劉綱，謫在〔一九〕蓮花峰。足下宜匍匐徑往，哀訴〔二〇〕奏章，捨此則無計矣。某昨聞金天王與南嶽博戲不勝，輸二十萬，甚被逼逐〔二一〕。足下可詣嶽廟，厚數以許之，必能施力于仙官。縱力不及，亦得路於蓮花峰下。不爾，荆榛蒙密，川谷阻絶，無能往者。」

令于是齎牲牢，馳詣嶽廟，以千萬許之。然後直詣蓮花峰，得幽徑，凡數十里，至峰下。轉東南，有一茅堂，見道士隱几而坐。問令曰：「腐骨穢肉，魂亡神耗者，安得來此？」令曰：「鐘鳴漏盡，露晞〔二二〕頃刻。竊聞仙官能復精魂于朽骨，致肌肉于枯骸，既有好生之心，豈惜奏章之力？」道士曰：「吾頃爲隋〔二三〕朝權臣一奏，遂謫居此峰。爾何德於予〔二四〕，欲陷吾爲寒山之叟乎？」令哀祈愈切，仙官神色甚怒。俄有使者齎一函而至，則金天王之書扎〔二五〕也。仙官覽書，笑曰：「關節既到，難爲不應。」召使者反報，曰：「莫〔二六〕又爲上帝譴責否？」乃啓玉函，書一通，焚香再拜以遣之。凡食頃，天符乃降，其上署「徹」字。仙官復焚香再拜以啓之，云：「張某棄背祖宗，竊假名位，不顧禮法，苟竊〔二七〕官榮。

而又鄙僻多藏，詭詐無實。百里之任，已是叨居；千乘之富，全〔二八〕因苟得。今按〔二九〕罪已實，待戮餘魂，何爲奏〔三〇〕章，求延厥命。但以扶危拯溺者，大道所尚；紓刑宥過者，玄門是宗。狥爾一盱，全我〔三一〕弘化，希其悛惡，庶乃自新。貪生者量延五年，奏章者不能無罪。」仙官覽畢，謂令曰：「大凡世人之壽，皆可致百歲〔三二〕。而以喜怒哀樂，役心之源〔三三〕；愛惡嗜欲，伐性之根〔三四〕。而又揚己之能，掩彼之長。顛倒方寸，頃刻萬變。神倦思怠，難全天和。如彼淡泉，汩〔三五〕於五味。欲致〔三六〕不壞，其可得乎？勉遵〔三七〕歸途，無墮〔三八〕吾教。」令拜辭〔三九〕，舉首〔四〇〕，已失所在。

復尋舊路，稍覺平易。行十餘里，黄衫吏迎前而賀。令曰：「將欲奉報，願知姓字。」吏曰：「吾姓鍾，生爲宣城縣脚力。亡于華陰〔四一〕，遂爲幽冥所録。遞符之役，勞苦如舊。」令曰：「何以免〔四二〕執事之困？」曰：「但酹金天王願日〔四三〕，請置祭于閽人〔四四〕，則吾飽神盤子〔四五〕矣。文符已違半日〔四六〕，難更淹留，便與執事别。」入廟南栢林〔四七〕三五步而没。是夕，張令駐車華陰，決東歸計。酬金天王願，所費數逾二萬〔四八〕，乃語其僕曰：「二萬可以贍吾十舍之資糧矣，安可受祉于上帝，而私賂〔四九〕於土偶人乎？」明旦，遂乘而東去，旬餘至偃師。是夕，止于縣館〔五〇〕。見黄衫舊吏，齎牒排闥而進，叱張令曰：「何虚妄之若是！今禍至矣。由爾償三峰之願不果決〔五一〕，俾吾答一飯之恩無始終〔五二〕。悒悒之懷，如痛毒螫。」言訖，失所在。頃刻，張令有疾，留書遺妻子，未訖〔五三〕而終。（據中華書局版汪紹楹點校本《太平廣記》卷三五〇引《纂異記》校録）

〔一〕置頓　原作「致頓」，王夢鷗《纂異記校釋》：「『致頓』當作『置頓』。《隋書·煬帝紀》：『每之一所，輒數道置頓。』」按：王説是，今改。置頓，設置安頓食宿住所也，史傳言置頓者極夥。又如《陳書》卷一三《魯悉達傳》：「悉達分給糧廩，其所濟活者甚衆，仍於新蔡置頓以居之。」《舊唐書》卷九《玄宗紀下》：「辰時至咸陽望賢驛置頓。」卷一二《德宗紀上》：「丁卯，車駕幸梁州，留戴休顏守奉天，以御史中丞齊映爲沿路置頓使。」《唐大詔令集》（商務印書館一九五九年點校本）卷五《太和改元赦》：「所沿山陵造作及橋道致頓所，並以内庫錢物充用。」亦譌作「致頓」，《册府元龜》（明刊本）卷九〇所載太和元年大赦制乃作「所緣山陵造作及橋道置頓所資，並以内庫錢物充用」。

〔二〕壘　原作「壨」。王校：「『壨』當爲『壘』。」説是，今改。

〔三〕其帥　《稗海》八卷本《搜神記》卷六「德化張令」作「人」。按：「德化張令」即據本篇，改「浮梁」爲「德化」。

〔四〕著目不移　明鈔本作「目不少移」。

〔五〕一足　八卷本《搜神記》作「至」。

〔六〕令又以奩中餤十四五啖之　八卷本《搜神記》作「令又於大盒中取餅十四五枚以餤（同啖）之」。

按：餤，指餤餅，即餡餅。

〔七〕直旬　原脱「旬」字，據明鈔本、孫校本、《古今説海》説淵部別傳四十五《張令傳》、《逸史搜奇》戊集五《張令》補。按：直旬，謂每隔一旬（十日）當差。八卷本《搜神記》作「冥司」。

〔八〕以　此字原脱，據明鈔本、孫校本、陳校本、《説海》、《逸史搜奇》補。

〔九〕俾其捕送　原作「俾某部送」，明鈔本、陳校本、《説海》、《逸史搜奇》作「俾其捕送」。按：俾某部送，乃言太山（泰山）冥神派我（黄衫冥吏）將死籍按地區交送諸嶽神。俾其捕送，則謂太山神將死籍按地區送達諸嶽，由嶽神按死籍將將死之人拘捕。後文云黄衫吏死於華陰而成冥吏，然則其爲西嶽華山冥吏。華山嶽神接到太山神死籍，派其執行拘捕任務。文中金天王即華山嶽神。《舊唐書·玄宗紀上》載：先天二年九月「癸丑，封華嶽神爲金天王」。據明鈔本、《説海》、《逸史搜奇》改。《説海》《四庫》本改作「俾某捕送」，誤。

〔一〇〕便　孫校本、陳校本、《説海》、《逸史搜奇》作「略」。《會校》據孫、陳二本改。

〔一一〕革　八卷本《搜神記》作「草」。

〔一二〕張君　八卷本《搜神記》下有「名」字。

〔一三〕乞　明鈔本、陳校本、《説海》、《逸史搜奇》、八卷本《搜神記》作「泣」。《會校》據明鈔本、陳校本改。

〔一四〕限　《説海》、《逸史搜奇》作「命」。

〔一五〕誰　明鈔本作「豈」，《會校》據改。

〔一六〕强仕　明鈔本作「圖任」，八卷本《搜神記》作「强壯」。按：强仕，指四十歲。《禮記·曲禮上》：「四十曰强，而仕。」
〔一七〕誠　明鈔本作「思」。
〔一八〕貺　明鈔本作「賜」。貺，賜也。
〔一九〕在　明鈔本作「居」，《會校》據改。
〔二〇〕訴　明鈔本作「祈」。
〔二一〕逐　明鈔本、《説海》、《逸史搜奇》作「迫」，《會校》據明鈔本改。
〔二二〕露晞　孫校本、陳校本、《説海》、《逸史搜奇》作「亡在」，《會校》據孫校本、陳校本、《説海》改。按：晉崔豹《古今注》卷中《音樂》：「《薤露》、《蒿里》，並喪歌也。……一章曰：『薤上朝露何易晞，露晞明朝還復滋，人死一去何時歸。』」露晞，喻死亡。
〔二三〕隋　八卷本《搜神記》作「漢」。
〔二四〕何德於予　明鈔本作「何得復請」，《會校》據改。
〔二五〕書扎　孫校本、陳校本作「書禮」。書禮，書信與禮物。
〔二六〕莫　陳校本作「恐」，《説海》、《逸史搜奇》作「不知」。
〔二七〕竊　明鈔本作「求」，《會校》據改。孫校本、陳校本作「偷」。
〔二八〕全　原譌作「今」，據明鈔本、孫校本、陳校本、《説海》、《逸史搜奇》改。八卷本《搜神記》作「實」。

〔二九〕今按　「今」原譌作「令」，據明鈔本、陳校本、《説海》、《逸史搜奇》、八卷本《搜神記》改。「按」明鈔本、陳校本、《説海》、《逸史搜奇》作「案」，《會校》據明鈔本、陳校本、《説海》改。按：按，審訊。《舊唐書》卷九一《桓彦範傳》：「敬暉等既未經鞫問，不可即肆誅夷，請差御史按罪，待至，準法處分。」案，通「按」。

〔三〇〕奏　明鈔本、孫校本、《説海》、《逸史搜奇》、八卷本《搜神記》作「來」，《會校》據明鈔本、孫校本、《説海》改。

〔三一〕全我　談本原作「俄全」，汪校本據明鈔本改作「我全」。按：孫校本、《説海》、《逸史搜奇》、八卷本《搜神記》作「全我」，是也，據改。

〔三二〕皆可致百歲　孫校本、《説海》、《逸史搜奇》「致」作「數」。八卷本《搜神記》作「可數百歲而已」。

〔三三〕役心之源　原作「汩没心源」（按：「汩」當作「汨」，沉迷也），據八卷本《搜神記》改。按：「役心之源」與下文「伐性之根」相對。

〔三四〕伐性之根　「性」原作「生」，據孫校本、陳校本、八卷本《搜神記》改。按：西漢韓嬰《韓詩外傳》卷九第十九章：「儌幸者，伐性之斧也。嗜慾者，逐禍之馬也。」明鈔本作「戕伐本根」，《説海》、《逸史搜奇》作「戕伐性根」，則與「汩没心源」相對。《會校》據明鈔本改。

〔三五〕汩　原譌作「汨」，今改。汩，攪渾。

〔三六〕致　孫校本作「至」，《説海》、《逸史搜奇》作「其」。

〔三七〕遵　原作「導」，據明鈔本、孫校本、陳校本、《説海》、《逸史搜奇》改。
〔三八〕無墮　明鈔本作「勿忘」，《會校》據改。
〔三九〕辭　明鈔本作「謝」，《會校》據改。
〔四〇〕首　八卷本《搜神記》作「足」。
〔四一〕華陰　孫校本作「華陽」，誤。按：華陰，縣名，即今陝西華陰市。唐屬華州，華山在其境内。
〔四二〕免　原譌作「勉」，據《四庫》本、《説海》、《逸史搜奇》、八卷本《搜神記》改。
〔四三〕日　原譌作「曰」，據孫校本、《説海》、《逸史搜奇》改。
〔四四〕請置祭于闔人　原作「請置子爲闔人」，孫校本、《説海》、《逸史搜奇》、八卷本《搜神記》「子」作「予」。今據明鈔本改。
〔四五〕神盤子　《説海》、《逸史搜奇》「子」作「惠」，《會校》據《説海》改。八卷本《搜神記》作「殨」。明鈔本此三字作「子之神盤」。按：神盤子，指享神之食物供品。《全唐詩》卷三〇一王建《華嶽廟》：「女巫遮客買神盤，争取琵琶廟裏彈。」宋范致明《岳陽風土記》：「有疾病者，多就水際設神盤以祀神。」
〔四六〕文符已違半日　原作「天符已違半日」，《説海》、《逸史搜奇》作「文符已遣半日」，據改「天」爲「文」。八卷本《搜神記》作「符已違半日」。按：符、文符指金天王之拘魂文書，非上帝之天符。明鈔本作「天符限已違」，《會校》據補「違」字。

〔四七〕廟南柘林　明鈔本「柘」作「松」。八卷本《搜神記》作「莊南柏樹」。

〔四八〕萬　八卷本《搜神記》作「千」，下同。

〔四九〕賂　原作「謁」，據明鈔本改。

〔五〇〕遂乘而東去旬餘至偃師是夕止于縣館　原作「遂東至偃師，止于縣館」，據八卷本《搜神記》補七字。

〔五一〕決　此字原無，據明鈔本、孫校本、陳校本、《説海》、《逸史搜奇》補。

〔五二〕無始終　八卷本《搜神記》無「始」字。王校：「『始』字衍。」按：始終，偏義複詞，偏指終也。《太平廣記》卷一五三引《續定命録·裴度》：「及昇台衮，討淮西，立大勳，出入六朝，登庸授鉞，門館僚吏，雲布四方，其始終遐永也如此。」

〔五三〕未訖　八卷本《搜神記》作「未盈半幅」。

按：《古今説海》説淵部別傳四十五《張令傳》，即據《廣記》所引而録。《説海》本又爲《逸史搜奇》所採，戊集五《張令》是也。

楊禎

李玫撰

進士楊禎〔一〕，家于渭橋。以居處繁雜，頗妨肄業，乃詣昭應縣，長借石甕寺〔二〕文殊院。居旬餘，有紅裳〔三〕既夕而至，容色姝麗，姿華動人。禎常悦者，皆所不及。徐步於簾外，歌曰：「涼風暮起驪山空，長生殿鎖霜葉紅。朝來試入華清宫，分明憶得開元中。」禎曰：「歌者誰耶？何清苦之若是？」紅裳又歌曰：「金殿不勝秋，月斜石樓冷。誰是相顧人，褰帷弔孤影。」禎拜迎於門。既即席，問禎之姓氏，禎具告。禎祖父伯叔兄弟、中外親族〔四〕，曾遊石甕寺者，無不熟識。禎異之，曰：「得非鬼物乎？」對曰：「吾聞魂氣升於天，形魄歸於地。是無質矣，何鬼之有？」曰：「又非狐狸乎？」對曰：「狐狸者佞人矣，一中其媚，禍必能及〔五〕。某世業功德，實利生民。某雖不淑，焉能苟媚〔六〕而欲奉禍乎？」

禎曰：「可聞姓氏乎？」紅裳曰〔七〕：「某燧人氏之苗裔也。始祖有功烈於人，乃統丙丁〔八〕，鎮南方，復以德王神農、陶唐氏。後又王於西漢，因食采於宋。遠祖無忌，以威猛暴耗，人不可親，遂爲白澤氏所執。今樵童牧豎，得以知名。漢明帝時，佛法東流，摩騰〔九〕、竺法蘭二羅漢，奏請某十四代祖，令顯揚釋教，遂封爲長明公。魏武季年，滅佛法，誅道士，而長明公幽死。魏文〔一〇〕嗣位，佛法重興，復以長明世子襲之。至開元初，玄宗治驪山，起〔一一〕華清宫，作朝元閣，立長生殿，以餘材因修此寺。群像既立，遂〔一二〕設東幢。帝與妃子，自湯殿宴罷，微行佛廟。禮陁伽竟，妃子謂帝曰：『當于飛之秋，不當令〔一三〕東幢巋然無偶。』帝即日命立西幢，遂封某爲西明〔一四〕夫人，因賜琥珀膏，潤於肌骨。設珊瑚帳，固予形貌。於是巽生及蛾郎，不復彊暴矣〔一五〕。」

禎曰：「歌舞絲竹，四者孰妙？」曰：「非不能也，蓋承先祖之明德，稟炎上之烈性〔一六〕，故奸聲亂色，不入於心。某所能者，大則鑠金爲五兵，爲鼎鼐鍾鏞，小則化食爲百品，爲炮燔烹炙。動即煨山嶽而燼原野，靜則燭幽暗而破昏蒙。然則撫朱絃，咀〔一七〕玉管，騁纖腰，矜皓齒，皆冶容之末事，是不爲也。昨聞足下有幽隱之志，籍甚既久，願一款顔。由斯而來，非敢自獻。然宵清月朗，喜覿良人，桑中之譏，亦不能恥。儻運與時會，少承周旋，必無累於盛德。」禎拜而納之。

自是晨去而暮還，唯霾晦則不復至。常〔一八〕遇風雨，有嬰兒送紅裳詩，其詞云：「煙滅石樓空，悠悠永夜中。虚心怯〔一九〕秋雨，豔質畏飄〔二〇〕風。向壁殘花碎，侵階墜葉紅。還如失群鶴，飲恨在彫籠。」每侵星〔二一〕請歸，禎追而止之，答曰：「公違晨夕之養，就巖谷而居者，得非求静專習文乎？奈何欲使採過之人，稱君爲親〔二二〕而就偶？一被瑕玷，其能洗滌乎？非但損公之盛名，亦當速某之生命耳。」經〔二三〕半年，家童歸，告禎乳母。母乃潛伏於佛榻，俟明以觀之。果自隙而出，入西幢，澄澄一燈矣。因撲滅，後遂絶紅裳者。（據中華書局版汪紹楹點校本《太平廣記》卷三七三引《慕異記》校録，《四庫全書》本作《纂異記》）

〔一〕禎　孫校本作「積」，黄本、《四庫》本、《永樂大典》卷七三二八引《太平廣記》、《廣豔異編》卷六《西明夫人》、《續豔異編》卷三《西明夫人》作「稹」，《紺珠集》卷一李玖（玫）《異聞實録·長明公》作「稹」，《類説》卷一九李玫《異聞録》、《説郛》卷三《談壘·異聞録》作「禛」，《孔帖》卷一四引唐李政（玫）《異聞録》作「穆」，《太平廣記鈔》卷七四《西明夫人》作「盉」。

〔二〕石甕寺　孫校本「甕」作「甃」，誤。按：張籍《張司業詩集》卷三《寄昭應王中丞》：「春風石甕寺，作意共君遊。」《南部新書》己卷：「石甕寺者，在驪山半腹石甕谷中。有泉激而似甕形，因是名谷，以谷名寺。」

〔三〕紅裳　《紺珠集》、《孔帖》、《類説》、《重編説郛》卷一一七李玖（玫）《異聞實録·長明公》均云「每見一紅裳女子」。按：《紺珠集》等乃概述大意，《萬首唐人絶句》卷二二輯《爲楊稹歌》，署名「石瓮寺紅裳」，卷六六《石瓮寺紅裳歌》，亦但作「紅裳」。《廣記鈔》作「紅裳麗人」，「麗人」二字乃馮氏自加。《廣記鈔》之體例，如《情史類略》，乃於原文多有删改，非盡照鈔。

〔四〕禎祖父伯叔兄弟中外親族　「伯」原作「母」，據明鈔本、孫校本改。明鈔本前有「由是」二字，《會校》據補。

〔五〕狐狸者佞人矣一中其媚禍必能及　「佞」原作「接」，據明鈔本、《廣豔異編》、《續豔異編》改。《情史類略》卷二一《火怪》作「狐狸媚物，動爲人禍」，乃自改。

〔六〕苟媚　明鈔本、孫校本作「出爲」，《會校》據明鈔本改。

〔七〕紅裳曰　此三字原無，據《大典》補。明鈔本、孫校本作「曰」，下句無「某」字。《廣記鈔》作「曰」，

《廣豔異編》、《續豔異編》、《情史》作「對曰」。《會校》據明鈔本、孫校本補「曰」字。

〔八〕丙丁　明鈔本作「歲丁」，疑誤。按：丙丁，火也。十干之丙丁與五行之火相配。

〔九〕摩騰　「騰」原譌作「勝」。按：摩騰即攝摩騰。梁釋慧皎《高僧傳》卷一《攝摩騰》：「攝摩騰，本中天竺人。……漢永平中……遣郎中蔡愔、博士弟子秦景等，使往天竺尋訪佛法。愔等於彼遇見摩騰，要還漢地。」《竺法蘭》：「竺法蘭，亦中天竺人。……時蔡愔既至彼國，蘭與摩騰共契遊化，遂相隨而來。」唐釋道世《法苑珠林》卷一三引南齊王琰《冥祥記》：「漢明帝……發使天竺，寫致經像，表之中夏。……使者蔡愔，將西域沙門迦葉摩騰等，齎優填王畫釋迦佛像。」據改。

〔一〇〕魏文　談本原作「魏武」，汪校本據明鈔本改作「魏文」，孫校本、《廣豔異編》、《續豔異編》、《情史》亦作「魏文」。《四庫》本改作「魏文成」。按：魏文指北魏高宗文成帝拓跋濬。前文之魏武，指太武帝拓跋燾，曾滅佛。《魏書·釋老志》載：「高宗踐極，下詔曰：『……今制諸州郡縣，於衆居之所，各聽建佛圖一區，任其財用，不制會限。其好樂道法，欲爲沙門，不問長幼，出於良家，性行素篤，無諸嫌穢，鄉里所明者，聽其出家。率大州五十，小州四十人，其郡遥遠臺者十人。各當局分，皆足以化惡就善，播揚道教也。』天下承風，朝不及夕，往時所毀圖寺，仍還修矣。佛像經論，皆復得顯。」《廣記鈔》改作「梁武」，乃指梁武帝蕭衍，大謬。

〔一一〕起　原作「起至」，據明鈔本、孫校本删「至」字。《廣豔異編》、《續豔異編》、《情史》作「起造」。

〔一二〕遂　孫校本作「就」。

〔一三〕令　原譌作「今」，據明鈔本、孫校本、《四庫》本、《廣豔異編》、《續豔異編》、《廣記鈔》、《情史》改。

〔一四〕西明　《紺珠集》、《重編説郛》作「西州」，《類説》作「西寧」，《説郛》作「西湖」，並譌。按：紅裳係燈精，故曰「明」。

〔一五〕巽生及蛾郎不復彊暴矣　原作「選生及蛾，即不復彊暴矣」，《紺珠集》、《孔帖》、《類説》、《重編説郛》均作「巽生蛾郎，不復强暴矣」。《廣豔異編》、《續豔異編》同，唯「蛾郎」作「及蛾」。《情史》「選」亦作「巽」。按：巽生指風。《易經·説卦》：「巽爲本，爲風。」牛僧孺《玄怪録》卷七《蕭志忠》有「巽二起風」語，巽二乃風神。蛾郎指蛾。飛蛾撲火，燈畏風，故云。據《紺珠集》等改。

〔一六〕烈性　「性」原譌作「信」，據明鈔本、孫校本、黄本、《四庫》本、《筆記小説大觀》本、《廣豔異編》、《續豔異編》、《情史》改。孫校本「烈」作「剛」。

〔一七〕咀　《廣豔異編》、《續豔異編》、《情史》作「吹」。按：咀，品也。

〔一八〕常　明鈔本作「嘗」，《會校》據改。常，通「嘗」。

〔一九〕怯　《全唐詩》卷八六七作「泣」。

〔二〇〕飄　明鈔本作「晨」。

〔二一〕侵星　明鈔本「星」作「晨」，《會校》據改。按：侵星，猶云披星、戴星，拂曉時分星尚未落，故云。《文選》卷二七鮑照《還都道中作》：「侵星赴早路，畢景逐前儔。」

〔二二〕爲親　《四庫》本改作「違親」。按：爲親，親近。違親，指有違父母之命。

〔二三〕經　原作「歸」，據明鈔本、孫校本改。《四庫》本改作「處」，《廣豔異編》、《續豔異編》、《廣記鈔》、

《情史》作「後」。

按：本篇《廣記》引作《慕異記》，「慕」乃「纂」字形譌。《四庫》本改。清雍正修《陝西通志》卷一〇〇《拾遺三·神異》亦引作《纂異記》。《廣豔異編》卷六、《續豔異編》卷三、《情史類略》卷二一採入，前二書題《西明夫人》，後書題《火怪》，《情史》文字多有删改。

齊君房

李玫撰

齊君房者，家於吴，自幼苦〔一〕貧。雖勤於學，而寡記性〔二〕。及壯有篇詠，則不甚清新。常爲凍餒所驅，役役於吴、楚間。以四五六七言干謁，多不遇侯伯〔三〕禮接。雖時所獲，未嘗積一金貯布袋〔四〕。脱〔五〕滿一繩，則必病，罄而復愈。元和初，遊錢塘。時屬凶年箕斂，投人十不遇一。乃求朝飱於天竺。至孤山寺西，餒甚，不能前去，因臨流零涕，悲吟數聲。

俄爾，有胡僧自西而來，亦臨流而坐，顧君房笑曰：「法師，諳秀才旅遊滋味否？」君房曰：「旅遊滋味即足〔六〕矣，法師之呼，一何謬哉！」僧曰：「子不憶講《法華經》於洛中同德寺乎？」君房曰：「某生四十五矣，盤桓吴、楚間，未嘗涉京江，又何有洛中之説乎？」僧曰：「子應爲飢火所惱〔七〕，不暇憶前事也。」乃探鉢囊，出一棗，大如拳，曰：「此吾國所産，食之知過去未來事，豈止於前生爾。」君房餒甚，遂請食之。食訖甚渴，掬泉水飲之。忽欠伸〔八〕，枕石而寢，頃刻乃寤。因思講《法華》於同德寺，如昨日焉。因泣涕禮僧，曰：「震和尚安在？」曰：「專精未至，再爲蜀僧，今則斷攀緣矣。」「神上人安在？」曰：「前願未滿，又聞爲法師矣。」「悟法師焉在？」曰：「豈不憶香山寺石像前，戲發大願，若不證無上菩提，必願爲赳赳貴臣。昨聞已得大將軍。當時雲水五人，唯吾得解脱，獨爾爲凍餒之士耳。」君房泣曰：「某四十餘年日一飡，三十餘年擁一褐。浮俗之事，決斷根源。何期福不圓修，困於今日！」僧曰：「過由師子座〔九〕上廣説異端，使學空之人心生疑惑。戒珠曾缺，禪味曾羶，聲渾響清，終不可致。質傴影曲，報應宜然。」君房曰：「爲之奈何？」僧曰：「今日之事，吾無計矣。他生之事，庶有警於吾子焉。」乃探鉢囊中，出一鏡〔一〇〕，背面皆瑩徹。謂君房曰：「要知貴賤之分，修短之限，佛法興替，吾道盛衰，宜一覽焉。」君房覽鏡久之，謝曰：「報應之事，榮枯之理，謹知之矣。」僧收鏡入囊，遂挈之而去。行十餘步，旋失所在。是夕，君房至靈隱寺，乃剪髮具戒，法名鏡空〔一一〕。

大和元年，李玫習業在龍門天竺寺，鏡空自香山敬善寺訪之，遂聞斯説。因語玫曰：

「我生五十有七矣，僧臘方十二〔一二〕。持鉢乞食，尚九年在。捨世之日，佛法其衰乎！」詰之，默然無答。乃請筆硯，題數行於經藏北垣而去。曰：「興一沙，衰恒沙〔一三〕。兔而罝，犬而拏，牛虎相交亡〔一四〕角牙，寶檀終不滅其華。」（據中華書局版汪紹楹點校本《太平廣記》卷三八八引《纂異記》校録）

〔一〕苦　明鈔本作「居」。

〔二〕性　《宋高僧傳》卷二〇《唐洛陽香山寺鑑空傳》作「持」。

〔三〕侯伯　明鈔本作「當道」，《會校》據改。按：侯伯，古以指諸侯，此代指方鎮州郡長官。張九齡《唐丞相曲江張先生文集》卷七《敕處分朝集使》：「至如典州當侯伯之尊，宰邑敵子男之寵。」白居易《白氏長慶集》卷四八《楊子留後殷彪授金州刺史兼侍御史河陰令韋同憲授南鄭令韋弁授絳州長史三人同制》：「今之郡守，古侯伯也。今之邑令，古子男也。」當道，本道。《舊唐書·德宗紀下》：「陳許節度使曲環奏請權停當道冗官。」

〔四〕袋　明鈔本作「囊」，《會校》據改。按：囊即袋也。

〔五〕脱　明胡我琨《錢通》卷一七《前定》引《纂異記》、《太平廣記鈔》卷六一此字下有「錢」字。

〔六〕足　明鈔本作「是」，《會校》據改。

〔七〕飢火所惱　「火」明鈔本作「凍」，《會校》據改。按：飢火不誤，《白氏長慶集》卷六三《旱熱二首》其二：「壯者不耐飢，飢火燒其腸。」「惱」《宋高僧傳》作「燒」。

〔八〕欠伸　黄本、《四庫》本、《筆記小説大觀》本作「欠身」，誤。《宋高僧傳》「伸」作「呻」，當爲「伸」字之譌。《廣記鈔》、南宋范成大《吴郡志》卷四二《浮屠》引《纂異記》、明王鏊《姑蘇志》卷五八《人物二十三·釋老》則作「欠伸」。按：欠伸，又作「欠申」，打呵欠，伸懶腰。

〔九〕師子座　明鈔本「子」作「于」，誤。按：師子坐指佛陀之坐席，佛教以佛爲人中師子，故名。亦泛指僧人説法講經之坐席。

〔一〇〕鏡　《宋高僧傳》作「鑑」，下同。下文「鏡空」亦作「鑑空」，乃宋初避宋太祖趙匡胤祖父趙敬諱改。

〔一一〕鏡空　《吴郡志》、《姑蘇志》、明田汝成《西湖遊覽志餘》卷一四《方外玄蹤》作「續空」，當誤。

〔一二〕我生五十有七矣僧臘方十二　《宋高僧傳》作「我生世七十有七，僧臘三十二」。按：齊君房元和初年四十五，以元和元年（八〇六）計，至大和元年（八二七），乃六十六歲。元和元年落髮受戒，至大和元年乃二十二年。《太平廣記》、《宋高僧傳》均有誤。

〔一三〕興一沙衰恒沙　《宋高僧傳》作「興一沙衰恒河沙」。

〔一四〕亡　《宋高僧傳》作「與」。

按：《宋高僧傳》卷二〇《唐洛陽香山寺鑑空傳》云：「大和元年詣洛陽，於龍門天竺寺遇河東柳珵，親説厥由向珵。珵聞空之説，事皆不常，且甚奇之。」以李玫爲柳珵，所據不詳，疑誤。

徐玄之

李　玫　撰

有徐玄之〔一〕者，自浙東遷于吳，於立義里居。其宅素有凶藉〔二〕，玄之利以〔三〕花木珍異，乃營之。月餘，夜讀書，見武士數百騎，俱長寸餘〔四〕，升自牀之西南隅，於花氈上置繒繳，縱兵大獵，飛禽走獸，不可勝計。獵訖，有旌旗豹纛，并導騎數百，又自外入，至西北隅〔五〕。有帶劍操斧、手執弓槌者〔六〕，凡數百。挈幄幕簾〔七〕榻、盤槃鼎鑊者，又數百。負器皿〔八〕盛陸海之珍味者，又數百。道路往返，奔走探偵〔九〕者，又數百。玄之熟視，轉分明。至中軍，有錯綵信旗，擁赤幘紫衣者，侍從數千，至案之右。有大鐵冠執鉞前〔一〇〕，宣言曰：「殿下將欲觀漁於紫石潭，其先鋒後軍并甲士執戈戟者〔一一〕，勿從。」於是赤幘者下馬，與左右數百，升玄之石硯之上。北設紅拂盧〔一二〕帳，俄爾盤榻幄幕、歌筵舞〔一三〕席畢備。賓旅數十，緋紫紅緑，執笙竽簫管者，又數十輩。更歌迭舞，俳優之類〔一四〕，不可盡記。

酒數巡，徒客皆有酒容〔一五〕。赤幘顧左右曰：「索漁具。」復有措綱網籠罩之徒〔一六〕，凡數百，齊入硯中。未頃，獲小魚數百千〔一七〕頭。赤幘謂諸〔一八〕客曰：「予深得任公之術，請以樂賓〔一九〕。」乃持釣於硯中之南灘，樂徒奏〔二〇〕《春波引》。曲未終，獲魴鯉鱸〔二一〕鱖百餘。

遽命操膾促膳，凡數十味，皆馨香不可言。金石絲竹，鏗鍧〔二二〕齊奏。酒至，赤幘者持盃顧玄之而謂衆賓曰：「吾不習周公禮，不習〔二三〕孔氏書，而貴居王位。今此儒，髮鬢焦秃，饑〔二四〕色可掬，雖孜孜矻矻，而又奚爲？肯折節爲吾下卿，亦得陪今日之宴。」玄之大駭〔二五〕，乃〔二六〕以書卷蒙之，執燭以觀〔二七〕，一無所見。

玄之捨卷而寢，方寐間，見被堅執鋭者數千騎，自西牖下分行布伍，號令而至。玄之驚呼僕夫，數騎已至牀前，乃宣言曰：「蚍蜉王子獵於羊林之野〔二八〕，釣於紫石之潭。玄之庸奴〔二九〕，遽有迫脅，士卒潰亂，宫車振〔三〇〕驚。既無高共臨危之心，須有晉文還國之伐，付大將軍蠪虰追過〔三一〕。」宣訖，以白練繫玄之頸，甲士數十，羅曳而去。其行迅疾，倏忽如入一城門，觀者駕肩疊足，逗〔三二〕五六里。又行數里，見子城。入城，有宫闕甚麗。玄之至堦下〔三三〕，有赤衣冠者唱言：「追徐玄之至〔三四〕。」蚍蜉王大怒曰：「披儒服，讀儒書，不脩前言往行，而肆勇敢凌上〔三五〕，付三事已〔三六〕下議。」乃釋縛，引入議堂〔三七〕。見紫衣冠者十人，玄之遍拜，皆瞋目踞受。所陳設之類〔三八〕，尤炳焕於人間。

是時王子以驚恐入心，厥疾彌甚。三事已下議，請寘肉刑。議狀未下，太史令馬知玄進狀論曰：「伏以王子自不遵典法〔三九〕，遊觀〔四〇〕失度，視險如砥，自貽震驚。徐玄之性氣不回，博識非淺，況脩天爵，難以妖誣。今大王不能度己，返〔四一〕恣胸臆，信彼多士，欲害哲人。竊見雲物頻興，沴怪屢作，市言訛讖，衆情驚疑。昔者秦射巨魚而衰，殷格猛獸而滅。今大王欲害非類，是躡殷秦。但恐季世之端，自此而起。」王覽疏大怒，斬太史馬知玄於國門，以令妖言者。

是時大雨暴至，草澤臣蝁飛上疏曰：「臣聞縱盤遊、恣漁獵者，位必亡；罪賢臣、戮忠讜〔四二〕者，國必喪。伏以王子獵患於絶境，釣禍於幽泉。信任幻徒，熒惑儒士，喪履之戚，所謂自貽。今大王不究遊務〔四三〕之非，返聽詭隨之議。況知玄是一國之元老，實大朝之世臣，是宜採其謀猷，匡此顛仆。全身或止於三諫，犯上未傷於一言，肝膽方期於畢呈，身首俄驚於異處。臣竊見兵書云：『無雲而雨者天泣。』今直臣就戮，而天爲泣焉。伏恐比干不恨死於當時，知玄恨死於今日。大王又不貸玄之峻法，欲正名於肉刑，是抉吾眼而觀越兵，又在今日。昔者虞以宫之奇言爲謬，卒併於晉公；吴以伍子胥見〔四四〕爲非，果滅於句踐。非敢自周秦悉數，累黷聰明；竊敢以塵埃之卑，少益嵩、華〔四五〕。」王覽疏，即拜蝁飛爲諫議大夫，追贈太史〔四六〕馬知玄爲安國大將軍，以其子蚳爲太史令。賻布帛五百段，米粟各三百石〔四七〕。其徐玄之，待後進旨。

於是蚳詣宫門進表〔四八〕曰：「伏奉恩〔四九〕制云：『馬知玄有殷王子比干之忠貞，有魏侍中辛毗〔五〇〕之諫諍，而我亟以用己〔五一〕，昧於知人。爇棟梁於將立〔五二〕大廈之晨，碎舟檝於方濟巨川之日，由我不德，致爾非〔五三〕辜。是宜褒贈其亡，賞延于後者。』宸翰〔五四〕忽臨，載驚載懼。叩頭氣竭，斷號血零〔五五〕。伏以臣先父臣知玄，學究天人，藝窮曆數，因通〔五六〕玄鑒，得居聖朝。當大王採芻蕘之晨，是臣父展嘉謨之日。逆耳之言難聽，驚心〔五七〕之説易誅。今蒙聖澤旁臨，照此非罪。鴻恩霑洒，猶驚已散之精魂；好爵彌縫，難續不全之腰領。今臣豈可因亡父之誅戮，要〔五八〕國家之寵榮？報平王而不能，效伯禹而安忍〔五九〕？況今天圖將變，曆數堪憂，伏乞斥臣遐方，免逢喪亂。」王覽疏不悦，乃返〔六〇〕寢於候雨殿。

既寤，宴百執事於陵雲臺，曰：「適〔六一〕有嘉夢，能曉之〔六二〕，使我心洗然而亮者，賜爵一級。」群臣有司，皆頓首敬聽。王〔六三〕曰：「吾夢上帝云：『助爾金，開爾國，展爾疆土，自南自北〔六四〕，赤玉洎石，以答爾德。』卿等以爲如何？」群臣皆拜舞稱賀曰：「啓〔六五〕鄰國之慶也。」蜰飛曰：「此〔六六〕大不祥，何慶之有？」王曰：「何謂其然？」蜰飛曰：「大王逼脅生人，滯留幽穴，錫玆咎夢，由天怒焉。夫『助金』者，鋤也。『開國』者，闢也。『展疆土』者，分裂也。『赤玉洎石』，與火俱焚也。得非玄之鋤吾土，攻吾國，縱火南北，以答繫領之辱乎？」王於是赦玄之罪，戮方術之徒，自壞其宮，以禳厥夢。乃〔六七〕以安車送玄之歸。纔及榻，玄之寤，汗流浹洽〔六八〕。既明，乃召家僮，於西牖掘地五尺餘，得蟻穴，如三石缶。因縱火以焚之，靡有孑遺。自此宅不復凶矣。（據中華書局版汪紹楹點校本《太平廣記》卷四七

八引《纂異記》校録）

〔一〕徐玄之　《類説》卷一九《異聞録·觀魚紫石潭》作「徐立之」，「立」當爲「玄」字之譌。

〔二〕凶藉　明鈔本、陳校本「藉」作「籍」。按：「藉」通「籍」。籍，名册，引申爲名、名聲。凶藉，凶名。《古今説海》説淵部别傳十七《蚍蜉傳》，《逸史搜奇》己集七《徐玄之》，《廣豔異編》卷二五《蚍蜉王傳》，《續豔異編》卷一一《蚍蜉王傳》，《合刻三志》志怪類、《雪窗談異》卷六及《唐人説薈》第十六集《物怪録·蚍蜉傳》作「凶怪」。

〔三〕以　明鈔本作「其」，《會校》據改。

〔四〕俱長寸餘　此句原無，據孫校本補。《紺珠集》卷一《異聞實録·蚍蜉王漁紫石》（按：《四庫全書》本「石」下有「潭」字）、《孔帖》卷九〇引《異聞録》作「見人物如粟米粒」，《類説》、《海録碎事》卷一九《紫石潭》（無出處）、王十朋《東坡先生詩集注》卷三〇《謹和子功詩并求純父數句》注引《異聞實録》、《天中記》卷五七引《異聞集》作「見人物如粟粒」，《孔帖》卷一四引《異聞實録》、《錦繡萬花谷》後集卷二九引《異聞實録》、《古今合璧事類備要》前集卷四六引《異聞實録》作「見人物如粟米」，《海録碎事》卷二二下《蜉蝣王》（無出處）作「見人物如粟」。

〔五〕又自外入至西北隅　明鈔本作「又升自堂之西北隅」，孫校本作「又外自，按之西北隅」。

〔六〕有帶劍操斧手執弓楇者　「帶」原作「戴」，「者」字原無，據《説海》、《逸史搜奇》、《廣豔異編》、《續䲭異編》、《物怪録》改補。明鈔本「戴」亦作「帶」。《唐人説薈》「斧」譌作「釜」。

〔七〕簾　明鈔本作「几」。

〔八〕皿　此字原無，據明鈔本補。

〔九〕偵　原作「值」，據孫校本、《説海》、《逸史搜奇》、《廣䲭異編》、《續䲭異編》、《物怪録》改。

〔一〇〕有大鐵冠執鉞前　明鈔本作「有載鐵冠執鐵簡」，汪校：「明鈔本大作載，當作戴。」「鐵簡原作鉞前，據明鈔本改。」《會校》亦改「鉞前」爲「鐵簡」。按：《説海》、《逸史搜奇》、《廣䲭異編》、《續䲭異編》、《物怪録》亦作「有大鐵冠執鉞前」，其意亦通，謂頭戴大鐵冠者執鉞（大斧）向前。今回改。又，「載」通「戴」，非「戴」之譌。

〔一一〕者　此字孫校本、《説海》、《逸史搜奇》、《廣䲭異編》、《續䲭異編》、《物怪録》無。

〔一二〕盧　許本、陳校本、黄本、《四庫》本、《筆記小説大觀》本及《説海》等俱作「廬」。《會校》據許本、陳校本改。按：盧，通「廬」。

〔一三〕舞　明鈔本、《説海》、《逸史搜奇》、《廣䲭異編》、《續䲭異編》、《合刻三志》、《雪窗談異》作「客」。

〔一四〕類　談本原作「伺」，《唐人説薈》同治八年刊本同，汪校本及《會校》據明鈔本改作「類」，《唐人説薈》民國石印本改作「詞」。《説海》、《逸史搜奇》、《廣䲭異編》、《續䲭異編》、《合刻三志》、《雪窗談異》作「目」。

〔一五〕徒客皆有酒容　原作「上客有酒容者」，據明鈔本改。

〔一六〕 揞綱網籠罩之徒　「揞綱網」原譌作「舊網」。孫校本及《説海》、《逸史搜奇》、《廣豔異編》、《續豔異編》、《物怪録》「舊」作「擒」。按：擒，字書無此字，不詳何義。明鈔本、陳校本作「揞」。揞，同「攴」，支撑，支架。據改。《四庫》本《説海》改作「擭」，握也。《説海》、《廣豔異編》、《續豔異編》、《物怪録》「網」作「綱網」，據補「綱」字。《逸史搜奇》譌作「網網」。「徒」原作「類」，據明鈔本、陳校本改。

〔一七〕 千　明鈔本無此字。

〔一八〕 諸　原作「上」，據明鈔本、《説海》、《逸史搜奇》、《廣豔異編》、《續豔異編》、《物怪録》改。

〔一九〕 予深得任公之術請以樂賓　《説海》、《逸史搜奇》、《廣豔異編》、《續豔異編》、《合刻三志》、《雪窗談異》作「予請爲渭濱之業，以樂賓」。按：任公，即任公子。《莊子・外物》載，任公子「爲大鉤巨緇五十犗以爲餌」，釣於東海，果得大魚。《史記》卷七九《范睢列傳》：「昔者吕尚之遇文王也，身爲漁父而釣於渭濱耳。」

〔二〇〕 樂徒奏　明鈔本「奏」作「歌」。《説海》、《逸史搜奇》、《廣豔異編》、《續豔異編》、《合刻三志》、《雪窗談異》作「衆樂徒歌」，《唐人説薈》作「衆樂徒奏」。

〔二一〕 鱸　《説海》、《逸史搜奇》、《廣豔異編》、《續豔異編》、《合刻三志》、《唐人説薈》作「鮭」。

〔二二〕 鉤　原作「鞫」，據孫校本改。明鈔本、陳校本、《説海》、《逸史搜奇》、《廣豔異編》、《續豔異編》、《物怪録》作「訇」，義同。

〔二三〕 習　明鈔本、《説海》、《逸史搜奇》、《廣豔異編》、《續豔異編》、《物怪録》作「讀」，《會校》據明鈔本改。

〔二四〕饑　原譌作「肌」，據《説海》、《逸史搜奇》、《廣豔異編》、《續豔異編》、《物怪録》、《太平廣記鈔》卷七五改。

〔二五〕大駭　此二字原無，據《紺珠集》、《類説》、《孔帖》卷九〇、《海録碎事》卷二二下、《東坡詩集注》補。

〔二六〕乃　明鈔本作「忽起」。

〔二七〕觀　明鈔本作「照之」，《類説》、《説海》、《逸史搜奇》、《廣豔異編》、《續豔異編》、《物怪録》作「爇」。

〔二八〕野　原作「茸」，據明鈔本改。《説海》、《逸史搜奇》、《廣豔異編》、《續豔異編》、《物怪録》作「澤」。

〔二九〕庸奴　「庸」原作「牖」，據明鈔本、孫校本、陳校本、《説海》、《逸史搜奇》、《廣豔異編》、《續豔異編》、《物怪録》、《廣記鈔》改。

〔三〇〕振　明鈔本、《説海》、《逸史搜奇》、《廣豔異編》、《續豔異編》、《合刻三志》、《唐人説薈》作「震」，《會校》據明鈔本改。按：振、震義同。

〔三一〕蠪虰追過　「蠪」明鈔本、孫校本、《説海》、《逸史搜奇》、《廣豔異編》、《續豔異編》、《物怪録》作「龔」，「虰」明鈔本作「虬」，《會校》據明鈔本改，誤。按：《爾雅·釋蟲》：「蚍蜉，大螘，小者螘。蠪，打螘。䗂，飛螘，其子蚳。」宋邢昺疏：「螘，通名也。……其大而赤色斑駁者名蠪，一名打螘。」「打」一作「虰」。北宋司馬光《類篇》卷三八：「虰，除耕切，蠪虰，螘屬。」「螘」同「蟻」。「過」明鈔本作「之」，《會校》據改。按：追過，前往抓捕。

〔三二〕逗　明鈔本作「連」，《會校》據改。《説海》、《逸史搜奇》、《廣豔異編》、《續豔異編》、《物怪録》作「凡」。按：逗，追趕，追逐。張相《詩詞曲語辭匯釋》卷二：「逗，猶趁也；趕也。李嘉祐《白鷺》詩：『江南渌水多，顧影逗清波。』逗清波，猶云趁清波或逐清波也。」

〔三三〕入城有宮闕甚麗玄之至堦下　此十二字原脱，據《説海》、《逸史搜奇》、《廣豔異編》、《續豔異編》、《物怪録》補。

〔三四〕追徐玄之至　此五字原脱，據《説海》、《逸史搜奇》、《廣豔異編》、《續豔異編》、《物怪録》補。

〔三五〕肆勇敢凌上　明鈔本、《説海》、《逸史搜奇》、《廣豔異編》、《續豔異編》、《物怪録》作「敢肆勇凌上」。

〔三六〕已　陳校本作「以」，《會校》據改。已，通「以」。

〔三七〕議堂　《説海》、《逸史搜奇》、《廣豔異編》、《續豔異編》、《物怪録》作「會議堂」。

〔三八〕所陳設之類　明鈔本作「聽陳劾之詞」，汪校本據改，未當，與下句意思不相連屬。《説海》、《逸史搜奇》、《廣豔異編》、《續豔異編》、《物怪録》並作「所陳設之類」。今回改。

〔三九〕自不遵典法　「自」原作「曰」，據孫校本、《説海》、《逸史搜奇》、《廣豔異編》、《續豔異編》、《物怪録》改。《四庫》本改作「日」。《説海》、《逸史搜奇》、《廣豔異編》、《續豔異編》、《合刻三志》、《唐人説薈》「典」作「軌」。

〔四〇〕觀　明鈔本作「呅」，《會校》據改。《説海》、《逸史搜奇》、《廣豔異編》、《續豔異編》、《物怪録》作

「佚」。

〔四一〕返　明鈔本、《説海》、《逸史搜奇》、《廣豔異編》、《續豔異編》、《物怪録》作「反」，下同，《會校》據改。按：返，義同「反」，反而。唐李百藥《北齊書》卷一三《清河王勱傳》：「王國家姻婭，須同疾惡，返爲此言，豈所望乎！」《四庫》本《舊唐書》卷八四《裴行儉傳》：「調露二年，突厥阿史德温傅反，單于管内二十四州並叛應之，衆數十萬。單于都護蕭嗣業率兵討之，返爲所敗。」中華書局點校本「返」作「反」。

〔四二〕讜　明鈔本作「言」。

〔四三〕遊務　《説海》、《逸史搜奇》、《廣豔異編》、《續豔異編》、《物怪録》作「湛遊」。

〔四四〕見　明鈔本作「諫」，《會校》據改。

〔四五〕嵩華　談本原爲「嵩華」，汪校本據明鈔本改作「嵩岳」。王夢鷗《纂異記校釋》：「「嵩華」，明鈔本作『嵩岳』。按以『嵩華』偶『聰明』爲是。」按：王説是。嵩華，嵩山、華山也。今回改。

〔四六〕太史　明鈔本作「太史令」，《會校》據補「令」字。按：太史即太史令。

〔四七〕米粟各三百石　「粟」字原脱，據孫校本、《説海》、《逸史搜奇》、《廣豔異編》、《續豔異編》、《物怪録》補。「石」孫校本作「碩」。碩，通「石」。

〔四八〕詣宫門進表　原作「詣移市門進官表」，據《説海》、《逸史搜奇》、《廣豔異編》、《續豔異編》、《物怪録》改。

〔四九〕恩　陳校本作「聖」。

〔五〇〕魏侍中辛毗　《説海》、《逸史搜奇》、《廣豔異編》、《續豔異編》、《合刻三志》、《雪窗談異》「侍中」作「中尉」。按：《三國志》卷二五《魏書·辛毗傳》載：辛毗，字佐治，潁川陽翟（今河南禹州市）人。先事袁紹及其子袁譚，後從曹操，任議郎、丞相長史。文帝踐阼，遷侍中，賜爵關内侯。明帝時因直諫出爲衛尉。漢魏諸侯國軍事長官爲中尉，作「中尉」誤。

〔五一〕用己　明鈔本、孫校本、陳校本「己」作「性」，《會校》據改。按：「用己」與下文「知人」反義相對，不誤。

〔五二〕立　原作「爲」，據孫校本、《説海》、《逸史搜奇》、《廣豔異編》、《續豔異編》、《物怪録》改。明鈔本作「支」。

〔五三〕非　陳校本作「無」。

〔五四〕宸翰　明鈔本作「倉惶」。

〔五五〕叩頭氣竭斷號血零　「斷號」原作「號斷」。孫校本作「叩頭斷號，回心踊斷，止泣號呼」，《説海》、《逸史搜奇》、《廣豔異編》、《續豔異編》、《合刻三志》、《雪窗談異》作「叩頭斷號，回心止泣」。按：「斷號」與「叩頭」對，據改。明鈔本「叩頭氣竭」作「叩竭氣斷」。陳校本「號斷」作「號呼」，《會校》據改。

〔五六〕通　此字原無，據《説海》、《逸史搜奇》、《廣豔異編》、《續豔異編》補。

〔五七〕驚心　明鈔本、孫校本、陳校本作「安危」，《會校》據改。按：「驚心」與上句「逆耳」相對，不宜改。

〔五八〕要　《説海》、《逸史搜奇》、《廣豔異編》、《續豔異編》、《合刻三志》、《雪窗談異》作「冐」，《唐人説薈》作「膺」。

〔五九〕報平王而不能效伯禹而安忍　《説海》、《逸史搜奇》、《廣豔異編》、《續豔異編》、《合刻三志》、《雪窗談異》作「報平王既非本心，效伯禹亦非素志」。

〔六〇〕返　明鈔本、孫校本、《説海》、《逸史搜奇》、《廣豔異編》、《續豔異編》、《合刻三志》、《雪窗談異》作「退」，陳校本作「還」。

〔六一〕適　《説海》、《逸史搜奇》、《廣豔異編》、《續豔異編》、《合刻三志》、《雪窗談異》作「朕」。

〔六二〕能曉之　王夢鷗謂「上當脱一『孰』字」。

〔六三〕王　此字原無，據《説海》、《逸史搜奇》、《廣豔異編》、《續豔異編》、《合刻三志》、《雪窗談異》補。

〔六四〕自南自北　前一「自」字《説海》、《逸史搜奇》、《廣豔異編》、《續豔異編》、《合刻三志》、《雪窗談異》作「洎」。按：疑後一「自」字當作「洎」。洎，至也。

〔六五〕啓　原作「答」，據《説海》、《逸史搜奇》、《廣豔異編》、《續豔異編》、《合刻三志》、《雪窗談異》改。

〔六六〕此　此字原無，據明鈔本補。

〔六七〕乃　《説海》、《逸史搜奇》、《廣豔異編》、《續豔異編》、《合刻三志》、《雪窗談異》作「又」。

〔六八〕汗流浹洽　此四字原無，據《説海》、《逸史搜奇》、《廣豔異編》、《續豔異編》、《合刻三志》、《雪窗談異》補。

按：《古今説海》説淵部别傳十七據《廣記》採入本篇，題《蚍蜉傳》。《逸史搜奇》已集七《徐玄之》、《廣豔異編》卷二五及《續豔異編》卷一二《蚍蜉王傳》，全鈔《説海》。《合刻三志》志怪類、《雪窗談異》卷六及《唐人説薈》第十六集有《物怪録》，託名唐徐嶷撰，中亦有《蚍蜉傳》。《合刻三志》、《雪窗談異》文同《説海》，《唐人説薈》則又據《廣記》有改。

大業拾遺記

闕名撰

大業十二年，煬帝將幸江都，命越王侗〔一〕留守東都。宫女半不隨駕，争泣留帝。言遼東小國，不足以煩大駕，願擇將征之。攀車留惜〔二〕，指血染鞅。帝意不回，因戲飛帛〔三〕題二十字，賜守宫女，云：「我夢江都〔四〕好，征遼亦偶然。但存〔五〕顔色在，離别只今年。」車駕既行，師徒百萬前驅。大橋未就，别命雲屯將軍麻叔謀，濬黄河入汴堤，使勝巨艦。叔謀銜命，甚酷，以鐵脚木鵝試彼淺深，鵝止，謂濬河之夫不忠，隊伍死水下。至今兒啼，聞人言「麻胡來」即止，其訛言畏人皆若是。

帝離都旬日，幸宋何妥所進車。車前隻輪高廣，疏釘爲刃。後隻輪庳皮祕反下，以柔榆爲之，使滑勁不滯，使牛御焉。車名見《何妥傳》。自都抵汴郡，日進御車女〔六〕。車轞許偃反垂鮫綃網，雜綴片玉鳴鈴，行搖玲瓏，以混車中笑語，冀左右不聞也。長安貢御車女袁寶兒，年十五，腰支纖墮，騃冶〔七〕多態，帝寵愛之特厚。時洛陽進合蔕迎輦花，云得之嵩山塢中，人不知名，採者異而貢之。會帝駕適至，因以「迎輦」名之。花外殷紫，內素膩菲芬，粉蕊心，深紅跗，争兩花。枝幹烘翠，類通草，無刺，葉圓長薄。其香氣穠芬馥，或惹襟袖，移日不散，嗅之令人多不睡〔八〕。帝命寶兒持之，號曰「司花女」。時詔虞世南〔九〕草《征遼指揮德音勑》於帝側，寶兒注視久之。帝謂世南曰：「昔傳飛鷰可掌上舞，朕常謂儒生飾於文字，豈人能若是乎！及今得寶兒，方昭前事。然多憨態。今注目於卿，卿才人，可便嘲之。」世南應詔爲絶句，曰：「學畫鵶黄〔一〇〕半未成，垂肩〔一一〕嚲袖太憨生。緣憨却得君王惜〔一二〕，長把花枝傍輦行。」上大悦。

至汴，帝御龍舟，蕭妃乘鳳舸，錦帆綵纜，窮極侈靡。舟前爲舞臺，臺上垂蔽日簾。簾即蒲澤國所進，以負山蛟睫紉〔一三〕蓮根絲，貫小珠，間睫編成。雖曉日激射，而光不能透。每舟擇妙麗長白女子千人，執雕板鏤金檝，號爲「殿脚女」。一日，帝將登鳳舸，凭殿脚女吴絳仙肩。喜其柔麗，不與群輩齒，愛之甚，久不移步。絳仙善畫長蛾眉。帝色不自禁，回輦召絳仙，將拜婕妤。適值絳仙下嫁爲玉工萬郡〔一四〕妻，故不克諧。帝寢興罷，擢爲龍舟首檝，號曰「崆峒夫人」。由是殿脚女争效爲長蛾眉。司宫吏日給螺子黛五斛，號爲蛾緑〔一五〕。螺子黛出波斯國，每顆直十金。後徵賦不足，雜以銅黛給之，獨絳仙得賜螺黛不絶。帝每倚簾視絳仙，移時不去。顧内謁者云：「古人言『秀色若可飡』，如絳仙，真可療飢矣。」因吟《持檝篇》賜之，曰：「舊曲歌桃葉，新粧豔落梅。將身倚〔一六〕輕檝，知是渡江來。」詔殿脚女千輩唱之。時越溪進耀光綾，綾紋突起，時有光彩。越人乘樵風舟，泛於石帆山下，收野繭繰之。繰絲女夜夢神人告之曰〔一七〕：「禹穴三千年一開。汝所得野繭，即江淹文集中壁魚所化也。絲織爲裳，必有奇文。」織成果符所夢，故進之。帝獨賜司花女洎絳仙，他姬莫預。蕭妃恚妬不懌，由是二姬稍稍不得親幸。帝常醉遊諸宫，偶戲宫婢羅羅者。羅羅畏蕭妃，不敢迎帝，且辭以有程姬之疾，不可薦寢。帝乃嘲之曰：「箇人無賴〔一八〕是横波，黛染隆顱簇小蛾〔一九〕。幸好留儂伴成夢〔二〇〕，不留儂住意如何？」帝自達廣陵，宫中多效吴言，因有「儂」語也。

帝昏湎滋深，往往爲妖祟所惑。嘗游吴公宅雞臺，恍惚間與陳後主相遇，尚唤帝爲「殿下」。後主戴輕紗皂幘，青綽袖，長裾，緑錦純緣，紫紋方平履。舞女數十許，羅侍左右。中一人迥美□〔二一〕，帝屢目之。後主云：「殿下不識此人耶？即麗華也。每憶桃葉山前乘戰艦，與此子北渡。爾時麗華冣恨，方倚臨春閣試東郭㕙紫毫筆，書小砑紅綃，作苔江令『璧月〔二二〕』句。未終，見韓擒虎躍青驄駒，擁萬甲，直來衝人，都不存去就〔二三〕，便至今日。」俄以緑文測海蠡，酌洪粱新醞〔二四〕勸帝。帝飲之甚歡，因請麗華舞《玉樹後庭花》。麗華白〔二五〕後主，辭以抛擲歲久，自井中出來，腰支依拒〔二六〕，無復往時姿態。帝持杯再三索之〔二七〕，乃徐起，終〔二八〕一曲。後主問帝：「蕭妃何如此人？」帝曰：「春蘭秋菊，各一時之秀也。」後主復誦詩十數篇〔二九〕，帝不記之，獨愛《小窗》詩及《寄〔三〇〕侍兒碧玉》詩。《小窗》云：「午醉〔三一〕醒來晚，無人夢自驚。夕陽如有意，偏〔三二〕傍小窗明。」《寄碧玉》云：「離別腸應〔三三〕斷，相思骨合銷。愁魂若飛散，憑仗一相招。」麗華拜求帝一章，帝辭以不能。麗華笑曰：「嘗聞『此處不留儂，會有留儂處』，安可言不能？」帝强爲之操觚，曰：「見面無多事，聞名爾許時。坐來生百媚，實箇好相知。」麗華捧詩，赧然不懌。後主問帝：「龍舟之遊樂乎？始謂殿下致治在堯舜之上，今日復此逸遊。大抵人生各圖快樂，曩時何見罪之深耶？三十六封書，至今使人怏怏不悦。」帝忽悟，叱之云：「何今日尚目我爲殿下，復以往事訊我耶？」隨叱聲怳然〔三四〕不見。

帝幸月觀，煙景清朗。中夜，獨與蕭妃起臨前軒。簾櫳〔三五〕不開，左右方寢。帝凭妃肩，説東宫時事。適有小黄門映薔薇叢調宫婢，衣帶爲薔薇罥結，笑聲吃吃不止。帝望見腰支纖弱，意爲寶兒有私。帝披單衣亟行擒之，乃宫婢雅娘也。迴入寢殿，蕭妃誚笑不知止。帝因曰：「往年私幸妥娘時，情態正如此。此時雖有性命，不復惜矣。後得月賓，被伊作意態不徹。是時儂怜心，不減今日對蕭娘情態。曾效劉孝綽爲《雜憶》詩，常念與妃，妃記之否？」蕭妃承問，即念云：「憶睡時，待來剛不來。卸粧仍索伴，解珮更相催。博山思結夢，沉水未成灰。」又云：「憶起時，投籤初報曉。被惹香黛殘，枕隱金釵裊。笑動上林中，除却司晨鳥。」帝聽之，咨嗟云：「日月遄逝，今來已是幾年事矣。」妃因言：「聞説外方群盜不少，幸帝圖之。」帝曰：「儂家事，一切已託楊素了。人生能幾何？縱有他變，儂終不失作長城公。汝無言外事也。」

帝嘗幸昭明文選樓，車駕未至，先命宮娥數千人昇樓迎侍。微風東來，宮娥衣被風綽，直泊肩〔三六〕項。帝覩之，色荒愈熾。因此乃建迷樓，擇下俚稚女居之，使衣輕羅單裳，倚檻望之，勢若飛舉。又爇名香於四隅，煙氣霏霏，常若朝霧未散，謂爲神仙境不我多也。樓上張四寶帳，帳各異名：一名「散〔三七〕春愁」，二名「醉忘歸〔三八〕」，三名「夜酣香〔三九〕」，四名「延秋月〔四〇〕」。粧奩寢衣，帳各異製。

帝自達廣陵，沉湎失度，每睡，須搖頓四體，或歌吹齊鼓，方就一夢。侍兒韓俊娥〔四一〕，尤得帝意，每寢必召，令振聳支節，然後成寢，别賜名爲「來夢兒」。蕭妃常〔四二〕密訊俊娥曰：「帝體〔四三〕不舒，汝能安之，豈有他媚？」俊娥畏威，進言：「妾從帝自都城來，見帝常在何妥車。車行高下不等，女態自摇，帝就摇怡悦。妾今幸承皇后恩德，侍寢帳下，私效車中之態，以安帝耳，非他媚也。」他日，蕭后誣罪去之，帝不能止。暇日登迷樓，憶之，題東南柱二篇，云：「黯黯愁侵骨，綿綿病欲成。須知潘岳鬢，强半爲多情。」又云：「不信長相憶，絲從鬢裏生。閑來倚樓立，相望幾含情。」殿脚女自至廣陵，悉命備月觀行宫，由是絳仙等亦不得親侍寢殿。有郎將自瓜州宣事迴，進合歡水果一器。帝命小黄門以一雙馳騎賜絳仙，遇馬急摇解。絳仙拜賜私恩，因附紅牋小簡上進，曰：「驛騎傳雙果，君王寵念深。寧〔四四〕知辭帝里，無復合歡心。」帝省章不悦，顧黄門曰：「絳仙如何？何來辭怨之深也？」黄門懼，拜而言曰：「適走馬摇動，及月觀，果已離解，不復連理。」帝意乃〔四五〕解，因言曰：「絳仙不獨貌可觀，詩意深切，乃女相如也，亦何謝左貴嬪乎？」

帝於宫中嘗小會，爲拆字令，取左右離合之意。時杳娘侍側，帝曰：「我取『杳』字爲『十八日』。」時宫婢羅羅侍立〔四六〕，杳娘復解「羅」字爲「四維」。帝顧蕭妃曰：「爾能拆朕字乎？不能，當醉一盃。」妃徐曰：「移左畫居右，豈非『淵』字乎？」時人望多歸唐公，帝聞之不懌，乃言：「吾不知此事，豈爲非聖人耶？」

於是姦蠹起於内，盜賊攻於外。直閣裴虔通、虎賁郎將司馬德戡〔四七〕等，引左右屯衛將軍宇文化及將謀亂，因請放官奴，分直上下。帝可奏，即宣詔云：「門下：寒暑迭用，所以成歲功也；日月代明，所以均勞逸也。故士子有遊息之談，農夫有休勞之節。咨爾髦衆，服役甚勤，執勞無怠，埃壒溢於爪髮，蟣虱結於兜鍪。朕甚憫之，俾爾休番從便。噫戲！無煩方朔滑稽之請，而從衛士遞上之文。朕於侍從之間，可謂恩矣。可依前件事。」是有焚草之變。

右《大業拾遺記》者，上元縣南朝故都，梁建瓦棺寺閣。閣南隅有雙閣〔四八〕閉之，忘記歲月。會昌中詔拆浮圖，因開之，得筍〔四九〕筆千餘頭。中藏書一帙，雖皆隨手靡〔五〇〕潰，而文字可紀者，乃《隋書》遺藁也。中有生白藤紙數幅，題爲《南部煙花録》，僧志徹得之。及焚釋氏群經，僧人惜其香軸，爭取紙尾拆去〔五一〕，視軸，皆有魯郡文忠顔公名，題云「手寫」。是録即前之筍筆，可不〔五二〕舉而知也。志徹因將《隋書》草藁示予〔五三〕，得録前事。及取《隋書》校之，多隱文，特有符會〔五四〕，而事頗簡脱。豈不以國初將相爭以王道輔政，顔公不欲華靡前跡〔五五〕，因而削乎？今堯風已還，德車斯駕，獨惜斯文湮没〔五六〕，不得爲辭人才子談柄，故編云《大業拾遺記》。本文缺落，凡十七八〔五七〕，悉從而補之矣。（據陶湘涉園影刻宋本《百川學海》本《隋遺録》校録）

〔一一〕越王侗　「侗」原作「侑」。按：《隋書·煬帝紀》載：大業二年八月，「封皇孫倓爲燕王，侗爲越王，侑爲代王。」大業十二年七月，「幸江都宮，以越王侗……等總留後事。」當作「越王侗」，今改。《太平御覽》卷七四九引《大業拾遺》亦云「命越王侑留守東都」。此《大業拾遺》乃唐初杜寶《大業雜記》。

〔二〕惜　元末陶宗儀《説郛》卷七八《隋遺録》、明李栻編《歷代小史》卷九《隋遺録》作「措」。《豔異編》卷九《大業拾遺記》、《重編説郛》卷一一〇《大業拾遺記》、舊題明楊循吉《雪窗談異》卷三《隋遺録》、清蟲天子《香豔叢書》三集卷二《大業拾遺記》、《太平御覽》卷七四九引《大業拾遺》作「借」。借，乞求。明詹詹外史《情史類略》卷五《隋帝廣》作「宿」。

〔三〕飛帛　《豔異編》、《重編説郛》、《香豔叢書》、《情史》、《御覽》作「飛白」。魯迅《唐宋傳奇集》校改作「以帛」，誤。按：飛帛，即飛白。唐李綽《尚書故實》：「飛白書始於蔡邕，在鴻門見匠人施堊箒，遂創意焉。」《説郛》卷一〇蜀馬鑑《續事始》：「飛帛書，後漢蔡邕見門吏飛帛，因成字焉。」

〔四〕江都　《説郛》作「江南」，誤。按：江都即今江蘇揚州，非在江南。隋代與江陽縣同爲江都郡治所。大業初改揚州爲江都郡，唐改揚州。

〔五〕存　《説郛》、《御覽》作「留」。

〔六〕御車女　《説郛》、《豔異編》、《重編説郛》、《香豔叢書》作「御女車」，誤。

〔七〕冶　《豔異編》、《重編説郛》、《雪窗談異》、《情史》、《香豔叢書》作「憨」。

〔八〕多不睡　《豔異編》、《重編説郛》、《雪窗談異》、《香豔叢書》作「不多睡」，《情史》作「減睡」。

〔九〕虞世南　《紺珠集》卷五《南部煙花記》、《類説》卷六《南部煙花記》、南宋謝維新《古今合璧事類備要》别集卷二二引《南部煙花記》、施元之《施注蘇詩》卷一九《四時詞》引《南部烟花記》作「虞世基」。按：虞世基乃虞世南兄。世基煬帝時爲内史侍郎，與蘇威、宇文述、裴矩、裴藴等參掌朝政。宇文化及兵變，被殺。世南大業初任祕書郎、起居舍人等，入唐爲弘文館學士等，官終祕書監。見《隋書》卷六七《虞世基傳》，《舊唐書》卷七二、《新唐書》卷一〇二《虞世南傳》。

〔一〇〕鵶黄　《紺珠集》、《類説》、南宋皇都風月主人《緑窗新話》卷下《袁寳兒最多憨態》（出《南部煙花記》）、《施注蘇詩》作「鵶兒」。按：鵶黄即額黄，女子塗額之淺色黄粉。

〔一一〕肩　《説郛》作「眉」。

〔一二〕緣憨却得君王惜　《類説》、《緑窗新話》、《事類備要》「惜」作「意」。《紺珠集》此句作「因憨却得王君寵」（明天順刊本，《四庫全書》本「王君」作「君王」）。

〔一三〕紉　《豔異編》、《重編説郛》、《情史》、《香豔叢書》作「幼」。

〔一四〕郡　《豔異編》、《重編説郛》、《雪窗談異》、《情史》卷六《吴絳仙》、《香豔叢書》作「群」。

〔一五〕蛾緑　《紺珠集》、《施注蘇詩》卷一四《次韻答舒教授觀余所藏墨》引《南部煙花記》、李壁《王荆公詩箋注》卷四六《海棠花》引《南部煙花記》作「蛾緑螺」。

〔一六〕倚　《類説》明嘉靖伯玉翁舊鈔本、《豔異編》、《重編説郛》、《香豔叢書》作「傍」。

〔一七〕曰　此字原無，據《説郛》補。

〔一八〕無賴　《類説》作「無耐」。

〔一九〕蔟小蛾　《類説》、《説郛》、《豔異編》、《重編説郛》、《香豔叢書》作「簇小蛾」，《歷代小史》作「簇小峨」。按：蔟，聚集。小峨，小山。言眉聚春山也。

〔二〇〕成夢　《類説》作「儂睡」，伯玉翁舊鈔本作「成夢」。

〔二一〕□　此闕字《歷代小史》作「女」。

〔二二〕璧月　「璧」原譌作「壁」，據《紺珠集》《四庫》本、《類説》、《説郛》、《豔異編》、《重編説郛》、《雪窗談異》、《香豔叢書》改。按：《陳書》卷七《後主張貴妃傳》：「後主每引賓客，對貴妃等遊宴，則使諸貴人及女學士與狎客共賦新詩，互相贈答，採其尤豔麗者以爲曲詞，被以新聲。選宫女有容色者以千百數，令習而哥之，分部迭進，持以相樂。其曲有《玉樹後庭花》、《臨春樂》等，大指所歸，皆美張貴妃、孔貴嬪之容色也。其略曰：『璧月夜夜滿，瓊樹朝朝新。』」

〔二三〕直來衝人都不存去就　《香豔叢書》作「直來衝入，殊煞風景」，疑爲妄改。

〔二四〕洪梁新醖　「洪」原作「紅」，據《紺珠集》、《類説》改。按：東晉王嘉《拾遺記》卷五：「侍者覺帝（漢武帝）容色愁怨，乃進洪梁之酒，酌以文螺之卮。卮出波祗之國，酒出洪梁之縣。此屬右扶風，至哀帝廢此邑。」

〔二五〕白　《歷代小史》作「目」。

〔二六〕依拒　《豔異編》、《重編説郛》、《雪窗談異》、《香豔叢書》作「依巨」，《説郛》作「裊娜」。按：依拒，依靠與抵拒。《册府元龜》卷一六六：「黨項竊據山河，罔稟除移，唯謀依拒。」引申爲肢體之進退舉止。

〔二七〕帝持杯再三索之　「持杯」二字原無，據《紺珠集》補。「索」《紺珠集》、《類説》作「請」。

〔二八〕終　《紺珠集》、《類説》作「就」。

〔二九〕復誦詩十數篇　「誦」字原無，據《豔異編》、《重編説郛》、《雪窗談異》、《香豔叢書》補。《類説》作「誦詩數十篇」，無「復」字。

〔三〇〕寄　《紺珠集》作「依」。

〔三一〕醉　《類説》伯玉翁舊鈔本作「睡」。

〔三二〕偏　《紺珠集》作「故」。

〔三三〕應　《説郛》作「猶」。

〔三四〕悦然　《説郛》、《豔異編》、《重編説郛》、《香豔叢書》作「恍然」，意同。

〔三五〕櫳　《説郛》作「掩」，《歷代小史》作「門」。

〔三六〕肩　《説郛》作「眉」。

〔三七〕散　《類説》作「歌」。

〔三八〕醉忘歸　《類説》作「忘醉歸」。

〔三九〕夜酣香　《紺珠集》作「夜合香」，《類説》作「夜含□」，《四庫》本闕字爲「風」。

〔四〇〕延秋月　《紺珠集》作「迎秋月」。

〔四一〕韓俊娥　《紺珠集》、南宋葉廷珪《海録碎事》卷一〇下引《南部煙花記》作「韓俊兒」。

〔四二〕常　《説郛》作「嘗」。「常」通「嘗」。

〔四三〕體　《唐宋傳奇集》作「常」。

〔四四〕寧　《情史》作「争」。争，怎。

〔四五〕乃　原作「不」，據《四庫》本《重編説郛》改。

〔四六〕時宫婢羅羅侍立　此句原無，據《類説》伯玉翁舊鈔本、南宋委心子《新編分門古今類事卷一三引《南部煙花記》補。《類説》天啓刊本無「立」字。南宋祝穆《古今事文類聚》別集卷六引《南部煙花記》作「宫婢羅羅侍立」。

〔四七〕司馬德戡　「戡」原譌作「勤」，今改。按：司馬德戡大業末從煬帝至江都，統領左右備身驍果萬人，屯於城内。大業十四年（六一八）三月，率驍果兵謀反。殺死煬帝後，北返至徐州，謀襲宇文化及，反被對方所殺。事見《隋書》卷八五、《北史》卷七九本傳。

〔四八〕閤　南宋周南《山房集》卷五《題跋·南部烟花録又題》引作「籠」。按：籠，箱籠。

〔四九〕筍　原作「苟」，據《山房集》、《豔異編》、《重編説郛》、《雪窗談異》、《香豔叢書》及北宋贊寧《筍譜》、無名氏《五色線集》卷下引《大業拾遺後序》、孔傳《後六帖》卷一四引《大業拾遺後序》、晁公武《郡齋讀書志》卷六改，下同。

〔五〇〕靡　《山房集》作「飛」。

〔五一〕争取紙尾拆去　《山房集》作「争取之，拆去紙筆」。

〔五二〕不　《山房集》無此字。

〔五三〕因將隋書草藁示予　此八字原脱，據《山房集》補。

〔五四〕多隱文特有符會　《山房集》作「多隱不文，時有符會」。

〔五五〕顔公不欲華靡前跡　《山房集》「顔公」前有「黄門」二字。按：顔師古未曾爲黄門侍郎，而爲中書侍郎。其祖之推乃北齊黄門侍郎。見《舊唐書》卷七三、《新唐書》卷一九八本傳。《山房集》「華」作「筆」。

〔五六〕斯文湮没　《山房集》作「兹事堙没」。

〔五七〕本文缺落凡十七八　《山房集》作「本字缺十六七」。

按：《大業拾遺記》又稱《隋遺録》、《大業拾遺》、《大業拾遺録》、《隋朝遺事》、《南部煙花記》、《南部煙花録》。始著録於《崇文總目》雜史類，題《大業拾遺》，顔師古撰。尤袤《遂初堂書目》雜史類作《大業拾遺記》，小説類又有《南部煙花録》。鄭樵《通志·藝文略》雜史類著録《大業拾遺》一卷，注唐杜寶撰，此乃杜寶《大業雜記》；又著録《大業拾遺録》一卷，注：「記煬帝幸江都。」晁公武《郡齋讀書志》卷六雜史類著録《南部煙花録》一卷，云：「右唐顔師古撰。載隋煬帝宫中秘事。僧志徹得之瓦官閣笥筆中。一名《大業拾遺記》。」《宋史·藝文志》傳記類、小説類分别有顔師古《大業拾遺》一卷、顔師古《隋遺録》一卷。

今存之本，始載於南宋咸淳中左圭輯刊《百川學海》，題《隋遺録》，二卷，唐顔師古撰。卷上止於「怳然不見」，「帝幸月觀」以下爲卷下，末附作者跋。元末陶宗儀《説郛》卷七八亦收，題同，下注「二卷全抄」，署唐顔師古。正文未分卷，只分作兩大段。跋删去。明李栻輯刊《歷代小史》卷九同《説郛》，署顔師古撰，分兩段，無跋。《豔異編》卷九、《重編説郛》卷一一〇、《香豔叢書》三集亦收，皆題《大業拾遺記》，分二段，有跋，除《豔異編》依例不著撰人外皆題唐顔師古。舊題明楊循吉《雪窗談異》亦同，然題作《隋遺録》。《紺珠集》卷五、《類説》卷六均有摘録，題《南部煙花記》。《紺珠集》署名煬帝，摘十條，皆見今本。《類説》嘉靖伯玉翁舊鈔本題注：「又名《大業拾遺記》，顔師古，以舊《南部烟花記》重集。」摘録十二條，前八條見今本，後四條《金虀玉膾》、《閃電窗》、《文章總集》、《分盃法》，前三事皆同《太平廣記》卷二三四、卷二二六、卷七六所引《大業拾遺》，乃杜寶《大業雜記》之異稱。《類説》卷四摘録《大業雜記》六條，此四條當爲錯簡，誤置此處。

明清書目多有此書著録，見明《文淵閣書目》宙字號第二廚、高儒《百川書志》傳記類、晁瑮《寶文堂書目》子雜類、徐𤊹《紅雨樓書目》小説類、陳第《世善堂藏書目録》史類稗史并雜記、清孫從添《上善堂宋元板精鈔舊鈔書目》、《四庫全書總目》小説家類存目、孫星衍《孫氏祠堂書目》内篇説部、陳揆《稽瑞樓書目》、陸心源《皕宋樓藏書志》小説類等，書名作《南部煙花録》、《隋遺録》、《大業拾遺》、《大業拾遺記》，或一卷或二卷不等，多題撰人爲顔師古，要皆據流傳本著録。

本篇稱名頗多，可歸爲三種：《大業拾遺記》、《南部煙花録》與《隋遺録》。據跋，舊藁原稱《南部煙花録》，作者改題《大業拾遺記》，是則《大業拾遺記》乃其正名。《隋遺録》等皆爲宋人改稱或省稱。宋計有功《唐詩紀事》卷四《虞世南》引顔師古《隋朝遺事》，乃又出一名。原書或分二卷，或分二大段，今合爲一篇，細分小段若干。

據跋文，會昌中詔拆浮圖，在上元瓦棺寺一雙閣中得顔真卿手寫《隋書》遺藁。中又有《南部煙花録》數紙，「文本缺落，凡十七八」，作者加以補充整理，編成《大業拾遺記》。顔真卿五世從祖顔師古曾與魏徵等撰《隋書》（見《舊唐書》卷七三《令狐德棻傳》、卷一八九上《敬播傳》），此記出自《隋書》遺藁中，似暗示亦爲顔師古撰，故而宋人將此記屬之師古，而宋以降論者紛紛辨其僞，如云記中陳叔寶詩「夕陽如有意，偏傍小窗明」乃唐人方棫（一作域）詩（見宋阮閲《詩話總龜》前集卷二引《詩史》、姚寬《西溪叢語》卷下、王明清《揮麈録餘話》卷一）。又煬帝月觀與蕭后夜話，有「儂家事一切已託楊素了」之語，是時素死久矣，師古豈疏謬至此（見《四庫全書總目提要》卷一四三）。再者，李白《黄鶴樓送孟浩然之廣陵》有「煙花三月下揚州」句，而杜甫《清明》「秦城樓閣煙花裏」亦用「煙花」二字，且寓興亡之慨，《南部煙花録》之名或與此有關。記中又謂「倚臨春閣試東郭㕙紫毫筆」，乃本韓愈《毛穎傳》。然則若確有瓦棺寺得遺藁事，作者所言不誣，那麽殘藁《南部煙花録》斷非爲師古所作，它只存於師古《隋書》遺藁中而已。作者稱今本乃重編之本，考唐初杜寶曾撰《大業雜記》十卷（《新唐書·藝文志》雜史類著録），北宋晁載之《續談助》卷四、《紺珠集》卷八、《類説》卷四、《説郛》卷五七等均有摘録（按：《紺珠集》明天順刻本譌作《大鄴雜記》），《太平廣記》、《太平御覽》、《資治通鑑考異》等亦有徵引，《廣記》、《御覽》引作《大業拾遺》、《大業拾遺記》、《拾遺記》、《大業拾遺録》、《隋大業拾遺》、《隋大業記》、《大業記》等，均爲《大業雜記》之别稱。《御覽》卷七四九引《大業拾遺》曰：「大業年，煬帝將幸江都，命越王侗留守東都，宫女半不隨駕，争泣留帝，攀車借别，指血染鞅。帝不迴，因飛白題二十字，留賜宫妓，云：『我夢江都好，征遼亦偶然。但留顔色在，離别只今年。』」與本篇全合，則曾取資《大業雜記》。杜寶尚撰有《大業幸江都記》十二卷，見王明清《揮麈録餘話》卷一、《揮麈後録》卷七有引，或亦爲本書所採。無名氏跋詞意閃爍，頗疑所謂《隋書》遺藁、《南部煙花録》云云或係子虛烏有，故弄狡獪，以求徵信耳。北宋秦醇作《趙飛燕别傳》，即假託據同里李生家所見「古文」《趙后别傳》「補正編次」而成。稗家手段，固有此技，不足怪也。跋文言及會昌滅佛，又稱「今堯風已還，德車斯駕」，乃指被史家譽爲「英主」、「明君」（《舊唐書》卷一八下《宣宗紀贊》）之宣宗，則是記作於宣宗大中間（八四七—八五九）也。

唐五代傳奇集第三編卷二十

馮俊

皇甫氏 撰

皇甫氏，名不詳，號洞庭子。武宗、宣宗時人。（據《原化記》）

貞元〔一〕初，廣陵人馮俊，以傭工〔二〕資生。多力而愚直，故易售。常遇一道士，於市買藥，置一囊，重百餘斤，募能獨負者，當倍酬其直。俊乃請行，至六合，約酬一千文，至彼取資。俊乃歸告其妻，而後從之。道士云：「從我行，不必直至六合。今欲從水路往彼，得舟且隨我舟行，亦不減汝直。」俊從之，遂入小舟。舟人〔三〕與俊并道士共載，出江口數里，道士曰：「無風，上水不可至，吾施小術。」令二人皆伏舟中，道士獨在船上，引帆持檝。二〔四〕人在舟中，聞風浪聲，度其船如在空中，懼不敢動。數食頃，遂令開船，召出，至一處，平湖渺然，前對山嶺重疊〔五〕。舟人久之方悟，乃是南湖廬山下星子灣也。道士上岸，令俊負藥，船人即付船價。舟人敬懼不受，道士曰：「知汝是潯陽人，要當時至，以此便相假，豈爲辭耶？」舟人遂拜〔六〕，受之而去，實江州人也。

遂引俊負藥，於亂石間，行五六里。將至山下，有一大石方數丈，道士以小石扣之數十下，大石分爲二。有一童出於石間，喜曰：「尊師歸也。」道士遂引俊入石穴。初甚峻，下十丈餘，旁行漸寬平。入數十步，其中洞明，有大石堂，道士數十，奕棊戲笑，見道士皆曰：「何晚也？」敕俊捨藥，命左右速遣來人〔七〕歸。前道士命左右曰：「擔人甚飢，與之飯食。」遂於瓷甌盛胡麻飯，與之食。又與一碗漿，甘滑如乳，不知何物也。道士遂送俊出，謂曰：「勞汝遠來，少有遺汝。」授與錢一千文，令繫腰下，至家解觀之，自當有異耳。又問家有幾口，云妻兒五口。授以丹藥，可百餘粒，曰：「日食一粒，可百日不食。」俊辭曰：「此歸路遠，何由可知？」道士曰：「與汝圖之。」遂引行亂石間，見一石，卧如虎狀，令俊騎上，以物蒙石頭，俊執其末，如執轡焉。誡令閉目，候足著地即開。俊如言騎石，道士以鞭鞭石，遂覺此石舉在空中而飛。時已向晚，如炊久，覺足蹋地，開目，已在廣陵郭門矣。人家方始舉燭，比至舍，妻兒猶驚其速。遂解腰下，皆金錢也。

自此不復爲人傭工，廣置田園，爲富民焉。里人皆疑爲盜也，後他處有盜發，里人意俊同之，遂縶以詣府。時節使杜公亞，重藥術，好奇說，聞俊言，遂命取其金丹。丹至亞手，如墜地焉而失之。兼言郭外所乘之石猶在，遂捨之。亞由是精意於道，頗好燒煉，竟無所成。俊後壽終，子孫至富〔八〕焉。（據中華書局版汪紹楹點校本《太平廣記》卷二一三引《原仙記》校録，明鈔本作《原化記》）

〔一〕貞元　前原有「唐」字，乃《廣記》編纂者所加，今删。
〔二〕傭工　明沈與文野竹齋鈔本、南宋陳葆光《三洞群仙録》卷九引《原化記》作「傭賃」。
〔三〕舟人　此二字原無，據《廣記》《四庫全書》本補。
〔四〕二　清孫潛校本作「三」。
〔五〕重疊　《群仙録》作「疊秀」。
〔六〕拜　孫校本作「拜手」。
〔七〕來人　明鈔本作「他客」。
〔八〕至富　明鈔本、孫校本作「亦致富」，張國風《太平廣記會校》據改。按：至，通「致」。

按：南宋初祕書省編《祕書省續編到四庫闕書目》小説類著録皇甫氏撰《原化記》三卷，鄭樵《通志·藝文略》小説類作《原化紀》一卷，撰名同。原書不傳，《太平廣記》引六十餘條，或譌作《原仙記》，亦有誤注出處者。朱勝非《紺珠集》卷七節録六條，明天順刊本無撰名，《四庫全書》本題皇甫氏。曾慥《類説》卷七取此六條，復增三條，天啓刊本不著撰人，明嘉靖伯玉翁舊鈔本卷八乃題皇甫氏。佚文可確定六十二條。《重編説郛》卷一一三輯三條(題皇甫氏),此本又收入《古今説部叢書》二集。吴曾祺《舊小説》乙集自《廣記》輯皇甫氏《原化記》二十三則及闕名《原仙記》三則,不辨之過也。本書所記皆開元以下事,其《光禄屠者》(《廣記》四三四)事在太和中,《劉無名》(《類説》卷七、《廣記》卷四一)採自劉無名開成二年(八三七)所作傳,《胡蘆生》中李藩事採自大中元年(八四七)盧肇《逸史》,疑成書當在大中年間。

本篇談愷刻本注作《原仙記》,明鈔本作《原化記》,《三洞群仙録》卷九亦引《原化記》,「化」之爲「仙」,形譌也。

採藥民

皇甫氏 撰

高宗顯慶〔一〕中,有蜀郡青城民,不得姓名。嘗採藥於青城山下,遇一大薯藥〔二〕,斸之,深數丈,其根漸大如甕。此人斸之不已,漸深五六丈,而地陷不止。至十丈餘,此人墮中,無由而出,仰視穴口,大如星焉。分必死矣,忽旁見一穴,既入,稍大,漸漸匍匐,可數十步,前視如有明狀。尋之而行,一里餘,此穴漸高,纔容行立〔三〕。可一〔四〕里許,乃出一洞口,洞上〔五〕有水,闊數十步。岸上見有數十人家村落,桑柘花柳〔六〕,草木如二三月中。有人男女,衣服不似今人,耕夫釣童,往往相遇。一人驚問得來之由,遂告所以,乃將小舠子〔七〕渡之。民告之曰：「不食已經三日矣。」遂食以胡麻飯、柏子湯、諸葅。止可數日，此民覺身漸輕。問其主人：「此是何所？」兼求還蜀之路，其人〔八〕相與笑曰：「汝世人，不知此仙境。汝得至此，當是合有仙分。可且留此，吾當引汝謁玉皇。」又其中相呼云：「明日上巳也，可往朝謁。」遂將此人往。

其民〔九〕或乘雲氣，或駕龍鶴，此人亦在雲中徒步。須臾至一城，皆金玉爲飾，其中宫闕，皆是金寶。諸人皆以次入謁，獨留此人於宫門外。門側有一大牛，赤色，形狀甚異，閉目吐涎沫。主人令此民禮拜其牛，求乞仙道，如牛吐寶物，即便吞之。此民如言拜乞，少頃，此牛吐一赤珠，大踰〔一〇〕徑寸。民方欲捧接〔一一〕，忽有一赤衣童子，拾〔一二〕之而去。民再求，得青珠，又爲青衣童子所取〔一三〕。頃之〔一四〕，又有黄者、白者，皆有童子奪之。民遂急以手捧牛口，須臾得黑珠，遽自吞之。黑衣童子至，無所見而空去〔一五〕。主人遂引謁玉皇，玉皇居殿，如王者之像。侍者七人，冠劍〔一六〕列左右，玉女數百，侍衛殿庭。奇異花果，馨香非世所有。玉皇遂問民，具以實對。而民貪顧左右玉女，玉皇曰：「汝既悦此侍衛之美乎？」民俯伏請罪，玉皇曰：「汝但勤心妙道，自有此等。但汝修行未到，須有功用，不可輕致。」敕左右，以玉盤盛仙果，其果紺赤，絶大如拳，狀若世之林檎，而芳香無比。以示民曰：「恣汝以手捧之，所得之數，即侍女之數也〔一七〕。」自度盡拱可得十餘，遂以手捧之，唯得三枚而已。玉皇曰：「此汝分也。」初至未有位次，且令前主人領往彼處，敕令三女充侍，別給一屋居之，令諸道侶，導以修行。此人遂却至前處，諸道流傳授真經，服藥用〔一八〕氣，洗滌塵念，而三侍女亦授以道術。後數朝謁，每見玉皇，必勉其至意。

其地草木，常如三月中，無榮落寒暑之變。度如人間可一歲餘，民自謂仙道已成，忽中夜而歎。左右問，曰：「吾今雖得道，本偶來此耳。來時妻產一女，纔經數日，家貧，不知復如何，思往一省之。」玉女曰：「君離世已久，妻子等已當亡〔一九〕，豈可復尋？蓋爲塵念未祛，至此誤想〔二〇〕。」民曰：「今可〔二一〕一歲矣，妻亦當無恙，要明其事耳。」玉女遂以告諸鄰，諸鄰共嗟嘆之。復白玉皇，玉皇命遣歸，諸仙等于水上作歌樂飲饌以送之。其三玉女又與之〔二二〕別，各遺以黃金一鋌，曰：「恐至人世，歸求無得，以此爲費耳。」中女曰：「君至彼，倘無所見，思歸，吾有藥在金鋌中，取而吞之，可以歸矣。」小女謂曰：「恐君爲塵念侵，不復有仙，金中有藥，恐不固〔二三〕耳。吾知君家已無處尋，唯舍東一擣練石尚在，吾已將藥置石下，如金中無，但取此服可矣。」言訖，見一群鴻鵠，天際飛過，衆謂民曰：「汝見此否？但從之而去。」衆捧民舉之，民亦騰身而上，便至鵠群，鵠亦不相驚擾，與飛空。回顧，猶見岸上人揮手相送，可百來人〔二四〕。

乃至一城中，人物甚衆，問其地，乃臨海縣也，去蜀已甚遠矣。遂鬻其金爲資糧，經歲乃至蜀，時開元末年。問其家，無人知者。有一人，年九十餘，云：「吾祖父往年因採藥，不知所之，至今九十年矣。」乃民之孫也，相持而泣，云姑叔父〔二五〕皆已亡矣，時所生女適人身死，其孫已年五十餘矣。相尋故居，皆爲瓦礫荒榛，唯故碪尚在。民乃毀金求藥，將吞之，忽失藥所在。遂舉石，得一玉合，有金丹在焉。即吞之，而心中明了，却記去路。

此民雖仙洞得道，而本庸人，都不能詳問其事。時羅天師在蜀，見民説其去處，乃云是第五洞寶仙九室〔二六〕之天，玉皇即天皇也，大牛乃驪龍〔二七〕也。所吐珠，赤者，吞之壽與天地齊，青者五萬歲，黄者三萬歲，白者一萬歲，黑者五千歲。此民吞黑者，雖不能學道，但於人世上亦得五千歲耳。玉皇前立七人，北斗七星也。民得藥，服却入山，不知所之，蓋去歸洞天矣。（據中華書局版汪紹楹點校本《太平廣記》卷二五引《原仙記》校録，明鈔本、朝鮮成任編《太平廣記詳節》卷三作《原化記》）

〔一〕高宗顯慶　前原有「唐」字，「唐」或「唐高宗」當爲《廣記》編纂者所加，今删「唐」字。

〔二〕大薯藥　《廣記詳節》、朝鮮成任編《太平通載》卷八引《太平廣記》「薯」作「茅」。元趙道一《歷世真仙體道通鑑》卷四三《採藥民》作「藷藥」。按：薯藥即薯蕷，多年生纏繞藤本。地下有圓柱形肉質塊莖，可食用，亦可入藥。也稱山藥。南宋趙彦衛《雲麓漫鈔》卷九：「《本草》有薯蕷，避唐代宗諱，改云薯藥，避英宗諱，又改爲山藥。」

〔三〕纔容行立　原作「繞穴行」，據孫校本、《廣記詳節》、《太平通載》、《真仙通鑑》改。
〔四〕一　《廣記詳節》、《太平通載》、《真仙通鑑》作「二」。
〔五〕上　《廣記詳節》、《太平通載》作「口」。
〔六〕柳　原作「物」，據《廣記詳節》、《太平通載》、《真仙通鑑》改。
〔七〕小舠子　孫校本、明曹學佺《蜀中廣記》卷七三引《原化記》「舠」作「船」，《真仙通鑑》作「艇」。《廣記詳節》、《太平通載》作「小艇船子」。
〔八〕其人　《真仙通鑑》作「主人」。
〔九〕其民　孫校本作「其人」，《真仙通鑑》作「諸人」。
〔一〇〕蹁　《真仙通鑑》作「圍」。
〔一一〕欲捧接　孫校本、《廣記詳節》、《太平通載》「欲」作「能」。《真仙通鑑》作「能起身」。
〔一二〕拾　孫校本、清陳鱣校本、《廣記詳節》、《太平通載》、《蜀中廣記》作「拱」，明鈔本作「收」。
〔一三〕取　明鈔本、孫校本、陳校本作「收」，《會校》據改。《真仙通鑑》、《蜀中廣記》亦作「收」。
〔一四〕頃之　此二字原無，據《真仙通鑑》補。
〔一五〕無所見而空去　《真仙通鑑》作「無所見珠，止民一人」。
〔一六〕冠劍　《真仙通鑑》作「分布」。
〔一七〕「其果紺赤」至「即侍女之數也」　談愷刻本原作：「示民曰：恣汝以手拱之，所得之數也。其果紺赤，絶大如拳，狀若世之林檎，而芳香無比。自手拱之，所得之數，即侍女之數也。」文句錯亂。孫校本作：「即侍女之數也。其果紺赤，絶大如拳，狀若世之林檎，而芳香無比。」亦有脱文。《會校》據改。《廣記詳節》、《太平通載》作：「亦視民曰：恣汝以手拱之，所得之數也。其果紺赤，絶大如拳，狀若世之林檎，而芳香無比。自手拱之，所得之數，即侍女之數也。」《蜀中廣記》作：「視民曰：恣汝以手拱之，所得之數，即侍女之數也。其果紺赤色，大如拳，狀若世之林檎，而芳香無比。」汪校本據明鈔本改，今從。

〔一八〕用　《四庫全書》本作「引」。

〔一九〕亡　明鈔本、孫校本、《蜀中廣記》作「亡殘」，《廣記詳節》、《太平通載》作「亡歿」，「殘」當爲「歿」字之譌。

〔二〇〕至此誤想　「至」明鈔本、陳校本、《蜀中廣記》作「致」。「想」明鈔本、陳校本、《廣記詳節》、《太平通載》、《蜀中廣記》作「妄」。

〔二一〕今可　明鈔本、孫校本、《廣記詳節》、《太平通載》作「我當」，《蜀中廣記》作「我來」。

〔二二〕之　《廣記詳節》、《太平通載》作「諸仙」，誤。

〔二三〕不固　「不」原譌作「有」，據明鈔本、陳校本、《廣記詳節》、《太平通載》、《蜀中廣記》改。《蜀中廣記》作「不復」。《四庫》本妄改作「有失」。

〔二四〕百來人　《廣記詳節》、《太平通載》「來」作「餘」。《真仙通鑑》作「百里來許」。

〔二五〕叔父　《真仙通鑑》作「翁」。按：翁指父。

〔二六〕室　《廣記詳節》、《太平通載》作「寶」。

〔二七〕驪龍　「驪」原作「馱」，據《廣記詳節》、《太平通載》、《真仙通鑑》改。按：《莊子・列御寇》：「夫千金之珠，必在九重之淵而驪龍頷下。」明鈔本、孫校本作「騾」，亦謡。

按：明吴大震《廣豔異編》卷五自《廣記》輯入，改題《九室洞天志》。

裴氏子

皇甫氏　撰

開元〔一〕中，長安裴氏子，於延平門外莊居〔二〕。兄弟三人未仕，以孝義聞，雖貧，好施惠〔三〕。常有一老父，過之求漿，衣服顔色稍異，裴子待〔四〕之甚謹。問其所事，云：「以賣藥爲業。」問其族，曰：「不必言也。」因是往來，憩宿於裴子〔五〕舍，積數年而無倦色。一日，謂裴曰：「觀君兄弟至窶，而常能恭己〔六〕，不倦於客。君實長者，積德如是，必有大福。吾亦厚君之惠，今爲君致少財物，以備數年之儲〔七〕。」裴敬謝之。老父遂命求炭數斤，坎地爲鑪，熾火〔八〕。少頃，命取小磚瓦如手指大者數枚，燒之，少頃皆赤。懷中取少藥投之，乃生紫煙，食頃變爲金矣，約重百兩〔九〕，以授裴子。謂裴曰：「此價倍於常者，度君家事三年之蓄矣。吾自此去，候〔一〇〕君家罄盡，當復來耳。」裴氏兄弟益敬老父〔一一〕，拜之，因問其居，曰：「後當相示焉。」訣別而去。裴氏乃貨其金而積糧，明年遇水旱，獨免其災。

後三年，老父復至，又燒金以遺之。裴氏兄弟一人願從學，老父遂將西去。數里，至太〔一二〕白山西巖下，一〔一三〕大盤石，左有〔一四〕石壁。老父以杖叩之，須臾開，乃一洞天〔一五〕，有〔一六〕黄冠及小童迎接。老父引裴生入洞，初覺暗黑，漸即明朗，乃見城郭人物。內有宫闕堂殿，如世之寺觀焉。道士玉童仙女無數，相迎入，盛歌樂，諸道士或琴碁諷誦言論。老父引裴氏禮謁，謂諸人曰：「此〔一七〕城中主人也。」遂留一宿，食以胡麻飯、麟〔一八〕脯、仙酒。裴告歸，相與訣別，老父復送出洞，遺以金寶遺之，謂裴曰：「君今未合久住，且歸。後二十年，天下當亂。此是太白左掩洞，君至此時，可還來此，吾當迎接。」裴子拜別。

比至安史亂，裴氏全家西〔一九〕去，隱於洞中數年。居處仙境，咸受道術。亂定復出，兄弟數人，皆至大官，一家良賤，亦蒙〔一八〕壽考焉。（據中華書局版汪紹楹點校本《太平廣記》卷三四引《原化記》校録）

〔一〕開元　前原有「唐」字，今刪。

〔二〕莊居　明鈔本、孫校本、明仁孝皇后徐氏《勸善書》卷一一作「有莊」。

〔三〕好施惠　《勸善書》下有「務行陰德」四字。

〔四〕待　孫校本作「侍」。

〔五〕子　此字原無，據孫校本、《勸善書》補。

〔六〕恭己　《勸善書》作「恭謹」。按：恭己，恭謹以律己。《論語·衛靈公》：「無爲而治者，其舜也與？夫何爲哉？恭己正南面而已矣。」

〔七〕儲　《勸善書》作「用」。

〔八〕熾火　《勸善書》作「煽之」。

〔九〕重百兩　孫校本作「十餘斤」。

〔一〇〕候　孫校本、《勸善書》作「後」，連上讀。

〔一一〕老父　明鈔本、孫校本作「再」，連下讀。《會校》補「再」字。

〔一二〕太　原作「大」，據孫校本、《四庫》本、《勸善書》改。按：下文作「太」。

〔一三〕一　《勸善書》作「有」。

〔一四〕有　明鈔本、孫校本作「以」，《勸善書》作「倚」。

〔一五〕天　《勸善書》作「門」。

〔一六〕有　明鈔本、孫校本作「内」。

〔一七〕此　孫校本下有「人」字。

〔一八〕鱗　明鈔本、孫校本作「鱗」，誤。

〔一九〕西　原作「而」，據《勸善書》改。按：前文云「老父遂將西去」。長安延平門乃西門三門之最南門，太白山在長安西南。《元和郡縣圖志》卷二《關内道二・鳳翔府・郿縣》：「太白山，在縣東南五十里。」郿縣，今陝西眉縣。《勸善書》刊於永樂五年，其所據《太平廣記》當爲宋元舊本。

〔一八〕蒙　《勸善書》作「皆」。

拓跋大郎

皇甫氏　撰

天寶中，有扶風令者，家本權貴，恃勢輕物，賓客寒素者無因趨謁〔一〕，由是謗議盈路。時主簿李、尉裴者，好賓客。裴頗好道，亦常隱於名山，又好施與，時亦補令之闕。常因暇日，會宴邑中，客皆通貴，裴尉疾不赴。賓客方集，忽有一客，廣顙，長七尺餘，策杖攜帽，神色高古，謂謁者曰：「拓跋大郎要見府君。」謁者曰：「長官方食，不可通謁，請俟罷宴。」客怒曰：「是何小子，輒爾拒客！吾將自入。」謁者〔二〕懼，走以白令，令不得已，命〔三〕邀之昇階。令意不悦，而客亦不平。既而宴會，率不謙讓，及終宴，皆不樂。客不揖去，令亦長揖而已。客色怒甚，流言而出。時李主簿疑爲異人，李歸，召裴尉而告之云：「宴不樂，爲此客耳。觀其狀，恐是俠者，懼且爲害，吾當召而謝之。」遂與裴共俟，命吏邀客，客亦不讓而至。

時已向夜，李見甚敬，裴尉見之，忽趨避他室。李揖客坐定，復起問裴，裴色兢懼〔四〕甚，謂李曰：「此果異人，是峨嵋山人，道術至高者。曾師事數年，中路捨之而逃，今懼不可見。」李子因先爲裴請〔五〕，裴即衣公服趨入，鞠躬載〔六〕拜而謝罪。客顧之良久，李又爲言，方命坐。言議皆不相及，裴益敬肅，而李益〔七〕加敬焉。客〔八〕言令之過，李爲辭謝再三。仍宿於李廳，李夙夜省問，已失所在，而門户扃閉如故，益以奇之。

比旦，吏人奔走報云，令忽中惡，氣將絶而心微暖。諸寮相與省之，至食時而蘇。令乃召李主簿入見，叩頭謝之曰：「賴君免死耳。」李問故，云：「昨晚客，蓋是神人〔九〕。吾昨夜〔一〇〕被録去，見拓跋據胡牀坐，責吾之不接賓客，遂命折桑條鞭之，杖雖小而痛甚。吾無辭謝之，約鞭至數百，乃云：『賴主簿言之，不然死矣。』勑左右送歸，方得蘇耳。」舉示杖痕猶在也〔一一〕。命駕往縣北尋之，行三十里，果見大桑林，下有人馬跡甚多，地有折桑條十餘莖，血猶在地焉。令自是知懼，而拓跋從此不知所之，蓋神仙也。（據中華書局版汪紹楹點校本《太平廣記》卷三六引《原化記》校録）

〔一〕賓客寒素者無因趨謁　明鈔本作「賓客裴頗無趣謁」，孫校本「寒素者」亦作「裴頗」，誤。
〔二〕謁者　明鈔本、孫校本作「門人」，《會校》據改，上一「謁者」亦徑改作「門人」。按：謁者即門人。《漢語大辭典》：「古時亦用以泛指傳達、通報的奴僕。《文物》一九七六年第十期：『簡五：謁者二人。簡文所説的謁者，不是職官的專名，是泛指一般傳達、通報的奴僕。據鳳凰山其他墓葬遣策的記載，謁者的身份爲「大奴」。』」
〔三〕命　明鈔本、孫校本作「見」。
〔四〕兢懼　「兢」明鈔本、孫校本作「敬」，《會校》據改。按：兢，戰慄、恐懼。「兢懼」爲同義複合詞。
〔五〕先爲裴請　明鈔本、孫校本作「先與裴言」。
〔六〕載　明鈔本、孫校本作「再」。
〔七〕益　孫校本作「亦」。
〔八〕客　原作「兼」，據孫校本、《永樂大典》卷七三二八引《太平廣記》改。
〔九〕人　《大典》作「仙」。
〔一〇〕夜　此字原無，據《大典》補。
〔一一〕也　孫校本作「即」，屬下讀。

薛尊師

皇甫氏 撰

薛尊師者，家世榮顯。則天末，兄弟數人，皆至二千石。身爲陽翟令，而數年間，兄弟淪喪都盡，遂精心歸道，棄官入山，妻兒悉棄。召同志者，唯有邑小胥唐臣，願從之。杖策負囊，往嵩山口。忽遇一人，自山而出，自云求道之人，姓陳，云知近有仙境。薛遂求問其路，陳曰：「吾有小〔一〕事詣都，約三日而迴，迴當奉導，君且於此相待。」薛與唐子止於路〔二〕口，陳至期而至。陳曰：「但止於此，吾當入山求之，知所詣，即來相報。」期以五日。既而過期，十日不至，薛曰：「陳生豈相紿乎？吾當自往。」遂緣磴入谷三四十里，忽於路側見一死人，虎食其半，乃陳山人也。唐子謂尊師曰：「本入山爲求長生，今反爲虎狼之飡。陳山人尚如此，我獨何人。不如歸人世，以終天年耳。」尊師曰：「吾聞嵩岳本靈仙之地，豈爲此害，蓋陳山人所以激吾志也。汝歸，吾當終至。必也不幸而死，終無恨焉。」言訖直往，唐亦決意從之。夜即宿於石巖之下，晝則緣磴而行。

數日，忽見一巖下，長松數百株，中有道士六人，如修藥之狀。薛遂頂禮求諸，道士曰：「吾雖至此，自服藥耳，亦無術可以授君。」俄覩一禪室中，有一老僧，又禮拜求問，僧亦無言。忽於僧床下，見藤蔓緣壁出户，僧指蔓視薛，遂尋蔓出户。其蔓傍巖壁不絶，經兩日猶未盡。忽至流泉，石室中有道士數人，圍棋飲酒，其陳山人亦在，笑謂薛曰：「何忽而至？子之志可教也。」遂指授道要。亦見俗人於此伐薪採藥不絶，問其所，云終南山紫閣峰下，去長安城七十里。

尊師道成後入京，居於昊天觀，玄風益振。時玄宗〔三〕皇帝奉道，數召入内禮謁。開元末，時已百餘歲，忽告門人曰：「天帝召我爲八威觀主。」無病而坐亡，顔色不變。遂於本院中造塔，不塞塔户，每至夜，輒召弟子唐君，告以修行之術。後以俗人禮謁煩雜，遂敕塞其塔户。唐君後亦〔四〕爲國師焉。（據中華書局版汪紹楹點校本《太平廣記》卷四一引《原化記》校録）

〔一〕小　明鈔本、孫校本作「少」。

〔二〕路　孫校本作「谷」。

〔三〕玄宗　前原有「唐」字，今删。

〔四〕亦　明鈔本、孫校本作「以」。

王卿

皇甫氏　撰

貞元年〔一〕中，郢中有酒肆王卿者，店近南郭。每至節日，常有一道士過之，飲訖，出郭而去。如是數年。後因道士復來，卿遂結束潛行，尋之數里。道士顧見，大驚曰：「何來？」卿乃禮拜，願神人許爲僕使。道士固辭，卿固隨之。每過澗壑，或高闊丈餘，道士踰越，輕舉而過，卿輕躡之，亦能渡也。行數十里，一巖高百餘丈〔二〕，道士騰身而起，卿不能登，遂哀求禮拜。道士自上謂曰：「汝何苦從我？自速歸，不爾，坐受困躓也。」卿曰：「前所渡險阻，皆賴尊師命，今却歸無路，必死矣，願見救護。」道士垂手巖下，令卿舉手閉目，躍身翕飛，已至巖上。上則平曠，煙景不類人間。又從行十餘里，至道士舍，門庭整肅，止卿於舍外草間，謂曰：「汝且止此，吾爲汝送飯食，候便令汝得見天師。」卿潛草間，道士三日每送飯食，亦皆充足。

後一日，忽〔三〕天師出門，杖策，道士四五人侍從。天師形狀瓌偉，眉目疏朗。道士私招卿，令於道左禮謁。天師驚曰：「汝何因得至此？」卿方爲〔四〕説，諸道士曰：「此人謹厚，恐堪役使，可且令守竈。」天師令且收之，遂延卿入院。至厨下，見一大竈，下燃火，上有鐵筩，閉蓋數重。道士令卿守竈，專看之，不得妄視，令失墜。餘道士四人，或汲水採藥，蒸曝造食，以供天師。夜亦令卿卧厨下守火。經六七日，都不見人來看視釜中物者。後一日，卿無何竊開窺藥，忽見一白兔，從鐵筩中走出，騞然有聲。諸〔五〕道士曰：「藥已失矣。」競來窺看，惶懼失色。須臾，天師大怒曰：「何忽引俗人來，令失藥？」俄召前道士責辱，欲鞭之，道士叩頭，請却擒覓。道士數人，於庭施香禹步，道士二人，變成白鶴〔六〕，沖天而飛。食頃，鶴已擒得白兔來，令投釜中，固濟鍊之。天師令速逐俗人遣歸，道士遂領出，曰：「卿幾悞我！卿心未堅，可且歸去。」遂引送至高巖下，執手而別：「後二十年，於汾州市中相見耳。」卿復尋路歸，數日方至郭，已經年，遂爲道士。十餘年後，遊太原，竟不知當有所遇否〔七〕。（據中華書局版汪紹楹點校本《太平廣記》卷四五引《原化記》校録，按：談本原譌作《化原記》，明鈔本作《原化記》，汪校本徑改）

〔一〕貞元年　前原有「唐」字，今删。「貞」原作「真」，據《四庫》本改。

〔二〕丈　明鈔本、孫校本作「尺」。

〔三〕忽　此字下原有「見」字，據明鈔本、孫校本删。

〔四〕爲　原作「謂」，據明鈔本、孫校本改。

〔五〕諸　此字原無，據明鈔本、孫校本補。

〔六〕鶴　孫校本作「鷹」，下同，《會校》據改。按：《紺珠集》卷七《原化記·鍊白兔》、《類説》卷七《原化記·丹竈白兔》、南宋葉廷珪《海録碎事》卷一四（無出處）、《三洞群仙録》卷八引《原化記》並作「鶴」。

〔七〕否　明鈔本、孫校本作「焉」。

張山人

皇甫氏　撰

曹王〔一〕貶衡州，時有張山人，技術之士。王常〔二〕出獵，因得群鹿十餘頭，圍已合，計必擒獲。無何失之，不知其處。召山人問之，山人曰：「此是術者所隱。」遂索水，以刀湯禁之。少頃，於水中見一道士，長纔及寸，負囊拄杖，敝敝〔三〕而行，衆人視之，無不見者。山人乃取布針，就水中刺道士左足，遂見跛足而行。即告王曰：「此人易追，止十餘里。」遂命走馬向北逐之〔四〕。十餘里，果見一〔五〕道士跛足而行，與水中見者狀貌同，遂以王命邀之。道士笑而來，山人曰：「不可責怒，但以禮求請之。」道士至，王問：「鹿何在？」曰：「鹿在矣。向見諸鹿無故〔六〕即死，故哀之，所以禁隱，亦不敢放，今在山側耳。」王遣左右視之，諸鹿隱於小坡而不動。王問其患足之由，曰：「行數里，忽患之。」王召山人，與之相見〔七〕，乃舊識焉，其足尋亦平復。乃是郴州連山侯觀主〔八〕，即從容遣之。

未朞，有一客過郴州，寄宿此觀，縛馬於觀門，糞污頗甚。觀主見而責之，客大怒，詬罵道士而去。未十〔九〕日，客忽遇張山人，山人謂曰：「君方有大厄，蓋有所犯觸。」客即説前日與道士爭罵之由，山人曰：「此異人也，爲君致禍，却速往辭謝之，不然，不可脱也。此爲震厄，君今夕所至，當截一柏木，長與身齊，致所卧處，以衣衾蓋之。身別處一屋，以棗木作釘子七枚，釘地，依北斗狀，仍建辰位，身居第二星下伏，當免矣。」客大驚，登時却迴，求得柏木等〔一〇〕，來郴州，宿于山館，如言設法。半夜，忽大風雨，雷電震于前屋，須臾電光直入所止。客伏於星下，不敢動。電入屋數四，如有搜獲之狀，不得而止。比明，前視〔一一〕柏木，已爲粉矣。客益懼，奔謝觀主，哀求生命，久而方解。謂客曰：「人不可輕也。毒蛇之輩，尚能害人，豈合無狀相忤乎？今已捨子矣。」客首罪而去，遂求張山人，厚報之也。（據中華書局版汪紹楹點校本《太平廣記》卷七二引《原化記》校録）

〔一〕曹王　前原有「唐」字，今删。

〔二〕常　北宋馬永易《實賓録》卷九《張山人》（無出處）、《三洞群仙録》卷九引《原化記》作「嘗」。「常」

通「嘗」。

〔三〕 敝敝 孫校本作「蹴蹴」，《會校》據改，《四庫》本作「蹩蹩」。按：敝敝，疲倦貌。蹴蹴，同「蹩蹩」，緩行貌。

〔四〕 即告王曰此人易追止十餘里遂命走馬向北逐之 「王」字、「馬」字原無，據孫校本、《實賓録》補。《群仙録》作：「王問山人曰：『可追否？』曰：『可。』王令追之。」

〔五〕 一 此字原無，據孫校本、《實賓録》補。

〔六〕 無故 明鈔本、孫校本作「無狀」。按：無狀，即無故。

〔七〕 見 原作「視」，據孫校本、《實賓録》改。

〔八〕 侯觀主 原作「觀侯生」，據明鈔本、孫校本、《實賓録》改。

〔九〕 十 明鈔本、孫校本作「數」。

〔一〇〕 等 此字原無，據明鈔本、孫校本補。

〔一一〕 前視 孫校本作「視前」。

按：《廣豔異編》卷一四、《續豔異編》卷七採入，題《張山人》。

陸生

皇甫氏 撰

開元〔一〕中，有吴人陸生，貢明經舉在京，貧無僕從。常早欲就識〔二〕，自駕其驢，驢忽驚躍，斷韁而走。生追之，出啓夏門，直至終南山下。見一徑，登山，甚熟。此驢直上，生隨之上。五六里，至一處，甚平曠，有人家，門庭整肅。生窺之，見茅齋前有蒲萄架，其驢繫在樹下。生遂叩門，良久，見一老人開門，延生入，顔色甚異，頗修敬焉。遂命生曰：「坐。」生求驢而歸，主人曰：「郎君止爲驢乎？得至此，幸會也。某故取驢以召君，君且少留，當自悟矣。」又延客入宅，見華堂邃宇，林亭池沼，蓋仙境也。留一宿，饋以珍味，飲酒歡樂，聲技〔三〕皆仙者。生心自驚駭，未測其故。

明日將辭，主人曰：「此實洞府，以君有道，吾是以相召。」指左右童隸〔四〕數人曰：「此人本皆城市屠沽，皆吾所教。道成者能興雲致雨，坐在立亡，浮游世間，人不能識。君當處此，而壽與天地長久，豈若人間浮榮蟲菌之輩，子願之乎？」生拜謝曰：「敬授教。」老人曰：「授學師資之禮，合獻一女。度君無因而得，今授君一術求之。」遂令取一青竹，度如人長，授之曰：「君持此入城，城中朝官，五品已上、三品以下之家有女〔五〕，投竹于彼〔六〕，而取其女來。但心存吾約〔七〕，無慮也。然慎勿入權貴家，力〔八〕或能相制伏。」生遂持杖入城。生不知公卿第宅。已入數家，皆無女，而人亦無見其形者。悮入户部王侍郎宅，復入閣〔九〕，正見一女臨鏡晨粧。生投杖於牀，攜女而去。比下階顧，見竹已化作女形，殭卧在牀，一家驚呼云：「小娘子卒亡！」生將女去。會侍郎下朝，時權要謁請〔一〇〕盈街，宅門重邃，不得〔一二〕出，隱於中門側。王聞女亡，入宅省視，左右奔走不絶。須臾，公卿以下，皆至門矣。時葉天師在朝，奔遣邀屈。生隱於户下半日矣。少頃，葉天師至，診視之曰：「此非鬼魅，乃道術者爲之耳。」遂取水噴呪死女，立變爲竹。又曰：「此亦不遠，搜尚在。」遂持刀禁呪，遶宅尋索，果於門側得生。

生既被擒，遂被枷鎖捶拷，訊其妖狀。生遂述其本情，就南山同取老人。遂令錮項〔一三〕，領從人至山下，往時小徑，都已無矣。所司益以爲幻妄，將領生歸，生向山慟哭曰：「老人豈殺我耶？」舉頭望見一徑，見老人杖策而下。至山足，府吏即欲前逼，老人以杖畫地，遂成一水，闊丈餘。生叩頭哀求，老人曰：「吾去日語汝，勿入權貴家，故〔一三〕違我命，患自掇也，然亦不可不救爾。」從人驚視之次，老人取水一口噀之，黑霧數里，白晝如暝，人不相見。食頃而散，已失陸生所在，而枷鎖委地。山上小徑與水，皆不見矣。（據中華書局版汪紹楹點校本《太平廣記》卷七二引《原化記》校録）

〔一〕開元　前原有「唐」字，今删。

〔二〕欲就識　談本原作「欲試」，汪校本據明鈔本改作「就識」，《會校》謂明鈔本原有「欲」字，今補。孫校本作「欲職」，《會校》據改。按：欲就識，謂打算去熟人家，識，相識也。職乃官職，陸生乃明經科貢士，尚未及第，何得言欲職？

〔三〕聲技　明鈔本「技」作「妓」，《會校》據改。按：技，歌舞。《文選》卷四五石崇《思歸引序》：「家素習技，頗有秦趙之聲。」

〔四〕隷　孫校本作「弟」，明鈔本作「第」。按：弟，幼小。

〔五〕之家有女　原作「家人見之」，據孫校本改。

〔六〕彼　《廣豔異編》卷四《陸生》作「廳」。

〔七〕而取其女來但心存吾約　「來但」孫校本作「但求」。

〔八〕力　孫校本作「内」，連上讀，《會校》據改。

〔九〕復入閣　孫校本作「於後閣」。

〔一〇〕謁請　明鈔本、孫校本作「請謁者」，《會校》據改。

〔一一〕不得　孫校本作「未即」。

〔一二〕項　明鈔本、孫校本作「身」。

〔一三〕故　明鈔本、孫校本作「固」。

按：《廣豔異編》卷四採入，題《陸生》。